高陽

乾隆韻事

ᠠᠪᡴᠠᡳ ᠸᡝᡥᡳᠶᡝᡥᡝ

乾隆

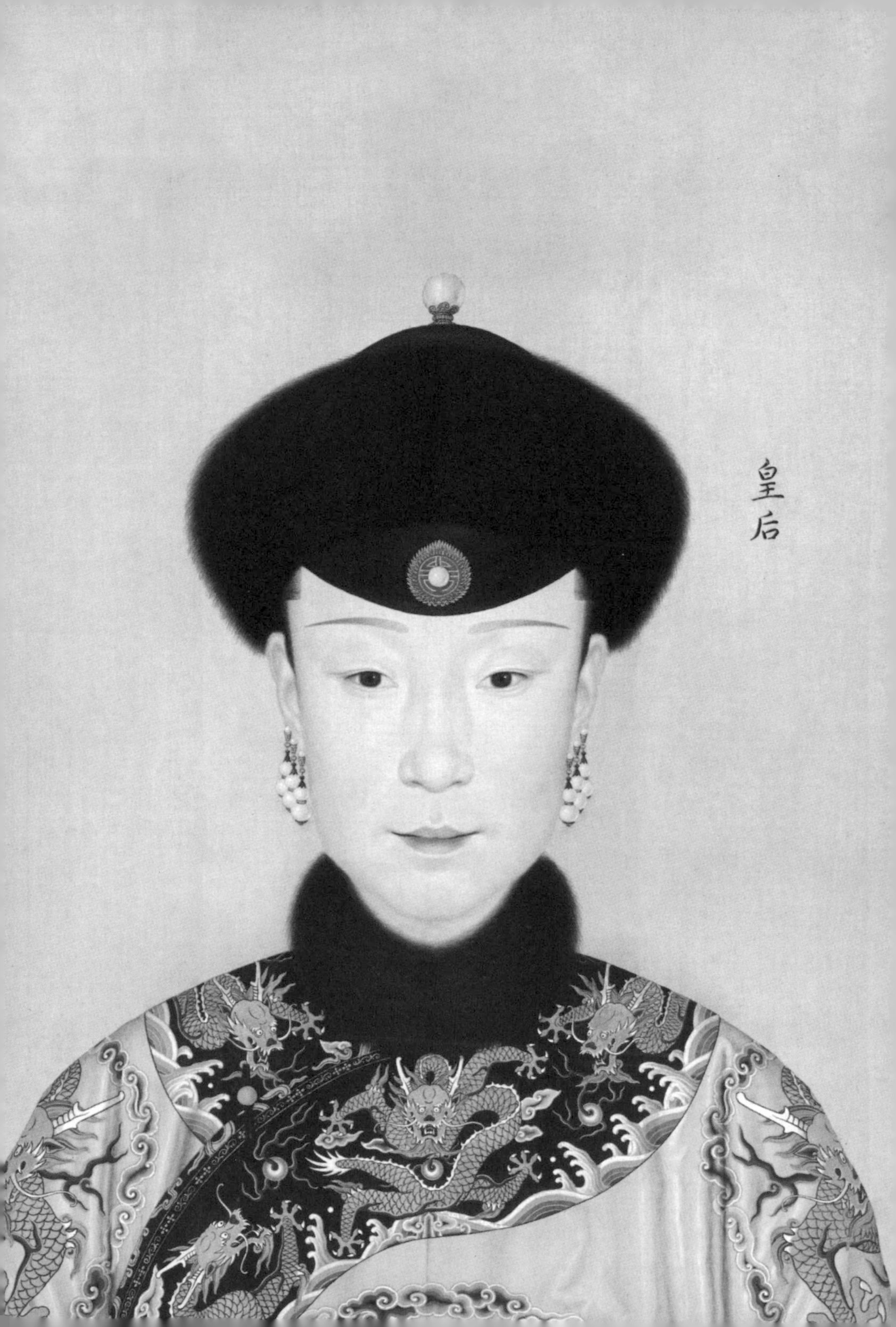
皇后

貴妃

令妃

康熙四十九年五月初一。

大駕循例離京城往北，經密雲出古北口到熱河，駐蹕「避暑山莊」。千乘萬騎，扈從如雲，隨行的百官以外，自然還有太子及皇子。嫡出的太子名胤礽，行二。皇后生胤礽時難產而崩，所以胤礽從落地就沒有母親。因為如此，特蒙皇帝寵愛，在兩歲時就被立為太子。

可惜太子資質雖好，不喜讀書，自幼為一班佞臣所諂媚，養成驕縱狂妄的性格，而且天性涼薄，竟有弒父的企圖，因而在前年九月，在皇帝自塞外的歸途中被廢，並命皇長子監視。

皇長子名叫胤禔，長太子兩歲。清朝的家法，皇子的身分視他母親的身分而定，胤禔為庶妃所生，所以居長而不能成為太子，只封為直郡王。他跟太子不和，皇帝只有命他監視才可以放心。

回到京城，皇帝命內務府在住處文淵閣西北的上駟院，設一座氈帳，監禁胤礽。奉派看守的，除了胤禔以外，還有皇四子多羅貝勒胤禛。因為他跟太子亦不甚和睦，而跟胤禔比較接近。所以命他與胤禔看守胤礽。

弟兄中與胤礽較好的，是大胤禛一歲的皇三子誠郡王胤祉。不久，胤祉發覺了一項陰謀，直郡王胤禔與多羅貝勒胤禛，指使一個蒙古喇嘛巴漢格隆，用妖法魘咒胤礽。一經檢舉，皇帝派人徹查，果有其事。但胤禛不肯承認，說服一向跟他很親近的，猶未受封的皇十三子胤祥出來頂罪。結果胤禔被監禁於家；胤祥圈禁高牆；而胤禛不但無罪，且在康熙四十八年三月，復立太子的同時，晉封為雍親王。當然，胤祉亦由郡王晉為親王了。

◇◇◇

盛夏已過，序入涼秋，皇帝如果這年在熱河，要舉行一次大規模的狩獵，名為「打圍」，文雅的說法，叫做「木蘭秋獮」。

木蘭是個縣名，土名「圍場」，在避暑山莊所在地承德以北四百里的地方，這裡有座山，名為錐子山，林深青密，水草茂盛，有各式各樣的野獸，是極好的狩獵之地。二十多年前，由蒙古翁牛特這個部落的藩王，拿它獻於朝廷，因而制定了「秋獮之典」。皇帝的意思，八旗勁旅長於騎射，怕承平日久，荒廢了武藝，懈怠了身手，藉此作為一種習武於事的鍛鍊。

每到木蘭打圍，蒙古數十部的王公、台吉——王公之子，「台吉」是漢語「太子」的諧音，相率架鷹牽狗，策騎赴會。另外，由各部落合派精壯之士一千二百五十人，稱為「虞卒」，以兵法部勒，專服行圍之役。

每到行圍之時，特設黃龍大纛，即為御營所在的中軍，左、右兩翼用紅白旗作標誌，末端則用藍旗，皆由管圍大臣會同蒙古王公管理。先期派出人去，搜索山林，驚擾野獸，由遠而近，漸漸趕入圍場。

到了皇帝親自打圍的那一天，五鼓時分，就有蒙古虞卒、虎槍營的士兵，以及由八旗特別挑選出來的射手，分道遠出，在三十里，甚至八十里外，向大纛所在的圍場集中。及至漸漸合圍之時，虞卒皆卸下硬盔，用馬鞭子使勁敲得「卜、卜」作響，同時用蒙古話高喊：「嗎爾噶，嗎爾噶！」

「嗎爾噶」就是蒙古話的帽子。這樣個個脫帽，遞次相傳，直到中軍。知道快要合圍了，於是職位最高的管圍大臣，一面飛報駐蹕的行營，一面擁著黃龍大纛，由中道徐徐向前行去。邊行邊指揮，行圍的虞卒、赴會的蒙古王公、扈從的皇子親貴、文武大臣，各自往預先指定的位置集中，靜待大駕入圍。

等皇帝一入圍，包圍圈就會以特定的一處高崗為中心，很快地收緊。這處高崗，視界特佳，名為「看城」。皇帝先在看城的黃幄中，聽取報告，瞭解情勢。及至兩翼末端的藍旗一到，便是方圓兩、三里的合圍之勢已成，皇帝出看城上馬，下令逐獵。一時狼奔兔逸，馬嘶犬吠，雜以陣陣歡呼嘯號之聲，真個嶽動山搖，天地變色，哪怕是惡勞好逸、膽子極小的懦夫，都忍不住有追奔逐北、躍躍欲試之心。

圍場中百獸皆具，獨少麋鹿，因為鹿性易驚，與虎豹豺狼，難以合群。因此行圍獵鹿，另有一套制度。

這套制度名為哨鹿。大致在五更放圍之前，皇帝只率少數親衛出營，往預先勘定的鹿聚之處悄悄行去，隊伍分作三隊，出營十餘里。先命第三隊留駐；再行四五里，又命第二隊留駐；更行二三里，將及目的地時，把第一隊亦留下。此時的扈從，不過十幾個人，方始下令哨鹿。於是有一名侍衛，身披鹿皮，頭頂一具製得極其逼真的假鹿頭，呦呦作鹿鳴——須是公鹿之聲。不久，聽得遠林低昂，漸有和鳴，母鹿都找公鹿來了！

據說鹿性最淫，一頭公鹿可御數十頭母鹿，而母鹿來就公鹿時，每每口銜靈芝，為公鹿的滋補之劑。

但因哨鹿而來的母鹿，或許由於事先未備，倉卒應合的緣故，來不及覓仙草作進身之階，所以誰也不曾撿到靈芝。只聽槍聲一響，知道皇帝已開始下手，於是後駐的三隊飛騎向前，追逐四散的群鹿，打倒一頭，隨即下馬，用隨身攜帶的解手刀，割開喉管，吮吸鹿血，是其效如神的壯陽劑。

◇ ◇ ◇

圍場是總名，在這植柳為界的數百里大圍場中，共有四十七個小圍場，這天——八月底最後一次行圍，是在離承德不遠的阿濟格鳩圍場。

這個圍場多鹿，由哨鹿之聲一起，低昂遠近，應和之聲，連綿不絕，不久林間出現了鹿影，徘徊瞻顧，在找公鹿。皇帝停轡端槍，靜靜等著，直待母鹿逡巡四集，方始開火。清脆的槍聲，劃破了靜寂的曉空。接著便聽見一片歡呼聲，一頭極大的梅花鹿，已為皇帝一槍打中要害，倒在血泊中了。

後駐的各隊，以槍聲為信號，一齊策馬飛奔，發現鹿影，緊追不捨。第一隊的領隊是皇四子胤禛，挑中了角有三尺的一隻大鹿，全力追趕。鹿快，他的馬也快，一前一後，追逐了有一頓飯的工夫，方得下手。第一槍打中鹿頭，第二槍打中鹿胸，看牠的腳步慢了下來，不多幾步，側身一倒。胤禛亦就勒住了馬，回身看時，只有一個名叫恩普的「哈哈珠子」，正氣喘吁吁地趕了上來。

「爺的馬快！」恩普滾鞍下馬，上氣不接下氣地說，「大家都跟丟了。」

胤禛得意地笑著，取下繫在馬鞍上的皮水壺，拔開塞子喝了幾口，方指著鹿問：「怎麼辦？」

「砍下鹿角回去登帳。」恩普一面取木碗，一面說道：「奴才取鹿血來給爺喝。」

很快地，恩普扱來一碗鹿血，胤禛將溫熱的木碗接了過來，一口氣喝了大半碗，嫌血腥氣不想再喝了。

「快去砍鹿角，完事了好走。」

恩普已緩過氣來了，動作十分俐落，砍下鹿角，先將尖端上兩小截新生的鹿茸折了下來，掖在腰裡，方始扛了兩架鹿角來覆命。

「那多狼狽！只要一截就夠了。」

恩普答應著，將兩架鹿角各取一截，插在腰帶上，然後服侍主人上馬，緩緩向南行去。行不多時，胤禛突然覺得衝動得厲害，心裡知道，這碗鹿血的勁道發作了。此時此地，唯有澄心息慮，盡力自制，可是怎麼樣也壓不住那一團火，而且跨在馬鞍上的兩股，有東西梗得難受，非即時鬆一口氣不可。

「恩普！」

恩普策馬在前，聽得喊聲，圈馬回來，將上半身斜俯著，聽候發話。

「這兒附近有人家沒有？」

恩普搖搖頭說：「不會有的。」

胤禛不知道怎麼說了，臉脹得通紅，連一雙眼睛都是紅的。

恩普大為詫異，凝神細想了一會兒，方始問道：「爺可是脹得難受？」

「對了！」胤禛如釋重負似地答說：「脹得一刻忍不得。」

「那，那可怎麼辦呢？」

胤禛亦不知道該怎麼辦，只覺得躁急難耐，不由得恨恨地罵道：「混帳東西，平時白疼了你，這麼一點小事，都不肯用心去辦！」

恩普不敢回嘴，苦苦思索了一會兒，突有所悟，眉目軒揚地說：「有法子了，翻過山，就是園子，我去找個妞兒來替爺出火。」

「園子」就是避暑山莊，則「妞兒」自然是宮女。清朝的家法極嚴，皇子勾搭宮女，亦算穢亂宮闈，會獲嚴譴。所以胤禛直覺地認為恩普荒謬絕倫，越發生氣。

「你簡直是畜生！說出這樣話來，可知你心口中無父無君，就該捆到內務府，一頓板子打死！」

恩普嚇得臉色都變了，自然不敢再作聲。而胤禛卻大有悔意：因為細想一想，此事也沒有什麼做不得。不過話是如此之硬，自己要想轉圜，已萬萬不能，因而臉上現出一副沮喪的神色。

這副神色落在恩普眼中，未免困惑。他想像中所見的應該是怒容，不道是這樣可憐兮兮的神情。其故安在？

細想一想恍然大悟。主人的性情，向來說的是一套，做的又是一套。為今之計，不管他說什麼，只要能找來「妞兒」就絕不會錯。

想停當了，便說一句：「爺請上馬吧！」

一面說，一面認鐙扳鞍，躍上馬背，狠狠加上一鞭，往南直上坡道。

胤禎不能確定他是不是去找宮女，反正其勢不能不跟著走。策馬上嶺，山莊在望，順著坡道疾馳，很快地到了平地，只見草地盡處。是一片菜畦，然後是一片樹林，宮殿還遠得很呢！

再定睛細看時，恩普已越過菜畦，在林邊一座小屋中停了下來，下馬注目，似有所待。胤禎便用雙腿一夾馬腹，直到恩普面前才停住。

「爺，」恩普指著小木屋說，「請裡面等等，我盡快回來。」說完，匆匆走了。

這下，胤禎心裡明白了。走進小屋一看，裡面有張土炕，炕上鋪著一領舊草蓆，此外什麼都沒有了，不過倒還乾淨，便在炕沿上坐了下來。

這一坐下來，想到恩普不知道會找來怎麼樣一個人，頓時心猿意馬，自己都聽得見自己心跳的聲音，而屁股上像長了刺，再也坐不住，三腳兩步走到門口去望，人影杳然，不免快快，轉念自思，沒有那麼快，且耐一耐。

想是這樣想，卻做不到。望了四五次，仍無消息，心裡發恨，這恩普麻木不仁，莫非不知道這是一刻都忍不得的事？還是這麼慢吞吞地，非抽他一頓鞭子不可。

正在這樣生悶氣時，聽得屋外有個很清脆的聲音在說：「虧你怎麼找得這個地方？其實要說話，哪兒都可以說，何必大老遠的上這兒來？」

「這兒才好！」是恩普的聲音，「這兒是福地，準遇貴人。」

「你在說什麼呀！我一點兒都不懂。」

「妳一進去就懂了。」

接著只見踉踉蹌蹌衝進一條影子來，辮梢飛得老高。想必這宮女是讓恩普推了進來的。胤禛的一個念頭不曾轉完，只聽那宮女驚呼道：「四阿哥！」

「別嚷嚷！」是恩普在吆喝，胤禛隨即眼前一黑，聽得外面高聲在說：「她長得不怎麼體面，所以我把門關上。爺將就著用吧，倘或有人來，別出聲，我自會打發人家走。」

雨散雲收，胤禛身心俱泰，在黑暗裡草草紮束停當，心裡在想，應該有所賞賜，想起荷包裡有數十粒金豆子──那是學的皇帝所寵信的文學侍從之臣高士奇的法子，凡向御前當差的太監有所打聽，抓幾粒金豆子作為酬謝，但手一摸到腰上，立刻有所警覺，她的女伴會問她：金豆子從何而來？這不就牽出了這一段沒來由的露水姻緣。

算了，他將這個念頭，立即抛開，摸索著向門口走出。

「四阿哥要走了？」

「嗯！」胤禛答應著，將腳步停了下來。他在考慮，要怎麼叮囑她兩句，不可將此片刻的邂逅洩漏。

這宮女不知道他的心事，只以為是要她去開門，所以加快腳步，到得門口，將板門拉開一條縫，探頭往外看了一下，回臉說道：「沒有人。」

沒有人不走何待？胤禛大步擦身而過，不經意回頭一望，不由得大吃一驚。直到此刻，他才看到她的臉，長得奇醜無比。胤禛想到剛才緊緊摟住她的光景，胸中像誤吞了一粒老鼠屎似的，一陣一陣地想嘔。

等他腳步踉蹌地往前直奔時，恩普從橫刺裡截了過來。他本來掛著一臉笑容，看到胤禛的臉，不由得愣住了，氣色好壞，怎麼回事？

「馬呢？」胤禛問。

「喏，在那邊，奴才去牽過來。」

上了馬，胤禛一言不發，打馬往北。恩普知道他的意思，仍舊翻嶺回去歸隊，便緊跟著不捨。

胤禛在馬上思量，這件事要傳出去，自己就失卻競爭皇位的資格了，即使能夠如願以償，也留下一個為臣下所訕笑的話柄，豈不有傷「聖德」？

這非當機立斷不可，念頭轉定，隨即勒住了馬，細細瞻望，雲霧淒迷，正臨峽谷，到了一處需要留神的地方了。

「恩普！」

「奴才在。」

「這兒的地名叫什麼？」

「奴才不知道。」恩普答說，「走倒走過兩回，路很狹，一面是峭壁，一面是懸崖，掉下去……」他猛然省悟，說話太不知忌諱了，吐一吐舌頭，加了一句：「爺千萬當心！」

「倒是你該當心！走，帶路。」

於是恩普一拎韁繩，策馬而前。胤禛緊跟著，占了靠峭壁的一面，幾乎是並轡而行。恩普緊靠懸崖，用腳碰碰馬腹想趕在前面，占住路心，不道胤禛已一鞭子揮了過來。

這一鞭子不打人，只打馬。打馬又不打馬股，只打馬眼。那一下，恩普的馬像發了癲症似的，橫蹦亂跳了兩三下就將恩普掀得往上一拋，再往下一落，七顛八倒地，好久才落入谷底。

於是胤禛頭也不回，循山路一直往前，轉過一座崖壁，豁然開朗，遙望坡路，有七八騎疾馳而來，從服飾上辨出，都是侍衛。胤禛心裡明白，必是不見他回隊，分途來尋找了。

他猜得不錯。那七八個人望見人影，遠遠就喊：「四阿哥！四阿哥！」

胤禛勒住了馬等，等到人到，看清楚為頭的是一名御前侍衛賽音烏，心裡又安慰又不安。安慰的是父皇特遣近侍來找，足見關愛；而不安亦正為此，一回去少不得要受幾句責備。

「四阿哥！」賽音烏滾鞍下馬，跑下來抱住他的腿說，「可算讓奴才找著了。」

「一時不服氣，非追上那頭鹿不可。到底讓我追上了。」胤禛突然歎口氣，「唉！」

「怎麼？」賽音烏站起來問。

「你們去看！」胤禛往回一指，「恩普不知怎麼不小心，摔到山澗裡，連個影兒都不見！我在那兒站了半天，傻子！一個鮮蹦活跳的孩子，好沒緣由地就這麼沒了，想想！唉，真是！」他默然地搖頭不絕。

「一個孩子罷了！爺不必傷心。」賽音烏說，「萬歲爺不見四阿哥，挺不放心的！請快上馬吧！」

胤禛點點頭，上了馬。賽音烏派出兩名藍翎侍衛，去查看恩普的下落，自己陪著胤禛，趕回圍場。

見了皇帝，倒沒有受多大責備，只說：「你也三十出頭了，不能像年紀輕的時候，做事只顧自己的高興。行圍也就跟打仗一樣，窮寇莫追，為了追一頭鹿，把好些好機會丟掉了，不可惜嗎？而況，你這又是無謂的涉險。」

胤禛自然誠惶誠恐地受教。等皇帝撤圍，陪侍著回到避暑山莊，派人檢點行囊，準備扈蹕回鑾。

恩普這件事，似乎該有個交代。推度常情，第一步自應該是確確實實弄清楚恩普的生死下落，因而派個人到賽音烏那裡去查問究竟。

此人到時，恰好兩名藍翎侍衛在向賽音烏覆命，道是：「腦袋都摔破了，渾身都是傷，好慘的樣兒。」

「那得通知內務府的人料理啊！」

「已經通知了。」

「馬呢？也摔死了嗎？」

「馬可是找到了！」那藍翎侍衛走近了，低聲說道，「有件事可透著有點玄，恩普的那匹馬，左眼全是血，挺長的一道傷痕，彷彿是讓人拿馬鞭子狠狠抽了一下。」

賽音烏一愣，隨即在臉上出現了戒備的神色，而且是很嚴重的樣子。

「這話可不能瞎說！這年頭，多吃飯，少說話，事不干己，最好別管。聽別人說去，咱們聽都不聽。」

「這……這是什麼講究？」

「別問！」賽音烏沉下臉來呵斥，「告訴你們的是好話！」

兩名藍翎侍衛不敢多說，悄然退下。賽音烏將胤禛派來的人喚了進來，說是恩普的屍首已經找到，摔得很慘，已通知內務府的隨扈人員料理身後。又找到一匹馬，不知可是恩普所騎，不妨領了回去。

這件事，就在賽音烏的遮掩之下過去了。滿洲話「哈哈」是男，「珠子」是小孩，合起來就是男孩子。一個小廝摔死了，不算回事，誰也沒有理會。

◇◇◇

第二年，康熙五十年，皇帝照例又是五月初避暑熱河。大駕未到之前，總管太監就在發愁了，有件事始終不知道該怎麼處置？而要一鬧開來，說不定就有好幾顆人頭落地。

這個總管太監叫康敬福，行年七十，從避暑山莊落成之時，就在這裡當差，為人謹慎細密，曾經處理過許多疑難棘手的糾紛，唯獨對擺在眼前的這個難題，卻是一籌莫展。

起先還存著希冀之望，等隨扈的四阿哥到了，找個機會，在私底下向他探詢其事。只要他承認了，天塌下來有長人頂，自己至多落個監察不嚴的處分，哪知扈從的名單，偏偏就沒有胤禛的名字。

「怎麼辦呢？」

「二大叔，你老就愁死了也投用！」康敬福手下最得力的太監何林勸他，「當初你老要肯聽我一句話，不早就沒事了？即便是此刻，也還不晚，你老就狠狠心，下個決斷吧！」

「唉！」康敬福慨然而歎，「我就是狠不下這個心！」

於是相對無言，都落入回憶之中。康敬福記得這個名叫金桂的宮女，前年就該放出去了，只為她長得太醜，連多瞧她一眼的人都沒有，兼以家世孤寒，沒有親人來領回去。好在天家富貴，哪裡不養一個閒人，而且料她丫角終老，絕不會有「女大不中留」的麻煩，所以康敬福就讓她留了下來。

誰知怎麼樣說也不會有的麻煩，偏偏就有了！約莫是「龍抬頭」的那時候，行宮裡流傳著一件新聞，說是金桂的肚子大了！

有那老成些的，便加叱斥：「這是什麼話？絕不會有的事，也好瞎說，你長了幾個腦袋？」

被叱斥的自然不敢作聲，心裡也著實有些疑惑。如果說金桂有孕了，懷著的自然是龍種。可是皇帝能看中金桂嗎？

「說出個大天來，我也不能相信，恐怕是鼓脹病！」老成的太監這麼說。

可是金桂自己不承認有鼓脹病，更不承認有孕。無奈喜酸喜作嘔，有喜的小媳婦的毛病全有，掩飾都掩飾不了。這就不能不讓老成的太監，都有些著慌了。

就這樣，消息才傳到康敬福耳朵裡。驟聞之下，他詫為胡說，一細一打聽，方知聽言不虛，一下子竟急得幾乎昏厥。

「壞了！壞了！」他氣急敗壞地說，「出這麼一件事，不送命也得充軍！怎麼辦呢？」

漸漸地，連金桂自己都覺得瞞不住了，斷斷續續地透露出她的一段奇遇，但破皮得珠，對方是誰，她始終不肯明說。

話傳到康敬福耳朵裡，豈能不問？將金桂找了來，用他難得一見的疾言厲色喝問，終於逼得她說了四個字。

「是四阿哥！」

「四阿哥？」康敬福大吃一驚。皇子沒有一個是好惹的，尤其是四阿哥，喜怒無常，脾氣極大，這件事，就更難處置了。

「容易得很！」何林向他悄悄進言，「乾脆弄包藥讓她服，一了百了！」

「你是說，」康敬福遲疑地，「送她回姥姥家？」

「對了！」

「那不行，一屍兩命，我不能造這個孽。再說，也許真是四阿哥的種，金枝玉葉，可馬虎不得。」

「你聽金桂瞎說。我可勸你老人家，當機立斷，免受其害，趁金桂的肚子還不怎麼顯眼，下手還來得及！」

「看看，看看，」康敬福無可奈何地，「看看再說。」

眼看金桂的肚子，一天大似一天，康敬福只有下令，不准她在人前走動。可是流言卻是不脛而走，都道金桂懷的是四阿哥的種，而深感興趣的是，四阿哥會不會承認這回事？

如今四阿哥不在隨扈的名單之列，他會不會承認這回事，誰也無法保證。可是瓜熟蒂落，等金桂生下孩子來，又將作何處置？這個疑問，仍然能令人發生興趣。唯一的例外是康敬福，還有何林。

「何林，」康敬福忽然想起，「你倒算算日子看。」

「什麼日子？」

「金桂懷孕的日子啊！」

「喔！」何林扳著手指計算，「說是去年九月初的事。十、十一、十二、一、二……啊，八個月了。」

「那不快生了嗎？」康敬福又著急了，「行宮裡的宮女，不明不白養下一個孩子來，這件事教我怎麼跟萬歲爺回奏？何林，你無論如何得替我想個法子！不然，我會連覺都睡不著。」

何林出一個主意，倒是正辦，等總管內務府大臣隨駕一到，將此事和盤托出，該怎麼辦，悉聽指示。這樣就沒有什麼責任了。

「沒有責任？」康敬福不解，「怎麼會沒有責任？」

「果真是四阿哥的種，誰也沒有責任。你老想，行宮這麼大的地方，阿哥們到哪裡逛逛，咱們還能防賊似地緊掇著不放嗎？當然是聽阿哥們自便。這要一時來了興致，『端』個宮女，有誰會知道？」

「喔，喔，『一言驚醒夢中人』！」康敬福愁懷一解，頓時面有笑容了。

這時他才發覺，自己發愁的原因是一開始就認定金桂懷的是野種。行宮重地，有野男子闖入，且有此醜聞，當然是件腦袋不免搬家的禍事，倘非如此，何必發愁？

◇ ◇ ◇

話雖如此，要找個當家的總管內務大臣，細細告密，卻苦無機會。

內務府專管皇室庶務，特簡親信充任總管大臣，少則三四，多則七八，並無定額，居首的稱為「佩印鑰」，意思就是「掌印」。此時佩印鑰的總管內務府大臣，是皇帝面前的第一紅人，除了內務府歸他一把抓以外，還兼任著步軍統領，這個職名，俗稱「九門提督」，手下有兩萬精兵，負有保護京城及近畿的重任。

此人名叫隆科多。顧名便知是滿人，其實卻是漢人，本姓為佟。

隆科多的曾祖父叫佟養正，明末萬曆年間，官拜遼東總兵，由於他的堂弟——佟養性投降了清太祖，而且做了愛新覺羅氏的女婿，因而佟養正受了挾持，終於叛明投清。後隨清太祖征遼陽，為毛文龍的部將陳良策設計圍捕，佟養正與他的長子佟豐年，一起被殺，次子佟盛年卻是逃了出來。

佟盛年改了滿洲名字，叫做佟圖賴，他的女兒，就是當今康熙皇帝的生母孝康章皇后。皇帝又娶了他的表妹，也就是佟圖賴的孫女兒為皇后。佟家姑侄兩代為皇后，而佟圖賴與他的兒子佟國維，亦兩代為「國丈」，貴盛無比。佟家子孫做官的不計其數，號稱「佟半朝」。

不過佟家門第雖盛，富貴有餘，論到權勢，卻只集中於一個人，就是隆科多。

隆科多是佟圖賴次子佟國維的兒子，孝懿皇后的胞弟。他的兒子舜安顏又娶了四阿哥的同母妹，在皇女中排行第九的溫憲公主。因此，他跟皇帝是姑表、郎舅，而又為兒女親家的親無可親的至親。但是，這不是隆科多獲蒙寵信的主要原因。

原來佟氏一門，因為太子不附外家，且受小人包圍，漸失父皇眷愛，所以都擁護八阿哥胤禩。太子是佟家的外孫，連他的外祖、舅舅、表兄都不以為他可承大位，在外人看來，自然更要擁護「出身微賤」的八阿哥了。因此，廢太子的風潮鬧得很厲害，皇帝認為佟家這樣做法，簡直是有意挑撥起皇家的骨肉之禍，所以對佟氏一門，大為惱火，包含「國丈」佟國維在內，都受到了嚴厲的譴責。

唯有隆科多是例外，他始終保持不偏不倚的態度，置身於風潮之外。而皇帝本來是極看顧舅家的，這樣隆科多之被重用，亦就是理所必然，勢所必然的事了。

其實隆科多亦非真正的不偏不倚，只是表面上不露聲色。暗地裡卻另有所中意的人。這個人就是四阿哥。

◇◇◇

聽到康敬福的報告，隆科多大吃一驚，沉著臉說：「這事瞎說不得！你可曾細細查過？」

「細細查過！」康敬福答說，「不過，大人，像這樣的事，是查不出究竟來的！」

「混帳東西！」隆科多罵道，「既查不出究竟，怎麼隨便就賴到四阿哥身上？」

「敬福有幾個腦袋敢誣賴四阿哥？是金桂自己說的。」

「你敢包她不是瞎說？」

「這，最好請大人當面問她！」

這是最徹底的辦法，隆科多同意了。於是康敬福先派何林去安排，直到入夜人靜，方陪著隆科多來到行宮北面菜圃邊緣的一座小木屋，傳詢金桂。

小木屋中只有一座土炕，一張雜木桌，桌上的燭台卻很精緻，是臨時從他處挪來的，點著粗如兒臂的一支紅燭，霞光瀲灩，照得小木屋中似有一團喜氣。

等隆科多在土炕上落坐，何林拍了兩下手掌，隨即聽得細碎的腳步聲，門外出現了兩條人影，一名太監將金桂帶來了。

「進來！」隆科多說。

金桂出現在木屋中了。隆科多一看，打個哆嗦，世間真有這麼醜的女人！他實在不想看，然而不看不行。視線由上而下，發覺這金桂除了臉以外，實在很夠女人的味道，長身玉立，肌膚豐腴，腰當然很粗，那是因為懷孕的關係，若從比例上去測度，未孕以前應該是很好的身段。

「妳叫什麼名字？」

「金桂。」

「姓呢？」

「姓李。」

「哪兒人啊？」

「直隸。」金桂答說，「記不得是哪一縣。」

「自己的家鄉都記不得嗎？」隆科多看一看康敬福，意思是她的腦筋恐怕不好，說話就不見得靠得住。

「她從小就跟著她一個叔叔在外面混，叔叔死的時候才八九歲，所以記不得家鄉。」

「二十七。」

「喔，」隆科多問，「妳今年幾歲？」

「二十七？」隆科多又轉臉問，「不早該放出去了嗎？」

「娘家沒有人，也找不到婆家，只好留了下來。這是大人衙門裡有案的。」

「喔！」隆科多問，「她現在幹什麼？」

「就在這一帶照看打雜，打掃、施肥、種菜，什麼粗活都幹。人倒是很勤快的。」

「嗯，嗯！你看看去！」隆科多用嘴向外一努。

意思是不許閒雜人等接近，康敬福便出了小木屋親自巡查了一遍，並命何林負責戒備。然後回到隆科多面前覆命：「閒人都攆走了。」

隆科多點點頭問金桂：「妳說，妳肚子裡懷的是誰的種？」

「四阿哥的。」

聽她答得這樣子斬釘截鐵，隆科多倒困惑了，原來就這片刻工夫，他的心思已有幾度反覆。起先是將信將疑，因為男女情慾是件無可理喻的事，四阿哥雖然平時很講究邊幅，甚至有點惺惺作態的假道學味道，但一時動情，大了色膽，亦無足為奇。

及至一看金桂「慘不忍睹」的那副儀容，斷然不信四阿哥會「饑不擇食」到這樣的地步。而金桂居然毫不含糊地指明，豈不可怪？

想一想不能沒有疑問。這得抽絲剝繭，平心靜氣地問：「妳見過四阿哥沒有？」

「沒有。」

「沒有？」隆科多問，「四阿哥差不多每隔一年就侍奉皇上到這裡來避暑，妳有沒有見過？」

「回大人的話，」康敬福作了解釋，「她是幹粗活兒的，怎麼樣也到不了皇上、阿哥跟前，所以沒有見過。」

「既然如此，妳怎麼知道是四阿哥，不是別人冒充的呢？」

「誰敢冒充四阿哥？」

這愣頭愣腦的一句話，將隆科多問住了。康敬福便加以叱斥：「不許妳這麼說話，好沒規矩！」

隆科多此時有點好奇心發，怕一發脾氣，嚇了金桂，會問不出真相，所以此時反倒搖搖手，示意康敬福不必計較，然後才耐著性往下問。

「妳只說，妳怎麼知道是四阿哥？是四阿哥自己跟妳說的嗎？」

「四阿哥始終沒有開口。是恩普跟我說的。」

「誰是恩普？」隆科多問康敬福。

「是四阿哥貼身的哈哈珠子。」康敬福答說，「去年摔死了。」

「摔死了？」隆科多失聲而言，「那不是死無對證的事嗎？」

康敬福默然，而金桂卻大不服氣。轉念想想，可不是死無對證的事？這份冤枉，至死都不能洗刷了，自己倒不妨認命，只委屈了腹中的「皇孫」。這樣一想，不由得簌簌地掉下眼淚。

「不許哭！」康敬福大喝一聲。

隆科多嚇一跳，未免不悅，因而對金桂流淚，更覺可憐，同時也更覺得此事有蹊蹺，得要詳細問問。

「我問妳，你不認識四阿哥，怎麼倒認識四阿哥貼身的哈哈珠子？」

「他們都喜歡鬧著玩，常常翻過山來掏蛐蛐兒什麼的，就這麼認識了。」

「那麼，那天是恩普來找妳的？」

「是。」

「他怎麼說？」

「他說：『金桂妳陪我去逛逛』。我——」金桂突然頓住，以手掩口，很明顯地，是自悔失言。

這到了緊要的所在，隆科多不肯放鬆，「妳怎麼樣？」他的聲音提高了。

「我，」金桂停了一下，將頭抬了起來，是無所畏憚的神態，「我就陪著他走，這也不是第一回。常時逛一逛，他就走了，再也沒有什麼的。」

當然是「再也沒有什麼的」！隆科多一想，他是皇子跟前的哈哈珠子，八成為貼身的小跟班，無不面目清秀、聰明伶俐，多少俊俏宮女偷不到手，會看上金桂？所以，她之作此表白，全屬多餘。

不過，隆科多並沒有笑她，只問：「那天妳陪他到了什麼地方？」

「喏，」金桂回身往外一指，「就這屋子外面。」

隆科多心想，照此說來，自己所坐的土炕，便是當時的陽台，不由得左右看了一下，怎麼樣也不能想像，四阿哥會在這裡結下這樣一頭露水姻緣。

望著金桂低垂的頭，知道她還在含羞之意，便即問道：「那時候，四阿哥叫妳了沒有？」

「沒有。」

「沒有，妳是怎麼進來的呢？」

「是恩普把我騙到這裡，用手一推，隨即好快地把門關上了。」

由門及窗，隆科多驀然意會，立即問說：「窗子呢？」

「窗子自然是關緊的。」

「是妳進來以後關的嗎？」

「不是，原就關著的。」

這就是了！隆科多有些相信了，不過還得求證，細想了一下問道：「那時四阿哥在屋裡幹什麼？」

「坐在炕上，就是大人坐的那個位置。」

隆科多抬頭看了一下，正對著門，便又問道：「那時門是開著的？」

「不！」金桂答說，「虛掩著。」

「這樣說，妳在門外的時候，四阿哥看不見妳？」

金桂略一回想，很堅定地說：「看不見。」

「妳怎麼知道？」

「我看不見四阿哥，四阿哥自然也看不見我。」

言之有理！隆科多暗暗點頭，「那麼妳是始終沒有看清四阿哥？」他問。

「不！」金桂答說，「剛進門的那一刻，外面還有光，我看清了的。」

隆科多心想，這很合情理，而且求證也容易了，「妳剛才說，以前沒有見過四阿哥？」他問。

「是。」

「那天是第一次見？」

「是！」

「第一次見，怎麼就能認定是四阿哥呢？」

「是鬈髮。」金桂答說，「我早聽人說道，四阿哥是鬈髮。」

「還有呢？」

「還有——」金桂被問住了。

還有，就是她出娘胎二十六年以來，初次也是唯一的一次體驗到男女間事的奧秘。這份體驗，至今仍然是那麼強烈，但並不清晰，模模糊糊，是濃得化不開的一團特異的記憶。所以她不但羞於出口，就不害臊也說不明白。

「說啊！」康敬福催促著。

「教我說什麼呀？」金桂脫口答說，「到現在我都還弄不清是怎麼回事！」

「別的弄不清不要緊！」隆科多說，「人可不能弄錯。妳得知道，妳有一言半語不實在，可是自己找死！那時誰都救不了妳。」

「沒有一句話不是實在的。」

「好！我替妳作主。不過，金桂，妳可得自己心裡有數兒，事情真假還不知道，別跟人多說什麼！」

「是！」金桂委委屈屈地答應著。

於是在隆科多眼色示意之下，康敬福關照何林，仍舊將金桂送回原處，同時叮囑要安排老成謹慎的宮女陪著她。因為他有一個印象，金桂說的話不假，她懷著的真是四阿哥的種。看這份上，應該善待。

◇◇◇

隆科多也認為金桂的話不假，因為查究恩普墜馬喪生的經過，找到了御前侍衛賽音烏。他將當時的所見所聞，和盤托出，恩普的死因十分可疑，合理的解釋是，四阿哥幹了這件醜事，怕恩普會當作笑話談論，有意殺他滅口。

既然如此，能不能也殺金桂滅口呢？隆科多考慮又考慮，決定看一看再說。因為人死不能復生，萬一不是四阿哥的事，一滅了口，他連洗刷的機會都沒有，變成終身蒙謗，那不是愛之適足以害之？

他這種莫測高深的態度，自然是容易引起議論的，只是在康敬福嚴厲的告誡管束之下，只能竊竊私議。好事的，每天在為金桂計算孩子下地的日期，十月懷胎，應該幾月生？上年九月初一受的孕，該在這年七月初一分娩。哪知七月初一沒有動靜，到乞巧那天還是音信全無。日復一日，到了八月初一，就是十一個月了！

「從沒有聽說懷孩子懷了十一個月的！」隆科多將大腹膨脝的金桂找了來，嚴厲地問：「妳到底懷的是誰的種？」

「四阿哥的！」

「還提四阿哥！」隆科多大怒，「不看妳大肚子，我真要拿大板子打妳！」

金桂指天矢日，除卻四阿哥，不曾接觸過任何男子。一面陳訴，一面哭，益增其醜，也益增隆科多的厭惡之心。

「我不問妳別的，只問妳世上有懷了十一個月孕的婦人嗎？」

「我不知道。」

「不知道？哼！總有一天會教妳知道。來，你們把她帶下去好好盤問，倘或問不出真相，我奏報皇上，一概處死！」

這是動了真氣，康敬福都嚇得瑟瑟發抖，用帶哭的聲音「求」金桂說實話。

「康大爺，我哪裡有一言半語的虛假？反正說了也是死，我何必不說真話害大家。若非肚子裡懷著四阿哥的這塊肉，我早就一索子吊死了。如今什麼話也不必說，只請隆大人問一問四阿哥，只要他說一聲沒有這回事，我死而無怨。不問本人，愣說我誣賴，我死不瞑目。」

說到這樣的話，情見乎詞，確無虛假。康敬福考慮了半天，橫一橫心，「孤注一擲」，把自己的一條命也「押」在金桂的這一「寶」上。

「怎麼問？」當他提出請求以後，隆科多瞪著眼說，「四阿哥奉旨留京辦事，誰去問他？」

「這，大人，那可是沒法子了！只好等皇上降旨下來處死。」

是這樣豁出去的態度，倒使得隆科多傷腦筋了。

「好吧！」他說，「且讓她把孩子生下來再說。」

話是這麼說，隆科多仍然不斷地在考慮，或者該派個人進京去見四阿哥，真個問問清楚。但又怕措詞不善，四阿哥會鬧脾氣，惹出意外風波來，因而遲遲未作決定。

其時這件醜聞也可說是奇聞，已經傳入深宮，怕惹是非的妃嬪們只是私下閒談，無人敢公然非議，或者特為去打聽。可是傳到德妃耳中，情形就不同了。

這德妃姓烏雅氏，比皇帝小六歲，今年也五十二了。她是妃嬪中子女最多的一位，共生三子三女，長子就是四阿哥胤禛。得知這樣一個「笑話」，氣得肝氣大發。皇帝因為德妃忠厚識大體，一向頗為敬重，聽說她病了，自然要親自臨視，問起得病的原因，德妃忍不住流淚了。

「怎麼回事？」皇帝詫異地，「好端端地為什麼傷心？」

德妃經此一問，伏枕磕首，「奴才是替四阿哥著急！」她哀聲乞情，「請皇上看奴才的薄面，別把四阿哥治得太狠了！」

皇帝越發詫異，「我不明白妳的話，」他說，「我為什麼要治四阿哥？」

「請皇上問『舅舅』就知道了。」——「舅舅」就是隆科多，妃嬪都依著皇子的稱呼。皇帝處事明快，立即派侍衛召隆科多來問話。

「四阿哥做錯了什麼事？德妃讓我問你。」

聽說是德妃，母不為子隱，亦就等於自首，事情就比較好辦了。隆科多不慌不忙地答說：「出了個笑話，真相還不明，奴才正在查。」

接著隆科多將金桂懷孕十一個月的這樁奇聞，作了一番簡單扼要的陳奏。當然，他不會節外生枝去談哈哈珠子恩普死因可疑這件事。

「真是四阿哥幹的嗎？」

「難說得很。這件事關乎皇子的名聲，奴才不能不謹慎。」

「那宮女怎麼說？是情急亂咬呢？還是始終認定是四阿哥？」

隆科多想了一下答說：「始終認定是四阿哥。」

「那容易，你馬上派人進京傳旨，讓四阿哥立刻就來，等我來問他。」

於是隆科多指派親信，連夜進京去宣召四阿哥，特別叮囑，四阿哥動身之後先派快馬來報知行程。因為照規矩，皇子與王公大臣，一到大駕所在之處，穿著行裝逕赴宮門請安，並無私下先行接觸的機會，所以隆科多需要知道四阿哥的行程，以便迎上前去，在未到熱河之前，就能瞭解真相。

◇◇◇

「四阿哥，你別瞞我，跟我說了實話，我替你出主意，想辦法。」

「我怎麼敢瞞舅舅？」胤禛是一臉的誠懇，「凡事都只有舅舅照應我。」

「那麼，可有那回事嗎？」

「有的！」胤禛訴苦，「舅舅你想，從五月初到九月初，憋了四個月，怎麼受得了？加以那天喝了鹿血，格外脹得難受。」

「我知道，我知道！不過，你瞧見金桂了沒有？」

「金桂？誰是金桂？」

「唉！」隆科多不由得歎口氣，「你連人家的名字都不知道，人家可是懷了你的孩子在肚子裡！」

「原來她就叫金桂！」胤禛答說，「我可沒法兒去打聽她的名字，也沒有人告訴我。」

「誰敢告訴你？」隆科多再一次問：「你瞧清了金桂的樣兒沒有？」

「嗐！」胤禛皺著眉說，「別提了，窩囊透頂！」

見此光景，隆科多不忍再笑他饑不擇食，只說皇帝很生氣，德妃為他急得舊疾復發，問他該怎麼辦？

「我可真不知道該怎麼辦了？」胤禛憂心忡忡地，「必是很有些人在等著看笑話。三阿哥，還有老十。」

三阿哥叫胤祉，十阿哥叫胤䄉，平時都跟胤禛不睦，當然樂見他鬧笑話。隆科多心想，看樣子他打算賴掉不認帳，這卻是很不妥的一件事。

「他們要笑，就讓他們笑去。你可得按規矩辦，跟皇上認錯。一時之窘，挺一挺就過去了。倘或不認，事情不了，往下追下去，扯出恩普送命的那一節，可就不妙了！」

胤禛一驚，心知隆科多已經瞭解真相，識趣為妙。

「是！我聽舅舅的話。可是，可是，何以善其後呢？」

「『善後』事宜就是如何處置金桂母子。生男生女還不知道，此時無從談起。隆科多想了一下說：「這要看皇上的意思。反正金桂會賜給四阿哥，是一定的。」

「唉，」胤禛又歎口氣，「我實在不願意要那個醜婆娘。」

「這還不好辦嗎？給她擱在一邊就是。」

說完，隆科多起身告辭。胤禛送到門口，突然想起一件事，大惑不解，不由得站住腳。將隆科多一把拉住。

「舅舅，算日子不對啊！」

「是的！」隆科多用手指敲著太陽穴說，「大家都在奇怪。」

「那，」胤禛神色嚴重了，「如果另有隱情，舅舅，這可是非同小可的事！」

「當然，不過，」隆科多用很負責的神態答說，「絕無隱情！」

所謂「隱情」，意思是指另有種玉之人。既然隆科多這樣說法，胤禛便正面提出疑問了。

「懷孕十一個月而沒有生產的，未之前聞。舅舅，這又怎麼說？」

隆科多有點光火，因為四阿哥的語氣，倒像是必須他應該提出解釋似的，這也太不明事理了！

因此，他淡淡地答說：「這得請教大夫。我哪知道。」

胤禛心知自己措詞不妥，已引起誤會，急忙歉意地說：「舅舅，我是擔心，十一個月不生，生下來倘是個怪胎，怎麼得了？」

此言一出，隆科多大吃一驚，心想，這話不錯啊！說不定就是個怪胎。行宮中出此妖異，傳出去必生種種荒誕不經的流言，而皇帝亦必定厭惡異常。這可不能不早為之計。

「不會的！」隆科多先要把胤禛安撫下來，「四阿哥，打你這兒為始，先就不能說這話，不然，是非可就大了。」

「我知道。不過，舅舅。倘或不幸而言中，又怎麼辦？」

隆科多想了一會兒說：「我有辦法，我得馬上趕回去布置。」

金桂懷孕早過了月份，說不定就在此刻已有陣痛。真個生了怪胎，宮中不知會亂成什麼樣子。一想到此，隆科多憂心如焚，策馬狂奔。到了山莊，由西北的一道宮門入宮，立即找了康敬福來商議。

「有人說，金桂懷的是個怪胎，所以十一個月不生，這話很有點道理。」

「怪胎？」康敬福驚惶失措地，「是誰說的？」

「你不管是誰說的！這個猜測，也在情理之中。莫非就沒有人說過？」

「沒有！」康敬福嘴唇翕動著，欲語又止，眼中亦微有恐懼之色。

「怎麼回事？有話不痛痛快快說？」

「回大人的話，有個說法，正好相反。」康敬福將聲音壓得極低，「老古話說，大舜爺在娘胎裡懷了十四個月，如今金桂所懷的，說不定也是個龍種！」

話還未畢，隆科多大喝一聲：「閉嘴！」

這突如其來的一聲，將康敬福的臉都嚇白了，用顫抖的聲音說：「這可不是我瞎編的話！」

「這是什麼話，可以瞎說?!必是不要命了！」隆科多提出極嚴厲的警告，「我可告訴你，如果我再聽說，有人這樣子在胡言亂語，我可不管是誰說的，只奏報皇上，先割你的腦袋。」

這一下，康敬福越發面如死灰。隆科多心想，可不能把他嚇得心智昏瞀，不能辦事，因而神色便緩和了。

「你把何林找來！我跟他說。」

等何林一來，隆科多平心靜氣地曉以利害。廢太子的軒然大波，不過暫時平息，糾紛仍在。大阿哥被幽居；八阿哥削爵囚於暢春園；十三阿哥圈禁高牆，骨肉之禍，都起於想奪嫡而登大位。如今若說金桂懷的是龍種，不就表示四阿哥會當皇帝？這話傳入皇帝耳中，必定會窮究此說的來源。那時牽連在內的，沒有一個可以活命。

「我再跟你們說一句，你們可聽仔細了，如果再有太監、宮女說這話，不問情由，活活打死。凡事有我負責。」

「是！」康敬福與何林同聲答應，神色凜然。

「如今再說金桂。她如果好好養下孩子來，該怎麼處置，到時候再說。咱們要防她的怪胎！只有一個辦法。」

這個辦法是隆科多在路上想好的。找個偏僻無人到之處，讓金桂去待產。要派人戒備，將她隔離開來。倘或生下怪胎，連金桂一起弄死，在深山中埋掉，報個「病斃」備案就是。

「這件事不難辦。最要緊的是，必得派謹慎的人，不能洩漏一言半語的真情。辦完了，我重重有賞。倘或嘴不緊，我想，」隆科多微露獰笑，「他那張嘴，從此就不必吃飯了！」

安排好了最壞情況的應付之道，隆科多才有心思去對付皇帝。他很瞭解，像這樣的事，其實算不了什麼，大家子弟偷個把丫頭或者年輕老媽子，無非為飽食終日無所事事的姨太太、少奶奶添些閒談的材料而已！何況皇子？

所嚴重的，就在四阿哥是個極講究邊幅，開不起玩笑的人。好比納妾，上自讀書人，一旦兩榜及第，「題個號、娶個小」，視為理所當然；下至莊稼漢「多收五斗米，便欲易妻」，亦是習俗所許的情有可原之事。但如平時標榜理學，不但「不二色」，甚至要練到「不動心」，美色當前，視若無睹，而居然娶了姨太太，這所引起的反應，就絕非開玩笑，而是有形的貶斥、無形的菲薄。四阿哥的個性，彷彿如此。

因此，隆科多認為要衛護四阿哥，最要緊的一件事，是如何保全他的面子？最好讓皇帝不生氣，不生氣就不會責備。如果要責備，最好私底下數落，不要當著皇子，尤其是在太子面前責罵。

想是想到了，要做卻很難。因為皇帝料事極明，察理極透，絕非用個障眼法之類的花樣所能馬虎過去的。

唯一的辦法，是講情理。主意打定了，便在皇帝晚膳過後，閒行消食之際，閒閒提了起來。

「四阿哥明天到。請皇上的旨，在哪兒傳見，奴才好預備。」

「預備？」皇帝問道，「預備什麼？」

「奴才在想，四阿哥心裡一定很難過，得預備一個讓他能夠給皇上悔罪的地方。」話好像不通，但皇帝聽得懂他的意思。如果是在大庭廣眾之間加以責備，他當然不敢頂嘴，但為著面子，也不會肯認錯，只是默然而受。這樣，除了自己發一頓脾氣以外，一無益處。

「這本不算大錯，不過，我覺得他太下流了！」

隆科多不明白皇帝的意思，直覺地認為「下流」二字，如果加諸任何一個男子身上，便注定了不會獲得重視，這跟四阿哥的前程有關，不能不為他爭一爭。

於是，他的神態轉為嚴肅了。「奴才有個想法，」他說，「不知道能不能上奏？」

「你說嘛，」皇帝隨口答說，「你倒想，我幾時因為你說錯了話，處罰過你？」

「是，奴才大錯不犯，小錯不斷，全仗皇上包涵。」隆科多略停一下說，「皇子扈從，沒有一個自己的府第，好些不便。奴才在想，行宮空地很多，木材現成，是不是可以蓋幾座園子，賜給阿哥？」

就這時候，御前侍衛來報，四阿哥已馳抵宮門請安，聽候召見。皇帝吩咐即時宣召，就在這「萬壑松風」見面。

「萬壑松風」是避暑山莊三十六景之一，一片茂密松林之中，有一座極大的石亭。皇帝就坐在亭子裡，一面等候，一面在想。

他所想的，就是特地由京中召來，馬上就可以看到的四阿哥胤禛。對於這個兒子，皇帝頗感困惑，從小就喜怒無常，到長大成人，性情依舊難以捉摸，平時不苟言笑，講究邊幅，彷彿是個很剛正的人。哪知克制的工夫甚淺，看起來近乎偽君子了。

因此，皇帝反感大起，隆科多旁敲側擊地為胤禛所下的解釋的工夫，完全白費！

「給阿瑪請安！」踉蹌而至的胤禛，一進亭子便撲倒在地，低著頭說。

滿洲人稱父親為「阿瑪」，自皇子至庶民，都是如此，但父喚子為「阿哥」，卻只限於皇子。

「四阿哥，」皇帝問道，「你知道不知道，我把你從京裡叫來，是有話要問你？」

「是。」

「有個宮女懷孕了，說是你幹的好事？」

「兒子，」胤禛吃力地說，「知罪了！」

「你知道你犯下什麼罪？」

問到這話，情勢就嚴重了，胤禛不敢回答，唯有磕頭。

「平時看你很講究小節，你的弟弟們走錯一步路，說話聲音大一點兒，都要受你的呵斥，哪知你自己是這樣下流！」

胤禛低頭不語，隆科多要為他解圍，便跪下來勸道：「天氣熱，請皇上別動氣。」

「我不生氣，我只不過不懂，」皇帝看著他說：「不懂四阿哥到底是怎麼樣一個人？」

「四阿哥已認錯了，請皇上饒了四阿哥吧！」

「當然，這麼大的兒子了，我還能拿他怎麼樣？不過，真相不能不查，是非不能不明。」皇帝又問胤禛，「那個宮女，你是怎麼處置呢？」

「後宮的宮女，兒子何能擅作處置？」

「這也罷了！你把那宮女帶回去吧！」

這是賞賜，胤禛心頗不願，但還不能不磕頭謝恩，一場風波總算過去了，如今要擔心的是，金桂會不會生下怪胎？

◇ ◇ ◇

陣痛從黎明時分就開始了。如果是名正言順的王府「格格」，誕育皇孫，當然由內務府傳來有經驗的「婦差」，預備下一切坐褥所需的用品，靜候瓜熟蒂落。但金桂的情形大不相同。

自避暑山莊落成，八年以來，從未有妃嬪在這裡「坐月子」。倘或妃嬪夢熊有兆，自然是靜居深宮，不會隨扈出關，免得動了胎氣。所以行宮中有各色各樣的人當差，就是沒有會接生的。

因此，康敬福早在金桂懷孕將足月時，便不得不到民間去覓穩婆。本以為哪家不生男育女？穩婆決無須覓之理，誰知十個倒有九個一口拒絕，為的是膽怯不敢進宮。餘下的一個意思是活動了，但聽說一傳進行宮，行動種種不自由，譬如日落之前，宮門即須下鑰，晚一步便回不得家，亦就改口推辭了。

因此，直到金桂陣痛時，穩婆還不知在哪裡？康敬福急得不可開交，幸好有個叫月鳳的宮女，本來在庶妃高氏那裡當差，犯了過錯，發到熱河行宮來安置。高庶妃生皇十九女與皇二十子胤禕時，她都親眼得見，所以雖是處子，亦略知生育的奧秘。此時為了同情金桂，自告奮勇，願代產婆之職。

「月鳳，」康敬福悄悄跟她說道：「我有句話，可得先關照妳，金桂肚子裡，或許是個怪胎。」

一聽這話，月鳳嚇得臉色大變，扭身就跑。康敬福也顧不得魯莽了，追出來一把將她拉住。

「康大叔，你饒了我，我的膽子小。倘或是個怪胎，我會嚇死過去，那時候產婦沒有人照應，弄成個血崩，就是兩條人命。」

康敬福頗為懊悔，不該言之在先，便騙她說：「月鳳，我是試試妳的膽子，跟妳開玩笑的！怎麼會是怪胎？四阿哥的種，怎麼怪得起來？」

「不！不！康大叔，你另外找人吧！」

「我哪裡去找？能找得著人，何至於要麻煩妳？月鳳，沒有別的說的，妳如果不幫我這個忙，我可要下跪了！」說著，真的作勢彎膝。

「得，得！康大叔，我，我就勉強試一試。不過，有句話，我得說在頭裡，倘是個怪胎，我會嚇得扭頭就跑，那時候你可不能像此刻這麼攔我。」

「行，行！不會是怪胎。妳進去吧！」

產房是個馬棚，為了遮蔽，四周拿些草蓆掛上，所以光線不足。月鳳剛進去時，伸手不見五指，合上眼靜等了一會兒，再睜眼想看時，才影綽綽地發現有人倚牆而坐，在低聲呻吟。

「金桂！」她喊。

「喔，」金桂有氣無力地，「是哪一位？」

「我是月鳳，來替妳『抱腰』的！」月鳳一步一步走到她面前問道：「痛得怎麼樣？」

「從沒有這麼痛過！」金桂吸著氣說，「我說不上來。」

月鳳在草堆上坐了下來，伸手去摸了摸金桂的肚子。「好像還早！不過，」她復又起身，「該用的東西，要早點預備。」

於是月鳳掀著草蓆，走到外面，康敬福正在等消息，一見她便迎上來問：「怎麼樣？」

「還早，」月鳳皺著眉說，「什麼東西都沒有，可教我怎麼下手哪？」

「是！是！姑娘，妳別抱怨，請妳吩咐，要什麼東西，我立刻派人去辦。」

「唷！」月鳳笑道，「康大叔，你幹嘛這麼客氣？吩咐可不敢當。只請康大叔關照他們，別跟我稀裡糊塗地敷衍了事，我就承情不盡了！」

這原是宮裡的積習，說的是一套，做的又是一套，如是要什麼東西，得看什麼人要。有頭有臉的，要什麼有什麼；否則，當面答應得好好的，到手的東西，可就不一樣了。康敬福理會得她話中的意思，怕她發脾氣打退堂鼓，所以拍著胸說：「姑娘妳儘管放心！妳要什麼東西，我一定替妳辦妥。要大的，不能給小的；要新的，不能給舊的！」

「好！我要一把新剪刀，剪臍帶用。」

一半是耍派頭，一半是同情金桂，要這樣、要那樣地，報了一大篇，康敬福都有些記不得了。

交代完了，月鳳仍舊回馬棚，等到了金桂身邊，只聽微有啜泣之聲，不由得一驚。

「妳怎麼啦？」

「我，月鳳姊姊，」金桂哽噎著說，「我心裡難過。」

「是怎麼難過？妳告訴我，我替妳想法子。」

「我說不上來，我只覺得有姊姊妳這麼待我好，非淌一淌眼淚，心裡才好過些！」

「妳！」月鳳笑了，「真傻！」

於是月鳳問起金桂的身世，以及去年與四阿哥相會的經過，恍然大悟，哈哈珠子恩普之死，必是四阿哥下的毒手，為的是得以滅口。

不過，這話她不敢說出口，因為行將臨盆的孕婦，不宜受刺激。如果自己說了心裡的想法，金桂必定大感驚恐，而想到四阿哥如此陰險無情，所受刺激之深，更非言可喻。也許因此就會血崩難產，豈不是平白害了她的性命。

轉念到此，想起有句話不能不問，問出來卻又怕她驚懼。正在躊躇不定時。金桂開口了。

「月鳳姊姊，妳怎麼不說話？」

「我在想，有句話要問妳。」

「儘管問嘛！」金桂搶著說，「月鳳姊姊，如今妳是我唯一的親人，我什麼話都告訴妳了。」

「倒不是我想打聽什麼，我要知道妳的意思。金桂！」月鳳先作寬慰之語，「我不過備而不防。並不是真的會有那樣的情形。」

「什麼情形？」

「也許生的時候不順利。萬一難產，是保妳自己，還是保孩子？」

「自然是保孩子！」金桂毫不思慮地說。

「留得青山在，不怕沒柴燒，妳再想想。」

「不必想了！我想過多少遍了！」金桂傷感而又高興地說，「我的孩子是金枝玉葉，將來要享福的。至於我，我想我這麼醜，四阿哥亦絕不會再要我，還是死掉了乾淨。」

聽到這樣的話，月鳳陡起同情之感，兩行熱淚滾滾而出，流到了金桂的手上。

「月鳳姊姊，妳幹什麼？」金桂的聲音中，充滿了驚駭。

「沒有什麼。」月鳳的感傷來得快，去得也快，怕她再提，索性先作警告：「妳別再問了，多問我會心煩。」

「是！」金桂怯怯地說，「我不敢！」

就這時候，外面有人在喊：「大姑！大姑！」

月鳳起身走了出去，只見三個小太監，捧著她所要的東西，站在門外。她認得為頭的那個叫栓子，便即問道：「栓子，你在叫誰啊？」

「叫妳啊！」

「唷！」月鳳笑道，「怎麼把你自己算矮了一輩？」

「康大爺關照的！不能叫你姊姊，得叫妳大姑。」栓子頑皮地笑道，「大姑！姑夫呢？」

「姑夫？」月鳳沉下臉來呵責，「你胡說八道些什麼？」

栓子臉上依舊掛著撒賴的笑容：「敢情沒有姑夫啊！」他退後兩步，做好避免挨揍的準備，「怎麼大姑對這檔子事兒，倒是挺內行的呢？」

這一下將月鳳惹惱了，大步攆了上去，栓子吃虧在手裡捧著東西逃不脫，讓她抓住了膀子，伸手狠狠地在他頭上打了兩巴掌。

裡面的金桂聽得很清楚，覺得又好氣又好笑，對月鳳自不免亦有歉疚之感，因而等她進屋來點亮了蠟燭以後，陪著笑說：「那班小猴子真淘氣！月鳳姊姊，妳可別介意！」

「我介意什麼？」月鳳問道：「這會兒怎麼樣？」

「一陣一陣地疼。」

「受得了，受不了？」

實在已疼得不能忍受了，而金桂還是咬緊了牙說：「受得了。」

「那好！妳也幹點活兒。沒有小衣服，只能拿布包一包。」月鳳說道，「怪我不好，只說全要新的，實在毛孩子的衣服，要舊的才軟乎兒。這塊上了漿的新布，會把孩子的皮膚都擦破，妳把它揉一揉！」

「好，我揉。」

金桂將一方五尺來長的新布接到手裡，很仔細地一寸一寸地揉，腹疼手痠而樂此不疲。她一面揉，一面想像著這條揉軟了的新布，裹在嬰兒身上是怎麼個樣子。

月鳳的手也不閒，一樣一樣地檢點用品。到底不是熟手，一面檢點，一面得回想，這樣就越發慢了。

也不知過了多少時候，又聽栓子在外面叫：「大姑！」

「幹什麼？」

「替妳送飯來。」

「好吧，你送進來。」

草薦掀處，月鳳才發現暮色滿天，快要入夜了。不由得有些發愁，如果金桂是在半夜裡分娩，那時大家都在夢鄉，萬一是個難產，求援不易。

「大姑，飯可是擺在這兒了！」栓子交代，「一共兩份，連產婦的都有了。」

「好了，多謝你。」月鳳突然想起，「栓子，你跟康大爺去說，還得派兩個人給我。」

「男的？還是女的？」

「自然是女的，你這不是多問？」

「不是我多嘴，我是好意。」栓子說道，「女的可要現找。若說男的，要多少有多少，就不必麻煩康大爺了。」

「這是怎麼說？」

栓子看一看金桂，欲語不語地終於只報以莫名其妙的一笑。月鳳有些猜到了，也不便多說，只揮一揮手，讓栓子退了出去。

草蓆掀處，月鳳又望了一下。她的眼力很好，發現遠處聚著好些人，心知猜對了！不知有多少人在等消息：要看金桂生下來的是怎麼樣的一個怪胎？

儘管隆科多下令戒備，康敬福全力管束，無奈地區遼闊，若要將這座馬棚包圍得嚴密，至少也得三、五百人，康敬福只調了十來個人來，如何看守得住？尤其是入夜之後，三三兩兩，悄聲地從樹林間溜了過來，方便得很。

八月十二日的天氣，照說應該月華如水，這夜卻怪異，天色陰異，難得有雲破月來的時間。到得夜深露重，看看還沒有消息，有的人意興闌珊地走了，而留下來的，仍還不少。

三更過後，馬棚外面的爐火，忽然旺了，顯然地，是在燒熱水，產婦分娩的時候近了。

於是，看熱鬧的人的倦眼大張，看是看不見什麼，只有側著耳朵聽消息。聽更鑼一遍一遍地敲過。交進午夜子時，隱隱聽得馬棚中有洪亮的啼聲。這天颳的是西風，大家都擁向東面，啼聲越聽越清楚。但見栓子奔來報信：「一個大白胖小子！一個大白胖小子！」

不是怪胎，看熱鬧的未免失望，但多想一想，又感興趣了。因為有個有趣的疑問：金桂的「大白胖小子」到底算不算四阿哥的兒子？如果算，又如何處置這個皇孫？不算可又怎麼辦？總不能扔在水裡淹死吧？

◇　◇　◇

「四阿哥，你可要說實話，到底是不是你的骨血？」德妃提醒他說，「這可不是能隨便的事，假的不能當真，真的也不能作假。」

「教兒子怎麼說呢？有是有那麼回事，可擋不住別人也跟她有來往啊！」

德妃沉吟了好一會說：「只要有那回事，就是真的了。她那模樣兒未見得有人要她，她自己也絕不敢胡說！」

胤禛低著頭不作聲，心裡只在想，自己該不該要這個兒子？如果不要又怎麼辦！

「這是喜事！」德妃說道，「你到現在只有一個兒子，多一個不挺好的？而況聽說是個大白胖小子，哭聲真不像剛下地的毛孩子。說不定將來倒有點福分。」

「娘！」胤禛終於說了他的心事，「孩子我不是不想要，就怕說出去難聽，再說，那個金桂——」

德妃懂他的意思，不想要那個金桂，但這是沒法子的事，金桂只能養在他府裡。所要顧慮的是子不離母，胤禛如果厭惡金桂，連帶疏遠了他們父子之情，卻非所宜。

「好了，我有個主意。不過先得奏聞皇上，才能作數。你下去聽信兒吧！」

原來德妃所想到的是移花接木的辦法。說起來一半也是疼孫子。清朝的家法，皇子皇孫特重母親的出身，金桂身分不高，所生之子將來在封爵時就會吃虧。如果將那個「大白胖小子」另外找個身分高的母親豈不甚妙？

等胤禛一走，德妃隨即找她的心腹宮女來商量。這個宮女名叫福子，忠心耿耿，足智多謀，而且燒得一手好菜。原來宮中的規矩，位至妃嬪，便可自設小廚房，由內務府按月按日致送食料，名為分例。如果有太后在，自皇后至各宮妃嬪，經常要孝敬自製的佳餚，妃嬪之間亦常互為賓主，今天妳邀，明天她邀，輪流做主人，若得一個好手藝的宮女掌廚，不僅易為「主子」增光榮，而且也為「主子」爭得了友誼。

德妃在宮中頗得人緣，皇帝亦常眷顧，一半歸因於她為人厚道，一半亦正由於福子的那一手好菜。

「今晚上我要請個客。這跟平時不同。」德妃很鄭重地說，「要讓她們吃好了，她們才會替我說好話。」

「倒是讓哪幾位主兒，說些什麼好話呀？」

「噯！」德妃很傷腦筋似的，「還不是為了四阿哥！」

「那可真得讓人家吃好了才行。」福子問道：「打算邀哪幾位？」

「不多，貴妃之外，就是惠、宜、榮三位。」

原來皇帝前後三后，皆已崩逝，如今統攝六宮的是孝懿仁皇后的胞妹，也是隆科多的胞妹，三十九年十二月才冊為貴妃。「惠、宜、榮」指的是三位妃子，康熙二十年十二月，與德妃同時由嬪晉妃。以年齡來說，應該是榮妃居首。

榮妃是漢軍出身，姓馬，照例加個佳氏，稱為馬佳氏，她比皇帝還大兩歲。在十六歲那年，她為皇帝生下一個兒子，名叫承瑞，其時皇帝只有十四歲，在皇長子胤禔出生以前，皇帝已經有過四個兒子，只是生來即夭，未曾以字輩排行而已。她生過五個兒子，但養大了的只有一個，即皇三子胤祉。

其次便是皇長子胤禔的生母惠妃，姓那拉氏。再次是宜妃郭絡羅氏，她有兩個兒子，老大皇五子胤祺，老二皇九子胤禟。這宜妃是個很厲害的腳色，跟別的妃嬪都不甚合得來，唯獨對德妃是例外。

宮中位分最高的。就是這五個妃子。德妃的想法是，只要取得貴妃與惠、宜、榮三妃的支持，皇帝即不能不格外寬容。福子瞭解這一頓飯，關係重大，自然放出手段來，整治得既精且潔，客人無不大快朵頤。

「吃是吃了！」宜妃笑著對福子說，「只怕妳主子的這頓飯是鴻門宴！」

「宜主子說笑了，奴才主子從不擺鴻門宴的，果真是鴻門宴，各位主子看哪位肯賞光？」

「強將手下無弱兵！」宜妃對貴妃說，「這福子好會說話。」

「那！」佟貴妃也是忠厚人，對德妃說道，「我也猜想，妳有話就說吧！」

「還不是為了四阿哥鬧的那個笑話。」德妃皺著眉說，「我真不知道該怎麼辦了？只有請示貴妃，也要請各位姊姊幫著包涵。」

「包涵可是太嚴重了。」宜妃接口，「倒是得想個法子，請皇上包涵。」

這正是說中了德妃的本意，連連點著頭說：「只求皇上不生氣就好辦了。」

「我想皇上不會怎麼生氣。孫子越多越好，而況聽說小小子長得挺體面的。」榮妃說道，「請貴妃求一求，包管沒事。」

「只怕我一個求不下來。我倒有個主意。不過，」佟貴妃笑道，「我得借福子用一用。」

借福子自然是借她的易牙手段，德妃隨即答說：「貴妃差遣福子，是她的造化。說什麼借不借的。」當時便喊一聲：「福子！」

等將福子喚來，佟貴妃說：「明兒晚上，皇上在如意洲賞月，我想找妳辦一頓消夜請皇上。妳可得好好放點兒手段出來。」

聽這一說，福子既興奮又惶恐。「不知道該預備些什麼？」她說，「奴才怕一個人照顧不了。」

「我派人幫著妳，只要妳出主意掌握就是。皇上向來飲食都少，而況是消夜，只要精緻，不必太多。」

「是！」福子覺得有點把握了，「奴才的手藝，瞞不過貴妃，可得求包涵。」

「妳別客氣了，」佟貴妃環視著說：「明兒等皇上興致好了，我提個頭，大家幫著替四阿哥求個情，不就結了！」

成全？」

三妃皆諾，德妃稱謝，她恭謹地說：「我得寸進尺，還有求情，不知道貴妃能不能格外成全？」

「妳說，只要辦得到，我無有不依的。」

「我還想抬舉抬舉那個孩子！」

「怎麼抬舉法？」

「我想給他另外找個娘。」

「喔！」宜妃脫口說道，「是這麼回事！那一來不就成了四阿哥的嫡子了嗎？」

原來宜妃以為德妃想將金桂所生之子，做為胤禛嫡妃烏納那拉氏所出。胤禛原有四子，長子弘暉，即為烏納那拉氏所出，八歲而殤。次子弘盼、三子弘昀、四子弘時，皆為側妃所生。弘盼、弘昀，皆未養大，如今只剩下一個弘時。倘或金桂之子做為嫡出，則後來居上，委屈了弘時，自然是很不妥的一件事。

這一層，德妃早就顧慮到了。「當然不能那麼辦！」她說，「我想讓鈕祜祿氏去養。」

這鈕祜祿氏在胤禛府中的位號稱為格格。她的出身很好，是開國元勳弘毅公額亦都的曾孫女，今年二十歲，很得德妃的寵愛。如果金桂之子做為她之所出，在身分上就比弘時還高些了。

「這也沒有什麼不可以，」佟貴妃笑道，「不過我不明白，妳這是疼孫子，還是疼鈕祜祿格格？」

「兩樣都有，」宜妃看著德妃問道：「我猜對了沒有？」

德妃報以微笑。佟貴妃卻又有話要問：「疼鈕祜祿格格，還有可說，那孩子我見了也疼。可是，妳那個孫子，連什麼模樣兒都還沒有見過，何以這麼疼他？」

「這是因為——」宜妃話到口邊，突然噤住，她原本想說佟貴妃沒有兒女，不知道父母之心，更不瞭解祖母對孫兒女的感情，但這話會引起佟貴妃不快，所以機警地縮了回去。

「說實話，」德妃很快地接口，「我老覺得那孩子可憐，他娘也是一樣！唉！」她歎口氣沒有再說下去。

◇◇◇

中秋賞月，就皇帝來說，是對文學侍從之臣慰撫親近的一個好機會。也是文學侍從之臣唯一在日沒以後猶能「親侍天顏」的一天。因為珍惜此日難得，皇帝在「煙波致爽」這一處近水得月的樓台，召宴文學侍從之臣，直到三更過後，方始傳諭散去。

而月到中天，正是一年月亮最好的時候，因此聽得近侍奏報：「貴妃在如意洲等著萬歲爺賞月」時，皇帝欣然應諾，由「煙波致爽」迤邐而來。

在皇帝，這是很新鮮的事情。七八年來，年年在避暑山莊度中秋，年年亦都是以召宴文學侍從之臣，做為度中秋的唯一點綴，實在也有些倦了。如今聽說以佟貴妃為首，召集各宮妃嬪，奉請皇帝開筵賞月，自是欣然嘉許。

就在這時候，三阿哥胤祉、四阿哥胤禛、五阿哥胤祺、七阿哥胤祐，帶著成年的弟弟、妹妹，來陪侍皇帝賞月，一等太監傳報，許多年輕的妃嬪慌忙走避。清朝的家法，妃嬪需年過五十，始得與成年的皇子相見，所以只有德、宜、惠、榮四妃仍然留在如意洲。但佟貴妃雖只四十四歲，因暫攝六宮，身分同於母后，是唯一例外，跟年過五十的妃嬪一樣，不須迴避。

這所謂陪伴賞月，其實只是盡一種禮節。妃嬪與皇子難得見面，彼此拘束，皇帝要擺出做父親的款派，亦覺很不自在。因此，一番周旋之後，誠親王胤祉領頭，跪安退出。這一下，反倒造成了佟貴妃與四妃便於進言的機會。

「皇子皇孫不厭多，聖祚綿綿，萬世無疆。今天花好月圓，更有添孫之喜。奴才略略備了皇上喜愛的膳食，請皇上開懷暢飲。」

佟貴妃說完，隨即有太監抬上食桌來。這是私下小酌，不比正式的御膳，所以樣數不多，但也有十六品，分擺了兩桌。明黃五彩龍鳳的細瓷碗，一律加上銀蓋子，在清輝流映的皓月之下，顯得格外華麗。

「打蓋子吧！」

佟貴妃一聲吩咐，套著白布袖頭在侍膳的太監，立即以極迅速的手法，將銀蓋子揭了開來。皇帝聞到一種香味，不由得便有了食欲。

這味有意擺得最近的佳餚，原料是窮家小戶用以佐膳的豆腐，但配料極其講究。全用香蕈、口蘑、松子、瓜子、雞肉、火腿，細切成丁和入極嫩的豆腐片中，用濃雞湯製成，起鍋上桌，名為「八寶豆腐」。

提起「八寶豆腐」，大有來歷。皇帝第一次南巡時，駐蹕蘇州織造衙門，織造是內務府出身，名叫曹寅，極意辦差，以重金覓得蘇州最好的名廚，名叫張東官，供應御膳。上方玉食，自然珍貴非凡，但駝峰、熊掌之類的八珍，亦僅是肥厚而已，若論精緻，輸於民間富家。皇帝極其賞識張東官的手藝，一味「八寶豆腐」，更是食之不厭，每飯不忘，還京之時，甚至將張東官帶回京中，賞他五品頂戴，在御膳房供職。每有大臣告老回鄉，皇帝常以「八寶豆腐」的製法相賜，但到御膳房取這張法子時，已定出例規，須賞銀一千兩。

自張東官病歿，他人照方所製的「八寶豆腐」，始終不合皇帝的口味，或者過老，或者太膩，或者香味不足。慢慢地皇帝就不大點這樣菜了。不想十年未嚐的美味，忽又出現在面前，聞香味便覺是那回事，再用湯匙舀起來一嚐，與張東官所製，不相伯仲。如何不喜？

「難得之至！」皇帝問道，「這是誰做的？」

「德妃宮裡的福子。」

「朕有賞賜。」

「有皇上誇獎的話，比什麼賞賜都貴重。」

「話雖如此，到底也讓她得點兒實惠。」皇帝向隨侍在側的總管太監說，「賞德妃宮裡的福子，多一份月例銀子。你傳話給她，不必來謝恩，好好當差。」

「是！」總管太監答應著，自去傳旨。

「奴才替福子謝恩！」德妃蹲身下來，恭恭敬敬地請了個安。

「你們也都來嚐嚐，不必拘禮。」

於是太監另行安置食桌矮凳，眾星拱月似地圍繞著皇帝坐下。然後由佟貴妃開始，以次捧酒布菜，各致敬意。

「妳剛才說，我添了個孫子，我沒有答妳的話。」皇帝向佟貴妃說，「想來妳指的是四阿哥得的那個男孩？」

聽得這話，德妃立刻緊張了，抬眼看時，月色正映在皇帝臉上，平靜如常，她才略略放心，側身聽佟貴妃如何回答。

「是！」佟貴妃答說，「四阿哥只有一個男孩，如今再添一個實在是喜事，聽說是個大白胖小子，皇上更該高興。」

「如果是他身邊的人生的，我當然高興。可惜偷偷摸摸，不成事體。」皇帝感歎地，「平時四阿哥很講邊幅，哪知道，唉！」皇帝搖搖頭，「他也三十多歲的人了，教我說什麼好？」

語聲甫落，只見德妃站起身來，隨即又往下直落，雙膝已經著地。「請皇上千萬不必生氣！」她說，「寬免了四阿哥這一回。」

「跟妳不相干，起來，起來。」

「是！」德妃答應著，卻未起身。

皇帝知道德妃另有要求，便即說道：「妳有什麼話，儘管起來說。」

「是！」德妃這才起身，「奴才叩求天恩，准新生的皇孫，交給四阿哥府裡鈕祜祿格格撫養。」

「呃，這是什麼道理呢？」

「鈕祜祿格格，八旗世家出身，知書識禮，奴才心想，孩子交給她帶，將來才會有出息。」

這個理由很正大。皇帝向來最講情理，立刻點頭答應：「這話有理！就這麼辦。」

德妃大喜，隨又謝恩，接著又傳胤禛來向父皇磕頭。

「我倒要問你，」皇帝提出一個令胤禛想不到的疑問，「你那個孩子，在娘胎中懷了十一個月才生，你可知道，這有先例沒有？」

胤禛被問住了，思索了一會才想起關於老子的傳說：「兒子讀《史記》老子韓非列傳的考證中說：老子李耳，其母懷胎八十一載，逍遙李樹下，剖左腋而生。這是荒誕不經之談。此外，兒子淺陋，想不起還有什麼先例。」

「先例甚多，不過未經記載而已。十月懷胎是指其成數而言，或者提前，或者落後，皆是常事。提前便是先天不足，反之便是先天就有過人之處，你這個兒子，倒不可等閒視之。」

「是，」胤禛很興奮地答道，「仰賴皇上的蔭庇，天語褒許，兒子將來一定要切切實實教導孫兒做一個不負皇祖期許的有用之人。」

「對了！哪怕是生來就有爵祿的皇族，也別忘了做個有用之人，像三阿哥招納賢才，纂修古書，這是於世道人心大有益處的事業，你們都該學他才好。」

聽說誇獎誠親王胤祉，是雍親王胤禛心裡最不舒服的事。但父皇教誨，唯有用極誠懇的態度，表示接受。

「那個宮女叫什麼名字來著的？」

「叫李金桂。」胤禛低著頭回答。

「你可得好好兒待她。」

「是！」

◇◇◇

「胤」字輩之下是「弘」字輩，第二個字用「日」字偏旁。胤禛現存的一子名為弘時，金桂所生之子，由宗人府起名弘曆。玉牒上的記載是：「雍親王胤禛第四子弘曆，康熙五十年八月十三日子時誕於王府，母格格鈕祜祿氏。」

不說生於熱河行宮，而說誕於雍親王府，是不得不然。因為鈕祜祿氏並未隨扈，如說生在熱河，謊就要拆穿了。

不過，從第二年起，雍親王妃烏納那拉氏，以及鈕祜祿氏，便年年能夠隨著胤禛避暑熱河。因為皇帝接納了隆科多的建議，為年長而封了王的幾個皇子，都造了住所。胤禛的「賜園」，御筆題名「獅子園」，因為就在獅子山北，碧水迴環，蒼松夾護，中有「芳蘭砌」、「樂山書屋」、「水情月意」、「待月亭」、「松柏室」、「忘言館」、「秋水澗」、「妙高堂」諸勝景。

在這些勝景，夾雜著一處絕不相夥的原有建築，並無專名，只稱「草房」，這裡就是弘曆降生之地。

這座「獅子園」，僅僅稍遜於誠親王胤祉的賜園。至於大阿哥胤禔，二阿哥胤礽，根本就不曾被賜——胤礽連太子都不是了。

原來太子胤礽，廢而復立，立而又廢，其事就發生在弘曆出生兩個月的時候。起初是查得一件貪污案，有個戶部的書辦，勾結本部的一名司官，完攬稅收，額外需索，這本是常有的事，哪知往深處追究，才知道牽連到好些旗下大員。而這些旗下大員，一大半是太子的私人。

這一來皇帝大為懷疑，嚴旨徹查，查出來的內幕駭人聽聞。據說，太子因為弟弟們都能隨扈皇帝巡幸，遊山玩水，自由自在，唯有他被留在京城，而且皇帝特派親信監視他的行動。因而內心不快，常有怨言。

僅止於怨言，不算太大的罪過，還有極其荒謬的舉動，沉湎酒色，營私舞弊，派私人到各省去物色美女，搜求珍寶，小小不如意，以「監國」的身分，加以責罰。以至各省督撫敢怒而不敢言。

最不可恕的一件事是，一次喝醉了酒擅自闖入大內，調戲同父異母的胞妹。

這件案子從康熙五十年查到第二年五月才結案。皇帝聽說太子如此不成器，心涼透了。到了十月初一，應該頒發下一年皇曆的那一天，硃筆廢立。這是件大事，卻未詔告天下。皇帝的硃諭中說：「前次廢置，情實憤懣，此次毫不介意，談笑處之而已！」這是想通了，只當根本沒有生過這麼一個兒子。

然而二阿哥胤礽雖被禁錮在咸安宮，還是有人替他說話，奏請復立為太子。皇帝說道：「建儲大事，未可輕言。胤礽為太子時服御俱用黃色，儀注上幾於朕，實開驕縱之門。宋仁宗三十年未立太子，我太祖太宗亦未豫立。太子幼沖，尚保無事，若太子年長，左右群小，結黨營私，鮮有能無過者。」

硃諭中又說：「太子為國本，朕豈不知？立非其人，關係不輕。胤礽儀表、學問、才技，俱有可觀，而行事乖謬，不仁不孝，非狂易而何？凡人幼時，猶可教訓，及長而誘於黨類，便各有所為，不復能拘制矣！立皇太子事未可輕定。」

從此，皇帝絕口不提立太子的事。但是世無不死之人，貴為天子，亦不例外，而大位到頭來必有歸屬。皇帝究竟看中了誰呢？

這是無大不大的一個疑問，也是多少人——包括皇子以及許多想攀龍附鳳以求富貴的滿漢大臣，不斷在反覆覬覦觀察思考的一個疑問。

有個看法是很合理的，皇帝心目中尚無中意的人，他只是在默默物色之中。這就是說，每一個皇子，都有繼承大位的可能。只看自己的條件如何？或者說，自己的表現，如何才能為皇帝欣賞。

不管自己的表現如何，有件事是很清楚的，絕不可露出覬覦帝位之心。倘或如此，不但會被排除在皇帝考慮繼承人選的名單之外，甚至會像大阿哥胤禔、十三阿哥胤祥那樣拘繫高牆，或者如二阿哥胤礽禁錮咸安宮，或者類似八阿哥胤禩軟禁於暢春園側。

因此，儘管自問有資格逐鹿的皇子，如三阿哥誠親王胤祉、四阿哥雍親王胤禛、九阿哥貝子胤禟等等，以招納賢才為名，暗蓄奇材異能之士，但表面上均謙恭自持，表示將來只願為賢王，不敢妄希大位。這一來，皇帝倒真減了好些煩惱。

◇◇◇

到得康熙五十七年十月，皇帝頒了一道上諭，令人大出意外。十四阿哥胤禎，本封貝子，晉封為郡王，並授為「撫遠大將軍」，受命出征青海。

十四阿哥是雍親王胤禛的同母弟，他比一母所生的哥哥，整整小十歲，這年正好三十。胤禎向來得皇帝的鍾愛，是宮中人人皆知之事。當第一次廢太子以後，八阿哥胤禩活動得很厲害，皇帝勃然震怒，降旨將胤禩鎖交議政處審理，九阿哥胤禟跟胤禩最好，但自知並不見重於皇帝，唯有慫恿胤禎去討情，事雖不成，但胤禎在皇帝面前能說得上話，是得到一個明證了。

可是，鍾愛是一回事，賦以重任又是一回事。胤禎能獲此新命，自然是皇帝的一種暗示。暗示便在「大將軍」這個職位上。清朝以武功得天下，當初宗室從龍，以戰功定爵位高下，所以「大將軍」這個職銜，不輕易授人。除非像皇帝的胞兄裕親王福全那樣，爵位至高，才蒙特授。如今拿十四阿哥胤禎看得跟裕親王的身分一樣重，而且越過八、九、十一、十二、十三諸兄而封郡王，顯而易見的，天心默運，大位已有所歸了。

於是，宮中閒談，都在議論此事，甚至有人公然向德妃賀喜，說她子以母貴，將來必成太后。德妃是極謹厚的人，一聽這話，不是掩耳疾走，便是懇切勸告，千萬不要這麼說，倘或傳入皇帝耳中，會起絕大的風波。

有一次宜妃也半開玩笑地說：「德姊，妳將來可得多照應照應我。九阿哥跟十四阿哥感情是不錯的，不過九阿哥性子直，到了君臣之分已定的時候，還只當弟兄和好，自以為他是哥哥，那可得請德姊跟十四阿哥說一說，千萬要寬恕他。」

「宜姊，」德妃將她拉到一邊，悄悄說道，「別人面前我不敢胡說，妳是最識大體，知道利害輕重的，我不妨跟你實說了吧！不過，妳可——」

「德姊，」宜妃不等她說完，便把話搶了過來，「妳這是多叮囑的，我豈能不知道輕重？妳要不要我跟妳罰咒？」

「不，不，」德妃撫著她的背說，「妳別多心。我要拿妳當外人，我也不跟妳說這些話了！」

「是啊！德姊，妳知道的，我也沒有拿妳當外人。」

德妃點點頭，站起身來，四面看清楚了沒有人，才挨著宜妃坐下，輕聲說道：「皇上對我說，今年六十五了，大概總還有十年的壽數，那時幾個年老的阿哥，都過了五十。國賴長君，固然不錯，五十歲的人，總是老了。心有餘而力不足，治理天下這副擔子，恐怕挑不起來。因此，想來想去，決定選十四阿哥！」

「原來如此！皇上的打算一點不錯，那時候十四阿哥四十歲，正是壯年。」

「就四十歲也嫌年紀大了，不過，」德妃忽然縮住了口，「唉，不說吧！」

宜妃知道她的意思，必是皇帝跟她說過，年紀輕於十四阿哥的，才具不足，難當大任。她不肯隨便批評其他皇子，正是她忠厚之處，使得宜妃更為佩服。

「德姊，我有句話，不知道該不該問？」

「怕什麼？妳儘管說。」

「從十四阿哥這件事揭開了以後，照我想，心裡最難過的，只怕是四阿哥。」

「不，」德妃答說，「我先也跟妳這麼想，暗地裡留神，他竟一點都不生芥蒂。反倒常說，皇帝的打算，大公無私，真是顧到了天下治世。」

「這敢情好！」宜妃亦覺欣慰，「父慈子孝，兄友弟恭，和和睦睦過日子多好！唉！」她忽然歎口氣，沒有再往下說。顯然地，她是感歎這十年來廢立的糾紛。

◇ ◇ ◇

宜妃的眼光很銳利，只有她一個人看出來，十四阿哥胤禎膺此新命，心裡最不舒服的，便是雍親王胤禛。

「我就不懂，我哪一點不如第十四的？」他這樣對年側妃說，憤恨之情，溢於言表。

「王爺，」年側妃悄悄地勸他，「何必這麼說！萬一傳到皇上耳朵裡，又是件不得了的事！」

「我也只是對妳說。只要妳不說出去，有誰會知道我說過這話？」

「我當然不會。就怕隔牆有耳。」

「好了，好了，不要說了。」胤禛有些不耐煩，「妳明天回家去一趟，問妳父親，亮工怎麼好久不給我來信？」

「亮工」是年側妃的二哥年羹堯的號。「年」這個姓是獨一無二的，他家祖先本姓嚴。明朝出了個進士叫嚴富，放榜時不知怎麼錯「嚴」為「年」，因而嚴富將錯就錯，改名為年富。

這年富後來做到遼東的巡按御史，在關外落了籍。子孫是明朝的武官，萬曆崇禎年間，明軍一再敗於清兵，到得崇禎末年，一敗塗地，大都投降了清兵，被改編入旗，稱為漢軍，年家屬於漢軍鑲黃旗。雖然年羹堯的父親遐齡，已經官居湖廣巡撫，但對親藩來說，仍是下人。年遐齡父子在胤禛分府時，為皇帝撥過去服役。所以稱為「雍親王門下」，因而胤禛才用那樣的口氣對年側妃說話。

「是！」她恭順地答說，「明天我就告訴我爹。」

於是年遐齡立刻寫信給他次子，轉告胤禛的意思。年羹堯接到父親的信，知道自己的機會來了！

◇◇◇

年羹堯是康熙三十九年的翰林，放過四川、廣東的主考，不過六七年的工夫，便已升到二品的內閣學士，其時年羹堯剛過三十，真可說是少年得志！

當然，一半是他的才具為皇帝所賞識，一半也由於胤禛的援引。到了康熙四十八年，亦由於胤禛的進言，年羹堯才放了四川巡撫。這幾年川藏邊境，變亂迭起，年羹堯親自領兵征剿，很出了些力，益得皇帝的信任。

及至康熙五十七年策妄阿喇布坦作亂，年羹堯可就無能為力了。因為蒙古西藏的綏服，是皇帝在康熙三十五年親征的結果，如今西藏復起變亂，當然亦須奏請皇帝親裁。

這策妄阿喇布坦，是元順帝之後。明太祖滅元，只能將蒙古人逐至大漠以北。哪知元順帝有個好子孫，在漠北中興，蒙古人稱統治者為「汗」，此人的稱號，叫做達延車臣汗。由於這個部落跟明朝的關係很微妙，忽友忽敵，變動不居，大致馴順則朝貢，不馴則劫掠，而明朝自英宗「土木之變」後，對此部落以安撫為主，因而達延車臣汗的十個兒子中，有四個侵入漠南，繁衍到清朝開國，這四子的子孫占內蒙四十九旗的大半。

留守漠北的是達延車臣汗的第八子名叫格勒森札，部下有精兵一萬多人，分為七旗由他七個兒子分掌，其中老大、老四、老五最能幹，所部最強。他們的稱號是札薩克圖汗、土謝圖汗、車臣汗，統稱「漠北三汗」，亦可以叫做「喀爾喀三汗」。「喀爾喀」是達延車臣汗為他的部落所定的名稱。

「喀爾喀」在瀚海以北，它的西鄰，叫做厄魯特蒙古，明朝稱為瓦喇，共分四部，其中有個部落叫準噶爾，地在新疆伊犁。康熙二十幾年，準噶爾有個酋長噶爾丹，自立為準噶爾汗，一意擴張，先向西攻入青海，再向南摧毀回部諸國，而其時正好漠北三汗發生內訌，給了噶爾丹一個很好的趁火打劫的機會。

喀爾喀的內訌是，土謝圖汗攻札薩克圖汗，殺汗奪妻，糾紛鬧得很大。皇帝特為遣派使者，陪著西藏黃教的達賴喇嘛到喀爾喀去調解，就在這時候噶爾丹亦派人到了喀爾喀。

此人是受命來製造糾紛的，手段很絕，抱著犧牲的決心，激怒了土謝圖汗，結果被殺。噶爾丹便以問罪為名，大舉入侵。

當漠北三汗內訌時，噶爾丹已悄悄地借游牧為名，將人馬自伊犁向東移動，在寧夏北部的居延海與阿爾泰山間屯紮；所以一聽得土謝圖汗殺了他的使者，立即揮師北上，直攻庫倫。

這一次出其不意的奇襲，打了一個勝仗。這是康熙二十七年夏天的事。

其時朝廷正命內大臣索額圖、佟國綱與俄國劃定國界，經過外蒙。土謝圖汗便一面揚言，說中國已派專使領兵來援；一面向索額圖、佟國綱求救。噶爾丹得知消息，趕緊亦遣使者來解釋。索、佟二人不肯多事，做了鄉愿，只兩面勸和，不問是非。噶爾丹窺破底細，知道中國無意干涉，膽便大了；大舉進兵，縱橫東西，漠北三汗，都被擊潰，得要找條生路。

這要取決於喀爾喀各地所共同尊奉的一個大喇嘛，他是土謝圖汗的弟弟，名號叫做哲布尊丹巴呼圖克圖，是活佛的弟子。喀爾喀七旗將領，都主張就近投奔俄國，但哲布尊丹巴呼圖克圖執意不可。

「羅剎不奉佛。」他說；羅剎就是俄國，「語言、眼色，都跟我們大不相同。不如全部內遷，可邀萬年之福。」

於是遣使朝廷，皇帝大為嘉許。當漠北三汗所率領的喀爾喀七旗舉族內遷，特命將存儲在歸化城、獨石口、張家口三地，備邊防的軍糧儘量供給，並賜大量的茶布牲畜，更將水草豐肥的科爾沁草原，撥作牧地。土謝圖汗的孫子，還做了額駙，所尚的是比雍親王小一歲的皇六女恪靖公主。

這時的喀爾丹，擁有喀爾喀、回部、青海各地，雖然遣使朝貢，但既驕且狂，居然要求朝廷，將土謝圖汗及哲布尊丹巴呼圖克圖交給他處置；理由是土謝圖汗殺了他的使者。

朝廷當然拒絕，不過仍持勸和的態度。而噶爾丹對此二人，志在必得，託達賴喇嘛代為交涉。皇帝依然不允。於是噶爾丹在康熙二十九年五月以追敵為名，選派精銳，向東侵入中國的疆土。

皇帝久有對噶爾丹用武之意了，所以毫不遲疑地下詔親征。特命一兄一弟為大將軍，分道出兵。

皇帝行三；長兄早夭，所以只有一個哥哥，就是行二的福全，只比皇帝大一歲。當世祖因為出天花不治而駕崩時，只得二十四歲；皇二子福全與皇三子玄燁一個九歲，一個八歲，資質品貌，差相彷彿，照道理說，福全居長，理當嗣位，但皇帝祖母——傳說曾下嫁多爾袞的孝莊太后斷然作主，以玄燁繼承大統。

這是一個外國人的「一言興邦」。此人是個天主教士，叫湯若望，是德國人。早在前明萬曆末年，即已來華傳教，清兵入關，孝莊太后不知以何因緣，信了天主教，她的「教父」就是湯若望。孝莊太后對他言聽計從，他對孝莊太后亦是忠心耿耿，知無不言，此時提醒孝莊太后說：「三阿哥出過天花，二阿哥還沒有出過。」

出過天花，不會再出，像大行皇帝那樣的悲劇，不致重演，所以孝莊太后毫不考慮地選中了皇三子玄燁。皇二子福全，則在康熙六年後被封為裕親王。皇帝天性篤厚，對這位胞兄是很敬愛的。

一弟是行五的恭親王常寧，被授為安北大將軍。又以皇長子胤禔為撫遠大將軍裕親王的副手。簡親王雅布、信郡王鄂扎為安北大將軍恭親王的副手。這番聲勢，已足以遠震塞外了。

其時噶爾丹已侵入察哈爾東南，與熱河接壤的烏珠穆沁部，下一目標自然是科爾沁各旗，所以皇帝命左翼裕親王出古北口，右翼恭親王出喜峰口，另調盛京、吉林駐軍及科爾沁的蒙古兵助戰。出師之日，皇帝御太和殿親賜裕親王撫遠大將軍敕印，送至東直門，儀節異常隆重。

誰知出師不利，前鋒遇挫。噶爾丹領兵渡過遼河支流的西喇木倫河，直逼熱河赤峰縣境內的烏蘭布通地方，距京師不過七百里而已。

福全此時駐軍烏蘭布通三十里外，兩軍隔河對陣。噶爾丹的布陣，空前絕後，他用上萬的駱駝，縛住四足，臥在地上，駝峰上加木箱，蒙上澆濕了的氈毯，名為「駝城」。他的士兵就在木箱之間的空隙中，向隔河的清軍開火。

無奈噶爾丹的火銃，不及清軍的大炮。從中午轟起，聲震天地，日月無光，轟到黃昏，噶爾丹的駝城，斷成兩截。於是福全下令渡河攻擊，騎兵步兵，踴躍爭先。噶爾丹大敗，幸得時已入夜，八月初一沒有月亮，才能遁走。

到得第二天，噶爾丹一面請一個西藏喇嘛到軍前請和；一面拔營向北，到得西喇木倫河，無船可渡，砍下大樹，浮於水面，載浮載沉地到得北岸，連夜狂奔，所過之處盡皆「燒荒」。連天黃草，化為灰燼，一場火燒了幾百里！

這時，出塞的皇帝，已因病回鑾，軍前大計，決於福全。但他的副手，也是他的胞侄胤禔，在軍中作威作福，胡作主張，處處掣肘。

這個仗打下去是很危險的，所以接納了噶爾丹求和的請求，命由歸綏出兵，負有阻斷噶爾丹歸路重任的康親王傑書，不必攔截，以致噶爾丹竟得逃回科布多，但數萬精兵已剩下十分之一了。

其時福全已飛奏到京，解釋他未能追擊噶爾丹的原因，說盛京及科爾沁的援兵未到，噶爾丹則據險以守，所以利用喇嘛濟隆，羈縻噶爾丹，等諸軍會師，合力再擊。

於是皇帝在乾清門召集王公大臣會議，這有個專名叫做「御門」，凡有大政事必定舉行。御前會議中，皇帝將福全的奏摺發交公議。眾口一詞地說，裕親王明知濟隆是為噶爾丹來施緩兵之計，居然會聽他的，是坐失軍機。因此，皇帝降嚴旨責備。不過，他也知道皇長子胤禔犯了許多過失，留在軍前，以防僨事，所以同時將胤禔召回。

福全當然要找濟隆說話。結果特遣侍衛，由濟隆帶著去問罪。噶爾丹在佛前設誓悔罪，另外備了奏章與誓書到軍前正式乞降。

奏報到京，皇帝准如所請。不過，降旨告誡：噶爾丹狡詐百出，我一撤兵，他一定會背盟，所以仍應戒備。而福全卻以軍糧將盡，意料噶爾丹已經出邊遠遁為由，要求撤兵回京。

這一下又大失皇帝的本意，雖准他撤兵，卻以「擅率人軍內徙」的罪名，等他回京之後，還要議罪。及至福全到京，皇帝不准他進城，留在朝陽門外聽勘。上諭申引以前的故事，有好些近交親貴，曾因「不遵旨行事，皆取口供，今應用其例」。

這時的皇帝實在很為難。自三藩之亂平服，十年來，當初出力的功臣，如今都已爬到極高的位置，只要有一個心裡不服，發幾句牢騷，都會引起很大的影響。福全雖為皇兄，而此番所犯的過失，卻必須在軍言軍，以軍法從事。倘或置而不問，無以服眾，就會嚴重地打擊士氣。

更有一件為難之事是，如果追究福全的責任，必然要拖出胤禔來。事實上福全所以不敢深入窮追，就為的有胤禔在，怕他亂發命令，擅作威福，萬一極塞窮追之地，激出兵變，那就是死不足贖的大罪。所以論起來，胤禔要負的責任，重於福全。而況他的人緣不好，如果聽取將領的證言，對胤禔必然不利。然則到了那時候，怎麼處置皇長子？

皇帝自然有舐犢之情，但保全兒子，還得令人心服。想來想去，想得一條苦肉計，在御門時，疾言厲色地告誡胤禔：「裕親王是你的伯父，如果你的口供跟裕親王有異同，我一定先拿你正法！」

這話的意思誰都聽得出來，是不准胤禔在口供中攻擊裕親王福全，抑子尊兄，情意摯厚。福全本想將胤禔在軍中的種種過失，儘量抖露，聽得皇帝這麼說法，感動得痛哭流涕。

「皇上這麼衛護我，我還有什麼話說？」福全將所有的責任都攬在自己身上，不提胤禔一個字。

於是王公大臣會議，奏請削裕親王的爵，皇帝以擊敗噶爾丹立功，降旨從輕處分。罷議後，罰俸三年，撤減護衛。

噶爾丹在烏蘭布通一役中，倒楣可是倒楣！損兵折將以外，還落得個妻離子散的結果。當然，這是他自取之咎，噶爾丹之能成為準噶爾汗，是兄終弟及，繼承了胞兄僧格的大位。僧格有兩個兒子，一個叫策妄阿喇布坦，一個叫索諾木喇布坦。策妄阿喇布坦所聘的妻子，與噶爾丹的妻子阿努是姊妹，這就是說，侄媳是小姨，而叔侄做了連襟。噶爾丹就像當年多爾袞納肅親王豪格的福晉那樣，竟奪侄媳為妾，而且還殺了另一個胞侄索諾木喇布坦。

於是，策妄阿喇布坦領兵二千，趁夜逃走。既有奪妻殺弟之恨，自然要得之而甘心，及見噶爾丹來侵，抓住絕好的機會，當他兵止烏蘭布通，在布設「駝城」時，策妄阿喇布坦攻入庫倫，擄掠了噶爾丹的子女玉帛牛羊，回到他原來所定居的吐魯番，於是以嬸母而兼大姊的阿努，成了策妄阿喇布坦的新寵。

叔侄的仇怨越結越深，恰好給了皇帝一個機會。皇帝英明過人，料定噶爾丹絕不會就此洗心革面，安居在喀爾喀這片廣大但寒苦的地區，所以在康熙三十年一面親自出塞，調解土謝圖汗與札薩克圖汗的糾紛，並安撫內蒙四十九旗；一面派侍讀學士達虎出嘉峪關到吐魯番，頒賞策妄阿喇布坦。收服了他，即可以偵察到喀爾喀那面的情況，又可以牽制噶爾丹，給他留下一個後顧之憂，使他不敢蠢動。

但噶爾丹急於想打破困境，而手段不高。在康熙三十一年，竟在哈密殺了朝廷第二次派往吐魯番的專使馬迪。同時一再上書，要求將喀爾喀的七旗，遣回故土。皇帝當然不會准許，只是敷衍著。

噶爾丹忍不住了。勾結了第五世達賴喇嘛的一個行政官桑結，在內蒙四十九旗中，策動叛變。皇帝得到內蒙的密報，將計就計，命四十九旗偽意允許噶爾丹，當他內犯時作內應。噶爾丹信以為真，到了康熙三十四年，居然又興兵了。

於是第二年正月，皇帝第二次下詔親征。這次沒有派大將軍，親率八旗勁旅出獨石口，居中路；以黑龍江將軍薩布素率東三省兵出東路，阻他的攻勢；以歸化城將軍費揚古，甘肅提督孫思克率陝甘兩省兵由寧夏出西路，截他的歸途。

這時朝廷的武力又非昔比，因為烏蘭布通一役，證明大炮確為制勝的利器，所以在四年前便專立一個火器營，擁有好幾尊大炮。噶爾丹最畏忌的便是這個營，得到親征的警報，唯有向「羅剎」乞援，而俄國剛與中國訂立尼布楚條約，定界保和，自然不便援助中國要討伐的叛逆。這一來噶爾丹便只有硬拚了。

◇◇◇

三月間出了獨石口，由於沙磧鬆軟，無法用大車拉炮，只好留在後方，用馬與駱駝載著小型的子母炮隨行。四月間，快逼近敵境了。可是東路軍未到，西路軍由於噶爾丹當地燒荒得徹底，水草不長，大軍迂道而行，偏又連朝遇雨，人困馬乏，未曾交鋒，便已成了強弩之末。勉強走到一條土拉河邊，距離庫倫還有五六百里的途程，費揚古迫不得已，上奏請求暫緩進軍。東師未至，西師疲憊，而中路孤軍深入，卻如自投羅網，因此隨扈的老臣，文華殿大學士伊桑阿進大帳力諫，請皇帝回鑾。

皇帝疾言厲色地拒絕，他說：「我祭告天地宗廟出征，不見敵而回師，何顏以對天下？而且大軍一退，噶爾丹就可以盡全力對付西路，西路軍怎麼擋得住？」

不但口頭拒絕，而且有果敢的行軍。皇帝下令直指克魯倫河。這條河自東徂西，極其寬闊，是蒙古境內第一條大河。噶爾丹就紮營在北岸，所以御駕一到，便是正面相敵決生死的時候了。

在視察過前線之後，皇帝召集御前會議，商量進取方略。文臣武將，各抒所見，歸納起來共有三個辦法：一個是等西路師到，並力進攻；一個是出其不意，派精銳突襲；一個是遣使告訴噶爾丹，御駕親征，敵人為先聲所奪，必致驚疑動搖，然後揮大軍進擊，則事半而功倍。

皇帝深知噶爾丹一聽說親征，便有畏懼之心。如果讓他親眼看到御駕，必然更為恐慌。而且出以堂堂之陣，正正之旗，亦更威風，所以決定接納最後一策。

於是遣派使者，由一名俘虜帶著渡過克魯倫河去通知。噶爾丹不信，親自登上一座高山，遙望南岸，但見黃龍大纛，迎風飄拂，御營之外戰車環列；再外面又有一道防飛篁的網城。旌旗耀目，刀甲鮮明，軍容極壯！噶爾丹大驚失色，下得山來，時已入暮，下令連夜拔營悄悄遁走。

第二天一早，斥候來報，北岸空空，半個營帳都找不到了。這倒使得皇帝深感意外，本以為他會拒河而守，誰知望風披靡，是這等無用。

因此，皇帝留一部分兵軍搜索斷河，自己親率前鋒渡河追擊大軍，千乘萬騎，自然不及噶爾丹的輕騎來得快。追了三天，看看追不上了，皇帝方始回軍。其時為五月十二日。

第二天，費揚古的西路軍，到了庫倫以東的昭木多。原來西路士兵聽說皇帝已冒險進軍，大為感奮，重賈餘勇，行道疾進。得以及時趕到昭木多。

其地又名東庫倫，昭木多是蒙古話，意思是多樹林的所在。有樹林就有水草，自是一片樂土。但有水草，不一定有糧食，這是西路軍最大的危機。

早在剛過翁金河時，西路軍便有糧食不足的情況。從來「人馬未動，糧草先行」，尤其是出塞遠征，囤糧更為首要之圖。這一次親征，準備了有兩三年，皇帝早派大員，陸續出塞，辦理糧台。無奈西路情況特殊，自噶爾丹燒荒以後，往往數百里不見寸草，有糧亦無從囤起，只能隨軍攜帶。現在遇到這樣的窘況，唯有採取減糧兼程之計，吃得少，走得多，體力加倍消耗。所以雖到了昭木多這一片樂土，士氣依舊昂揚，但戰力則已大大地低落，如果遇到強敵，心有餘而力不足，仍舊會落得全軍盡沒的悲慘結果。

「怎麼辦？」費揚古不斷地自問。

當然是求援。費揚古從到了昭木多，便分途派出得力人馬，想與中路的皇帝取得聯絡。而沙漠無際，杳無人煙，雖不是大海撈針，但行蹤只要一錯過，就無從補救，所以派出去聯絡的人馬，固然著急，而守在昭木多的費揚古，更是憂心忡忡，度日如年。

幸好皇帝已經想到，西路必然缺糧，斷然降旨，儘量縮減口糧，並只留最低的存糧，其餘全數供給西路。

因此，費揚古在偵察聯絡人員全無消息報來之際，而突然發現大批駱駝載糧而來，真有喜從天降之感。士兵們自是歡聲雷動，平白地長了幾倍的精神。

其時噶爾丹在昭木多西北二十里的特勒克濟地方。他為皇帝的威風所懾，率部下自克魯倫河北岸拔營而逃，馬不停蹄五晝夜之久，到了東庫倫以北的拖諾山，本想重新部署迎戰，無奈部下在流離亡命之中，命令不能貫徹。一路上遺棄老弱輜重，哭聲前後相接，幾百里不止，到了特勒克濟，只剩下一萬人左右。但這一萬人能經過重重嚴酷的考驗，當然是一個人可以當幾個人用的精銳。

於是費揚古與奉旨運糧前來的，皇帝面前第一號寵臣的明珠商議，認為官兵久饑，體力未充，而且戰馬損失了一半，士兵大多徒步，在行動上不能快速，就無法展開突襲。因此，決定採用反客為主，以逸待勞的方略。

於是選中昭木多以南三十里的地方紮營。這裡有座小山，三面皆河，土拉河過庫倫向東，折而往北，分歧為二，一在東，一在西，中間就是西路軍紮營之處。

照兵法看，這是個絕地，因為出路只有北面一處。如果對方以重兵扼守封鎖北面，官軍就會被活活困死。但費揚古另有打算，他知道噶爾丹的處境，必須速戰速決，所以本乎置之死地而後生的道理，故意自踏險地，誘引噶爾丹進入這個像袋子形的陣地，以便一舉而收殲滅的全功。

及至部署停當，派出四百名前鋒去誘敵，且戰且退，將噶爾丹的部隊引入袋形陣地。在東面設陣的八旗兵都已下馬等待，而孫思克則率領綠營兵，直上小山，居高臨下，用火槍勁弩往下轟出。噶爾丹的部隊，拚死要爭這一處高地，不斷地一波又一波，往上衝鋒，硝煙瀰漫之中，只見紅妝白馬，往來馳騁。原來噶爾丹的妻子已經逃回丈夫身邊，此時亦在陣中。

那孫思克是前明王化貞部下叛將孫得功的兒子，驍勇善戰，親冒矢石督陣，綠營只要一前進，後面立刻布設拒馬，表示有進無退，有死無生。而就在這鏖戰的當兒，費揚古有了發現。他發現敵後的人馬不動，前鋒打得如此激烈，仰攻何等吃力，而後援不至，當然是有不得已的苦衷。可想而知的，婦孺牲畜是在那人馬靜止不動之處。因而指揮西面沿土拉河布陣的伏軍，疾趨往北，一半截噶爾丹的後路，一半去奪他的輜重。

據高向北的綠營兵，一看伏兵發動，阻截敵人的退路，知道收功在即，更為奮發，歡呼猛衝，前後夾擊。噶爾丹部下的百戰精銳，終於無法支持了，狼奔豕突般奪圍而逃。官軍連夜乘勝追擊，追出三十多里地去。

天明收兵，清查戰場，斬首三千，生擒數百人，投降的亦有兩千多；駱駝、馬、牛、羊、帳篷、軍械俘獲的，不計其數。還獲得了一具豔屍，披銅甲、佩弓矢、長得白皙的阿努陣亡了。

於是皇帝命費揚古清理戰場，親自撰文記載這一次戰役，立碑銘功，然後回駕至歸化城，慰勞西路凱旋之師，殺羊宰牛，加上關內運來的大批美酒，大享士兵。俘虜中有個噶爾丹帳下的老樂工，能通漢語，當筵奏技，吹笳獻歌，唱的是：「雪花如血撲戰袍，奪取黃河為馬槽，滅我名王兮擄我使歌，我欲走兮無駱駝。嗚呼！黃河以北奈若何；嗚呼！北斗以南奈若何？」

大駕在六月間奏凱還京，九月間復又出塞。其時青海回部紛紛輸誠，表示願意與策妄阿喇布坦合力擒獲噶爾丹獻於朝廷。而噶爾丹走投無路，亦只好派遣使者二度出塞向駐蹕歸化城的皇帝投降。

這個使者名叫格壘沽英，皇帝告訴他說：「你回去告訴噶爾丹，叫他親身來投降。否則，我一定要親自去問他的罪！我在這裡行圍等你，限你七十天內來回報，過此限期，我就要進兵了。」

格壘沽英自然奉命唯謹。不道有個內務府管御用米糧的包衣，名叫達都虎，貿貿然面奏：「御用米糧快將吃完。」意思是不如早日回鑾為宜。

皇帝大怒，因為格壘沽英尚未遣回，聽得這話，回報噶爾丹，就可能不把七十天的限期當回事。所以當眾宣諭：達都虎搖惑軍心，依法處斬。同時表示：「如果糧米將盡，隨處可取，何慮之有？真個缺糧，哪怕嚼雪，也要窮追，斷斷不會回師！」接著又命修築一條通往邁達的蹕路，因為那裡有座很靈異的廟，皇帝要親自去拈香。

事實上，達都虎的話也沒有錯，缺糧的情況，確已相當嚴重。時已十一月，天寒地凍，從關內趕運接濟，亦很困難。所以全軍將士，對皇帝的意向，都有莫測高深之感。

其實皇帝這番做作，完全是表現給格壘沽英看的。等將他遣走之後，復命人跟蹤，等確定格壘沽英不會再潛回窺探動靜時，隨即下令班師。

儘管這樣費盡心機，而噶爾丹倔強到底，始終並無投降的誠意。七十天限期一過，皇帝在康熙三十六年二月，復又下詔親征。

這一次不出獨石口，而是渡黃河到寧夏，循河西向北走。這時噶爾丹的部下，已派了他的兒子，獻於行帳。從他口中得知，噶爾丹處於掘草為食的困境，想西歸伊犁，為胞侄所不容。唯一的出路是，南竄西藏，投奔達賴喇嘛，可是官軍扼守甚嚴，這也成了妄想。

皇帝已經勝算在握，而噶爾丹寧死不降。四月間到了綏遠五原縣西北的狼居胥山，費揚古奏報：「準噶爾族人來告，閏三月十九，噶爾丹在阿察阿穆塔台地方，飲毒藥自盡。他的屍首，他的女兒鐘齊海，尚有三百戶人口，已經運到。」

於是漠北三汗復回故土，而準噶爾則歸策妄阿喇布坦掌握。皇帝也知道他野心未馴，這幾年重用他父親的舊臣七人，招納流亡，開疆闢土，志不在小。如今乘勝進兵，解散他的部下，改設郡縣，並非難事，只是伊犁一帶，數千里地廣人稀，為收一個小部落，要動用多少人馬運糧運械，太不上算。所以劃定阿爾泰山以西至伊犁這片土地，為策妄阿喇布坦的遊牧之地。

◇◇◇

二十年的工夫，策妄阿喇布坦走了他叔叔噶爾丹的老路，休養生息，日漸強盛，於是先則騷擾近地，終於犯境，有公然反對朝廷的鮮明跡象了。

策妄阿喇布坦垂涎西藏已久，尤其是拉薩。西藏共分四部：康、前藏、後藏、阿里。康是早就改土歸流，稱為西藏；前藏在西藏的東部，後藏居中央，西面就是阿里。拉薩不但是前藏的首邑，也是整個西藏最好的一處地方。

拉薩號稱「極樂世界」。沒有到過世界最高的這塊土地上的人，誰也不能相信，有這樣一處不亞江南的勝地：四山環措，一水中流，藏風驟氣，溫暖宜人。放眼望去，滿目青蔥，一片良田，到得春夏之交，桃靨吐蕊，柳眼舒青，令人恍然有悟，何以稱為極樂世界？

拉薩是達賴喇嘛坐床之地。但此時握統治前藏實權的，本是準噶爾的一個酋長，稱號叫拉藏汗，住在拉薩城西北約兩里許的布達拉。平地突起的一座山，山上建寺，以山為基，砌石成樓，共有十三層之多，名為布達拉宮，有金殿、金塔，夕陽斜照時，整個布達拉宮看去便似黃金鑄成。

在這座金碧輝煌、富麗非凡的布達拉宮，住著兩萬喇嘛，但都隱隱聽命於拉藏汗。他在年輕時是個英雄，無奈歲月不饒人，如今老了，雄心壯志都消磨在酒杯中，已去死不遠，因而才啟發了策妄阿喇布坦的覬覦之心。

他手下有個得力的族人名為大策零敦多布，在康熙五十五年受命領精兵六千，徒步經天山之南，繞過大戈壁，經出美玉的和闐，迤邐往東，晝伏夜行地走了一年多的工夫，才到達西藏邊界。

接著翻過崑崙山，往東南方向走。以騰格里海為目標。西藏群山錯綜，湖泊星羅棋布，不可勝數，最大最有名的，便是騰格里海。

這座大湖長達百里有餘，寬只有四十里，水色清黑，與蒼穹相似，因而名為騰格里，亦名納木錯。前者是蒙古話，後者方是地道的藏語，但意思一樣，都是指天，騰格里海用漢語譯意，便是「天池」。

這天池為西藏人視作靈異之地。地在拉薩西北不遠，朝拜過布達拉宮以後，往往順道來到天池，望水膜拜，祈求冥福。

大策零敦多布，與他的部下，即是由天池突入拉薩，殺掉拉藏汗，俘擄他的家族，搜刮各大寺廟的鎮山之寶，送到伊犁。達賴與班禪亦都被拘禁了。

警報到京，召集廷議。群臣多主張明年進兵。但談到進兵的方略，聚訟紛紜，莫衷一是，以致久久不能定議。

其時皇帝已成竹在胸，要讓皇十四子胤禎成此一場他三番親征、未盡全功的大勳業，所以召集文武大臣作了一番宣諭。

他說：「我親自綜理軍務多年，經歷甚多，而且也親領大軍出塞定邊。如今大家說，明年應當進兵，但又怕路遠，糧米難運，這個見解不能算錯。但大兵進剿，策妄阿喇布坦勢不能擋，必定逃避。那時駐兵圍剿，勢必牽延日久。糧秣供應，不能不預為籌劃。所以明年不必進兵。」

然則明年做什麼呢？皇帝指示，儘明年這一年加意耕種，儲備糧食。同時準備器械馬匹，務求整齊。等一切停當後，後年再行進兵。至於調盛京、寧古塔的兵丁，不妨照舊調發，只是在京城裡的勁旅，不妨到後年出動。

不過西藏乞援，不能不理，大規模的討伐雖尚有待，必要的支援仍舊照行。皇帝命湖廣總督額倫特署理西安將軍；再調四川、陝西的一部分部隊，由額倫特帶領相機進援。但額倫特只是駐兵青海的西寧，防敵南下，因而策妄阿喇布坦仍舊得以騷擾西藏，日甚一日。

於是康熙五十七年二月，皇帝決定出兵，但並非出盡了全力，只派出兩路人馬，一路由吏部尚書富寧安率領；一路由領侍衛內大臣傅爾丹率領；同時命額倫特自西寧出青海支援西藏。這三路兵自蒙古、甘肅、青海分道西征，到得金沙江上游的木魯烏蘇河，已經接近敵人了。渡河之後，且戰且進，對方卻且戰且退，而實為誘兵之計，策妄阿喇布坦已裹脅了好幾萬的人，分一半埋伏在哈拉烏蘇河。官兵的糧道斷絕，相持月餘，終於全軍堵塞，額倫特陣亡。消息傳到京師，所有大臣無不吃驚，召集廷議時，一反以前的論調，不主進兵。皇帝卻大不以為然。

他說：「西藏是青海、雲南、四川的屏障，準噶爾部雄視西北，世世成為邊患，如果再據有西藏，如虎添翼，不但西面永無寧日，且必有內犯而大動干戈之時！」

於是皇十四子胤禎被封為撫遠大將軍，視師青海，克日出兵。四川巡撫年羹堯升格為四川總督，仍兼管巡撫事務，做為大將軍的主要助手。

發兵之前，皇帝又宣諭：「往年用兵三藩，用兵外蒙，都有不主進兵的親貴大臣，說得有道理，我無不嘉納。這一次，我認定非出兵不可，喀爾喀及青海，都已歸服。如今策妄阿喇布坦霸占西藏，毀他們的寺廟，欺侮番僧，青海為宗喀巴降生之地，理應奮起討伐，哪知竟無實心效力的人，實在可歎！我想，人家能夠繞過沙漠，受盡千辛萬苦，步行一年，到了西藏，難道我們的兵就不能到？如今滿漢大臣都說不必進兵，賊無忌憚，煽動沿邊部落作亂。那時作何處置？安藏大兵，必宜前進。」

於是分三起發兵，胤禎是第三起，駐紮青海西寧，傳諭各部的「台吉」，會議進兵西藏，並送第六世喇嘛入藏，皆無異議。

第六世喇嘛有真偽兩位。原來第五世達賴時，大權旁落，以致圓寂之後，朝廷竟不知道，由奸人假達賴名號執掌政權。十五年之後，朝廷詰問，才隨便找了個人充數。

這個偽達賴在康熙四十五年，由拉藏汗獻送京師，死在途中。於是拉藏汗又立了一個名叫阿旺伊什嘉穆錯的人為達賴，仍稱第六世，這假中之假的達賴，在策零敦多布奇襲拉薩時，被幽禁於札克布里廟。

其時在西康里塘地方，有個人叫索諾木達爾札，生個兒子叫羅卜藏噶勒藏嘉穆錯，靈慧非凡，康藏青海各部落都相信他是真的達賴轉世，敬禮不絕。拉藏汗自然容不下這個「神童」，決定殺掉他。虧得有人報信，索諾木達爾札背負襁褓中的兒子，星夜逃走。於是青海各部落，上奏朝廷，爭論其事。拉藏汗則拉出在後藏的班禪為他作證，說他所立的是真達賴，而且請朝廷頒給金冊金印。皇帝為了安撫起見，准如所請。

青海各部落，當然不服，紛紛攻擊拉藏汗。皇帝已知真相，特命將此「神童」移居西寧宗喀巴出世的黃教祖寺，由他的父親養護，如今順應民意，送羅卜藏噶勒藏嘉穆錯回西藏，正式「坐床」成為真正的第六世達賴，青海蒙古各部落，當然要派兵護送。

◇ ◇ ◇

經過整年的部署，皇帝在康熙五十九年正月，下令分三路進兵西藏。

第一路是由都統延信率領。此人是肅親王豪格的孫子，算起來是撫遠大將軍胤禎的堂兄。皇帝並特授予平逆將軍的稱號，他所帶的是青海、蒙古各部落所派來的兵，主要任務是護送第六世達賴到拉薩。

第二路是四川兵，由已授予定西將軍，年羹堯所保薦的護軍統領噶爾弼，從康定出發。

第三路由振武將軍傅爾丹率領，自蒙古西行出鎮西，至阿爾泰山之南，牽制策妄阿喇布坦的北路。

至於撫遠大將軍胤禎，則奉旨率領前鋒統領皇七子淳親王的長子弘曙，由西寧移駐穆魯斯烏蘇，坐鎮後方，管理進藏的軍務糧餉，如當年皇帝親征，大致只主持大計一樣。

出兵時已在夏天，不過高原氣候，比較涼爽，只是道路艱難，行軍極苦。尤其是四川隊伍，自西康往西，萬山叢中，羊腸鳥道，崎嶇艱險，得未曾有。但前驅的隊伍，始終保持著昂揚的士氣，這得歸功於噶爾弼部下的一員大將岳鍾琪。

岳鍾琪字東美，原籍四川臨洮，入籍四川成都。按說他是岳飛的後裔，父名昇龍，以平三藩之亂的功勞，當到四川提督。岳鍾琪本是捐班的同知，自請改為武職官，一直在四川效力，如今是永寧協的副將。噶爾弼受命援藏，特派岳鍾琪為先鋒，領兵四千，打前站。

西康中部有個要隘叫做昌都，土名察木多。岳鍾琪領兵到此，暫且駐紮。因為由理化到此全是大路。再往後走，一條是大路先往南，再往西，路程甚遙；一條是小路，也是捷徑，即由昌都一直往西，路要省出來一半。不過大路雖遠，沿途補給方便；小路則所經之處，絕少人煙，必須自帶糧食。岳鍾琪早就決定取捷徑，預料六十天內可到西藏，所以在昌都備辦兩個月的軍糧。

就在這時候，抓到一名準噶爾派來的間諜。仔細一盤問，才知道策零敦多布已分兵迎戰，並且煽動康藏邊境的番酋，守住一道三巴橋，阻遏清軍前進。

岳鍾琪大吃一驚。因為這道三巴橋又名嘉裕橋，架在怒江之上。如果斷橋而守，無法渡怒江而西，那就只有沿大路入藏，不但費時，而且整個作戰計畫都要推翻重定了。

經過一番苦思，岳鍾琪決定來一次奇襲。選派了三十名敢死之士，都是壯健機警，並通番語的好漢，換上番服，悄然渡江。打聽到準噶爾派來煽動番酋的密諜，一共十一個人，住在怒江西岸名為洛隆宗的地方。於是黑夜偷襲，十一個準噶爾人，六個被殺，五個活捉，一網打盡。

到得天明，為首的露出本來面目，用番語宣示：天朝大兵經此入藏，順者生，逆者亡。番酋大為驚懼，亦無不懾服。岳鍾琪很順利地帶著全軍進駐洛隆宗，等候噶爾弼到來，再作計較。

噶爾弼已接得軍報，是夜行軍，趕到洛隆宗會合岳鍾琪，向西推進，到康藏邊境的嘉黎，又名拉里這個地方，必須等待了。

要等的是蒙古兵，照敕令應該會師以後，再入藏境。可是岳鍾琪另有意見。

「從昌都到此，走了四十幾天，所帶的糧食只夠十幾天了。萬一蒙古兵不到，怎麼辦？」

「你說怎麼辦？」噶爾弼反問一句。

「我想該用以番攻番之計。」

「何謂以番攻番？」

原來拉藏汗的舊臣多人，自拉薩為策零敦多布所破，紛紛逃散，潛隱在康藏邊界。岳鍾琪的以番攻番之計，即是招撫拉藏汗的舊臣，裡應外合，攻入西藏。

噶爾弼大以為然，派遣能言善道的使者，秘密跟拉藏汗舊臣中為首的康濟鼐與頗羅鼐取得聯絡。康、頗二人看朝廷為他們復舊主之仇，如何不喜？當即取得協議，召集兩千番眾，悄然報到，相助進攻。

這時已接到諜報，據守拉薩的策零敦多布，已親領精銳，迎擊自青海入藏的延信一路；另遣部下的大頭目春丕，領兵兩千六百，守住了拉薩北面、拉里正西的各個山口。因為由西康入藏的大路，在拉里南面，而以太昭為康藏明顯的分界。由此往西，經金達、鹿馬嶺入西藏的仁青林、墨竹工卡，便到了拉薩江邊，沿江下行經郎渡、東德慶，對岸便是拉薩。春丕心想清軍若由大路進攻，一到拉薩江，就過不去，天然設險，無須多防；要防的是北面各個山口。自黑河以南，順著數下來是：卡爾慶山口、上順山口、拉慶山口、拉吉山口。山口雖多，但一夫當關，萬人莫敵，兩千六百人綽綽有餘了。

這遇到了很棘手的情況。噶爾弼跟岳鍾琪商量，還是要等援軍到了方能進攻。

「不！」岳鍾琪說，「由此到拉薩，不過十天的路程，一鼓作氣，乘勝而下，最好！否則師老無功，便成坐困之局。」

「不，不！從長計議。」

所謂從長計議，就是擱置不議了。岳鍾琪大為著急，因為這樣蹉跎，即成自誤，糧食不足，士氣受傷害，不必敵人來攻，自己就垮了。

因此，他在營中公然表示：「事在必行，我以一腔熱血，上報朝廷，非出兵不可！」

噶爾弼聽得這話，將岳鍾琪找了去，責備他說：「你怎麼自作主張？你要知道，你這一去，是送死！」

岳鍾琪微笑問道：「倘或不死而生，並且大勝，可又怎麼說？」

「你說個能生、能勝的道理我聽！說得不錯，我放你走。」

結果不但放岳鍾琪走，噶爾弼自己都領兵跟著他一起走了。不過，還留下若干比較老弱的隊伍，駐守拉里，旌旗依然，笳鼓如常，設的是疑兵。大批精銳則自拉里往西南，在從無人跡的萬山叢中闢路推進。

走到第八天上午，翻上一座高峰，往下望去，只見拉薩河就在腳下，黃流滾滾，隱約可聞水流湍急之聲。再放眼眺望，遠處雲山繚繞之中，透出一片金光，正是拉薩的布達拉宮。其時已近黃昏，岳鍾琪下令紮營，三更天起身集合，飽餐乾糧，吩咐所有的營帳鍋碗，盡皆拋棄，隨身只帶武器，還有一項最重要的裝備：羊皮筏子。

於是只憑微茫星月，冒險下山。岳鍾琪親自當先，辨路而行。山徑陡仄，怪石嶙峋，傾跌撞傷的不計其數，但沒有一個人敢作呻吟。有些失足墜落山澗的，不但沒有人管，甚至喪命的是誰都不知道。

於是越走越順利了。因為近山腳的坡度較緩，而且曙色已露，辨路亦較容易。但越順利越危險，因為行藏已現，敵人如果有備，緊急集合，拒河而守，便非受困不可！

因此，岳鍾琪越益奮勇，由上往下直衝，如飛而下，幾乎收不住腳。他親自選練的五百親兵，至少有一半緊跟他身邊，所以等他到了平地，那兩三百亦就接踵而至。

喘息未定，士兵已在岳鍾琪的指揮下，往兩邊拉開，背水面山，望著同伴。岳鍾琪便從衣襟中扯出一面綠旗，連連揮了幾下。這是一個約定的信號，山路上背負羊皮筏子的士兵，便站住腳，看準方向，將羊皮筏子往下一拋。霎時間，滿空飛舞著灰白臃腫的怪物。當然有為樹枝杈丫以及崖石夾住，或者已破漏氣不能用的，不過拋到平地，完整堪用的，仍有數百具之多。

羊皮筏子是統稱，其實有大有小，有牛皮，有羊皮。最大的牛皮船，需用四頭牛，斷頭，截蹄，破腹，挖肉，然後用麻線密密縫好，在烈日下曬乾，仍是龐然大物，不過重量是輕得太多太多了。

到臨時要用時，就在江邊取兩根碗口粗的木頭，分縛兩邊，連綴而成長形，再橫鋪木板，紮縛牢固，就是一條可以乘坐十來人的筏子。推入水中，不用舵，不用槳，但憑一根竹篙，順流而下，隨意所適。當然整體的乾牛皮用得越多，越能載重，不過通常四牛的皮船已很夠用了。

羊皮船的製法，與牛皮船相同。所不同的是羊身小，羊皮薄，載重輕，所以該用四牛的，至少需用六羊。

另外一種比較簡便的製法，名為皮葫蘆。最小的用羊皮鼓氣，縛在背上，橫流而過；但急流之中，羊皮太輕，難以控制，要用比較厚重的牛皮，名為「大葫蘆」。甚至以兩枚大葫蘆聯在一起，方足以在湍急的亂流中資以濟渡。

清軍所攜帶的，大多數是羊皮葫蘆。因為墨竹工卡的江面不算太闊，水流亦不太急，取其輕便，所以使用羊皮葫蘆。岳鍾琪等噶爾弼一到，隨即點了數百人，每人一個羊皮葫蘆，你替我縛，我替你縛，很快地準備妥當，可以渡江了。

「將軍！我帶人過江去了！一定可以得手。只看布達拉宮南北兩面有火光，便是大事已定，請將軍帶兵渡江。」

「好！但願你馬到成功。」噶爾弼在岳鍾琪的羊皮葫蘆上，拍得砰砰作響，「秋深了，水怕很冷。一得了手，趕緊換衣服，免得受寒致病！」

生死俄頃之際，絮絮作此叮囑，彷彿多餘。但岳鍾琪卻是暖在心頭，感於至深的信任愛護，更激發了無比的勇氣與信心。

「多謝將軍，鍾琪自知當心，請靜候好音。」

說完，往河邊疾行，頭也不回地跳下水去。霎時間只聽「撲通、撲通」亂響，數百健兒一齊跳入拉薩河中，在昂揚的士氣之下，沒有人想到河水溫涼。只是時序入秋，風從雨至，這頂頭的逆風，使得渡河不甚順利。

岳鍾琪心裡有些著急，因為奇襲成敗的關鍵，就在搶得快，出其不意，乘其不備，方能手到擒來。倘或渡河的時間一長，對方得以集兵，等在河邊，岸都上不去，還說什麼奪取布達拉宮？

這非改變方法不可，心裡正在這樣想，發現有些識水性的兵，順著河水，往下游淌得極快，但順勢而划，漸漸地靠近西岸。這一下恍然大悟，原來不能橫渡，要斜著游過去，就力半而功倍了。

於是，他在水中旋過身子來，高舉右手揮了幾下，然後又轉身順流而下，乘勢往西，很快地河岸已近。探頭望去，岸上拖曳著黃色長袍的喇嘛，四散奔跑，不由得心頭一喜，因為這亂糟糟的情形，充分顯示，對方並無防備，可以兵不血刃而定。

想到這裡，勇氣大增，游到岸邊，攀緣而上，反身拉起在後的士兵。這樣彼此支援，很迅速地集中了全隊，拉開一條陣線，各人亮出白刃，待命廝殺。

預先選定的一名懂得藏語的親兵，此時以洪亮的嗓子，使勁喊道：「大小第巴聽著，朝廷特遣大軍來援西藏！西藏是西藏人的西藏，一齊起來，打倒準噶爾的人！」

此言一出，拉藏汗的舊臣，特別是經康濟鼐、頗羅鼐預先秘密通知的人，在辨明了岳鍾琪與他部下的身分以後，群起回應。一片鼓噪之聲：「打倒準噶爾，打倒準噶爾！」

接著，便見喇嘛們四處尋覓，但也有人張皇奔走。顯然地，是準噶爾人逃命要緊。岳鍾琪更不怠慢，命那親兵又喊：「順朝廷的人，趕快上來接話，立下功勞，重重有賞！」

「我不要賞，只要策零敦多布的命！」有個身材魁梧的喇嘛，一面說，一面跑，亂舞著雙手，直到岳鍾琪面前站定。

通過親兵的翻譯，岳鍾琪問道：「布達拉宮，可有敵人在內？」

「有！不多。」

岳鍾琪心想，布達拉宮內的準噶爾人雖不多，但所據之地，堅固過於尋常的城堡，倘或負隅固守，哪怕有上萬人進攻，亦未見得能打進去。為今之計，唯有智取，不能力敵。因為一吃了敗仗，此番如從天而降的懾人氣勢，就會一掃無餘。本地的喇嘛及土著，信心一失，大事就不可為了。

於是，他說：「你看這布達拉宮，金碧輝煌，如果攻成斷垣殘壁，豈不可惜？」

其時他們的位置，是在布達拉宮之東，身後山上，朝陽甫升，照得布達拉宮一片金光，耀眼生花。那喇嘛回頭看了一下，不由得便脫口而答：「是的，太可惜！」

「大皇帝有命，三路入藏的王師，無論哪一路，先到拉薩，務必以保全布達拉宮為必不可違的軍令。你再看！」岳鍾琪回身向山上一指。

山上只有東升之日，那喇嘛只覺陽光刺眼，茫然莫辨景物，便即問道：「看什麼？」

「山上有一尊紅衣大炮，對準了布達拉宮，只待我的通知，便即發射，炮子居高臨下，威力特強，不難將布達拉宮轟坍！宮內的喇嘛們，都是善良之人。只為有少數準噶爾人在，以致玉石俱焚，更為不忍。你懂我的意思嗎？」

「我懂！將軍的意思是要我們設法自己擒獲準噶爾人來歸順，就不必再開炮了？」

「一點不錯！」

「這容易，我去跟他們商量。」

岳鍾琪看他的臉色，淳樸憨厚，是可以信任的人，便即問道：「你叫什麼名字？」

「我叫羅丹布吉。」

岳鍾琪轉臉對親兵說：「羅丹布吉，你把這個名字記住！」

那親兵很機警，隨即對羅丹布吉說道：「將軍命我把你的名字緊緊記住。將來要敘你功勞，奏請皇上重重賞賜。」

「我不要別的賞賜，只求將軍在擒獲的準噶爾人之中，讓我挑一挑，其中有四人，賣給我，隨我處置。」

「這是為什麼？」

「是我的殺父仇人。」

「好！」岳鍾琪很鄭重地允許，「我一定讓你如願。」

羅丹布吉即時浮現了憨笑，「請將軍等一等。」他說，「我去找一個人來跟將軍見面。」

其時，喇嘛們都在遠處觀望，一看羅丹布吉走了回去，紛紛迎上來探詢究竟。羅丹布吉匆匆說了經過，喇嘛們便都抬頭探望，顯然地，都是在看山上的紅衣大炮。

岳鍾琪心裡有些嘀咕，因為這是適逢日出所使用的一個障眼法，如果迷目的朝陽再往上升，看清楚山頂上的情形，大話一挑穿，形勢又會起變化。不過此時不宜有何行動，也不能做任何行動，唯有盼望羅丹布吉趕快回來覆命。

幸好，羅丹布吉很順利地找來一個高年的喇嘛，岳鍾琪看他經行之處，喇嘛們讓路躬身，神態恭敬，知道這是個有地位的大喇嘛，心便放下了一半。

果然，那高年喇嘛的職稱名為「倉儲巴」，是管刑名錢糧的行政官，名叫札隆布，對布達拉宮內的喇嘛頗有號召力。

「請問將軍，」札隆布一開口就問：「宏法覺眾第六世達賴喇嘛何在？」

「宏法覺眾」是皇帝對新達賴的封號，岳鍾琪聽他這樣稱呼，便知他忠於朝廷及新達賴，當即答說：「正由平逆將軍延信，率領青海、蒙古各台吉，護送入藏，已經在路上了。」

「撫遠大將軍呢？」

「駐紮在穆魯烏蘇河口。」

穆魯烏蘇河仍在青海境內，不過已在西寧以西，崑崙山與巴顏喀喇山之南，為長江的上游；撫遠大將軍皇十四子胤禎是奉旨移駐，以便居中指揮，但札隆布卻有懷疑。

「何以不是大將軍親自護送入藏？」

這彷彿有著懷疑胤禎輕視新達賴之意，岳鍾琪便即解釋：「朝廷為順應民意，特遣三路大軍入藏。糧秣供輸，兵略指揮，皆非大將軍總其成不可，因而奉旨移駐水陸要衝，能兼顧北、中、南三路的穆魯烏蘇河口。」

「喔，」札隆布又問，「北路是哪位將軍率領？」

「是兩位將軍，一位額駙。」

北路的兩位將軍，一個是振武將軍傅爾丹，一個是平逆將軍富寧安。額駙叫策棱，是元太祖的嫡系子孫，姓博爾濟吉特氏，世居蒙古喀爾喀。

喀爾喀本只有三個部落，即是「漠北三汗」。但策棱的曾祖圖蒙肯，由於遵奉西藏黃教為達賴所欣賞，因而扶植他另成一個部落，號為賽音諾顏。在札薩克圖汗之東，土謝圖汗之西——圖蒙肯本是土謝圖汗諾諾和的第四子。

及至噶爾丹進犯喀爾喀，策棱與他的弟弟恭格喇布坦都還是不滿十八歲的少年幼童，由他們的祖母攜帶著，吃盡辛苦，輾轉逃到歸化城，覲見皇帝。

蒙古的博爾濟吉特氏，是清朝的國戚，太宗、世祖兩朝的后妃，出自這一族的很多。雖然那都是科爾沁部的女子，但總是出於博爾濟吉特氏。為此，皇帝對這兩個劫後孤兒，另眼相看，派人送到京師，在後宮教養。康熙四十五年，並且賜婚皇十女和碩純愨公主與策棱。尚主的策棱，照例援為和碩額駙，並賜貝子品級——比公爵更高一等了。

皇帝對這個愛婿的期許遠大，所以在康熙五十四年，就派他回蒙古，出北路防禦策妄阿喇布坦。他到底是土著，對蒙古的山川險易，瞭解極深；又善於練兵，親自訓練了一千健壯，作為親兵，每次出獵，亦以兵法部勒，所以從軍雖不久，威名已經大震。由蒙古到青海，無不知賽音諾顏部，出了這樣一位少年英雄。

札隆布聽說策棱亦在北路，更為欣慰。原來，他早有光復布達拉宮之志，平時密密布置，安排下好些人，分布重要所在，只待他一聲號令，隨時可以起事。可是他有顧慮。

他的顧慮是，朝廷的力量不夠，不能一舉肅清準噶爾，則不論策妄阿喇布坦，或者策零敦多布捲土重來，那麼所受的荼毒，將不知過於往昔幾倍多。

再一個顧慮是怕朝廷為德不卒，名為安藏，只是將達賴送到，便即撒手不管。或者皇帝的本意可感，而奉命安藏的大員，畏難怕事，敷衍塞責，亦不能不想到發現這樣的情形以後，所產生的嚴重的後果。

如今聽得朝廷三路大兵的部署，以及岳鍾琪那種堅毅誠懇的態度，所有的顧慮，自都消失。當即換了一副臉色，殷殷致謝之外，很認真地說：「將軍，你能領兵渡過拉薩河，就算已經成功了。不過成功以前，亦可能馬上遭遇失敗。」

「這是怎麼說？」岳鍾琪很率直地問道，「此刻時機緊迫，工夫不容絲毫浪費，請你實言相告。」

「是！說得是！」札隆布說，「將軍，布達拉宮歸我；攔截策零敦多布的人，歸你。」

這話簡潔清楚，責任分明。岳鍾琪頗為欣賞，但更重視。因為就在與札隆布這短短的片刻接觸之中，他已瞭解了整個情勢，札隆布並不是不能收復拉薩與布達拉宮，只是有難以為繼之苦。倘無後顧之憂，必收先驅之效，此刻所問的一句話，如果有滿意的答覆，那就真的如他所言，一渡過拉薩河，就算是成功了。

岳鍾琪知道，策零敦多布派為留守拉薩的首腦，名叫春丕，但有多少實力，駐紮何處，並不清楚，何能貿然應諾？

同時又想，看羅丹布吉與札隆布都不是奸詐之人，可以相信他們絕非藉故拖延，為春丕行使緩兵之計。但這兩個人不一定通曉戎機，不知道兵貴神速的道理，以為春丕不在本地，不妨從容談論。殊不知用兵之要，即在爭時。也許就在這談話之間，春丕已經得到消息，發兵來攻。總而言之，事情必須立刻有所決定。當然，最好是札隆布即時就能把布達拉宮控制住。只要拿下布達拉宮，他自信已就立於不敗之地了。

話雖如此，他也不能不明情況，就一口應諾。然而也不能開口探問春丕的情況，怕札隆布心裡會想，原來你對敵人的情形，根本不明，何能克敵致果。那一來信心減低，更會躊躇。

略想一想，他這樣答說：「好！一言為定。不過，春丕的情況，我知道的一定不如你多，你看，我應該怎麼做？」

「我不知道你應該怎麼做。不過，我可以告訴你，春丕沒有想到你會從這條不能行軍的小路來，他只守住了北面的各個出口。」

一聽這話，岳鍾琪又驚又喜。到這時候，不必有顧忌了，坦率問道：「他有多少人？」

「二千多，三千不到。」

「掃數都派出去守山口了？」

「還剩下些。」

「有多少？」岳鍾琪問，「剩下來做什麼？」

「剩下來大概兩百人，都不是好兵，讓他們留守而已。」

「原來如此！」岳鍾琪有了把握，又一反自己的想法，認為不必過於倉卒，還是瞭解情勢最要緊，所以又問：「他倒不怕你們在這裡會起事，敢只留下兩百老弱殘兵守拉薩？」

「這——」札隆布看著他喊一聲：「將軍！」

看他臉色有異，岳鍾琪答說：「有話盡請直言。」

「我不知道你問這話的意思。我覺得此刻不是細談春丕的時候。」

「喔，」岳鍾琪歉然笑道，「是我的不是！不過兩三千人，足足應付得了，你請放心。我瞭解得越多，越有把握。」

「這話也是！」札隆布的態度顯得更合作了，「準噶爾人最奸詐，也怪我們自己不爭氣，有人甘心通敵。春丕就利用這些奸細，做他的耳目，以為拉薩一發生變亂，通個信給他，回師鎮壓還來得及。」

情況都很清楚了。岳鍾琪認為無須再問，唯一要做的事，便是即速部署向北進擊的行動。他要求札隆布派一名嚮導，而且希望就由羅丹布吉擔任。

「我不但派他做嚮導，而且派他做我們之間的聯絡者。」札隆布說，「將軍，我們各遵約定。請你帶隊往北去對付春丕，攔住了他，這裡你就不用管了。等你打敗了春丕，回到拉薩，我在布達拉宮為你慶功。」

這是表示，不讓岳鍾琪在這裡插手，只要他做前驅去攔截春丕。倘或凱旋，札隆布踞布達拉宮相拒不納，進而相攻，豈不是先受他的利用，後中他的計。

這是很難決定的一刻，但看到羅丹布吉臉上憨厚的笑容，再回想與札隆布的對話，怎麼樣也找不出他有奸詐的片言隻語，因而毅然決然地說：「我一定會到布達拉宮來赴你的慶功宴。不過，要請你替我準備乾糧，越多越快越好！」

「當然，理當供應。」

於是，札隆布指定布達拉宮東北的色拉寺，為大軍駐紮之地。岳鍾琪依照約定，燃火通知噶爾弼率眾渡河，在色拉寺整頓隊伍，籌盡糧秣，羅丹布吉非常賣力。這樣到得第三天，拔隊向北，在一個名叫羊八井的地方布了防線，反客為主地扼守要隘以逸待勢，準備攔截春丕的部隊。

他的想法是，春丕的陣線拉得很長，而散布在山區之中，補給不便；在得到大軍已到拉薩的消息以後，必定回師猛撲，至少要打開一條出路，才不致因糧盡被困。所以守住羊八井，截斷春丕的糧道，便足以致他的死命。

◇◇◇

中路，延信護送新達賴入藏的行程，異常艱苦。

由西寧往西，便是青海。所謂青海是一個方圓兩萬里的鹹水湖，亦就是一個絕大無倫的鹽池。一行由青海北面，繞湖而西，到得青海盡頭，有一條大河，名為布喀河，接到諜報，策零敦多布已在河西布下陣勢了。

「來得好！」延信大笑，「就怕他不來！」

原來這一路往西是煙瘴惡水，從古少行旅的絕域。尤其氣候之壞，無以復加，像這樣的初秋，中午穿薄棉，早晚必著老羊皮襖，七月見霜，大如雞蛋的冰雹，說來就來，從西寧到此，已遇到過兩次，打傷了好多人馬。至於風沙不斷，煙瘴彌漫，更不在話下。

延信早就在盤算，天時、地利，如此惡劣，幾千里跋涉已不知如何艱辛，還要不斷防備準噶爾侵襲，這樣天天提心吊膽，用不到多少日子，士氣就要崩潰。所以最好的策略，是找到敵人，將他們引來，速戰速決，一舉聚殲，安心上路，才能集中全力，應付道路的艱難。

是這樣的想法，當然歡迎策零敦多布來挑戰。當即派人召請隨同護送新達賴入藏的青海、蒙古各部酋長，集會商量破敵之計。

延信的部下，是以青海的部眾為主力——青海與蒙古、準噶爾一樣，各部落的酋長，都是元朝皇室的後裔，一向分左右兩翼。

清朝開國，青海兩翼最為恭順。因此兩翼的「汗」都被封為親王，所轄各小部落的「台吉」，封為貝勒、貝子。這一次最忠於朝廷的達什巴圖爾親王，遵從皇十四子撫遠大將軍的約定，親自率領部下五台吉，集兵三萬五千，聽從延信的指揮。此外蒙古及綠營共一萬五千。延信有五萬人可用，自然不把策零敦多布放在眼裡。不過，他亦不敢輕敵，集議之時，先虛心向達什巴圖爾請教。

「不必客氣！延將軍，」達什巴圖爾答說，「行軍作戰，號令必須齊一。我聽延將軍的調遣就是。」

「既承親王謙辭，我就僭越了。」延信隨即將他希望速戰速決的想法，很透徹地作了一番講解。

這當然是一個能夠獲得一致支持的策劃。不過，作戰不能有後顧之憂，如今達賴在軍中，必得分兵保護。行動亦受拘束，達什巴圖爾認為這一局必須籌妥善之策。

「親王的見解高明之至。」延信衷心同意，「請大家出主意，只要妥當，我無不聽從。」

「將軍！」默爾根台吉問道，「卑禾羌海偏西有個海心山，你可知道？」

「卑禾羌海」就是青海，蒙古人則稱之為科科諾蘭。延信點點頭答說：「我知道青海之中好幾個小島，以海心山為最大。」

「不但最大，也最好。是蠻瘴中的樂土，樹木青蒼，風景絕佳。海心山上有好幾個廟寺，不如送達賴暫且在那裡安床。等打退了策零敦多布，再去奉迎。」

「這個主意好！」延信問道，「各位以為如何？」

「確是個好主意。」達什巴圖爾說。

延信心想，新達賴的安全固不能不重視。達什巴圖爾也是個緊要人物，萬一有何差池，責任甚重，因而順理成章地說：「我想就煩親王陪達賴到海心山暫住，靜候捷報，請勿推辭。」

達什巴圖爾看一看他的臉色笑道：「莫非將軍以為我老了，上不得戰場？」

「哪裡，哪裡！親王老當益壯，我是最佩服的。不過，尊敬達賴，我想該由親王相陪。」

聽他言詞懇摯，解釋的理由也很站得住，達什巴圖爾領受了好意，深為感動，當即表示接受。

「那麼，我就將達賴鄭重託付給親王了！」說罷，延信起座長揖。

這一下，更是面子十足。達什巴圖爾還禮以後，對五台吉有番話說。

「羅卜藏，你們聽好了！」

達什巴圖爾的長子叫羅卜藏丹津，他這樣指名稱「你們」，自然是包括青海五台吉在內，所以都跟著羅卜藏站了起來聽訓。

「天朝大皇帝，恩澤如天之高，如地之厚，如今派延將軍護送達賴安藏，順應青海蒙古子民的意願，我們當然要效前驅。延將軍亦是金枝玉葉，肅親王的孫子，當今皇帝的胞侄。你們都看到的，體恤我上了年紀，不讓我親當前敵。這樣殷厚的情意，我實在感動。為人當知恩圖報，你們應該感激延將軍，格外奮勇！這亦是替我、替青海爭氣。」

「不敢，不敢！」延信遜謝，「親王言重了！」

「你們還不向延將軍道謝！」達什巴圖爾叱斥著。

於是由羅卜藏領頭，向延信行禮。但延信卻忽然覺得不樂，因為他在無意中發現羅卜藏眼神閃爍，帶著點悻悻然的表情，心裡在想，這個人，可得好好防他。

◇ ◇ ◇

將達賴與達什巴圖爾送到海心山以後，延信決定立即動手。但由東往西，一直到柴達木盆地所設的「軍台」，不斷派人來報，策零敦多布在構築防禦工事，似乎有擋路堅守的模樣。倒使得延信有些著急了。

細細研究下來，共有三策破敵，一是硬攻，二是奇襲，三是誘敵。他無法確定哪一策最好，便又召集部將共議軍情。

「自然是硬攻！」羅卜藏說，「天朝大軍，兵精將猛，怕什麼？」語氣與神態，都帶著譏刺的意味。

延信聲色不動地在心裡盤算，這人雖意存輕視，但也不能說他的話錯，聲勢奪人，亦是用兵的一法。

儘管也有人贊成誘敵之計，而延信畢竟作了硬攻的決定。這等於是接受了羅卜藏的挑戰，有些看出了其中曲折的，都默默地在注意，要看延信是如何硬攻？

很快地看出來了，延信是以軍威懾敵之膽，先派出先鋒兩隊為斥候，相距約三五十里，大軍接續前行。首先是平逆將軍的大印與王命旗牌，由親軍校捧著，在兩行執旗的馬隊護送之下，做為前驅。接著是大纛旗高舉，護纛的精銳，刀出鞘，弓上弦，目不斜視。跟在後面的是將軍的屬官，文武皆有。間隔一大隊人馬以後，是將軍的輜重，有馬有駱駝。然後是騎步相間的各種作戰隊伍。延信親自督隊，左右親軍夾護。但見遍野刀光旗影，綿亙數里，軍容真個如火如荼，壯觀之極。

果然，軍台報來，策零敦多布的陣地，亂紛紛地已露怯意。延信由於先聲奪人，更增信心。下一天便命羅卜藏率隊出擊。

「台吉，」延信在頒令之前，先有一番話說，「我久聞你智勇雙全，這破敵的第一功讓給你。不過，凡事不可強求，勝敗亦兵家常事。倘或出師不利，你須記著，我領大軍為你全力後援。你不要做出了讓我對不起親王的事來！」

意思是羅卜藏如果兵敗不退，以致陣亡，便是他對不起達什巴圖爾。這些話看似體恤，其實卻在激將。羅卜藏心裡很不舒服，立意要爭一口氣，所以冷冷地答說：「請將軍放心，我還不至於敗給策零敦多布！」

「切切不可輕敵！」延信仍然誠懇地叮囑，「勝了不可窮追！孤軍深入，兵家大忌。」

這一次不言敗而言勝，羅卜藏心裡比較好過些了，答一聲：「理會得！請將軍看我明天一早破敵。」

第二天黎明時分，羅卜藏帶著他所屬的三千人，掃數出動。排面拉得極寬，所以在後面的大軍，只在漫天煙塵中，聽得萬蹄奔騰，如夏日荷塘急雨，那喧譁之聲，令人興奮不已。

等塵沙稍定，延信隨即下令，派黑龍江馬隊埋伏接應，如果羅卜藏敗回，先不必攔截敵人，等全隊皆過，斷他們的歸路，逆向進擊。

黑龍江的馬隊都屬於滿洲索倫族，世居黑龍江兩岸，以漁獵為生，還是半開化的野人，但強弓善射，勇猛絕倫，而且說一不二，最忠實不過。領隊也是索倫人，官拜副都統，名叫虎爾木，領了將令，隨即出動，照計行事。

接著延信又下令警戒，調集所有的火槍營，置於前列，壓住陣腳。部署已定，傳令召驍騎校椎椎進見。這椎椎是蒙古人，名字唸作「吹吹」。其名甚怪，其人更異，身不滿五尺，長了一對碧綠的眼睛，與一身又長又黑的寒毛，像一頭猩猩。此人被延信視如至寶，因為他有三項人所難及的長處，對於行軍作戰，幫助極大。

第一項長處是目力特佳，登高望遠，三十里外像羊這麼大的東西，就能辨識無誤。不過，這項長處在西洋的望遠鏡傳入中土以後，比較不太重要了。

第二項長處是記性過人，不論什麼人，不論什麼地方，只要見過到過，就再也不會忘記。哪怕是變了形，也逃不過他那一雙碧綠的眼睛；因此每逢抓到諜探奸細，都要請他來看一看，他一眼就能斷定，此人在何處見過，當時是何神態，著何服飾，甚至能指出此人是否經過化裝。這雖難能可貴，但用處不大。在塞外行軍或者風沙驟起，平空添了許多沙堆，或者大雪紛飛，彌望皆白，沒有山川樹木，更無人家樓閣，可藉以辨識方向，非迷路失道不可。但有椎椎在就不必擔心了。

第三項長處，在緊急時，可保一軍之命。原來椎椎不但目明，而且耳聰。沙漠中皆是伏泉，遇到缺水，全軍皆渴，幾乎要瘋狂時，只要椎椎騎著馬在周圍找一找——以耳貼地，細聽片刻，總能找出泉水來。

如今延信要借重他的是第一項長處，登上高處，看一看羅卜藏的動靜。椎椎欣然領命，並且作了約定，身藏三面旗子，勝為紅旗，敗為白旗，不見蹤影則為黑旗。等他策馬出陣，延信又派出騎哨，兩人一隊，一里一站，一共派出去六十個人，回來了十個，知道椎椎已在二十五里以外了。

到得日中時分，只見兩匹黃馬絕塵而馳——是最後一隊騎哨傳信來了。

延信得報，出帳立等。騎哨一到，滾鞍下馬，氣急敗壞地大叫：「白旗！白旗！」

羅卜藏出師不利，卻不知他是力拚還是敗回，這只要看椎椎是不是馬上回來，便可以知道。

當然，延信是要做羅卜藏敗回的準備的，因為這一下等於實現了誘敵之計，反敗為勝的大好良機，豈容錯過？

當即下令，前隊仍以火槍保護大營，壓住陣腳；中隊、後隊迅即向兩翼疏散，等索倫人絕了敵人的歸路，估計羅卜藏會回師反撲時，兩翼即向中間收束，完成包圍，聚而殲之。

不過，右翼的兵力較為單薄，延信準備敵人可由此突圍。圍城必留缺口，是稍知兵法的人都瞭解的，否則就逼得對方拚命到底，固守不下；相反地有個缺口留在那裡，恰好助長了他的貪生之念，便無戀戰之心，更易得手。

延信對誘敵之計，考慮過很久了，認為圍城如此，圍人亦復如此，所以調兵遣將時特意在右翼示弱。

但在示弱的同時，亦打了個如意算盤。想法是從三國演義上來的：從延信的曾祖父——太宗皇太極在位的年代起始，便拿這部小說視作兵法，特別譯成滿文，分發到八旗去研讀。延信亦曾熟讀滿文三國演義，想到赤壁鏖兵，諸葛孔明遣關雲長華容擋曹的故事，認為不妨師其意而略加變通，事半而功倍，很值得一試。

他的想法是，敵人被誘入伏，在四面合圍之下，必定向阻力較少的右翼突圍。官軍自東往西進擊，右翼是在北面，敵人由這方面奪路而走，回老巢也近些，所以論勢論理，乃至於論情，都以衝破右翼為上策。既然如此，何不在他們必經之路上設伏？

打定了主意，延信找嚮導來細問了山川、道路的艱險難易，決定派親兵等候在一處必經的山口，待敵人奪圍成功，喘息未定之際，迎頭痛擊。

部署甫定，椎椎疾馳而來，身後跟著二十多人馬，所有的騎哨都自動撤回來了。

「怎麼樣？」延信直迎到馬頭前，「敵人有多少？」

「一萬有餘。」椎椎氣喘得很厲害，所以答語簡單，無法多說。

「羅卜藏呢？損失重不重？」

「不重。幾乎是全師而退。」

「喔！」延信不解，「既然沒有什麼傷亡，何以撤退？」

「我不知道。」

延信心想，這話問得確似多餘，便問敵人的距離。

「很近了。」

「有二十里路沒有？」

「那差不多。」椎椎喘息已定，接著往下說。「青海台吉打得很好，忽然就往後退了。看來羅卜藏是有意取敗的。」

「為什麼？」

「我不知道。」椎椎忽然凝視著延信，彷彿有難言之隱似的。

「說嘛！儘管實說。」

「我不敢說。」椎椎使勁搖著頭，「那是絕不會有的事！」

「什麼事絕不會有？」

「將軍，」椎椎翻著他那雙碧綠的眼睛，「你請試想，羅卜藏還能引著敵人來衝陣嗎？」

一聽這話，延信大驚，不過臉色卻還平靜：「好吧！」他說，「你又立了一功。請先回帳休息。」

「是！」椎椎行了禮告退。

延信卻認為椎椎的忠告，寧可信其有，不可信其無，凝神細想一會兒，認為羅卜藏有趁火打劫的企圖。

原來羅卜藏本就對延信不滿，及至領兵出發，在馬上思量，敗既不願，勝了不能窮追，就無法大獲全勝，也沒有什麼意思。這個仗打得窩囊，越想越氣，便起了個不顧大局的開攪搗亂的心思。

他的做法是，與敵甫一接戰，便全師而退，引敵來衝陣，如果延信抵擋不住，是咎由自取。反正他是奉了將令的，情形不妙，不妨撤回，並無戰敗之罪。如果到時候看情勢於己有利，更不妨揮師回攻，由敗而勝，也是一場功勞。

但是策零敦多布，亦很機警，怕中了埋伏，追了一陣，下令收兵；羅卜藏便又轉回去攻擊，殺聲震天，夾雜著各種刻薄的辱罵。等對方回身一擋，他卻又趕緊撤退。如是三次，撩撥得策零敦多布怒不可遏，便將計就計，選派精銳，繞道到羅卜藏的後方，去截他的歸路。這一著很厲害，卻不知延信軍中有個異人在。

◇◇◇

延信接得椎椎的報告，本以為羅卜藏很快地就會趕回來。誰知左等右等等不到，心知情勢有異，羅卜藏不是已經反撲，便是被圍，因而又命椎椎照老法子去偵察。

這一次椎椎是特派第一隊的騎哨，直接來向延信報告，只有八個字：屢進屢退，實力無損。延信細細研究，大致瞭解了羅卜藏的用意。越發加強戒備，以便等羅卜藏引得敵到時，可以聚殲。

轉眼間，太陽已經偏西；但見夕陽裡一騎飛馳，起先只是一個小黑點，眨眨眼之間，已能辨形，矮小如猴，必是椎椎。他親自來報軍情，可知情勢嚴重，延信便親自策騎迎了上去。

兩馬相遇，各自勒住，椎椎跳下馬來，延信亦即下馬，走到一處，椎椎說道：「敵人另外派了一支兵，繞道而來，怕是來截羅卜藏台吉的歸路！」

「喔！」延信問道：「有多少人？」

「約莫一千五百。」

「在哪個方向？」

「右面。」椎椎指著右前方說，「離羅卜藏台吉側面，只有里把路。」

「你看到黑龍江的馬隊沒有？」

「看到了。」

「他們在哪裡？」

椎椎將身子轉過來，往北面一指，「十里之外。」

「如果他們往南來遮擋，能攔住那一千五百人嗎？」

椎椎想了一下說：「要快。」

「當然要快！」延信接口說道，「你的判斷不錯，他們是來截羅卜藏的歸路，幸虧讓你發現了，還來得及對付。」他又問說，「你的馬快不快？」

「快雖快，不及將軍的馬快。」

「你騎我的馬去。請你通知虎爾木，立即南下迎敵，我另外派人增援。」延信又說，「這本不該是你的差使，不過派別人去，一怕找不到虎爾木，二怕說不清楚，只好請你辛苦一趟。」

「這也無所謂！」椎椎從延信的護兵手中接過韁繩，不由得笑逐顏開。因為延信的坐騎是一匹異種名駒，雪白的毛片上，散布著好些制錢大小的紅點子，大概是所謂「純駟」的白馬與胭脂馬交配而生的名種。延信有個幕友，替牠起的名字跟牠的名字一樣漂亮，叫做「桃花浪」。

桃花浪不但漂亮，而且跑得快，不但跑得快，而且通靈性。有主人在，牠如何肯讓人騎。儘管椎椎通騎術，也制伏不住牠，亂踢亂咬，像匹野馬。

「乖！」延信走上去拍拍馬股，「別撒野了！快送了椎椎去，也記你的大功，給你酒喝。」

原來桃花浪也會喝酒。每逢牠奔馳格外出力，回到槽上，必得在水中加少許白乾，氣力才恢復得快。

說也奇怪，經延信這樣拍馬屁撫慰之後，桃花浪帖然就範。不過仍然淘氣，等椎椎一躍上馬背，立即一衝而前，亮開四蹄，如飛而去。虧得椎椎機警，一把死抓住牠的鬃毛，才沒有被掀了下來。

馬快路熟，騎術又精，真是眨眨眼的工夫，便發現了黑龍江馬隊派出來的警哨。椎椎生具異相，全軍皆知，所以不須盤詰，很快地找到了虎爾木。

聽得椎椎所傳達的延信的命令，虎爾木大感興奮，立即下令集合。

但沙漠遼闊，隨處都是大路，要怎麼樣才不致錯失，恰好截住，是個絕大難題。這就又要靠椎椎的奇能了。

行軍原有伏地聽聲的法子，不過在沙漠中，只有像椎椎這樣的異人，才能用這個法子。他將身子伏了下去，右耳貼地，聽了好一會兒，一躍而起，向虎爾木問道：「可有羅盤借來一用。」

「有，有！」虎爾木將隨身攜帶的一個精巧小羅盤，遞了過去。

椎椎面北而立，身子左右移動，看羅盤指標筆直下垂，指著正南方向，確定了自己面向正北的位置，方招招手將虎爾木喚過來，指點敵人的方位。

「你看，對方由西往東，是在西北西的位置，距離大概十五里。」

「只有十五里，那不很快就到了嗎？」虎爾木說，「待我領著弟兄迎上前去，給他來個迎頭痛擊。」

「那是你的事！」椎椎笑道，「不過，對方要攔的不是你！」

虎爾木被提醒了，「你是說，對方發現我們，不會接戰，會——」他問，「會轉而向北，去攔截羅卜藏？」

「對！我就是這個意思。」

虎爾木想了一下說：「你的顧慮不錯！我大可以逸待勞。」

左前方大概三里以外，有個沙堆，虎爾木領著他的部下，就埋伏在沙堆後面。椎椎認為他的部署很妥當，便跨上桃花浪，很快地又回到了延信身邊。

◇ ◇ ◇

天色快黑了，策零敦多布頗為困惑。照道理說，對方的歸路已斷，不是四下潰散，便是回師反撲。誰知追了幾十里下來，遙遙望去，對方仍是保持著完整的隊伍，怎麼樣也看不出有受驚的跡象。莫非沒有攔住？

倘或未曾攔住，自己一味窮追，變成孤軍深入，犯了兵家的大忌，也許伏兵已繞道到了敵後，腹背夾擊的機會，隨時可以到來。如果自己撤兵而回，則派出去截敵的一支人馬，即成對方夾擊的目標。這一出一入，關係太大了。

策零敦多布始終躊躇不決，但馬蹄甚疾，這樣蹉跎著，不知不覺又追下十幾里路去。轉過一個沙堆，在身後都蘭山巔餘暉照映之下，隱隱發現五色旗影。驀地醒悟，不由得大驚失色——怕已入伏了！

於是他立即勒住了馬，從隨從手裡奪過一具笳角，面向著都蘭山的殘日，嗚嗚地吹了起來。這是後隊改為前隊，迅速撤退的號音。

五千人馬，亂成一片，原地打了幾個轉，終於一起往西，在歸途上疾馳而去。走出五六里外，只見南北兩面，旌旗飄拂，萬馬奔騰，往後回顧，似乎羅卜藏又趕上來了。三面受敵，唯有全力而衝，希望在對方南北兩面伏兵未會合以前，逃出「袋口」。否則就等於被封在口袋中，將有全軍覆滅之厄。

就這時，只見迎面又有一路人馬，滾滾而來，策零敦多布倒是一喜，只當去攔截羅卜藏歸途的那一千多人，回師相救。心裡這樣想著，不由得勒一勒韁繩，為的是讓馬蹄稍緩一緩，好看個仔細。

急切間哪看得清楚？金紅色的殘暉，正面射來，耀眼生花，望出去是人是馬，無非一片黑影。而就在這眨眨眼的工夫，情勢已經大變。不但清兵的左右兩翼，已將會師，而且發覺迎面衝來的竟是敵人——虎爾木的馬隊，退敵功成，收軍回營，恰好填補了正面的缺口。

策零敦多布心知已經入伏，對光作戰，視線不佳；入敵陣地，虛實不明；三面被圍，寡不敵眾，天時、地利、人和，都處劣勢，看來只有突圍逃命了。

念頭在轉，身子也轉了。策零敦多布心想，清軍都調遣在外，後路空虛；剛才誘敵的那支兵，追追打打逃逃，也是疲憊之師，不足為懼，倒不妨假奪圍以衝陣，說不定活捉延信，或者俘獲了新達賴，挾為人質，則反敗為勝，指顧間事。

起了這個僥倖的念頭，頓覺精神一振，一叩馬腹，往前直衝，口中大喊「殺啊，殺啊！」這股重來的餘勇，一開頭倒也氣勢驚人。無奈延信勝算在握，十分沉著——看敵人衝了過來，第一道命令，穩守陣腳，不准妄動；第二道命令，前列的弓箭手，單腿跪地，扣弦待命；第三道命令，火槍營與硬弩間隔排列；第四道命令，頭通鼓開槍，二通鼓射弩，三通鼓放箭。部署已定，將椎椎找到身邊問道：「你知道不知道，火槍、硬弩、弓箭能打多遠？」

「當然知道。」

「好極！請你司鼓發令！」

椎椎欣然應命。他那一雙明察秋毫的碧眼，見光不畏，向前看得非常清楚。預先估計好三條界線，等策零敦多布衝到第一條界線，立即將高舉著鼓槌的手往下一落，二十來面大鼓一齊驚天動地似地響了起來，洋槍開火乒乒乓乓地，只見對方人仰馬翻，隊伍大亂。

策零敦多布卻不顧一切，依舊冒死前衝，到得第二條界線，硬弩又在椎椎的鼓聲指揮之下，一排一排地射了出去。

這時三面合圍的清軍已經趕到，正好截住往回逃命的敵人；而回陣休息的羅卜藏，見此光景，豈肯不湊這個熱鬧，自失立功的機會？斜刺裡領兵衝來，前後夾擊，使得最後預備著的弓箭手，竟無用武之地了。

殺到天色已暗，告一段落，延信吩咐收兵，清點戰果，敵人死傷兩千有餘，投降的亦有三千。自己這面的傷亡，只二百多人。可說大獲全勝，美中不足的是，策零敦多布趁黑逃掉了。

◇ ◇ ◇

論功行賞，連羅卜藏也有份。在他自是卻之不可，但未必覺得受之有愧。

部署稍定，並派嚮導隨同先遣部隊探明了路程，延信奉迎達賴六世，繼續向西藏進發。一路行去，一路不斷有諜報到來，策妄阿喇布坦在各路兵敗的困境之下，猶不服輸，調集所有的精銳，連同老母妻子，守住一個名叫卜里多的要隘，成為延信大軍入藏，不易排除的一個障礙。

因此，行程就緩了。延信召集部下會議，都認為敵逸我勞，硬攻不是好辦法。好在拉薩已經平定，盡歸官軍的掌握。如果岳鍾琪能遣輕騎北上，撫敵之背，則策妄阿喇布坦怕受夾攻之危，必然自動讓路。彼時再看情形，在他遁向老巢的歸路上，設伏截擊，豈非事半功倍。

捨此以外，別無善策。延信只得依從，選派剽悍機警、熟悉路程的勁卒，帶著書信，趕往拉薩去聯絡。可是路途遙遠，難期速效。轉眼秋深，道路艱難，又怕糧食不足，士氣不振，那時敵人捲土重來，只怕難以抵擋。延信為此鬱鬱不樂。

「將軍，」椎椎獻計，「我聽說策妄最聽他老娘的話，如果能將這位老太太說通了，讓策妄來投降，那有多好！」

「好是好，無奈，」延信苦笑，「怎麼能將策妄的老娘說通？」

「現在當然想不起有什麼好辦法，不過只要用心去研究，總能找出辦法來。」椎椎自告奮勇，「我想去探一探陣。」

「你是說，想探策妄的陣地？」

「是的。」椎椎答說，「看他的老娘住在哪裡，有沒有法子可以接近？」

「不好，不好！」延信大為搖頭，「你是軍中一寶，萬一失陷在哪裡，關係很大。」

「請將軍放心，我的眼睛比別人看得遠，我的兩隻腳比別人走得快，敵人抓我不到。不，」椎椎立刻又自動更正，「是根本不讓敵人看到我。」

聽他說得這樣有自信，延信考慮下來，終於很勉強地答應了。

於是椎椎備了三天的乾糧，悄悄地辭延信而去。走的時候是三更天，約定第三天的深夜，必定回來覆命。

「好！到時候一定回來。」延信深深叮囑，「千萬不要勉強，看情形不好，速速回頭。」

結果，到得第四天上午，尚未見椎椎的蹤影。延信憂思難釋，悔恨萬狀。因為椎椎一個人可以抵得上千人之用，實在不應該讓他去冒險，一念之差，造成了無可彌補的嚴重損失，真是錯盡錯絕了！

誰知夢想不到的是，椎椎居然回來了。延信這一喜，非同小可。拉著他的手不放，只是不斷地說：「再也不能讓你做這樣荒唐的事了！」

椎椎報以苦笑，有著說不出的苦。原來他此行很有成就，結識了策妄阿喇布坦的一名親信，道出一個秘密——策妄的老母，很願意歸誠，但對官軍不免猜忌。如果延信能示以誠信，她願意說服策妄，化干戈為玉帛，至少可以逼著策妄收兵回到準噶爾，讓出路來，容官軍護送達賴六世入藏。

有這樣的好事，延信自不能不細問一問：「所謂示以誠信，要怎麼做呢？」

「我也問了。對方說：要請將軍蓋用印信，正式承諾：只要策妄歸順，封為親王，把吐魯番以西的地區，都歸他管轄，世世代代不變。」

「這哪裡可以！皇上才有這樣的權。」延信又說，「明明是我辦不到的事，隨便出口輕許，反倒顯得既不誠，又不信。」

「是的！我也這樣說。我說延將軍作不了主，不過他可以奏請皇上准許。」椎椎又說，「如果再能送一份重禮，那就更容易打動那老女人的心了。」

「送一份重禮，倒無所謂。可是怎樣聯絡呢？」

「我去了，找到他，他會帶路。」

延信突然警覺。「不行，不行！」他亂搖著手，「這件事太危險！絕不行。」

椎椎心知延信的意志很堅決，再說沒用，只得怏怏地保持沉默。

延信倒頗感歉然，為了安慰他起見，細問他此行歷險的經過，不住地慰勞誇獎，但就是決不答應讓他再去冒險。

話雖如此，延信對這樣好的機會，畢竟不甘心輕棄。不過他不能在椎椎面前談這件事，一談便形成對他的鼓勵，又要糾纏不休，所以只能默默在心裡盤算。

◇◇◇

這天晚上，延信睡到三更天就醒了。平時他總要睡過四更，只為心事莫釋，眠食不安，所以醒得早。

起床後的第一件事是，親自去餵馬。起先只為桃花浪可愛，親自去餵馬，亦只為逗弄嬰兒般，自覺是一種享受。誰知桃花浪通靈性，竟被慣壞了，每天非延信親餵不食。當然，並不需他親自去拌草料，只要他在場就可以了。

這天去得早了，馬夫尚未起身，延信不能不親自動手，哪知一入馬廄，便發覺異樣——攔馬的木柵，開啟了一半！

他提高警覺，依舊不動聲色地先牽馬飲水，暗中用視線搜索，果然發現草堆中蜷伏著一個人。

「誰？」他問。

餘音猶在，黑頭裡已有條人影往外直竄，延信自然不容他脫逃，一伸手撈住那人的手臂，順勢一扭，反剪了過來，輕易地制伏了。

定睛細看，延信不由得詫異——那人穿的是蒙古兵的服飾，便鬆開了手喝問：「你叫什麼名字？」

「我叫趙守信。」

延信越發詫異，此人竟用漢語回答。「你是漢人？」他問，「怎麼穿這樣服飾？」

「我原在蒙古台吉部下。」

「你是漢人，怎麼又做了蒙兵？」

「這說來話長了！」趙守信毫無畏懼，「只怕將軍沒工夫聽我細說。」

「你長話短說好了！」

長話短說是如此：他是江南人氏，因為犯案充軍，發配到關外。中途與解差發生糾紛，怕受報復，乘隙私逃，輾轉投向蒙古從軍，隨征到此。

「那麼，你跑到這裡來幹什麼？是受人指使來行刺？」

「絕不是！沒有人指使我。就指使我，我也不會聽。」趙守信笑一笑說，「我是看到將軍的馬好！」

「馬好怎麼樣？你是來盜馬？」

「不敢說盜馬，只是想把桃花浪牽出去，騎一陣子殺殺我的癮！」

這個說法，未免離奇。延信想一想問說：「你會相馬？」

「馬是我的性命。」

彷彿有意答非所問。不過延信想到，桃花浪見了他居然不是亂踢亂咬，足見他確有一套控馬的本事。姑且丟下這一節不問，問他是怎麼進來的？

「你是白天溜進來躲著的？」

「不！」趙守信答說，「二更多天跳柵欄進來的。」

延信轉臉望那木柵，約有兩人高，密密地由繩索綴連，若說攀附而上，都難著手，能跳進來似乎是件不可想像的事。

「你是怎樣跳進來的呢？」

趙守信愣了一下答說：「就是這麼一跳就跳進來了。」

「你跳一回我看看！」

趙守信又困惑了。「將軍，」他問，「你老不怕，我一跳跳過去，就此跑走？」

「只要你跳得過去，你不跑，我也會放你走。」

趙守信心裡明白，他的性命，要看他的本領。本領高強，性命可保，否則任何解釋都是多餘的。

於是，他看了一下說：「由外面往裡跳容易，由裡往外跳，只怕勢頭不順。等我試試看吧！」

說完，趙守信退了幾步，雙腳不斷起落，身子一蹦一蹦地是在蓄勢；然後見他拔步飛奔，驀地往上一長身，蜷曲雙腿，橫滾著過了柵欄。接著他從已開的柵門中走了回來。

「你等著！」延信平靜地說。

趙守信依言靜靜地等候，等延信餵完了馬，招招手將他帶回座帳。

「拿酒來！」延信關照馬弁。

拿了酒來不是自己喝，是給趙守信。然而始終沒有別的話，直到趙守信喝完酒請示行止時，他方開口。

「你在哪個台吉部下？」

「莫蘇札台吉。」

「好！你回去吧！」延信叮囑，「今天的事，不必跟任何人說起。」

到得第二天上午，延信派中軍到莫蘇札那裡傳令，調趙守信到帳下，也升了他的官，這明明是有用他之處，但連趙守信自己都不明白，會有什麼任務落到他頭上。

要派給趙守信的任務，只有延信自己跟椎椎知道，而遲遲不曾交派，只因商量未定之故。原來延信是因為趙守信有那躍高的特長，觸機想起，可代椎椎二次探敵的任務。

說是探敵，實是招降，初步要跟策妄的老母見面。延信從椎椎口中獲悉，她深居簡出，唯有入夜潛入她的營帳，才能一晤。而敵陣中，凡是緊要人物的營帳，外面都圍一道網子，名為「網城」，網眼上繫著鈴鐺。若有人接近，一碰網城，鈴響示警，守衛眾集，必難倖免。這個防刺客的設備，流行多年，效用極佳，幾乎是萬無一失的。

因此，要越過網城，唯一的辦法，便是不碰網城；趙守信恰好能做到這一點，所以在延信的心目中，是唯一的人選。

不過，椎椎卻並不完全同意。「將軍，」他說，「除此以外，還有好些難處，倘或克服不了，不等他看到網城，先已失手了。」

「我知道，第一、路途要熟；第二、要機警，能夠躲開敵人的警衛；第三、要有膂力，至少對付兩三個人，不致落下風，這些——」

「還有第四，」椎椎搶著說道，「要能言善道，把那位老太太說服。這都不是容易辦得到的事。」

「我想不妨找他來問問，也許他都辦得到呢！」

「這當然可以。不過，將軍，這一談，機密可能會洩漏出去。」

「不要緊，」延信答說，「我會格外叮囑。他不會不知軍法森嚴。」

於是，一天深夜，延信將趙守信喚進帳來，在座的只有一個椎椎。由他作了任務說明。延信問道：「你自覺如何？這是絕不可勉強的事，你有一分把握，說一分話，倘或不願，我絕不怪你。」

「將軍，這樣說，」趙守信笑道，「我不願也願意了。」

「你是有把握？」

「還很難說。」趙守信想了一下問說，「我先要請將軍示下，如果此去不成功，會有什麼壞處？」

這會有什麼壞處？誰都想不出。「只有一樣壞處。」延信答說，「你的一條命會不保。」

「那，將軍就不必問我有幾分把握了！最壞也不過送一條命而已。」

延信與椎椎都不由得肅然起敬。趙守信不但為國勇於捐軀，忠勇可佩。最難得的是他那種平靜無事的態度，真個勘透生死關頭，有著從容就戰的至高修養。

「他這話說得再透徹沒有了。」延信向椎椎說，「就這麼辦吧！」

「是！」

「你聽見了？」延信撫著趙守信的背說，「我現在相信你有八成會成功。」

「將軍，成功，是不是有賞？」

「那何消說得？」

「賞什麼呢，將軍？」趙守信微笑著說，「最好先告訴我。」

延信從他那略帶詭秘的笑容中，恍然有悟，拍拍他的背說：「你是看上了我那匹桃花浪。只要你成功，我一定賞你，不過要等班師以後。」

「當然！當然！」趙守信跪倒拜謝，「將軍厚賜，我一定能夠領受。」

於是趙守信由椎椎帶了去，將此行的道路險易、敵方布置，以及如何趨避等等必須瞭解的情況，悉心教導。同時延信備了招降的書信，與一袋價值不貲的五色寶石，鄭重交付趙守信，再三叮囑一路小心，並親自送至二十里外，方始作別。

到得第五天，趙守信回來了。延信摒絕從人，只召椎椎在一起，聽取趙守信此去的經過。

「我是大前天白天見到策妄的老娘的。不過，我不曾跳進去，因為網城太高——」

「那麼，你是怎麼進去的呢？」延信問說。

「我用了一計，我說我是蒙古台吉部下的逃兵，但求收安，願意獻出寶石作為酬謝。就有人去報告策妄的老娘——」

「慢慢！」延信又打斷了他的話，「你怎麼知道此人不是去報告策妄而是去告訴他的母親？」

「那人是個番婦，她的主人是誰，當然可想而知。」

「喔，你又怎麼能跟那番婦打上交道？」

「說來很巧！」趙守信笑道，「有個番婦出來汲水，失足滑倒在河裡，我拉了她一把，就這麼便結識了。」

「喔，以後呢？」

「以後她就關照我在外面等候，表示願意為我去通報。我告訴她說：如果她願意幫我的忙，只悄悄告訴她的主人，不能跟別的人說。如果她不願意這麼做，不妨很坦白地告訴我。那番婦很守信義，答應我一定只告訴大阿娘——她們這麼叫策妄的母親。大概有一頓飯的工夫，那番婦帶來兩個同伴告訴我說，大阿娘願意接見我，不過先要搜一搜身。我就讓她們渾身搜過。這一點我早就想到了的，一把短刀，已經丟掉了，所以搜查的結果，讓她們很滿意。」

當然，延信的書信，是再也無法隱藏了。因為已到了可以說明真相的時候——既有五色寶石之獻，又無乘隙行刺之虞，加以他言詞謙抑，深得番婦的好感，所以順順利利地就見到了大阿娘。

「你說你是蠻子？」

滿洲、蒙古等地，常稱漢人為蠻子。趙守信早就自承不諱，而大阿娘卻奇怪，這樣的大事，何以獨獨派個漢人來辦，所以首先要澄清這個疑問。

「是的。」趙守信答說，「不過我在塞外已有十來年了。」

「延將軍相信你，比對他自己人還要相信？」

聽這一問，趙守信恍然大悟，從容答說：「不是格外相信我，是因為我有一樣本事，跳得高，能夠跳過網城，這樣便可不至於驚動大家。」

「那麼你是跳網城進來的嗎？」

「不是！」

「為什麼？」

「我想，我是來獻珍寶的，又不是來行刺，何必那樣偷偷摸摸地進來？」

大阿娘微笑說道：「你的口才很好！」

「大阿娘以為我撒謊？」

「不是說你撒謊，我不知道怎麼才能相信你？」

「那容易，我拿證據給大阿娘看。」他望一望撐住牛皮的横樑，隨隨便便一長身，手就攀住了横樑，但稍一停止，隨即飄然而下，怕横樑不結實，繫得太久，吃不住分量會斷。

「我相信你了！不過，」大阿娘沉吟了一會兒說，「我兒子不會投降的，我想法子勸他回去。你請延將軍過幾天再走，我們會讓路。」

這好像是一個可以令人滿意的答覆，但何以不肯投降，卻肯讓路？似乎情理不通，也就無法信任她的話了。

趙守信深知率直相問，會引起怎樣的反應，所以陪笑說道：「大阿娘，就讓我這樣去回覆延將軍？」

「對啊！就這樣說。」

「我不敢，我怕延將軍罵我撒謊。」

大阿娘勃然大怒，似乎滿頭紛披的白鬢都豎了起來，本來是一張肉紅臉，此時更如旗人崇信的「關老爺」的塑像。趙守信知道失言了，但相當沉著，且看她如何發脾氣再說。

「你這個狗蠻子，你是罵我撒謊？來，替我把他轟出去！」

罵，甚至於打都不要緊，這一逐出帳外，便成決裂，不但大阿娘再不會實踐諾言，而且自己的性命都會不保，所以趙守信這一急，非同小可。

誰知真的逼急了，自會逼出意想不到的妙著——他突然伏身一竄，鑽到一名番婦的腳下，「汪汪汪」地一面學狗叫，一面雙手亂抓她的褲腳，就像惡犬咬人似的。

大阿娘嚇一跳，那番婦則莫名其妙，只是往後閃避。而趙守信纏著不放，便聽大阿娘喝道：「你這是幹什麼？」

趙守信回身說道：「大阿娘不說我是狗嗎？」說完，向旁邊另一名番婦又是「汪」地一聲，齜牙咧嘴地作勢欲撲。

這一下把大阿娘逗得又好氣，又好笑，盛怒盡解，笑著罵道：「你們南蠻子，真是奸詐不要臉！」

「大阿娘，」趙守信此時已相信她的話不是瞎說，但必須得一信物，才能向延信覆命，所以又陪笑請求，「妳老人家看我路遠迢迢，到這兒來扮狗叫，光憑這一點，也得賞我一點兒什麼，讓我好回去跟同伴誇耀誇耀啊！」

大阿娘沉思了一會兒，接納了他的請求，「好吧，我把這只鐲子給你。」

她從左腕上脫下一只鐲子，是用深山中百年老藤所製，其色如栗，名為「風藤」，據說能平肝順氣，老年人戴了，能免風眩之症。通常，風藤鐲接頭之處，多以銀鑲綰合，而大阿娘的這一只，獨用金鑲，格外名貴。趙守信非常滿意。

不獨趙守信，延信亦很滿意。認為大阿娘的這只風藤鐲，確是信物。不過疑團仍在，何以不肯投降，卻願讓路？

「只有一個可能，」畢竟還是熟諳六韜三略的延信能作解釋，「策妄的後路有變，不能不回師去救根本之地。」

「是的，」椎椎的心思也很機敏，立刻聯想到了，「也許兵敗回準噶爾的策零敦多布，背叛策妄，想取而代之。」

「果然如此，可真是一報還一報。」延信神色肅穆地說，「這件事我得好好想一想。」

「不妨先派人去打聽，或者，」椎椎自告奮勇，「我去一趟。」

「不，不，」延信趕緊攔阻，「何須你出馬，我另外派人去打探。」

言出即行，立刻下令多派哨探分兩路偵察，一路查明策妄的動向；一路往西深入，打聽準噶爾方面，可有什麼叛亂的消息。

非常意外地，羅卜藏居然亦會知道，策妄有撤退的意向。延信認為他的消息來源，應該問個清楚。

◇ ◇ ◇

「你是從哪裡來的諜報？」

「將軍不必追問這一點。」羅卜藏說，「只請將軍告訴我，有這回事沒有？」

「我何能不追問？易地而處，你倒想想看，這樣重大的情況，我何能不徹底查明。」延信提出交換條件，「你老實回答了我的話，我也老實告訴你想知道的事。」

羅卜藏想了一下答說：「將軍一定要我說，我自然不敢違令。不過我請將軍允許，不追究任何人的責任。」

「你這一說，我知道了，是什麼人告訴你的，責任我可以不追究。不過，你得告訴我，趙守信跟你是何關係？」

「將軍真是明察秋毫！」羅卜藏笑道，「趙守信是早就認識的，他善相馬，我常請教他。前兩天我要找他，說他奉命差遣，不知到哪裡公幹去了。今天看見他，忍不住查問，他被我逼得沒有辦法才說了實話。我想，這雖是機密軍情，但像我這樣的地位，似乎也能參與。」

「不錯，到時機成熟，自然非向各位公開不可。」

「將軍所說的『時機成熟』，不知是不是指等這個消息得到證實而言。」

「是的。」

「那可晚了！消息證實，策妄已經遠走高飛了，」羅卜藏很認真地說，「將軍，你不能錯過這個機會！」

「怎麼？」延信想了想，懂了他的意思，很沉著地問，「請你告訴我，機會是什麼？」

「是殲敵！」羅卜藏很起勁地說，「如今有兩策，一策是設伏狙擊策妄；一策是助策妄擊平策零敦多布，藉以收服策妄。」

「你這兩策都不錯，無奈，扞格難行。先說第一策，我們奉到的旨意是『安藏』，最主要的任務是將新達賴送到拉薩去坐床，策妄果然肯讓路，我們不應節外生枝，自己多事，反生阻力。」

「那麼第二策呢？」

「第二策更不可行，孤軍深入，兵家所忌，而況糧食不足，不說打仗，困都困死了。」延信又說，「再者策妄與策零到底是一族，一看召來外患，反促成他們和解，前後夾擊，豈不危乎殆哉？」

「將軍的話不錯，不過，我有一個想法，似乎也值得一試。」

羅卜藏的想法是，策妄既肯讓路，拉薩又有岳鍾琪接應，則延信護送達賴入藏，一路無阻根本不須多少兵力，既然如此，羅卜藏可以帶回青海的隊伍，往西追擊。至於糧食，不妨就地徵購，到底他是青海的台吉，在青海用兵，自會得青海土著之助。

這話也不能說他沒有道理，可是，延信因羅卜藏心存叵測，很可能是想進占準噶爾，取策妄及策零而代之。舊患雖去，新患又出，絕非朝廷國家之福。

不過，為了士氣，他亦不便峻拒台吉。他和顏悅色地說，「茲事體大，我作不了主，必得奏請上裁。」

「將軍這話我不敢苟同。豈不聞『將在外，君命有所不受』？即以時機急迫，如果凡事請旨而行，必致坐失戎機。」

「這不可一概而論，命將專征，非同兒戲，必有一個鵠的在。如今皇上付託我的是安藏的重任，為了這個任務，有時不妨從權。若說，不往南而往西，變成征準噶爾了，與安藏是兩回事，我何能擅作主張？」

羅卜藏語塞，但還是不肯死心，仍欲有言，延信卻不容他開口，還有駁他的理由。

「再說，兵凶戰危，就算打勝仗，也得看看要怎麼樣才能勝。倘或得不償失，還是不能去。至於落了敗仗，損兵折將，有傷天威。這猶在其次，更有一層絕大的關係，台吉應該想到。」

「什麼關係？」羅卜藏有些負氣的意味了，「索性請將軍說個明白。」

「你一定要我說，我就說。」延信的臉色也不好看了，「倘或你出師不利，策妄或者策零，會乘勝追擊。豈不是自召其禍？本來策妄內外交迫，勢窮力蹙，只有逃回老巢之一途。只為他人貪功反而給了他一個激勵士氣，捲土重來的機會。台吉，果然有此不幸的結果，只怕你會連累老父！」

這是極嚴重的警告，如果羅卜藏不服節制，擅自行動，導致兵敗，為準噶爾回師反撲，以致入藏大軍，竟有後顧之憂，那就連他的父親札什巴圖爾親王都會獲罪！

羅卜藏畢竟被懾服了，心裡雖還不大服氣，行動卻很謹慎。不久，諜探報來，果如預料，準噶爾內部有不穩之勢，策妄阿喇布坦，從老母之勸，悄然撤兵。於是延信安然無阻地護送達賴入藏，九月間坐床，正式成為第六世達賴，捷報回京，群臣以為會大獎有功將士。誰知竟無動靜，自然要引起許多猜測。

有個說法，皇帝明年登極六十年，必有恩典，並在一起封賞，熱鬧得多，所以此時暫不做任何處置。

又有個說法，皇帝早有上諭，不願有什麼繁文縟節來慶祝他登極六十年。為了示天下以清靜簡樸，所以有功不賞。但心中自有丘壑，誰好誰壞，施恩降罪，隨時都可降旨，不必急在一時。

再有個說法，藏事敉平，撫遠大將軍胤禎並未身臨前敵，亦未見有什麼運籌帷幄、決勝千里的表現。皇帝是要等胤禎有了出色的戰功，一併獎賞。

此外還有個私下談話的說法，皇帝對胤禎非常失望，因為他並沒有傑出的表現，顯示他並無足夠的資格君臨天下。對這次大征伐竟無封賞，正意味著皇帝對撫遠大將軍的不滿。

這是個相當深入的看法，但如以為皇帝對胤禎的失望是絕望，卻是大錯特錯。而有些人看不清這一點，覺得又到了不能不談建儲的時候了。

◇◇◇

其中有個人叫王掞，江南太倉州人，康熙九年的進士，選入翰林院，一帆風順，早在康熙五十年，便已入閣拜相，官居文淵閣大學士。

其時正當朝中為廢太子鬧得天翻地覆的時候，王掞冷眼旁觀，感觸特深。原來他的祖父叫王錫爵，是前朝神宗年間的宰相，力爭建儲，而後果非常之壞。王掞對於他祖父在國史上留下這一段挨罵的紀錄，痛心疾首，耿耿於懷，總想替祖父爭個面子回來。所以早在康熙五十六年，便上了個密摺，建議建儲。

自從太子廢而復立，立而復廢這兩番大波折以後，皇帝已經想得非常透徹，身後之事，最明智的辦法是暗中留意，擇賢而立，所以很討厭臣下談建儲。不過王掞年將七十，官已拜相，格外優容，只將他的奏摺留中不發，以為置之不理，自然無事。

不久，山西道監察御史陳嘉猷，邀集同官，一共是八個人，聯名上奏，亦是請早日建儲。皇帝疑心王掞建言沒有下文，指使陳嘉猷等人為他接力，大為不悅，便將王掞的原奏，連同陳嘉猷等人的公摺，一併發交內閣議處。

當時內閣的首輔是武英殿大學士馬齊，舉朝皆知，他是擁護皇八子胤禩的。如今王掞主張復立廢太子，與他心裡的想法，形成衝突，所以馬齊想借刀殺人，提出好些不准輕言立儲的口諭作根據，將王掞定了死罪。

覆奏送入乾清宮。王掞在乾清門外待罪，不敢進宮。皇帝卻諒解了他，對另一個大學士李光地說：「王掞的話，原不能算錯。不過，他不應該授意言官同奏，言官不能本諸良心、獨立行事，成群結黨、遇事要脅，是明朝最壞的習慣。你們把王掞的處分，擬得太重了，叫他進來，我有話開導他。」

於是王掞奉召入宮，皇帝招手命他跪在御榻前面，說了好久好久的話，聲音極低，定罪一事，亦就寬免。連陳嘉猷等八人，亦無任何罪過。猜想皇帝已將繼承大位的皇子，必須年紀較輕、體格壯健這兩個條件，告知了王掞。

及至皇十四子胤禎封為郡王，受命為撫遠大將軍，特准使用正黃旗纛，等於代替御駕親征。滿朝文武，皆知大命有歸。如今安藏一事，已經收功。恰又欣逢登極六十年，意料中將會詔告天下，立皇十四子為皇太子，誰知一無動靜。而且眾臣上表，三月十八日萬壽，請准朝賀，皇帝亦復不許，心境這樣之壞，是為了什麼？王掞認為是皇帝對皇十四子深感失望，仍舊想立「二阿哥」，而苦於無法自我轉圜，因而再度上奏，請釋放二阿哥，話說得相當激切。接著又有廣西道御史陶彝，糾合同官十一人，包括陳嘉猷在內一起上奏，與王掞所作的請求，完全相同。

這一下，激起皇帝的震怒。前後兩次，事出一轍！頭一次可以原諒他本心無他；第二次明知故犯，絕非偶然。在皇帝看，是王掞有意不讓他過幾天舒服日子，存心搗亂。其情可惡，其心可誅。再也饒不得他了！

於是皇帝在乾清門召集王公大臣，痛責王掞，植党希榮，而且提到他祖父王錫爵的罪過，他說：「王錫爵在明神宗時，力奏建儲。泰昌在位未及數月，天啟庸懦，天下大亂，至崇禎而不能守。明朝之亡，錫爵不能辭其咎。」

對王錫爵的指責，大致是不錯的。明末的史實，在當時信而有證。神宗萬曆十年八月皇長子生；十四年正月皇三子生，他的生母鄭氏立刻進封為皇貴妃。皇長子之母恭妃王氏，誕育元子，而未進封，顯然無寵。從來帝王之家，母以子貴，而子亦以母貴，皇三子之母既然得寵，便很可能以幼奪長，被立為太子，所以宰相申時行等，上疏請立元子為東宮。皇帝拒絕，他的理由是皇后年紀還輕，尚未有子，倘如現在立了東宮，將來皇后生了嫡子，又將如何？

以後數年，便常有請求建儲的爭議，到得萬曆二十一年，王錫爵從家鄉省親回朝，便全力推動此事。皇帝支吾其詞，想出各種辦法來拖延，最後計窮力竭，迫不得已在萬曆二十五年立皇長子為太子。此時共有五個皇子，除皇三子封為福王以外，其餘三子封為瑞王、惠王、桂王。

萬曆四十九年七月，皇帝賓天，即為神宗。皇長子於八月初一即位，改明年為泰昌元年。哪知這個皇帝資質下愚，在熱孝之中，荒淫無度，以致即位十天，便得了病。有個鴻臚寺丞李可灼，私下進了一服丸藥，自稱是「仙丹」，其實是由婦人經水中提煉出來的紅鉛，乃是一種壯陽的春藥。皇帝服了一丸，覺得暖潤滋暢，胃口大開，非常舒服。哪知再進一丸，到了五鼓天明，嗚呼哀哉！這天是九月初一，在位剛好一個月。

這就是當初宮闈「三案」中的「紅丸」一案。這個廟號光宗的皇帝既崩，皇長子即位，是為熹宗，寵信魏忠賢與乳媼客氏，搞得宮闈穢亂，醜不可聞，確是明朝亡天下的一個大關鍵。

康熙皇帝的意思是，倘非王錫爵極力主張立太子，則神宗雖然偏愛福王，但廢長立幼，亦知臣下必然反對，不致貿然行事。這樣到了臨終之前，擇賢而立，明朝的氣運又當別論了。

「王掞莫非以為我是明神宗，沒有主張，可以聽任大臣擺布的昏君嗎？」皇帝疾言厲色地，「我本來沒有殺大臣的意思，哪知大臣自取其死，我也就無可如何了。你們傳旨給王掞，叫他明白回奏！」

皇帝很少有這樣震怒過，也很少以處死來威脅大臣，因而舉朝失色，甚至沒有人敢拿筆硯給王掞，彷彿這樣一做，就會被誤認為王掞的同黨，牽連獲罪。

王掞就在宮門待罪。聽侍衛傳旨，要他回奏，卻連紙筆都沒有。思量面奏，又憚於天威，怕言語失誤，反為不妙，迫不得已只好老實說了。

「無紙無筆，無從回奏，可否賜我方便？」

那侍衛於心不忍，替他找來一張紙，一枝筆，一錠墨。王便伏在階石上，用些唾沫將墨濡濕了，拿筆蘸了一蘸，寫了一篇簡單的奏疏。

他說：「臣伏見宋仁宗為一代賢君，而晚年立儲猶豫。其時名臣為范鎮、包拯等，皆交章切諫，鬚髮為白。臣愚，信書太篤，妄思效法古人，實未嘗妄嗾台臣，共為此奏。」

寫完，由侍衛捧著呈上御前。皇帝看他自己承認是個書呆子，心裡的氣消了些，不過，最後一點，卻還須細查——唐朝設御史台，所以御史稱為台臣。王掞自辯，不曾嗾使陶彝等十二御史奏請建儲，這話是真是假，當然要查。

查明王掞的話不假，同時建議同一事，只是巧合。其時王大臣議奏：王掞及陶彝等十二人，應革職，從重議罪。皇帝考慮下來，作了一個情理法兼顧的決定。

「王掞跟陶彝等人的奏摺，都說是為國為君，如今青海、西藏一帶，正在用兵，如果是忠君，就應該有滅此朝食的決心。這十三個人，可以暫緩議罰，照八旗滿洲文官的例子，一律改委為額外章京，發往軍前，交撫遠大將軍差遣，效力贖罪。」

在文官來說，這等於變相的充軍。十二御史，尚在中年，王掞年將七旬，鬢眉蒼蒼，一旦到了大漠荒寒之地，必死無疑。因此，皇帝又作了一個權宜的處置，命王掞的長子，正在當翰林的王奕清，代父從軍。王家兄弟很友愛，老二奕鴻正在湖南做糧道，得到這個不幸的消息，認為老父獲罪，長兄出塞，自己何能恬然居官。所以變賣了自己的產業，與奕清同行，成了一段佳話，號稱「十三忠臣一孝子。」

◇◇◇

「安藏」的目標，可說已完全達成了。封號為「宏法覺眾」的第六世達賴喇嘛，已在九月間坐床；拉藏汗的舊人康濟鼐被封為貝子，掌理前藏後事；頗羅鼐被視同蒙古、青海的台吉，掌理後藏後事。同時有上諭：留蒙古兵兩年，戍守西藏，以防準噶爾再度入侵。

但是，皇帝既未大賞將士，又不令撫遠大將軍班師，確是對胤禵抱著極深的期望，有他的一番打算。

皇帝是想到《孟子》上的幾句話：「天將降大任於斯人也，必先勞其筋骨，苦其心志。」讓胤禵在窮邊極塞，苦寒荒涼之地，磨練個三年五載，不但「吃得苦中苦，可為人上人」，而且習於軍旅，多經戰陣，遇到外患內亂，才能從容應付。

當然，能夠收服準噶爾，做到真正的統一，版圖之內，盡皆臣服，是胤禵足以繼位的一大資格。即使武功上差一點，可是領兵出塞有三五年之久，這番辛勞是其他皇子所不曾經過的，光憑這一點，選取他繼承大統，亦可使他的同胞手足，無話可說。

因此，皇帝在三月間命平逆將軍延信、副都統吳納哈，領兵進駐西藏。五月間命胤禵駐兵甘州，漸次部署遠征準噶爾。不幸地，就在這時候，先後發生了兩處變亂。一處是在山東，有個鹽梟叫王美公，聚眾作亂，自封為「大將軍」。這場變亂，形同兒戲，很快地為官兵撲滅了。

另一處比較嚴重，發生在台灣南部，有個原籍漳州府長泰縣，移居鳳山的朱一貴，是洪門天地會的首腦之一。雖以養鴨為生，但任俠好客，很有些前明志士、山澤英豪、奇僧俠客，出入其門，酒酣談兵，意興極豪。

其時承平日久，吏治日壞。知府王珍是個貪官，苛征暴斂，民怨沸騰。康熙五十九年冬天，格外寒冷，兼以地震，失業人多，謠言四起，於是起事的機會成熟了。

領頭起事的是兩個客家人，但用朱一貴的名義號召，一時遠近宣傳，聲勢浩大。四月十九正式豎旗，先占岡山，後攻鳳山，連破清兵，五月初一占領台南府城，知府以下的文武官員，紛紛上船逃回福建。總兵歐陽凱陣亡，更使得局勢急轉直下，諸羅縣城亦為北路軍所占領了。

到得五月初四，朱一貴稱王建號，但民間卻送了他一個「鴨母帝」的稱號。下置國師、太師、將軍、都督、尚書、內閣科部、巡街御史等官職。「新貴」們拿戲班子裡的行頭穿在身上，招搖過市，後面跟著一班頑童，拍手嘻笑，了無尊嚴可言。

反清復明的大業，一開始便成了笑柄，因而有一首民謠：「頭戴明朝帽，身穿清朝衣；五月稱『永和』，六月還康熙。」永和即是朱一貴所定的年號。

當時福建的水師提督叫施世驃，是施琅最小的一個兒子，領兵駐紮在廈門，從難民口中得知朱一貴作亂，一面飛函省城告發，一面率師出海，直航澎湖。

等到在省城的閩浙總督滿保，星夜趕到廈門，逃在澎湖的台灣府道等官，亦已有詳細報告送來。滿保檄調南澳鎮總兵藍廷珍，委以平亂的全責，會同施世驃共領兵八千、船四百艘，揚言分北港、鹿耳門、打狗三道攻台，其實專攻台南的鹿耳門。事先大發布告：「大兵登岸之日，一概不許妄殺。有能糾集鄉壯，殺賊來歸者，即為義民，將旌出功。」這一通露布，抵得上十萬兵。一時盲從之徒，紛紛斂手了。

當然，起事之人中確有心存明室的忠義之士，但更多的是貪圖非分的富貴。為了那些空中樓閣，自我陶醉的名號，「客莊」與漳泉兩州的人，由口頭齟齬，演變成自相殘殺。而藍廷珍會同施世驃，只七天工夫，便攻入安平。此時間閩粵兩派，械鬥正酣。

朱一貴倒是條漢子，兵敗被擒，昂然不屈。輾轉解到京裡，刑部官員問他，以一匹夫，敢謀大逆，所為何來？他平靜地答說：「想復大明江山。」

這一場叛亂在六月間就平定了。但處置善後事宜，卻頗費周折，直到年底，方始大定。於是康熙六十一年開始，皇帝又專注在征準噶爾一事上了。

◇◇◇

撫遠大將軍皇十四子胤禎是前一年十月奉召入觀的。在此以前，特命年羹堯陛見，讓他兼理陝西的軍務，官稱由「四川總督」改為「四川陝西總督」。回任之時，特賜御用弓箭，慰勉備至。朝中每一個人都看得出，皇帝要重用年羹堯了。

但是重用年羹堯的用意，皇帝卻繞了幾個彎子，才讓年羹堯知道。先是跟德妃說，由德妃去告訴皇四子胤禛，再由胤禛關照年羹堯。

「阿瑪跟我說，年羹堯是四阿哥門下的人，他最聽四阿哥的話。」德妃跟胤禛說，「十四阿哥跟四阿哥，情分不比別的阿哥。年羹堯如果尊敬四阿哥，對十四阿哥就得另眼相看，格外出力幫十四阿哥。這話，阿瑪讓我告訴你。」

胤禛聽得這話，心裡難過得很，但表面上聲色不露。「阿瑪的意思，兒子怎麼不知道。」他說，「不用阿瑪跟娘叮囑，我早就告訴過年羹堯了，無論如何要幫十四阿哥成此大功，不然就是對不起我！」

於是胤禛召宴年羹堯，而且邀了許多陪客，筵次諄諄叮囑，務必善輔撫遠大將軍，平定西陲，上釋君父之憂。那一片至誠，令人感動不已，都說十四阿哥何幸而得一如此友愛的同母胞兄。

但到了密室秘會，卻又是一副嘴臉了。他問年羹堯：「第十四的，你看他怎麼樣？」

「王爺是問十四阿哥的武略，還是帶兵御將？」

「都問。」

「是！」年羹堯想了一下說，「武略無所表見，帶兵有恩，御將不嚴，一言以蔽之，不足為憂。」

「不能這麼大意。他是大將軍，用正黃旗纛，大家本來就對他另眼相看。再拿著國家的錢糧收買人心，怎麼說是不足為憂？」胤禛又加一句：「千萬大意不得！」

「王爺的大事，奴才絕不敢大意。不過——」年羹堯欲言又止的。

「說啊！」胤禛催促著，「此時此地，有什麼好顧忌的？」

「奴才在想，謀大事總要裡應外合才好！奴才不知道內裡有什麼人在替王爺出力的？」

胤禛為人極其深沉，聽年羹堯問到這話，先就想到他為什麼要問這話。「裡應外合」四字雖不錯，但操縱的關鍵，必須握在自己手裡。年羹堯只要外合，實在不必問裡應是什麼人。因此，他就不肯說實話。「現在還沒有，」他說，「不過我在留意。」

「依奴才看，『舅舅』倒是好幫手，王爺不可不假以詞色。」

胤禛心裡一跳。他說的「舅舅」隆科多，正是自己出全力在籠絡的，不過自覺形跡異常隱秘。而如今年羹堯忽然提到此人，是不是行事不密，有什麼跡象落到了外人眼中，不能不問一問。

於是，他聲色不動地問：「何以見得『舅舅』是個好幫手？」

「『舅舅』在奴才面前提起王爺，他說，十幾位阿哥，照他看，只有四爺頂了不起。」

「喔，我是怎麼了不起呢？」

「奴才不敢問。」

「為什麼？」

「奴才在王爺門下，如果太關心了，豈不惹人疑心。」

「好！正該如此。」

「如果王爺覺得奴才的話有點用處，奴才倒還有些話想說。」

年羹堯的哪些話有用處？胤禛在想，自然是勸他籠絡隆科多，做個好幫手這句話。於是他點點頭說：「你有話儘管說！說錯了、說得文不對題都不要緊。只當閒聊。」

「是！奴才知無不言，言無不盡。就把話說錯了，王爺一定矜憐奴才的一片誠心。」

作了這段表白，年羹堯提出他的建議：隆科多現任古稱「九門提督」的步軍統領，職掌保衛京師的全責。所管的事務很多，而最重要的是肅清奸宄。如果隆科多將這個差使幹得有聲有色，便能獲得皇帝充分的信任，參與一切機密，這對胤禛是非常有利、非常重要的一件事。

「如今各王府多招納奇材異能之士，王爺韜光隱晦，不肯隨波逐流，自然是見識遠大之處。不過奴才在想，舅舅手下倘也有幾位傑出人才，一則可幫舅舅把差使當得更漂亮；再則緩急之際，亦可轉為王爺所用，誠為一舉兩得之計。不知王爺意下如何？」

胤禛聽得句句入耳，怦然動心，而表面上卻還不肯認真，只說：「你別問我！原說了的，只當閒聊，你說你的好了。」

「奴才先要說個前明的遺老之後，本朝的監生，在史局修過明史，如今歸隱在家的黃百家。」

「黃百家！」胤禛問道，「是黃宗羲的兒子不是？」

「是的。黃百家多才多藝，大家知道他從梅文鼎學過天算，不知道他還是技擊名家，寫過一卷《內家拳法》。」

「喔！」胤禛大感興趣，「他怎麼會懂技擊呢？」

「不但懂，而且精通。淵源有自，說來話長。」

話要從內家拳的始祖、武當山的張三豐說起。自宋至元，由元及明，內家拳的大宗師，名叫王宗岳。他有個得意弟子叫陳州同，是浙江溫州人；陳州同傳張松溪；張松溪傳葉繼美，此人是寧波人，所以內家拳又由溫州傳到寧波。葉繼美收了五個徒弟，最小的一個叫單思南，盡得真傳。其時已在崇禎年間，去明亡不遠了。

單思南早年從過軍，晚年歸隱家鄉，擺了個場子收徒弟，一則餬口，二則遣悶，根本就不想找個傳人。他的徒弟亦沒有什麼成材的──俗語說的「窮文富武」，無非紈袴子弟，只想學兩招花拳繡腿，在人前炫耀而已。

獨獨有個叫王來咸的，是有心人。他們師兄弟住在樓上，到得夜深，他人鼾聲如雷，王來咸卻伏在樓板上，從縫隙中悄悄偷看師父練拳。這叫「偷拳」，是武林中犯大忌的。所以王來咸一聲不敢響，遇到不解的地方，亦不敢去問師父。這樣兩年之久，單思南的本事，已讓王來咸偷到十之六七。再要進步，就除非師父指點了！

於是，王來咸盡力討師父的好。單思南有茶癖，王來咸關照家裡辦來天下名茶，又學會了烹茶的訣竅，然後打造一只極講究的銀杯，每天一早一晚，伺候師父品茗，日久天長，單思南終於以不傳之秘，傳授了王來咸。

所謂「不傳之秘」，乃是點穴。一舉手之際可以決人生死，所以王來咸出手極其慎重，非萬不得已，決不輕發。一次有個惡少，逼他出手，王來咸始終容忍，及至辱及他的父母，非有表示不可了，但仍然手下留情，所點的一個穴道，與膀胱有關。因而此惡少幾天不能小解，直到他磕頭謝過，方始解去。

當然，行俠仗義，少不得替人報仇，有一雙弟兄不和，哥哥用重金聘請王來咸去整他弟弟，王來咸斷然拒絕，說「這是以禽獸待我」。因為深明倫理，所以明朝既亡，錢肅樂在浙東起義，王來咸毅然投效。事敗歸隱，頗有人卑詞厚幣，登門求教。而他不屑一顧，自己擔糞鋤地，種菜為生。唯獨與黃百家交好，盡傳所學。年羹堯認為能將他請到京師，以他所著的那一卷《內家拳法》，傳授由禁軍中特選的勇士，會有莫大的用處。

聽他講完，胤禎惋惜地說：「樣樣都好，只可惜黃百家的身分不好。明朝志士之後，必然引人注意，是非從此多矣！」

「然則有一個人，不妨由步軍統領衙門，奏調進京。」年羹堯說，「此人名叫喬照，現任浙江提督。」

「這喬照有何長處？」

「他是『四平槍』名家，藏有兩本槍譜。治傷的藥酒方子，海內第一。」

「這個人用得著，我得便跟舅舅提一提。」胤禎又問，「此外還有什麼傑出的人才？」

年羹堯想了一會兒答說：「有兩個。一個七十多歲了，怕不肯出山了。」

「是誰？」

「此人叫馮行貞。」

「馮行貞？」胤禎偏著頭想，「好像聽見過這個名字。」

他想起來了！馮行貞是江蘇常熟人，書香門第，溫文爾雅，卻生性好武，自己練出好些別出心裁的武藝，作為娛樂。譬如先發一矢，緊接著再射一矢，前矢緩，後矢急，於是後矢擊落前矢。這一手本事，他練了十年才成功，然而只是神奇而已，並無多大用處。

倒是有些自創的武器，效用很大。有一種名為「灰蛋」——拿雞蛋打個孔，漏掉黃白，灌以石灰，用皮紙封好。每遇出門須經荒郊險山時，總帶幾個在身邊。遇到強徒剪徑，自顧力所不及，便取個「灰蛋」擲到對方臉上，石灰瞇目，無不大吃其虧。馮行貞常到北方訪友，山東有個響馬渾名「老倭瓜」，常常告誡部下：「遇到常熟馮二公子，千萬少惹他！」

「我年輕的時候見過他。」胤禎憶著往事道，「那時他在康親王傑書帳下效勞。傑書死在康熙三十六年，由他的長子椿泰襲爵。椿泰的六合槍是很有名的，舞起來十幾個人近不得他的身，據說就是馮行貞教的。我在康親王府見到他，大概是康熙四十年的左右，二十年了，他還健在？」

「是的，不過歸隱了。」

「那麼，還有一個呢？」

「還有一個，奴才勸王爺無論如何要羅致了來！不然，就要到八爺府裡去了。」

「八爺」便是胤禩，曾因圖謀立為太子而被軟禁，去年方始解禁釋回。如今表面上雖無動靜，但皇九子胤禟、皇十子胤䄉都跟他很好，暗地裡仍有活動。

在胤禎看，胤禩也是他的一個勁敵，所以聽得年羹堯的話，不由得關切地問：「此人叫什麼名字？」

「叫甘鳳池，是江蘇江寧人。他善於借力取勝，所以越是強敵，受創越甚。」年羹堯忽然問道，「山東即墨有個馬玉麟，王爺想來知道？」

胤禎知道，因為馬玉麟前幾年在京裡很出過一陣風頭。此人身體極其魁梧，肚子很大，每天起身，用一幅很長的白布將胸腹之間捆得緊緊地，上牆爬柱，捷如猿猴。膂力之好，更不待言，曾經幾次在王府中與侍衛角力，無不占盡上風。

「以後聽說他到江南去了，就此銷聲匿跡，再也沒有聽見過這個人。」胤禎問道，「你怎麼忽然問起他？」

「他的銷聲匿跡，就是因為甘鳳池的緣故。」

原來馬玉麟作客揚州，為一個大鹽商奉為上賓。這個鹽商也姓馬，生性好武，更好新奇。看馬玉麟的本事，不過那一兩套，日久未免有些厭了。

有一次這鹽商到南京去訪友，無意間邂逅甘鳳池，看他中等身材，一無足奇；但偶或露一兩手，令人目眩神迷。譬如一隻錫酒杯到了他手裡，要長就長，要方就方，而且談笑處之，不像馬玉麟，每到奏技之時，神情緊張如逢大敵似的。這就使得這鹽商在心目中，將甘馬二人分出高下來了。

於是，堅邀甘鳳池作揚州之遊。一到那天，大張盛宴，為他接風，當然也請了馬玉麟。但等他一到，只見甘鳳池已為主人讓在首座，馬玉麟當時就變色了。

不但變色，而且發話，說他在京裡為各王府招致，每處皆被奉為首座。如今不甘屈居其次，說主人看不起他。當時要跟甘鳳池一見高下。

甘鳳池自然遜謝不遑，無奈旁人有看不慣馬玉麟平時那股盛氣凌人的模樣的，便在一旁拿話激他。搞得勢成僵局，非比劃比劃不可了。

鹽商家裡的房子都很大，便挑了一座廳作比試之處。馬玉麟步步進逼，甘鳳池步步後退。到得退無可退之時，不知道他怎麼一閃，便到了對方身後。如是數次，馬玉麟已經見汗了，心裡更惱恨甘鳳池跡近戲侮，咬牙切齒地要抓到他好好羞辱他一番。

及到甘鳳池退到柱邊，忽然腰帶斷了，正當低頭錯愕之際，馬玉麟見機不可失，用盡全力撲了過去，雙手是個「大開門」，以為一把可以抱住甘鳳池。哪知抱倒是抱住了，卻抱的是一根柱子；而且額頭碰在柱子上，鼓起一個大包。

這一下惹得哄堂大笑。馬玉麟羞憤交加，頓時口吐鮮血，面如金紙，搖搖欲倒，卻仍舊虧得甘鳳池趕上前去拿背抵背，沒有讓他摔倒。

不但如此，馬玉麟的內傷吐血之症，也還是甘鳳池替他醫好的。從此馬玉麟回到即墨，絕口不談技擊。

這個故事在胤禎從未聽見過。他當然相信年羹堯說的是真話，但唯其如此，越發猜疑。

「亮工！」胤禵喚著他的別號問，「你是哪裡聽來的？」

年羹堯笑道：「奴才那裡常有江南來的人，這些故事聽得多了。」

「照此說來，你也很結交了一些奇材異能之士。」

話一出口，胤禵便自悔失言。再看年羹堯，臉上訕訕地，神色亦不大對勁。

不過年羹堯的神色，很快地就恢復正常了。「奴才留意奇材異士，亦是為了王爺。」他這樣答說。

不說「結交」而說「留意」，措詞頗為得體，胤禵便裝作感動地說：「我知道，我知道！你的忠誠，無話可說。這次回任，萬里遠隔，不過彼此赤心相照，雖在天涯，亦如咫尺。」

「是！奴才亦就是憑一點赤心，報答主子。」

◇◇◇

年羹堯回任不久，奉命覲見述職的撫遠大將軍，皇十四子恂郡王胤禵到了京。

胤禵領兵出征之時，儀節甚為隆重，皇帝御太和殿，親授大將軍金印，用正黃旗纛出京。如今回京，不能沒有適當的禮節相迎。所以皇帝事先便有旨意，命禮部擬定儀注奏聞。六部尚書，滿漢各一，誰的權重，大致視各人才幹而定，唯獨禮部，總是漢缺的尚書當家。這時禮部的漢缺尚書，剛剛由工部調任，一接事便遇到了難題。

此人名陳元龍，浙江海寧人。海寧陳家從明末以來，就是大族，本姓為高，所以陳元龍跟早年權傾一時的高士奇，算是同宗，認為叔侄。陳元龍是康熙二十四年的榜眼。長於書法，頗為皇帝所讚賞，所以一直是文學侍從之臣。

有一次，皇帝忽發雅興，要寫擘窠大字，便對左右說道：「你們家中，各有堂名，不妨說出來，我寫匾額賞給你們。」

於是陳元龍面奏：「臣父之闓，年逾八旬，臣家的堂名叫『愛日堂』，倘蒙皇上賜書，榮及九族。」

皇帝便如言寫了「愛日堂」三字，賜給陳元龍。「愛日」通常是人子愛親之意，由皇帝來寫這兩個字，實在是異數，所以這個故事頗為人傳誦。

到了康熙四十二年，陳元龍以老父衰病，奏請「終養」——奉養老親，直待老親壽終，持服期滿再奏請起復，復行官職——七年之後，陳元龍進京，被授為翰林院學士，不久遷吏部侍郎，又放廣西巡撫，頗有惠政。康熙五十七年內調工部尚書。此時又調禮部，正好主持擬定撫遠大將軍回京，迎接儀注一事。

「為什麼是難題呢？」他說，「因為不知道大將軍這次回京，算不算凱旋？如果是凱旋，有成例在，事情就容易辦了。」

成例在康熙十九年。安和親王岳樂受命為定遠平寇大將軍，於康熙十四年討伐吳三桂，歷時五年，方始奏凱班師。皇帝前一天駕臨盧溝橋郊迎，第二天大將軍到達，一起拜天，叩謝上蒼嘉惠。儀節非常隆重。

如今既非奏凱，當然不能援用成例。陳元龍召集僚屬，幾經斟酌，方始定議。撫遠大將軍抵京之時，皇帝派侍衛一員慰勞；親貴大臣自貝子以下，齊集朝陽門外迎接。進了京城，大將軍詣宮門請安，皇帝在乾清宮召見賜宴，由諸皇子作陪。

覆奏到達御前，皇帝只將賜宴一節刪去，其餘依議。禮部隨即行文各衙門知照，按規定行事。有些人只以為「做此官，行此禮」，不把這件事放在心上，有些人卻別有想法。

這種想法是由熱中而來。他們在想：大將軍既非凱旋還京，本用不著如此鄭重其事，足見皇帝此舉，是在暗示，屬意於皇十四子繼承大位的初心未變。然則如今要迎接的，不是撫遠大將軍，亦不是郡王，而是一位未來的皇帝。倘或此時讓他留下一個深刻的好印象，何患將來不大富大貴？

其中有個輔國公阿布蘭，是廣略貝勒褚英的曾孫。太祖共有十六子，元妃生長子褚英、次子代善。褚英在十七八歲時，即以武功賜號為「洪巴圖魯」。滿洲稱勇士為巴圖魯，「洪」可解釋為大，所以「洪巴圖魯」的意思就是大勇士。

這個「大勇士」到了二十七歲，更被封為「阿爾哈圖土門貝勒」，譯名叫做「廣略貝勒」。顧名思義，可知不僅勇敢，且多智略。誰知太祖這樣一個有謀有勇的長子，竟會以「作書詛咒」的罪名，圈禁高牆。到了第三年死在幽所，年三十六歲。據明朝所偵得的實情是，「紅把兔」——明朝不知「洪巴圖魯」是何名堂，以譯音稱褚英為「紅把兔」，說他諫父不可背叛明朝，太祖大怒，下令將他處死。這件事官書不載，但多少年來，宗室中口頭相傳，都說褚英確是為他父親所殺。

就因為這個緣故，褚英與他同母弟代善的境遇，大不相同。代善是正紅旗的旗主，封為禮親王；長子岳托封為克勤郡王；三子薩哈璘封為順承郡王，皆是世襲罔替。清朝開國，只有八個王世襲，俗稱「鐵帽子王」，代善一家就占了三個。

一母所生的弟兄，子孫的榮枯如此不同。褚英之後，便出了好些心理不正常的人，一種是怨恨不休，一種是拚命巴結，想法恰好相反。

拚命巴結的這一類中，有一個叫蘇努，有一個叫普奇，是堂房叔侄，曾因附和胤禩獲罪，被削去公爵。此刻又有一個叫阿布蘭，是蘇努的胞侄，算輩分比撫遠大將軍胤禎晚一輩，這就更便於服低做小了。當大將軍的儀仗過去，胤禎在前呼後擁之中，緩緩策馬而過時，阿布蘭突然逸出行列，跪在前面。一個人孤零零地單擺浮擱，顯得格外刺目。

阿布蘭卻不管旁人的觀感，等胤禎行得近了，高聲說道：「宗人府右宗人阿布蘭，恭迎撫遠大將軍叔王。」

叔王是個新鮮名稱，不過意思很明白，表示他也是宗室，是胤禎的侄子。見此光景，馬上的「叔王」倒很不過意，但一時想不起來他是哪一房的子孫，只在馬上欠身答禮，很客氣地說：「請起！請起！」

阿布蘭這個舉動，有些驚世駭俗。還有些跟他相熟的人，則替他老大捏一把汗。因為宗室中自公爵以上，對於皇子無下跪之禮，阿布蘭顯然是以儲君視胤禎，才有此逾分的禮節。皇帝曾經一再嚴飭，不准有任何擁立某一皇子之事。而阿布蘭的行為，已大干禁例，倘或皇帝降旨追究，阿布蘭的性命都會不保。

然而，皇帝居然毫無表示。不但如此，還有件形跡更為明顯的事——宗人府因為皇帝御極六十年，特建碑亭，樹立一方神功聖德碑，由翰林院撰文，頌揚備至，而送到宗人府，阿布蘭認為文字不佳，另外命人改擬，大為稱讚撫遠大將軍的武功。而此文進呈以後，皇帝居然批准了。

這一來，皇帝的意向更明白了，胤禎將繼大位，已是鐵定不移，人人心照的事。

◇◇◇

「發到軍前的十三名御史，」皇帝問道，「近況如何？」

「一發到軍營，兒子依照常規，把他們分派到比較安逸的地方。不過，」胤禎惻然不忍了，「已經有四個人死掉了。」

「死的是哪四個人？」

「只記得有個叫李元符。」胤禎老實答說，「其餘的，兒子記不起了。」

「這也罷了！」皇帝又問，「那活著的九個呢？你是不是格外照顧？」

「兒子沒有管這些小事。」胤禎答說，「發到軍前來效力的很多，兒子專派一個靠得住的人管。」

「這也不錯！不過言官得罪，不是一件小事。」

聽得這話，胤禎愣了一下才應聲：「是！兒子記著。」

「光記著還不夠，你得好好去想一想！」皇帝用諄諄教導的語氣說，「有人說，前明亡於言官，這話自然也有他的道理。可是，往深裡去想一想，前明的言官，為什麼會成群結黨？為什麼會出以那樣激烈的態度？都是前明的皇帝有激使然。前明的皇帝都很怕事，或者奏章留中不發；或者不問是非，一味撫慰；或者用鎮壓的手段，像俗語所說的，殺雞駭猴，以為用嚴刑可以嚇阻言路。結果，凝成一股戾氣！前車之鑑，不可不慎。」

這是授以帝皇之學，胤禎很用心地聽完，想一想問道：「阿瑪的意思是，凡是言官，都應該另眼看待？」

「當然！自古以來，凡是盛世，無不重視言官。」

「可是，可是──」胤禎訥訥然說不出來，因為要說的那一句話，似乎非常無禮，不便出口。

「可是什麼？為什麼不說？」

「兒子不敢說。」

「不要緊，你儘管說好了。」

「阿瑪把那十三個言官充了軍，似乎有人在背後會有閒話。」

「是說我不尊重言官？」

胤禎先不敢響，然後陪笑答道：「兒子可不敢這麼說！」

「傻孩子！你竟不知道我的苦心。我是給你機會。」

「給我機會？」胤禎在心裡想，細細琢磨了一會兒方始領悟，但還不敢自信。

「阿瑪是說，給兒子一個市恩的機會？」

「也不是市恩，是讓你有個視情形不同，分別做適當處置的機會。」皇帝說道，「言官說的話一樣，而用心不同，有的是真知灼見，心以為善，雖死不悔；有的是基於意氣，一時盲從；有的是受人指使，口是心非。原情略跡，自然要有不同的處置。」

這使得胤禎想起代父從軍的王奕清、奕鴻兩兄弟。王奕清還是奉旨行事，王奕鴻自甘陪伴長兄，同在塞外受苦，更為難能可貴。

於是他說：「兒子想請阿瑪降旨，把王奕鴻放回來，官復原職。」

「這樣做不好！」皇帝大不以為然，「很不好！」

胤禎大出意外，自覺他的想法並沒有錯，何以會「很不好」？照此看來，自己的程度比父親差得太遠了，不由得大為沮喪，而且也很困惑。

知子莫若父，皇帝立刻就看到了他心裡。「你提到的這件事，正好作為一個例子，讓你學學馭人之道。」皇帝問道，「我先問你，如果你是王奕鴻，我把你放回來官復原職，你會怎麼想？」

「自然感激皇上的恩典。」

「除此以外呢？他回想一想，當初出塞的本意，心中作何感想？」

胤禎細細體會了一番答說：「如果他本心真是要陪伴兄長，如今心裡當然還是很難過，留他哥哥一個人在吃苦。」

「這不結了！放他回來，不是成全他，是不符他本心的事，何苦來哉！」皇帝緊接著說，「你是從他好的方面去想，再從他本心不良的這方面去想呢？」

如果本心不良，則當初此舉，無非沽名釣譽，誰知弄假成真，有苦難言，方在悔不當初之際，忽爾有釋回的恩命，真個求之不得。

想到這裡，胤禎恍然大悟，照自己的做法，好人不會見情，壞人卻得其所哉！

從他臉色中，皇帝又已看出他心中所想，笑著問道：「你想通了嗎？」

「是！」胤禎心悅誠服地說，「阿瑪聖明，兒子不及萬一。」

「凡事只要多從人情上去體會，就不會錯。」皇帝又說，「你覺得王奕清、奕鴻兄弟，一孝一悌，應該激勵，這個想法很好，我很高興。不過人才要培養，更要經過磨練，我把這十三個言官發到軍前效力，也正就是給他們一種磨練。而況王奕鴻自願出塞，他是不是心口如一，甘願不悔？如果覺得苦，是不是能咬緊牙關忍下去，你都應該常常考查。這樣經過三年五載，磨練成了大器利器再用他，豈不更好？」

「是！」胤禎不覺拜倒在地，「兒子心裡的喜樂，無言可喻！」

胤禎所說的中心喜樂，出自真誠，覺得古人所謂「人樂有賢父兄」，並不我欺。可是，他們父子之間的這番對話，傳到皇子親貴之間，卻被誤解了，以為皇帝的意思是，三五年之後，就會禪位於皇十四子，所以胤禎喜不可言。

這些誤解，有些人不過私下以作為談助而已，但在胤禎的同母胞兄雍親王胤禛聽來，卻很不是味道。秘密地在打算，應該如何改變他父親的決定，或者如何在適當的時機，偽造一個父親的決定。

◇◇◇

京城的勝地在西北，得力於玉泉山的泉水，順著山勢下流，成為一條小河，名為玉河。

由西直門、德勝門南流入城，經三海再流出城直到通州。如果沒有這條玉河，就不會有西苑的太液池、後門的什剎海，更不會有海澱附近的許多離宮別苑。

離宮最大的一座，名為暢春園，本是前明武清侯李偉的別墅。李偉在前明萬曆年間，貴盛無比。這座暢春園原名為「清華園」，方圓十餘里，有密如蛛網的河道。亭台樓閣，因勢起造，一舟所至，處處可通。裡面奇花異卉，四時不斷，各種牡丹、芍藥，以上千論萬計。湖邊假山，山上飛橋，遙望真如仙境。

這座水木清華，當時有「京國第一名園」之稱的清華園，經過李闖的流寇糟蹋，除了湖中還有繫著放生銀牌、幾尺長的金鯉魚以外，荒涼不堪。直到三藩之亂平定後，皇帝方命一個江蘇青浦籍的畫家葉洮，設計修復了一部分，作為避喧聽政之地，命名為「暢春園」，特置總管大臣，管理一切。

在暢春園之北，有一座雍親王胤禛的賜園，名為「圓明園」。因為清華園的廢址，規模甚大，所以凡是已封王的皇子，環繞著暢春園，都有賜園。圓明園在暢春園之北，更得地理之勝。北面有座大湖，名為後湖；東面有個極大的池塘，雍親王命名為「福海」，中有一個方形的小島，便叫做「蓬島」，所築的高台，自然就是「瑤台」了。

園中第一勝處，名為「鏤月開雲」。春來前植牡丹，後列古松，中間是一座楠木廳。春花秋月，無時不宜。

自從圓明園落成以來，胤禛每年總要奉迎皇帝臨幸，賞花飲酒，樂敘天倫。這年——康熙六十一年的三月十五，也就是皇帝萬壽的前三天，胤禛在鏤月開雲為皇帝預祝壽辰，兼賞牡丹。

這一天還有非常重要的一件事，便是在馬廄中降生的弘曆，將謁見祖父。發生在康熙五十年八月十三的那個「笑話」，日久已為人淡忘，宮中亦從沒有人在皇帝面前提起過他有這樣一個孫子。皇帝的孫子有五六十，沒有見過，或者在襁褓中見過一次，面貌名字記不起的，也多得是。何況是德妃叮囑，故意不提，所以皇帝亦幾乎忘記了有這樣一個出身微賤的孫子。但是，雍親王胤禛與撫養弘曆的鈕祜祿格格，都覺得應該讓皇帝知道有這樣一個孫子。在他們看，皇帝所有的孫子中，若說要選一個第一名，非弘曆莫屬。

弘曆長得儀貌堂堂──長隆臉，挺直的一條鼻子，天圓地方，兩耳貼肉，一雙眼睛澄澈如水。當然，個子絕不會小，但可以斷定長大成人，只是魁梧，絕不會是臃腫的胖子。

外表如此，智慧、膽氣，更覺可貴。他在六歲就啟蒙了，老師名叫福敏，出身滿洲八大貴族的富察氏，隸屬鑲白旗。康熙三十六年的庶吉士，散館卻很不得意，以知都候補。胤禛覺得他的耐性很好，宜於為蒙童授讀，所以延為王府的西席，教三個學生，一個是比弘曆大七歲的弘時，一個是比弘曆小三個月的弘晝。弘時是大學生了，不能相比，但與同年的弘晝相較，弘曆可是聰明得太多了。

這樣一個兒子，自然是值得驕傲的，可是祖父如何，卻很難說。因為當初那件「醜聞」曾鬧出極大風波，皇帝的惡感是否早已消失，實在難說得很。萬一見了面記起舊事，說一兩句責備的話，豈非求榮反辱。

終於，胤禛作了一個決定。原因有二：第一是弘曆自己常常向父母問說，何以不能見一見做皇帝的祖父？他的父母常要很費勁地編造一些理由，而這些理由不但已無法編造，並且也快要騙不過弘曆了。

第二是胤禛為他自己，覺得很值得冒一冒險。如果皇帝一見鍾愛，對於他以後謀大事，將有很重要的關係。

於是由德妃進言，問皇帝還記得有這樣一個孫子否？

「記得啊！」皇帝問道，「不是叫弘晝嗎？」

「可見得皇上記不得。」德妃笑道，「弘晝是弟弟，他叫弘曆。今年都是十二歲。」

「十二歲了，好快！」皇帝問道，「長得怎麼樣？」

這表示皇帝不但已不念「舊惡」，而且對這個孫子頗為關懷。雍親王胤禛真是一則以喜，一則以懼。喜的是自己預期中的大作用，已有實現的可能；懼的是擔心弘曆到時候會失常態，禮節疏失，應對錯誤，讓皇帝大失所望。

因此，在皇帝臨幸的前一天，胤禛特為關照鈕祜祿格格，對弘曆找來有所叮囑。

「寶寶！」這是弘曆的小名，鈕祜祿氏問道，「明天是你第一次見皇上，你心裡是不是害怕？」

「皇上不是我的爺爺嗎？」

「是啊！」

「天下哪有孫兒見了爺爺怕的？」

鈕祜祿格格啞口無言，反被他逗得笑了。「你在我面前說話，沒規沒矩的不要緊。」她正色告誡，「見了爺爺，可絕不准你這麼說話！」

「娘放心好了！爺爺既是皇上，孫兒也就是臣子，自然要守臣子的規矩。」

十二歲的孩子能說出這樣的話來，確是可以放心。反倒是弘曆另有顧慮。

「弟弟是不是跟我一起見爺爺？」

「當然。」

「弟弟也是頭一回見皇上？」

鈕祜祿格格心想，弘晝是見過皇帝的，只是弘曆不知道而已。如果說了實話，他追問一句：「為什麼弟弟倒先見了皇上呢？」未免難以回答，因而答說：「對了，也是頭一回。」

「那可得告訴弟弟，別怕。弟弟怕生，見了生人會說不出話。」弘曆又說，「他說不出話，索性就別說，免得結結巴巴地，讓人笑話！」

「你這個主意不好！皇上問話，怎麼能不回奏？」

「有我啊！」弘曆將頭一揚，「我替他代奏就是了。」

「你要照顧弟弟，是對的。」鈕祜祿格格語重心長地說，「可也別太逞能！你把弟弟比下去了，人家會不高興。」

弘曆很懂事了，知道所指的是弘晝的生母耿格格，便重重地點著頭，表示領會。

◇◇◇

賞完牡丹，在鏤月開雲開宴。雍親王與王妃獻過了酒，皇帝問道：「那兩孩子呢？」

「早就吵著要來給皇上磕頭拜壽了。」雍王妃陪笑問說，「是不是這會兒就領來見皇上？」

「好啊！我看看長得怎麼樣？」

不久，門前出現弘曆、弘晝兩兄弟，一樣的打扮，身穿皇子皇孫專用的顏色——香色的寧綢棉袍，重青團龍臥龍袋，腰繫黃帶，足登粉底緞靴，頭上跟皇帝一樣，是紅絨結頂的軟帽，不過這頂軟帽在皇帝頭上，是燕居的便服，而皇孫戴這頂帽子，卻是禮服。

兩兄弟同歲，高矮差一個頭，弘曆長身玉立，步履安詳，但腳步跨得大，所以弘晝必須三步併作兩步才跟得上。弘曆倒很照應弟弟，每每放慢腳步在等，而且看他不時轉臉說一兩句話，彷彿是在教導弟弟，怎麼樣才能合乎禮節。

在祖父、祖母、父親、嫡母、「生母」與庶母，以及兩位叔叔——皇十六子貝勒胤祿，皇二十一子貝子胤禧，還有幾位姑姑的注視之下，弘曆在皇帝面前五六步處站定，微微擺一擺手，讓弘晝站在他左面，然後一起磕下頭去。

「孫兒弘曆、弘晝給爺爺磕頭，恭請萬福金安。」

弘曆的音吐清朗，皇帝非常歡喜，一疊連聲地說：「伊里，伊里！」這是滿洲話，意思是「起來」。

起來是起了，卻仍舊站著，而且很快地又磕下頭去。

皇帝奇怪，「不是行過禮了嗎？」他問雍王妃。

「頭一回是覲見皇上，這回是給皇上拜壽。」

果然，弘曆又開了口：「孫兒弘曆、弘晝恭祝爺爺萬壽無疆。」

皇帝越發高興，「好懂規矩的孩子！」他欠身去拉兩個孫子，「快起來，我看看。」

左手牽著弘曆，右手牽著弘晝，只見一個神色歡愉，一個卻不免靦腆，皇帝笑著對德妃說：「倒忘了帶見面禮來了！」

「下次補也一樣。」

「對！下一次補。」皇帝問弘曆，「唸書了沒有？」

「是！唸了六年了。」弘曆照應弟弟，補了一句，「弘晝也是唸了六年。」

「這麼說是六歲開的蒙，師傅是誰啊？」

「是福師傅，下面一個敏字。」

若說以皇孫的身分，便逕稱福敏的名字，亦自不妨，而用這樣的口吻，完全出自尊師之意。皇帝深為嘉許，點點頭又問：「你唸了國語沒有？」

所謂「國語」即是滿洲話。弘曆對語言特具天才，朗然答說：「唸了三年了。」

「我倒要考考你！」

於是皇帝用滿洲話問：「你知道不知道，你姓什麼？」

「知道！」弘曆亦用滿洲話回答，「愛新覺羅。」

「是什麼意思？」

「譯意是金子。」
「世界最珍貴的是金子，是不是？」
「不是。」
「喔，不是？」皇帝很注意地問，「那麼是什麼呢？」
「是仁義！」
「你居然也知道仁義可貴！」皇帝不止於欣喜，簡直有點感動了。德妃不甚懂滿洲話，但看皇帝的臉色，也替孩子高興，便即笑道：「說了什麼話，哄得爺爺這麼高興？」
「這孩子難得！」皇帝用漢語對雍親王說，「要好好教導。」
「是！」雍親王畢恭畢敬地回答。
「你學過天算沒有？」皇帝又問弘曆。
「這是聖學。孫兒想學，阿瑪說，過兩年，現在學還早，不能領悟聖學的精微。」
這是雍親王教導過的。皇帝長於天算之學，下過幾十年的工夫，所以尊稱為「聖學」。又料定皇帝必會垂問，所以預先想好這段很得體，而又能掩飾弘曆未習天算之短的話，故他記熟了，等皇帝問到時回奏。如今果然用上了！
「天算之學雖然精微，應該從淺處學起。」皇帝指著胤祿說，「你十六叔從我學過，讓他教你！」
「是！」弘曆轉臉問胤祿，「十六叔肯教侄兒嗎？」
「當然！只要你肯學。」
「十六叔，還得教侄兒學火器。」
原來胤祿對西洋槍炮，亦頗精通。一個月之中，總有一半的日子在打靶，所以每逢行圍，所獲必多。「十六阿哥是神槍手」，禁軍中無不如此稱頌，弘曆亦聽過這話，十分嚮往，此時乘機提出請求。

「我教你當然可以。不過火器看距離，算準頭，非精通西洋算學不可。要你肯上勁學天算，火器才會打得好！」

「是！侄兒一定用心學。」

「那可得挑個日子拜老師！」雍親王乘機籠絡，「弘曆，你這會兒就給十六叔先磕頭認了老師。」

「是！」弘曆轉身朝胤祿面前跪下。

「這可怎麼說呢？」德妃在一旁笑道，「十六阿哥的天算，是皇上親自教的。這會兒寶寶認十六阿哥是師傅，算起來皇上不成了寶寶的太老師了嗎？」

「其實我倒也可以收個小徒弟！」皇帝向德妃說道，「把弘曆帶回去，就住在妳那裡好了！」

聽這一說，雍親王趕緊陪笑道：「他哪裡配稱皇上的小徒弟，皇上的小書僮罷了！弘曆，還不謝恩？」

弘曆也知道該謝恩，便退後兩步，站到雍親王身後，父子倆雙雙拜了下去，只聽皇帝說道：「起來，起來！倒是弘曆該給太太磕個頭，好多疼疼你。」

旗人稱祖母叫太太，弘曆便又跪在德妃面前磕頭。雍親王也得行禮，但雖是生母，亦分嫡庶。此時不能像給皇帝、皇后那樣行大禮，只是雙腿一屈，請個安而已。

◇ ◇ ◇

過了皇帝的萬壽，撫遠大將軍胤禎回任了。仍如當初迎接那樣，朝陽門外，冠蓋雲集，恭送如儀。

愛子回京，將近半年，而德妃卻只見過十來面。尤其是行期已定的那幾天，胤禎的公務極繁，德妃想找個機會說幾句母子之間的私話，都找不到機會，因而不免抑鬱不歡。虧得弘曆善解人意，看到祖母面無笑容，若有所思時，總是沒話找話地為祖母解悶，必得等德妃開顏一笑才罷。

這天是宜妃來串門子，弘曆很懂規矩，替這位庶祖母行了禮，回明德妃，帶著哈哈珠子到「乾東五所」——未成年皇子所住之處，去找「二十一叔」胤禧習射。

望著他的背影，宜妃忽然歎口氣說：「這孩子倒是真不壞！」

「不壞就不壞，妳可歎什麼氣啊？」德妃問說。

宜妃不作聲，深沉地搖搖頭。這使得德妃越感困惑，怕她是有什麼不足為外人道的話，便吩咐宮女迴避，好讓她開口。

「十四阿哥要有寶寶這麼一個兒子就好了。」

一聽這話，德妃自然關切，趕緊問道：「莫非有什麼道理？」

「如果十四阿哥有這麼一個兒子，皇上就更放心了！」宜妃輕輕說道，「將來兩代都有好皇帝。」

「啊！」德妃頓時覺得有些煩躁，卻說不出是何道理。

她只覺得這件事有點兒不大對勁，但一時卻想不透不對勁在什麼地方。宜妃很厲害，看出這可能是雍親王謀奪大位的先聲，但此事關係極大，再說，畢竟也無確據，話只能說到這裡，不能再多一個字了。

於是，她自己把話題扯了開去。「又快上熱河了！」她說，「去是真想去，可又太累，真不知道去好還是不去好。」

「是啊！」德妃關切地說，「從開春以來，老說妳鬧病，可得自己保養。」

「大概，」宜妃苦笑道，「也快了！」

「別說這樣的話！妳比我小得多，著實還有幾年舒服日子過呢。」

「自己的病自己知道。」宜妃搖搖頭，「一動就氣喘，有時候上氣不接下氣，就彷彿大限到了，心裡害怕得不得了！常受這種刑罰，活著也沒有意思。倒是妳，將來還有當太后的日子。」

「別說這話！我可從不敢想有那麼一天！」

「事情明擺在那裡。」宜妃忽然說道，「德姊，我求妳件事，行不行？」

「說什麼求不求？你說就是。」

「到妳當了太后，我還不死的話，妳放我出去，行不行？」

「怎麼叫放妳出去？」德妃笑道，「我也沒有那個權。」

「我是真心求妳！」宜妃很認真地，「九阿哥人很聰明，就是不大安分，我實在不放心，我得看著他！」

「原來是疼小兒子！」

「妳不也疼小兒子嗎？」宜妃又問，「德姊，妳答應我吧！」

看她這樣鄭重其事，德妃不忍推辭，可也不便真個以未來的太后自居，只說：「誰知道是怎麼回事？果然十四阿哥有那份造化，妳知道的，他為人厚道，很敬重長輩的！」

「這就是了！」宜妃笑嘻嘻地，「有妳這句話，我才能放心。」

德妃始終在困惑，不知道她為什麼把未來的事，看得那麼急？而況這是根本不必預先要求的事，果真自己當了太后，九阿哥說要奉迎母妃到府怡養，自己還能不許嗎？

◇ ◇ ◇

這一回隨駕到熱河的妃嬪、皇子、王妃，人數特多，弘曆是少數准許隨行的皇孫之一。到了避暑山莊，皇帝指定萬壑松風為幾個皇孫讀書之處。

這萬壑松風是讀書的好地方，尤其宜於年輕人住。因為據岡背湖，一面是數百株枝葉茂盛的黑皮松，一面是險峻的岩壁。下面臨湖有個亭子，名為晴碧亭，皇帝常常泊舟於此，步行百餘步石級，來看孩兒的功課。

這天黃昏，弘曆正在岡上閒眺，忽然發現御舟已近晴碧亭，他心裡正在默憶皇帝親自講授的一篇《愛蓮說》，自覺隻字不誤，如果能有機會在祖父面前背誦一遍，必蒙嘉獎，恰好御駕到達，自然迫不及待地要去迎駕。

於是捨正路不由，自險峻的岩壁，攀緣而下，看得準，踏得穩，像猿猴似地連蹦帶跳，速度極快。

在晴碧亭畔的皇帝，看得大為驚心，急急喊道：「別跳，別跳！當心摔著！」

到底只有十二歲，衝勁有，要收住卻很難，弘曆還是順著勢子到了岡下，喘著氣笑，很吃力地喊一聲：「爺爺！」往地下一跪。

「你這孩子！」皇帝呵斥，「怎麼不知道輕重！」

「急於見爺爺。這麼走，快一點兒。」弘曆又說，「下次不敢了。」

既然自己知錯，皇帝亦就不再責備，說一句：「跟我來！」

皇帝就在晴碧亭中小憩。隨扈的太監擺上茶果，皇帝抓了一把糖蓮子在手裡，還有話說。

「蓮字是平聲還是仄聲？」

由這一問，弘曆知道要考他了。題目當然是由淺入深，所以他不敢輕忽，明知脫口可答，仍舊想一想，以防萬一的錯誤。

「是下平聲。」

「在哪一韻？」

「一先。」

「蓮跟荷，是不是一個字？」

題目一下子很深了。弘曆想了一會兒，方始答說：「是一個字，可也不是一個字。」

皇帝笑了，「你倒說道理我聽。」他又加上限制，「先說，何以是一個字？」

「原是北方人，以蓮為荷。後來就不分了，荷花就是蓮花，蓮花就是荷花。」

「這個說法不怎麼透徹！」皇帝又問，「你再說，蓮跟荷的分別。」

由於皇帝有不太滿意的表示，最爭強好勝的弘曆便精神抖擻地說：「《爾雅》上說：『荷，芙蕖，其莖茄，其葉蕸，其本蔤，其華菡萏，其實蓮，其根藕，其中的，的中薏。』照此說來，荷是總稱，荷的每個部分，都有專門的名稱，蓮不過是其中的一部分而已。」

「好！」這一次皇帝滿意了，「那麼，蓮是哪一部分呢？」

「蓮蓬。」弘曆很快地說，「剝去花瓣就看到蓮子。」

「蓮子呢？叫什麼？」

「『其中的』，的就是蓮子；『的中薏』，薏就是蓮心。」

「蓮與荷既可通用，又不可通用。哪些是不可通用的，試舉例以明之！」

「是！」弘曆想了一下，「譬如『蓮房』，絕不能叫荷房；『負荷』，絕不能叫『負蓮』。」

這樣解釋並不算太圓滿，但到底只是十二歲的孩子，皇帝覺得已是非常之難能可貴了，又何忍再作苛求。

不過，他也沒有嘉獎，只問：「你的火器練得怎麼樣了？」

弘曆頗為失望，因為他自覺蓮與荷的區別，已說得再清楚不過，誰知皇帝仍有不甚許可之意，不知是何緣故。因此，對於火器雖自以為極有把握，卻不敢說一句滿話，只這樣回答：

「正跟十六叔在學。」

「上次我看你三槍之中，只能中一個紅心。如今可有長進？」

「回爺爺，如今已不打死鵠子了！」

「那麼打什麼呢？」

「打活的。」

「活的打什麼？」

「不拘什麼，」弘曆答說，「只要看見飛的、走的，能打的地方都打。」

「喔！」皇帝頗為詫異，「照這樣說！你打火器，已經很好了。」

「孫兒不敢說。」

皇帝忽然動了興致，「我倒要考考你。」他喊一聲，「來啊！」

於是御前侍衛六保，疾趨上前，躬著腰靜靜待命。

「取火槍！」皇帝又說，「問敬事房太監要放生的鳥雀來。」

「把我常用的火槍也取來！」

這好像是祖孫倆要比賽槍法了，因而吸引了好些能夠到得御前的宮眷與太監，都要來看個熱鬧。

不一會兒，取到兩支火槍。一支是皇帝御用的，一支尺寸較短但極精良。皇帝一一檢視之後，向弘曆說道：「我要考考你！」

「是！」

「你平時打多少步的鵠子？」

「三百步、五百步不等，要看地方大小而定。」

「你這支槍可以打得很遠，不過遠了取不準，打三百步吧！」

於是御前侍衛量準了部位，在湖邊立了個三百步的鵠子，同時展開警戒，看有沒有人誤撞進來，發生危險。

及至布置已畢，皇帝方取了五粒子彈給弘曆：「你打五槍，若能四槍中紅心，我有獎賞。」他拍拍他的頭說，「好自為之！」

大家聽皇帝沒有跟孫兒比賽之意，不免失望。可是，在弘曆正瞄準鵠子時，皇帝卻又示意侍衛，替他的槍填上子藥，不由得又生希望了！

「砰！」弘曆開了第一槍後將槍放下，等候報告。

檢鵠子的侍衛，高舉兩面錦旗——道是正中紅心的標示，於是鼓聲大作，大家都喝起采來！

「中了一槍了！」皇帝笑道，「再來吧！別心急！」

「是。」弘曆聚精會神地，又中紅心，采聲越發熱烈。

「砰！」又一槍，接著是鼓聲與采聲並作，響得越發厲害。

「連中三元，倒也不容易。」皇帝說道，「再中紅心，我把這個給你！」他將他的槍舉了起來。

原來獎品是御用的火槍，弘曆大為興奮，也越發用心了。正當要開槍時，只聽身後「砰」然大響，不由得嚇一跳，趕緊將扣在扳機上的手放了下來，很快地轉身來看。只見皇帝含著笑，單手擎著槍，槍口還在冒煙，原來皇帝朝天開了一槍，很顯然地，是要試試他的膽子。

「很好！你的鎮靜工夫不錯。第一、身子沒有抖；第二、扣在扳機上的手指，不受影響。這樣的處置，一點兒不錯！你不用再打了！我把獎品給你。」

於是弘曆丟下自己的槍，跪在地上，雙手接過御用火槍，站起身來，交給侍衛，才跪下來磕頭謝恩。

磕完頭提出一個請求：「爺爺！」他說，「今年行圍，孫兒要跟爺爺一起去。」

「這可許你不得！」皇帝又為了安慰他，復改口，「到時候再看吧。」

弘曆自不免怏怏。於是有個哈哈珠子四兒獻議：「向來行圍，要滿了十五歲才能隨扈，因為野獸一出來，能打就打，不能打要避開，全靠馬騎得好。年歲太小只能騎小馬，跑不快。小主子的身材高，不妨練著騎一騎大馬。馬上功夫一練好，萬歲爺放心了，自然帶小主子一起去行圍。」

「言之有理！」

從此，弘曆便偷偷地學騎高頭大馬，將踏蹬收上一些，勉強也能對付。騎過五六天，功夫長進不少。馬也熟了，只是他屁股上的肉也磨破了，悄悄找來些金創藥敷上，只是行動不便，到底讓雍親王識破，追問究竟，方知真相。一時又氣又急，將弘曆狠狠責備了一頓，說他連「千金之子，坐不垂堂」的道理都不懂，萬一摔了下來，非死即傷，大傷祖父之心，豈非不孝？

這一來，自然仍舊只有騎小馬。但馳騁慣了的，忽然弄一匹跑不快的小馬，處處拘束，彆扭極了，少不得又要向四兒問計。

「法子是有一個。」四兒答說，「奴才知道有一匹川馬腳程極好。川馬的個頭小，冒充得過去，不過一大清早最好別騎！」

「為什麼呢？」

「一早一晚，王爺阿哥們都在練騎射，撞見了諸多不便。最好是中午牽出來騎。」

時逢盛夏，中午都在高大深廣、涼爽宜人的殿廈中，或者看書寫字，或者作詩敲棋。驕陽之下靜悄悄一片，沒有人管，確是偷著去習騎的好辰光。

「中午也有陰涼的地方，奴才看獅子山西面一大片林子，樹葉子遮得極嚴，到那裡去騎馬，一定不錯。」

「好啊！」弘曆興致勃勃地，「你趕快把那匹川馬去弄來。」

「這可得慢慢兒來，奴才得跟內務府去商量。」

「那你馬上就去。」

四兒不辱所命，說是已商量好了，只是借弘曆騎一天。

「那怎麼行？還不如乾脆不要。」

「內務府的人說得不錯，小主子現在正得寵，跟萬歲爺提一聲，把那匹馬賜給小主子多好！那一來，過了明路，堂而皇之地騎，也用不著怕人看見。」

「那不好！」弘曆實在是很懂事了，說話跟大人一樣，「我不能因為皇上喜歡我，就隨便跟皇上要東西！」

「小主子這麼說，奴才就把馬去借來，不過，僅此一回。」

「你先借來我騎一騎，果真是好，我有法子把牠弄了來。」弘曆說道，「幾時皇上考我功課，考好了必有獎賞，那時求皇上把這匹馬賞給我，就不嫌冒昧了。」

「說得是！明兒中午，奴才把馬去借了來！」

◇◇◇

第二天又是個大熱天，真如本地土著所說的：「皇上在行宮是避暑，百姓在外面可仍是熱河。」到得中午，陽光直射，曠地上由於四面皆山，熱氣不散，像個大火爐。宮內上上下下，等閒不出屋子。因此，四兒將弘曆由萬壑松風帶到獅子山西面的林子裡，幾乎沒有遇見什麼人。

借來的馬，拴在一棵大槐樹下。川馬瘦小，跟御廄中的代馬一比，顯得可憐。弘曆不由得有些失望：「這比我騎的那匹小馬，大不了多少！」

「腳力可不同！就像人一樣，有的是個矮子，可是短小精悍。不能說他比小孩高不了多少，就說他沒用。」

「油嘴！偏有你那麼多說的！」

弘曆笑著罵了這一句，開始去相這匹川馬，只見兩耳竹削，全身勻稱。毛色漆黑，亮得像匹緞子，配著一條白鼻子，格外顯得英俊。牠站著只用三條腿，右前腿屈了起來，亮出新釘的馬蹄鐵，弘曆撈起蹄子來看牠的指甲可曾修齊。那匹馬仍然屹立不動，將頭轉了過來，靠在弘曆肩上磨了兩下，偎倚著不肯轉過去。

這一下將弘曆喜得不知道怎麼好了！「四兒，四兒！你瞧見沒有？」他驚喜地喊，「就像認識我似的！」

「合該是小主子的坐騎。」四兒說道，「奴才去弄了來，孝敬小主子，大不了賠幾個錢。」

「你想什麼法子去弄？」弘曆沉下臉來說，「你忘了上回的事了嗎？不是我替你擋著，看不一頓板子打死了你！」

原來有一次四兒賭輸了錢，偷了個白玉水盂去變錢還賭帳。太監宮女最忌諱的就是手腳不乾淨，等總管太監一查問，四兒急了，跪在弘曆面前，不肯起來。最後是弘曆承認他失手打碎，碎片命四兒扔掉了，才算無事。

弘曆是怕四兒重施故技，所以這樣神色凜然地告誡，但四兒卻不承認有此打算，他說他早已洗手不賭了。

「那麼，你哪裡來的銀子呢？」

「還不是託小主子的福。」四兒笑嘻嘻地說，「王爺跟福晉都說奴才在萬壑松風，把小主子伺候得好，每一次送小主子的功課給王爺，都有賞賜，銀子、金豆子，積得不少了。孝敬小主子一匹馬，算不了什麼！」

看四兒那種裝作大人，大剌剌毫不在乎的神氣，弘曆覺得好笑。「我也不要你孝敬，我生日還有一個多月，福晉問我要什麼，我就要銀子買這匹馬。」他問，「得多少錢啊？」

「那可沒有準譜兒，內務府的馬是不賣的。」

「不賣！那怎麼到得了手呢？」

「這有個訣竅。」四兒答說，「譬如奴才今兒把馬借了來，回頭跟內務府說，把馬摔斷了一條腿，或者乾脆說，走得不知去向了。認賠！大概有二十兩銀子，也就可以下得去了。」

「那好！咱們把馬留下，回頭你就跟他們說，馬走失了！認賠。」弘曆又說，「今兒我就回獅子園去，跟福晉要三十兩銀子，反正你包圓兒，多了賞你。」

「那敢情好！」四兒給弘曆請個安說，「小主子試試這匹馬。」

說著，屈一腿跪在地上，把穩了勢子，將肩膀聳了起來。他是怕馬高，弘曆跨不上去，預備他借肩上馬。

「不用！」弘曆手執韁繩，扳住馬鞍，左足認蹬，右腳使點勁，聳身而起，很快地就騎上了馬背，姿勢輕靈之至。

「嘿！」四兒喝一聲采，「這一手兒真漂亮！」

弘曆也覺得意，雙腿一夾，韁繩一抖，那匹馬很快地走了下去——川馬是走馬，步子不大而快，所以馬身不顛，騎在背上，平穩得很。

四兒卻著急了！不道弘曆不跟他商量去向，策馬便走，生怕前途有失，跟在後面一路追，一路喊：「慢一點兒，慢一點兒，等我一等兒！」

弘曆故意拿他作耍，把馬勒一勒放慢了，等他走近，卻又快了。這樣兩次，累得四兒上氣不接下氣，一賭氣息下來不理他。

在馬上的弘曆，去了一陣，把馬放慢，好久不見四兒，也有些不放心。於是圈馬回來，發現一條岔道，隱隱似有房舍。一時好奇，策馬從岔道上走了去。

這條岔道頗為曲折，明明已經看到屋頂或者牆角，轉個彎忽又不見。弘曆不由得想起陶淵明的《歸去來辭》，信口唸道：「瞻之在前，忽焉在後。」

畢竟豁然開朗了，只見一列平房，前有五間，屋前曠場，屋後井台，靜悄悄地一無聲息。若非井台旁邊曬著衣服，會讓人疑惑，是沒有人住的空屋。

弘曆有些渴了，同時也想飲馬，便下得馬來，咳嗽一聲，提高了嗓子問：「有人沒有？」

「誰啊？」屋子裡有女人的聲音在問。

接著門開，出來一個身材高大苗條的女人，外面陽光很烈，那女人以袖障眼往外探看。弘曆奇怪，這裡何以有這樣一個女人？但看她梳著長辮子，穿的是青竹布的旗袍，料想是個宮女，可以叫她伺候差使。

於是他說：「妳打桶水來，給我的馬喝。」

「喔，你是二十四阿哥？怎麼一個人騎馬到了這裡？跟的人呢？」

說著，把手放了下來。弘曆一看嚇一跳，從未見過這麼醜的女人！因而轉過臉去答說：「我不是二十四阿哥！」

「二十四阿哥」名叫胤祕，是弘曆的小叔叔。差著一輩，他不能冒充，所以這樣回答。

「不是二十四阿哥？那麼，小阿哥，你是誰呢？」

「妳不必問！」

「是！是！我去打水來。」

弘曆倒覺得歉然。人家雖是宮女，到底不是自己名下的，應該跟人家客氣些。這樣想著，便將馬牽到屋後，為的是不必讓她費勁拎水桶來。牽馬就飲，亦無不可。

一轉過屋子，眼睛一亮——後院正中四面陽光都照得著的地方，擺著一張茶几，几上兩個綠釉的敞口小缸，裡面不知是什麼東西，一紅一黃，雖然缸口蒙著方孔冷紗，卻仍掩不住那種鮮豔無比的顏色。

他的眼睛，不知不覺地被吸引了。再走兩步，一陣微風過處，連鼻子都被吸引了——是玫瑰花與桂花的香味，濃郁非凡，而且還雜有一股甜味，弘曆忍不住嚥了口唾沫。

「小阿哥，把你的馬牽過來吧！」

弘曆抬頭看了一下，那醜女人已吊起一桶水，倒在一個洗衣服的木盆裡。於是他把馬牽過去飲水。

牽馬亦跟騎馬一樣，要用韁繩去指揮，並用手勢輔助。弘曆從習騎開始，從來就不會牽馬，一下了鞍子，韁繩一丟，自有從人接著，牽去溜馬。他哪裡知道牽馬還有許多講究。聽得一聲招呼，拉韁直前，那匹川馬護痛，「唏哧哧」地一聲，昂然而起，這一下倒了過來，不是人牽馬，而是馬牽人。弘曆猝不及防，驀地裡覺得手緊得把握不住，不假思索地一撒手。

這一下，那匹馬便如脫弦之箭，往岔道外面奔了去。弘曆眼睜睜看著，計無所出。不料那宮女腳快手也快，追上去，一把撈住韁繩，將馬牽了回來。

「我的小爺！」她笑著說，「只怕是嚇傻了！」

「沒有，沒有！」弘曆強自鎮靜，「這匹馬我也是今天第一次騎，還沒有摸到牠的脾氣。」

「馬都是一樣的，待牠客氣一點兒，牠就百依百順了。」

說著，她將馬牽到木盆旁邊，拿韁繩往馬鞍上一擱，轉身而去。

弘曆走過去看馬喝水，行得不多幾步，只覺玫瑰與桂花的香味，更為強烈，原來他這時是處在下風。

那宮女可回來了，端著一大籮的草料。弘曆欣喜之餘，不免驚異。「原來妳會餵馬。」他說，「我想不到妳這麼內行！不過，馬的草料是哪裡來的？莫非妳早就預備著？為什麼？」

「也有阿哥迷途到了這裡，要水要草料，臨時張羅很費事，所以我有點預備。」

「這匹馬的運氣很好！」弘曆嚥了口唾沫，回身指著那兩隻綠釉缸問，「那是什麼？」

「喔！」那宮女很高興地，「醃的桂花醬跟玫瑰醬。香得很吧？」

「嗯，香得很。」弘曆問道，「醃來幹什麼？」

「幹什麼？吃啊！」

「原來是吃的東西！」

「小阿哥以為是什麼？」

「我只當是抹臉或者擦手用的。」弘曆自覺完全明白了，「如今可知道了，拿來做『克食』的餡兒。」

這是滿洲話，每天供神用的酥油點心，就叫「克食」。供過撤下，常常分賜皇子皇孫，王公大臣，亦猶共享福祚之意。

「『克食』是供神用的，自有御膳房備辦。不是的！」

「那麼，」弘曆問道，「怎麼吃法呢？」

「吃法很多。」那婦人突然問道，「小阿哥，你騎了半天的馬，想必也餓了，要不要拿點兒吃的，給你充充饑？」

弘曆倒確有此意。肚子並不太餓，只是為那兩種醬的色香所誘，很想嚐一嚐。但他在雍親王嚴格教導之下，從小就很講究邊幅，隨隨便便闖了來，吃一個素不相識的宮女的食物，顯得貪嘴，是件可恥的事，所以搖搖手說：「不要！不要！」

不說還好，一說話顯了原形。原來口角已有流涎，一說話自是把唾沫嚥了下去，喉頭嘓嘓有聲，自己都覺察到了，不由得臉一紅。

「小阿哥也是主子，就算我孝敬的好了！」那宮女又說，「若是小阿哥覺得過意不去，吃完了隨便賞我一點兒什麼！」

這便成了交易，弘曆覺得問心可以無愧，因而點點頭說：「那倒可以。」

「好！」那宮女很高興地，「小阿哥先在外面涼快涼快！我端涼茶給你喝。」

說著那宮女進了屋子，一手端個托盤，一手掇張凳子，托盤中一壺涼茶，一只茶杯，都放了在井台上，凳子就擺在井台旁邊。

「要扇子不要？」

「不要！」

「那就請坐一會兒，很快就有。」

她替弘曆斟了一杯茶，把兩隻綠釉缸都拿了進去，不知是去做什麼點心。弘曆看那杯子很乾淨，茶汁澄明，不由得伸手端來就喝。茶味微苦回甘，十分解渴。他情不自禁地又喝了一杯，頓覺涼生兩腋，栩栩然神清氣爽，因而想到盧仝所說的「七碗風生」，原來真有這樣的妙處！

「這該作首詩！」他心裡這樣在想。頓時詩興勃勃。說是「詩興」，不如說是一個聰明而好炫耀的孩子，找到了一個可以表現的機會。於是立即收束心神，很用心地去找眼前的景致，心中的意象，看有哪些材料可以鍛鍊為詩？

弘曆剛學會作詩不久，興致特濃，癮頭也很大，第一個念頭便決定要作四首五律。律詩要講對仗，老師教他，先把中間兩聯湊起來，加上頭尾，成詩就快了。他就是照這個法子，很快地有了一聯。正當構想第二聯時，才發現了一個絕大難題。

原來弘曆的詩是初學乍練，詩韻不熟，除了支、麻、灰、尤、仙、齊之類，少數幾個不容易混淆的平韻以外，其餘都得翻一翻纂成不多幾年的《佩文韻府》，才知道合不合韻。像他現在所作的一聯，下句是「松濤入耳輕」，這個「輕」就不知是在八庚、九青，還是十一真、十二文之中？這樣只照音似作下去，回頭一翻詩韻，全都失粘，豈非白費心血？

就在這沉吟之際，那宮女又出現了，手中一個托盤，盤中一碗湯圓，共是八個，皮子極薄，隱隱透出餡兒的顏色，紅的自是玫瑰，黃的必是桂花。

「小阿哥嚐嚐！」她說，「包管跟御膳房做的不同。」

弘曆點點頭，拿湯匙舀了一個送到口中，正待咬破，卻嚇了一大跳。

原來是那宮女尖叫：「當心，燙！」

也虧得她這一喊，否則餡兒裡面的糖油，還真會燙了舌頭。弘曆剛咬開一個缺口，便覺香味撲鼻，粉紅色的玫瑰醬滿在湯匙裡，襯著雪白的皮子，顏色鮮豔極了。

嚐一嚐香甜滿口，不由得便一連吃了兩個，到第三個，送到唇邊，卻又停了下來。

「怎麼？」她問，「必是不中吃？」

「不是。」

「那麼，怎麼不吃呢？」

「我是捨不得！」

「捨不得？為什麼？」

「又好看，又好聞，一吞下肚，什麼都沒有了。」弘曆笑道，「可又實在想吃。我真不知道該怎麼辦了？」

「原來如此，」那宮女笑得很高興，「小阿哥這麼誇獎，可真不敢當。」

「妳叫什麼名字？」

「我呀！」那宮女忽然憂鬱了，「沒有名字。」

「沒有名字？」弘曆奇怪，「人怎麼會沒有名字？」

「原來是有的。如今沒有了！」她亂以他語，「小阿哥，快吃吧，燙了不能吃，涼了不好吃。這會兒，正是時候。」

於是弘曆又吃桂花餡兒的。每種吃了三個，各剩一枚在碗中。

「何以剩這麼兩個？」那宮女問，「想來還是不中吃？」

「中吃，中吃！」弘曆答說，「是吃不下了。吃剩有餘，不很好嗎？」

「是的，是的！聽小阿哥出言吐語，真是有大福澤之人。剩下也好，以米做的湯圓，吃多了會停滯。」

一語未畢，弘曆眼尖，發現人影，彷彿是四兒，便貿然叫一聲：「四兒！」

果然不錯！四兒匆匆奔來，發現弘曆，先即站住，然後又飛奔而至，一面擦汗，一面氣急敗壞地說：「天可憐見，到底讓奴才尋著小主子了！」

「你怎麼這等狼狽？」弘曆問道，「你倒找鏡子照照你自己看！」

「不用照。」四兒答說，「奴才好找，又急又累，何得不狼狽。咦，」這時四兒才發現那宮女，詫異地問：「妳是什麼人？」

「她沒有名字——」

「對了！我沒有名字。」那宮女說，「你快陪著你小主人回去吧！別說到這裡來過。」

「為什麼？」

「告訴你沒有錯！別多問了，走吧！」

「真是怪事。」四兒望著碗裡的湯圓，嚥了口唾沫，「小主子用了點心了？」

「你吃了它吧！」弘曆指著碗說，「好吃得很。」

雖只兩個湯圓，四兒到底也解了饞了，吃完舐唇咂舌地稱讚：「真不賴！」

「走吧！」弘曆從荷包裡摸出兩個壓囊底的金錢，放在井台上，向那宮女說道：「這個給妳！」

「不用，不用——」

一語未畢，四兒搶著說道：「別客氣了！妳道謝就是。」

於是那宮女便說：「謝謝小阿哥。」

弘曆哼了一聲，徐徐起身，四兒便去牽馬，一路走，一路說：「真得快走了！今兒是照例到獅子園給王爺、福晉請安的日子，差點都忘了！」

「什麼？」那宮女抓著四兒的手問：「你說什麼獅子園？」

四兒看她臉色有異，大惑不解，「怎麼著，」他問，「莫非獅子園妳都不知道？」

「自然知道。」那宮女臉色恢復平靜了，「我是問，這位小阿哥是雍親王的什麼人？」

「妳想呢！」

「是了，必是雍親王的小阿哥，可不知道行幾？」

「妳問它幹嘛？」

「不許你這樣子！」弘曆覺得四兒吃了人家的東西，用這樣狐假虎威的態度欺侮人家，未免可惡，所以加以呵斥，「跟你說過幾回，別張牙舞爪的，總是不聽。」

在四兒卻是委屈了。他絕無欺侮人的意思，只是「小阿哥」們的排行搞不清楚。有時候夭折了不算；有時候生母出身較高，雖夭折了也算；有時候已經算了，忽而又不算。反正口頭上所稱呼的，跟玉牒上的記載，常有不同。

至於哈哈珠子，都是十來歲的孩子，除了自己的「小主子」以外，到不了別的「小主子」面前，所以更不注意主人的排行。只為一時想不起來，又不願顯得連自己主人的排行都不知道，只好用這種近乎發脾氣的態度，掩飾他自己的弱點。說他存心欺侮人，未免屈了他的心。

這一來只好噘著嘴分辯：「奴才哪兒是欺侮人了——」

一語未畢，讓弘曆真的生了氣，他最討厭人強辯，或者強不知以為知。當然，在他自己想，知之為知之，不知為不知，凡是他所說的話，自信都是不錯的。因此，對四兒呵斥更甚。

「住嘴！你還跟我辯什麼？你還能辯得過我嗎？」

這一來害得那宮女老大過意不去。「小阿哥！」她替四兒說好話，「他不敢跟你回嘴，你別生氣。」

「呃，我不生氣！」弘曆也覺得訕訕地好沒意思，站起身來說，「走吧！別再在這兒丟醜現眼了！」

是餘怒未息的神氣。四兒雖覺委屈，可不敢有絲毫大意，趕緊牽馬過來，伺候弘曆上了馬，頭也不回地走了。

◇◇◇

第二天上午，四兒等弘曆進了書房，估量著有一個時辰的空閒，思量著找什麼人去談談昨天所遇見的那樁怪事。正在躊躇之際，只見管理萬壑松風的首領太監萬士元走了來，老遠地喊一聲：「四兒！四兒！你過來！」

「喳！」四兒故意裝得畢恭畢敬，然後迎上去陪笑問道，「萬大爺，必又是有什麼好差使照應我了！」

「對了！很好的差使。」萬士元說，「你快回去吧，雍親王有好東西賞你吃。」

「萬大爺！」四兒陪著笑，「你老又拿我開玩笑！」

「誰跟你開玩笑？」萬士元沉著臉說，「你好大的膽子！」

一聽這話，四兒知道壞了！但實在想不出自己犯了什麼錯，再想到雍親王的喜怒不測，更覺心裡發毛，不由得就跪了下來。「萬大爺，」他說，「到底是為了什麼，你老跟我說了吧？」

「我哪知道？只知道雍親王這麼說你，你要是覺得有什麼冤屈，自己到獅子園去分辯，行得正、坐得正，怕什麼？」

四兒無奈，只有到獅子園去報到。雍親王在假山上的亭子裡傳見，他身旁除了一名親信太監王成以外，別無他人。

非常意外地，雍親王的神態很平靜，毫無發怒的跡象。四兒驚喜之餘，膽子也就大了。

「你昨天晌午，帶小阿哥到哪兒去了？」雍親王問。

「是小阿哥命奴才去借了一匹小川馬，到獅子山西面的松樹林子騎著玩。」

「你始終跟小阿哥在一起是不是？」

「不是！」四兒答說，「奴才扶小阿哥上了馬，還來不及說話，小阿哥已經一轡頭往前頭走了。奴才大喊，小阿哥不知怎麼，停停走走的，始終沒讓奴才攆上。後來一下子望不見影兒了！奴才又怕又急，費了好大的工夫，累得個半死，才把小阿哥找到。」

「是在哪兒找到的呢？」

「奴才說不出地方。是在松林北面，有條往西南的岔道，彎彎曲曲好一會兒，有幾間平房，後面是井台，小阿哥坐在那兒吃湯圓呢！」

「哪兒來的湯圓？」

「那兒住著一個宮女，是她端給小阿哥吃的。」四兒略停一下，咂一咂舌，彷彿餘味猶存似的，「小阿哥剩下兩個，賞奴才吃了，那宮女真醜，但做的湯圓可真美，真不賴。」

「喔！」雍親王點點頭，「那宮女跟小阿哥說了話沒有？」

「奴才沒聽見。」

「那宮女知道小阿哥是什麼人嗎？」
「不知道！」四兒的語氣很堅定。
「你怎麼知道她不知道？」雍親王問。
「那宮女還問奴才，小阿哥是什麼人？」
「你怎麼回答她？」
「我說，是獅子園王爺的小阿哥。」
雍親王顏色一變，旋即恢復了常態。「那宮女還說了些什麼？」
「她問小阿哥排行第幾。」
「你告訴她了？」
「沒有！」四兒答說，「奴才問她：妳問這個幹嘛？小主子還挺不高興的！」
「為什麼？」
「小主子罵奴才：不准這個樣子跟人說話！是教訓奴才跟人不客氣。」
「喔！」雍親王看一看王成，似乎對這句話很注意似的。
在片刻的沉默以外，王成開口了，他只提個頭，好讓話接下去，所以只問：「後來呢？」
「後來還是那宮女勸小主子別生氣。」四兒答說，「其實也不是奴才對她不客氣，不過隨口問一句。」
「那麼，」雍親王問說，「你始終沒有把小阿哥行幾告訴她？」
「是！」
「小阿哥自己呢？」
「也沒有說。打那兒就回獅子園來了。」四兒又說，「原就是奴才說了句：時候不早，今兒是回獅子園給王爺、福晉請安的日子，那宮女才問小主子是雍親王的什麼人。奴才只答了句：妳想呢？別的話都沒有說。」
「這話跟你先前所說的不一樣！」王成追問，「到底讓王爺聽你哪一句？」
「剛才說的，一字不假。」
「回來以後呢？」雍親王接著問，「小阿哥跟你說了什麼沒有？」
「小主子只說，那個宮女是幹什麼的？為什麼孤孤單單一個人住在那地方？奴才答說：不知道。」
「小阿哥沒有要你去打聽？」
「沒有！」
「你跟我說的話，句句是真？」
「句句是真！」
「你可仔細了，倘有一字虛言，當心揭你的皮！」王成插進來說，「你再仔細想一想，有什麼說得不對的，或者漏了的，趁早還可以改。」
「不用改！一點兒不錯。」
「好！」雍親王說，「王成，你把他帶下去吧！」
於是，王成將四兒帶到偏處，又鄭重叮囑他，此事不可跟任何人談起，如果弘曆再提到這件事，就回說不知道。
「倘或小主子還要到那個地方去呢？」
一句話將王成問住了，同時也提醒了。回去跟雍親王請示，主僕二人都覺得四兒不能再跟弘曆，唯有另外派一個人去，才能看住弘曆，不讓他再跟生母見面。
原來弘曆所遇見的，正是他的生母李金桂。她雖然生了個好兒子，雍親王胤禛卻再也沒有見過她，也沒有給她什麼名號。帝王之家，留子棄母的悲劇多得很。李金桂能留下一條命來，還是靠皇帝的蔭庇——雍親王怕皇帝萬一會問起，不敢做得太絕情。
不過，他實在也有些不得已的苦衷。既然弘曆是做為鈕祜祿格格親生的兒子，勢必要把李金桂隔離開來，不能讓他們母子見面。因此在修獅子園時，便由接替康敬福而為避暑山莊總管的何林一手經理，在獅子山迤西的松林深處，替她蓋了那麼幾間平房，作為養老之處。按月衣食不缺，而且相當豐贍，只是不能離開那個地方，也難得有人會到了那裡。因為不但道路曲折，房屋隱秘，而且何林也經常派人到那裡去巡查，遇見亂闖的，必受呵斥，自然就沒有人到那裡去自討沒趣了。

◇◇◇

王成啣命找到何林，拉到無人之處，方始道明來意。
「跟我們小阿哥的四兒，闖了個大禍，王爺要我來託你老，務必想個法子，封住了四兒的嘴。」他說，「我們小阿哥，可跟他親娘對了面了。」
何林大吃一驚：「怎麼會呢？」他問，「是四兒帶去的？」
「那倒不是。主僕倆一先一後闖到了那裡，金桂還只當是二十四阿哥，壞在四兒無意中道破了獅子園，金桂自然知道了！」
「這可麻煩了！」何林沉吟了一會兒，抬眼問道：「四兒的嘴，怎麼封法？」
「無非教他從此再不會說話。」
「那——」何林面有難色，「我可沒有那麼大的權柄。」
「一頓板子不就都行了嗎？」
何林心想，我何必來作這個孽？便搖搖頭說：「上一次萬歲爺還吩咐，杖責可千萬不能太重，倘有一頓板子打死了人的事，定必治罪。除非隆大人交代下來。」

找隆科多當然可以辦成，不過王成不願意這麼做，為的是怕雍親王嫌他連這點兒小事都辦不通。

「你老無論如何得想個法子。」王成哀懇著，「不然，我交不了帳。」

「這樣吧！」何林說道，「不是教他不能說話嗎？這一點，我替你辦到就是。」

「怎麼個辦法。」

「自然是弄些藥給他吃！」

王成明白了，是讓四兒變成啞巴，可是他會寫字啊！

「那可不能連手都把他砍掉。」

何林的臉色已經不大對了。王成心裡明白，雍親王平日講究威儀，似乎一語不亂道，一步不亂走，但暗中做的事，卻都是不能揭開的，一揭開醜不可言。所以何林心裡看不起他。再說，這也是作孽的事。

其實，王成只猜對了三分之一。當年為了李金桂突然成孕，避暑山莊搞得天翻地覆。康敬福與何林費了好大的事，受了好大的罪，才把事情撕擄過去。康敬福甚至因此而累出一場病來，未得永年。但雍親王從無一句話的褒獎，令人灰心。

這是十一年以前的事，十一年來，為了照料李金桂，更不知受了多少累，擔了多少心。而雍親王並無分外的好處，作為酬庸，更是件氣人的事。

這樣轉著念頭，何林可真忍不住了。「王爺、阿哥二十多位，每年總有一半隨駕來的，」他說，「如果都像你們主子這麼照應我們，那日子就不用過了！」

話風越發不妙，王成知趣，陪笑說道：「你也別發牢騷，怪來怪去，怪入錯了行，伺候人少不得委屈一點兒。」

不道這句話說壞了，在何林是火上加油，頓時嗓子都粗了。「你這話好不通情理！」他很不客氣地說，「你憑什麼不准我發牢騷？我入這一行，莫非準得伺候四阿哥？真是笑話！」

王成受了一頓呵斥，只好趕緊退出。處置四兒之事，亦無結論。回想一想，心裡當然覺得何林不顧同事之誼，十分可惡！再一思量，「公事」也還無法交代。躊躇了好一會兒，決定心一橫，去告何林一狀。

◇◇◇

聽完王成加枝添葉地說了何林許多壞話，雍親王臉色鐵青，但脾氣無法發作，因為這是件不能宣揚的事。

由於受的是悶氣，格外難受。他忍了又忍，終於說了一句：「好吧！讓他等著，看我不把他腦袋拿下來！」

這話，王成不敢接口，只談四兒的事。「請王爺示下，」他說，「是不是把四兒連夜送回京去，關起來再說？」

雍親王沉吟了一會答道：「不用！我自有道理。」

於是，隨手寫個柬帖，派何林送到隆科多那裡。柬帖上說：有事相煩，請「舅舅」不管多晚，這一天務必得到獅子園來一趟。

隆科多果然來了。時已三更，直到皇帝歸寢，方來踐約。

他們相會之處是一座有迴廊環繞的方亭，亭西是雍親王的書齋，名為「樂山書屋」。這一帶包括方亭在內，是獅子園中的禁區，除了極親信的人以外，哪怕是他的侍姬，亦不能擅自闖入。隆科多每次來，亦總是在這一帶晤面，為的是機密之語，不致外洩。

可是，這天的隆科多，猶不願在此相談，他說：「月色很好，咱們倆步月去。」

「咱們倆」二字，是個暗示，所以雍親王命隨從遙遙跟在後面，與隆科多走到一處曠場，方始停下。

「再看一看，有閒人沒有？」隆科多兩人背對背地旋過身來，視界廣闊，一望無遺，哪裡有什麼閒人？於是兩人揀一塊光滑的大石頭並排坐了下來。

「事情定局了。」隆科多說。

所謂「事情」，便是指定皇位繼承人這件大事，雍親王很沉著地問：「快昭告天下了？」

「不是！」隆科多說，「皇上親筆寫了硃諭，親自鎖在盒子裡，預備一回京就擱在大內最高之處，到時候由顧命大臣遵諭行事！」

「喔！」雍親王問，「硃諭上怎麼寫？」

「我沒有看到硃諭。不過皇上告訴我了。」

「誰啊？」

「沒有變動。」

明知皇儲仍屬於十四阿哥胤禎，雍親王問都是多餘的，卻不能不問，問了又不能不痛心。在月色之下，他的臉蒼白得可怕，連隆科多都覺得他有些可憐了。

「我非爭不可！」雍親王說，「我預備了多少年，皇上的抱負，我自信只有我最瞭解，也只有我才能把皇上的抱負發抒出來。」

隆科多對他的理想，並不太注意，關心的是那「爭」。

「四阿哥！」他問，「你打算跟皇上明爭？」

「不！」雍親王說，「爭這個字用得不適當。」

「那麼——」

「舅舅！」雍親王突然說道，「如今關鍵全繫在舅舅手裡，只要舅舅肯幫我，我就可以如願以償。」

隆科多一驚。「我有那麼大的作用嗎？」他說，「我自己都不明白。」

「我明白！」雍親王說，「我也相信，舅舅一定會幫我，我一定會成功！」

隆科多想了一下說：「要我怎麼幫你？」

「我請舅舅無論如何設法，把那張硃諭弄出來看一看。」

「這——」隆科多說，「恐怕要看機會。」

「怎麼呢？」

「如果皇上叫我去辦這件事，我當然可以動手腳。」

「現在盒子在哪裡？」

「皇上親自鎖在櫃子裡了。」

突然間，遠處有人走近。雍親王跟隆科多都住口注視。對方顯然亦有警戒之心，不敢走近。於是雍親王招招手，將那人招近了，才看出是王成。

「什麼事？」雍親王問。

「福晉著人來叫奴才請示，消夜酒餚設在哪裡？」

雍親王尚未答言，隆科多已搶著開口：「今晚上月色很好，這裡又涼快，就擺在這裡好了。」

王成答應著走了。一轉眼間，來了一行大小太監，總有十七八個，桌椅、餐具、食盒一齊送到。將活腿桌子支了起來，擺設停當，甥舅二人相對啣杯。王成又在上風點了一架驅除蚊蚋的艾索，那種特異的香味，將夏夜納涼、小飲閒談的悠閒情味，點綴得更濃郁了。

但表面如此，他倆的內心卻適得其反！中斷的話題未曾重續，雍親王先將弘曆無意間遇見生母的隱憂，向隆科多求教。

「這時候可出不得岔子！」隆科多說，「四阿哥，這件事可馬虎不得，先要把孩子穩住。」
「關鍵在那個小奴才，能處置得乾乾淨淨，別的我有把握。」
「若說單為處置四兒，事情好辦。」隆科多說，「我派人送他回京，一頓板子了帳。」
「這樣最好！不過也得派穩當的人。」
「有，有！」隆科多說，「你叫王成跟我的人接頭就是。」
這個難題算是解消了。雍親王道謝以後又問：「皇上的那道硃諭，除了舅舅以外，還有誰知道？母妃呢？」
「母妃」是指德妃。隆科多答說：「想來總告訴她了。」
「那麼本人呢？」
「你是指十四阿哥？」隆科多緊接著說，「他在皇上萬壽以後，回西邊去以前就知道了。」
「喔！」雍親王很注意地，「是皇上親口告訴他的？」
「對了！」
「怎麼說？」
「那可不知道了。」隆科多緊接著解釋，「我是怎麼知道的呢？是看出來的。那天皇上召見十四阿哥，不叫大家進屋。我從窗外望進去，只見十四阿哥跪在炕床面前，聽皇上教誨，好久才完，十四阿哥給皇上磕頭。出來之後，十四阿哥握住我的手，想說什麼不敢說，想笑不敢笑。我說：『十四阿哥大喜！』他沒有說話，只叫一聲『舅舅』，就放開手了。」
「我倒還不知道有這樣的情形。」雍親王惘惘地說。
「事在人為！」隆科多鼓勵他說，「四阿哥，皇上也不是不能回心轉意的。」
「怎麼呢？」雍親王很關切地問。
「皇上一再跟我說，擇人唯賢。只要四阿哥做一兩樁讓皇上看重的事，說不定那道硃諭就會改寫。」

雍親王大為失望。隆科多的話，真為俗語所說的「乏茶葉」，一點兒味道都沒有。同時他也警覺到，隆科多心目中認為大位已定，必屬胤禎，所以有這種無話找話的泛泛安慰之詞！這是件很可慮的事，無論如何不能讓隆科多覺得洩氣。

於是他說：「舅舅的話不錯，事在人為！不過不能坐待皇上改變心思，那是可遇而不可求的事。我另外有辦法，不過，任何辦法不能沒有舅舅，尤其是當步軍統領的舅舅。」

「我當然站在你這邊，不過，我怕我的步軍統領當不長。」

雍親王心裡一跳，急急問道：「為什麼當不長？」

「最近京裡治安不好，皇上有點兒怪我，說不定會撤我這個差使。」

雍親王沉吟了一會兒說：「不要緊，我來替舅舅找幾個幫手，包管把京裡的治安維持好。」

「那可是再好都沒有。只要京裡平靜，皇上就撤我的差，我也要跟皇上爭。」隆科多問道，「四阿哥，你要保薦給我的是什麼人？」

「當然是奇才異能之士。」雍親王不願多說，把話岔了開去，「哪一天行圍？」

「還不知道。」隆科多說，「我發現皇上的精神大不如前了。」

「那，那可得上緊些。」

這所謂「上緊」，自是指謀奪大位而言。隆科多便又問道：「四阿哥，你剛才說另外有辦法，是什麼辦法？」

「還沒有想停當，就這幾天我要好好籌劃。」

「好吧！等四阿哥籌劃定了，再告訴我。」

「當然！第一個要告訴舅舅。」

隆科多點點頭說：「如果沒有別的事，我可得走了。明天一大早就有事。」說著，站起身來。

雍親王不便再留，起身相送，直等隆科多上了馬，踏月而去，方始回到樂山書屋。整夜思索，大致把計畫決定了。沒有看到那個藏放硃諭的盒子及硃諭內容以前，還不能說自己的辦法一定行得通。

◇ ◇ ◇

為了四兒突然不見人影，弘曆大為困惑。他有四名哈哈珠子，最親近的除了四兒以外，是一個年齡最長，今年已十八歲的福慶。因此，他只有將他的困惑，向福慶去求解。

「送回京去了！」福慶答覆他說，「為的是四兒犯了錯。」

「他犯了什麼錯？」

「那就不知道了。」福慶說的是實話，王成就是這麼告訴他的。

「總有個緣故吧？」弘曆吩咐他說，「你替我去打聽。」

福慶只有去找王成，得到的答覆是：「四兒手腳不乾淨。」

這是宮中最犯忌的事，弘曆替四兒擔憂。然而他是偷了什麼東西呢？何以送京之前不讓四兒跟他見一面？這些疑問，仍然是福慶所無法回答的，亦只能去問王成。

「我自己跟小主子去回。」王成這樣說。因為一切都布置好了，他原來就要在弘曆面前有番話說。

他說，四兒又是賭輸了錢，偷了雍親王一只白玉扳指去變錢，人贓俱獲，所以送回京去處治。

「奴才本來跟四兒說，你伺候小主子一場，如今再不能見小主子的面了，應該去磕個頭。哪知道四兒做賊心虛，不敢來見小主子的面，還說最好別讓小主子知道。奴才覺得他這也是一番孝心，所以稟明王爺，把他打發走了。若非小主子追問，奴才還不敢告訴小主子。」

這番話入情入理，弘曆的智慧再高，到底只是個十二歲的孩子，何知人情險惡，自然信以為真。

「這回前去，當然是交內務府治罪。他這個罪名，還能活嗎？」

當然是不能活了，不過取死之道，不在子虛烏有的偷玉扳指！王成為了安慰弘曆，故意這樣答說：「王爺已經交代了，這四兒伺候小主子讀書有功。再說也很知道愧悔，能饒他一條命，就饒他吧！看樣子，死罪可免，不過活罪總難逃了！」

「會有什麼罪名呢？」

「至少也得發到『辛者庫』。」

「辛者庫」是被罪入官，充作奴隸的集中之地。皇八子胤禩的生母，即出於辛者庫。弘曆有一次便受「母親」教導：「回頭你八叔要來，別提什麼辛者庫的話。」因為那時他正在詢問什麼叫辛者庫，所以鈕祜祿格格有此叮囑，而在弘曆，印象就格外深刻了。

「喔，有件事，我將跟小主子回。」王成喜孜孜地說，「小主子不是愛那匹川馬嗎？奴才回明王爺，已經另外找了匹馬，跟內務府兌換過來了。」

「喔，」弘曆喜逐顏開，「馬在哪兒啊？」

「在咱們自己園子裡的馬號裡餵著呢！不過，王爺說了，功課要緊。定規下來：逢三、六、九的日子才能讓小主子騎著去玩。明天逢九，就能騎了。」

「好，」弘曆說道，「明天我還得騎著馬去吃湯圓。」

一聽這話，王成又驚又喜。驚的是果然不能忘情李金桂的湯圓；喜的是布置好了一套花樣，正不知如何才能施展，此刻，可有了極好的機會了。

於是，他平靜地問：「小主子是到哪兒去吃湯圓啊？」
「喏，山那面的松林裡。」
「山那面松林裡？」王成微吃一驚似的，「小主子你跟奴才說詳細一點兒。」
「怎麼？」弘曆覺得他的神色有異，「有什麼不對嗎？」
「現在還不知道呢！小主子，你請快點兒說吧！」
弘曆便定定神，將那天的情形回想了一遍，從容不迫地細講了一遍，一面講，一面看王成的臉色。他不斷地眨眼，頗有驚惶不定的神色。
「糟了！小主子。」王成等他講完，大為搖頭，「也還算運氣，就不知道過了病沒有？這可怎麼辦呢？」
弘曆大吃一驚，「王成，你說什麼？」
「小主子遇見的那宮女是個瘋子！不犯病跟好人一樣，犯了病是武瘋，拿刀動杖，見人就砍。小主子都虧得那天她不曾犯病！不過，吃了她的湯圓可壞了！」
「怎麼呢？」
「現在沒法兒跟小主子細說。」王成沉吟了一下，突然說道：「這樣，奴才立刻送小主子回園，請示王爺，看是怎麼個辦法。」
弘曆可真大惑不解了！不過吃了幾個湯圓，有什麼大不了的？莫非——弘曆突然想到，當年羹堯進京述職的隨從，所帶來的有關西南放蠱的傳說，莫非那湯圓中也有蠱毒？
這樣一想，心裡不由得大起恐慌，自然而然地聽從王成的擺布了。

◇◇◇

王成有王成的想法，因為跟弘曆一起在萬壑松風讀書，還有幾個弘曆的小叔叔：比弘曆大五歲的二十阿哥胤禕；與弘曆同年的二十一阿哥胤禧與二十二阿哥胤祜；比弘曆小兩歲的二十三阿哥胤祁。他如果在那裡玩花樣，一定會引起極大的驚擾，會有很嚴重的後果。所以施此調虎離山之計，將弘曆帶回獅子園，才告訴他，何以吃了那幾枚湯圓，事便壞了。

「那瘋子有痲瘋病，治好了，可是沒有斷根。痲瘋病最容易過人，小主子吃了她做的湯圓，說不定就染了她的毒。這件事，」王成說道，「奴才現在想想，還不能讓王爺知道。不然要挨罵！」

弘曆雖有成人之度，此時卻露了孺子的本色，怕染上了痲瘋病，又怕父親責備，又急又怕，不由得「哇」地一聲哭了。

「別急，別急！」王成急忙安慰他說，「等奴才來想法子。」

雍親王府有個管帳的，姓楊，精擅岐黃，王府中上上下下，有了病都請他看，所以皆稱他「楊先生」而不稱名。王成是早就跟楊先生說通了的，此時所謂「想法子」便是將楊先生請來商量。

「這個病，如果染上了，可麻煩！亦可以說，一輩子就完了。幸而發覺得早。」楊先生問道，「有幾天了？」

弘曆想了一下答說：「是五天以前的事。」

「不出幾天，還有法子好想！等我來仔細瞧一瞧。」

於是先看臉色，再看眼睛，看完手臂還不算，讓弘曆脫光衣服，躺在涼床上，全身上下，細細看遍，才鬆了口氣。

「還好，還好！病毒是染了，染得不重，只要好好洩一洩，將那點兒毒瀉乾淨了，可保永無後患。」

聽此一說，弘曆心上一塊石頭，方始移去。「楊先生，」他問，「怎麼瀉法？」

「自然是吃瀉藥。要連瀉三天，這三天之中，只能喝水，最多喝點兒米湯，不能吃別的東西，不然病毒瀉不乾淨。」

於是楊先生開了兩張方子，一張是瀉劑，以滑腸為主，只要吃了食物，很快地即有便意。一張是補劑，怕他泄瀉太甚，會傷身體，所以預作彌補之計。

等那服瀉劑一服下去，隔不了多久，弘曆的肚子便疼了，而且聲如鼓鳴。這一瀉，瀉得他渾身乏力，只有靜靜地躺著。王成親自看守，除了米湯與清茶以外，什麼食物都不准他吃。

十二歲的孩子，正在發育的時候，飯量特佳，一頓不吃尚且過不得，何況整天？到晚來餓得頭昏眼花，向王成說道：「實在不行了！非吃不可。」

「不能吃！」王成把個頭搖得撥浪鼓似的，「楊先生一再關照的。」

弘曆無法，只有忍耐。餓得睡不著，只是在想吃食。奇怪的是，平時討厭的東西，此時卻都想了起來，渴望能弄來嚐一嚐，自己都不明白，好惡之心，何以突然會改變？

這樣到了半夜裡，餓得簡直要發瘋了。悄悄起床，哪知腳剛著地，陪他在一屋睡的王成就醒了。

「小主子要幹什麼？」

「不行！我心裡發慌，彷彿天要坍下來似的。」

王成看他滿頭虛汗，知道他支持不下去了，點點頭說：「喝點兒米湯吧！」

「米湯，米湯！」弘曆咆哮著說，「米湯管什麼用？」

話還未說完，一頭栽在地上。原來他虛弱得中氣都不足了，一股怒火撐持著，勉強發了脾氣，只覺眼前金星亂飛，天旋地轉，不由得立腳不住。

王成趕緊把他抱了起來，放在榻上，但叫人拿來的仍是米湯。慰情聊勝於無，弘曆一氣喝了兩大碗，肚子脹得不得了。不多片刻，腹中聲響，又是一場水瀉。

看看折騰得他夠了，王成問他：「小主子，你還要去吃湯圓不要？」

弘曆餓得說不動話，只是搖頭。

「好吧！請楊先生來看看，如果毒瀉乾淨了，就弄東西吃。」

楊先生私下問了王成，也認為這場教訓，足以嚇阻他再往松林裡去胡闖，便假意說是毒已瀉淨，替他開了一張健脾開胃的方子，並又關照，開始進食時，切不可過飽。

「小主子！」王成神色惴惴地說，「如今瘋瘋毒是不要緊了，身子養幾天就可以復元。不過，這件事給王爺知道了，仍舊是不得了的事。」

「我也正要跟你商量。王成，」弘曆極堅決地命令，「你非得給我瞞著不可！」

「奴才倒願意替小主子瞞著，就怕小主子自己說了出去。那時候，奴才可是吃不了，兜著走了！」

「不會，絕不會！」弘曆斬釘截鐵的。

「真的不會？」

「你好囉嗦！」弘曆有些不耐煩了，「這又不是什麼有面子的事，我跟人去說幹什麼？」

這下算是將弘曆徹底收服了，既不怕他再去找湯圓吃，也不怕他會洩漏曾有此遭遇。胤禎接得王成的報告，頗為滿意，從此讓他參與了更高的機密，但並非最高的機密。

最高的機密，是連隆科多都不知道的，只是胤禛自己在肚子裡打主意。

◇◇◇

他最關心的便是那張傳位給胤禛的硃諭。幾次跟隆科多說，務必要想法子偷出來看一看。可是，隆科多沒有機會。

「要說偷到這裡來給四阿哥看，這件事太危險。」於是，隆科多說，「照我看，四阿哥也犯不著這麼做，萬一出了事，洗都洗不清。」

胤禛當然也想到了這一點。他曾經考慮過，只要讓隆科多看一看，也是一樣。只怕隆科多未曾看清，傳述不確，誤了大事。如今說不得，只好退而求其次了。

「那麼，舅舅能不能找個機會，看它一下呢？」

「這倒可以想法子。」

「那好！準定請舅舅看了來告訴我，不過，」胤禛加強了語氣說，「務必請看清楚，隻字不能錯。」

「這一點兒記性我還有。」

隔了四天，隆科多興匆匆地來了。一看他的臉色，胤禛便知所謀有成。請到樂山書屋，親自關緊門窗，才動問究竟。

「硃諭是這麼寫的。」隆科多蘸著茶汁，在大理石的桌面上一個字一個字地寫，寫了抹去，一共是十個字：「傳位十四阿哥胤禛欽此」。

胤禛又驚又喜地問：「就這十個字？」

「還有年月日，是『康熙六十一年六月初二御筆』，共十二個字。」

「這可是太巧了！」胤禛笑道，「真正天從人願。」

「喔！是嗎？」

隆科多又高興又疑惑，而疑惑畢竟多於高興，所以怔怔地望著胤禛，說不下去了。

「舅舅，」胤禛問說，「不曾看錯一個字？」

「不曾看錯。」

「十四阿哥上面，可有一個『第』字？」

隆科多想了一下，斷然答說：「沒有。」

「那麼，舅舅請看！」

胤禛將「傳位十四阿哥胤禎欽此」十個字寫下來，在「十」加一橫，一豎往上一勾，變成一個「于」字。

于、於通用，這一下立刻變成「傳位于四阿哥」，真是巧不可偕。然而胤禎之「禎」又怎麼辦？

隆科多剛想發問，胤禛已經開口了：「『禎』字筆劃少，我這個『禛』字筆劃多。」他說，「以少改多，一點兒不難。」

說著，又動起筆來，將「貞」上一小畫出頭，最下面再加上一畫，使得「貞」之下的兩撇，變成一個「大」字，「禎」就變成「禛」了。

「妙極！真妙極了！」隆科多極高興地說。

還有妙的！胤禛心裡在想，果然所謀得遂，不但奪了胤禎的皇位，還要奪他的名字。禎、禛同音，絲毫無異，一旦做了皇帝，援用避音諱之例，可以命胤禎改名，這是第一步。

第二步便是避書寫之諱。最簡單的辦法，便是缺筆。皇帝御名「玄燁」，「玄」字便寫作「𤣥」。自己胤禛的「禛」字，缺筆便可寫成「禎」字，不是傳位於胤禎嗎？一點不錯。這一下，是連歷史都騙過了。

當然，他這個想法是不會告訴隆科多的，只是告訴他，如何移花接木。

「如說假寫一張硃諭，把真的換了出來，是絕對不行的事。萬一皇上要取出來檢點一下，不是要拆穿了？」

「萬萬不可！」隆科多說，「那可是你不能開玩笑的事！」

「然則，只有臨時動手腳！」

「誰來動？」

「自然是舅舅。」胤禛說道，「這事並不難。多練習幾次就行了。來，來，舅舅試試看。」

胤禛用硃筆照原樣寫一遍，隆科多便照他的話試。第一遍不理想，第二遍字是改對了，朱色有濃淡。直到第三遍才改得符合要求。

胤禛看了一遍說：「舅舅你自己看，可是天衣無縫？」

隆科多自己也很滿意。可是學得再像，改得再好，有何用處？

幾乎經過整夜的研究，假設了「出大事」——皇帝駕崩時可能出現的各種情況，才作了決定。事實上只是說服了隆科多，而且隆科多亦只是勉強應承而已。

因為到那時候要找到一個將硃諭改過，再宣示於眾的機會很難。第一，這必須是皇帝已死之後，才有機會。如果皇帝在彌留之際，吩咐開讀硃諭，則縱有改動的機會，亦無所施其技。否則，皇帝先就看出來了。

其次，皇帝「大漸」時，自然諸王侍立，等著送終，而大家心目中所想的一件事是：究竟是不是十四阿哥接位？所以在隆科多開讀硃諭時，必然有人亦步亦趨地跟著，何能有機會加以改動？

因此「十」字改「于」，「禵」字改「禛」，雖說天從人願，巧不可言，但隆科多認為成功的希望微乎其微。唯一可能成功的情況是，皇帝駕崩時，只有自己一個人承受「末命」，然後拿出改過的硃諭示眾，死無對證，沒有人能說它出於偽造。而這一情況，是太不可能出現了。

◇◇◇

由熱河回京後，皇帝復於十月廿一日駕臨南苑行圍。到十一月初，由於受寒的緣故，聖躬不豫，於是回駕至海澱的暢春園養病。

這一次的病勢很不好，最主要的是皇帝自己覺得衰老了。過去皇帝從未將生病視作一件嚴重之事，常是一面服藥，一面處理政務，在病榻前召見大臣，而這一次卻大為不同，精神委靡，倦怠的神色，一直浮現在臉上。

因此，幾件大事，他都命年紀較長的皇子代勞，第一件是批閱奏章，命皇三子誠親王胤祉替代。這等於太子監國，是因為皇長子胤禔、廢太子胤礽，均在幽禁之中，胤祉最長的緣故。

第二件是冬至南郊大典。皇帝命皇四子雍親王胤禛恭代，這是照例要齋戒的，住在齋所要好幾天不能自由行動。

當此緊要關頭，忽然有這樣一個差使，胤禛大為焦急，只好假意上奏，說聖躬違和，懇求侍奉左右。

皇帝不許，在原奏上批示：「郊祀上帝，朕躬不能親任，特命爾恭代齋戒大典，必須誠敬嚴恪，爾為朕虔誠展祀可也。」

第三件是致祭孝東陵。特派皇五子恒親王胤祺前往。孝東陵在世祖孝陵之東，葬的是皇帝的繼母孝惠章皇后。皇帝天性純孝，雖為繼母，視為親娘，奉養到康熙五十六年十二月，方始駕崩，第二年四月下葬，至今不過四年。皇帝是聽說孝東陵的工程微有缺陷，特命胤祺趁冬至掃墓致祭，細加察看。胤祺此行亦很不放心，因為除了皇帝以外，他的生母宜妃郭絡羅氏亦在病中。

除此以外，皇帝又派御前侍衛阿達色，是夜馳往西北軍前，立召大將軍胤禎回京。顯然的，皇帝是怕自己一病不起，所以召回胤禎，以備繼位。

到得十一月初十，御醫悄悄向隆科多報告皇帝的病，已無可救藥，年邁體弱，隨時可能賓天。這些話在隆科多心中，激起了極大的波瀾，與胤禛所商定的密謀，是不是付諸實行，此刻到了必須作最後決定的時候了。

如果要實行，目前的時機很好。封存在「正大光明」匾額後面的鐵盒，皇帝已命侍衛取了來，就放在御榻枕邊。侍疾的皇子都曾見過，也都知道，內中所貯，是詔示大命所歸的硃諭。因此，一旦宣諭，無人會覺得突如其來。

其次，侍疾的常是隆科多一個人，要下手機會是太好了。可是這件事做起來雖不難，自己卻還嫌膽量不足。他很想跟胤禛商量，無奈其人在齋所，雖然每天派侍衛來向皇帝請安，卻絕不能託此人傳遞密信。

這樣躊躇不久地考慮到十一月十三，他通前徹後地想遍，認為這件事做了並無後患，終於下了不可再改的決心。

「你回去跟王爺說！」隆科多告訴胤禛的侍衛，「皇上的病情不好，請王爺隨時預備奉召來送終。」

這天傍晚，御醫請脈以後，向侍候在寢宮以外的各位皇子說：「皇上的大限到了，不是今天的後半夜，就是明天上午，一定會起變化。」

於是隆科多向皇八子胤禩說道：「八阿哥，我看該召三阿哥、四阿哥到園裡來。如何？」

「應該！」

隆科多即刻派人分頭去召請。誠親王在大內，路途較近，首先到達；雍親王遠在南城天壇，一時還到不了。

「皇上此刻睡著了！」隆科多看一看表說。

說著，復又返身入內。諴親王胤祕跟他的幾個弟弟，都不敢跟了進去。因為清朝開國之際父子叔侄兄弟之間的倫常劇變，不一而足。康熙三十八年，廢太子曾有窺伺父皇行幄，意求不測的逆謀。皇長子心地糊塗，皇八子居心叵測，因而皇帝寧願將一己的安全託諸異姓至戚，對親生之子防範極嚴，像寢宮這種重地，錯走一步，便有大禍。所以不奉召喚，絕不敢擅自入殿。

◇◇◇

皇帝醒過來了，精神仍然委頓異常，用微弱的聲音問道：「什麼時候了？」

「酉末戌初。」隆科多剛說完，小金鐘就響了，一共打了九下。

「今兒幾時啊？」

「十一月十三。」隆科多說，「御醫說了，一交了大節氣，皇上就會一天好似一天，年下一定可以康復。」

皇帝微露笑容，顯然感覺欣慰。「西邊的人去了幾天了？」他又問。

「初十去的，三天。」

「年裡怕來不及了。」

隆科多知道，皇帝的意思是，大將軍胤禵在年裡趕不回來。這是一定的，來去絕不能這麼快。想了一下答說：「反正遲回來、早回來都不生關係，皇上不必因此煩心。」

「我不煩，反正已經安排好了。」皇帝一面說，一面將眼睛復又閉上。

「是！」隆科多答應著，發現眼前只有他一個人，做什麼事都沒人知道。

然後皇帝的眼睛又閉上了，瞑目如死。隆科多很小心地伸手到他鼻孔前面試探，幾乎覺察不出呼吸。

這使得隆科多又記起御醫的話：「皇上虛弱極了，保不定睡著睡著就嚥了氣。書上所說的『無疾而終』就是這個樣子。論起來也是一種福分。」果然如此，駕崩不一定由自己發現，倘或「大事」出在正好自己離開時，豈不一切都措手不及？

就這樣在考慮時，發覺皇帝臉色突變，喉頭呼嚕呼嚕地響，這是在「上痰」了！一口氣接不上，就會撒手塵寰。隆科多心裡有些亂，急切間拿不定主意，或者說是拿不出主意——不知道該幹什麼？

皇帝倏然張眼，很吃力地說了一個字：「來！」

「奴才在這裡。」隆科多走到床前，還有兩名太監也上來伺候。

皇帝掙扎著伸手到枕頭下面去摸索，有個最貼身的太監梁英便問：「取鑰匙？」

皇帝以目示意，手也不動了。於是梁英為他從枕頭下面將鑰匙找了出來。皇帝指一指，示意交給隆科多。

「倘或我不行了，」皇帝斷斷續續地說，「這裡有交代！」他將頭側過去，看著放在裡床的小鐵盒。

「是！」隆科多跪下來，極認真地答說，「奴才必遵旨意辦事。」皇帝點點頭，表示滿意，又將雙眼合上。不一會兒，閉著的嘴唇慢慢張開，微微歪向一邊，這表示皇帝已經入夢，所以肌肉失去控制。

隆科多心念一動，覺得是個極好的機會，隨即輕聲說道：「皇上睡著了，千萬別出聲，皇上難得睡一覺。」接著揮一揮手。

於是梁英跟另一名太監躡足退了出去。隆科多很快地，也很謹慎地，將鐵盒提了過來，轉入套間。那是他侍疾所住之處，自然有書桌，由於承旨代批奏摺，所以也有硃筆。

回頭看清楚了沒有人，他很快地將鐵盒打開，極力保持鎮靜地篡改了那張硃諭，正要放回鐵盒時，聽得門上剝啄兩響。

聲音雖輕，而在隆科多如聞當頭霹靂，嚇得一哆嗦，急急回頭看時，是梁英在叩門。

形跡已在敗露的邊緣，隆科多必須彌補。眼風掃處，看清楚朱硯的蓋子已經合上，硃筆亦已加上筆套，不覺放了一大半的心，篡改並無證據，事情就不要緊了。

於是他定定神問：「什麼事？」

「皇上似乎不大好！」

「怎麼？」

「似乎沒有鼻息了！」

隆科多大驚與大喜交併，但看到手中的硃諭，想起偷窺密件這一節需要掩飾，轉念又想，這並不是什麼了不起的事。不過需要梁英作證，最好加以籠絡。

「你看，」他說，「皇上傳位給四阿哥！」他把硃諭交給梁英，「你聽見的，皇上交代，照硃諭行事。這是極要緊的東西，我交給你收著。如果出了大事，你什麼事也不用管，只看著這道硃諭！」

這是拿梁英當自己人看待，託以重任。梁英卻因皇帝似已駕崩，而接位之人，大出意外，這雙重的刺激，使得他瞠然不知所答。

隆科多突然警覺，「不行！」他從梁英手中收回硃諭，放入鐵盒，將鎖揑上，收回鑰匙，再拿鐵盒塞入梁英懷中，「你捧好了！」

因為這張硃諭關乎天下，自有載籍以來，可能沒有比這張三寸寬七寸多長的紙更重要的文件了。萬一梁英失落毀壞，便是件令人死不瞑目的事，所以必得收在鐵盒裡才能放心。

於是匆匆走向外間，只見已有好幾個太監在垂淚了。隆科多不暇多問，直奔御榻，伸手便去探鼻息，毫無感覺，再張開眼皮來看，瞳人已經散了。

想起君臣之義，至戚之情，隆科多自然也很傷心，不過方寸未亂，大聲喊道：「梁英！」梁英應聲而至，直覺地將鐵盒捧上。隆科多開了箱子，取出那道硃諭，逕自向外走去。走到殿門，頓一頓足放聲大哭。這有個名目，叫做「擗踴」，是搶天呼地般舉哀，太監們自然跟著他同樣行動。殿裡殿外，頓時哭聲震天了。

誠親王胤祉以下諸皇子，無不大驚失色，天性比較淳厚的皇七子淳親王胤祐已「哇」地一聲哭了出來。

「怎麼樣？怎麼樣？」胤祉的聲音都變了。

「皇上、皇上駕崩了！」隆科多哽噓著說。

於是胤祉直往裡奔，他的弟弟們一齊跟著，進了寢宮，撲倒在御榻前，號啕大哭。

「各位阿哥，請節哀，勉襄大事。」

「嗬，嗬！」胤祉哭著點頭。

「舅舅！」胤禩問道，「大將軍什麼時候才能回家？」

「總得出了年。」

「這怎麼辦呢？」胤禩頓著足顯得極為難地，「國不可一日無君！」

「八阿哥，」隆科多裝得困惑異常地，「請再說一遍。」

「我說，國不可一日無君——」

「不，」隆科多將硃諭一揚，「皇上遺詔傳位于四阿哥！」

「什麼？」所有的皇子，不約而同地問。

那種驚語、疑想、詰責，形形色色，表情不同的眼光，像一支支利箭似的落在隆科多臉上，令人難以消受，可是隆科多知道，此時若露絲毫退縮的神色，可能就會全功盡棄。因而盡力保持平靜，略略提高了聲音說：「遺詔在此，請各位阿哥看明。」

胤禩一伸手就去接，隆科多卻不給他，往裡一奪，意露戒備，表示胤禩失禮。

「請各位阿哥跪接遺詔。」

這一下提醒了大家，紛紛下跪。隆科多才將硃諭交到胤祉手裡。

「梁英，」隆科多吩咐，「掌燈！」

梁英便捧了一盞西洋式大玻璃罩的燭台過來，站在胤祉旁邊，他看過了交給胤禩。胤禩就著燈細看，怎麼樣也指不出與大行皇帝筆跡有不同之處，只得默默地交給胤祐。

就這時，聽得有人哭著進來，大家轉臉去望，正是雍親王胤禛，望見御榻，便跪了下去，雙手捂臉，好久沒有聲音，然後「哇」一聲，響亮非凡。就像兩三歲的孩子，驟遇驚痛，一時氣閉住了，必得好一會兒才能哭出聲來一樣。

他這一哭引發了其他兒子剛停的哭聲。但所哭的原因，並不一樣，有的是傷心自己繼承落空——雖然早就知道大位有定，但未曾揭曉，畢竟還有萬一之望；有的是素知四阿哥刻薄陰險，心狹手毒，從今怕難有好日子過；有的是看出大位授受，已有疑問，兄弟束甲相攻之禍，恐不可免！

就這樣哭，沒有一個願意說話，因為一開口，局面馬上就有絕大的變化。只要對四阿哥一稱「皇上」，君臣之分，就此制定。從誠親王以下，誰也不願作此尊稱。

於是隆科多打開了僵局，站起身來，疾趨數步，到得雍親王面前跪下，口中說道：「皇上請節哀順變，以國為重！」

這「皇上」二字，撞擊在雍親王心上，實在承受不住！莫非是夢？這夢可是來得太美、太快、太容易。渾身三萬六千根寒毛似乎已化成三萬六千條繩子，輕飄飄地將他吊上天空。然後，那三萬六千條繩子似乎一齊斷裂，將他嚇得魂飛天外，一下子昏倒在地。
「皇上，皇上！」隆科多喊。
「皇上，皇上！」梁英也喊。
太監們都奔上來了，扶的扶、喊的喊；還有人掐人中、灌熱茶，一陣折騰，讓雍親王悠悠醒轉。而在這亂哄哄的當兒，皇八子胤禩，已悄悄將誠親王胤祉拉到外面密談去了。
「三哥！」胤禩說道，「你看這件事怎麼樣？」
胤祉使勁晃一晃腦袋，握拳在額上輕輕捶了幾下答說：「我到現在還弄不清楚！」
「疑問很多，第一、皇上何以忽而賓天，彌留之時，何以不召大家送終；第二、遺詔的筆跡雖不假，隆科多為什麼不等大家都到了，再打開鐵盒？」胤禩又說，「倘或他把這張遺詔毀了，如今怎麼辦？豈不天下大亂了嗎？」
「是呀！這些疑問，都得有個明白交代才好！」
「對的。現在得要隆科多把這兩點解釋明白。如果不夠明白，我們不能承認有這麼一位嗣皇帝。」
誠親王胤祉同意他的辦法，立即派人將隆科多請了出來，由胤禩很率直地提出質詢。
「是的！我可以解釋。」隆科多已經在這短短一段時間內，通前徹後地考慮了，不慌不忙地說，「皇上是在睡夢中駕崩的，御醫早就說過，皇上可能有這樣的大福分。其次，皇上曾交代，大事一出，讓我即刻開鐵盒，遵遺詔行事。這話，梁英也聽見的。」
「何以皇上一駕崩，命你首先開鐵盒？這是什麼意思？」胤禩緊接著說，「付託天下至大至重之事，皇上應該命重臣共同開讀遺詔。舅舅，你說是嗎？」
「是的！我完全同意八阿哥的看法。不過，我此刻倒悟出皇上的深意來了，皇上因為我管著步軍統領的差使，所以首先要讓我知道是哪位阿哥繼位，好即刻做周密的部署，保護新君。」

這個理由似乎牽強，但卻駁他不倒。尤其是隆科多的語氣從容，不似作偽的樣子，越發使人莫測高深了。

「兩位阿哥，」隆科多乘機說道，「皇上賓天，四海震動，如今新君嗣位，應該速定君臣的名分，片刻遲疑不得。否則於國家不利，皇上在天之靈，亦會不安。」

「君臣的名分當然要定的，但亦不宜草草。」胤禛答說，「請舅舅先照料大行皇帝。」

隆科多無話可說，答應著重又進殿。誠親王胤祉便說：「事情似乎沒法子了！」

「不！這時候非弄個清楚不可。」胤禛當即吩咐，「傳這裡的總管來！」

這裡的總管是由梁英代理，聽得傳喚，便向隆科多請示進止。

「照道理說，八阿哥無權傳喚。不過此刻不是講這些禮節的時候，你多帶幾個人去！看八阿哥問些什麼，你照實說好了。」

「是！」

「可是，你千萬記住，是皇上駕崩以後，我才遵遺命開鐵盒的。你懂嗎？」

梁英想了一下答說：「懂！」

「真的懂？」

「是！」

「好！」隆科多說，「你明天就真除，實任這裡的總管。」

梁英答應著，挑了幾個在御前伺候而人又老實的太監帶了去。

他向兩位皇子行過了禮，只聽胤禩說道：「梁英，你伺候皇上多少時候了？」

「奴才以前不曾伺候過皇上。」

「什麼？」聽得胤禩聲色俱厲地斷喝，梁英才發覺自己是誤會了，急忙說道：「八阿哥是問駕崩的皇上？奴才是哈哈珠子的時候，就在皇上跟前當差，二十五年了。」

「那麼，你總聽說過，皇上要傳位給哪位阿哥。」胤禩緊接著解釋，「我不是說，皇上告訴過你，要傳位給誰，是你總聽人說過？」

「是！」梁英答說，「有人說，西邊的十四阿哥，早讓皇上看中了。」

胤禩點點頭，對他的答語，表示滿意。「皇上是什麼時候駕崩的？」他問。

「不知道。皇上好好地睡著，奴才走過去一看，似乎神氣不對，請隆大人來看，才知道嚥氣了。」

「那時候隆大人在什麼地方？」

「在裡頭套間。」

「在幹什麼？」

梁英知道這句話很要緊，一說實情，便露破綻，他想了一會兒，歉意地答說：「奴才想不起來了！」

「想不起來了！」胤禩皺著眉說，「怎麼會呢？」

「那時奴才只想著皇上，心裡在說：別是出了大事？越想越害怕，什麼都顧不到了。」

誠親王胤祉比較忠厚，插嘴說道：「這也是實情。」

「好！你再說！」胤禩接著問，「隆大人來了以後怎麼樣？」

「先探鼻息。奴才看他一伸手，臉色就變了。」

「然後呢？」

「然後就開鐵盒，看皇上的硃諭。看完了隆大人對奴才說：是傳位給雍親王。說完，隆大人將硃諭又放回鐵盒，叫奴才小心捧好！緊接著就出殿來了。」

照此情況，似乎沒有毛病。但先開鐵盒一節，總覺可疑，胤禩想了一下又問：「皇上在睡著以前，有什麼話交代隆大人？」

看嗎？」

「奴才不知道。」

「不知道！」胤祺精神一振，「不說皇上交代隆大人，萬一出了大事，首先打開鐵盒來看嗎？」

「喔，是這話！」梁英很機警，「有的。」

「當時皇上怎麼交代？」誠親王胤祉問說。

「皇上那時候已不大能動了。」梁英一面回憶，一面回答，話說得很慢，「手伸到枕頭下面掏摸，奴才幫皇上把鐵盒的鑰匙找到，交在隆大人手裡，揮揮手命奴才迴避，奴才就走遠了。皇上的聲音很低，奴才聽不清楚。不過皇上一直指鐵盒給隆大人看，那是奴才看得很清楚的。」

「這話就不對了！」胤祺指出矛盾，「你一會兒說聽見皇上交代，一旦駕崩，讓隆大人先開鐵盒；一會兒又說皇上的聲音低聽不清楚。到底是怎麼回事呢？」

梁英心裡有數，他剛才那段話，不盡不實，但他也很聰明，深知越描越黑，話中的漏洞怎麼樣也不能補得天衣無縫，因而索性認錯。「奴才記不太清楚了。皆因當時皇上病勢沉重，交代後事，奴才只想著皇上平時的恩典，精神都有點兒恍惚了。不過！」他加重了語氣說，「鑰匙是奴才替皇上在枕頭下面找到，皇上交給隆大人。還有，皇上一直指鐵盒給隆大人，那是清清楚楚記得，一點兒都不會錯的。」

他這麼一說，胤祺反倒無法再往下問了。揮一揮手，把他打發走了，問胤祉的態度。

「三哥，你看如何？」他說，「照我看其事可疑。」

「可是抓不住他的證據。再說，皇上將鐵盒交給舅舅這件事，確是有的。不過——」胤祉非常為難地，「這件事跟大家商量，也商量不出一個結果來。」

「不見得！把老九找來，商量商量看。」

他指的是胤祉的同母弟，皇九子貝子胤禟。他是胤禩的死黨，所以直截了當地表明態度：「八哥怎麼說，怎麼好！」

「我是想請你出個主意，該怎麼辦？我有主意，不就不找你了嗎？」

「能不能拖著，先不見禮，慢慢兒再想法子？」

「你這個主意不行，國不可一日無君，名分今天一定要定下來。人家也不容你不定！」

胤禩心裡在想，如果不承認胤禛，就得用胤禎來抵制；倘或能夠將胤禛跟隆科多抓起來，由胤祉領頭，說奉皇考遺命，傳位於十四阿哥。一面派專人去奉迎新君，一面由胤祉代掌政權，亦無不可。但是，如何才能把胤禛跟隆科多抓起來？守衛暢春園的副將，歸步軍統領隆科多指揮，他會聽胤祉的命令嗎？

大家都沉默了。一想到隆科多手扼重兵，整個京城及近畿都在他控制之下，不由得都有一籌莫展之感。

「今天是輸了！」胤禩終於打破了幾乎令人窒息的沉默。他的低沉的聲音中，充滿了絕望，但猶如垂死的掙扎一般，突然變得很有力量，「可是，還有扳本的機會！老九，你趁往西邊路上還沒有封禁之前，趕緊派人去接頭，只要那裡一起兵，我們在裡頭自會響應。」

胤禟對秘密通信一道，很有研究。因為他跟天主教的神父、耶穌教的牧師頗有往還，研究出幾種秘密通信的方法。一種名為「套格」，宜於簡單通信之用。方法是不論寫封信，或者做一篇文章，表面看來，平淡無奇，毫無破綻，暗地裡將要緊的字眼，嵌在中間，猶如科場作弊的關節一樣，對方只須拿套格往原件上一覆，挖空的地方有字顯現，即是要說的話。當然，套格有很多種，一一編號，該用哪一套格，事先約定，或者臨時暗示，皆無不可。

另外一種是用外國字拼音，譯成滿洲話，哪一個羅馬字跟滿洲話的某一個字「對音」，自有一套很詳細的規定。這個法子比較複雜，非學得純熟了，無法運用。好處是可以說得詳細，不比套格受限制，只能傳達一句簡單的話。

當時胤禟遵命而行，用拼音法將這夜所發生的大事，先寫成滿洲文，再翻成拼音的羅馬字，派親信侍衛，即夜飛遞。

◇◇◇

在彼此僵持的情勢之下，胤禛在經過極度的震動之後，心神略定。像此刻的情形，他平時亦曾設想過，並不算意外，他認為最好的應付辦法是，以不變馭萬變。不變的是他的嗣君的身分，所以並不催促他的兄弟來行君臣之禮，只命隆科多傳諭各處：四阿哥奉大行皇帝遺詔，已接掌大位。於是暢春園奔相走告，都知道雍親王成了皇帝。雖然都不免有驚異之感，但已收到先聲奪人的功效，胤禩頓感孤立了。

「不能不認輸了！」誠親王胤祉說，「老四向來喜怒無常，翻臉不認人，不能不防他。」

胤禩歎口氣，很吃力地說：「那，三哥帶頭吧！」

於是皇子們都排好了班，胤祉將隆科多找來問道：「我們該怎麼行禮？」

「自然是跟皇上先道賀！吉服道賀以後，馬上就可以摘纓子辦大事了。」

這話是「綿裡針」，十分厲害。因為朝賀穿吉服，而遇有大喪，聞訊之初就得將帽子上的紅纓摘除，然後遵禮成服，如今因為未曾朝賀，便不能換喪服，豈非不孝？

因此，不容胤祉再猶豫了！率領諸弟入殿，隆科多已將胤禛扶入寶座，受了兄弟們的大禮。胤禩一腔怨氣不出，站起身來，摘下帽子，使勁往地上一摔，大踏步走了出去。

嗣皇帝勃然變色，但隨即恢復常態，口中喊道：「誠親王！」

「臣在！」胤祉勉強答應。

「皇考大事，派別人我不放心，你在這裡護靈。」

「是！」

於是嗣皇帝一一分派差使，將兄弟們東一個、西一個地隔離起來。最後傳召大學士馬齊。

馬齊原是擁立胤禛的，扈蹕在暢春園，對皇帝的病勢頗為憂慮，卻料不到駕崩得如此之快，更料不到是四阿哥接位為君。此時聽得宣召，不免惴惴，入殿行了大禮，屏息待命。

「皇考棄天下而上賓，我方寸已亂。不過國政不可一日廢弛，我派你為總理大臣！」

馬齊沒有想到膺此重任，當即答道：「奴才資質庸愚，並已年邁力衰，生恐一人之力不足，難荷艱巨。」

「是的，我亦不能把千斤重擔放在你一個人身上。」嗣皇帝說，「我一共派四個總理大臣，除你以外，是八阿哥、十三阿哥、舅舅隆科多。」

「十三阿哥？」馬齊說道，「還在宗人府。」

「十三阿哥遭人誣陷，圍禁高牆。皇考幾次向我道及，說此事處置得過分嚴厲。微窺聖意，在康熙六十二年新正，十三阿哥必可蒙恩開釋。誰知竟等不到新年，我仰體皇考之意，自然要加恩十三阿哥。」說到這裡，喊一聲：「舅舅！」

「臣在！」隆科多急忙答應。

「派人傳我的旨意，立即釋放十三阿哥，護送到園裡來，讓他瞻仰遺容。」

「是！」隆科多答應著，退了出去。

於是嗣皇帝向馬齊降旨：第一，擬呈治喪大臣名單；第二，生恐人心浮動，有小人乘機造謠生事，應嚴格禁止人員走動；第三，明天上午奉移大行皇帝遺體入大內乾清宮，立刻開始預備。

馬齊答應著，自去召集從人，分頭辦事，其時已經在丑末寅初了。

其時深宮已經得到消息，但語焉不詳，只微聞皇帝駕崩。消息是隔著宮門傳進來的，只能聽聽，無法究詰。在病中的宜妃，對此格外關心，力疾起床，要去看德妃打聽詳情。

等她一到，已有好幾位妃嬪在，其中一半是素日跟德妃相契，一半卻是趨炎附勢，以為一接到十四阿哥接位的好消息，德妃母以子貴，立即成為太后，便好首先朝賀。

但是消息沉沉，連皇帝究竟是彌留還是賓天，亦無法求證。正個個愁悶之際，見宜妃扶病而至，便又都生了希望，因為深宮之中，公認宜妃最能幹，常有他人不知的新聞，在宜妃口中，可以源源本本得知詳情。這時都期待著她會帶來確實信息，所以不約而同地將視線集中在她身上。

「妳身子不爽，這麼冷的天，也跑了來！」德妃體貼地親自上前迎接，「來，快來烤烤火。」

熊熊的火盆四周坐滿了人，便有人自動讓出很大的一塊地方來容納宜妃的軟榻。還未安置停當，她便問道：「大概都得到消息了？」

「是啊！」德妃憂形於色地，「也不知是怎麼回事？」

「原來妳們也沒有準信兒！」宜妃說道，「這不是回事，非打聽確實不可。我看事貴從權，開了內右門到內奏事處去問問吧！」

「是啊！」勤妃陳氏說道，「皇貴妃在暢春園，這裡就數德姊姊的位分最高。」

德妃也有此意，但怕人說她不是惦念皇帝的病勢，而是關心十四阿哥的前程，所以不肯這麼做。此刻依舊保持沉默。

「妳不肯作主，我作主，皇上怪下來，我受責備。這是什麼時候，還能照平時那套規矩辦事？」

於是由宜妃傳諭，派德妃宮中的首領太監到內右門跟護軍交涉。不久這個太監匆匆而來，一進門便淚流滿面。

「萬歲爺去了！」

聽得這一句，立刻哭聲大作。宜妃一面哭一面問：「是傳位給哪位阿哥？」

「聽說名字裡有個『真』字聲音的阿哥。」

「那當然是十四阿哥！你們大家靜一靜，」宜妃拭一拭淚，大聲說道，「十四阿哥當了皇上了。」

「啊！」大家都且哭且向德妃致禮，德妃卻越發哭得傷心，以致場面亂得很厲害，誰也不知道該怎麼辦。

在感情的激烈震盪之中，腦筋比較清醒的，仍只有宜妃。她很用心地細想了一下，覺得眼前的疑問，不但很多，而且很大，必須立刻加以澄清。於是決定向德妃提出一個建議。

「德姊，」她說，「我看必得找切切實實的人來，切切實實地問一問。」

「是啊！可是，誰是切切實實的人？沒有到暢春園，又怎麼能切切實實地說出究竟來？」

「不有值班的阿哥嗎？」宜妃派宮女去問總管太監，「今晚上是哪位阿哥值班？」

答覆是十七阿哥胤禮值班。宜妃便跟德妃商量，決定召十七阿哥來說話。

這就破了兩個例，第一是深夜開宮門，第二是深夜傳召成年的皇子入後宮。第一個例破了還不要緊，而且事實上也已經破了；第二個例在宮中懸為厲禁，所以德妃有些委決不下。

「怕什麼？」宜妃說道，「都上了五十歲的人了，還避什麼嫌疑？而況，這時候還講什麼嫌疑？」

德妃想想話也不錯。不過，她還是很謹慎地，讓年輕些的妃嬪避開，方始派太監去宣召十七阿哥胤禮。

過得好一會兒工夫，天都快亮了，仍無確實消息，宜妃越覺可疑，而且有些擔心了。

「皇上駕崩這樣的大事，何以不來報？德姊，妳不覺得奇怪嗎？」

「是啊！我也正納悶。報喪，報喪，應該趕緊來報，好讓大家去奔喪。」

宜妃有句話想了又想，終於說了出來：「莫非出了什麼事？」

「出了什麼事？」德妃驚惶地問，「妳說會出什麼事？」

「誰知道呢？」

一言未畢，太監在傳呼：「十七阿哥到！十七阿哥到！」

一聲接一聲地越來越近，終於看到胤禮出現在殿門前，恭恭敬敬地朝上磕了一個頭，然後肅然垂手，站在門外，靜候發落。

「十七阿哥！」德妃問道，「你在外面聽見了一些什麼？」

「說，說皇上駕崩了！」胤禮回答，臉上有著焦灼不安的神色。

「到底是怎麼回事呢？」德妃說，「你得趕緊去打聽。」

「是！」胤禮答說，「我想親自到暢春園去一趟。」

「對！這樣最好！你趕緊去吧！」

於是胤禮辭出深宮，隨即帶領侍衛，上馬逕奔海淀。一到西直門大街，只見遠遠來了一隊人馬，看儀從之盛，便知來者身分尊貴，而且亦可以料定，是由暢春園而來。因此胤禮勒住了馬，命侍衛上前問訊。

對方亦是同樣的想法，不過派出來接頭的是一名護軍佐領，馬頭相並，侍衛問道：「是哪位由園裡來？」

「隆大人。」

「喔！十七阿哥在此，就說要打聽大事。皇上駕崩了？」

「你看！不都摘了纓子？」

侍衛這才發覺，他暖帽上的紅纓已經取掉了，便一手將自己的帽子取了下來，一把扯去了紅纓，匆匆說道：「請你回去跟隆大人說，十七阿哥請隆大人說話。」說完，轉身疾馳而去。

胤禮一看侍衛摘了纓子，心知父皇賓天的哀訊，已經證實，頓時雙淚交流，隨從中亦有哭聲。街上的百姓不知出了什麼事，無不驚駭奔走。就這時候，隆科多飛騎而來，滾鞍下馬，抱住胤禮的腿便哭。

胤禮亦下了馬，望著暢春園的方向，伏地叩首，然後起身問道：「舅舅，是十四阿哥接了皇位？聽說御名中有個禎字。」

「音同字不同。皇上親筆硃諭：傳位于四阿哥。」

「四阿哥？」胤禮的雙眼睜得好大，眼珠凸出，真有目眥盡裂之狀，然後，像瘋了似的，一面喃喃地說，「四阿哥、四阿哥！」一面爬上馬背，韁繩一抖，圈回馬去，突然間雙腿一夾，拋下他的護衛，往東狂奔。

他不到暢春園了！逕自回宮去報信。

到得德妃宮中，天色剛明。太監傳信進去，德妃急急迎了出來，發現胤禮的臉色蒼白，氣喘如牛，不覺一驚。

「遇見舅舅隆科多！」他上氣不接下氣地說，「他說，接位的不是十四阿哥！皇上親筆硃諭，傳位于四阿哥，真是想不到的事！」

最後這句話，胤禮一說出口，才知是大大的失言。再想到四阿哥的喜怒無常，不覺打了個寒噤，怕自己就在這句話上，已闖下大禍。何以傳位于四阿哥就是想不到的事？莫非四阿哥就不配做皇帝？

他還在那裡發愣，德妃已忍不住了，大聲問說：「十七阿哥，你沒弄錯吧？」

「沒有！絕沒有！」

「這奇怪啊！」德妃喃喃地自語著，轉身往裡，花盆底的鞋子穿了四十年了，忽然有立足不穩之勢，差點兒摔倒。

宜妃這時已聽得宮女來報，卻絕不相信。所以一見德妃，竟從病榻上下來，讓宮女扶著，迎上前去求證。

「是四阿哥接了位？」

「是的！」德妃一臉的困惑和懊惱，「怎麼會呢？」

「是啊！怎麼會呢？」

正當此時，有個宜妃帶來的宮女，走到她身邊，悄悄地正要耳語，卻讓她喝住了。原來宜妃為人厲害，她認為這個時候，任何詭秘的動作與私語，都會引起不必要的猜疑，導致極嚴重的誤會。所以大聲喝道：「有話儘管光明正大地說，做出這鬼鬼祟祟的樣子幹什麼？」

宮女不明就裡，楞了一下方始笑道說：「九阿哥在外面，請示主子，在哪裡接見？」

宜妃還不曾開口，德妃為了瞭解詳細情形，立即說道：「就讓九阿哥進來好了。」她又關照宮女，「快看，有什麼熱湯，替九阿哥端一碗來。這麼冷的天，一定凍著了。」

大家都奇怪，何以到了這個時候，德妃還能像平時那樣體恤晚輩？但也有人在想：嚴峻刻薄的四阿哥做了皇帝，虧得有這麼一位慈祥愷悌的老太后。

一面這樣想，一面眼望外面，只見胤禟的神色與胤禮又自不同，呆滯的眼神，遲重的腳步，彷彿大病初癒似的，宜妃不免驚疑。胤禮之有那樣驚惶的神色，是為了知道四阿哥喜怒不測，不易應付，而胤禟的表情，明明是遭遇了意外的打擊所致。

「九阿哥，你先喝碗熱湯，坐下來慢慢說。」德妃問道，「你四阿哥接位，是阿瑪臨終的時候，親口跟你們弟兄說的嗎？」

「阿瑪什麼時候過去的誰也不知道。」

聽得這話，手裡一碗熱湯，正要親自拿給胤禟的德妃，竟致失手墮碗，潑了一地的湯水。

「怎麼回事？」宜妃問說，「你們都不在寢殿侍候嗎？」

「都在殿外。大概十點鐘，舅舅隆科多出來告訴大家說，皇上過去了。說是在睡夢裡頭嚥氣的。」

「你們進去看了沒有？」

「看了。」

這母子倆交換的一句話中，有著沒有說出來的意思，大行皇帝去世後，並無異狀發現。

「那麼，」宜妃緊接著問，「四阿哥接位是硃諭上寫明白了的？」

金匱貯名，置於大內最高的正大光明匾額之後，以及最近將貯名的金匱移到暢春園，這些情形宜妃都知道，她所說的硃諭，即指金匱貯名而言。胤禟答說：「是的。不過鐵盒先由舅舅隆科多一個人打開了。據說——」他將隆科多所持的理由說了一遍。

德妃與宜妃都很注意他的話，聽完，是德妃先問：「九阿哥，硃諭你看到了沒有？」

「看到了。」

「是不是皇上的親筆？」

「是！」

聽這一說，德妃鬆了一口氣。雖然臉上仍有怏怏不悅之色，那是因為她覺得大行皇帝不知何時改了主意。而這一改，不孚眾望，改得不好。

宜妃卻對隆科多仍有懷疑，還要再問，瞭解更多的事實。「硃諭上怎麼說？」她問。

「硃諭上只有十個字：『傳位于四阿哥胤禛欽此』。」

宜妃皺起雙眉，收攏眼光，緊閉著嘴唇，凝神細想了一會兒，突然問道：「哪個『於』字？」

胤禟一愣，略想一想答說：是「『千勾于』。」
「你再細想一想，是這個『于』字不是？」
一共十個字，絕不會錯。胤禟再細想一想答說：「決沒有錯！」
宜妃勃然變色，悲憤之外嘴角上明顯地有鄙薄的表示。德妃很奇怪，也頗有些惱怒，不知她何以有此表情？
「太可惜了！德姊，」宜妃冷冷地說，「妳真太后變成了假太后！」說完，便轉身臥向軟榻，示意抬走。

◇◇◇

德妃頭上，一直覺得天旋地轉，唯有躺下來才舒服些。但一躺下來，心事雜亂，更覺不寧，依舊只有坐了起來。就這樣坐臥不安地，使得宮女們都害怕了，因為已有神智昏眩的現象。有個宮女叫常全，三十歲了，早該放出去的，只為德妃相待甚厚，自願不嫁，奉侍終生。德妃亦拿她當女兒看待，私下無話不談的，這時便跪下來說：「主子如今是太后了！莫非心裡還有委屈？真是有委屈，四阿哥如今是皇上，不妨跟他明說！」
「唉！傻孩子，就是沒法兒跟他明說。」德妃問道，「妳聽見宜妃的話了沒有？」
「聽見了。奴才可不大懂，什麼真啊假的？」
「唉！」德妃歎口氣，「宜妃的話一點兒不錯，我是真太后變成假太后了。」
「這是怎麼說？真的假不了！」常全說道，「不都說十四阿哥會當皇上，如今四阿哥當皇上，主子不仍舊是太后嗎？」
「唉！」德妃又歎口氣，「跟妳說不清楚！」

事實上也無法往下說了，因為封為固山貝子的皇十二子胤祹，在外求見。

這胤祹的生母，出身並不高，但胤祹本人卻富於事務長才，曾被派為管理內務府大臣，幾年前經理皇太后大喪，井井有條，所以嗣皇帝特派他先入大內，在乾清宮安設几筵——靈堂。

胤祹本性謙下，一見了德妃，恭恭敬敬地磕下頭去，口中說道：「兒臣胤祹叩請皇太后萬福金安。」

就從這裡改了稱呼，而太后自己卻對此尊稱覺得刺耳，連連說道：「不敢當，不敢當！十二阿哥請起來！」

「是！」胤祹站起身來，侍立在太后旁邊，「兒臣奉皇上面諭，進宮安設几筵，皇上命兒臣將大事順便面奏太后。」

據胤祹說，是嗣皇帝親自為大行皇帝穿的衣服，即時安奉在「黃輿」中，移靈入乾清宮，定於今夜戌時大殮。目前先派出前站人員，第一個是隆科多負責警蹕，第二個便是胤祹。嗣皇帝本來打算扶輿步行入城，被群臣勸阻，請嗣皇帝做為靈輿的前導，大概日中時分可到。

「喔！」太后想了好半天，才問出這麼一句話，「昨天晚上可還安靜吧？」

胤祹懂得這句話的涵義，但他既非胤禩、胤禟、胤禎一夥，自己也知道絕無大位之份，所以覺得誰當皇帝都一樣，他只要謹言慎行，小心辦事，自然可保富貴。

因為如此，縱有不安靜之處，他也不肯說實話了。「回皇太后，安靜！」他說，「三阿哥領頭給皇上磕了頭。」

聽此一說，太后稍覺安心，想一想又問：「五阿哥跟十四阿哥都還不知道出了大事。應該趕緊通知他們回來奔喪啊！」

「是。」胤祹答說，「已經派人通知五阿哥了。」

那麼十四阿哥呢？太后心裡在想，一樣是先帝之子，不也應該通知他來奔喪嗎？由此可見，四阿哥必是有所顧慮，而這顧慮也就太奇怪了！

「回皇太后的話，」胤禑又說，「皇上命兒臣面奏，內廷各宮應如何恭行喪禮，請皇太后降懿旨遵辦。」

這讓太后為難了！愣在那裡半天作不得聲。「假太后」三字刺心得很，她的感覺中到處都有人在笑，到處都有人在罵，最好什麼人都不見，容她一個人把自己關起來，又何能厚著臉皮，儼然以太后的身分發號施令？

這是有口難言的痛苦，太后只能這樣說：「既然你來陳設几筵，就由你通知敬事房好了。」

胤禑已看出太后的隱衷，心想，有她這句話，便等於奉了懿旨，自己儘管放手辦事好了。於是退下來隨即傳敬事房的首領太監，傳懿旨命內廷各處準備成服；一面又通知內務府，將庫存的白布取出來，分送各宮，儘量供用。

其實各宮已開始更換陳飾，椅披、窗簾，皆用素色；瓷器由五彩換成青花，景泰藍之類的用具，收起不用。妃嬪宮女的首飾，金玉珠寶一律換成白銀、象牙之類。不多片刻，但見裡裡外外，白漫漫一片，哭聲此起彼落，相應不絕。

到得近午時分，嗣皇帝入宮，在隆宗門內跪接「黃輿」，一面號哭，一面扶著轎槓，安奉在乾清宮正殿。此時王公大臣，已聞訊齊集，因為尚未成服，一律青色袍褂，暖帽上的頂戴與紅纓，亦皆摘去，由行輩最高的、大行皇帝嫡堂的弟弟裕親王福全之子保泰領頭，躃踴舉哀，然後跪在嗣皇帝面前，請以社稷為重，節哀順變。

皇帝哭不停聲，但裁決大事，井井有條。禮部所進的大殮注，嗣皇帝一條一條細看，看完說道：「皇考教養文武大小臣工六十多年，哪個不是受了大行皇帝的深恩。如今一旦龍馭上賓，悲痛之情，可想而知。大殮的時候，親王、郡王、貝勒、貝子、公、文武大臣，都讓他們進乾清門，瞻仰遺容。」

「是！」禮部尚書陳元龍說，「儀注規定，公主、王妃，照例在乾清宮丹墀齊集。」「公主、王妃，豈可遠在丹墀？當然進大內，得以親近梓宮。」皇帝又說，「我的兄弟子侄，亦都進乾清門，在丹墀上，跟我一起行禮。」

讓皇族得以瞻仰遺容，是為了澄清可能會有的謠言，說大行皇帝的死因可疑——這時已經有流言在散布，一說「四阿哥進了碗參湯，皇上不知道怎麼就駕崩了！」這一層實在冤枉之至，嗣皇帝認為讓大家親眼目睹，遺容一無異狀，是最有力的闢謠的辦法。

可是另有一種流言，他就不知道如何才能抑制了！事實上也正就是他一直在顧慮的，整個得位經過中最大的瑕疵。硃諭天衣無縫，誰也無法否認，說不是大行皇帝的親筆。但授受大位，出於這樣的方式，不召顧命大臣當面囑咐，而由侍疾的近臣捧出這樣一道硃諭來宣示，未免太離奇了一點兒。

而使他憂煩的還不止此。首先是隆科多，找個機會悄悄密陳，在西直門大街遇見胤禮，得知四阿哥即位，形如瘋癲的情形；接著胤禑密奏，太后意頗不愉，而且還似大有憂慮的神氣。

這使得嗣皇帝手足都發冷了！他很清楚，從他的親娘開始，就對他的得位起了疑心，並且反對他這樣做法。這是大出他估計以外的！照他的想法，太后縱或偏愛小兒子，心有不滿，但到底是母子，如此大事，不能不加以支持，而況太后還是太后，於母親無損。哪知如今是這樣的反應！自己親娘尚且如此，何況他人？進一步看，因為親娘如此，原來不敢反對他的人，也要反對他了！

因此，他本來預備即刻去叩見母后的，此時不能不重新考慮，萬一見面以後母親說了一兩句不該說的話，立刻便有軒然大波。說不定就會在大行皇帝靈前，出現兄弟束甲相攻的人倫劇變。

好在太后面前，他亦安置了人，必有密報到來，且觀望著再說。不過，目前雖不能到母后面前去請安，應該先派人去敬意才是。

於是他派一名親信侍衛到太后所住的永和宮去面奏：「皇上怕見了皇太后，益使得聖母悲痛，目前還不能來請安。請聖母皇太后務必勉抑哀痛，主持大事。」

太后的悲痛不可抑止。心想大行皇帝一生事業，真是古往今來的人英雄，誰知就是身沒之事，本可從容安排的，哪知一再起糾紛，最後出現了這樣一個意想不到的結果。大行皇帝定必死不瞑目。

因此，當嗣皇帝派來的人求見時，太后毫不遲疑地拒絕：「我哪有心思見他。」

「只怕是有要緊話說，」常全勸道，「還是接見吧！」

「不！」太后斷然決然地，「有要緊話告訴妳好了！」

於是嗣皇帝的話輾轉上達太后，她歎口氣不作聲。常全可真有些著急了，這樣子是會抑鬱成病的。老年人這樣憂煩，大非養身之道。

「皇太后可千萬想開一點兒！不為別人，為十四爺，也該保重。」

一提到十四阿哥胤禎，太后越發心如刀絞，她問：「如果是十四爺當了皇上，妳想這會兒是怎麼個情形？」

那還用說嗎？常全心裡在想，十四阿哥是大家公認的小皇帝，一旦接位，當然誰都沒有話說。太后的人緣好，不然怎麼叫「德」妃呢？如果這會兒皇帝不是四阿哥，是十四阿哥，只怕一座永和宮擠得插足不下，「皇太后，皇太后」，誰不是叫得極其響亮？

怪不得宜妃說太后「真太后變成假太后」，假太后的味道真不大好受！想來假皇帝的滋味，也好不到哪裡去！

正在這樣越想越遠時，太后開口了。「我好恨，」她說，「為什麼偏偏那麼巧呢？」

「怎麼？」常全怯怯地問，「巧在哪裡？是什麼巧事啊？」

「偏偏一個行四，一個就行十四，早一點兒，晚一點兒，能把阿哥們的排行錯開來，也就好了。」

「這，」常全驀地裡意會，眼睛睜得好大地，「真的是巧！」

「再有，為什麼名字也那麼巧，聲音相同不說，形象也差不多！更其一個字畫多，一個筆劃少，如果倒過來，也就好了。」

這一點常全就不明白了。不過她不敢亂問，只怔怔地望著太后。

「唉！莫非真是老天爺安排的！可也安排得太奧妙了一點兒！」

「皇太后，」常全終於乍著膽說，「頭一個巧字兒，奴才明白；第二個可不明白了！」

於是太后將禎字稍添筆劃，即可變為字的奧妙，說與常全。這是一點就透的事，常全恍然大悟之餘，不覺替太后大為擔憂。

原來常全陪侍太后十七年，對於他們母子之間，以及四阿哥——嗣皇帝及十四阿哥的家務，亦很瞭解。如今由於篡改遺詔的秘密一揭破，素性不笨的她，自是豁然貫通，對於四阿哥奪位的布置，及成功的關鍵，都有些瞭解了。

「照這麼說，隆大人是幫著四阿哥的？」

「那還用說？」太后歎息，「知人知面不知心。大家為爭皇位鬧得天翻地覆，二阿哥幾乎成了瘋子，如今仍舊關在咸安宮；大阿哥更慘，圍禁高牆，跟囚犯一樣；十三阿哥呢——」

太后說不下去。她對十三阿哥一直存著一份歉疚之心，因為咒魘廢太子二阿哥，主謀是心地糊塗的大阿哥，其實是四阿哥玩的把戲，不知怎麼居然會有十三阿哥替他頂凶，以致跟大阿哥一樣圍禁高牆。康熙四十八年三月，第二次大封皇子，十三阿哥竟而向隅。

可是如今想來，卻反有些恨他，如果當初不是他篤於手足之情，不多那個事，讓四阿哥去受罪，哪裡會有今天這種神仙都難預測的變化。

「聽說十三阿哥放出來了。」常全說，「若不是四阿哥當皇上，十三阿哥不能這麼便宜。」

「還說便宜，有什麼便宜？」太后對十三阿哥畢竟還是感激遠多於怨恨，所以替他抱屈地說，「圍禁高牆十四年，妳當那種日子是容易過的嗎？」

碰了個釘子的常全不敢響了。可是太后一肚子的抑鬱，既然讓她觸動了，不吐不快，所以自己接著話頭，仍舊談隆科多。

「前個幾年，有人擁護八阿哥，有人覺得誰當皇上都好，就是不能不早立太子。唯有隆大人絕口不提這件事，皇上曾對我說，只有隆科多知道我的心。故而才能得寵，哪知道他比誰都陰！妳想想，人心多麼險惡！」

「隆大人會跟四阿哥這麼好，實在看不出來。外人尚且如此，年大人是四阿哥門下，不用說，更是站在四阿哥這面！」

聽得這一說，太后的臉色大變。像是突然想起，遺失了一樣極為珍貴的東西那樣，似乎愣住了。

見此光景，常全也有些害怕，知道太后是關心十四阿哥的安危。不過，她在想，四阿哥再陰險狠毒，總還不致要害同母的弟弟吧！

「誰？」常全發覺有人，大聲喝問。

是一名宮女來報，道是十三阿哥求見。太后不但不會拒絕，而且是樂於接見的，立刻吩咐：「快請！」

一面說，一面迎了出去。十三阿哥胤祥已腳步匆遽地進入殿內，等抬頭看時，已到了太后面前，望見她悽楚的臉色，萬感叢生，禁抑不住，喊得一聲：「娘！」隨即撲倒在地，痛哭不止。

原來胤祥的生母，位分甚低，是姓張還是姓章，都不甚清楚。清宮的規制，皇后以下，皇貴妃一人、貴妃二人、妃四人、嬪六人，再下來是貴人、常在、答應等各目，並無定額。不過貴人還有封號，常在、答應則概為庶妃，章氏是常在。

康熙二十五年，章氏生子，為胤祥，行次十三，過了大約十五個月，德妃生子，即為胤禎，行次十四。這兩兄弟年齡相仿，自然而然地玩在一起。德妃忠厚寬大，並不因章氏是常在便看她不起，而章氏是有心人，知道自己的兒子，因為出身不高，將來難免受人欺侮，而德妃位分既尊，人又忠厚，且有四阿哥這麼一個已可為皇帝分勞的大兒子，所以傾心巴結，幾乎無一天不到德妃所住的永和宮，為的是將來胤祥好有個照應。

胤祥從小跟著胤禎叫德妃為「娘」。孩子無知，做母親的知道，這是高攀，只以德妃並無嫌棄的表示，章氏亦就樂得讓自己的兒子認德妃為親娘。到了康熙三十八年，章氏一病而亡，胤祥才十四歲。德妃憐念往日的情誼，將他撫養在永和宮，與胤禎作伴，這一來恩情更深了。同時，四阿哥雖已受封為貝勒，分府在外，經常省覲母妃，與胤祥常有見面的機會。胤祥由於從小便受母親的教導，所以對胤禎格外尊敬，「四哥，四哥」叫得極其親熱。這樣四阿哥胤禎對這個異母之弟的情分也不同了。

康熙四十七年咒魘廢太子一案，胤禎便利用胤祥出面與大阿哥勾結，及至「人贓並獲」，胤祥一肩擔承，不提胤禎一個字。在他，一半亦是報答德妃的恩誼。十四年圈禁高牆，居然還有重新見面的一天，德妃想起前情，亦禁不住涕泗橫流。

胤祥卻是越哭越厲害，什麼人都勸不住。其實，前面是哀感傷心之淚，後面是痛快的發洩之淚，想到十四年不堪忍受的日子，畢竟熬出來一位太后、一位皇帝，自己的苦不算白吃，對「娘」和「四哥」，也真的報答得過了！

因此，哭歸哭，表情卻大不相同。一等哭完，滿臉喜氣。

「娘！大喜！」

說著又磕頭恭賀。但等他抬起頭來時，驀然一驚！因為太后臉上並無喜色，但也並非由其皇父駕崩，而生哀戚，看上去是懊惱和憂慮。

「娘，妳老人家怎麼啦？」

「常全！」太后吩咐，「妳看著一點兒！」

「是！」常全答應著，她懂太后的意思，有話要問十三阿哥，不准任何人接近談話之處。

於是，太后將胤祥帶到偏東作起坐之處的那間屋子，喊著他的小名說：「小祥，我有話問你，你可不許跟我說半句假話！」

「娘！」胤祥跪了下來，「兒子絕不敢。」

「我問你，四十七年十一月那件事，你是受了誰的指使？」

一聽這話，胤祥色變，想了好一會兒答說：「娘！不要逼兒子說假話。」

這是證實了多年的猜疑，太后的臉色益發陰鬱了。

「娘！大喜的日子──」

「什麼大喜的日子！」太后發怒了，「阿瑪歸天了，你還說大喜！」

胤祥脹得滿臉通紅，又驚又疑，心裡七上八下的，不知道出了什麼事？看到他那惶急的神態，太后反倒有些不忍了。

「小祥，我再問你，你可知道你弟弟這會兒在哪裡？」

這是指胤禎，「不是在青海嗎？」他說。

「在青海幹什麼？」

「阿瑪派他當大將軍征準噶爾。」

「他封了郡王，你知道嗎？」

「知道。」胤祥點點頭說。

「你還知道些什麼？」

「就只知道這一些。」

「你沒有聽說，阿瑪決定把皇位傳給你弟弟？」

「什麼？」胤祥目瞪口呆，一張臉幾乎扭曲了。

太后卻很平靜，「大概沒有人跟你說過。」她問，「隆科多不是常派人去看你嗎？」

「是！常派人去看我，從沒有提過阿瑪要把皇位傳給弟弟的話。倒是常說，阿瑪越來越看重四哥，都在說：將來必是雍親王接位。」

這又證實了隆科多與胤禛早有勾結，太后歎口氣說：「你四哥這件事，做得可真是對不起父母兄弟！」

「娘！」胤祥定定神問道，「既是傳位給弟弟，可怎麼又傳了給四哥？四哥做了什麼事？」

「一時哪裡說得清楚？你在裡頭十四年，外頭的變化太多了。」太后又說，「我先問你，你四哥打算什麼時候把阿瑪的消息，通知你弟弟？啊！我還不知道。」太后想了一下問，「是誰讓你來的？」

「四哥！」胤祥立刻改了稱呼，「皇上。讓我來給——皇太后請安叩喜。」

「那你就告訴你四哥，說我說的，該讓弟弟趕快回來奔喪。」

「是！」

「還有！」太后用低沉的聲音說，「我剛才問你的話，你可一個字不能跟你四哥說，你只裝作不知道有這麼一回事好了。」

「是！」

見胤祥並不特別在意她這幾句，太后便又說道：「小祥，你可得在心裡有個數兒：我這是衛護你！」

胤祥將她的話，咀嚼了一遍，驀然意會，不免心驚！「四哥」有猜忌之心，是他已經看出來了的。如果自己的言語稍微不慎，「四哥」可能會想到他會洩漏當年頂凶的一段秘密，這後果就無法設想了。

胤祥沒有答話，雙淚交流地磕一個頭，抬起臉來時方始說道：「娘的大恩大德，兒子來世都報答不盡！」

◇◇◇

黃昏時分，下了三道上諭：第一道命貝勒胤禩、十三阿哥胤祥、大學士馬齊、尚書隆科多總理事務，凡有諭旨必經由四大臣傳出。這是大行皇帝崩逝不久，即曾面諭隆科多的，此時不過正式諭知內閣。

第二道：大將軍恂郡王胤禵，與淳郡王長子弘曙，馳驛來京，即敕交平郡王訥爾蘇管理。並派副都統阿爾訥隨胤禵來京，副都統阿林保隨弘曙來京。這兩個人是嗣皇帝布置在軍前的親信，派隨胤禵、弘曙來京的用意，是要聽取他們的報告，看胤禵與弘曙接到京中的消息以後，作何表示。

第三道：貝勒胤禩封為廉親王；十三阿哥胤祥封為怡親王；二阿哥之子弘晳封為理郡王。很顯然地，胤禩封王是籠絡；胤祥封王是報答；而弘晳封王是補過。同時也有闢謠的作用，表示他跟二阿哥毫無嫌隙，而且很敬愛二阿哥，所以將弘晳封為郡王。但如問說：何以不將二阿哥釋放？他也有話回答：「二阿哥是皇考所拘繫，本乎三年無改之義，不敢擅違父命。」

恩命一下，便有人趕到皇八子胤禩府邸去報喜，八福晉是極厲害的人，冷笑一聲說道：

「有什麼喜？不知道死在哪一天！」

報喜的人碰了一鼻子灰，心懷不忿，少不得要去搬弄是非，加油添醬的話，傳到嗣皇帝耳朵裡，越發對胤禩起了戒心。

◇◇◇

一交戌初，西洋自鳴鐘上針指七點，內廷宮眷，陸陸續續地到了乾清宮。

當然，位分越低越來得早。太后倒是想早點來的，但永和宮的首領太監鄧三和，已由隆科多代皇帝傳旨，將他調為慈寧宮首領太監，而且升了一級。同時吩咐，就從傳旨時起，永和宮的一切都按太后的規制辦理。所以當她要起身到乾清宮時，鄧三和一直攔著，直到戌初二刻，也就是七點半，方用太后的軟轎，抬出永和宮。

一進了乾清門，太后關照停轎，步行上殿。御前大臣馬爾賽一聲吆喝：「皇太后駕到！」殿內的妃嬪、公主、福晉；殿外的嗣皇帝、親王、太妃、皇后以下的親貴，宮門以外的文武百官，一齊跪倒，恭迎太后。裡裡外外，鴉雀無聲，唯一的聲響，是太后鞋子下面木底的聲音，「篤篤」地顯得更單調，也更莊嚴。

就在這時，忽然又從宮門外面抬來一張軟榻，上面躺著的是抱病的宜妃。在此儀容莊肅的場面之下，忽然有此，非常刺目。嗣皇帝正在考慮應該如何攔住時，哪知那張四個太監所抬的軟榻，已經無視於太后，直往面前，越過太后，搶先進了殿門。

眾目睽睽之下，宜妃這樣子肆無忌憚，嗣皇帝不由得勃然色變。太后也是心如刀絞，但眼淚只有往肚子裡吞，誰教自己是「假太后」呢？

她總算沉得住氣，進了殿門，才放聲大哭，這一哭自然引起了震天的哭聲。於是執儀的大臣與內務府的官員，依照喪禮規定，依次辦事，等梓宮——棺材的蓋子一合上，太后撫棺一慟，昏厥了過去。這一下子少不得又是一陣大亂。這時也不管誰是太后，誰是皇后，誰是皇帝，誰是臣子，梭巡如退，最後只剩下嗣皇帝與近臣了。

「皇上請節哀！」隆科多對坐在乾清宮廊上所鋪的一塊草薦上的皇帝說：「大事還多，都得皇上作主。」

「廉親王呢？」皇帝抬起一雙滿布紅絲的眼睛問。

「怕是回去了。」

「哼！」皇帝微微冷笑，「他在找死！」

不過另一個總理事務大臣，是嗣皇帝極力想籠絡的，總算安安分分地在待命，這個人就是馬齊。

馬齊的態度很重要，因為他是當朝無論從哪方面看，都得尊敬的一個老臣。尊敬猶在其次，主要的是，他在滿洲文武百官中具有很大的號召力。

這跟他的家世有關。他姓富察氏，是滿洲八大世家之一。他的父親叫米思翰，康熙八年當戶部尚書。先帝議撤藩時，大臣中贊成的很少，只有明珠和米思翰認為撤藩一舉，是睿智的決定。米思翰以戶部尚書的身分，對於調動大軍討伐吳三桂、耿精忠，在糧餉的籌劃方面，更殫精竭慮，立了很大的功勞。可惜在康熙十四年，以四十三歲的英年便下世了。

先帝對凡是支持撤藩的大臣一概視之為可共患難的心腹。三藩之亂平服以後，酬庸甚厚。明珠勢焰熏天，號稱「權相」，富甲天下，先帝容他終於天年。對於米思翰諸子，則推念前勞，格外重用。

米思翰有四個兒子，長子叫馬斯喀，初次隨先帝親征噶爾丹時，是大將軍費揚古的副手，立過極大的汗馬功勞。次子就是馬齊，先做文郎，清廉勤慎，一路扶搖直上，早在康熙三十八年，便已入閣拜相，如今以武英殿大學士為首輔。其間一度被黜，則因為他擁立胤禩之故。這個風波鬧得很大，王公大臣會議，本來連他的兩個弟弟馬武、李榮保，一起定的死罪。先帝因為米思翰的緣故，赦免了死罪，交胤禩看管，這是一種考驗，看他是不是安分？馬齊當然知道，絕不敢跟胤禩再生什麼妄念。所以在康熙四十九年復用他主持與俄羅斯通商事宜。馬武、李榮保本來關在監獄中的，此時亦一起復用，仍舊成為八旗中最興旺的一個家族。

嗣皇帝早就看到這個家族是非結納不可的。不過，他很機警，深知結納馬齊，形跡太顯。就是籠絡馬武，亦恐引人猜疑，所以他是從李榮保身上下手。兩家內眷，常有往來，李榮保的長女，比弘曆小一歲；十歲的小姑娘，已顯端莊知禮，所以嗣皇帝已經透過眷屬向李榮保的妻子表示過，希望將來結成兒女親家。因此，李榮保在二哥馬齊、三哥馬武面前，常替如今的嗣皇帝，當時的雍親王說好話。可是雍親王會成為嗣皇帝，不但馬齊，是連李榮保都夢想不到的。

因為如此，這天中午，李榮保特地請馬齊、馬武來密談，要求他兩個哥哥支持嗣皇帝。

馬武沒有什麼意見，馬齊卻必須作個深切的考慮──事實上他從昨夜出大事時，便一直在自問：應該持何種態度？不過，當李榮保未提出這個要求以前，他還可以暫作觀望，此時卻必須在徹底瞭解情況，權衡得失之後，作一個重大的決定。

「事情是很清楚的，皇位應該歸十四阿哥。」馬齊慢吞吞地說，「先帝幾次跟我說起，十四阿哥哪點像他哪點不像他。如果不是有傳位之心，何必老拿十四阿哥跟他自己作比？」

「八阿哥不也說過嗎？除非是十四阿哥當皇上，他才沒話說。」馬武也說，「不過事已如此，三阿哥領頭給皇上磕過頭了，大局已定──」

「不見得！」馬齊搖搖頭，「八阿哥不是肯省事的人，九阿哥的花樣更多。」

「莫非他們還能推翻已成之局？」李榮保說，「二哥，大家對你都抱著很大的期望，希望你能把局面安定下來，你不能猶豫不決。」

「我也要有這個能耐才行。」馬齊慢吞吞地說，「如今在京城裡，禁軍都在隆科多手裡，大家敢怒不敢言。可是，十四阿哥在西邊，手握重兵，而且，他手裡可能還有別的東西！」

「別的東西！」李榮保微顯驚惶地，「二哥，那是什麼東西？」

「先帝給他的信啊！我知道先帝給十四阿哥的親筆信，至少有三封，如果中間有提到將來如何治國平天下的話，那不就是傳位的證據？」

「可是，金匱裡的硃諭，不也是證據嗎？」

「可惜！」馬齊用不帶情感的聲音說，「那道硃諭只不過隆科多一個人拿出來的而已！」

李榮保不是「內廷行走」人員，馬武雖也是內務府總管大臣，昨天卻未在暢春園值班，所以對那道硃諭是怎麼回事，還不十分清楚，此時只好望著馬齊發愣。

「若說要改那道硃諭，容易得很；要證明那道硃諭是不是改過，也容易得很。」

接著，他將改硃諭何以容易的道理，約略說明，接下來再講如何證明這道硃諭的真假。

「先帝臨御六十一年，所下的硃諭，不計其數，有存在內閣的，有存在內務府的，還有存在敬事房的，只要調它幾通出來，仔細查一查皇上平時寫『於』字，是不是常作『于』還是偶爾寫作『于』。偶爾寫的都不算，還要看『于』字的筆劃相符不相符。照道理說，這樣重要的文件，皇上是不會拿『於』字簡寫為『于』的！」

「原來如此！那用不著說了，一定動過手腳。」馬武又說，「倘或十四阿哥手裡有那種信，這道硃諭就變得很可笑了！」

「怕的就是這一點！」馬齊點點頭說，「果然有這種情形出現，那就不知道會亂成什麼樣子了！」

「不會！」李榮保接口，聲音爽脆得很。

「何以見得？」

「二哥，你莫非記不得了，年羹堯是雍府門下？」

「我怎麼記不得？」馬齊笑說，「不過，年羹堯對他的『主子』，究竟忠到什麼程度？難說得很。聽說以前他常挨他主子的罵。」

這一點，李榮保比馬齊可瞭解得多了，笑一笑說道：「二哥，你受欺了！這是多少有點兒做作的。」

「做作？」馬齊很注意這句話，「你是說，有意要做給人看，他們主子奴才之間，並不和睦？」

「是的。」

馬齊不作聲了。他原來的顧慮是，十四阿哥絕非無用之輩，大位被奪，豈能甘心？倘或起兵問罪「靖難」，年羹堯未見得能制得住他。只要大兵入關，八阿哥、九阿哥自然會起而回應。朝中四阿哥的親信極少，彼時的成敗難測，所以必須慎重。

照此刻看來，顯然他們「主子、奴才」早有勾結，則年羹堯自然早有布置。防到有此令人意想不到之一日，十四阿哥必不甘服，年羹堯豈能毫無箝制之方？

十四阿哥無望了！八阿哥、九阿哥該見機了！馬齊這樣心中自語，遂即決定他們一家的態度。

「好吧！」馬齊站起身來說，「順天應人。」

「這是天意！」馬武也說，「天意如此，不可強違。反正都是先帝之子，誰當皇上都一樣。」

「不一樣，不一樣！」馬齊連連搖手，「不過也不必提了。進宮吧！」

◇◇◇

對嗣皇帝來說，馬齊敬順，朝中無憂，自是一大安慰。但想到深宮，實在煩心。亦只有暫且抛開，處理急要的事務。

目前最急要的事，便是「市恩」。唯有普施恩惠，才可以團結人心，清除異己。因此，嗣皇帝垂問的，亦就無非與此有關了。

「蒙古的台吉要來奔喪嗎？」

「是！」馬齊答說，「不過未曾出痘的不必來。」

「這是皇考體恤他們。」嗣皇帝說，「來朝謁梓宮的，可以多發口糧。」

「是！」

「喔！」皇帝忽然想起，向隆科多說，「天氣這麼冷，晚上在梓宮面前守護的太監，賞皮袍子給他們。」

「是！奴才馬上去傳旨。」

「傳旨給十六阿哥好了。他辦事很妥當，讓他署理內務府總管。」

片刻之間降了三道恩旨，不過作用不大。嗣皇帝心想，還得找一件能教萬民歡騰的事來做。於是他想了一下說：「先前京裡米價上漲，皇考派我去查核各倉儲糧的情形，我發現許多倉庫壞了，曾奏請皇考，不妨將應該發出去的米，趕快發，免得露天堆在那裡，徒然霉爛。最近米價怎麼樣了？」

「平了一點兒。」馬齊答說。

「還要讓它平下去！」嗣皇帝說，「米價貴，是來源不暢；來源不暢，因為口外米穀不准運進口內。你們看，這件事該怎麼辦？」

「回皇上的話，」馬齊答說，「口外的米穀，備作軍糧，所以不准運進口內。」
「可是燒鍋怎麼說？造酒消耗了大批米穀，這件事說不過去。」
「是應該禁止。」
「燒鍋禁止，米穀准予進口！」胸有成竹的嗣皇帝說，「米穀進口，該有地方來堆，所以倉庫亦應該大修。馬上擬兩道上諭，先說倉庫，後談進口。」
「回奏皇上，照喪儀，十五天之內，不處理這種公事。」
「這是遵奉皇考的遺命。」
於是擬了兩道上諭，第一道由嗣皇帝奉先帝之命查察倉庫說起，歸結到倉庫必須修補，派定專人，動用專款，即日辦理。最後特別聲明，此本非大喪期間該辦之事，只為仰體先帝遺命，故而提前降旨。
第二道是米穀准予進口，而口外的燒鍋則概行禁設。也提到先帝臨終「惓惓於此」。這樣一方面表示他孝思不匱，另一方面對平抑米價也確有立竿見影之效。所以就民間來說，嗣皇帝的這第一炮是打響了。
可是在旗人以及跟旗人接近的漢人之中，都有許多有關宮禁的流言，一半是事實，一半是渲染，將嗣皇帝說得很不堪。最駭人聽聞的是，說「四阿哥進了一碗參湯，萬歲爺不知道怎麼就嚥氣了，可憐，當六十一年皇上，生了二十多個阿哥，臨終竟沒有一個兒子送終！」
這些話當然是太監傳出來的。禩、禟兩府的下人更甚，在地安門外的茶館裡，肆無忌憚地大發議論。又說：「皇太后心疼小兒子，而且她的大兒子幹出這種事來，害怕她在宮裡沒面子。所以除了上祭的時候，不能不見面以外，皇上至今還沒有單獨見過太后。她也還是住在永和宮，不肯搬到慈寧宮去。」
再有一說，是毫無知識的人在傳：「皇上拿老皇的兩個年輕妃子，接到自己住的宮裡去了！」這是絕不會有的事。且不說宮中規制甚嚴，也因為嗣皇帝如今正拿禮法在拘束他那一班不服氣的弟弟，怎會自己先悖禮滅義，做出私烝父妾的逆倫之事來？再說，先帝的妃嬪，最年輕的也三十歲了。先帝並不好色，從無特意征選絕色女子充作後陳之事，所有的妃嬪，相貌自然都不壞，卻沒有美到能令人色授魂與，不顧一切要弄到手的程度。

◇ ◇ ◇

許多離奇的傳說之中，只有關於太后的，比較接近事實。皇帝倒是每天一早必到永和宮請安，但見到太后的時候甚少。即使見到了，太后臉無笑容，沉默寡言。而且說有大批宮女陪侍在左右，從無母子單獨相處，可以容嗣皇帝一訴私衷的機會。

不過母子之間，公然發生無法掩飾的歧見，卻一直要到嗣皇帝舉行登極大典的時候。照登極儀式的規定，嗣皇帝御殿正位以前，先要叩謁梓宮，然後換去縞素，謁見太后，這表示叩謝父母之恩，是非常合理的禮節，但太后不表同意——也不是反對，只不願接見嗣皇帝。口頭奏請，沒有結果，嗣皇帝既憂且急而怨！沒奈何只好由禮部尚書，親自捧著登極典禮的儀禮單，到永和宮外去啟奏勸駕。太后當然不見外臣，由總管太監代為接頭，答應即刻轉奏太后取旨。

不一會兒，那張儀禮單發出來了，上面有幾行字，筆跡纖弱，不知是太后的親筆，還是知翰墨的宮女代書。只見寫的是：「皇帝誕膺大位，理應受賀；至與我行禮，有何關係？況先帝喪服中，即衣朝服受皇帝行禮，我心實為不安，著免行禮！」

這幾句話簡直就視親生之子為陌路，嗣皇帝內心的難過與怨恨，無言可喻。總理事務大臣亦復面面相覷，不知計從何出？

就這時候，新封的廉親王皇八子胤禩到了。他經馬齊相勸，已謝過恩了。但與嗣皇帝仍然貌不大合，神更遠離，難得進宮辦事。這一天也是聽說太后不願受賀，有不承認親子為嗣皇帝之意，所以進宮來探探消息，恰好看到了這道懿旨。

「八哥！」怡親王胤祥問道，「你看怎麼辦？」

胤禩在心中冷笑，但表面上卻不便有所表示，而且對胤祥他一直覺得他老實得可憐，當時居然會替四阿哥去頂這種黑鍋！如今亦仍然是同情多於一切，很想點醒他不必再做傀儡，卻苦無機會。此時聽得他問，心中一動，要讓他跟自己接近，先得讓他佩服。既然如此，不可不設法來解決這個難題，顯顯自己的才幹。

於是，他想了一下說：「皇太后既然提到先帝，不如就用先帝當年的成例，來勸太后。」

「啊，啊！」馬齊、隆科多不約而同地出聲，都被提醒了。

「我看，」胤禩說，「這得王公大臣合詞固請。」

「八哥說得是！」胤祥看著馬齊與隆科多，「咱們一起見皇上去吧！」

「不必，不必！」胤禩搶著說，「你一個人去說好了。」

「是的。」馬齊也說，「事情大家商量著辦，跟皇上回奏，還是請王爺偏勞，免得人多口雜，失了原意。」

這是馬齊老練之處，一則知道，嗣皇帝對怡親王胤祥另眼看待，沒有第三者，他說心腹話方便；再則也是維護廉親王胤禩，怕他跟嗣皇帝見了面，也許話不投機，以少進見為妙。

於是胤祥到乾清宮東廳，跟席地而坐的嗣皇帝回奏，是如此辦法，當然立即獲得同意。

這是上午的事，到了下午，嗣皇帝忽然想起，這樣做法，有很不妥之處。俗語道的是「家醜不可外揚」，策動群臣去勸駕，不明明告訴外廷，母子之間有意見，而且意見很深嗎？這樣一想，隨即派人把胤祥找了來，一問，已經由馬齊跟隆科多在辦，估計滿朝王公大臣，已有一大半知道了這件事。

事已如此，只好由他。若說忽又中止，反更會惹起閒話。當然他臉上不免有鬱悶不舒之色。

胤祥不免惶恐，惴惴然地問：「這件事是不是辦錯了？」

「錯也不算錯。」嗣皇帝問道，「這主意是誰出的？」

「八阿哥！」

皇帝一聽色變，怪不得！他心裡在想，老八還能出什麼好主意嗎？由此想到，各藩邸之中，不知是何情形，很不放心地問說：「各處府裡安靜不安靜？」

謠言滿天飛，怎麼會安靜得了？不過胤祥實在怕兄弟之間，發生鬩牆之禍，不願透露實情。但也知道他這個「四哥」多疑而刻薄，倘或不諒解自己的苦心，反倒疑心他欺騙，這後果又很嚴重。

想了好一會兒，膝行而前，輕聲說道：「臣不敢欺騙皇上，不過臣有腑肺之言昧死上陳，要皇上准臣之奏，臣才敢說。」

「你是我的好兄弟，自然不會欺我，自然出語必是腑肺之言。你說了，我總不讓你為難就是。」

「皇帝背後罵昏君，小人的閒言閒語，總是有的，臣求皇上，不必追究。」

「不追究可以，我不能不知道啊！」

胤祥信以為真，將胤禩、胤禟、胤䄉府中的下人，在茶坊酒肆中胡言亂語的情形，大致說了一些。嗣皇帝聽得心驚肉跳，但表面上強自鎮靜，表示接受了胤祥的勸告，不將這些閒言閒語，放在心上。

「總也有些人是對我忠心的吧！」

「是！」這在胤祥倒是很樂意舉薦的，「十二阿哥，臣很佩服，小心謹慎，實心辦事。」他說，「將來是皇上的幫手。」

嗣皇帝點點頭，將胤禑記在心裡，「我原知道他很妥當，所以派他署理內務府總管。」他又問，「還有呢？」

「還有十六阿哥、十七阿哥都是擁護皇上的。」

這話嗣皇帝只聽進去一半，另一半卻不能不存疑。

嗣皇帝是記著隆科多的話，出大事的第二天清晨，他在西直門大街遇見十七阿哥胤禮，得知四阿哥紹登大位，面無人色，形似瘋狂，顯見得他是大失所望，而且懷著怨恨之心，亦是必須防範的一個人。

等他說完這件事以及自己對這件事的感想之後，胤祥從從容容地答說：「臣亦聽說有這麼一回事，特意去問十七阿哥。他說：他絕不是對皇上有什麼不忠不敬之心，只以阿瑪駕崩，五中崩裂，自己都不知道有這種怪樣子。所謂『苫塊昏迷，語無倫次』，大概就是這樣子了。」

「這是他自己說的話？」

「臣亦疑心他是言不由衷的話。哪知道幾天細細察看，十七阿哥竟是居心端方，乃忠君親上，深明大義的人。請皇上格外加恩重用，是為國家之福。」

「喔，」嗣皇帝很注意地問，「你何所見而云然？」

胤祥想了一會兒答說：「只說一件事好了。那天十六阿哥的兒子弘普到他那裡去，正好小阿哥弘曆也在，弘普叫他『小四』，十七阿哥立時便教導他：人家現在是皇子的身分，除了皇太后、皇上、皇后，誰也不能叫他小名。你雖是堂兄，身分可比他差得遠，他能叫你的名字，你可不能叫他的名字。記住，從今以後要叫『小阿哥』。」

能尊其子，自然能尊其父。實際上尊子即所以尊父，因為有皇帝才有皇子。聽此一說，嗣皇帝異常滿意，對胤禮立刻就另眼相看了。

「果然居心端方。」嗣皇帝說，「我想封他為貝勒。」

「這倒不必忙。」胤祥答說，「不如再看看。臣在想，照十七阿哥的為人，皇上就不封他，他亦不會變心的。」

「倘能如此，我不封他則已，封他，一定也是封王。好，我依你，看一看再說。」嗣皇帝突然以抑鬱求援的聲音說，「弟弟，我如今四面楚歌。加以要盡孝守制，許多地方，不能去；許多事，不能做；許多話，不能說，真要靠你了。」

「皇上這話，臣不勝惶恐之至。」胤祥確有誠惶誠恐的神色，「臣竭忠盡知，味死以報。」

「這，你千萬不要說這話：什麼死不死的！弟弟，你幫我應付過眼前，共用富貴的日子正長。」

「是！」胤祥感激地答說，「臣亦唯願活個八九十歲，受皇上的蔭庇，安享餘年。只是臣這幾年得了個風濕症，每到發作，痛楚萬分，只怕不能長侍天顏。」

「嗐！你年紀輕輕的，怎麼說這話！不過，你的身子可是要緊的。看天下有何名醫，儘管訪了來告訴我，我替你作主，降旨命督撫送醫來替你治病！」

「皇上如此厚待，臣實在報答不盡——」

「不要再說這話了！」嗣皇帝打斷他的話頭，「西邊有什麼消息？」

胤祥忽然想起一件事，考慮了一下答道：「聽說有個陝西的張瞎子，在當地極其有名，替十四阿哥算過命。這張瞎子，如今在京裡，倒可以問一問他。」

「是啊？該問一問他。」嗣皇帝說，「不過，事情要做得隱秘。」

「臣理會得。」

◇◇◇

這張瞎子叫張愷，陝西臨洮府人，據說排八字又快又準。半年前從陝西隨一個達官進京，本來要帶到南邊去的，哪知達官得了暴疾，一命嗚呼。張瞎子只得留在京裡，人地生疏，加以有同行笑他，道是「如果他的命算得準，就該算到，所跟的官兒，壽限將盡；更應該算一算自己的八字，排一排自己的流年，既犯驛馬，便該趨吉避凶，如今進退失據，留落他鄉，還敢大言欺人，其心可誅！」是故雖在隆福寺懸牌設硯，請教他的人極少，幾乎餬口都難。

因為如此，他就格外要為自己吹噓，說在西邊替大將軍算過命，談到大將軍帳下的大將，如平郡王訥爾蘇等人，非常熟悉，不似誑言。胤祥有個侍衛叫蘇太，跟他相熟，這天奉旨以後，胤祥便命蘇太去喚他進府，要當面問他。

事先是跟他說明白了的，所以一領到胤祥面前，張瞎子便朝上磕頭，口中說道：「小的張愷，請王爺的萬福金安。」

「你是陝西臨洮府人？」胤祥問他。

「是！」

「臨洮府的知府，叫什麼名字？」

「叫王景灝。」

這是試驗張瞎子，胤祥聽他說對了，便滿意地問道：「你說你替撫遠大將軍算過命？」

「是的。」

「是怎麼回事？你要說實話。說得實在，我重重賞你。」

說得不實在呢？張瞎子心想，一位王爺要殺個把人還不方便？

領悟到此，便即答道：「小的自然說實話。不過有些話很忌諱，小的不知道該不該說？」

「不要緊！不論什麼忌諱的話，都可以說。」

於是張瞎子略略回憶了一下說：「是康熙五十八年，本府王知府派家人王二達子，從西寧來叫我，九月二十日到西寧。見了王知府，他說有個八字要我算，八字是戊辰、甲寅、癸未、辛酉——」

「慢點兒！」胤祥打斷他的話說，「戊辰是哪一年？」

「康熙二十七年。」

這就是了！胤祥心想，是十四阿哥的八字，便點點頭說：「講下去。」

「當時我就算了。算好了我說：『這個八字是假傷官格，可惜身子弱了些。』王知府說：『這就是十四爺的八字。』我聽了嚇一跳。」

「為什麼嚇呢？」

「十四爺是大將軍，我從來沒有算過這麼尊貴的八字。再說，大將軍要算命，直接叫我就是，為什麼要讓王知府來讓我算？當然，這也是有的：本人不願意出面，或者旁人跟本主禍福有關，私下拿來算一算，我都經過。不過，開始就瞞，一定瞞到底；先瞞後說破，一定有花樣，所以我嚇一跳。」

「嗯，嗯！」胤祥接受他的解釋。

「以後呢？王知府怎麼跟你說？」

「王知府說：『十四爺是最喜奉承的，如果他要你算這個命，你要說：「玄武當權，貴不可言。」才合他的意思。』我答應了。」

「後來呢？後來叫你算了沒有？」

「怎麼沒有？」張瞎子說，「九月廿七那天，王知府著他的小廝送我到大將軍府上，有個劉老爺，領我進去，悄悄跟我說：『十四爺是在旁邊聽，你不要把跟你說話的人當十四爺！』等進去了，先叫我算一個八字，不是十四爺的。」

「是誰的呢？」

「不知道。八字我還記得，是庚戌、戊寅、丙午、戊子。再算一個仍舊不是十四爺的，是甲子、甲戌、庚申、己卯。」

「這兩個八字，是直接告訴你的呢，還是跟你說了年月日，你自己推算出來的？」

「是直接告訴我的。」

「就算了兩個命嗎？」

「不！」張瞎子說，「還有一個，就是王知府告訴過我的那個，戊辰年的。」

「這三個八字是叫你一個一個算呢，還是一起告訴了你，讓你一總推算？」

「是一起告訴我的。」

「你們算命也有這個規矩嗎？」胤祥問說。

「有！譬如一家兄弟兩人，父母想起要替他們算命，當然是一起把八字開來。」

「照這樣說，你在西寧算的那個命，也是弟兄三個？」

「不像。」張瞎子說，「譬如甲子年就沒有生過皇子。這是拿來陪襯，故意試試算命的本事，說不定是犯人的八字。」

「嗯，嗯！」胤祥點點頭又問，「這樣一總推算，是不是要作個比較呢？」

「不一定，能比則比，不能比不能胡比。不然要比出禍來。不過這三個八字是能比的，不見高山，不知平地，不比顯不出戊辰那個八字之好。」

「你是怎麼個比法？」

「小的說：頭一個八字不怎麼好；第二個雖好些，究不比戊辰年這個八字好到極處。旁邊就有人問我：『怎麼好法？』我說：『這個八字，玄武當權，貴不可言。』隨即賞了我三兩銀子，打發出來了。」

「這麼說，你沒有遇見十四爺？」

「第二天遇見的。王知府親自領我進府，叫我磕頭叫大老爺，讓我在氈子上坐下。十四爺問我：『你昨天算的戊辰年那個命，果然好嗎？』我說：『這個命天下少有，玄武當權，貴不可言。將來有九五之尊！』」

「你竟敢說這樣的話！」胤祥問道，「你不怕掉腦袋？」

「是王知府叫我這麼說的。」

「那麼，」胤祥又問，「你是瞎子，怎麼知道問你話的就是十四爺呢？」

「聽得出來的。聲音洪亮，威武得很。他說話的時候，鴉雀無聲。不是大將軍，怎會有此氣派？」

「你猜得倒也不錯。」胤祥問道，「你恭維十四爺會當皇上，他怎麼說呢？」

「他問我，哪年行大運？」我回答他說：「到三十九歲就大貴了。」

「那是哪一年？」

「照算該是康熙六十五年。」

「莫非那時你就算到，皇上會在康熙六十五年升天？」

聽得這一句，張瞎子不免一驚，開始覺得情形不對了。定神想一想，若是問一句：「天子萬歲，你說六十五歲會升天，不是大逆不道？」果真那樣追究，不但自己要身受凌遲的苛刑，一家大小的性命，亦會不保。

不過張瞎子目盲心不盲，他已聽出來，「十三爺」忠厚和善，不妨欺他一欺。所以心中雖驚，形色卻還不甚慌張。「小的原說過，有極忌諱的話，王爺許了我可以說，才敢出口。」他慢條斯理地一面想，一面說：「照升天的老皇的命宮，今年怕逃不過；今年逃過了，六十五年萬萬逃不過。小的自然是想老皇今年能夠逃過，所以只說康熙六十五年，哪知到底逃不過去。」
「照你這麼說，你還是一片忠心！」
「不是忠心，是良心！」張瞎子很快地接口，「老皇視民如子、恩遍天下，誰不巴望聖壽千秋，長生不老？不過壽限是天生的，真正是沒法子的事。」
「那麼，你算定十四爺能有九五之尊？」
「不！不！是王知府叫我這麼說的！」張瞎子急忙分辯，「王爺明鑑，倘或我不是那麼說，腦袋早就沒有了。」
「那麼，他的命，到底怎麼樣呢？」
「起先跟王爺回過，十四爺的命是偽傷官格，身子弱些。」
「這是說，壽不會長？」
「是！」
「大概能活多少歲呢？」
「三十七是一道關。」張瞎子信口胡謅，「逃得過可到四十五。」
胤祥將他的話想了一下，又回到原來的話題上，「你當時說十四爺到了三十九歲，就會大貴，」他問，「十四爺怎麼說法？」
「十四爺說：『這話你別在外面說！』我答一聲：『絕不敢。』十四爺就叫人取了二十兩銀子給我，打發我出來了。」
「那麼，你跟人說過沒有？」
「沒有！」張瞎子斬釘截鐵地又加了一句，「絕沒有。」
「你說沒有，可怎麼大家都知道你給十四爺算過命呢？」
「我只說算過，可沒有說，十四爺會當皇上。這是什麼話，可以隨便說得的，而況十四爺本來也不是當皇上的命。」

胤祥對他的解釋表示滿意，不過還不能放他，須取旨而定。當下，便向蘇太說道：「你帶他下去，別難為他！」

本說講了實話，重重有賞，如今卻說莫難為他，明明是要監禁的意思。張瞎子知道上當，但已悔之莫及了。

◇◇◇

得知王景灝指使張瞎子為十四阿哥算命的經過，證實了嗣皇帝的想法不錯。他一直認為諸王門下，若有無事生非的小人，必致攛掇主人妄生異圖。所以決定先從這方面著手清除，一方面是翦除諸王的羽翼，一方面亦有殺雞儆猴的作用。

此事是從九阿哥胤禟府中開始。嗣皇帝早得年羹堯密報，九阿哥手下有個親信叫何圖，後來薦與十四阿哥，保為知府，現在陝西。年羹堯已經具摺參奏，只等十四阿哥一啟程，便即逮捕何圖，藉以細審「悖逆」的情節。至於在京裡，九阿哥府中有兩個漢人，一個外國教士，極受寵信，嗣皇帝囑咐胤祥，務必設法將此三人之中，弄一個下獄，便好借此發端，大事清理。

兩個漢人，一個叫秦道然，江蘇無錫人，翰林出身，為先帝派在胤禟那裡教讀，後來升為給事中，身為言官，卻仍在帝子門下行走，據說身分儼如總管。

另外一個叫邵元龍，與秦道然一起奉派至胤禟府中，亦頗見寵信。但細一打聽，方知不然，原來胤禟只與秦道然投緣，對邵元龍雖以禮待，卻並不親密。邵元龍氣量極狹，眼見秦道然既升官、又發財，住的是胤禟所送的大宅，僕從車馬，應有盡有。自己卻只靠戔戔薄俸，不過逢年過節，略得沾潤，因而頗懷怨恨。

胤祥心想，邵元龍是個勢利小人，極好收服，當下封了一千兩銀子，派個親信護衛，在夜半無人時，悄悄相訪。

邵元龍無妻無子，只有一妾一女，頗為困苦，往年到得年下，胤禟總有一筆節禮，足以了一年的虧空。今年情況不同，從嗣皇帝接了位。胤禟終日憂容滿面，看來禍福難測。邵元龍心想，照此光景，九阿哥泥菩薩過江，自身難保，年下那筆節禮，只怕也想不起了。這個年怎麼過法？

誰知夜半敲門，竟是福星降臨，就這一千兩銀子，讓邵元龍將九阿哥好幾年照看的恩義，朝夕相處的情分，都拋在九霄雲外了。

「請上覆王爺！」邵元龍對來人說，「若有事要找我，隨時待命。想來必是要問九阿哥的一切，全本《西廂記》，都在我肚子裡。」

這是很大的一個收穫，嗣皇帝收買了邵元龍，等於掌握了一道漁網的網索，等布置妥當了，只要一提這條網索，不難將「悖逆」之徒，一網打盡。不過迫急的大事還多，一時還顧不到此，暫且擱置再說。

◇ ◇ ◇

第一件迫急的大事是舉行登極大典。

倘或是自然而然，或者早有安排，順理成章的大位授受，登極大典不過一個簡簡單單的儀式，至多半個時辰，便可成禮。說起來至多是一件大事，卻非迫急的大事，更不是第一件大事。

但嗣皇帝的情況不同，因為迄今為止，他還在不可測的危機四伏之中，如果發作，即在登極大典那天。換句話說，登極大典能夠順利過去、他相信以他的手段，皇位可以坐穩了。因此，他很想提早舉行，只是欽天監要選擇吉期。大吉大利的好日子在十二月初，嗣皇帝當然不能同意，選來選去，最快也得十一月二十，即是先帝駕崩七天以後。

可是太后不肯受禮，就會耽誤了登極大典，也虧得廉親王出了個由王公大臣合詞籲請的主意，雖然深宮母子意見甚深的秘密，無形中透露在外，不過太后畢竟接受了。所下的懿旨是：「諸王大臣等，既援引先帝所行大禮，懇切求請，我亦無可如何，今晚梓宮前謝恩後再行還宮。」結果太后是在乾清宮，大行皇帝梓宮前，受了皇帝的禮。

第二天黎明，太和殿前，鹵簿大駕，擺得整整齊齊；丹墀大樂，設而不作；皇帝御禮服升寶座，在鐘鼓聲中接受親王以下文武百官的朝賀。前後只一刻多鐘的辰光，嗣皇帝終於成了皇帝。心中一塊石頭落地，但肩上並不輕鬆，他知道麻煩還多：皇位雖已穩了，一己的名譽卻還待出盡全力去挽救。

禮畢頒詔大赦，當然要撒個謊：「親授神器，屬於藐躬」，定年號為「雍正」，表示雍親王得位其正。而這恰恰是「此地無銀三百兩」的說法，因而流言更盛了。

接下來，應行尊親之典，命禮部擬上大行皇帝的尊謚及皇太后的徽號。王公大臣合議。尊謚「合天弘運文武睿哲恭儉寬裕孝敬誠信功德大成仁皇帝」，廟號「聖祖」，合稱「聖祖仁皇帝」，是古今帝皇中，罕見的美名，而實在亦當之無愧。

給太后上的徽號是「仁壽」二字，禮部擬呈儀注，不想太后不受！

太后自先帝大殮那天受辱於宜妃以後，飲食極少，幾有絕粒之勢。皇帝進見，曾經勸過，而太后不承認有這樣的事，以致皇帝的口被堵住，無法作進一步的懇求。母子之間成了這樣的局面，皇帝除以為憂，亦深以為恨，但亦只有委曲求全，凡是典禮上應做的事，必須做到。如今太后堅拒徽號，說了一篇大道理，也是發了一大頓牢騷，事出無奈，只有再一次因襲故智，將雍正以前各朝的故事，一一列舉，認為太后不宜推翻舊典。太后卻還是不允。

皇帝無法，只有長跪宮門，最後才求到一紙懿旨：「諸王大臣援引舊典，懇切陳辭；皇帝屢次叩請，准所奏，知道了！」詞氣中仍然充滿著大不以為然的味道。

不過這一來，皇帝可以施展籠絡的手段，推恩後宮了。首先是將貴妃佟氏尊封為皇考皇貴妃，她是隆科多的堂妹，與先帝第三位皇后，崩於康熙二十八年的孝懿仁皇后是同母的親姊妹。所以於理於情，尊封都是應該的。

其次是將和妃晉封為皇考貴妃，這就頗出人意外了！和妃姓瓜爾佳氏，康熙三十九年冊封為和嬪；第二年生過一個女兒，排行是「皇十八女」，旋即夭折；康熙五十七年晉為和妃。既非出身尊貴，而先前位號太低，應該提高，亦不是有什麼得勢的親王，須為皇帝所必當拉攏；而且論她在宮中的地位，猶不及有子之妃，何以獨蒙嗣皇帝尊敬？

照上諭中說：「和妃奉事先帝，最為謹慎，應將和妃封為貴妃。」這話不但不成其為理由，甚至根本不該說！和妃奉事先帝最謹慎，其他母妃奉事先帝就不謹慎嗎？而況成年皇子，隔絕深宮，和妃侍奉先帝謹慎不謹慎，他又何從得知？由於這個突兀而無可解釋的舉動，惹起了離奇而不知真假的傳說，說是今年整四十歲的和妃，望之如二十許人。而在皇帝以乾清宮東廡為「晝必席地，夜必寢苫」的倚廬，由於妃嬪還在藩邸，夜來煢煢獨處，百憂交集，淒涼異常，所以有一次趁和妃到梓宮前來哭奠時，將她留了下來。原來不是「事奉先帝最為謹慎」，而是顧視嗣皇帝，格外柔順，故而得有此晉封貴妃的報答。

在和妃之後，十二阿哥胤祹，因承辦大喪，諸事妥帖，已封為履郡王。他的母妃定嬪萬琉哈氏，自然晉封為定妃。十五阿哥、十六阿哥的母妃密嬪王氏，一向與雍親王府走得很近，亦晉封為妃。

此外「有曾生兄弟之母，未經受封者。俱應封為貴人」，而「六公主之母，應封為嬪」，則又是一種示惠兼示威的手段。

原來六公主的生母，則是宜妃郭絡羅氏的胞妹，位號是貴人。六公主嫁在蒙古的鉅族，為了示惠，同時亦是向宜妃示威，故而有此晉封之命。

在後宮，總算也有人說皇帝的好話，而在民間的輿論，卻分為絕對不同的兩種。有知道皇帝得位不正的內幕的，自然在私底下嗤之以鼻；而許許多多不知宮闈的百姓，卻大為稱頌聖明，因為皇帝確是做了好幾件於百姓有益的事。

第一件事整理地方官的虧空。各州各縣經手錢糧，管理倉庫，難免有虧欠移挪的情事，及至卸任，後來的官兒照例要為前任彌補虧空。這樣相沿成習，幾十年下來，變成一筆糊塗帳，因為一個一個往上追，追不勝追，所以一直都沒有人敢下決心去清理。

新皇帝立意要做幾件見魄力的大事，首先由此著手。他說：「朕深悉此弊。本應即行徹查，但念已成積習，姑從寬典，限以三年，各省督撫將所屬錢糧，嚴行稽查，凡有虧空，無論已經參出，或未經參出者，三年之內務期如數補足，毋得苛派民間，毋得藉端遮飾。如限滿不完，定行從重治罪，三年補完之後若再有虧空者，絕不寬貸。」

上諭雖然嚴厲，畢竟還有三年時間，可以節省糜費，逐漸彌補，也算是法外施仁。整飭吏治，百姓總是額手相慶的，而況特別提示，毋得苛派民間，所以對於新君的稱頌之聲更是到處可聞。

當然，整飭吏治，不僅煌煌上諭，更有言出法隨，毫不寬假的行動。很快地，皇帝在民間的威信已經建立了。因此，皇帝對於排除異己的同胞手足亦就覺得更有把握了。

◇ ◇ ◇

皇帝心裡一直有件惴惴不安的事，他的同父同母，連名字都同音的弟弟要到京了，見了面，會不會發生什麼使得他尊嚴掃地的風波？

及至大將軍十四阿哥胤禎接到上諭，立刻便有年羹堯及派在軍前潛伏打聽的皇帝的親信，將十四阿哥的反應，密奏到京。自此而始，十四阿哥的一舉一動，皇帝無不知道。

知道得越多，他越擔心。第一個密奏是，十四阿哥接到先帝駕崩的哀耗，搶天呼地，哀哀痛哭，完全出自至誠。哪知再接到四阿哥接位的消息，他倒不哭了！

當然，亦絕對不會有正常的表情。只是皺著眉，沉著臉，與幕僚密議，往往一談就是一個通宵。他們在談些什麼呢？皇帝常常在想。結果就好像他是十四阿哥在籌劃如何奪回原該由自己繼承的大位。皇帝將十四阿哥所能採取的每一項行動都想到了。於是，在研究一項行動是否有用以後，他也採取了防止的行動，這些任務，大部分落在年羹堯身上。

如今他所設想的，已非十四阿哥如何跟他爭奪大位了！因為他已有十足的把握，巧取而得的繼承權，再也不會得而復失。他所擔心的是。十四阿哥會如何報復。十四阿哥的態度，他已經知道了，從西寧動身之前，他對部下說道：「我這趟進京，無非在靈前一哭而已，新君別指望我會叫他一聲皇上！」由此可以斷定，十四阿哥還會有許多足以損害「天威」的舉動。

別的都不怕，就像設法防止他奪位那樣，皇帝已想好了許多「招架」的辦法，可以不至於使自己的面子難看。但是有件事無計可施。

十四阿哥一到京，不能不讓他見太后，也不能不讓他向太后哭訴，而最難的是，如果太后心疼小兒子，說些安慰他的話，就會將當初先帝預備傳位於十四阿哥的秘密揭破。為這件事的焦憂。皇帝的頭髮都白了好多。

日夜苦思，終於想到一個或者不能瞞宮中，卻可以瞞天下的名實皆奪之計。

於是他用「奉懿旨」的方式降旨，處理避諱一事。首先是胤禎的「胤」字要改，改用同音的「允」字。

其次要避音諱，禎、禛音同，所以十四阿哥名字的下一字要改，禎改為禵，這個字很僻，特為宣示近臣：禵字唸如祈，涵義與禎字完全一樣。

然後最巧妙的一著來了。御名胤禛，上一字雖已改寫為允，下一字仍須避諱。這有兩個辦法，一是改換一個寫法；一是缺筆。他決定用缺筆一法：「禛」字缺數筆後，恰好是個「禎」字。

這一來，他不但奪了同母胞弟的皇位，而且奪了他的名字。張冠李戴，尺寸全符，天下後世若說皇位是胤禎的，不錯！他就是胤禎。

這個法子想絕了，可是兄弟的恩義，也就此而絕了！

為了先發制人，皇帝決定從允禟身上下手。因為允禩已封為廉親王，既然在他身上下了「本錢」，希望他也能像允祹、允祿那樣，轉而輸誠，不便在此時就有何表示，而且爵位太高，處治亦比較困難。至於給允禟一點顏色看，無投鼠忌器之慮，事情就比較好辦了。

這一次，皇帝看中了皇十七子允禮。因為允祥還有許多軍國重務要經手，不如給允禮一個機會，他如果肯專心一意將這件事辦好，不妨封他一個郡王。

由允祥轉達了皇帝的意思，而且暗示有這樣一個交換條件，允禮欣然從命。當下便由允祥派了四個處理這類案件的好手給他，將邵元龍請了來問話。

「邵先生！」允禮等他參見以後，雙手相扶，很客氣地說：「請坐！」

「十七爺面前哪有我的座位——」

「不！」允禮搶先說，「你是九阿哥門下的人，我應該敬重。」

「唉，」邵元龍歎口氣，「九爺能像十七爺這樣待人就好了。」

「好說！好說！你請坐吧。坐好才好細談。」

於是邵元龍就告個罪，在矮凳上坐了下來，眼望著允禮，彷彿在思索著，有句很重要的話要說。

「邵先生！」允禮首先表明，「我是奉旨邀你來談談。」

聽說「奉旨」，邵元龍趕緊起身答一聲：「是！」然後再坐下。

「邵先生，你看看秦道然這個人怎麼樣？」允禮問道，「聽說你們不和？」

「是！我跟他勢如冰炭。」邵元龍答說，「我這個人不喜歡說假話，我跟他不對，是因為他不念同事之誼，處處排擠我。他既不義，我亦只好不情了。」

「那麼，九阿哥呢？待你怎麼樣？」

「十七爺，你看我的這雙靴子。」

說著他將一雙腳伸出來，靴尖前面大腳趾的部位破了一個洞，雙靴皆然。

「皇子門下，混到我這個光景，十七爺請想，九爺待我如何？」

允禟待邵元龍自然不如待秦道然。不過館穀雖薄，不至於衣食不足，只為邵元龍好嫖愛賭，前吃後空，允禟沒有理會他的境況，以致惹得他怨恨不絕。

「來啊！」允禮乘機施個小惠。「取幾雙新靴子給邵老爺送到府上。」

「多謝十七爺！」邵元龍說：「有十七爺送的好靴子，我可以邁開腿來，高視闊步了！」

這是雙關語，允禮自然懂得，點點頭說：「也在人為，你能不能高視闊步，完全看你自己如何做人。」

「是！是！請十七爺教導。」

「我且請問你，秦道然跟九阿哥到底是何關係？」

這話很難回答，主要的是還不懂此一問的意思，他只好這樣答說：「關係很親密，異乎尋常。」

「如何異乎尋常？」

「只說一件，秦道然每天晚上，由角門進上房，最早也要三更天才出來。不知秘商何事？」

允禮幽居已久，長日無事，只是在想人情物態。所以一見邵元龍是自以為允禟待他太薄，而竟不念賓東一場，甘願出頭來攻訐故主，便可判定他是個卑鄙小人，只要誘之以利，教他幹什麼就會幹什麼。

既然如此，無須多問。而且他所說的，究有幾分真實，亦大成疑問。如果中了他的先入之言，或者反會忽略了真相。

於是他說：「邵先生，我聽說你境況很窘，是不是？」

「是，言之有愧。」

「那，我送一千兩銀子給你。」

「這就是受之有愧了。」邵元龍喜動眉宇，一雙鼠眼亂轉，倒好像白花花的銀子，早就備著等似的。

「來啊！告訴帳房備一千兩銀子，給邵老爺送到府上。」

「不敢，不敢！」邵元龍爬下來磕個頭，「十七爺如此厚賜，真不知何以為報？」

「請起來，請起來！」允禮虛扶一扶，「少不得有麻煩邵先生的地方。」

等邵元龍一走，允禮立刻進宮覆命，他把他的想法、做法秘密陳訴，皇帝頗為心許。

「等過了年再說吧！」

◇◇◇

雍正元年元旦，停止朝賀，皇帝照常處理政務，而且比平時更來得忙碌。他知道，不孝不悌的名聲，可能無所逃於天地之間，但宮闈之事，日久易忘。唯有善政、德政，遺澤無窮。

可以永遠讓人記得他是一個好皇帝，那就足以彌補一切了。

為百姓自以整飭吏治為先。民隱固宜勤求，加惠黎庶的善政，卻最好讓地方官去做。皇帝深深知道，愛百姓最好的辦法是給他們一個好官。所以他在雍正年號的第一天，就做這件大事，共發了十一道上諭、都是給文武官員的。

文武地方官並稱督撫提鎮——掌管一省或數省兵馬錢糧的總督；職司一省吏治的巡撫；綜理全省軍務的提督；鎮守一方的總兵，以下，文的是監司、道府、守令；武的是副將、參將，直到游擊。再以下，便不必直奉綸音了。

這十一道上諭，教重於令，誡重於儆。首先是提示他們的職掌，你做總督該幹些什麼，權有多大，範圍在哪裡。原來清朝的官制皆沿明而來，明朝的官制由明太祖一手所訂定，職掌經過歷朝修改增刪，已經相當清楚。但是，日子一久，大家都模模糊糊，很少人去細心講求。反正有好處的，能爭就爭；有責任的，能推就推。皇帝如今重新提示一遍，也就是重新規定了一次，亦等於彼此作了一個約定，官吏奉職，以此上諭所提示的為準，皇帝考查功過，亦以此上諭所提示的為限。

接著便是對京官亦照此訓誡，各部院、翰詹科道各衙門，以及領侍衛內大臣、八旗都統，無不奉到切實的告誡。

從頒發這些上諭以後，內外文武官員，特別是八旗都統，都知道皇帝費這麼大的工夫，細心指示，絕不會說了就算，所以都戰戰兢兢地，奉命唯謹。一時各衙門都似乎暮氣一掃，不管有事無事，該當班的時候，不敢輕易離開。光這一點，可以說是皇帝的要求已經初步達成了。

不過聚集在一起沒有事幹，亦會生出許多是非。恰好莊親王博果鐸去世，身後沒有兒子，卻留下極大一筆遺產。照民間規矩，自有宗法可資依據，總是選最親近的侄子，嗣繼為子，承家頂業，但在皇族不同，不妨指定行輩相符的宗室承繼。當然大致亦照宗法，不會過於離譜。

可是，皇帝卻以為這件事是一個極好的示恩立威的機會，他將十六阿哥允祿承繼給莊親王，立即襲爵，而且承受了極大的一筆家產，真是飛來的富貴。

於是，議論就多了，說是皇帝偏心，偏心就是不公。煌煌上諭，責人以善，自己何以不想一想？

這些話少不得會傳到皇帝耳朵裡，他當然有些惱怒，不過亦並不太感意外，只命允祥仔細查訪，到底是哪些人在散布流言，是否受允禩或者允禟的指使？

這件案子其實並不嚴重，皇帝到底不是聖人，就是聖人亦難免受感情的左右。情之為物，心意相感，亦有機緣在內，何能銖兩相稱？更何況世間亦無一架可以衡量感情的天平。皇帝不過是藉此案公然表示，對王公屬下的包衣奴僕，將展開整肅而已。

◇◇◇

撫遠大將軍皇十四子恂郡王允禵終於到京了。

到京不進城，發出幾道給部裡的咨文。第一道是給禮部，說要叩謁梓宮，應如何準備，請知照見覆；第二道給戶部，請為他隨帶人馬準備兩個月的供應；第三道送給內務府，說要拜見母后，請為引導；第四道又是給禮部，再一次詢問見皇帝的儀注。

這四道咨文，最後都歸總到總理事務四大臣那裡，遭遇到從未有過的難題了！

「君臣之義不可廢。」隆科多大不以為然地，「十四阿哥太過分了一點。」

「親子之情不可隔。」廉親王允禩針鋒相對地說，「他要叩謁梓宮，拜見太后，這都是人情之常，也是大義所在，我想沒有駁他的道理。」

「駁是不能駁的。」馬齊慢吞吞地說，「不過凡事要以禮來，我的意思，戶部供應，是件小事；叩謁梓宮亦不妨馬上就辦；要見太后得先請懿旨。至於詢問見皇上儀注一節，根本不必奏聞。」

在皇帝看，這是荒謬絕倫的事，臣下如果為之轉奏請旨，亦就跟上奏的人一樣荒謬了。因此，對於這一點，除了允禩不作表示以外，怡親王允祥與隆科多都同意他的看法。

然而雖不必上奏，卻不能不覆，答覆中又如何措詞？

「若說大將軍亦是臣下，見皇上並無特殊的儀注，似乎語氣太硬了一點。」馬齊說道，「不如就說，與其他親郡王一樣，再拿會典上的禮節，抄一份送去，比較妥當。」

「也只好如此！」允祥點點頭，「另外兩件事先奏聞皇上再議吧！」

「是的。」馬齊徵詢地說，「不必一起進見吧？」

兩個多月來，無形中已定下了一條辦事則例，遇到尷尬事件。總是推允祥或者隆科多或者兩個人一起進見，作為四大臣共同上奏。此刻是由隆科多自告奮勇願意陪允祥一起見皇帝。

「叩謁梓宮，不能不准他。不過，不能越禮！」皇帝說。

所謂「越禮」是何意？先得研究。兩個人仔細想了一下，都明白了，怕允禵在先帝靈前過於激動，說出什麼有傷皇帝尊嚴的話來。

然而又何能禁止他不說，只有防止他說的話外洩。所以隆科多說：「臣自會嚴密警戒，趁此也可以聽聽十四阿哥說些什麼。」

「好！」皇帝同意，「見皇太后，自然要請懿旨。」

「皇上！」隆科多突如其來地一喊，令人一驚。隆科多自己也發覺失態了，微現窘色地說：「臣有一個主意，自覺不壞，不免得意忘形，請皇上恕罪。」

「原來你有好主意。快說來聽聽。」

「臣以為皇上與十四阿哥同為皇太后所誕育，手足情分自然與眾不同。不過皇上為一國之主，一秉大公，看待弟兄，毫無軒輊，故不宜特假十四阿哥以詞色。這層道理，十四阿哥恐不會明白。臣的意思，不如先請十三阿哥去慰勞十四阿哥，然後謁見皇太后，說明苦衷，求皇太后作主，方是保全十四阿哥之道。」

這番話說得非常委婉，但皇帝與允祥都瞭解，這是門面話。允祥所擔負的任務是，以他從前與十四阿哥一起長大的情分，替皇帝去求個情。事已如此，千萬保全皇帝一個面子。

皇帝完全同意這個辦法，但有一個先決條件，必須允祥善為設詞，話說得不好，會變成自我「招供」是篡了位。這是皇帝心裡的想法，甚至在這兩個人面前，都是不能實說的。

允祥看出皇帝的心思，也不辭這一艱巨的任務，但措詞的確是很難，不敢自告奮勇。於是隆科多便不能不慫恿了。

「十三阿哥與十四阿哥最親，動之以情，只講兄弟的友愛最好！」

允祥被提醒了，掌握了入手的途徑，便覺得有了三、四分的把握，當即答說：「茲事體大，生恐力不從心，故而躊躇。」

皇帝覺得隆科多所說的「只講兄弟友愛」，不及其他，用情去打動感化是個好法子，即令無效，亦必無害，當即鼓勵著說：「至多勞而無功，你就辛苦一趟吧！」

「是！」允祥答應著。

「請舅舅跟十三弟再好好商量一下。」

隆科多與允祥領旨而退，秘密計議已定，隨即由內務府在各省貢品中選取了允禵平日喜愛的食物、玩物。另外又備了好酒肥羊，犒勞他的部下。準備停當，由內務府直接行文撫遠大將軍行轅，說皇帝將派怡親王前往勞軍，準次日辰正到達。

辰正是上午八點鐘。其實允祥早就到了，比預定時刻早了一個鐘頭。

因為允祥已經估量到，允禵多半不肯跟他見面，而又無法拒絕。最簡便的辦法就是預先避開，等允祥一到，臨時託詞搪塞。是故棋先一著，早數刻鐘便到了營門，給允禵來個措手不及。

果然，撫遠大將軍的儀仗，與他的那匹御賜紫韁的名駒，都列在東轅門之下，如果遲來一步，就會失之交臂。但就是來了，亦不能按照常禮，怕允禵仍舊可以躲起來，所以一下了馬，便不顧允禵的護衛借行禮為阻攔，一直闖了進去。

允禵的生活習慣是他所熟悉的，早晨必定習射，而且已經打聽到了，一進入行轅的第二天，便收拾好了一座射圃，是在西花廳的後面。所以允祥亦就在從人指引之下，一直奔向射圃。等習射剛畢的允禵發覺，兄弟已經照面了。

兩人有片刻的凝視，允祥淚水湧現，突然喊一聲：「弟弟！」撲過去抱住允禵。

允禵沒有回抱，可是也不曾躲避或掙拒，慢慢地，他也揮了兩滴眼淚在允祥的肩上。

「弟弟，」允祥是噙著淚的笑容，「到底又見著了。」

「十三哥！」允禵突然一把將他推開，神色凜然地問：「阿瑪到底是怎麼歸天的？」

「壽給天年，夢裡頭棄了天下。」

「你說這話有社稷祖宗在上！」

「我沒有一字假話。」允祥跪了下來，「如有一字不實，神明誅殛！」

允禵扶了他一把。「我不是疑心你說假話，你不必發誓。」他說，「我是怕你受了欺！」

「此是何等大事，怎可受欺。我問過許多人，也親自瞻仰阿瑪的遺容，沒有一點可疑的地方。」

謠言中說「四阿哥進了一碗參湯，老皇不知怎麼就駕崩了！」這一點已可澄清。允祥心想接下來必是談到大位的繼承，最好不讓他提及此事。

於是他搶著說：「弟弟，我實在想你！身在高牆，猶如坐井觀天，看不到什麼，只是每天胡思亂想，好幾次從夢中笑醒，夢見你凱旋歸來。如今到底見著面了。」

「可惜，不是凱旋，是奔喪！」允禵冷冷地答說，偷偷地揮淚。

如今是回來，但不是凱旋。在允禵的感覺中，甚至比兵敗而回還要痛苦，這痛苦並不因失去了皇位，而是竟有這樣一個同母的胞兄！

這種感覺在允祥面前，本來是最宜於傾吐的。因為二十多個弟兄中，只有他最親密。可是允禵卻不願這麼做，因為他覺得他這麼做了，可以減輕他那同母之兄的心理負擔，太便宜他了！

「弟弟，」允祥開始不安了，「不管怎麼樣，好多年不見，你總有些話可以跟我說吧？為什麼一直不開口？莫非你對我存著什麼意見？」

「不是有什麼意見。」允禵很緩慢地說，「我只是不明白你，到底是聰明呢，還是蠢笨？」

這話意味很深，允祥必得先咀嚼一番。「聰明」易解，攀龍附鳳走對了路子，得有今日親王之封，然則「蠢笨」呢？

「你倒說明白一點兒！」他終於率直地追問。

「我想我亦不必多說。蠢笨的不止你，我何嘗不然！像年羹堯，我早就看出他對我不懷好意，而居然這麼自己譬解：他是雍府的人，總不至於要扯我的後腿吧？誰知道，哼！我竟糊塗得連最親的人都看不清楚，又何況是你！」

這一說，意思就很明白了，他之所謂蠢笨，意指為「四阿哥」那樣陰險的人，當初竟肯替他頂凶受罪，豈非愚不可及？允祥聽他的話中，對自己作了恕詞，自然深感安慰，但也因此而增添了好些憂慮，怕皇帝交給他的使命，不能達成。

「十三哥，你請回去吧！我也快要到景山去磕頭了。」

「我陪你去。」

「不必！」允禵搖搖頭，「你去不方便。」

「不是到阿瑪靈前磕頭嗎？有什麼不方便？」

允禵辭窮，想了一下說：「你要陪就陪到底，陪我再到永和宮。」

允祥答應不下了。因為到永和宮見太后要請懿旨，而皇帝的意思，先要疏通好了，或者說布置好了，才能讓允禵進見。如今貿然答應了他，到時候倘或見不著太后，可又怎麼向他交代？

「咦！」允禵斜睨著他說，「莫非你有什麼不方便？」

「沒有！」允祥硬著頭皮答應，「我陪你到底。」

於是允祥飛騎將十四阿哥的行程，通知了隆科多，然後陪著他一起進城。大行皇帝的梓宮，停在景山的壽皇殿，所以由崇文門進了內城，沿王府街一直往北走，到得景山下馬，拾級登山，禮部及鴻臚寺的官員早已在伺候著了。

兄弟倆都換了縞素。一進壽皇殿，十四阿哥直挺挺地跪了下來，將個頭直低到胸前，隱隱約約有抽噎的聲音，卻好久不抬起頭來，令人擔心他會不會閉住了氣，昏厥過去。

突然間一聲長號，驚得燭焰都閃閃亂動。十四阿哥兩個多月沒有揮過幾滴眼淚，原來都留著要在這時候哭個痛快。這時隆科多已經趕到了，悄悄立在殿門口，看他哭得差不多了，方始上前，跪在他身邊去相扶。

「十四阿哥請節哀！」

十四阿哥轉臉一看，眼都紅了，使勁將袖子一奪，翻手一掌將隆科多打倒在地。殿上殿下一時驚得都把一顆心提到喉嚨上。

「弟弟！」

做哥哥的允祥不能不硬著頭皮，放出威嚴的聲音，藉以表示呵斥，但剛喊得一聲，就讓隆科多攔住了。

「十四阿哥，」他大聲地說，「是我自己滑倒的。」

允祥一喊，已使得十四阿哥省悟，自己犯下了不可饒恕的錯誤。隆科多是舅舅，當著父親靈柩打舅舅，豈能逃不孝之名？哪知聽隆科多竟為他開脫，不由得更為慚愧，下意識地上前攙扶他起身。

這一下又做錯了，眾目睽睽之下，他這個動作，就不等於賠罪，也表示是認錯。天大的怨仇，就這麼一巴掌打了他一跟斗，便算扯直了？想想真是窩囊透頂了！

「十四阿哥，不要太傷心！你應該念著皇太后，」隆科多說，「皇太后就生皇上跟十四阿哥。皇上日理萬機，就晨昏定省，也不過行個禮，頤養承歡，全是十四阿哥的責任。」

十四阿哥無以為答，甚至一時也聽不明白他的話是什麼意思。只說：「我要見太后！」

「是的！皇太后已經頒下懿旨來了，午時正刻在永和宮見面。」隆科多說，「請十四阿哥先換了吉服。」

「換吉服？」十四阿哥大聲問說。

「弟弟！」允祥答說，「你今天第一次見皇太后，不應該磕頭賀喜嗎？」

「是！」十四阿哥連連點頭，「應該朝賀，應該朝賀。」

其實所謂吉服，只是與縞素重孝之服相對而言，實際上也只是常服而已。等更衣既罷，由神武門入大內，直到永和宮求見。

在等待傳見的那片刻，十四阿哥心亂如麻。他到現在還不知道自己見了母親，應該持何態度。就他心裡所想的來說，他要伏在膝下，痛痛快快哭訴一場，將多少天積在心頭，時時要迸發而強自抑制著的委屈，在親娘面前傾吐無遺。可是以後呢？母親不可能將「四哥」召來，痛責一頓，更不可能將皇位讓出來還給他。反正怎麼樣都是天大的委屈！

只要念頭一轉到此，他就想不下去了。偶爾心境比較平靜時，他會這樣對自己說：算了！就讓他做皇帝好了！想像自己不是皇子，不就什麼都看開了嗎？哪知越是這樣想，越會想到自己是皇子；是先皇親授的撫遠大將軍；是特准使用正黃旗纛，一切儀制與御駕親征無異的最高統帥。而這一切榮耀，如今都成極銳利的諷刺，刺得他的心都碎了。

「弟弟！」允祥又在親熱地喊了，「有句話，我一定要提醒你，一切都看在皇太后的份上。」

十四阿哥不太明白他的意思。是說看在母親的分上，隱忍不言？由母親想到是真正的同胞弟兄而對皇帝退讓？不過，他的話卻是一個啟示。事到如今，只好做個孝子，才是勉強自慰之道。

於是他說：「好！我懂了，我該怎麼做。只要娘高興，娘說什麼，我照遵不違就是。」

聽到這兩句話，允祥大大地透了一口氣。皇太后總不致鼓勵十四阿哥跟皇帝去爭去吵，無非勸他委屈，十四阿哥肯聽皇太后的勸，不就沒有任何風波了嗎。

可是，誰也沒有想到，皇太后根本不曾勸他，事實上是母子根本沒有見面。皇太后所傳的懿旨是：身子不爽，改日召見。

這一下才真的傷了十四阿哥的心！他諒解母親的苦心，怕他會哭會鬧，無以善處，索性不見。然而想到自己不但失去了皇位，連母親都快失去了，世間真有如此不公平的事！

「弟弟！」允祥為他譬解，「皇太后一向疼你，知道見了你會傷心，所以這麼說法。只要心境平靜下來，立刻就會召見。」

「是嗎？」十四阿哥愁眉苦臉的。

「一定是。」

「我不相信，不過，」十四阿哥說，「總見得著面的。到時候我得問問娘。如果——」

「怎麼不說下去？」

「沒有什麼好說的了。」十四阿哥望著空中說，「我不知道，我現在該上哪兒去。」

「我送你回去。」

十四阿哥不作聲，腳步慢慢移動，終於還是讓允祥半強迫地將他送回了行轅。

◇◇◇

「你應該讓他來見我的。」皇帝說，「反正總得見面，越早越好。」

當然是越早越好。大將軍回京，遲遲未曾叩見皇帝，將會引起許多流言。皇帝對此事越來越不安，因而言語中便有些責怪允祥未能妥善安排的意思了。

「你去問問他。」皇帝說道，「他究竟安著什麼心思？論君臣、論兄弟，他都失禮到了極處。只怕我能容忍，祖宗的家法不容！」

「是！」允祥急忙說道，「臣去開導他。」

於是他再一次趕到十四阿哥的行轅，一見面便表示要摒人密談。

「弟弟，你能不能聽我一句勸？」

「你說好了。」

「不！」允祥的聲音很堅決，「我的話不能輕易出口，一出口你非聽不可。」

「如果我辦不到，我怎麼能聽？」

「你一定辦得到。」

「好吧！你說。」

「去見皇上！」

十四阿哥立刻將臉一沉，「怎麼見法？」他問。

「自然是君臣之禮。」

十四阿哥搖搖頭，但為允祥用有力的手勢阻住。

「你不要說什麼無父無君的話。委屈到底，別讓皇太后為你著急。」

「娘為我著急？」

「當然！皇太后就怕你跟皇上衝突。只要你見了皇上，皇太后放心了，自然會見你。」

允祥又說，「你不是一切都願將順皇太后的意思嗎？」

十四阿哥想了好一會兒說：「好！我去見！」

說走就走，立刻進宮，一直來到王公朝房。御前大臣進養心殿啟奏，皇帝又驚又喜，但畢竟還是驚多於喜，只有默唸著「養心」二字，自我警告，務必克制！允禵可以無禮，自己絕不能發脾氣，倘或弄成個君臣對罵的局面，那就怎麼樣也不能彌補威信尊嚴了。

也不知過了多少時候，聽得橐橐的靴聲，知道人已到了殿外，於是端然正坐以待。但見門簾啟處，允祥在前，進門便跪，允禵卻沒有學他的樣，雙腿一彎，只請了個安。

「四哥，我回來了。想不到你竟當了皇上！」

皇帝很沉著，先招呼允祥：「十三阿哥，伊里！」

「伊里」是滿洲話的「站起來」。允祥答應一聲，旋即起身。然後皇帝冷冷地問允禵：

「照你說，該誰當皇上？」

「我不知道，反正阿瑪賓天了！」

言外之意是死無對證，沒有人可以說你不該當皇帝，語涉譏諷，卻是無可奈何的表示，皇帝心想伎倆不過如此，容易處置。

於是不動聲色地問道：「西邊怎麼樣？」

「年羹堯不是都報來了嗎？」

「是的！」皇帝索性嚇他一嚇，「說你縱兵殃民，怨聲載道。」

允禵怒不可遏，胸部起伏著，彷彿要爆炸似的。允祥見不是路，趕緊拉了他一把，同時使個眼色，示意他不必吃眼前虧。
　不想效果適得其反，允禵瞪著眼說：「怎麼？當了皇上就可以殺兄弟？」
　一聽這話，皇帝色變，但想起剛才自己告誡自己的話，把怒氣壓了下去，揮揮手說：「帶下去吧！」
　「是！」允祥剛還在答應，允禵已經掉身逕去。
　走到殿外，他站住了等允祥一臉惶恐地趕到，氣沖沖地說：「都是你要我來見他，讓他罵我兩句。」
　「弟弟——」當著許多人，允祥覺得怎麼說也不合適，只拖著他說：「走，走！咱們回去說去。」
　「我不回去！我得見娘。」說完，只管自己出了養心門，往東而去。
　他走得很快，允祥幾乎趕不上了。直到永和宮前，方始會合，悄悄勸道：「你今天情緒不好，改一天吧！」
　「不！我一定得見娘，請娘評評理。」
　「評理你可也有不對的地方。」
　「你別說了！」允禵揮一揮手，朝宮中直闖，誰也攔不住他。
　「十四阿哥！」永和宮的一個首領太監，跪下來抱住他的腿。這下，算是讓他動彈不得了。
　「你要幹什麼？」
　「請十四阿哥成全！奴才替十四阿哥去回奏，只求十四阿哥先在這裡站一站，奴才一條命就算保住了。」
　允禵心軟了，「好吧！你去回奏，說我今天見不到皇太后，不離這永和宮。」說著，他一掌推開了那首領太監。

就這時聽得一連串的咳聲，那是十四阿哥聽慣了的。每聽到這樣的咳聲，總使他惶急不安，而況是在這個時候！他再也顧不得什麼體制、禁忌，以及他人的觀感，還有可能替好些人帶來的禍事，一撈衣襟，往殿中直闖。

殿庭深幽，光線不足，沒有進來過的人，會茫然不知所向，但十四阿哥閉著眼都能找到地方，往右一拐，掀開門簾，咳聲越響。他踉踉蹌蹌地直撲過去，一手扳住太后的椅把，一手撫著太后的膝頭，喊一聲：「娘！」

太后還在咳，脹得滿臉通紅，映著一頭如銀的白髮，面容古怪而恐怖，但是她的雙眼卻仍流露出一片慈愛，使得十四阿哥忍不住落了眼淚。

「十四阿哥，十四阿哥！」常全著急地說，「可別再哭，千萬別哭！」

十四阿哥也知道自己的眼淚會引出母親的眼淚，所以「嗬、嗬」地答應著，連連點頭，然後站起身來，幫著捶背。只聽「噗」地一聲，太后吐出一口痰來，咳聲漸稀了。

「娘！」十四阿哥問道，「咳得又比往常厲害了一點兒？」

「犯節氣！」太后說，「百病逢春發，我也只怕不長了！」

「老主子怎麼啦！」常全埋怨著，「奴才把十四阿哥勸好了，老主子可又在惹人家無緣無故傷心。」

十四阿哥神智比較清楚穩定了，陪著笑說：「是啊！娘何苦無緣無故說這種話！」

「我倒想不說！唉！就不說吧。」太后說道，「讓我看看你。」

「是！」十四阿哥將臉偏向亮處，還含著笑容，讓太后細細端詳。

「你瘦了一點兒。」

「怎麼能不瘦？」常全接口，「鞍馬勞頓啊！」

「是的。趕路趕得急了。」十四阿哥說，「娘的頭髮全白了！」

「該白了！不白才冤。」

十四阿哥黯然，左右色變。常全真怕惹禍，趕緊又打岔：「老主子想喝點兒什麼不想？」

「該傳膳了吧？」

「是！」

「告訴小廚房，添菜，再告訴敬事房。讓他們留著門。」太后吩咐，「十四阿哥在這兒陪我吃飯。」

「是！」常全乘機說道，「十三阿哥還在等著跟老主子請安呢！不如留十三阿哥一塊兒侍膳吧！」

太后想了好半天說：「好吧！也省得人家疑心咱們娘兒倆說什麼私話。」

於是常全傳懿旨，允祥也進殿磕了頭，陪著太后一起用晚膳。

宮中的規矩很大，太后、皇帝傳膳，都是在正中獨據一桌，侍膳后妃、公主、皇子皆是站著進食，無復家人樂敘天倫的情趣，所以太后特為吩咐：「咱們不用那些規矩，就跟民間一樣，娘兒們一桌吃飯，有什麼不行？」

於是太后上坐，兩個兒子左右陪侍，天家玉食，豐盛非凡，但看餚饌一道接一道地端上桌，只都是打個照面便撤了下去，因為在哀戚的氣氛暗地裡凝結未散的情況中，誰也不會有好胃口。

母子三個都一樣，最後是就著錦州醬小菜，各吃了一碗香粳米粥。飯罷拿茶漱了口，太后首先站起來往寢殿中走，同時交代了一句：「你們倆都來！」

見此光景，常全知道應該警戒了，便使個眼色，示意宮女們都遠遠避開。

「聽說你見了你四哥了？」太后問十四阿哥。

「是！」十四阿哥答說，「我只給他請安。」

「你們說了些什麼？」

「四哥聽了年羹堯的話，罵我。」十四阿哥說，「我不受！他沒有資格罵我！」

「小祥！」太后轉臉問道，「你看這件事怎麼辦？」

允祥想一想，臉現惶恐地答說：「但求能不惹太后煩心，皇上跟弟弟都應仰體慈意才是。」

太后點點頭，「你這話還公平。實在說，兄不友，弟不恭，總有個錯在前面的。若說要我做太后，我倒是願意做杜太后。」

兄弟倆都有些詫異，太后怎麼會想到宋朝開國的杜太后？不由得都用請求解釋的眼光看著她。

「杜太后交代宋太祖的話，你們總記得？」

當然記得。杜太后曾經表示：國賴長君，匡胤萬年以後，應該傳位給匡義，然後再傳位於侄。如今太后引用杜太后的話，意思自然是皇帝將來賓天，應將大位傳於十四阿哥。這個主意實在太出人意外了，不但允祥，連允禵都不知道是否可行。

「回太后的話，」允祥問道，「這番意思，是不是要傳給皇上？」

「應該讓他知道。」

「是！」允祥沒有再說下去，他真不知道應不應該自告奮勇。

「娘！」允禵開口了，「我看是多餘的。」

「不妨試一試。」太后轉臉說道，「小祥，你去說。」

「是！」允祥硬著頭皮答應。

◇◇◇

「哼！」皇帝冷笑，「太后倒識得字，可沒有讀過《宋史》，怎麼會把這段典故源源本本記在肚子裡？你倒說，是何道理？」

「臣亦是這樣在想。」允祥答說。

「看來是第十四的花樣？」

「不像！」允祥接口便答，「很不像。」

「何以見得？」

「第一，」允祥很用心地思索著，「太后說這話的時候，十四阿哥亦很有大出意料的樣子；第二，十四阿哥如果有這麼一個想法，態度不至於如此；第三，太后宮裡跟十四阿哥之間，絕沒有私下通信的情形。」

這三點解釋，極有道理，尤其是第二點，皇帝以親身的感受，作易地而處的假想，自己對「四哥」不管如何不滿，但如想分一杯羹，有兄終弟及的企圖，那就無論如何得要委曲求全，絕不是現在這種寧折不彎的決裂態度。

「那麼，照你看呢？是誰教了太后這麼一套異想天開的話？」

「臣要勸皇上，對這一層實在不必去追究。」

「那麼該追究什麼？追究他們勸太后說話的用意？」

那也就跟追究什麼人教唆太后一樣了。允祥想好了很委婉的話說：「也許太后也知道這麼做並不合適，所以根本上像沒有做這件事似的，泰然得很。既然如此，皇上也不必認真。」

「對這件事認真是一回事，認真對這件事應該採取的態度，又是一件事。」皇帝問道：「照你說這件事應該作何處置？」

這一問是在允祥意料之中，也是他最感為難之處，所以答語是早就想好了的。

「其事萬不可行！無奈太后的懿旨，不便公然辯駁，臣以為如果皇上能夠膝下密陳，剖析關係利害，太后以天下為重，自無有不收回成命之理。」

這是往皇帝自己身上推。看來似乎太圓滑了一點，但細想一想，如果是自己換了允祥，怕也只有這樣的想法。

於是皇帝毅然決然地答說：「就這樣，我自己去求見太后。」

皇帝去見太后總是在五更時分，說起來這才符合晨昏定省的古義，其實有點「孔子拜陽貨」的味道。太后有多年的宿疾，喉頭不能受寒風吹，否則就會咳嗽大作，如果前一天發病，五更時分還在床上，自然免見；倘或已經起身，但如時令不正，或者風雨陰寒，常全等人亦會勸太后保養，只說一聲：「知道了！」亦是免見。

這一來母子之間倒都覺得輕鬆，話不投機半句多，不見比見好。但這一天不同，皇帝固然有話要面陳太后，太后亦希望從皇帝口中聽到一句從先帝賓天以來，唯一可使她略感安慰的話。

因此，這天進見，氣氛不同，太后一面喝著奶茶，一面自己告訴皇帝，她的咳嗽本來很厲害，而一夜過來舒服得多了。又說夜來睡得很好，意思是表示心境寬舒。有此寬舒的心境，自然是一心以為她提出的辦法，能夠化解他們同母兄弟的怨恨，同時也以為皇帝可能正在找這麼一個補過的機會。

皇帝只是貌作恭順地聽著，等太后說完，他才含著笑容，從容不迫地問道：「宋朝杜太后的故事，娘是聽誰說的？」

那笑容中有著好笑的味道，太后便問：「怎麼，這個故事沒有說對？」

「說對了的。可惜只說了半截。」

「怎麼只有半截？」

「只有前半截，還有後半截。」

太后可不知道這個故事還有後半截，怔怔地望著兒子，說不出話。

「娘想來還不知道後半截的故事，兒子來說全了它。」皇帝喝口茶，剝著指甲，像閒談似地說，「宋太祖是照杜太后的話做了，傳位給了太宗。後來太宗要傳位給太祖之子，問到『半部論語治天下』的趙普，娘知道趙普怎麼說？」

「怎麼說？」

「趙普說：『一誤豈可再誤！』」

太后一聽這話，不由得臉色就變了，笑意盡斂，陰沉可怕。「你是說，」她問，「怕你弟弟不肯傳位給你的兒子？」

「如果他那樣做，倒又不錯了。」

這下太后才明白，「原來你以為照我的話，就是錯了！」她逼視著問，「是不是？」

「不是娘錯了！是杜太后錯了，也不是杜太后錯了，是跟杜太后進言的人錯了。那時趙匡義想這麼一番冠冕堂皇的話騙杜太后，如今，我想該不是弟弟在哄娘吧？」

「他哄我？他為什麼要哄我？再說，你把你弟弟比作趙匡義也不對！莫非你倒是趙匡胤？你說，誰是你的趙普？隆科多，年羹堯，還是馬齊？」

這番話可說得重了點。皇帝臉上青一陣白一陣，也不免懊悔，說得好好的，何苦提到十四阿哥。

悔亦無益，皇帝想了好一會兒才想出一句話來應付這個窘迫的場面：「其實，當皇上的，左右不過是你老人家的兒孫！」

話中無異表示：不管是他做皇帝，還是十四阿哥做皇帝，或者是他們兄弟倆的兒子做皇帝，算來算去都是她嫡親子孫，也一樣會孝順皇太后或太皇太后。既然如此，又何苦去分彼此？

太后懂得他的弦外之音，但卻絕不能同意他的看法。因為在她自己「真太后變成假太后」，可以不必計較；小兒子的委屈，也還不妨置之度外；唯獨先帝的遺志被歪曲，在她是件耿耿難安之事。

「阿瑪一生英雄！」她說，「在位六十一年，想做的事，幾乎沒有做不到的，哪知道最容易做的一件事，反倒最難。我想，他在天之靈，亦不會瞑目。」

聽到這話，即令是母親的責備，皇帝亦不能不惱怒，何況他天性涼薄，就不止於惱怒，而且是極深的怨恨了。

「娘這話，兒子不受！」他脹紅著臉說，「若說阿瑪的心意，為國為民的苦心，敢說只有我這個兒子最清楚，也只有我這個兒子能照阿瑪的心意行事。所以只有我最夠格繼承阿瑪留下來的天下。」

太后大感意外，看他大言不慚的神氣，冷笑著說：「你倒真是信得過自己！」

「是的！兒子自己信得過，天下百姓對他們的皇上也信得過。就是——」皇帝說得太急，話竟在喉頭卡住了。

太后便接口說道：「就是你的兄弟信不過你！」

「還有，」皇帝有些惱羞成怒，「還有兒子的親娘。」

太后不作聲，漸漸地兩行眼淚滾滾而下。一時氣氛又冷又僵，誰都不知道這個場面如何收攏。

真所謂話不投機半句多，母子之間，誰都不想多說一個字。可是天家的禮節，仍舊得維持。皇帝起身，退後一步，磕了個頭又起身。身子尚未站直，頭已扭了過去。

已走到宮門口了，只聽太后在說：「我還有話！」

皇帝只得站定，但見太后由常全扶著，顫巍巍地走了過來。等他迎了上去，來到她身邊時，太后站住了腳，卻不說話，將頭偏向一邊，彷彿欲語忽忌，在極力思索，又像泫然欲泣，不願讓兒子發現。

「娘！」皇帝終於開口了，「不是說有話跟兒子說。」

「我也沒有別的話，我只問你，你是不是還讓你弟弟回西邊去？」

「不！」皇帝答說：「不必派他去了。」

「為什麼？」

「西邊很苦，不能再讓百姓辦皇差！」皇帝又說，「而況也用不著派親貴去坐鎮，年羹堯儘夠了。」

所謂「辦皇差」是指御駕所至，地方上備辦供應。皇帝六次南巡，太后扈從過四次，江南那種用錢如泥的奢靡景象，是她親眼見過的。莫非十四阿哥在西邊也有這麼闊氣？

「怎麼叫辦皇差？」太后突然意會，「你這麼說，是安著什麼心思？」

太后忽然想到，皇帝故意這樣說，可能會替十四阿哥安上一個僭越的罪名，所以嚴詞責問。而皇帝卻確有此意，只是被太后一說破，倒不便承認，不過也不易賴得掉。

「西邊的文武，都當十四阿哥是皇上，起居服用，都按伺候皇上的規矩辦理。所以成了辦皇差了。」

「那是別人這麼在想，這麼在做！你弟弟並沒有這個意思。」

「兒子看不然。」皇帝竟忍心抓住他母親話中示弱，得寸進尺地逼問：「如果他不是以皇上自居，何以見了兒子不行君臣之禮？」

這話卻又說得亢了些。太后也發覺自己剛才的話說得太軟，正好反擊，「那麼，」她問，「他行禮了沒有？」

「行了！是兄弟之禮。」

「你們不是兄弟嗎？」

「也是君臣。」

「君臣不也由兄弟而來的嗎？你只顧君臣，不顧兄弟，只顧你自己想為君，自己就不想想，何以不願為臣？罷了！罷了！你走吧，算我對小兒子偏心就是。」

說完，太后掉身就走。皇帝站在那裡發怔，心裡被提醒了：十四阿哥如何處置，該有個決定才是。

◇◇◇

回到養心殿，皇帝已經想停當了，決定派十四阿哥到陵上去住。而由十四阿哥連帶想到二阿哥允礽，這也是一個該送他遠離京城的人。

於是傳旨，召總理事務大臣議事。

還有個總理事務大臣廉親王允禩，請假好幾天了，其實是鬧情緒。原來皇帝借題發揮公然罵了他一頓。

事起於有個滿洲大員上了一個奏摺，說滿洲的風俗，家有喪事則親友煮粥相送。本意孝子喪親，飲食俱廢，煮了粥，勸請進食，無非慰問之意。後來風俗漸奢，大失原意，親友排日備辦筵席，送到喪家，招朋呼友，開懷暢飲，其名謂之「鬧喪」，實在是很要不得的風俗，應請嚴禁。

皇帝認為這話很有道理，接納建議，下了禁令。上諭中拿允禩作譬，說他當年遇母妃之喪，為了沽名釣譽，想博個孝子之名，百日服滿以後，還要人扶著他走路，表示哀毀逾恆，而九阿哥、十阿哥、十四阿哥，以「饋食」為名，行「鬧喪」之實，大擺筵席，先帝曾幾次責備，像這樣的行為，實在可恥！這當然是有意羞辱。廉親王允禩大為惱怒，所以託病請假。

沒有他，政務的推行，絲毫不受影響。因為皇帝派給他辦的事務，皆是與大局無關，而可以替他帶來麻煩的小事，譬如允禟府中的下人犯法，特旨交廉親王審訊具奏之類。何況，這天要商量的事，本來不宜讓他與聞，因為要談的全是如何處置異己的弟兄。

第一個是二阿哥允礽，雖然已將他的長子封為郡王，作為安撫，但畢竟曾居東宮，留在京裡是個禍根。皇帝決定在祁縣的鄭家莊地方，蓋一大片房子，以利於二阿哥養病為藉口，將他全家移到那裡，此刻是垂詢那片房子蓋得怎麼樣了。

「快完工了！」隆科多答說。

「還要加緊，越快越好。」皇帝問道：「那裡是不是要派兵保護？」

「是！」隆科多說：「要多多派兵。」

第二個是允禟。皇帝由太后的話想到西寧還是應該派親貴去坐鎮，正不妨將允禟派了去，有年羹堯在那裡監視，可以把他們充分隔離開來。

這個辦法當然會獲得三大臣的支持，可是十四阿哥呢？又如何找個可與他人隔絕的地方安頓？

「讓他去守景陵！」皇帝說，「這是個緊要差使。」

「是！」三大臣同聲答應，卻都低著頭沒有進一步的表示。

顯然地，皇帝的這個主意，並不見得高明。他自己也知道這樣處置會引起麻煩，可是不這麼辦怎麼辦？

「我無成見。」他說，「你們有更好的辦法，儘管說，我一定聽！」

誰也沒有更好的辦法，於是轉而商議命十四阿哥看守景陵——先帝的陵寢的方式，是即行降旨，還是臨時再說。

「臣愚，以為臨時決定比較妥當。能奉懿旨更好。」

這是馬齊的意見，皇帝心裡在想：如果能奉到懿旨，還有什麼話說？此時不但無法取得太后的同意，只怕事先跟太后說都不妥。

念頭剛剛轉定，隆科多卻搶先開了口：「此事但憑宸衷獨斷。」他說，「倒是留十四阿哥守陵的地方，得先要決定，臣看景陵附近的湯山倒很好。」

終於有人附議了，皇帝頗為欣慰，隨即答說：「好，就是舅舅費心吧！」

「皇上失言了，臣理當效犬馬之勞。」

皇帝倒不曾失言，既尊稱為「舅舅」，加一句「費心」亦不算失言，倒是他以「舅舅」自稱「犬馬」，置出身於佟家的太皇太后與太后於何地？

隆科多自己也發覺了，心裡不免懊悔，謙抑太過，實在大可不必。而況皇帝之能做皇帝，真可說是自己一手安排，豈止擁立？簡直是提掖。這樣的大功，說話與行事，也須相配才好。

從此刻起，隆科多的態度一變，對皇帝說話，不太講究細節，行事也有獨斷獨行的模樣了。

◇ ◇ ◇

三月二十七日，梓宮自壽皇殿發引，奉安景陵，第一天駐楊家閘；第二天駐小新莊；第三天駐呂家莊：第四天駐薊州。

四月初進駐梁家莊，停了八天，直到四月初九，方始奉安。這就該回鑾了，而皇帝特頒手諭：「梓宮安奉山陵享殿，大禮雖盡而思慕哀慟，不能自已。朕意欲留駐山陵數日，著誠親王護皇太后先行回京。」

於是馬齊便勸誠親王允祉領頭，勸皇帝以國事為重，盡速回鑾。經過這一番做作，才降了一道旨意：「諸王大臣勸奏懇切，明日祭畢，朕將回鑾，誠親王暫留數日，將陵寢一應典禮酌定。恂郡王允禵著留陵寢附近湯山居住，俾得於大禮之日，行禮盡心。」

十四阿哥只當行了大祀禮，便可回京，心裡雖然不快，例也還能忍耐。哪知等皇帝一起駕回京，三阿哥召集守陵官員議定了先帝梓宮暫安享殿的儀節，也動身去了以後，忽然有人來到湯山，相度地勢，說是要造一片房子給一位王爺住。

十四阿哥不免疑惑，派太監將此人找了來，詢問究竟。

此人名叫永明，是內務府營造司的郎中，見面磕了頭，十四阿哥問道：「你到了這裡，怎麼不來見我？你知道我是什麼人嗎？」

「王爺息怒。」永明惶恐地答說，「司員出京的時候，原曾請示堂官，說湯山是恂郡王在那裡駐駕，理當叩見。堂官道是，你官卑職小，不必驚動王爺，所以司員不敢來見。」

聽這話說得在乎情理，十四阿哥的氣消了，問：「聽說你來營造房屋，給誰住的？」

「上頭沒有交代，只說按王府的規制起造。」

「按王府的規制？」十四阿哥問說，「親王跟郡王的府第有分別沒有？」

「沒有什麼分別。」

十四阿哥想了一下又問：「你們堂官還交代了什麼？」

「還交代，要造得快。材料也不必太講究。」

「這是什麼意思呢？」

永明知道失言了，後面那句話實在是不必說的，所以掩飾著答道：「無非求快而已。求快，材料就不能講究了。」

「哦，那麼規定你限期沒有呢？」

「規定在大行皇帝梓宮入地宮之前。」

所謂「入地宮」，就是永遠奉安，陵寢的大功告成。照此說來，這座王府是給看守陵寢的親王或郡王所住。從來這個差使最高的爵位不過一個鎮國公，連貝子都不會派的。何以忽改常規，莫非借此疏遠哪一個親王或郡王？

念頭轉到這裡，十四阿哥心中一動。「永明，」他說，「你若有什麼消息，隨時來告訴我。別忘了！」

「是！」

等永明一退下去，十四阿哥越想越疑心，立即吩咐套車，要悄悄到京裡去一趟。

他手下護衛亦有人知道，這樣做並不妥當，但都不敢說話，如言照辦，預備好了車子，第二天一早動身往西南方向而去。

到得山口之處。天色已經大明，騎馬在前引路的護衛，名叫馬德永，是個回回，天生一雙視力特佳的眼睛，他人尚無所覺，他已看出路口設著拒馬，不由得便想，這條路既非要隘，如今又不是軍務緊急，需要盤查奸細的時候，設此拒馬，其意何在？

念頭還在轉著，雙腿已不自覺地一夾馬腹，韁繩一抖，讓那匹棗騮大馬，放開四蹄，奔了下去。

到得近處，看見守衛的綠營兵，一下子湧出來十幾個，在拒馬前面一字排開，手裡都提著刀，一副嚴密戒備的神情，便將韁繩收一收，放慢了馬。這時便有個千總迎上來，向身分是「藍翎侍衛」的馬德永打個扦，神態頗為恭敬。

見此光景，馬德永倒不便託大了，下得馬來問道：「尊駕是哪裡的？」

「是馬蘭峪范大人派來的。」

他指的是馬蘭鎮總兵范時繹。這一總兵的防地，包括東陵、湯山在內，主要的職司也就是防護陵寢，於是又問：「設這個拒馬幹什麼？」

「這就不大清楚了！」那千總陪笑問道：「爺台貴姓？」

「敝姓馬。貴姓？」

「小姓也是范。」

「范千總！」馬德永說，「我也不問你設這玩意是為了什麼，只請你把它移一移，王爺快到了。」

「這，這可不大方便。」

「不大方便？」馬德永大為詫異，沉下臉來說，「我可不懂你的意思。」

「是這樣，上頭交代，非有大營裡發的牌票不能過去。」

「什麼？你沒聽見我的話？」馬德永咆哮了，「是王爺，恂郡王要過去。你們總兵那個大營，什麼大營？我告訴你吧，撫遠大將軍的大營，總兵當中軍的資格都不夠。你聽清楚了吧！」

「聽清楚了！」范千總毫不為所動，「王爺過去也得要牌票！」

馬德永大怒，提起馬鞭就是「刷」地一下，往范千總臉上抛了過去，這要抽著了，能疼得他暈死過去，幸虧范千總身軀靈活，趕緊將頭一低，把他頭上的一頂紅纓帽，抽得飛出去七八丈遠。

「你怎麼動粗！」范千總一面說，一面退，他手下的兵都擁了上來，拿刀指著馬德永。

這一下馬德永氣得臉都青了，但好漢不敵人多，不敢多說什麼。直到跨上了馬才罵：「你這個渾小子等著！看我不拿火槍來轟你個忘八蛋！」說完，帶轉馬頭，往回而去。

這時大隊亦已發現拒馬，知道馬德永正在探問，所以暫時停了下來，等候回話。及至馬德永一到，十四阿哥從車中探頭出來問道：「是怎麼回事？」

「回王爺的話，」馬德永氣急敗壞地說，「范時繹簡直要反了，無緣無故設下拒馬，要有他發的牌票才過得去。我跟他說是王爺過去，他手下的人說：就是王爺也得要牌票。」

十四阿哥一聽，氣得手足冰冷，強自抑制著怒火問道：「范時繹在不在？」

「大概不在。」

「有多少兵？」

「出來的有十來個。看那間營房很大，恐怕有百十號兵。」

十四阿哥這時很冷靜，知道已入牢籠。什麼叫龍游淺水，什麼叫虎落平陽？這就是了！左右也都很清楚，若要硬闖拒馬，必然發生爭鬥，堂堂郡王與小小一名千總對敵，自己先就失了體統。而況闖過一道拒馬容易，但還有第二道，第三道，范時繹敢於如此，當然有皇帝在支持，部署亦一定很周密，破了臉還不能闖出重圍，不如見機，好歹先保住了郡王的體面再說。

「回去！」十四阿哥說，臉色陰沉，十分可怕。

回到行館，未及更衣，護衛送進來一個手本，正是范時繹求見。十四阿哥恰在越想越惱的時候，將手本摔在地上，正想饗以閉門羹時，腦中突然閃過一個念頭，凝神細想了一會，臉上浮起了詭秘的笑容。

「請在花廳上見。」他說。

等將范時繹引入花廳，馬德永已受命做了布置，將他帶來的親兵隔絕在外，花廳四周派人看守，范時繹久等不見恂郡王接見，少不得要打聽一下，得到的答覆是冷冷的一句：「你等著吧！」

一等等了個把時辰，仍舊不見動靜，范時繹心知不妙，起身硬往外闖，馬德永帶人把他攔住了。

「你別攔我，我得去見王爺，有極重要的公事回稟。」

「沒有那麼些個說的！」馬德永將他往裡一推，「你乖乖兒待著吧！」

從早至午，從午至晚，將范時繹軟禁在那裡，沒有水喝，沒有飯吃，直到晚上才放他走路，范時繹饑渴交加，路都快走不動了。

這樣報復范時繹，自然可以出得胸頭一口惡氣。但卻逼得他更忠實地執行皇帝的命令。

范時繹很厲害，被釋放以後，仍舊請見恂郡王，說有緊要公事面稟。恂郡王自然不見，他亦並無慍色，望門遙拜而退，禮節十分周到。

一回到衙門裡，卻是越想越氣，飽餐了一頓，略略休息一卜，隨即在燈下親自寫了一個密摺，將恂郡王如何私行；如何被阻而退；如何在他謁見時，將他軟禁在花廳，不給飲食等情形源源本本地上奏皇帝。同時請旨，倘或恂郡王派護衛動武，自然盡力容讓，但以不讓他衝出山口為限。逾此限度，一交上手，不免傷亡，他負不起這個責任，得請皇帝預先指示，以便遵循。

皇帝接得這個密摺，並不感覺意外，不過要他作個最後指示，卻很困難，因為總不能說格殺不論。想一想只有找隆科多來商量。

「為今之計，只有早頒明諭，以恂郡王為守陵大臣。陵寢重地，自然不能擅離職守，范時繹加以阻擋，亦就師出有名了。」

這是釜底抽薪的法子，原屬正辦，但有一層極大的窒礙。「太后怕不肯答應。」皇帝說道，「每天都問，話亦越來越重了。舅舅，別的事都好辦。唯有這件事，我的處境很難。」

隆科多默然。他覺得已經對不起先帝，不能再做對不起太后的事。

「你意下如何？」

「皇上聖明。」隆科多答說，「只有皇上自己拿主意。臣不敢妄參末議。」

很顯然，這是再也不願介入他們母子兄弟間糾紛的表示。皇帝亦就無話可說了。

「臣已經督飭內務府，湯山的王府，加緊施工，總在一個月內，便可落成。」

「范時繹能不能應付一個月？」皇帝問說，「一個月之內總有辦法能想出來。」

「臣傳諭范時繹就是！」隆科多答說，「只怕一個月以後，情形依然如此，倒不如早降明諭。」

這是在催皇帝速作決定，通前徹後地想一想，確是越往後越難處置，最怕范時繹無法軟困十四阿哥，再一次來個硬闖，倘或真個傷了他，這件事就難以收拾了。

徹夜徬徨，皇帝終於作了決定，儘快宣示，派十四阿哥守護景陵，唯一的難題是，此舉會大傷母后的心。可是也顧不得這一點，只有認命做個不孝之子。

◇ ◇ ◇

預期著這道上諭一下，永和宮中會大起風波，母子之間將有一場嚴重的衝突，哪知全無動靜。直到第二天才傳來一個使得皇帝手足無措的消息，太后絕食了。

從古以來，沒有絕食的太后，更沒有餓死的太后。皇帝心想，這話一傳出去，「孝子」的假面具，立刻就會拆穿。所以一面命十六阿哥允祿護衛永和宮，嚴禁消息走漏，一面到永和宮要見太后。

「告訴他不見！」太后氣喘吁吁地說，「除非我死了，他才見得到我。」

這話如何能照實轉達皇帝？宮女、太監跪了一地，求太后接見皇帝，而臥床的太后，回面向裡，根本不睬。

皇帝已等不及了。從外殿步入寢宮，只聽太后力竭聲嘶地在喊：「出去，出去！永遠別見我，我從未生過這麼一個兒子！我只有一個兒子，胤禎，康熙二十七年生的！」

這是指十四阿哥，也是表示不承認「四阿哥」。皇帝站在門邊，臉上青一陣、紅一陣、白一陣，好久好久，才喊出一聲：「娘！」

太后不理，喚著宮女說：「把我的帳子放下來。」

「娘！」皇帝幾乎是爆發的聲音，「親生的兒子，為什麼視作仇人呢？」

太后仍舊不理。一時滿室靜得一根針掉在地上都聽得見，個個屏聲息氣，彷彿要窒息了似的。

「唉！」皇帝歎口氣，「為什麼好好的太后不願意當？」說完，掉轉頭去，一步漸一步地出了永和宮。

永和宮內的太監、宮女，每個人都像心頭壓著一塊鉛一樣，那種沉重的感覺，使得他們連說話都吃力了！幾乎沒有一個人有勇氣去細想，應該怎麼樣去打破這個僵局。因為這是一個不能想像，而且雖明知其為真實，卻仍不能相信、不能接受的僵局。

面向床裡的太后，卻又在動死的念頭了。她早就沒有生趣了！有時想想自己的命，大概是古今第一個怪「八字」。生兩個兒子，兩個兒子都是皇帝，假作真來真為假，不知老天何以有此惡作劇？至於自己一夕之間，成了天下第一個尊貴的人，但也是天下第一個被人輕視的人。她不知道是當她真太后的人多，還是當她假太后的人多？只知道自己的感覺，一想到她這個太后的由來，便如芒刺在背，恨不得逢人就表心跡：你一定以為我想當太后？不錯，不過這樣而來太后不值錢，我告訴你，我現在當真太后都不樂意了，何況是假太后！

如果一天轉十個念頭，九個念頭是如此，另外一個念頭，不免回心轉意：咳！算了。一切都丟開，不必這麼認真！等先帝入土為安，大事都了，搬到十四阿哥府裡去住，就當作平常人家的一位老太太好了。誰知道最後的，自覺也是最低的，必可實現的希望，亦整個兒破碎了！

總算是太后，不能享福，可也不能受罪，不能對不起太后這個銜頭。所以死志早決，只是顧念著自己一死，可能會使「四阿哥」遷怒到太監、宮女，所以忍死須臾，一直在心中驚問：要怎麼樣才能使得永和宮的太監、宮女，不必為她的尋了短見負任何責任？

想來想去只有一種死法，可以不連累侍從，那就是當著皇帝，出以猝不及防的手段自裁。那時連皇帝都不能相救，則又何能怪太監、宮女未盡保護照料之責？

想是想通了，要找這麼一個法子卻很難。不過，有一點是很清楚的，照這個宗旨去辦，絕食便毫無意義，因為絕食在求死，既然別有求死之道，自然不必絕食。徒然自苦，猶在其次，無端讓侍從受責備，於心何安？

於是太后去思索絕食之外的求死之道。那當然是激烈的手段，判生死於須臾之間，想一想法子很多，最直截了當的是，如費宮人刺虎那樣，拿把利剪，當胸一扎，不就一了百了？但是這要當著皇帝的面自裁，未免太殘忍了一些，從古以來還沒有一個母親願死在兒子面前的。自己這樣做，似乎有意跟兒子過不去，要陷兒子於不孝。可是——

太后想不下去了，因為她困惑了。自己到了已無生趣的時候，還要顧到兒子的不孝之名，然則兒子又為什麼不能想一想，做母親的何以要絕食，何以會薄人世極尊至榮的太后而唯願速死？

想來想去她想通了。只要有一分可以不死的理由，她必得委屬忍死。而抱著跟兒子拚命的打算，也許可以使他有所畏懼而讓步，這樣也就可以勉強不死了！

打定了主意，倒覺得胸懷一寬，轉身過來，只見以常全為頭的一大群宮女，都守候床前，看她睜眼，都用待命的眼色看著她。

「我有點兒餓了！」

聽得這一句，所有的宮女都有驚喜之色，常全卻反有矜持的表情，一面走近床前，一面說道：「老主子想進點兒什麼呢？粥有香粳米粥、紅糯米粥、小米粥，還有甜的冰糖蓮子野山藥粥，要不先喝碗酪？」

「不要酪。」太后問道，「有綠豆粥沒有？」

「有。」

「我喝綠豆粥。看有南邊進的，什麼糟的小菜沒有？」

天廚之中，何物不備？常全特意挑了太后最喜愛的揚州糟油蘿蔔、浙江平湖的糟蛋供饌。太后吃了兩個淺碗的綠豆粥。永和宮中，皆大歡喜，負責守護的十六阿哥，更視為天大喜訊，急急去奏告皇帝得知。

「原是太后一時鬧脾氣。」皇帝很輕鬆地，「小地方哄著老人一點兒就好了。」

◇◇◇

太后的本意是想感化皇帝。她曾有意無意地，間接向皇帝表示，她之放棄絕食，是為了顧全兒子的名聲。那麼，為人子者，亦應該仰體親心才是。

皇帝卻無表示，因為仰體親心，便得將十四阿哥放出來。如果原先沒有破臉，此事還有商量的餘地，一破了臉，再放十四阿哥回來，即是示弱。可想而知的，他會用各種毫無顧忌的手段，使皇帝難堪。那時再要像現在這樣把他軟禁起來，就辦不到了。

為此，他只好裝作不知。不過晨昏定省，禮數不缺。太后見他始終未曾鬆口，可有些忍耐不住了。

五月二十那天，天氣悶熱，太后更覺得心事不吐不快，所以這天是她主動派人到養心殿傳懿旨：要跟皇帝見面。

「我實在不明白，為什麼你把一母所生的弟弟當作勢不兩立的仇人。」

一聽太后的口氣，皇帝便生警覺，必得格外沉著，才能應付，當即低聲答說：「兒子絕沒有這個意思。」

「那麼，你為什麼不放他回京城來？」

「兒子是保全他。」

「保全？」太后冷笑，「我不懂你的話。」

「弟弟性情太剛，耳朵太軟，回到京裡，如果有人挑撥，他會做出不守法度的事來，那時叫兒子辦他不好，不辦他也不好。所以，索性讓他住到清靜的地方去，免得他闖禍。」

「原來這就叫保全？」太后冷冷地說，「我看最安穩的地方，是在高牆裡面。」

「兒子就是不忍他落得個圈禁高牆的結局，所以才把他安置在湯山。」

「你這種話我不要聽！」太后問道，「你憑什麼說他會落得個圈禁高牆的結果？」

「照他的行為，早就該圈禁高牆了！」

此言一出，太后大驚。「我倒不知道他犯了什麼罪？」她厲聲質問，「你得說個明白。」

皇帝沉默了一會答說：「妳要我說，我就說，即為他一到京裡，行文禮部，詢問見我的儀注。我不知道他是什麼意思？」

「那還不容易明白嗎？你明白，我也明白！你別忘了，他是用的正黃旗纛，等於代替阿瑪親征。照我說，你該出城去接他才是！」

這幾句話說得皇帝臉上青一陣、紅一陣，好生不自在。當著那許多太監、宮女，隱隱指他奪弟之位，「皇上」的威嚴何在？

「這是娘的想法！普天下不是這麼想。」

「怎麼想呢？」

「覺得這是件荒唐得離譜的事。以臣見君，還能有什麼特別的儀注嗎？」

「哼！」太后又冷笑，「天下人的想法不一定對，我的想法也不一定錯！」

「娘說不錯，就不錯。反正我也沒有追究。」

「你表面不追究，暗中治他。即如九阿哥，你又何必老遠地把他弄到西寧去？自己不覺得太過分嗎？」

「並不過分。」皇帝很快地接口，「兒子責任甚重，治國得要有綱紀，顧不得弟兄的私情。」

太后把他的話好好地想了會說：「好吧！你要治國，我沒有治國的責任，我年紀大了，只能講講私情，你把我送到湯山去，我要跟你弟弟一塊兒住。」

皇帝未曾料到太后會有這樣的打算，所以愣了一下，方能回答：「那裡不是太后住的地方。」

「我還有該住哪兒的規矩嗎？」

提到太后不肯遷往寧壽宮，是皇帝最不滿的一件事，也是皇帝認定生母跟他為難的明證。不肯搬往寧壽宮是表示不願承認自己是太后，此刻索性要搬出宮去，無異不承認皇帝是她的兒子。意識到此，皇帝不由得有些憤怒，因而失去了一直保持著的冷靜。

「娘應該住寧壽宮！我實在不明白，一個人為什麼要這樣作踐自己，也作踐了別人。」

太后勃然大怒，作踐自己，便是自輕自賤。在宮廷中，這是罵人最重的一句話，兒子敢對母親如此無禮，可把太后積累多時冤氣勾引得爆發了。

「住嘴！你這是跟我說話？你當我是自己犯賤，放著寧壽宮不住，願意住在這裡？我告訴你吧？寧壽宮我願意住哪一間，都早就看好了！誰知道你不讓我住，我又有什麼法子？這會兒反倒來怪我？你不自己想想，你自己幹的什麼？異母的兄弟容不下，同母的胞弟也容不下，你滿嘴的仁義道德，一肚子的髒心眼兒！我生下了你，沒有享你一天福。你拿不讓我過好日子來報答我——」

太后越說越激動，滿臉脹得通紅，像要發狂似的，突然站起身來，也不知她哪裡來的氣力，低著頭飛快地往前猛衝，一頭撞在合抱的朱紅大柱上，只聽「砰」地一聲，把宮女們嚇得都跳了起來。

皇帝也嚇傻了，直待宮女哭著上前相扶，方始驚醒過來，大步上前，一把抱住母親，只見面如金紙，人已暈了過去，頭上髮際滲出血來，腦袋已撞破了。

皇帝不免心悸，手腳發軟，只喊著：「快扶上床去！傳御醫！」

於是永和宮中一陣大亂，十六阿哥趕來探視，只見皇帝的臉色青中發白，十分可怕，嚇得不知道說什麼好。

「不准傳消息出去！」皇帝開口了。

這一下提醒了十六阿哥，答一聲：「是！」立即奔出去做必要的處置。

十六阿哥撩起袍子下襬，急步搶出宮門，第一句便問：「有什麼人出宮沒有？」

帶頭的護軍參領答說：「有一個。」

「誰？」

「首領太監，姓唐的。」

「你，」十六阿哥疾言厲色地問：「你為什麼不攔住他？」

那個護軍參領深知十六阿哥的脾氣，心急時口不擇言，但很快地就會發覺錯誤，所以繃著臉不作回答。

果然，十六阿哥立即就發覺自己的話問得毫無道理，所以放緩了臉色問道：「他出宮時怎麼說？」

「說奉太后之命，到敬事房去傳懿旨。」

「你就放他走了？」

「是！」那護軍參領振振有詞地反問，「人家好端端地，憑什麼不放他走？」

「好端端地？」十六阿哥想了一下，忽然意會，「怎麼叫好端端地？」

這句話把那人問住了，好久才答說：「一點都看不出有什麼特別的地方，不是好端端地嗎？」

十六阿哥心想，壞就壞在「一點都看不出有什麼特別的地方」這句話上，宮中出了這麼一件驚天動地的大事，唐太監竟能不動聲色地混出宮去，可見得此人的來歷可疑。

「是往哪個道兒去的？」

「往北，這會兒怕還沒有出神武門。」

聽得這話，十六阿哥斷然決然地說了一個字：「追！」

「請示！」那護軍參領問，「追不上怎麼辦？追上了又怎麼辦？」

「追上了，替我帶回來。」十六阿哥說，「路上不准跟他交談。」

「是！追不上呢？」

「追不上？」十六阿哥凝神想了一下說，「沒有活的，也得帶腦袋來驗明正身。不然，怎麼向皇上交代？」

話已說到盡頭，護軍參領不敢耽誤，一陣風似地去攔截唐太監。永和宮自是四周戒嚴，只准進不准出，准許進宮的，也只是御醫。

御醫一共四名，為首的是院使張永壽，進宮先叩見皇帝，然後「請脈」。照前明的規矩，御醫為后妃診脈，只是從帳子裡牽出一條紅線來，一端繫在病人手腕上，憑線號脈，茫然不知，只能憑左右所述的病情，斟量開方，治好了算是運氣，治不好是理所當然。到了清朝，辦法改過了，御醫能切腕診脈，但帳子仍舊垂著，而太后傷在頭部，非看清楚了不可。總管太監不敢作主，得向皇帝請旨。

皇帝想了一下。將張永壽召來說道：「向來御醫請脈，都是幾個人商量著寫脈案、開方子，意見不同，往往折衷，這是不求有功，但求無過。我很不贊成這個辦法，如今替太后請脈，我要找個能專責成的。你們四個之中，誰的醫道最好？」

「是！」張永壽答說，「六品御醫陳東新的醫道，臣衙門裡的同事都佩服的。」

「好！傳陳東新。」

「是！」

「你再告訴你屬下，出宮以後，言語謹慎！」

「是，是！」

張永壽退了出去，陳東新奉召入殿，皇帝說道：「太后是頭暈站不住腳，摔在柱子上，把頭摔傷了，以致昏迷不醒。像這樣的病，你以前治過沒有？」

「治過。」

「治好了沒有？」

「治好了。」

「這麼說，你是有把握的囉！」

「臣尚未請脈，不敢妄言。不過，太后年紀大了，恐怕有點麻煩。」陳東新說，「臣竭盡平生所學，盡力而為。」

「好！」皇帝對他的答語表示滿意，傳旨揭開皇太后床上的帳子，容他細作診察。

陳東新確是看得很仔細，但望聞問切四字，只得望與切，由於太監宮女，守口如瓶，既無所聞，亦問不出什麼，使得陳東新大為困惑。老年人摔跤是常事，摔開腦袋血流不止，道理上都講得通，而摔成這樣重的內傷，就是件不可理解之事了。

敷完藥，關照左右，切須保持清靜，然後陳東新開了方子，交由太監呈閱，皇帝看完將他找了去有話問。

「你看太后這個病怎麼樣？」

「回奏皇上，」陳東新慢條斯理地說。「皇太后的內傷很重，不過昏迷不醒，還不算是壞的徵象，最怕嘔吐。如果有那樣的徵象，恐怕，」他停了一下接了一句，「臣不敢往下說了。」

「這樣昏迷不醒，藥怎麼服呢？」

「千萬動不得！如不服藥也不要緊，就是要清靜，要透氣。好在天氣很熱，開了窗子也不礙。」

聽他說得很不含糊，皇帝知道這陳東新的醫道是好的，點點頭說：「你把該怎麼看護，細細說給這裡的首領太監。」

等陳東新交代完了，皇帝復又下令，在永和宮周圍保持絕對的寧靜。其時去追唐太監的首領太監已來覆命：人已找到，請示如何發落？

「太后發生意外，不在旁邊守護，反而奔出宮去，簡直就是不忠不孝的叛逆，交到慎刑司一頓板子打殺！」

內務府慎刑司自然遵命辦理，將唐太監立斃杖下。允祿辦完了這件事方去覆旨，皇帝認為處置適當，表示嘉許，不過仍不免關心。

「消息沒有洩漏吧？」

已經滅口了，怎麼還會洩漏？他很有把握地說：「沒有！」

事實上已經洩漏了，在唐太監沒有被追回以前，路上遇見廉親王府的一名侍衛，匆匆數語，輾轉傳達廉親王耳中，當夜便派了親信去通知十四阿哥。

這名親信，面目姣好，所以化妝為一名村婦，騎著一匹毛驢上路，冉有一名護衛，扮作「她」的丈夫，走了兩天，才到湯山，瞞過范時繹的耳目，求見了十四阿哥，說要投信。

「信呢？」護衛問說。

「是口信。」

正在交談之時，只見一匹快馬飛奔而來，到得門前滾鞍下馬，戴的一頂涼帽，既無頂戴，更無紅纓。護衛大驚失色，急急問道：「出了什麼事？」

「一定是太后駕崩了！」廉親王的親信說。

果然，專差賚來的是太后的遺誥。護衛急急通報，十四阿哥如聞青天霹靂，勉強著禮服出大堂，跪下靜聽。只聽宣詔官唸道：「予承侍聖祖仁皇帝，夙夜兢業，勤修坤職，將五十年。不幸龍馭上賓，予即欲從冥漠；今皇帝再三諫阻，以老身若逝，伊更無所瞻依，雪涕銜哀，情詞懇至，予念聖祖付託之重，丕基是紹，勉慰其心，遂違予志……今皇帝視膳問安，靡問晨夕，備物盡志，誠切諄篤；皇后奉伺勤恪，禮敬兼全；諸皇孫學業精進，侍繞膝前，予哀戚之懷，藉為寬釋。予年齒逾邁，數盡難挽，予壽六十有四，得復奉聖祖仁皇帝左右，愜予夙志，夫亦何憾？……」

唸到這裡，十四阿哥忍不住放聲大哭，草草畢事，頓時摘纓子，換陳設，一片慘淡的顏色。十四阿哥呼天搶地，哭了好久，暫忍一忍，吩咐將遺誥取來細看，不由得大為懷疑，因為其中始終不曾說明，太后究竟得的什麼病，初起何日，何以大漸？這不太不可解了嗎？

「啊！」有個護衛想起來了，「京裡有人來報信，只怕就是報這個信。」

及至將廉親王的特使找到，方知太后之崩，出於自盡，而與皇帝發生衝突的原因，只為要跟小兒子住在一起。這使得十四阿哥更是摧肝裂膽般悲痛，哭得兩目盡赤，眼皮腫得無法睜開。

◇ ◇ ◇

太后的大喪很快地過去了。十四阿哥自然奔了喪，但趕到京裡，已過了大殮，連瞻仰遺容的最後一面都沒有見到。只在寧壽宮的梓宮前面哭了一場，隨即便有人相勸，早回湯山，根本不曾見著皇帝的面。

在皇帝，十四阿哥已無足為憂，從太后一崩，他反倒有如釋重負之感，自此不會有難以處置之事，只要心一橫，就不會有麻煩。二阿哥被移到了鄭家莊；三阿哥在表面上不能不加尊重，但將他主修圖書集成的一名清客陳夢雷，充軍到關外，即是對三阿哥的一個警告，不必擔心他會有異謀。此外諸弟，七阿哥淳郡王允祐晉為親王，而且他身帶殘疾，是個跛子，一向安分；八阿哥在監視之下；九阿哥遠在西寧；十六阿哥允祿襲了莊親王，十七阿哥封了果郡王，都已成為心腹；唯一要注意的是十阿哥敦郡王允䄉。不過他一個人也造不成反，無足深憂。

倒是青海方面，羅卜藏丹津稱兵作亂，其勢洶洶，倘或制伏不住，便顯得他將十四阿哥調回來是錯了，而且外患又可能引起內亂，所以這件事，在皇帝心目中異常重要，必得善為處置。

最使他為難的是，軍前有一個平郡王訥爾蘇及貝勒延信在，地位都高於年羹堯，因此，如果派年羹堯為大將軍，只怕會引起極大的糾紛。

為了這件事，皇帝曾經有好幾個晚上，不能安枕，考慮又考慮，總覺得非年羹堯不能放心，因而毅然決然地作了決定。不過，派年羹堯為大將軍的措詞，頗為巧妙，硃諭兵部：「據川陝總督年羹堯奏稿，青海羅卜藏丹津，恣肆猖狂，竟領兵於九月二十日自甘州啟程，十月初至西寧，相機行事等語；總督年羹堯既往西寧辦理軍務，其調遣弁兵之任，其屬緊要，須給大將軍印信，以專執掌。著將貝勒延信護理之撫遠大將軍印，即從彼處送至西寧，交與總督年羹堯。貝勒延信，現有防守甘州沿邊等處事務，將庫內現存將軍印信，著該部請旨頒發一顆送給。」

這表示年羹堯之授為撫遠大將軍，是遷就現實，又不明說派為大將軍，只說「須給大將軍印信，以專執掌」，而延信則由兵部請旨，送一顆平逆將軍的印信給他，亦未明授為平逆將軍。

延信原曾當過平逆將軍，此番只算官復原職，只是其情難堪，因而雖繳了印，只領兵在張掖一帶閒住，對年羹堯並無幫助。

其時平郡王訥爾蘇已調回京師，但九阿哥允禟還在西寧。年羹堯對外要用兵青海，對內要防允禟出事，另外還要注意延信，等於三面作戰，處境頗為艱苦。皇帝亦明瞭他的難處，不過相信年羹堯的才幹，只要他辛苦些，多多用心，亦不難應付。要考慮的是如何才能讓年羹堯肯出死力？

想來想去，唯有恩結。於是降旨特召年羹堯陛見，到京之日，恰好頒發上諭冊立皇后，年羹堯的胞妹則封為貴妃，這是特意的安排，讓年羹堯知道，他跟皇帝的關係更加親密了。

便殿召見，皇帝幾乎完全脫略禮數，一再慰勞，繼以賜宴。第二天在養心殿單獨召見，開始談到九阿哥允禟。

「這個人的花樣很多，我特意把他送到西寧，就因為只有你能治他。」皇帝問道，「你看他在那裡，是不是還安分？」

「回皇上的話，」年羹堯答說，「人之安分不安分，不在表面。臣受付託之重，防範不敢稍息。不過用兵在外，不能無後顧之憂，倘或臣領兵南下，九阿哥與延信勾結，變生肘腋，那時臣回師不及，進退失據，如何是好？」

「說得是！也不可不防。」皇帝想了一下說，「謀反作亂之事，亦不會突然而發，事先必有跡象可循。你所為難的是，逆跡未顯，無可奈何，倘或有權能夠便宜處置，你是不是有把握在逆謀揭露之前，先弭患於無形？」

「是！」年羹堯答說，「如臣有權，隨時可做緊急處置，平時曲突徙薪，防患未然，亦可放手去辦，無所顧慮。」

「好！我給你一樣東西。」

皇帝提起硃筆，寫了一道密旨，道是青海用兵，為先帝生前最後的一件大事，如今羅卜藏丹津猖狂作亂，果如先帝所料，非徹底敉平，不足以慰遺志。年羹堯受命料理此事，責任甚重，為專責成，特授非常之權，倘或軍前有人作亂，不問身分，便宜處置，事後奏聞。

這道密旨，寫得異常切實，但一交到年羹堯手裡，皇帝立即發覺，做了一件大錯特錯的事，自己的把柄，握在年羹堯手裡了！

要想收回，比不給這道密旨更壞！皇帝只有死心塌地去刻意籠絡。等年羹堯一回任，立刻派專差去頒年賞，貂帽、蟒袍、御筆「福」字與春聯，以及鼻煙、安息香之類的什物以外，還有一件御用的四團龍貂皮褂。

這是皇帝的服飾，年羹堯在謝恩摺子中，自然要陳明。及至原摺發回，只見「團龍補服非臣下之所敢用」這一句旁邊有硃批：「只管用！當年聖祖皇帝有例的。」

由此開始，正月初三賜荷包一對，玉環兩件，人參四十斤。正月初五賜鹿尾、野雞、橙柚、奶餅等食物。正月初八賜玄狐袍褂。正月十一賜茶葉四瓶。正月十六賜西洋圓規兩副。正月二十二賜東珠一顆、鹿尾二十條，又賜年妻耳環一副。二月初九賜琺瑯翎管。二月十四賜烏槍一杆。從此，早則三、五日，遲則十天半個月，必有賞賜，而硃諭中的親熱之情，更是曠古絕今。

到了六月裡，皇帝作主，將年羹堯的長子年熙，過繼與「舅舅」隆科多為子，特為頒一道硃諭：「年熙自今春病只管添，形氣甚危，忽好忽重，各樣調治，幸皆有應，而不甚效。朕思此子，非如此完的人，近日著人看他的命，目下並非壞運，而且下運數十年上好的運；但你目下運中言，刑克長子。所以朕動此機，連你父亦不曾商量，擇好日即發旨矣。此子總不與你相干了！舅舅已更名『得住』，從此自然痊癒健壯矣。年熙病先前即當通知你，但你在數千里外，徒煩心慮，毫無益處。但朕亦不曾欺你，去歲字中皆諭你知，老幼平安之言，自春夏來，唯諭爾父康健，並未道及此諭也。朕實不忍欺你一字也！爾此時聞之，自然感喜，將來看得住功名世業，必有口中生津時也。舅舅聞命，此種喜色，朕亦難全諭。舅舅說：『我二人若稍作兩個人看，就是負皇上矣！況我命中應有三子，如今只有兩個；皇上之賜，即是上天賜的一樣。今合其數，大將軍命應克者已克；臣命三子者又得。從此得住自然痊癒，將來必大受皇上恩典者。』」

這是將隆科多跟年羹堯拴成一種休戚相關、禍福相共的關係。皇帝心裡在盤算，年羹堯有幾重關係掌握在自己手裡：第一重是與年遐齡的父子關係；第二重是與年希堯的兄弟關係；第三重是與年貴妃的兄妹關係。不過，一個天性涼薄的人，這三重關係都可以置之度外的。

但是與年熙的父子關係，年羹堯一定會重視，而與隆科多的乾親家關係，則又不能不顧忌。這兩條線，遙遙拴住，將會使得年羹堯採取任何行動時，都不能不考慮這兩重關係上的變化與後果。

更重要的是，皇帝將隆科多與年羹堯拴成親家，即意味著賦予隆科多以監視年羹堯的責任，他應該規勸、勉勵，必要的時候，應該舉發，不然便是同謀，所以隆科多說：「如你我稍作兩個人看，便是有負皇上。」

皇帝對這件事自覺做得非常滿意，同時年羹堯平青海，亦能不負所期，使得他可以大大地誇耀武功，因而躊躇滿志，高興得很。

但是，其他方面的報告顯示，年羹堯似乎根本沒有瞭解他的意思。在皇帝看，青海之亂，根本不值得這樣子支持，要兵有兵，要餉有餉，原來估計會打折扣的，照給實數，這樣格外的支持，還不能打勝仗，又何貴乎你這個年羹堯？

皇帝的意思是，期待著年羹堯能致允禟於死，而不讓他落任何惡名。這一點要仔細去考慮，法子多得很，而最好的是一個「困」字。

這是年羹堯所不能理解的，奪位之局已經大定，八阿哥、九阿哥、十四阿哥，縱使內心不服，亦只得委屈在心，既不敢公然誹謗，更不敢密謀造反。冤家宜解不宜結，何況是自己同胞？所以對於皇帝想「困」住九阿哥這一點，認為是不必要的。

他自己是這樣的想法，部下有個親信，則更進一步地作了規勸。這個人叫胡期恒，字元方，湖北武陵人。他的父親叫胡獻微，官拜湖北藩司，其時年遐齡正當湖北巡撫，兩人氣味相投，結成至交。所以年羹堯跟胡期恒從小在一起，交情極深。

到了康熙四十四年，胡期恒中了舉人，皇帝南巡時，胡期恒因為獻詩而授職翰林院典籍。不久，外放為夔州通判，在任恩信相孚，頗得百姓的愛戴，特為他建生祠，供奉他的長生祿位。這是做官最大的榮譽，沒有一個長官不看重的，而況他的上官巡撫，正是總角之交的年羹堯，專摺保薦，升為夔州知府，再升川東道。年羹堯由四川總督兼督陝西，復薦胡期恒為西安藩司。胡期恒確是個好官，而且很能幹，年羹堯之言聽計從，自不待言。

當九阿哥被遣到西寧時，胡期恒便向年羹堯獻議，對待九阿哥，最好敬而遠之，看他行事如何再說。九阿哥頗為機警，知道年羹堯必奉有皇帝的密命，對他嚴加監視，同時他也知道，此時絕非可以反抗的時候，所以在西寧安分守己，毫不生事。同時對屬下約束甚嚴，凡是與商民有所交易，絕對不許爭多論少，更莫說仗勢欺人。因此，在西寧只要一提起「九王爺」，都會翹大拇指，說他是「賢王」。

見此光景，胡期恒便勸年羹堯，應該特別禮遇九阿哥，不但要感化他不會再記著皇帝的仇恨，甚至可以期待他將來為國所用，能替皇上出一番力。

這個想法自不免天真些。但他跟胡期恒都知道，這樣做法，還能使九阿哥減少對他的敵視。皇帝得位，內靠隆科多，外靠年羹堯，已是滿朝文武，盡人皆知的事實，所以凡是反對皇帝的，亦無不對隆、年二人斥以白眼。年羹堯為了自己的前程，希望能與九阿哥修好，這段心事，只是不便明說。胡期恒明白，亦不便揭破，所以才找理由勸他禮遇九阿哥。

於是一月之中，總有兩三次，彼此書信往還，雖是泛泛之語，總表示音信不斷，關係不淺。這犯了皇帝的大忌，卻苦於不便在硃諭中指摘，因而在雍正二年底，特召年羹堯陛見。年羹堯的恩寵，方興未艾，所以這次奉召陛見，大家都以為必是皇帝因為他平了青海之亂，召進京去，面致慰勉，等他回到西寧，儀仗必又不同。因而無不以加官晉爵作預賀。年羹堯自己亦是這麼在想，如今是太保，回來必是太傅了。

動身之前，大宴門下幕友，飛觴醉月，逸興遄飛，唯有首席的一位幕友，與年羹堯的關係介乎師友之間的楊介中獨獨銜杯不語，既無善頌善禱之語，亦無惜別的表示，不免使得年羹堯有怏怏不足之意。

「楊先生，」他畢竟忍不住了，開口問道：「臨歧在即，豈無一言為贈？」

「我倒是有句話想奉勸大將軍，只恐不肯見納。」

「楊先生這話錯了。多少人說我驕恣跋扈。可是我不敢自以為是，凡有嘉言，無不拜納，這不但自信得過，亦是舉座堪以作證的。何以楊先生獨以為我會拒諫？」

「既然如此，我可不能不說了！」楊介中一個字一個字地說：「急流勇退。」

此言一出，滿座不歡，方在興高采烈之際，有這麼一句話，豈非大殺風景？年羹堯雖仍含著笑，表示不以為忤，但那笑容已很勉強了。

「如何？」楊介中對滿座的不滿之色，渾似不見，這樣催問一句，頗有自詡先見之意。

年羹堯的酒意很濃了，不免發怒，但正當要形諸神色之際，突然省悟，改容相謝。「楊先生，」他說，「容我好好請教！」

「不敢當！大將軍今天的酒多了，明天一早再談吧！」

這一來，盛筵自是草草終場。第二天一早，年羹堯去訪楊介中，請教昨天他所說的那四個字，何所據而云然？

「大將軍，你以為恩眷如何？是盛呢？還是衰？」

「這我就不知道了。只覺得看不出來。」

「怎麼看不出來？大將軍不去細想而已！」

「倒要請教。」

「大將軍請想，年近歲逼，雨雪載途，此時入覲，是不是一件苦事？」楊介中說，「何不等到來春？」

年羹堯恍然大悟。目下並無必須皇帝面授機宜之事，如果尋常述職，則以皇帝過去體恤之無微不至，必定會想到時入冬令，雨雪紛飛，正是行旅艱苦之時，命他在開春進京。於此可知，恩眷至少已不如過去之隆。見微知著，楊介中的眼光，真可佩服。

「楊先生，」他說，「多蒙一語指點，啟我愚蒙。不過，我自己覺得並沒有犯什麼大錯，何以皇上會改變態度？」

「大將軍應該自問，以何曠世的功勞，深蒙四團龍褂之賜？凡人有所予而必有所取，所予越厚，所取越不薄。大將軍總有不能讓皇上滿意之處吧？」

「是的。」年羹堯考慮了好一會說，「楊先生請屈駕到敝齋，我有樣東西，任何人沒有見過的，不妨請楊先生看一看。」

於是楊介中隨著年羹堯到了衙門裡，在他那間滿目盡是御賜珍品的書房中，看到了皇帝親筆所寫的密旨。

楊介中倒抽一口冷氣，知道年羹堯被禍不遠了。心裡在想，如果自己一說破，說不定會逼得年羹堯造反，他處處學吳三桂，是很可能造反的。果然如此，禍至更速。說不得只好相機規勸。

「這個密旨，似乎已無用處。」他說，「青海之亂已平，不虞九阿哥會有什麼掣肘之事。不如繳還為是。」

「本可繳還，如今倒不能繳了！」

「乞道其故？」

「我要留著作個把柄。」年羹堯說，「楊先生，大家都知道，我父子兄弟，出於雍府門下。皇上的性情，我摸得很清楚，在利害關頭上，他什麼事都做得出來。我要留著這道密旨，作個保命的『鐵券』。」

聽得這話，楊介中心裡一陣陣發毛：年大將軍是死定了！自己明哲保身，早早脫身為妙。好在年關將近，原該一年一度回鄉度歲，此時不必說破，到了開年託詞寫封信來辭館就是。

◇◇◇

到得保定，年羹堯自然要留宿兩三日。因為直隸總督李維鈞，是他的知交。李維鈞的嫡子李宗渭，在西寧候補，頗得年羹堯的賞識，關係已到了禍福相共的地步。

「大將軍，」李維鈞憂心忡忡地說，「皇上對大將軍已起了疑心，千萬留神。」

「喔，你何所據而云然？」年羹堯說，「以你我的交情，你應該知無不言，言無不盡才是！」

李維鈞沉吟了一會兒，終於取出一件硃批的奏摺，讓年羹堯細看。原來直隸有個道員叫宋師曾，是年羹堯親信的舊部之人，上年在直隸虧空了四萬七千兩銀子的公款，為人參奏革職，本當抄家賠補，恰好年羹堯進京陛見，為宋師曾乞情。一年以前的年羹堯，在皇帝面前說一是一，說二是二，何況這樣的小事？皇帝當即命年羹堯傳諭同時在進京的李維鈞，限宋師曾將虧空在三年內清完，完清之日具摺奏報。意思是虧空一清，還可復職。

四萬七千兩銀子，在督撫實不算大數，李維鈞幫宋師曾的忙，在一年之內就完清了。遵照當初的諭旨，且具摺奏報，自不免有代為乞恩之意。皇帝就在這個摺子上，長長地批了一大篇。硃批中一開頭就提到了年羹堯：「為宋師曾乞恩，係爾之意見，抑或出於年羹堯之意見？若係爾意，朕即施恩，若出於年羹堯之意，朕則不施此恩也！」

只看到這一段，年羹堯的臉色就變了，強自抑制著內心的震動，繼續往下看。

「近日年羹堯陳奏數事，朕甚疑其居心不純，大有舞智弄巧，潛蓄攬權之意。爾之獲蒙知遇，特由於朕之賞識，自初次召對時，見爾藹然有愛君之心，見諸詞色，所以用爾。自用之後，爾能盡心竭力，為國為民，毫不瞻顧，因而遂取重於朕。豈年羹堯所能為政耶？」

看到這裡。年羹堯不由得望了李維鈞一眼，心裡有疑問，所謂「毫不瞻顧」，是否說李維鈞曾經一無回護地在皇帝面前道過他的短處？

不過再一看下去，他的疑問立刻就消釋了。「近有人奏，爾饋送年羹堯禮物過厚，又覓二女子相贈之說，朕實不信，想斷無此事！但念對朕如此忠誠，與朕如此契合，朕凡有言，何忍隱而不宣？至卿向日與年羹堯之交往，曾經奉有諭，朕亦不怪。」

看到這裡，年羹堯不能不問了：「是什麼諭旨？」

「有一次皇上問我，你跟年某人是不是很好？我說是的。皇上沒有再說下去。硃批上所指的，大概就是這件事。」

年羹堯點點頭再往下看。「今年羹堯既見疑於朕，故明白諭卿，以便與之疏淡，宜漸漸遠之，不必令伊知覺。」

到此時。年羹堯的心情比較平靜了。「陳常，」他喚著李維鈞的號說，「那麼，你的意思怎麼樣呢？我們朋友的交情，到此中斷了？」

「是何言歟？」李維鈞憤然作色，「倘有此心，何必把硃諭拿出來？」

「是，是！」年羹堯改容相謝，「我錯了！陳常，我想應該及早抽身。」

「及早抽身，不如固寵。」

「寵何由固？倒要請教。」

「無非做一件皇上自己不便做而很想做的事。」李維鈞說，「大將軍智慧絕人，莫非還想不透？」

年羹堯沉吟不答，在李維鈞的簽押房裡往來踱蹀，好久才站住腳說：「這件事要做亦嫌晚了。如今，倒要留著那個人，作個制衡之計。」

所謂「那個人」是指九阿哥，年羹堯想拿他來挾制皇帝，是一著險棋。李維鈞頗不以為然，因而勸道：「大將軍，走到這一步，出入甚大，千萬慎重！」

「當然。豈有不慎重之理？不過，陳常，你我禍福相共，你得支持我才是。」

「這何消說得？卻不知如何支持法？」

「第一、京中的消息，還是要請你格外費心，多多見示；第二、我想在保定置一所房，請代覓。」

「置產作何用途？」李維鈞問，「是覓地，還是覓現成房屋？」

「覓現成的好了！亦無非作個退步。」年羹堯說，「不日有一筆餉，大概有三十萬，如果交由貴處轉撥，只撥一半好了，其餘的留在貴處。」

此事責任很重，如果為皇帝查到，立即便有殺身之禍。但轉念又想，倘或拒絕，年羹堯便會起疑，自己受過他許多好處，這筆帳算起來，眼前便難應付，說不得只好硬著頭皮答應下來。

◇◇◇

許多大臣從一清早便在廣寧門外迎接，直到日上三竿，方見大將軍的前導馳到，一撥又一撥，直到近午時分方見年羹堯策馬而來，金黃服飾，三眼花翎，四團龍補褂，白馬紫韁，在旗幟鮮明的護衛夾擁之下，絕塵而去，根本就不理那些紅藍頂子的大官兒。

一進了城，照規矩宮門請安。這本是一個儀式，只要到一到，便可先回私第休息，哪知皇帝已派了領侍衛內大臣馬爾賽在那裡等著，等他一到，隨即將他留了下來。

「皇上面諭，大將軍一到，立即召見。」馬爾賽說，「請進來吧！」

年羹堯大為詫異，向來無此規矩，便即問道：「莫非弄錯了吧！立即召見，也不是這個時候啊！」

「沒有錯。」馬爾賽說，「不然，皇上不必讓我等在這裡。」

年羹堯略想一想，點點頭說：「好！我跟你走！」說著重又上馬。他是賞過「紫禁城騎馬」的，故而可以策馬入宮。

到得內右門下馬，馬爾賽帶領，直到養心殿，示意年羹堯稍停候旨，然後方由太監將他領了進去。很快地，復又出現，向年羹堯招一招手，隨即閃在一邊。

年羹堯此時已經發現，以前他覲見皇帝時，裡外密布的太監，無不個個含笑目迎，甚至職位高的太監，還會上前低聲寒暄，此時所見，卻是個個面凝秋霜，不由得心裡有些七上八下。定定神入殿，按照規矩行了禮，口中說道：「臣年羹堯恭請聖安！」

「起來！」皇帝的聲音很平靜，與他以前聽到的不同，以前一定是滿面含笑地，甚至還欠一欠身子，一疊連聲地說：「快起來！快起來！」

「是！」年羹堯亦只能謹慎應付，站起身來，垂手肅立。

「你知道我這一次召你進京，是為了什麼嗎？」

「臣愚昧。」年羹堯答說，「請皇上開示。」

「我想你應該知道。」皇帝停了一下，忽然問道：「參你的人很多，你知道嗎？」

一聽口風不妙，年羹堯心裡尋思，皇帝慣會唬人，須得沉著應付，於是想一想答道：

「這怕是免不了的。臣為了盡忠職守，難免得罪了人。」

「照你這麼說，你不怕人參你？」

「皇上聖明，參臣的話，是真是假，必在燭照之中。」

「不錯！我虛衷以聽，並無成見。有人參你跋扈，這話還不止一個人說，我亦不肯輕易聽信。要看情形再說。如今看起來，似乎你跋扈，並非假話。」

這是抓著證據了，年羹堯不免一驚，但口中仍然很硬：「請皇上明示！」

「就拿你身上穿的來說好了！記得去年剛賜你四團龍補服的時候，你的謝摺上說：『團龍補服非臣下之所敢用，唯恭逢令節，服此慶賀，以彰殊寵』，如今你連上路都穿在身上，跋扈可想而知。」

聽得這話，年羹堯大起反感，真所謂欲加之罪，何患無辭，拿這種服飾小事來做文章，亦未免太小氣了。

這樣一想，不由得衝口答道：「臣是遵旨服用。硃批『只管用！當年聖祖皇帝有例的！』」最後那兩句，聲音特大，格外顯得理直氣壯。

皇帝勃然變色，但並未發作。

「聽說你有個家人叫魏之耀的，家產有數十萬。」皇帝問道，「你可知道？」

「臣不知道。」年羹堯答說，「容臣細查以後回奏。」

「到西寧軍前效力的，一共有多少人？」

「臣記不得了！容臣細查回奏。」

「你保過一個張泰基。說他有軍功，是何軍功？」

「軍前效力的人很多。是何軍功，臣亦須細查以後，才能回奏。」

「哼！」皇帝冷笑，「問你的事，都不知道，那麼哪件事是你知道的？」

「臣唯知盡忠竭力，保護聖躬。」

「保護聖躬」四字，本來是好話，但彼此都有心病，又是在此時此地，皇帝覺得這句話中，不免有挾制之意，便沉下臉來問道：「我有什麼地方要你保護？你遠在西寧，又怎麼能保護在京的我？」

「四海之大，無不在皇上治理之下，臣盡心地方，不貽君父之憂，便是保護。」年羹堯答說，「臣愚，不知所奏有當否？」

聽這話，似乎言之成理，至少還聽不出挾制譏訕的意味，皇帝心裡比較好過些了。

「聽說你出門用黃土填道，有這話沒有？」

黃土填道，便是蹕道。年羹堯雖無此僭越之意，但下面有人逢迎過分，他不能即時糾正，自然是一大錯處。不過他不肯諉過於下，想一想答說：「陝甘一帶，盡是黃土，除非道路不修，要修必是黃土。」

這是狡辯，但皇帝無詞以駁，另外又問一樣罪名：「說你驗看武官，用綠頭牌，真的嗎？」

「不真。」年羹堯心想，這件事可以銷毀證據，不妨賴掉，「臣不敢！」

「你能說不敢，總算還記得何謂臣道。就怕你心口不能如一。」

「臣不敢欺皇上。」年羹堯恭說，「臣蒙皇上疊賜恩寵，不敢自輕，何況大將軍自有體制，臣如自輕，便是輕視朝廷。以此之故臣得罪的人很多。皇上如念臣愚忠，可否將參摺發下容臣一一回奏？」

皇帝心想，年羹堯這話，簡直如騙三歲小孩，原摺發下，便等於出賣原告，縱容他去報復。用此伎倆騙取原摺，豈不可笑？

心裡是這樣想，皇帝口頭上卻不拆穿他的一廂情願的想法，思索了一會兒，將計就計地說：「可以，你先下去等著吧！」

於是年羹堯跪安退出。隔不多久，太監捧出一個盒子來，內貯一道硃諭：「有人參奏年羹堯種種驕恣不法，著明白回奏。」後面列的是參款，一共有十來條之多。

這一下，年羹堯才知道弄巧成拙了。

及至回到私第，隆冬天氣，已是內衣盡濕。拜見老父以後，還有盈門的訪客要應付。這些人不知道年羹堯已經碰了大釘子。只道他聖眷未衰，還來奔走趨奉。年羹堯本來就驕恣跋扈，此時心緒惡劣，越發一個不見，統統擋駕。

勉強陪伴老父，奉行了樂敘天倫的故事，退歸書房，在書房細看皇帝發下來的抄件，所參的罪名，無一款不是可以送命的。心知皇帝意存叵測，事情很嚴重了。

得要找一個人商量！心裡這樣在思索，自然而然地就想起了他的乾親家隆科多。於是吩咐備轎，微服到了隆科多那裡。

雖然是乾親家，畢竟椒房貴戚，年羹堯在他人面前可以驕橫無禮，在隆科多面前卻不能，仍舊稱他「舅舅」。

「請舅舅恕我衣冠不整。為了避免招搖，不能不著便衣，想來舅舅能體諒我的處境。」

「彼此，彼此！」隆科多憤憤答說，「我的處境比你也好不到那裡去，來！來！到裡面來說。」

隆科多有間密室，巧匠精心構築，能夠隔音。室外復有心腹守衛，盡可以暢所欲言，而不虞洩密。因此，一進此室年羹堯就無所顧忌了。

「我不知道，皇上何以愛之欲其生，惡之欲其死。照這樣，豈不令天下人寒心？」

「只有你我寒心！不相干的人，在他駕馭起來。恩威並用，得心應手。」隆科多歎口氣，「早知如此，當初不必出那種死力，今天一樣享我的榮華富貴。」

「舅舅的意思是，知道皇上的秘密是不幸之事？」

「大不幸！大不幸！」隆科多問道，「你知道不知道，我也被參了？」

「誰？」年羹堯既驚且懼，「舅舅不比我，不會得罪什麼人，何以亦被參了呢？」

「有人想以此固寵。」隆科多說，「我聽人告訴我一個故事，簡直是齊東野語。」

這個故事出在河南巡撫衙門。據說河南巡撫田文鏡有個幕友，紹興的刑名師爺，姓鄔，上上下下都稱他鄔先生，為人深沉詭秘。有天問田文鏡，是想做個有名而受寵的督撫呢，還是隨波逐流，庸庸碌碌了此一生？

田文鏡熱中功名，當然想得名而有寵。鄔師爺便說，倘或如此，就得隨他去擬一個奏摺，摺子中說什麼，田文鏡不能問，更不能看，只用關防拜發就是。

考慮久之，田文鏡同意了他的辦法。鄔先生花了一夜工夫，連擬帶繕，將奏摺備好，親自封緘，田文鏡如言拜摺，由開封到京裡，來回半個月批摺就回來了。

田文鏡打開來一看，竟無原摺，只有一道硃諭：「覽奏已悉。卿之忠心可嘉。原摺留。」此外便是許多珍賞，雖比不上賜年羹堯的多，卻也遠超越尋常督撫所蒙的恩賜。

這件事實在令人困惑。田文鏡竟不知何以驟蒙恩寵，問鄔先生卻始終秘而不宣。可是隆科多卻知道了。

「你道那紹興師爺的一枝刀筆，搞的什麼花樣？」隆科多說，「竟是參了我！」

「舅舅怎麼知道的呢？」

「我在宮中，自然也有人。」隆科多說，「田文鏡的這個摺子，持而不下，不知哪一天發作，亦不知道會有什麼結果。想起來真煩！」

「舅舅尚且如此，我就更不用說了。不過舅舅畢竟是舅舅，何況又是顧命大臣！」

「什麼顧命大臣？諸葛亮在白帝城受託孤之命，就注定了他鞠躬盡瘁，必死無疑了。」

「看來必死的是我！」年羹堯說，「參舅舅的，到底只有一個田文鏡。我可多了。」

「有哪些人？」

「我不知道。反正看參款就知道，不止一個人。」說著，將皇帝交來的原件拿給隆科多看。一入目，隆科多便是一驚，因為一張紙上都寫滿了。用「計開」二字開頭，下面一條一條列出事由：

一、部陽用兵致死無辜良民八百餘口。

二、縱容私人邊鴻烈等，恣行騷擾，激變番民，不即參奏。

三、家人魏之耀家產數十萬，皆由受賄勒索而來。

四、西寧效力者，實只六十二員，冊報一百零九員。

五、用鵝黃小刀荷包，擅穿四衩衣服。

六、官員饋送，俱云「恭進」。

七、凡與屬員物件，令北向磕頭謝恩。

八、行文督撫，書官書名。

九、行文內閣，大書「右仰內閣開拆」。

看到這裡，隆科多已撟舌不下。「亮工，」他喊著年羹堯的號說，「這參的是你自擬皇上，罪名不輕！」

「欲加之罪，何患無辭？」

年羹堯是這樣自辯，但隆科多卻不甚相信，因為有些驕恣跋扈是他親眼目睹的。

再看下去，便是年羹堯貪污的細帳了：

一、勒令四省效力人員，每員幫銀四千兩，約計得賄七十萬兩。

二、題補官員，受謝儀四十餘萬兩。

這一款不免使隆科多觸動心事。題補官員，本是吏部的專責，但按規制辦事，即令納賄，亦須設法善為調派，從無任何吏部尚書可以不顧規制，不奏報批准，而逕自題補官員的。

有之，自平西王吳三桂始。當時他開府雲南，凡西南各省有缺，往往直接選補，只行文吏部備個案，稱為「西選」。近年來隆科多攬權納賄，亦有類似的情形，官場仿「西選」的說法，稱之為「佟選」，隆科多的漢姓是佟。這個說法，他自己也是最近才聽到，有此名聲，絕非好事，所以看到年羹堯這一款罪名，自有觸目驚心之感。

不過比起年羹堯來，他並不算貪。參款中指出年羹堯：

三、冒銷四川軍需一百六十餘萬兩，又加派銀五十六萬兩。

四、冒銷西寧軍需四十七萬兩。

五、運米四萬石至軍前，冒銷運價四十餘萬兩。

光是這三筆就已二百六十多萬銀子，此外還有占用鹽引，命家人運銷食鹽，以及將西南深山中的大木，砍伐行銷東南等等，獲利就不知多少了。

「亮工！」隆科多問說，「你預備怎麼辦？」

「我要請教舅舅！」

隆科多一時無法回答。彼此處境相同，為年羹堯設謀，亦就是自己預籌對策。如果此時籌劃不善，創下了一個惡例，將來自己亦會受害。

想了又想，他覺得只有一個辦法。「暫時置之不理。」他說，「倘或上摺自辯，不就等於在辯罪了嗎？」

「是！」年羹堯深以為然。

「不過，」隆科多說，「好言敷衍，亦必不可無。」

那是必然之理，年羹堯不致傻到此地步，還不識眉高眼低，自以為是。但每次見了皇帝，不容他自表忠忱，總是遇事詰責，搞得不歡而散。

◇◇◇

回到軍前，年羹堯上了一個奏摺，紙上反可暢所欲言，他說：「臣稟質薄劣，賦性疏庸，奔走御座之前三十餘年，毫無裨於高深，只自增其愆謬，返己捫心，惶汗交集。」接著是敘皇帝的恩遇：「一載以來，賜爵、賜金、賜第、賜園、賜世職、賜佐領，父子兄弟以及妻孥，莫不沾濡雨露，淪浹肌髓，解衣推食，寵賚褒嘉，極人臣罕覯之遭逢，而萃於臣之一門四世矣！」他這樣詳細鋪敘，表示自己受恩未忘，接下來，又用他父親來打動皇帝。他說：「臣父年遐齡，八旬有二，優遊杖履，化日舒長，乃恩自天來，仁由錫類，拜爵食祿，卻在引年休養之後，此史冊所未有，而臣身際其盛，目睹臣父既壽且康，較往昔而倍健，亦何因而致此？稍具人心，能不矢志竭誠圖報於生生世世耶？」

這段話的意思，可分兩方面看。從他這方面看，無異表示，為了不致貽父之憂，他亦絕不會做出任何不忠於皇帝的事來。從皇帝這方面看，意在勸告，既然對年遐齡，能推其女其子之寵，在休致以後，復封公爵，所謂「拜爵食祿，卻在引年休養之後。」如今優遊杖履，年已八旬有二，如果對他的兒子有所嚴懲，豈不傷了老人之心，變成為德不卒？

最後，他又加了一段：「所有臣感激微誠，亦明知不能宣達，而又不能不剖陳萬一。」這就有點指皇帝心有成見了！

皇帝就為他最後這兩句話，頗為不悅，提筆批道：「據此不足以報君恩父德，必能保全始終，不會一身至於危險，方可謂忠臣孝子也！」

接著是寫了一段一層進一層的議論：「凡人臣，圖功易，成功難；成功易，守功難；守功易，終功難！」

為臣如此，為君又如何？皇帝自道：「為君者施恩易，當恩難；當恩易，保恩難；保恩易，全恩難。」又說：「若倚功造過，必至返恩為仇！此從來人情常有者。」

接著，皇帝特派都統楚宗，趕到西寧，專為約束九阿哥允禟，附帶亦調查年羹堯與允禟往來的情形。及至楚宗的回奏一到，皇帝大驚失色，原來年羹堯的部屬中，同情九阿哥允禟者，不知凡幾。倘或允禟有謀反之心，只怕年羹堯亦不能約束。這是何等可怕之事？

「妳看妳哥哥！」皇帝向年貴妃大發雷霆，「我本意是讓他看住九阿哥，結果適得其反！如果九阿哥在西寧再住些日子，只怕妳哥哥的兵都歸了他了！」

「皇上息怒！」年貴妃趕緊跪下來說，「奴才哥哥不對，請皇上教訓他！犯不著跟他生氣。」

「我豈止生氣！我恨不得拿把刀子，把我自己的一雙眼睛剜掉，錯把狼心狗肺的東西，當作心腹！」皇帝又冷笑，「我也很疑心，妳哥哥一向會帶兵，令出如山，部下沒有一個不怕他的。如果沒有他的指使，他們敢跟九阿哥接近嗎？」

年羹堯的軍令之嚴，是遠近知名的。據說有一次大雪行軍，年羹堯坐在轎子裡，看扶著轎杠的武官，一個個手凍得又紅又腫，大為不忍，便說了聲：「去手！」那知聽者都錯會了意，一個個拿出刀來，將自己的手砍斷，以為這才是「去手」！

這話當然是過甚其詞，但如年羹堯稍作約束，或者不是有意放縱，部下確是不敢跟允禟接近的。如今聽皇帝的意思，疑心年羹堯與允禟勾結，有謀反之意，年貴妃知道大禍已在不遠，既驚且懼，而又無法解釋，最後是三尺白綾，了卻了塵世繁華。

消息傳到了西寧，原本事事碰釘的年羹堯，更覺得不安，上摺自辯，只有認錯，認錯有個緣故，只有託病。

當然，允禟之事，不便明言，道是因為精神不好，所以「臣所辦之事，止覺疏漏，不能周到，是以於謝恩摺內，附陳病狀，欲求聖主知臣為病所累，凡料理不妥之處，俯賜於矜宥。」

此是何等大事？皇帝直言批道：「如有不妥，豈可矜宥？此席乃列祖之神器，朕何敢私？」這「此席」自是指「皇位」。

另外年羹堯自陳不敢自取罪戾，「以自蹈於天地鬼神之所不佑」。皇帝竟將「不佑」二字塗去，另用硃筆在旁邊添了兩個字「共誅」！這就見得年羹堯自覺罪並不重，而在皇帝看，他是罪大惡極，而且並無悔罪之心。

於是皇帝考慮再三，認為兩年多以來，基礎已穩，除了隆科多以外，可以一齊動手了。動手之前，先有一番準備工夫，搜集八、九、十、十四阿哥的「劣跡罪狀」，親自擬了一道上諭，然後定期召集王公大臣在乾清門有所宣諭。

「我因為九阿哥行事荒唐，在西寧地方，縱容家人，橫行不法，所以特頒一道旨意，派都統楚宗去約束。現在楚宗有個奏摺，說他到了那裡，九阿哥並不迎接請安，過了好久才叫楚宗進去。

「楚宗是欽差，奉旨宣諭當然要叫九阿哥出來，跪聽宣諭。跪倒是跪了，並沒有磕頭，就站起來跟楚宗說『上諭總是不錯的，我還有什麼話說？我已經要出家離世了，有什麼亂來的地方？』他屬下人等，亦一個個毫無畏懼。

「你們想，我派楚宗去，原是約束他的部下，改悔前愆，遵守法度，是愛之以德，哪知道如此傲慢，全無人臣事君之禮。又說『出家離世』，意思是出了家就沒有兄弟之誼，離了世就沒有君臣之分，荒誕不經到此程度！

「我的弟兄之中，像二阿哥、八阿哥、九阿哥、十阿哥、十四阿哥在先帝生前結黨妄行，以致先帝煩惱得日夜不寧。先帝賓天之後，十四阿哥從西寧到京，既不奏請給太后請安，亦不經我請安。反而行文禮部，詢問他到京如何行禮？世上有這樣荒唐的人，這樣荒唐的事！

「後來在壽皇殿叩謁梓宮，他故意跪得遠遠地，避著我，我反而走過去看他，哪知他居然理都不理。其時侍衛拉錫在他旁邊，就扶他上前。及至行禮完了，他到殿外把拉錫痛罵一頓，又跑到我面前，氣沖沖地說：『我本來恭敬盡禮，何用拉錫來拉我？我是皇上的親弟弟，拉錫什麼人？如果我有不是，求皇上拿我處分。如果我沒不是，請皇上立刻拿拉錫正法，以正國禮。』咆哮無禮，一至於此。

「梓宮奉移之時，我因為十四阿哥桀驁不馴，而且跟侍衛又爭又鬧，不成體統，所以降旨訓誡。其時八阿哥從帳中出來，勸十四阿哥下跪，他居然就跪下了。這是十四阿哥事事聽從八阿哥的明證。

「以後十四阿哥的妻子病故，我特加恩恤，而他的奏摺中，有『我今已到盡頭之處，一身是病，在世不久』的話。我想十四阿哥代我奉祀景陵，責任至重，亦足見我對他的重視，何以還有這種牢騷？

「至於十阿哥，奉旨送青海活佛，到張家口託病不行，又私下與九阿哥來往，贈送馬匹。九阿哥的回信，有『事機已失，悔已無及』的話，你們想，他們要幹什麼？不就是想謀反嗎？而且十阿哥又私下寫了不少『雍正新君』的靈牌，是想咒我早死！」

話雖如此，皇帝卻又表示寬大，說是：「這都是八阿哥固結黨援，所以有種種不近人情的悖亂行為。如果追問，國法難容。我居心寬大，總想保全骨肉，不忍深求，還希望他們能夠悔改。」

接下來便痛責鄂倫岱、阿靈阿、阿爾松阿父子，及揆敘等人，因為這四個人是人所皆知的八阿哥的擁護者。鄂倫岱是佟國綱的長子，隆科多的堂兄，與聖祖是中表而兼郎舅的至親。阿靈阿則為從龍之臣遏必隆的兒子，早已亡故。揆敘是名父之子、名兄之弟，他的父親明珠的財產，與他長兄納蘭性德的才情，一時無兩。揆敘本人，在旗人中亦以飽學知名，當過翰林院掌院學士，死於八年之前，諡為「文端」，可知品行是不怎麼壞的。

皇帝因為此輩為八阿哥的死黨，故而深惡痛絕。一年之前，便曾降旨，將阿靈阿的墓碑，改鐫為「不臣不弟暴悍貪庸阿靈阿之墓」；揆敘的墓碑，改鐫為「不忠不孝陰險柔佞揆敘之墓」。對阿爾松阿，皇帝認為他狡猾過於其父，特地將他革了職，發往奉天去守祖墓。鄂倫岱亦發往關外，與阿爾松阿同住，成為變相的充軍。其實是便於監視，亦可說是皇帝有意要陷此兩人於重罪，因為可想而知的，這兩個人住在一起，絕不會「閉門思過」，至少，喝了酒會大罵皇帝，監視官員據實奏聞，皇帝便有了可以定他們死罪的根據。

最後，皇帝有一段結論，他這樣處置阿爾松阿與鄂倫岱，為的是解散黨援，沒有附會濟惡的人，他的這幾個胞弟便可以保全。不過又加了一個尾巴，說他兄弟之中，積習沉錮，既不能懾之以威，使他們悔改，而加意施恩，又不能感化他們，他內心深為抱愧，不過聊盡心意而已。話中已微露殺機了。

◇◇◇

交代了這件事，皇帝開始一意對付年羹堯跟九阿哥，儘量找他們兩個人的錯處，不過對九阿哥還只是責備，對年羹堯便是追究。一個月之中，「著令年羹堯明白回奏」的要案，不下二、三十件之多。當然，每一件都是年羹堯無法說得明白的。

到了四月裡，先革陝西巡撫胡期恒的職，接著將年羹堯調為杭州將軍，川陝總督派岳鍾琪署理，撫遠大將軍印收繳。上諭由吏部咨行，四月十八日到西安，上下都震動了！

有人勸他起兵造反，有人勸他俯首聽命。年羹堯方寸大亂，經過四天的反覆思量，才寫了一個密摺謝恩。而這四天的耽延，使得皇帝大為懷疑，事實上也確是如此，果然感恩，自然立即上摺，何致遲至四天之久？

事實上，年羹堯從回任以後，不斷召集心腹，密議進止的種種情形，皇帝十知八九，因為他有許多耳目，分布在西北。其中最重要的一個是年羹堯的侍衛高其素，其兄是雲貴總督高其倬。

高其倬亦是漢軍，而且與年羹堯同期，不但同期，而且是連襟。此人亦是翰林出身，居官謹飭，只是才具稍短，所以皇帝曾經有諭給他，說是「事事問年羹堯」。及至這一次年羹堯入覲，皇帝大為不滿，決定要翦除他時，首先就想到高其倬，應該有所佈置。

皇帝心想，高其倬之與年羹堯接近，是奉旨辦理，不好責備他，而且據雲南藩司李衛上奏，高其倬亦沒有什麼勾結年羹堯的證據。但要收服他為己所用，卻需使個能讓他感德懷恩，又痛恨年羹堯的手段。

於是，他在雍正二年年底，寫了一道密諭給高其倬，說年羹堯談到雲南的吏治，認為一無可取，而且刑名、錢穀、鹽政，以及雲南特產，專供戶部鑄製錢之用的銅礦，「皆不可問」。高其倬不稱雲貴總督之任。

皇帝告訴他說，知道高其倬居官清正，所以完全不信年羹堯的話。而且自己認錯：「朕命爾事事問年羹堯之前諭，大錯矣！今當此諭共爾，朕實愧之。」

皇帝肯用這種方式，作為慰撫，高其倬豈有不感動之理。所以立刻上摺聲明。他說：「臣之與年羹堯，臣本非後進，受其栽培提挈之恩，又因生平小器，硜硜守分，不肯為夤緣趨附之行。彼此原在一族，又是連襟，然起初相見極稀，交情亦淡。後欽奉聖祖仁皇帝特旨，全族下翰林俱在國史館幫修功臣列傳，從此在一館行走，日日相見。」

對於交情之由來，他說得相當坦率：「臣謂年羹堯才長，可以勝繁劇之任，年羹堯亦知臣拘謹，不敢為敗檢之事，以此相知，實非因親戚綢繆。」

接下來說彼此的蹤跡：「自年羹堯為四川巡撫之後，十七年不相見，或半年一年、亦有間二三年者，有書札問候。然昔日相識之舊意尚在，是以臣前於皇上之前，不敢隱諱，曾奏稱與臣相好，不謂其遂至誣及臣之操守名節。」

此後便是自辯其如何不曾貪污，請皇帝「命員徹底清查」。最後又因為他的胞弟高其素，因中武進士派為侍衛，而由年羹堯挑帶至陝西，「不勝愁慮」，請皇帝將高其素仍舊調回。皇帝自然大加慰撫，深表信任，然後收服了高其素，死心塌地為皇帝做監視年羹堯的工作。因此當調杭州將軍的謝恩摺到京後，接著便有高其素的密奏上達，道破年羹堯的打算是：藉故拖延，還希冀著有恩命會讓他留任。又說年羹堯部下，頗有人認為皇帝如此對待功臣，令人寒心。

由於既有成見，又有此報告，皇帝認為年羹堯的奏摺中，字裡行間，不免譏訕負氣，因而用同樣尖酸的口吻批答。

在「跪讀諭旨，感入五中」下，硃批是：「若不實感，非人心也。」意謂本為死罪，而用這樣降調的處分，如果有人心，應該實實在在地感激。倘不知感，就不算是人。說皇帝「教誨詳明，切中臣病，臣得自知悔艾」這一句下面，批的是：「我君臣二人，實知愧悔方好。」

皇帝的愧悔，自然是看錯了年羹堯。

「不使終於廢棄，寵命下頒」的「寵」字，皇帝便覺有譏訕之意。以前迭賜殊恩，皆用「寵」字，今受譴責，亦用此字樣，其情可惡！而皇帝特借此題目做了兩句文章：「自此受寵若驚，方可法古大臣之萬一。不然，我二人為千古大笑話矣！」

這是警告，倘非戒慎恐懼，舊行不改，恐不免伏誅。以前水乳交融曾說，「我二人做個千古君臣知遇榜樣，全天下後世欽慕流涎」，不道是這樣一個君臣相仇、非殺不可的「榜樣」，豈不是「千古大笑話」？

對杭州將軍之命，年羹堯說：「似此殊恩。臣身受之，臣心知之，而口不能言。」這確是負氣的話。皇帝針鋒相對地在「身受」之下批道：「朕加矣！」在「心知」之下批道：「汝知矣！」無異當面詢問：「這一下你知道我的厲害了吧？」

身受心知，口不能言，然則如何？年羹堯說道：「唯有愛惜軀命，勉供厥職，效犬馬之餘力，冀圖報於萬一。雖經具疏奏謝天恩，而感刻之私，此衷仍難自已，謹再繕摺，恭謝以聞。」這段話相當糟糕！「愛惜軀命」頗有忍死「須臾」之意，而「圖報」之「報」、「感刻」之「刻」，皆可從反面去看。以前後文氣來看，年羹堯似乎說了這麼一句話：君子報仇，三年不晚。

因此，皇帝除了在「愛惜軀命」之下，批了句：「朕實一字也道不出，唯仰面視天耳」以外，另有一大篇硃諭。

第一段說：「朕聞得早有謠言云：『帝出三江口，嘉湖作戰場』之語。朕今用你此任，況你亦奏過浙省觀象之論。朕想你若自稱帝號，乃天定數也，朕亦難挽。若你自不肯為，有你統朕此數千兵，你斷不容三江口令人稱帝也！此二語不知你曾聞得否？」

第二段是兩件令年羹堯「明白回奏」之事。因為支吾敷衍，皇帝大為不滿，即以作個引子，與年羹堯賭神罰咒，爭辯一番：「再你明白回奏二本，朕覽之實實心寒之極！看此光景，你並不知感悔。上蒼在上，朕若負你，天誅地滅；你若負朕，不知上蒼如何發落你也！我二人若不時常抬頭上看，使不得！你這光景，是顧你臣節，不管朕之君道，行事總是譏諷，文章口是心非口氣。加朕以聽讒言、怪功臣之咎，朕亦只得顧朕君道，而管不得你臣節也，只得天下後世朕先站一個是字了。不是當要的主意，大悖謬矣！若如此，不過我君臣止於貽笑天下後世，作從前黨羽之暢心快事耳！言及此，朕實不能落筆也！可愧！可愧！可怪！可怪！」

所謂「不是當要的主意」，意在言外，自然是指約束九阿哥而言。那一道密旨，皇帝自然也要收繳，但也是遲了四天才送，越發使得皇帝心疑不已。

於是皇帝在猜疑年羹堯謀反之外，更顧慮到他還有憑此密旨，來掀開皇帝陰私的挾持之意，更非殺此人不可了。

不過，他也實在怕鬧出「千古君臣的大笑話」來。殺年羹堯容易，要殺年羹堯而讓中外大臣覺得皇帝一再寬容、仁至義盡，實在是年羹堯自速其死，皇帝為了朝廷的綱紀不得不殺，卻不是件容易的事，必須一步一步來。

第一步是查年羹堯的財產，以便將來抄家，也是斷絕他造反的本錢。皇帝早得密報，年羹堯從回任以後，便有二十車的箱籠行李，從西安出潼關，到了河南，便不知去向了，所以密令田文鏡嚴查。

田文鏡很能幹，居然查到，實際上是十八車，由河南到直隸，最後停留地點是保定。在那裡，年羹堯買了前任漕運總督王梁一所大宅，由他親信家人嚴二看守，這十八車行李，便卸在這所大宅之內。

於是直隸總督李維鈞，為皇帝認定是年羹堯一黨。直隸境內之事，河南巡撫能查得到，本省地方長官豈有不知之理？知而不報，自是徇庇。

形勢內外皆張，而年羹堯始終不肯死心，以為皇帝只是看他權高震主，只要自己表示無意弄權，皇帝為了不願鬧笑話，仍會優容。所以，在五月初上了一個密摺，請求到浙江以後，賞假半年，以便養病，接著在五月十三又上了一個密摺。

「跪讀上諭三道，輾轉深思，汗流浹背，愧悔莫及。唯自知愧悔而感激益深，感激益深而恐懼彌甚。雖已具摺遵旨回奏，然臣之負罪如山，萬死莫贖，既不敢久羈陝省，亦不敢遽赴浙江，聞江南儀正縣地方，為南北水陸分途，今將川陝總督衙門欽部案件並臣任內皇上密交事務面與署督臣岳鍾琪逐一交代明白。臣於雍正三年五月十七日啟程，前至儀正縣，靜候綸音，理合奏明，伏祈聖主，大施再造之恩，曲賜生全之路，庶幾犬馬之微軀，猶圖矢報於將來。臣不勝驚惶待罪之至。」

這個摺子寫得壞透了。年羹堯的想法是。皇帝既拿「帝出三江口，嘉湖作戰場」這句由擁護「朱三太子」的遺民，所製作傳布的口號，用來警告他不可有謀逆之心，那麼為了避免嫌疑，最好是不赴浙江。在江蘇儀正縣南北水陸分途之處待命，希望調他回京，乃是自明心跡之意。

但「既不敢久羈陝省，亦不敢遽赴浙江」這句話，實在是講不通的，接下文「靜候綸音」來看，則又頗有挾持之意。

皇帝覺得這是一個有力的把柄，也是一個極好的題目，頗有發揮的餘地。於是第一步是將原摺發交內閣、六部、九卿、科道等共同閱看，當作何處置？

各衙門公議：「年羹堯背義負恩，越分藐法，為天地之必誅，臣民所共憤。應請革職，追奪一切恩賞，鎖拿來京，嚴審正法。」皇帝道是，有許多不法情事，正命年羹堯明白回奏，所請處分，應候回奏到日再行請旨。

由此開始，皇帝零敲碎剮，不肯給年羹堯一個痛快。最初是將年羹堯的太保革掉，然後有一件參案，加一次處分。七月初八，追奪黃帶、紫轡，並命繳回四團龍補服；七月十九，由一等公降為二等公；七月二十五，由二等公降為三等公；七月二十七，年羹堯奏報接任日期，並不謝恩，革去杭州將軍，降為閒散章京。八月初十，由三等公降為一等精奇尼哈番，這個滿洲話的世職，比公爵低得多，相當於一品武將；過了四天又降為阿思哈尼哈番，相當於從二品武將；八月二十七日再降為阿達哈哈番，只相當於從三品武將了。

其時浙江巡撫法海，因為說過「內外所用皆小人，只有年羹堯是豪傑」的話，為皇帝調取進京。新任巡撫福敏是小阿哥弘曆的師傅，一向親信。八月二十九到任，當天就上了三個摺子，一個是接印謝恩；一個是沿途所見年成及米價；一個就是年羹堯在杭州的情形，亦是福敏此行的特殊任務。

福敏說：「道經江南地方，一路密訪年羹堯行止，皆云到浙之日，隨從尚有千餘人，馬匹亦多。將軍署中，人眾難容，另造房屋百餘間居住，所有誘引兵丁之言，如云：『爾等聽我說話，不憂窮苦。』並合杭州知府隨時給發兵餉，不許遲誤。且代為籌劃馬價銀兩，百計市恩是實。」

年羹堯革職後，繼任杭州將軍的叫鄂彌達，年羹堯革職的上諭，就是由他親口傳達的。當時傳旨的情形，福敏奏報：「及將軍鄂彌達到日，令處閒散章京之列，始覺惶悚，向鄂彌達云：『皇上要殺我麼？』鄂彌達云：『爾敗壞至此，皆爾自取，且參爾者即爾平日信用之人，更有何說？』年羹堯云：『彼參我，亦是無可奈何』等語。據年羹堯所言如此，則李維鈞等結黨不散，明參暗合，顯然有據。」

如果年羹堯對李維鈞翻臉成仇，破口大罵一頓，倒也無事，這種諒解的語氣，竟是相知極深，彼此都能體諒對方本心無他的交情，那就無怪乎連福敏都要疑心他們「結黨不散，明參暗合」了。

代為藏匿財產，既經田文鏡參劾有據，如今年羹堯又是這樣的態度，李維鈞的紗帽自然再也保不住。而年羹堯「百計市恩」，居心亦頗不可問。在皇帝看，四海之內，只有浙江的民風士習最澆薄，前明東林黨的積習，至今不改，反清復明的事故，比哪裡都多。當初將年羹堯調為杭州將軍，原有一種下餌的作用，若有前明的遺民，心存救國，或許會跟年羹堯去接頭，煽動他造反，便可一網打盡。如今看樣子，這一著亦很危險，不要年羹堯成了氣候，以東南財賦之區，亦足以為造反的憑藉。

因此，皇帝決定不必再折磨年羹堯了，派內大臣拉錫攜帶硃諭，到浙江去鎖拿年羹堯進京治罪。到了十月初七，福敏與鄂彌達連名上了個密摺：「九月二十八日申刻，欽差閒散內大臣都統拉錫到杭州，齊捧上諭，鎖拏年羹堯，欽此，欽遵，臣等即於是夜，同都統拉錫，傳喚年羹堯到臣彌達衙門，臣敏宣讀上諭，即時鎖拏看守，臣敏恐伊家財產有藏匿遺漏之處，立即親自同內監二人，赴年羹堯家內查點，將內外各房門一一封閉，守至天明，與拉錫等面同逐件查點，撰造總冊，會疏具題外，又臣等會同搜查年羹堯內室，並書房櫥櫃內，書信並無一紙，隨將伊家人夾訊。據供：年羹堯於九月十二日，將一應書札、書信燒毀等語，及問年羹堯供詞無異。至拉錫起身之後，臣等再加細搜粗重傢伙，於亂紙中得抄寫書二本，書面標題《讀書堂西征隨筆》，內有自序，係汪景祺姓名，臣等細觀其中所言，甚屬悖逆，不勝驚駭，連日密訪其人。至十月十六日，始知汪景祺即錢塘縣舉人汪日祺。臣等一面飭令地方官，將伊家屬封鎖看守，一面喚伊近房族弟，翰林院編修汪受祺，問其去向，據稱汪日祺現在京師罐兒胡同居住，我若欺罔不行實說，甘與日祺同罪等語，取其親筆供單存案。臣謹將逆犯汪日祺所撰書二本，封固恭呈御覽，伏祈皇上立賜嚴拏正法，以快天下臣民之心，以褫將來惡逆之膽。」

這一來掀起了雍正朝的第一件文字獄。這汪景祺是原任戶部侍郎汪霖的第二個兒子，康熙五十三年的舉人，上一年漫遊陝西，上書大將軍亦無非游士打秋風而已。所寫的兩卷《讀書堂西征隨筆》，說起來沒有什麼了不起，只是有一條譏刺先皇，未免不敬。

這一隨筆甚長，題目叫《詼諧之語》，一望便知是講笑話，從前明王世貞訪嚴世蕃，舉琵琶記曲文相戲，因而成仇談起，一直說到先帝南巡的一段故事。

據說康熙南巡，經過無錫時，有個叫杜詒的秀才，在道旁獻詩，皇帝頗為讚許，特賜綾絹一軸。杜詒捧回去一看，是御筆寫的千家詩：「雲淡風輕近午天，傍花隨柳過前川。時人不識予心樂，將謂偷閒學少年。」

這首詩是道學先生以其淺薄所作，向來被作為調侃的題材，譬如有人挖苦櫂內者跪踏腳板，便改這兩句詩嘲弄，叫做「時人不識予心苦，將謂偷閒學拜年。」皇帝御筆，放著新纂的

《全唐詩》，哪首不好挑，偏偏挑這一首蒙童所唸的詩，所以有人作了一首詩說：「皇帝揮毫不值錢，獻詩杜詒賜綾絹。千家詩句從頭寫，雲淡風輕近午天。」

隨筆中託辭「某作」，可能就是汪景祺自己的手筆，詩是刻薄了一點。但除此以外，便很少可議了。而皇帝為了要坐年羹堯以謀反大逆之罪，故意誇大其詞，當作逆案處理。

汪景祺即時被捕，交廷臣會議。以年羹堯「知情不舉」，定為他的「大逆五罪」之一。至於汪景祺，由刑部定擬斬立決，妻子發遣黑龍江，給與窮披甲人為奴；期服之親兄弟、親侄，俱著革職，發遣寧古塔；五服以內的族人，現任及候選候補者，一一查出，統統革職。這是汪氏族人從未經過的大劫。

那麼汪景祺的這部隨筆，到底犯了什麼錯呢？皇帝下的評語是：「悖謬狂亂，至於此極，惜見此之晚，留以待他日，弗以使此種奸人得漏網也。」可見得實在也提不出什麼具體的罪狀。

可是外間的傳言，特別是在浙江，風聲鶴唳，引起極大的驚恐。汪景祺曾經在浙西的平湖住過，以致平湖竟有屠城的謠言，富厚之家，紛紛舉家遠避，費了好大的事才能將人心穩定下來。

再還有一連串的株連：直隸總督李維鈞拿問治罪，自不待言；前長蘆鹽運使宋師曾，亦以年黨的關係，追查任內虧空，被抄了家。

年羹堯的岳家，本是宗室世襲公爵，皇帝當初為了籠絡年羹堯，將他的叔岳普照亦封為公。普照已死，由他的兒子恒冉襲爵，此時以「一家不應有二公」的理由，將恒冉的爵位革掉了。

至於年羹堯自己，經內閣、三法司——刑部、都察院、大理寺，及九卿會審，以「大逆」、「僭越」、「專擅」、「貪黷」、「殘忍」等「九十二款大罪」，議定處分。年家十六歲以上者斬，十五歲以下及婦女發極邊充軍。皇帝的批示是：「著交步軍統領，令其自裁，子年富立斬。其餘十五歲以上之子，發遣雲貴極邊煙瘴之地充軍。妻係宗室之女，著遣還母家。族人為官者俱革職。家貲抄沒入官，其嫡親子孫將來長至十五歲者皆照遣，永不赦回。有敢匿養者，以黨附叛逆治罪。又年遐齡、兄年希堯革職免罪。」

又待為發布一道上諭給年羹堯，說是看到廷臣所議之條，「朕覽之不禁墜淚」，「今寬爾殊死之罪，令爾自裁，又赦爾父兄伯叔子孫等多人之死罪，此皆朕委曲矜全，莫大之恩。爾非草木，雖死亦當感涕也！」

於是，阿齊圖奉旨，監視年羹堯以一條白帛，結果了自己的性命。死後，傳出他許多軼聞，流傳得最廣泛，為人津津有味在談的是，他當杭州將軍時的一個故事。

◇◇◇

據說，年羹堯從七月初到杭州接任，至八月底卸任，這一個多月之中，每天都穿著官服在城門口坐鎮，看守城官丁查察姦宄。那時杭州盛傳「年羹堯，夜連降十八級」的荒謬流言，真如俗語所說「虎落平陽被犬欺」，沒有什麼人理他。唯有一個窮書生，每天進城出城，必遙遙敬禮，然後低頭疾趨而過。

及至年羹堯一革職，知道性命或將不保，倘或治罪，子孫必皆處死。而有個侍妾，卻已懷孕了，為了想保全一點骨血，所以一直在想如何得以託付一個人才好。

這個人找到了，便是那窮書生。這天年羹堯喊住他問：「你娶親沒有？」

「沒有。」

「你今年多大？」

「晚生今年三十三。」

「年過而立，何以尚未婚娶？」

「只為家境清寒，無力婚娶。」

「喔，」年羹堯問，「你姓什麼？有沒有功名？」

「晚生賤姓朱，草字一個真，曾一青衿。」朱真很慚愧地說，「只是三赴秋闈，至今未舉。」

「秀才是宰相的根苗。其實。這個年頭兒做了宰相又如何？」年羹堯說，「朱秀才，你酒量如何？」

「不怎麼深。」

不怎麼深表示也不淺，年羹堯便邀他小酌。朱真自有受寵若驚之感，但也並不固辭。於是在將軍衙門西花園的涼亭上，設下杯盤，賓主同飲。

「你不必拘束。」年羹堯說，「也不必當我是將軍，富貴不足道，人生貴適意耳！」說罷，舉杯快飲，神色怡然，真不像是末路的英雄。

朱真本來是可憐他，此時覺得自己的想法是對英雄的一種褻瀆。便照他的話，盡力想忘掉他曾做過大將軍，穿過四團龍的補服，極人臣未有之榮，然而他辦不到。

酒喝到月上東山，年羹堯說道：「朱秀才，我想問你，你是不是想做官？」

朱真有些躊躇，因為他剛說過「富貴不足道」。如果不能拋卻此念，便見得有些不受教了。

「說實話！」年羹堯不自覺地用命令的口氣。

「是！」朱真答說，「想做官。」

「做官是為什麼？」

「無非圖富貴。」

「富貴既得之後呢？」年羹堯問，「還想做一番事業？」

「不、不！」朱真亂搖著手說，「晚生並無此念。」

年羹堯點點頭說：「你很老實，我看得出來。你再說下去，既得富貴之後又如何？」

「那就是我公所說的那句話了，人生貴適意耳！」朱真說道：「我看有許多言官，既富且貴，找個人參一下，得大名而去。回到故鄉，還在中年，置下良田華屋，坐擁嬌妻美妾。人生到此，夫復何求？」

年羹堯哈哈大笑，卻有眼淚，不知是真的傷心，還是笑出來的眼淚？

「我早像你所說的那樣就好了！不過也難，家世所關，遠不如你來得自由自在。」年羹堯神色轉為嚴肅，「朱秀才，我且問你，你剛才的話，出於真心？」

「是！」

「如果不做官，而能有那種境遇，你覺得如何？」

「不做官，似乎不會有那種境遇。」

「是的。我話說得不太清楚。不做官，就不會有世俗之所謂貴，富也有限。但是，小康之家，不也能夠適意嗎？」

「說得是！」

談到這裡，年羹堯向左右看了一眼，侍從立即悄然退去，避得遠遠地。朱真人雖老實，也看得出來，他是有機密之事相告，心裡不免惴惴然了。

「朱兄——」

一開口便讓朱真嚇了一跳，急急遜席而避，連連作揖：「不敢當，不敢當！」

這一下搞得年羹堯有些說不下去了，沉吟了一會，率直陳述心裡的感想：「我平白大事奉託，足下如此拘謹，頗有見外之意，莫非我是犯了古人所說『交淺言深』之戒？」

這兩句話使得朱真大為慚愧，若以世俗之見，自己就是不識抬舉，方之古人之義，更是有負知遇，因而連連否認。

「不是，不是！」他說，「只是我自顧何人，敢與將軍稱兄道弟，如蒙將軍不棄，就稱我的賤字席珍好了。」

「席上之珍的席珍？」

「是。」朱真又說，「至於將軍打算付以大事，當然是看我能夠辦得了的，敬請吩咐。我想我別無長處，只是捨得性命，以酬英雄而已。」

「又何至於要足下捨命？不過，也難說。」

最後這句話是試探，朱真不以為意地說：「如今只要跟將軍有交往的，吉凶都很難說。反正窮通得失，付之天命。只求在世一天，適適意意過一天，他非所問。」

看他的神態，聽他的語言，知道出自肺腑。年羹堯放心了。「席珍，」他說，「今上之為人，我算是看透了。雖然，我至今還不相信他會殺我，可是我不能不作萬一的打算。今上為人殘忍而刻薄，不治我的罪則已，一旦治罪，必然斬草除根，年家只怕要絕後了！」

聽得這話，朱真驚然動容。「那又何至於如此？」他說，「將軍亦不必過於憂慮。」

「人無遠慮，必有近憂。我的遠慮，就是為年家香煙打算。」年羹堯說，「我有個小妾，已經有三個月身孕了。將來生男生女雖還不知道，不過總是我的親骨血，打算拜託你保全。」

「是，是！」朱真躊躇著說，「不過，我實在不知道怎麼樣才能不負託付。」

「這容易。小妾薄有姿色，性情賢淑，亦能操持家務，敬以奉贈，無論為妾為婢，皆無不可。」

「這——」朱真不知是驚是喜，期期艾艾地無以為答了。

「席珍，你覺得有什麼難處，儘管請說。」

「我，實在是不敢當！」

「這樣說，你是不願幫我的忙？」

「不是，不是！」

「既然不是，就只有這麼一個法子。席珍！」年羹堯問，「請你說，除此以外，怎麼樣才能保全小妾腹中的一塊肉？」

朱真細想了一會，果然除此以外，別無可以保存年家血胤的法子。

「既承付託之道，晚生亦不敢固辭。不過為妾為婢，實在不敢，就算晚生的糟糠之妻好了。」

「固所願也，不敢請耳。」年羹堯面有喜色，「只有『糟糠之妻』四字，我敢保證，絕不致此。」

朱真心裡有數，年羹堯必有饋贈，但既不便先辭，更不便道謝，只好不答，心裡在想一個疑問。

「將軍，」他說，「將來不管生男生女，我必視如己出。但是，這姓呢，是暫時姓朱，將來歸宗呢？還是仍舊讓他姓年？」

「不能姓年！」年羹堯說，「不然難逃羅網。若說歸宗，年氏既無噍類，又何從歸起？」

這成了一個難題。但不必急著求解決，話題談到朱真得妻之後的行止。

「通都大邑，自然不能住了。」朱真說道，「寒家原籍皖南，新安江山，萬山叢中，找一處與世隔絕，官府勢力所不達之處，想來不是難事。」

「對。對！我贊成你舉家遠遁。」年羹堯忽然靈機一動，「席珍，你說，姓生，好不好？」

「生？」朱真問道，「生公說法的生？」

「不錯！」

「為什麼姓這個僻姓？」

「你看！」年羹堯用筷子蘸著酒倒著寫了一個「年」字，然後取消一點，將一撇搬動到上角，便成了一個「生」字。

「原來如此！」

「這表示年家傾覆。」

「是！涵義很深。不過，有這個姓嗎？」

「有！」年羹堯想了一下說，「明朝湖廣襄陽府有姓生的。那天我看《浙江通志》，記得明朝洪武年間，桐鄉有個縣令就姓生。」

於是年羹堯招招手，命聽差去取了一部《浙江通志》來，查出洪武年間桐鄉有個縣官叫生用和，是有政聲的循吏。

「那就是了！」朱真說道，「準定改姓生吧！」

這使得朱真益發傾倒。在他心目中，年羹堯是個英雄，不想還如此淵博！這樣的文武全才，竟至落得贈妾託子，連個姓氏都保不住！轉念到此，他的雙眼潤濕了。

「咦！席珍，何以作此兒女之態？」

他不敢說破心裡的感覺，怕傷了年羹堯的自尊，但一時又找不出適當的理由來解釋他何以有此眼淚，所以只能強自掩飾，「沒有什麼！我有迎風見淚的毛病。」

「咳！」年羹堯歎口氣，「你不必覺得沒有資格可憐我！我自己知道已經忍得過分，作踐得自己已沒有人味兒了！」

「將軍，你不要這樣說！」朱真極力否認，也是極力勸慰，「大家都在為你不平！將軍，如果是論是非，曲不在你，這不是雖敗猶勝？」

年羹堯的臉色慢慢沉靜下來，「你那話說得很好！」他說，「人家參我的罪名，我都承認，說我對不起國家，對不起百姓，都不錯，可是今上不能說這話！為什麼呢？因為今天我的罪名，都是他默許的、縱容的。只要我做一件事，立刻罪不成罪。所以論是非，的確曲不在我。來，我敬你一杯，你的話開導了我，讓我心裡好過得多了。」

朱真有受寵若驚之感，也覺得安慰和驕傲，在這複雜的心情中，還有一句話不解，率直問道：「將軍，你說你只要做一件事，皇上就不會定你的罪了。那是件什麼事？」

「把九阿哥殺掉。」

「嗯、嗯！」朱真大吃一驚，「皇上真有要殺弟兄的意思？」

「席珍，你飽讀儒書，應該知道，從古以來，凡是英主身後，往往有骨肉倫常的劇變，這原是無足為奇的事！」

「那麼，」朱真遲疑了好一會，終於說了出來，「外面的那些流言呢？是真是假？」

「你說的是哪些流言？」

「說、說，」朱真乍著膽實說，「說四阿哥進了一碗參湯，皇上就駕崩了！」

「那是靠不住的話。」

「又說太后是皇上逼死的！」

一聽這話，年羹堯雙眼緊閉，一臉的痛苦，朱真倒嚇一跳，不知他何以有此表情，只緊張地注視著。

「提起這件事，我心裡很難過。所謂『我不殺伯仁，伯仁由我而死』，太后駕崩，推原論始，我等於做了幫兇！唉，早知如此，悔不當初！」

「此話怎講？」

「你知道不知道，太后為什麼厭世？」年羹堯問。

「外面說，有一位妃子當面笑太后，原是真太后，不想變成了假太后！」朱真答說，「想想也是，真是人間難堪之事。」

「這還在其次。母子天性，小兒子又受了莫大的委屈，哪知道，一進了京，還不讓他們母子有個痛痛快快哭一場的機會。這才是極人世之難堪的事！」

「這，皇上的心也未免太狠了！」

「狠心的事，還在後面。皇上拿一母所生的胞弟，發到陵上去住，太后要跟小兒子住在一起，皇上說什麼也不肯。老太后這才一頭撞死了的！」

「真的？」朱真吃驚地問，「老太后真的是撞死的？」

「唉！」年羹堯大為搖頭，「當時讓我對付十四阿哥，我只當皇上只是想登大位。到做了皇上，自然會對十四阿哥有所補報。哪知道心這麼狠，早知如此，我決不做這件事！」

朱真想了一下，覺得有個疑問很有趣。「將軍，」他問，「當時你不做這件事，十四阿哥是不是就會帶領兵馬殺進京去呢？」

「這倒也不一定。不過，不管十四阿哥做什麼，我不幫他，我可也不攔他，如果是這樣，至少太后的命不會送了。」

「這是什麼道理呢？」

「道理很容易明白，皇上這樣子對待十四阿哥，是仗著我能看住十四阿哥所帶的兵，如果我誰也不幫，皇上就會有顧忌，有顧忌就不會下這樣的狠著，甚至不准他們母子住在一起。那一來，你倒想，老太后不就不至於送命了嗎？」

「說得是！唉！」朱真歎口氣，「真個不幸生在帝王家。」

「是啊！想想十四阿哥的處境，我也覺得無所謂了！」年羹堯說，「再想想皇上的處境，雖然生殺大權在握，皇位是非常穩固了，但心裡何嘗有片刻安寧？『內疚神明，外慚清議』，還必得費盡心機去防範他人，絞盡腦汁想出話來為自己辯護。這個當皇上的滋味是好受的嗎？」

「說得是！」朱真心安理得地說，「聽將軍這番鞭辟入裡的議論，越覺得人生貴適意的話，真正是見道之言。」

「話是不錯。不過，說得出，看不破，一入仕途，握過權柄，要教他放下來，也實在是件很難的事。我如今倒羨慕你這種未入仕途的人，縱或有時熱中，到底只是一時之事，不像我。唉！」年羹堯長長地歎了口氣，搖搖頭沒有再說下去。

朱真無詞以慰，默默地坐著，只聽更鑼在響，數一數竟是三更天了，便即起身告辭。

「席珍，我們只此一會，初次識面，便成永訣，你再陪我坐一會。」

聽他說得淒惻，朱真心酸酸地想哭，強自排遣，想找些不相干的話來說。

此念一動，想到一件事，不由得問了出來：「將軍，聽說皇上製過一種名為『血滴子』的殺人利器，可有這話？」

「我也只是聽說，未曾見過。」

「聽人怎麼說？」

「說是一個皮袋。」

年羹堯一面用手指在桌上畫，一面講解，說這血滴子是一個皮袋，口徑大可尺許，袋口有極深的摺，自然封合，只留碗口一個口子。襞摺上鑲極鋒利的刀片，另一端用一道鋼圈縮合，如果將皮袋的襞摺拉開，刀片亦就直豎，一鬆手襞摺就縮回，刀片便斜著臥倒，一片接一片，形如車輪。

「當然，刀片的刃口都是向裡的。」年羹堯說，「要取人性命時，只須一手持鋼圈，一手握住袋底，將襞摺跟刀片都拉直了，從背後往人腦袋上一套，立刻鬆手。襞摺縮回，刀片臥倒，將腦袋整個絞了下來。然後提著袋子就走，至多一路上滴幾滴血，所以名為『血滴子』！」

「好傢伙！」朱真不由得就往後看，倒像有個血滴子要套到他頭上似的。

年羹堯笑了。「不必害怕！」他說，「我這裡絕無奸細。」
「我知道。」朱真大大地喝了口酒，為自己壓驚。
「席珍，」年羹堯說道，「我們來商量商量明天的事。」
「是！」
「你家住藩司前？」
「咦！」朱真詫異地問，「將軍怎麼會知道？」
其實這是多餘的一問，細想一想即可明白，年羹堯既然已注意到他，隨便派個人跟蹤，即可知道他的住處。至於知道他的住址，不知他的姓，自是不曾打聽，所以不打聽的緣故，想來是出於謹慎。
「席珍，」年羹堯告訴他說，「明天傍晚，我派人將小妾送到你那裡，你需要預為布置。」
「喔，」朱真大感為難，「若說辦喜事，只怕太倉卒了些，還有——」
「恰恰相反！」年羹堯打斷他的話說，「絕不能驚動親友，更莫說辦什麼喜事。我的意思是，須有個遮人耳目之計。你府上還有些什麼人？」
「就是一位寡嫂，一個小侄女。」
「能不能說你嫂子有娘家的妹子來探親？」
朱真明白了！突來豔婦，不管如何掩藏，左鄰右舍總會知道，要有個說法，才能不使人起疑，年羹堯的想法很細密。
「可以！我嫂子原有個表妹，左鄰右舍的女眷，曾聽她說過，長得頗為出色，正好冒充。」
「很好！令嫂的表妹姓什麼，叫什麼？」
「名叫曾蓮青。」
「曾蓮青？」年羹堯說，「明天就有曾蓮青到府上，請你先跟令嫂說明白。」

「是！」

「曾蓮青到你家來『作客』以後，令嫂便須向鄰居透露，他們也要到曾家去作客，選定一個日子動身，請鄰居照看房屋。這個日子，曾蓮青會告訴你，然後你雇一條船到嘉興，船到自有人會來接你們。」

「這以後呢？」

「以後，會有人送你們上船，中間可能還要轉一兩個地方，最後是到了新安江山、萬山叢中，定居下來。」

朱真想了一下說：「家嫂自然同行？」

「當然！」年羹堯說，「你有力量供養她的下半輩子，曾蓮青也一定會尊敬她。」

「是！家嫂亦會感激將軍成全之德。」

「彼此，彼此！請為我向令嫂致意。曾蓮青還得請她格外照應。」年羹堯又說，「還有件事，千萬要當心，動身的時節，必得像個暫且出門作客的樣子，切切別露舉家他遷的痕跡。」

這是告訴他，不可貪戀一些不值錢的衣服家具，動用物件，丟掉就丟掉，算不得什麼！

◇◇◇

「有這樣一件怪事，不，」朱真的寡嫂朱太太急忙改口，「是喜事！天外之喜，想都想不到的。」

看她並無畏懼之色，朱真反倒要提出警告了：「嫂嫂，這件事搞得不妥當，會有極大的麻煩。」

「沒有什麼不妥當，不過，老二，有一件事，你能做得到，就很妥當了。」

「嫂嫂說。」

「最好暫且不圓房，讓她跟我一張床睡。」

「好！」朱真毅然決然地說，「我聽妳的話。」

於是第二天一早，朱家叔嫂欣欣然地打掃房屋，預備餚饌。鄰居少不得有人打聽，朱太太便說，她的表妹要來作客。又說，她的表妹是因為婚事不如意，發生糾葛，內情甚為複雜。目前是來暫時避一避，說不定還要送她回去，代為調停，這樣留下一個舉家遠遷的伏筆。

到得傍晚，一乘小轎，悄悄到門，陪來的是一個老蒼頭，一名侍兒。那老蒼頭，即是前一天在將軍衙門，侍候過朱真的年家老僕，做事十分老練，稱朱真為朱少爺，叫朱太太卻是「表小姐」，一聽便知道他家小姐「曾蓮青」跟朱太太是表姊妹。

打發了轎子，那名叫阿雲的侍兒，扶著曾蓮青到朱太太臥室。朱真不便跟進去，與老蒼頭在廳中敘話。

「朱少爺，我本來叫年福，現在改名叫沈福。」

「喔，沈福！」朱真點點頭，心裡的話很多，不知該說哪一句。

「我家老爺讓我跟朱少爺說，最好三天之內就動身。」

「可以！」朱真找到談話的頭緒了，將他們叔嫂所設計的，以曾蓮青婚事有糾紛，來了還要送她回去的藉口，告訴了沈福，並又叮嚀：「我們跟左鄰右舍的感情很不錯，或許有人關切，有人好奇，會來打聽，請你關照丫頭，說話要留神！」

「是，是！我知道。」

談到這裡，只見朱太太臥室的門簾掀開，阿雲走出來說：「朱少爺，請進來！」

一聽這話，朱真突然一陣興奮，胸口似乎被堵得透不過氣來。定定神，徐步踏了進來，抬眼一看，驚喜莫名，怔怔地把一雙眼睛定住了。

還是曾蓮青大方，靜靜地叫一聲：「朱二哥！」
「喔，啊，不！」朱真急忙改口，「曾小姐！」
笑容滿面的朱太太，輕輕說道：「老二，恭喜你！」
聽得這話曾蓮青將頭低了下去。朱真癡癡地笑著，什麼話也沒有。
「朱二哥！」曾蓮青抬頭說道，「患難相從，以後一切都要倚仗了。」
「好說，好說！」朱真望著他嫂子說，「只怕曾小姐還沒有吃飯？」
「是啊！」朱太太說，「我該到廚房裡去了。」
「不必！表姊請坐，讓沈福跟阿雲去。」曾蓮青隨即吩咐，「阿雲，妳去看看。」
朱太太覺得不必客氣的好。不過，「我總要帶他們到廚房裡才行。」說著，她跟阿雲一起去了。
孤男寡女，共處一室，在朱真還是生平第一遭，頓覺渾身不自在，渴望著脫出這個窘境。但一看到曾蓮青，就像加了一副腳鐐，動彈不得了。
她靜靜地坐著，但臉上並無強自克制的表情，而是安詳恬適，似乎在思索什麼有趣的事，微微地含著笑容。
這對朱真來說，自有鎮撫的作用，不過總覺得彼此的關係，十分尷尬，不知道自己該怎麼樣才是最合適的態度。
默然半晌，曾蓮青終於抬眼看了他一下，眼中的言語是在詢問：你怎麼不說話？
朱真為她所鼓勵了，決意打破僵局，他覺得他應該祛除她的疑懼。而她的疑懼，他可以想像得到，是不知如何跟第一次見面的陌生男子，同床共枕？
於是他說：「妳今天晚上跟家嫂一床睡！本來應該單獨替妳準備一間屋子，無奈家境貧寒，只好委屈妳了！」

聽得這話，她有困惑的表情。「朱二哥，」她問，「你怎麼這麼說？莫非，莫非他沒有跟你說明白？」

這個「他」是指年羹堯，朱真知道她的困惑是什麼，隨即答說：「說得很明白。不過，為了遮人耳目，妳算是家嫂的表妹。這一點，要裝得很像。所以，我們暫時不必有——」朱真用力說了出來，「暫時不必有夫婦之實。」

曾蓮青的表情改變了，是感激而充分瞭解的神情，低下頭去答了一個字：「是！」

「就是此去直到萬山叢中，我們一直是這樣，算是親戚。」

「請問，稱呼呢？」曾蓮青說，「稱呼也不改？」

「是的！暫且不改，以兄妹相稱。」朱真喊道，「表妹。」

曾蓮青抬頭看了看，微笑答道：「朱二哥是叫我？」

「當然是叫妳，不然叫誰？妳是家嫂的表妹，也就是我的表妹。」朱真說道，「以後我就叫妳表妹好了。」

「不過，我可不能管你叫表哥。」說著，她嫣然一笑，態度活潑而自然。

朱真深感欣慰，覺得可以談談她的身世了，便即問道：「妳姓什麼？」

「劉。我是單名，一個彩虹的虹字。」

「這個名字很好聽。聽妳口音是山東？」

「直隸，不過鄰近山東，是滄州。」

「喔，妳今年多大？」

「朱二哥，你猜？」

「二十——」朱真少說幾歲，「整二十。」

「你看我這麼年輕，」劉虹答說，「我今年二十五。」

「二十五？」朱真問道，「妳到年家多少年了？」

聽到「年家」二字，劉虹急忙一望窗外，顯得相當緊張，朱真知道自己不夠警覺，不免歉然。

「對不起！我以後不會提到這個字了！」

「是！最好不提。」劉虹答覆他原來問的話，「到他家前後六年。」

「有沒有孩子？」

「沒有。」

說著，劉虹望著她自己的腹部，朱真便也注視著。初秋衣衫單薄，微隆的肚膚，一注意便看得出來。等她抬眼時，發覺他在看她，益覺不好意思，低下頭，將身子盡力扭了過去。

「不必如此！」朱真說道，「表妹，請妳保重！讓我好對得起人。」

所謂「請妳保重」，意思是提醒她當心安胎。劉虹感激地看了他一眼，將身子轉了過來，但頭還是低了下去。

「妳姊妹有幾個？」

「一個。」

「一個？」朱真知道她沒有聽清楚，「我不是指妳娘家。」

原來是指年羹堯的侍妾。她輕聲答說：「一共六個。」

「其餘五個呢？」

「都散了！」

「都散了？是自己願意走的？」

「不願意也不行啊！」

「那麼，散到哪裡去了呢？」朱真問說，「回娘家？」

「有的回娘家，但多隨其便。唯有我。」

話沒有說得完全，不過意思是很明白的，唯有她是年羹堯親自為她擇配的。

「當然是因為妳留著他的骨血。」

「不！」劉虹搶著說，「不完全是。」

「那麼還有什麼原因呢？」

「他說你很忠厚，而且有俠義心腸。他說：『我如今倒楣了，平時受過我好處的人，見我就像見了瘟神惡煞似的，避之唯恐不遠。只有朱某人，素昧平生，承他敬禮，始終如一，這是個可以託生死的朋友，一定不會虧待妳。』」劉虹說到這裡，甜甜地一笑，略帶頑皮地問道：「他說得對不對？」

朱真聽得這番話，自然深感安慰，但也不能厚著臉說人家稱讚的話，隻字不虛。想一想答說：「他的話有一句是說對了的。」

「哪一句？」

「一定不會虧待妳！」

劉虹的眼睛頓時發亮。「謝謝你！」她說，不過聲音極低。

「家嫂——」

朱真剛剛開口，劉虹便拿他的聲音打斷。「朱二哥，」她說，「以後是一家人了。這麼叫法，似乎不通。」

朱真自已已覺得有些刺耳，便點點頭說：「好。你叫她表姊，我仍舊管她叫大嫂。」

「這才是。」劉虹停了一下不聽見他開口，便即催問，「你剛才的話沒有完。」

「喔，我是說大嫂跟妳很投緣。」

「我的人緣一向好的。」劉虹說，「何況，何況是我表姊！」說著，抿起嘴笑了。

這片刻相處，朱真已有如飲醇醪、陶然飄然之感。他也毫不掩飾自己的感覺，傻傻地望著她笑。

劉虹卻收斂了笑容。「咱們談點正事，好不好？」她問。

「好啊！」

「我帶來一點東西，只怕不容易脫手。」劉虹將放在身邊的一個包袱捧了給他，「你慢慢兒看。」說著向窗外看了一眼。

朱真將包袱接在手中，從沉甸甸的感覺中，料知必是珠寶，「慢慢看」的叮囑，是提醒他財不露白。而朱真卻根本不想看，措大暴富，會失神落魄，不如不看。於是，他將包袱交了回去，心裡在想，最好連嫂子都不必看。

「表妹，我有句話，不知道該不該說？」

「說，說，」劉虹身子向前俯一俯，「朱二哥，你怎麼這樣子說？你我之間，難道還有什麼忌諱？」

「不是忌諱，我怕我的話太直率，不大中聽。自古以來，非分之財，足以敗身。所以我不願意打開來看，怕會受了引誘，心神不寧！大嫂人很賢慧，但到底也是世俗婦人，所以妳最好也不必給她看。」

劉虹靜靜地聽完，將眼垂了下來、是很認真地在考慮的神氣。

「朱二哥，」她說，「我也不能完全不告訴她，拿一些給她看，行不行？」

「也好！」朱真忽然想到，她也是尋常女子，有這麼一批珠寶在手，渾若無事，是不是修養高人一等呢？

「朱二哥！」劉虹對他的一舉一動都很敏感，「你在想什麼？」

「我很佩服妳！」

「佩服我？」劉虹又恢復了那種嬌憨明快的眼神，「為什麼？」

「我在想，若是我有那麼一囊價值鉅萬的珠寶，只怕會神魂顛倒、坐立不安。而妳，一點都看不出。」

「這，也許是我看得多的緣故。」說到最後一個字，她趕緊又說，「朱二哥，你不會罵我太狂妄？」

「不，不！妳說得對。見慣了就不在乎了。」

「我也在乎的！有時候我想想興奮得睡不著覺。」

「喔，」朱真對她突然改變的說法，頗感困惑，「妳是怎麼在想呢？」

「我想到，憑這些東西，可以幫助你創一番事業，我就興奮了！」

她的眼睛發亮，是真的有著出自衷心的喜悅。這使得朱真又困惑了，莫非故主的恩情，一點都不念。

「我又想到，我肚子裡的一塊肉，終於付託有人，能為他留下一枝根苗，我也會很興奮。不過，」她的聲音低了下來，「不知道是男是女？」

「男女不都一樣嗎？」

劉虹正要答話，只見門簾啟處，探頭進來的是朱太太。她的眼尖，一眼看出，立即站了起來。朱太太搖搖手說：「妳請坐！」接著向朱真使了個眼色，示意要他出來說話。

到得堂屋裡，沈福迎上來說：「朱少爺，恐怕今晚上就得走！」

何以如此匆促？朱真愣住了，朱太太便輕聲說道：「是今天晚上走的好。我也是她來了以後才想到，北方口音，冒充我的表妹，只怕沒有人肯信。不如今天晚上就走。」

「剛才有人來通知。有四輛車到乍浦，沿途不能查的，搭那一輛到了海寧縣境，另外有人來接應。」

這四輛沿途不查的車，朱真知道，必是掛著將軍衙門的旗號，駛往乍浦防守海口的都統衙門，輸運軍需。機會是好機會，但想到有一大障礙。

「大嫂，小鶯兒還在她舅舅家呢！」

小鶯兒就是朱太太的女兒，年方十歲，為舅母接了去玩了，一時接不回來，朱太太怎麼能走？

「我不走！非要我在這裡，應付鄰居，才不致出事。」

「大嫂，妳怎麼應付？」

「這有個說法，說我表妹是鬧婚變，私自從夫家出走，這件事很不安，所以我讓你連夜把她送回去。這個說法，不就面面俱到了嗎？」

朱真躊躇了一下說：「看來也只好如此！可是以後呢？」

「不要緊！」沈福說道，「過幾天我再把朱太太送了去。」

「那好！大嫂，妳趁早把小鶯兒接了回來。」朱真又問：「什麼時候走？」

「總得過了三更天。」沈福說道，「得悄悄兒走一段路。車子停在城門口等。」

於是朱真與朱太太又復入內，將一切情形告訴了劉虹。她戀戀不捨地說：「丟下表姊走了，怎麼行？」

「唉！」朱太太不以為然地，「暫時分手幾天，妳何必這樣。來，我們先吃飯，吃完了再說。」

匆匆飯罷，為了不驚動鄰居，都不敢高聲說話，同時也不知從何說起。一切是那麼倉卒，一切是那麼茫然，只有默默地接受冥冥中的安排。

好不容易捱過三更天，沈福在堂屋裡輕輕叩了兩下板壁。朱真便站起身來說：「是時候了！」

「表姊，」劉虹忽然掉下眼淚來，「我真捨不得走。」

朱太太心裡也是七上八下，好不是滋味，不過她不能不強自支撐，便拍拍劉虹的背說：「好好走吧！你們到了那裡，我跟著也就來了。」

「是！」劉虹拭一拭淚，默默地走了出去，手裡提著一個包裹，阿雲提著一只藤箱，朱真手裡什麼都沒有，跟著沈福在黑影裡出了大門。連道聲別都沒有，因為怕鄰居聽見。

杭州十城門，旗營靠近西湖，所以將軍衙門的車子停在清波門，而海寧、乍浦是在東面，所以摸索著上了車。一開城門，繞道往東，徹夜急馳，輪走如雷，朱真顛得屁股都疼了，而心裡卻是惦念著劉虹，別震動了胎氣。

到得天明，到了一座小城。沿著運河往北，進南門不遠，車子停了下來。朱真下車一看，是個圍牆完好，內中瓦礫遍地的廢園，正待動問時，只見沈福匆匆奔到後面那輛車旁，連聲喊道：「阿雲、阿雲，快扶下來！」

朱真這才發現，四下無人，是換車的極好機會，因而也上前幫忙。等阿雲探頭出來，立即伸手扶住，輕輕向懷中一帶，等於是拖了下來的。及至劉虹出現，他可不敢用對待阿雲的辦法，怕把她拖得摔一跤，所以用很清晰的聲音說：「我抱妳下來！」

於是劉虹略張雙臂，朱真攔腰一抱，搶步進入廢園，掩在裡面圍牆下。只聽車聲轆轆，由近而遠，復歸寂靜。

朱真長長地透了口氣，細看劉虹，只見她首如飛蓬，神情委頓，不由著急地說：「妳怎麼了？可千萬病不得！」

「沒有，沒有什麼！歇一歇就好了。」劉虹問道，「沈福呢？」

「到外面去了！大概是在等車子。」阿雲答說。

「要等到什麼時候？」劉虹有些焦急，「教人瞧見了怎麼辦？」

「瞧見了也沒法子。」朱真答說，「只好說是逃難的。不，逃荒的。」

話剛完，圍牆缺口處人影一閃，劉虹眼裡閃露了光芒，輕聲對朱真說：「你別響，我來應付。」

就這時人影已清楚地閃現了，前面一個四十來歲的讀書人，後面跟著一個小廝，提著兩隻鳥籠。那人步態安詳，真彷彿來溜鳥似的。

「尊駕貴姓？」那人問朱真。

「你問她！」朱真指著劉虹說。

「楊大爺，你不認識我吧？」劉虹問。

「怎麼，知道我姓楊？」

「在西安，我在屏風後面看見過楊大爺。」劉虹說道，「楊大爺還記得記不得，那天你喝醉了，宿在書房，伺候你的，就是我的丫頭。」

原來此人就是楊介中，自從勸年羹堯急流勇退，不見採納，便趁歲暮回鄉的機會，一去不返西安。年羹堯倒很念舊，專差送了兩萬銀子給他，使得楊介中既感且慚，卻不知如何報答。

及至年羹堯事敗，貶為杭州將軍，江湖盛傳他「一夜連降十八級」，窮鄉僻壤，都在傳說年大將軍的新聞。入山極深，足跡不履城市的楊介中，方知自己勸他的話，真是不幸而言中。感念舊情，耿耿難安，所以在半個月前悄悄到杭州去看過年羹堯。

這才真是可以託生死的國士。年羹堯想到愛妾有孕，想留下一枝根苗，也是在見到了楊介中，方始下的決心。選中朱真，以及如何脫身，如何轉道，也都是楊介中的策劃。

話雖如此，他卻沒有見過劉虹，現在聽她提及往事，喚起了清晰的記憶。那天是年羹堯從軍前回來，邀他商談進兵的方略，楊介中的獻議，深為年羹堯所欣賞，頻頻勸酒，喝得酩酊大醉，人事不知，半夜醒來不明身在何處，只看到一個極美的妙齡女子，蜷縮在他腳下。叫醒了一問，方知此處是年羹堯的書房，她是五姨太的丫頭，名叫春紅。

「原來是五——」楊介中突然頓住，因為「五姨太」這個稱呼，不宜再用。

「我娘家姓劉。」

「喔，劉姑娘！」楊介中看著朱真問道：「貴姓是朱？」

「是。」

「敝姓楊，草字介中。這裡不是說話之處。」楊介中忽然側耳靜聽了一會，欣然說道：「可以走了！」

這時沈福亦已回到原處，看見楊介中又驚又喜。「我一直在外面等，不知道楊大爺何以不來？心裡急得不知怎麼才好！哪知道楊大爺已經到了！」他問：「楊大爺都認識了吧？」

「是的！都認識了。轎子到了。走吧！」

等他領頭出了圍牆，來了兩乘小轎，楊介中指揮著讓劉虹主婢各坐一乘，揮一揮手，轎子抬起就走。

「我們幾個只好安步當車了。」他說，「好在不遠。」

石門城小，由南到北，穿城而過，亦費不了一頓飯的工夫。沿河走到較為僻靜之處，柳蔭下繫著一條烏篷船，他站住了腳。

搭了跳板上船，劉虹已經安坐在艙中，於是重新見了禮，隨即解纜開船。櫓聲咿呀中，市聲更遠，終於隔絕，到了可以深談的時候了。

楊介中首先問了沿途的情形，特別是一路有無形跡落入公門中人的眼中，以及有無可疑之人窺伺。及至細問明白，不免憂形於色，但憂色一現即消，代之以欣慰的神態。

「我想不要緊了！」他說，「我得把以後的計畫，細告兩位。」

楊介中的計畫是，由石門往西，轉陸路入天目山，在他家暫住，然後等候進一步的消息，再定行止。

「將軍獲罪絕不可免。但得看罪的輕重。」他說，「如果及身而止，罪不及妻孥，是上上大吉。劉姑娘在舍間待產以後，不論男女，都交給我好了。」

「是送回將軍家？」朱真問說。

「是的。」

「那麼她呢？」朱真指著劉虹說。

「自然成為朱太太。」楊介中答說，「反正情勢不論如何演變，兩位總是白頭偕老的了。」

朱真點點頭，轉眼去看劉虹，她把頭低了下去，臉上微現紅暈。

「劉姑娘，這不是害羞的時候，請妳聽我說。」等劉虹抬起頭來，楊介中接口說：「如果罪及妻孥，將來妳的孩子還得改姓──」

「已定規了。」朱真插了一句，「改姓生，生生不息的生。」

「好！這個姓好。」楊介中接著說，「是這樣，也還是在舍間待產之後，再帶著孩子，轉往朱兄所說的皖南萬山叢中。這一層，且等到了舍間再議。」

「是！請說第三種情形。」

「第三種情形，我想不至於發生，就怕──」楊介中說，「滿門抄斬，還要細查家屬下落，那時劉姑娘的形跡恐怕藏不住，非走不可。」

「走到哪裡？」劉虹問說。

「從寧波出海，到日本。」

「日本？」

「是的，日本。」

「不！」劉虹毅然決然地答說，「我不到外國。」

「是的。我也這麼想。」朱真接口說道，「果真到了那樣的地步，我們倆自有安排，請楊兄相信我們。」

楊介中不知他們倆已有什麼成議，只是聽他們如此表示，沒有不信的道理，所以很誠懇地，默默地表示讚許。因為話中已聽出來，他們是表示絕不會連累他。

當然楊介中少不得加以安慰，「我想絕不會落到那麼不堪的境界，」他說，「不過不能作一個最壞的打算而已。」

「但願如此！」劉虹正色說道，「不論怎麼樣，楊大爺這番古道熱腸，我們總是感激的。」

「這不是說客氣話的時候。」楊介中說，「說實話，我亦不是對你們兩位有什麼特別的感情，只是報答將軍。只望你們能夠達成將軍的心願，我這點心就不算白費了。」

說到這樣的話，不必再言「謝」字，而且亦不必覺得受之有愧。大家都沉默著。

於是朱真想起一件事。「家嫂不知道怎麼樣了？」他問，「也不知道哪天才能接了來？」

「這都歸我，請你放心。不過日子恐怕不能太快，因為要另作安排。」

◇◇◇

這晚上，泊在一處小鎮之外，河面很寬，月色如銀，朱真很想上岸去走走，又怕搭跳板要驚動船家，寄人籬下，受人庇護，應該自己知趣，所以早早就躺下了。

楊介中主僕不在船上，在鎮上投宿。沈福與船家睡在尾艙。中艙只隔一塊活板，朱真與劉虹分睡兩面，夜深不寐，都在猜想，不知對方此時在思量些什麼？

終於是朱真忍不住了，輕輕叩一叩板壁問道：「妳睡不著？」

「是啊！」劉虹反問，「你呢？」

「還不是一樣。」朱真問道，「我能不能把活板打開？」

劉虹不答，直到他再催問時，她才答說：「你這話問得好像多餘。」

於是朱真輕輕地把活板推開，船篷上開了一條縫，又正逢月到中天，銀光直瀉，只見劉虹裹著一條薄被，兩條渾圓的手臂，伸在被外，手中握著她自己的一彎黑髮，斜睨著他。

「妳會受涼，把膀子放進去。」

她翻個身，將被子往上一拉，照他的話做了。

「我想到一件事。」朱真說道，「如果到了妳生產以後，又是自由之身，我要明媒正娶，把妳當結髮夫妻。」

劉虹聽得這話，又把身子翻了回來，側面看著朱真，眼光閃爍，含著笑容，但有些不信的神氣。

「我這話是真的。」

「我知道。不過，」劉虹將淚水抹去，看著月亮說，「我不知道有沒有這樣的福氣？」

「我也不知道。妳我現在都是聽天由命，不過有一點是我自己可以作主的。」

「哪一點？」

「我們生死都在一起。」

這便是海誓山盟了。劉虹感動得又想哭，將一隻手伸出去讓朱真緊緊握著。

「我把篷拉大一點。妳會不會覺得冷？」

「今天沒有風，不會。」

於是朱真仰起身子，將竹篾編成、塗了黑漆的船篷推開尺許。穹宇澄藍，圓月高掛，飄浮著淡淡的幾抹微雲，那高爽明淨的景色，使得人的心境也開朗了。

「我在想，人生何必富貴？」朱真感歎著，「若能像我們現在這樣，就是神仙了。」

劉虹微笑著點點頭，表示同意他的話，她覺得她好幾天以來的心事，此刻是最適宜吐露的時候。不過，話是如何說法？應該好好想一想。

看她臉微側著上望青天，睫毛的閃動，發出亮晶晶的光芒，朱真不由得在想，女人畢竟還是深沉的可愛。

好久，她都不曾開口，朱真可忍不住了。「妳在想什麼？」他問，「想得這麼出神。」

「我是有點怕。」

「怕什麼？」朱真安慰她說，「不要怕！絕不會走到最壞的那一步。」

「我不是指那件事。」她回過臉來，看著他說，「我是指你。」

「指我？」朱真將她的話合在一起想了想，很不安地問：「妳是怕我？」

「是的。」

「怕我，怕我什麼？」

「怕你會不喜歡我的孩子。」

「吁！」朱真吐氣出聲，「嚇我一跳！我以為什麼事？我不懂妳為什麼有這樣的想法？真正叫杞人憂天。」

「但願我是杞憂。」

「本來就是杞憂。」朱真說道，「妳想，這本來是我許了將軍的，如果我不喜歡妳的孩子，我怎麼會答應？何況，我天性就喜歡孩子。」

「那就好！」劉虹笑道，「孩子大概也聽見你的話，高興得在跳。」

「真的？」

「你摸！」

她牽著他的手，伸入夾被中，去撫摸她的胎兒在動的腹部。隔著紡綢的褻衣，他覺得她的微隆的肚腹，光滑異常，感覺上非常美妙。但他不敢留戀，很快地將手抽了回來。

「摸到沒有？」
「摸到什麼？」
「咦！」劉虹詫異地，「孩子在動啊！」
「啊！」朱真盡力克制著綺念，根本就把這個目的忘掉了，赧然地答說：「我不知道。」
「越說越妙了！怎麼會不知道？」
「跟妳說實話吧，我用盡全力在拉住我自己的手，不讓它再從妳的肚子上摸下去。所以根本沒有感覺到，孩子是不是在動。」
「啐！」劉虹紅著臉笑了。
由此而始，喁喁細語，互訴身世，一直到曙色將動，方始由朱真戀戀不捨地將那塊活動隔板拉上。

◇◇◇

到天目山已經快一個月了。劉虹住在楊家，朱真則借住在一座古剎華藏寺中，每日裡讀書看山，間日一赴楊家，但跟劉虹相見的時候不多，日子過得很閒逸，但也很沉悶。
每次見了楊介中，少不得要談年羹堯，不知他的命運如何？當然也要談到他的寡嫂。楊介中總是說已經派人去接，不日可到。
中秋的第二天有消息來了。「年將軍已經被捕，專差解進京去了。」楊介中說，「情形似乎很不妙。」
這就是說，罪名不會及身而止。這一點，朱真並不覺得意外。他已不止想過多少遍了，當即答說：「楊大哥，我想要趕快走了。為什麼呢？第一，再下去，天要冷了，雨雪載途，種種不便；第二，劉虹身懷六甲，到臨盆時候動身，尤為不妥。既然消息如此，不必再等，以免自誤誤人。」

話說得很直率，也很透徹。這種緊要關節上，無須客氣，楊介中點點頭說：「遵命！我盡速籌備，其實已經買好了兩百畝地在那裡了。年將軍另外給了一筆錢，到臨動身時，我有細帳給你。」

「不必給我，交代劉虹就可以了。不過，」朱真顯得很焦慮地，「家嫂為何不曾接來？」

朱太太已經被看管了，吉凶莫卜。楊介中已經有了打算，在杭州要設法營救。在這裡，不必告訴朱真，免得徒亂人意。

「令嫂貪戀故園，又畏跋涉，不肯到山上來。好在事情做得很機密，官府並沒有注意到她。我想，你就不必再管了，家用有我接濟，盡請放心。」

朱真頗感意外，但亦不疑有他，只怏怏地說：「只好隨她了。」

剛說到這裡，劉虹走了來探問杭州的情形。楊、朱二人將相談經過都告訴了她，劉虹一言不發地走回臥室，將那一囊珠寶取了來交給楊介中。

「楊大哥，」她說，「如今是禍是福同當了，這些東西也該分一分。」

「不！」楊介中一手揿住袋口，不讓她將珠寶倒出來，「庶人無罪，懷璧其罪。我不要，這只有替我帶來禍害。就是你們在路上亦該小心！」

「怎麼辦？」劉虹問朱真。

「楊大哥的話不錯，我們帶到山上亦無用處。我看——」朱真沉吟了一會說，「我有個辦法，不過以不說破為宜。」

於是當天開始，便動手收拾行李，雇定了船隻，及至動身有期，朱真才說了他處置那一囊珠寶的辦法，交給華藏寺，請方丈一行大師收藏。到得事定，一半捐獻，重修寺貌，再塑造金身；一半留給姓「生」的孩子。

但是這個辦法不一定辦得到，因為一行大師也許為了一寺的安全，不肯負此重任，所以事先不便明言。劉虹也贊成這個辦法，相偕到華藏寺，與方丈秘密陳情。一行大師慨然應諾，卻指定要楊介中到場交納，為的是他自明心跡，要找個見證人。

◇◇◇

年羹堯在這年十二月定罪的消息，傳到新安江上、萬山叢中朱真與劉虹隱居之處，已在下一年二月裡。一共九十二款大罪，應該明正典刑。奉旨「令其自裁，子年富立斬。其餘十五歲以上之子，發遣雲貴極邊煙瘴之地充軍。妻係宗室之女，著遣還母家。族人為官者俱革職。家貲抄沒入官，其嫡親子孫將來長至十五歲者皆照遣，永不赦回。有匿養其子孫者，以黨附叛逆治罪。父年遐齡，兄年希堯革職免罪。」年遐齡已經八十多歲，本亦在處死之列，由於大學士朱軾力爭，方得免死。

消息是楊介中送來的，另外附抄了一道皇帝宣示年羹堯罪狀的上諭，說是「今寬爾誅死之罪，令爾自裁。又赦爾父兄伯叔子孫等多人之死罪，此皆朕委曲矜全，莫大之恩。爾非草木，雖死亦當感涕也。」

「寫得出這樣的話，其人心腸可知。」朱真向哭紅了眼睛的劉虹說，「看來妳我從此必須隱姓埋名，老死岩壑了！」

「一切都過去了！」劉虹強自振作，「但要把過去的一切都忘掉了才行。」

「說得是！」朱真向來人說道，「請你上覆楊大爺，我們從此不來往了。請楊大爺只當世界上，從此沒有我們這兩個人！」

年羹堯死而有知，唯一值得安慰的一件事，是劉虹生了一個男孩，朱真不敢說他姓「生」，只說姓沈。不過就在孩子出世的那天晚上，將他的身世經過，細細寫下，密密封緘，留待孩子成年以後開拆。

◇ ◇ ◇

到得孩子五歲那年，皇帝誅除異己，終於告一段落。繼年羹堯之後，隆科多的下場亦很慘，先是派往蒙藏邊界的阿爾泰地方辦理界務，作為變相的放逐。到了雍正五年，私藏玉牒底本一案發作，皇帝大怒。

玉牒乃是皇家的家譜，其中有皇帝削奪十四阿哥爵位，以及借避諱而改名奪名的種種痕跡。如今隆科多私藏底本，顯然有留待將來翻案的打算。這一來，他就算死定了。

於是隆科多被召還京，交王公大臣會審，定下大不敬之罪五，欺罔之罪四，紊亂朝政之罪三，黨奸之罪六，不法之罪七，貪婪之罪十六，共四十一款大罪。

罪名中有許多離奇的情節，有一款是「妄擬諸葛亮，奏稱白帝城受命之日，即是死期已至之時。」從表面上看，將皇帝比作劉阿斗，自然是大不敬。其實不然。

原來隆科多的意思有兩層，一層是他之保皇帝，猶如諸葛亮保劉阿斗。沒有諸葛亮不會有劉阿斗的天下，同樣地，沒有他，就不會有雍正的天下。

另一層是表示皇帝得天下不正，秘密都在他肚子裡，好就好，不好翻將出來，大不了一死。這是提醒，也是要脅，皇帝自然非殺他不可。

欺罔之罪的前三款是有連帶關係的，一款是「聖祖仁皇帝升遐之日，隆科多並未在御前，亦未派出近御之人，乃詭稱伊身曾帶匕首，以防不測」；一起是「狂言妄奏，提督之權甚大，一呼可聚二萬兵」；又一款是「時當太平盛世，臣民戴德，守分安居，而隆科多作有刺客之狀，故將壇廟桌下搜查。」承審大員雖以隆科多在聖祖臨終時，未在御前，一筆抹煞，其實所言不虛。當時盛傳「江南八俠」聚集京師，匿跡王府，皇帝有被刺之虞，所以隆科多防範甚密，保護甚周，不想這時都成了罪狀。

犯這四十一款大罪，自應斬立決，但說聖祖賓天時，隆科多未在御前。這一點皇帝如果不辨，就成了有意撒謊，隱瞞實情，所以特頒一道上諭：「皇考升遐之日，召朕之諸兄弟及隆科多入見，面降諭旨，以大統付朕。是大臣之內承旨者唯隆科多一人，今因罪誅戮，雖於國法允當，而朕心則有所不忍。隆科多忍負皇考及朕高厚之恩，肆行不法。朕既誤加信任於初，又不曾嚴行禁約於繼。今唯有朕身引過而已。在隆科多，負恩狂悖，以致臣民共憤，此伊自作之孽。皇考在天之靈，必昭鑒而默誅之。隆科多免其正法，於暢春園外附近空地，造屋三間，永遠禁錮。伊之家產何必入官？其應追贓銀數十萬，尚且不足抵賠，著交該旗照數追完。其妻子亦免入辛者庫，伊子岳興阿著革職，玉柱著發往黑龍江當差。」

凡是為皇帝禁錮的，一定活不長久。因為不必加以私刑，只要按照一般囚犯的虐待，就能將這些錦衣玉食的貴族折磨得但求一死。

不過比起皇帝的骨肉來，隆科多還算是幸運的，至少不曾受過像九阿哥那樣的非人待遇。九阿哥在雍正四年四月，與八阿哥同時勒令除宗，廢為庶人。既非皇室，自然不能用玉牒上的名字，所以又得改名。八阿哥改為「阿其那」，九阿哥改為「塞思黑」，這都是滿洲話，意思是狗和豬。

廢為庶人，治罪自然如常人的待遇，所以塞思黑在西寧押解進京時，一路已受了許多折磨，到得保定，暫行羈押。直隸總督李紱仰承皇帝的旨意，以檢束江洋大盜的苛虐手段對待塞思黑，他在奏摺中說：「現在給與塞思黑飲食，與牢獄重囚，絲毫無異。鐵索在身，手足拘攣，房小牆高，暑氣酷烈。昨已報中熱暈死，因伊家人用冷水噴漬，逾時蘇醒，大約難以久存，蓋不善所致，即有皇恩亦難逃於天殛也。」

到了七月十五，塞思黑患了泄瀉。八月初九以後，「飲食所進甚少，形容只日漸衰瘦。」於是言語恍惚，神智昏迷，再後來「聲息越微，呼亦不應」，但仍拖到八月二十七方始斃命，臨死以前，「昏迷不起，不能轉動，目暗語喑，唯鼻息有氣，兩手搖動，喉吻間有疾響而已。」

八阿哥是在一個月以後，死於監所，他所受的罪，並不比九阿哥來得少。至於十四阿哥，只有十四款大罪，為王公大臣所公議。第一款說：「十四阿哥性質狂悖，與阿其那尤相親密。聖祖仁皇帝於二阿哥之案，將阿其那拿問時，召入眾阿哥，諭以阿其那謀奪東宮之罪，現交議政究審。十四阿哥與塞思黑等，同向聖祖仁皇帝之前，十四阿哥奏云：阿其那並無此心。若將阿其那問罪，我等願與同罪。聖祖仁皇帝震怒，拔佩刀欲殺十四阿哥，經允祺力勸稍解，將十四阿哥重加責懲，與塞思黑一併逐出。」

第十一款說：「皇上謁陵回蹕，遣拉錫等降旨訓誡，十四阿哥並不下跪，反使氣抗奏。良久，阿其那見眾人共議十四阿哥之非，乃向十四阿哥云：『汝應下跪』。便寂然無聲而跪，不遵皇上諭旨，止重阿其那一言，結黨背君，公然無忌。」

原來十四阿哥最聽阿其那的話。當初皇帝封阿其那為廉親王，目的就在期望他能夠約束十四阿哥，誰知八阿哥不受籠絡，算是很對得起十四阿哥，所以十四阿哥仍如以前那樣敬重八阿哥。

最後一款是：「奸民蔡懷璽，造出大逆之言。明指十四阿哥為皇帝，塞思黑之母為太后，用黃紙書寫，隔牆拋入十四阿哥院內。十四阿哥不即奏聞，私自裁去二行，交與把總，送至總兵衙門，全是酌量完結。及欽差審問，始理屈自窮，悖亂狂妄顯然。」這更是一件皇帝栽矚的大笑話。

這件案子是馬蘭鎮總兵范時繹所經手。他在雍正四年三月二十三日奏報，說他手下一個負責探訪兵丁，名叫趙登科，面報一件怪事：他在湯山看到一個人，身攜行囊，神色可疑。於是上前搭訕。那人起先應對含糊，不肯道明姓名，經趙登科好言誘騙，終於說了實話。

「我是溪州人，有三個哥哥，一個弟弟，我的大哥是大糧莊的莊頭。只為家裡不和，我大哥把我鎖了起來，是我三哥和小弟私下把我放了出來，給了三千制錢，叫我逃往關東。」

既然要逃到關東。怎麼會走到那裡來的呢？那人也有解釋，說兩天之前，他睡在一座小廟裡，夜得一夢，夢見廟神指引，叫他不必往關東，往西北方向走，那裡有個湯山，去投奔十四爺。道是「十四爺的命大，將來要做皇帝」。

趙登科便指點他十四阿哥的住處。等了一會，十四阿哥的哈哈珠子那喇出來，那人便即跪在他面前，把跟趙登科說過的話說了一遍，求他通報。那喇不理他，掉轉身就走了。

於是趙登科回營稟報范時繹。趙登科不抓住他已經奇怪了，更奇怪的是，范時繹亦不抓他，只命趙登科繼續跟蹤誘問，而那人也就說了「實話」。

他說他姓蔡，是正黃旗屬下，父親已死，長兄蔡懷瑚襲了莊頭；二哥叫蔡懷璉，三哥叫蔡懷琮，弟弟叫蔡懷珮，他本人叫蔡懷璽。又說廟神告訴他兩句話：「二七便為主，貴人守宗山。」范時繹認為此人既非酒醉，又未病狂，而怪異誕妄如此，本想拿他驅逐出境，又怕他到別處去妖言惑眾，所以暗地裡嚴行監視，奏聞請旨。

哪知就在此時，十四阿哥派人將這個蔡懷璽送到范時繹那裡。范時繹不收，派一個把總華國柱將他送回湯山。到了晚上，十四阿哥派人來說，這是一件小事，不奏報皇上了。應該如何處置，請范總兵瞧著辦。

原來皇帝想坐十四阿哥一個謀反大逆的罪名，才能將他守陵的差使撤掉，調回京來，加以幽禁。但十四阿哥已知道皇帝的用心，謹言慎行，防範甚周，無可奈何之下，皇帝只好使出買兇栽贓的無賴手段了。

於是由親信侍衛跟內務府商議。找到了蔡懷璽這麼一個妄人，撞到湯山來跟十四阿哥糾纏。那喇識破奸計，根本不理。趙登科以及他的長官把總華國柱都是知道這件事的，范時繹更不必說，早就奉了密旨，所以故意縱容蔡懷璽，任他在外遊蕩。照常理來說，不管蔡懷璽是真的來投「真命天子」，還是有失心瘋，反正只要說什麼「二七便為主，貴人守宗山」的話，便當逮捕審問。如今大反常態，益見得作奸作偽，是有預謀的，不過手段拙劣如此，令人齒冷而已。十四阿哥屬下抱著見怪不怪，其怪自敗的態度應付此事。蔡懷璽技窮無奈，便寫了張字帖，硬闖十四阿哥府裡去耍賴。

十四阿哥手下不打他、不罵他，只將字帖前兩行裁去，連蔡懷璽一起送給范時繹。糾纏到此，實在無計可施了，范時繹只好將經過情形，詳細奏報，雖不敢明說蔡懷璽的真正身分及來意，不過吞吐其詞，明眼人一望而知，內有蹊蹺。

皇帝一看十四阿哥將字帖前兩行裁去，根本不涉做皇帝之事，要誣賴都誣賴不上，便硃批指示，已另派人前來審理。蔡懷璽不妨抓起來審，「二七便為主」這一句，「你只作不知，從蔡懷璽口中審出就是」。這是皇帝教大臣用買通盜賊誣賴的手段，去害同母的胞弟。

過不了幾天，京中派來三名欽差，一個貝勒滿都護，其餘兩個都是御前大臣。將蔡懷璽拘來一問，自道曾向十四阿哥府中投書，細問他字帖中的言語，拿出來與十四阿哥原送的字帖核對，少了兩行，是「二七便為主，貴人守宗山，以九王之母為太后」這幾句話。

於是，滿都護便傳十四阿哥來問話。皇帝派滿都護為欽差，就因為他是貝勒，而十四阿哥此時已降成貝子，爵位低一級，如果不來，便可坐以抗命之罪。十四阿哥知道皇帝的用心，所以來了。

來是來了，卻將范時繹跟滿都護狗血噴頭地痛罵了一頓，同時揭破一個秘密。十四阿哥指出，蔡懷璽經常受把總華國柱的招待，飲酒食肉，談笑甚歡，所以蔡懷璽是范時繹指使出來的！他又責問范時繹，何以不辦蔡懷璽，算不算包庇縱容？

此言一出，滿都護的態度大變。他是恭親王常寧的兒子，跟十四阿哥是嫡堂弟兄，他不說話，馬爾賽、阿克敦在地位身分上，對十四阿哥就無法作任何嚴格的要求。因此原來設計的利用滿都護來鉗制十四阿哥的計畫，完全落空，范時繹被罵得窘迫不堪，所以對滿都護大為不滿。

及至覆奏，勉強替十四阿哥安上的罪名，只是奸人投書，並不奏聞。皇帝不能辦他重罪，只命在壽皇殿外，造屋三間，將十四阿哥幽禁。他有四個兒子，長子已為皇帝所籠絡，次子很孝順父親，皇帝下令把他跟父親拘禁在一起。

除此以外，凡與皇帝不和，或者皇帝所忌的弟兄，幾乎都沒有好下場。皇長子直郡王，雍正十二年幽禁而死，年六十三歲，以貝子禮下葬。

皇二子，也就是廢太子，早在雍正二年年底，便已死在咸安宮幽禁之地，追封為理親王。

皇三子誠親王，一向為皇帝所忌，先是把他的門客，主修圖書集成的陳夢雷充軍到遼東；雍正六年，將誠親王以「貪利」的罪名，降為郡王；八年二月復晉為誠親王；但三個月後，就藉故論罪，削爵拘禁於景山永安亭；又兩年死在幽所，以郡王禮下葬。

皇五子恒親王是九阿哥的同母兄，也是宜妃的長子，為人謹慎小心，總算平平安安，但抑鬱寡歡，與誠親王同年同月同日同時死，一直成為疑案。

皇十子敦郡王，在皇帝看，他亦是八阿哥、九阿哥一黨，所以早在雍正二年四月，便以小小的罪名，張大其詞，將他削爵幽禁，到今還在高牆之中。

皇十五子在十四阿哥召回京後，封為貝勒，代守景陵，八年二月晉為愉郡王，但守陵等於放逐，所以第二年就抑鬱以終。

最駭人聽聞的是皇帝的第三子，實際上亦就是皇長子弘時，在雍正五年八月初六，突然暴死，傳說是皇帝所殺。

上諭中只說皇三子弘時年少行事不謹，削爵除去宗籍，接著便宣布了弘時的死訊。其時是雍正五年八月初六。

弘時之死，引起了許多流言。一說是他為人耿直，對於皇帝誅除異己，屠戮手足，頗有反感，一次公然批評皇帝做得過分，以致奉旨賜死。

又一說是弘時秘密加入了天主教。而為皇帝所痛恨的貝勒蘇努，全家皆奉天主。皇帝降旨干預時，竟然表示：「甘願正法，不能改教」。此時蘇努以「塗抹聖祖硃批奏摺」的罪名，為刑部定罪「應照大逆律，概以正法」。於是弘時為蘇努求情，說蘇努的子孫有四十人之多，如果一概正法，未免過苛。又說信教亦不算不忠，孝莊太后不就以湯若望為教父？再一追問，原來弘時亦已受洗。皇帝勃然震怒，認為非採取決絕手段，不能將自己的地位凌駕於天主教之上。所以一面以蘇努子孫「多至四十人，悉以正法，則有所不忍；倘分別去留，又何從分別」為詞，「暫免其死」。一面殺了自己的兒子，以為大臣再入天主教者戒！

又有一說是，弘時與他的弟弟弘曆不和，洩漏了弘曆的秘密。弘曆在皇帝心目中，至重至寶，因為先帝曾稱許弘曆「福大過我」，皇帝認為這就是先帝默許他大位的明證。若非如此，弘曆之福，何能大過祖父，起碼也要做了皇帝，福氣才能跟祖父相提並論。而要弘曆做皇帝，自然又非讓弘曆之父做皇帝，統緒才能相接。

因此早在雍正元年，祈穀大祀禮成，皇帝便召弘曆入養心殿，將祭品中的神胙，特賜一器，暗示付託之本，讓他承福受祚。

到了這年秋天，皇帝在乾清宮西暖閣宣諭滿朝文武，道是「皇考在日，曾經降旨給你們諸大臣，在萬年之後，一定選一個堅固可託的人，為你們作主，一定會讓你們心誠悅服。我自即位以來。上念列祖列宗付託之重，夙夜兢兢，唯恐不克負荷。從前我在藩邸時，待人接物，無猜無疑，飲食起居，不加防範。但那時候未任天下之重，今類比昔，哪裡可以疏忽？」

接著又說，先帝為了二阿哥之事，大為憂煩。懲前毖後，他不能不預作籌劃，只是先帝已有不立儲的指示，所以他不能特建東宮。不過，皇位的繼承人，他已經選定，親筆寫明，封在錦盒之中。這個錦盒擺在乾清宮世祖御筆「正大光明」這塊匾額後面，這是全宮最高之處。錦盒也許擺在那裡幾十年，也許幾個月。只要他一死，受顧命的大臣，就得立刻將錦盒取下來照他指定的皇子，擁護即位。

不管他此舉的作用是暗示儲位已定，還是當時手足之間，情勢險惡，生怕一旦遇刺，繼位無人？但大家都相信他所寫的名字是已被封為寶親王的弘曆。

到了雍正五年，凡是反對他的弟兄及大臣，死的死，幽禁的幽禁，最後連他親生之子，在他認為不能再留在世上時，亦像太祖殺長子褚英那樣，毅然決然地處了死。乾坤大定，皇位已如磐石之固，可是另一樁惱人之事發現了。

不是他獨有的發現，只是通國皆知，最後才讓他知道，他已經有了四款播傳人口、宣揚四海的人倫大罪：「謀父」、「逼母」、「弒兄」、「屠弟」。

他本來以為宮禁秘密，只有京中少數人知道，一方面厲行鉗制，一方面修改有關的文獻紀錄，可以遮蓋得很嚴密。哪知道歷年以來，各王府下屬被充軍的，沿路為他「賣朝報」，沸沸揚揚，成了頭號大新聞。尤其是充軍到廣西的，取道湖南，所經之處，頗多人口稠密的集鎮，那些被充軍的，一到了宿店，頭一件事就是高聲招呼：「你們都來聽新皇帝的新聞！新皇帝冤枉我們，只有老百姓能替我們伸冤！」又說：「至多問我們的罪，哪好封我們的口。」等百姓聚攏了，便大談新皇帝的新聞。聽得人目瞪口呆，但是要不相信又何可得？因為沒有一個人會有那麼大的膽造這種謠言，而況講這些新聞的又不止一個人，更何況沒有官，沒有兵去禁止他們不准這麼說！

解送的官兵，早受了籠絡，也是出於同情，不會去干預他們。地方上的小官，不知他們是何來頭，又是這種「瘋話」，不敢干預。高高在上的封疆大吏，得到報告，裝作未聞，因為這些事管不得，一管就會有極大的麻煩，皇帝問一句：既然如此，你何以不拿他們即時抓起來？試問何詞以答？反正只是路過，住一宿，打個尖，送走了不就沒事了？

不久，由於一樁文字獄，牽連出許多宮廷內幕，皇帝才知道自己在天下子民心目中，竟是如此不堪的一個人物！

◇◇◇

本來文字獄在雍正朝已非一件，最早是查嗣庭典試江西獲罪。有人說他出了一個題目，叫做「維民所止」。有人告他，「維止」二字，乃是雍正去頭，大不敬，因而被誅。

又有人說，查嗣庭做了一部書，叫做《維止錄》，說是取明亡如大廈將傾，得清維持而止之義。其實不然，內中所記，多是宮廷曖昧，第一頁就是「康熙六十一年十一月十四日，天大雷電以風，予適乞假在寓，忽聞上大行，皇四子已即位，奇哉！」由這語氣，可以想見，對皇帝是不會有好話的。

又有一說，查嗣庭書法名震海內，有個滿洲大官想求得他的一幅字，託琉璃廠設法。琉璃廠轉託了查嗣庭的小廝，許以重酬，那小廝求主人，查嗣庭答應了他，而半年不替人家寫。琉璃廠天天催逼，那小廝怨恨不已，一天深夜看主人屋中有燈光，從門縫中悄悄張望，但見查嗣庭秉筆疾書，寫完，將一本冊子藏在書架最後層，那小廝便偷了出來交給琉璃廠，因而起禍。

逮捕查嗣庭是在深夜，全家十三口，無一倖免。書中有一條記浙東有個小市鎮，叫做諸家橋，有個村學究，在當地的關帝廟題了一副對聯：「荒村古廟猶留漢，野店浮橋獨姓諸」。諸、朱同音，顯然未忘大明天下，因而亦受株連，村學究冤枉送了一條命。

文字獄大都發生在江浙，唯有曾靜一案發生在湖南。有個舉人叫曾靜，遣他的學生到川陝總督岳鍾琪那裡去投書，勸他舉義反清。他說岳鍾琪是岳武穆的後裔，而清朝為金之後。岳飛與金兀朮是死對頭，岳鍾琪不該為清朝效力。其中又談到皇帝是如何不堪，有謀父、逼母、弒兄、屠弟種種極惡大罪，根本不配為君。

岳鍾琪如何能接受這種舉人的議論，立刻檢舉。皇帝特派刑部侍郎杭奕祿、副都統海蘭到湖南，會同巡撫王國棟提曾靜審訊，這一下又牽連到浙江名門的一個已故遺民呂留良。

原來曾靜是呂留良的學生，當捕獲到，嚴刑審訊時，曾靜自道他的種族之見，得自師傅。於是已死多年的呂留良，復受株連。他有個兒子叫呂葆中，是康熙四十五年的探花，即令身死，也跟他父親一樣，不能免禍。

此案株連甚廣，從雍正七年開始，直到雍正十年年底，方始結案。而結果令人大出意外，凡受牽累者，誅戮甚慘，呂留良剉屍梟示，財產入官，呂葆中亦復如此。另一個兒子呂毅中斬立決，其他家屬充軍的充軍，為奴的為奴，獨獨元兇首惡的曾靜、張熙師徒，獨邀寬宥。

皇帝作此出人意表的措施，是有一番解釋的。他說：曾靜、張熙大逆不道，以情罪而論，萬無可赦。但他不殺此二人，實有隱衷。

隱衷是什麼？是保定岳鍾琪。當張熙奉師命到岳鍾琪那裡投書以後，岳鍾琪驚惶過甚，處置方面，並未細細籌算，隨即邀集巡撫西琳、臬司碩色，在密室中嚴審張熙，要查出主使之人。

哪知張熙的口風極緊，上了刑器還是不肯吐露。過了兩三天，岳鍾琪情急無奈，只好想了個騙張熙的法子，答應他起事反清，但要他將主謀的人請來主持大事，為了取信張熙，設下香案，盟神設誓，張熙方將曾靜的姓名供了出來。

皇帝說，當時岳鍾琪將經過情形奏報到京，他看了之後，大為動容。岳鍾琪誠心為國，發奸摘伏，不惜與奸人盟誓，實在令人感動。如今要殺了曾靜、張熙，豈不是讓岳鍾琪違背盟誓，不得善終？所以不能不網開一面。

何況，曾靜不過僻處鄉村，為流言所搖惑，捏造謠言，誹謗君上的，實在是阿其那、塞思黑門下的兇惡之人，發遣到廣西時，一路造謠。如非曾靜案發，皇帝何由得知真相？

這意思是皇帝認為曾靜給了他一個解釋謠言的機會，將功折罪，所以寬宥。事實上，皇帝確是因此而做了一篇空前絕後的文章，題目叫做《大義覺迷錄》，就外間所說的謀父、逼母、弒兄、屠弟四大款罪名，一一申辯，詳盡非凡。

皇帝自信過甚，大逞辯才，哪知效果適得其反，真合了「欲蓋彌彰」這句成語了。從《大義覺迷錄》頒行以後，四海臣民無不知皇帝有此慚德，凡是跟皇帝親近的人，則無不替他難過。於是怡親王允祥在勤勞過度與中懷鬱結的外感內傷交迫之下，一病不起。

怡親王允祥死於雍正八年五月。這在皇帝是一件非常傷心之事！皇帝沒有幾個真正有感情的親人，允祥是其中之一。因此飾終之典，逾越常度。

死後的第二天，皇帝親臨奠酒，隨即頒了一道上諭：「怡親王薨逝，中心悲慟，飲食無味，寢臥不安。王事朕八年如一日，自古無此公忠體國之賢王，朕待王亦宜在常例之外，今朕素服一月，諸臣常服，宴會俱不必行。」

下一天又召集群臣，歷舉怡親王的種種功德，將允祥之「允」恢復為「胤」，配享太廟，諡字為「賢」，上面另加八字：「忠敬誠直勤慎廉明」，稱為「忠敬誠直勤慎廉明怡賢親王」。又將他第四子弘晈封為寧郡王。此外建祠，另定墳寢之制，歲歲賜祭，都是下不為例的特恩。

其時十四阿哥已改禁在圓明園旁邊的關帝廟，可能怡親王臨終時曾為他求恩，所以皇帝命大學士鄂爾泰去跟十四阿哥說：打算把他放出來，加以重用。

哪知十四阿哥始終不屈，要命可以，要想用他辦不到。回奏中說：皇帝先殺了鄂爾泰，他才能出來受任辦事。這樣的態度，自然不必談了。

雍正十三年八月，皇帝得了心疾，暈厥復蘇，自知不久於人世了。特旨召見十四阿哥。十四阿哥不奉召，於是寶親王弘曆跪在他胞叔面前說：「十四叔，千不看，萬不看，看在太太份上，請去一趟。」

旗人稱「太太」是指祖母，十四哥看在死去的母親份上，勉強到養心殿東暖閣去見駕。這一母所生的兩兄弟，十年不曾見面了。一個即將就木，一個萬念俱灰，過去的恩恩怨怨，此時都不必再談了。皇帝只說：「弟弟，我把侄兒交給你！」

這是託派，亦即受顧命，十四阿哥始終倔強，平靜地答說：「皇上的恩典不敢受。我有病。」

皇帝想了半天，只歎一口氣。

到得第三天，皇帝駕崩圓明園，遺命以莊親王允祿、果親王允禮、大學士鄂爾泰、張廷玉為顧命大臣，宣讀遺詔：「寶親王皇四子弘曆秉性仁慈，居心孝友，聖祖仁皇帝於諸孫之中，最為鍾愛，撫養宮中，恩逾常格。雍正元年八月間，朕於乾清宮召諸王滿漢大臣入見，面諭以建儲一事。親書諭旨，加以密封，藏於乾清宮最高處，即立弘曆為太子之旨也。其仍封親王者，蓋令備位藩封，諳習政事，以增識見。今既遭大事，著繼朕登基即皇帝位。」

嗣皇帝哀哭盡禮，定期即位，改明年為乾隆元年。不過，在未即位以前，嗣皇帝就翻案了。不是有意違父之命，而是先皇有許多做錯了的，或者不該做的事，一一拿它矯正過來。

第一件事，定廟號為「世宗」。雍正皇帝，亦如前明的世宗，為晚年的修煉之術所累，養了幾個道士在西苑，後來驟得暴疾，亦可能和服了道士所修煉的金石藥有關。所以皇帝在大行皇帝駕崩的第四天就頒了一道上諭：「皇考萬幾餘暇，聞外間爐火修煉之說，聖心深知其非，聊欲試觀其術，以為遊戲消閒之具，因將張太虛、王定乾等數人，置於西苑空閒之地，聖心視之與俳優人等耳！未曾聽其一言，未曾用其一藥，且深知其為市井無賴之徒，最好造謠生事，皇考向朕與親王面諭者屢矣。今朕將伊等驅出，各回本籍。伊等平時不安本分，狂妄乖張，惑世欺民，有干法紀，久為皇考之所洞鑒，茲從寬驅逐，乃再造之恩，若伊等因內廷行走數年，捏稱在大行皇帝御前一言一字，以及在外招搖煽惑，斷無不敗露之理，一經訪聞，定嚴行拿究，立即正法，絕不寬貸。」

驅逐了道士又警告和尚，著禮部傳旨，通行曉諭：「凡在內廷曾經行走之僧人，理應感戴皇考指迷接引之深恩，放倒深心，努力參究，方不負聖慈期望之至意，倘因偶見天顏，曾聞聖訓，遂欲藉端誇耀，或造作言辭，或招搖不法，此等之人，在國典則為匪類，在佛教則為罪人，其過犯不與平人等。朕一經察出，必按國法佛法，加倍治罪，不稍寬貸。」

又一件事是廢皇子改名之例，卻又假託先帝遺命而行。

原來御名弘曆，下一字已將曆字下面的「日」改為「止」，寫成「歷」字；上面一字依雍正之例，亦應改寫。所以特頒上諭，說他與弟兄的名字，都是聖祖仁皇帝所賜，載在玉牒，如果因為他一個人，讓弟兄的名字統統改過，於心實有未安。

接下來便是為他父親補過了，「昔年諸叔懇請改名，以避皇考御諱，皇考不許。」他在上諭中這樣說，「繼因懇請再四，且有皇太后祖母之旨，是以不得已而允從。厥後常以為悔。屢向朕等言之，即左右大臣亦無不共知之也。」接下來講一篇避諱的道理，歸結於「朕所願者，諸兄弟等修德制行，為國家宣猷效力，以佐朕之不逮，斯則崇君親上之大義，正不在此儀文末節間也。」

當然，大家最注目的是雍正弒兄屠弟一案，如何翻法？皇帝首先是矜恤阿其那、塞思黑的子孫，而且將他們兩人說成「不孝不忠獲罪於我聖祖仁皇帝」，很巧妙地說成「皇考即位之後，二人更心懷怨望，是以皇考削籍離宗」，表示雍正屠弟是行家法。不過「阿其那、塞思黑孽由自作，萬無可矜，而其子若孫，實聖祖仁皇帝之支派也。若俱摒除宗牒之外，則將來子孫與庶民無異。」最後又為先帝開脫，說「當初辦理此事，乃諸王大臣再三固請，實非皇考本意。其作何辦理之處，著諸王滿漢文武大臣，翰詹科道，各抒己見，確議具奏。」並且聲明，有兩議三議，亦准具奏，表示並無成見橫於胸中，只求集思廣益。

不久，又將他的胞叔自圓明園關帝廟中釋放，同時做了一件使他胞叔稍減怨氣的事。恂郡王的長子弘春，在雍正時，竟出賣他的父親，為先帝封為貝勒，後晉封郡王。皇帝對這個賣父求榮的堂弟，深為鄙視，特頒上諭：「弘春蒙皇考聖慈，望其成立，晉封郡王，加恩優渥，此中外所共知者，乃伊秉性巧詐，愆過多端，於上年奉旨革去郡王，仍留貝子之職。冀其悔過自新，伊仍不知悛改，家屬之間，不孝不友。其辦理旗下事務，始則紛更多事，後則因循推諉，種種不妥之處，深負皇考天恩，著革去貝子，不許出門。令宗人府將伊諸弟帶領引見，候朕另降諭旨。」不許出門等於幽禁，所以大快人心。

再有件大快人心的事，是曾靜終於難逃一死。本來這一案的處理，顯失公平，令人不服。皇帝第一個就是這樣在想，不過不能在翻案之中暴露先帝的過愆，所以反覆推敲，才找得一個理由。

上諭中說：「曾靜大逆不道，雖置之極典不足蔽其辜。乃我皇考，聖度如天，曲加寬宥。夫曾靜之罪，不減於呂留良，而我皇考於呂留良則明正典刑，於曾靜則摒棄法外，以呂留良謗議及於皇祖，而曾靜止及於聖躬也。今朕紹承大統，當遵皇考辦理呂留良案之例，明正曾靜之罪，誅叛逆之渠魁，泄臣民之公憤。著湖廣督撫將曾靜、張熙，即行鎖拿，遴選幹員，解京候審，毋得疏縱洩漏。」

雍正做得最蠢的一件事，就是不殺曾靜，示天下以一己之好惡愛憎，可以無視於綱常法紀，任意而為。皇帝在這一點上，是有力矯正過來了。當然，那篇越描越黑的《大義覺迷錄》，本來初一、十五要在學宮為生徒講解的，此時亦取消了。

對於他父皇的弒兄屠弟，皇帝確是非常痛心的。尤其是弘時之死，在他猶有餘悸。一個人何至於連親生骨肉都不顧，為了權威，毫無矜憐之心，皇帝多年潛心默化。認為太監陰狠殘毒，常在一個人左右煽動進讒，不知不覺會受此輩的影響，先帝的殘忍一半由此。

因此皇帝整肅宮禁，首先從裁抑宦官著手，他將跟外廷官員在職務上有交接的太監，都改了姓，姓氏一共三個：姓秦、姓趙、姓高。合起來謂之秦趙高。意思是這些人都像秦始皇宦官指鹿為馬的趙高一樣，藉以提醒外廷官員及這些太監自己的警惕。

太監的職司中，有一個很重要，名為內奏事處。各部院衙門、各省督撫將軍的奏摺，以及皇帝的硃筆批諭，都經由內奏事處收發。即全固封，但某人上某摺，可曾批下，或交軍機，或者留中，能夠知道，亦可猜測出一個大概的結果，因此，到內奏事處去打聽的人很多。為了防止洩密，皇帝將內奏事處的太監都改了姓王。

這道理很簡單，因為王是大姓，如果到內奏事處去打聽機密，答說要看王太監，人家必然會問：是哪個王太監？無法作答，就無法找到他想找的王太監了。

◇　◇　◇

皇帝很快地贏得了愛戴。因為他處事很公正，而且也很精明，紀綱與情理兼顧，所作決定，易於為人遵守，臣下就樂於遵守了。

不過，最主要的原因是，他父親在親族中間所造成的殘酷醜惡的傷痕，由他極力彌補遮掩，帶來了祥和之氣。阿其那、塞思黑自身的罪名，雖還未獲得昭雪，但子孫已得到相當的照顧，對於他的嫡親的「十四叔」，在私底下更是優禮有加。幾次他想恢復十四阿哥的爵位，無奈萬念俱灰的十四阿哥，堅持不受。

話雖如此，他常常派人去看十四阿哥，又要迎他入宮敘家人之情。十四阿哥亦總婉言辭謝，主要的一個原因是，他不願向他的這個侄子行君臣之禮。

「那麼，我去看十四叔。」他向御前大臣傅恆，也是他嫡親的內弟說，「你跟十四爺去說，我去看他，兩不行禮。那總行了吧？」

十四阿哥又覺得不向皇帝行禮，於心不安，所以還是辭謝了。

皇帝這回已定了主意，非看「十四叔」不可，挑了一天，微服簡從，悄悄地到了十四阿哥府裡，將及門時，方始傳旨，十四阿哥不必行禮。

當然，他的堂兄弟都在跪接，十四阿哥感念胞侄的情意，而且亦無法躲避，只得出廳迎接，長揖不拜。

「十四叔，」皇帝還了一揖，「我到你書房裡坐。」

皇帝久已聽說，十四阿哥即在幽禁之中，亦不忘西陲的軍事，如今書房裡掛滿了西北的輿圖，也擺滿了有關西北的各種書籍，日夕沉浸其中，往往廢寢忘食，所以一到便要去看他的書房。

「也沒有什麼不能見人的！」十四阿哥一開口仍然有著負氣的意味，「儘管來看。」

皇帝沒有接他的話，意態閒豫地到了書房裡，首先問十四阿哥的近況、意興。

「我是無復生趣的人，多勞皇帝惦念。」十四阿哥淡淡地答說。

話有些接不下去了，皇帝想了一下說：「我一直想跟十四叔來討教。」

「言重、言重，皇帝天縱聖明，無所不通。我又何能有益於聖學？」

「青海的軍事，十四叔親見親聞，親自指揮過的。」皇帝從容說道，「為了大清朝天下，永固邊圉，想來十四叔一定會指點指點我。」

這頂大帽子罩下來，十四阿哥無法推託了，而想到大清朝天下，自己只有知無不言的責任，否則就對不起祖宗了。

於是他說：「既然如此，我不能不略貢一得之愚。不過，這不是一兩天談得完的。」

「我原未期望十四叔在一兩天之內就能談完。」皇帝答說，「我天天來。」

十四哥心想，所謂「日理萬機」，皇帝天天來聽他講解，只覺於心未安。不過這話不必在此刻說，以後看情形再作道理好了。

打定了主意，便即開談，是從西北西南的形勢談起，以青海為中心，談進兵之路有幾條。沿途山川關隘，攻守之間，宜乎格外注意者何在？哪裡是必爭之地，哪裡是屯兵之處？就著地圖，口講指點，十分詳細，談到宮門將要下鑰，必須返蹕之時，才只談了一半。

第二天下午時分，皇帝就駕臨了，接續前一天的話頭，將進兵之路完全講解清楚。

第三天才談到青海、喇嘛勢力的消長與西藏、蒙古的關係，以及當地的民情民俗。談了兩天還未談完。

第五天有大臣進諫了，說皇帝臨幸十四阿哥府中，垂詢西陲的軍務，聖學日勤，不勝感服。但連日離宮，深恐過勞，似乎應該召十四阿哥進宮進講為宜。

皇帝將這個奏摺留中不發，但示意近臣，故意將這個奏摺的內容洩漏給十四阿哥，看他作何表示。

十四阿哥感於皇帝的誠意，觀感已大為改變，所以得知其事，深為不安，到這天皇帝駕臨，自己先有所陳奏。

「皇帝連日臨幸，未免榮寵太過。從明天開始，我進宮去吧。」

「固所願也，不敢請耳！」皇帝笑道，「十四叔肯進宮，至少有一好處，我不必趕著日落以前，必得回宮。不過，十四叔住在宮裡，亦有許多不方便。我想，在圓明園請十四叔自己挑一處地方住，那就方便得多了。」

離宮別苑的規則，不如在大內那樣嚴格，十四阿哥欣然同意。於是，第二天就到了圓明園挑地方住。

圓明園的所在地名為掛甲屯，在暢春園之北，本來是先帝世宗居藩邸時的賜園。雍正十三年中，陸續添修，已有二十多處景致。皇帝想把它湊成四十景，所以園中各處都有興土木的痕跡。

園中自然也有正殿，但只在有朝儀頒行時才用，世宗居園最喜歡的一處地方，名為「萬方安和」。這處地方的建築非常別致，是在池子中間起造一座精舍，形如「卍」字，四面通岸，但方向是東南、東北、西南、西北。由於門開通風，門閉聚氣，所以冬暖夏涼，四季咸宜。現在的皇帝亦常喜在此地讀書，這時為了表示敬意，打算請十四阿哥住在這裡。

但十四阿哥卻不願領他這個情，唯原因是，處處都有世宗的手澤，容易引起他的感觸。

十四阿哥挑中的一處地方，名為「武陵春色」，因為四周桃花極盛，此時正在盛開，所以又名「桃花塢」。皇帝十五歲時，曾經在這裡讀過書，成親以後，方始移居「長春仙館」，同時也有了一個別號，是世宗所賜，叫做「長春居士」。

「十四叔何以揀在這裡？」皇帝說道，「這裡太小，起居不舒服。另外換一處吧！」

「不！這裡好。」十四阿哥指著窗外說，「我愛這些桃花開得熱鬧。」

「有桃花的地方也還有。」

「可沒有這塊匾啊！」

十四阿哥指的這塊匾，名為「樂善堂」，這是皇帝書齋的名字，他正在刻第一部詩文集子，題名就叫《樂善堂集》。不過，十四阿哥指「樂善堂」是何用意？想來總是表示樂於與人為善。

這樣想著，不由得既慚且感。十四阿哥卻另有解釋：「這裡不是皇帝的書齋嗎？講古論今，細談兵法，自然沒有比這裡再安適的地方。」

照此說來，十四阿哥是以師傅自居的意思，皇帝隨即很誠懇地答說：「是的。我要好好受十四叔的教。」

「這話，言重了。既是為了社稷，我自然不敢藏私。」十四阿哥說，「我有一本西征日記，所記用兵的心得甚多，幾時可以拿給你看看。」

到了第二天，十四阿哥果然將他受命為撫遠大將軍以後所記的日記，拿了給皇帝看。名為日記，其實三五天才記一次。起自奉著正黃旗纛出京之日，迄於奉到聖祖駕崩的哀音。記到此處，恰為半本，後半本已經撕去，足見日記未完，不過以後的記事，十四阿哥不願公開而已。

即使如此，皇帝已覺得獲益不淺，因為畢竟是十四阿哥親自策劃指揮的大戰役。調兵遣將，行軍運糧，所記的實在情形，跟想像是大不相同的。

尤其使得皇帝感興趣的是，羈縻邊疆的手段，看了日記，皇帝向十四阿哥請教，如何「臨之以威」？

「要盛陳兵威。」十四阿哥答說，「人都是愛熱鬧、愛虛榮的，邊方的酋長心目中總覺得天朝大兵，軍容不凡，如果擺出來的隊伍，旌旗不整，刀槍不齊，士兵無精打采，足以啟其輕視之心。所以必得留心。每年打圍的作用亦即在此。」

「是的。」皇帝問道，「除了打圍以耀軍威外，還有什麼更好的法子？」

十四阿哥想一想答說：「還要結之以恩。」

「結之以恩！十四叔說得不錯。不過！」皇帝又問，「若能臨之以威，結之以恩，擱在一起表示出來，不就好嗎？」

「當然。不過，話是這麼說，怎麼做法可得好好兒琢磨。」

皇帝確是英明天縱，念頭一轉，便已有了主意。「十四叔，我有個法子，你看行不行？」皇帝把他的辦法說了出來。

他的想法是，每年避暑都在七月初啟程，為的是接下來好連上行圍的季節。皇帝認為七月啟程，炎夏已過，而路上卻正是「秋老虎」肆虐的時候。因此，想改為五月初就啟程。

「至於召蒙古、西藏、青海各地番王酋長來行圍，完事總得十一月裡，趕回去雨雪載途，也是一樁苦事。為示體恤起見，我想行圍一舉，亦不妨提早。另外我生日是在八月裡，在熱河找個寬敞的地方，盛陳儀衛，召宴外藩，各加賞賚。這樣，不就是臨之以威，結之以恩擱在一起辦了嗎？」

「是的！」十四阿哥點點頭說，「皇帝的壽辰，本也就該在熱河過。」

「喔，十四叔，這也有說法嗎？」

「沒有，沒有！」十四阿哥知道自己失言，急忙否認，「我也是隨口一句話。」

越是這樣，越惹皇帝懷疑，為什麼我的生日就該在熱河過？莫非我是生在熱河的嗎？於是，皇帝挑個陪太后一起吃飯的機會，從容問道：「皇額娘，兒子到底生在哪裡？」

這本來也是母子間可以問得的話，不想母以子貴的太后鈕祜祿氏大為緊張。「你不是生在雍和宮嗎？」她皺著眉問，「你怎麼想起來問這句話？」

「有人說，兒子是生在熱河。」

「誰說這句話？」太后勃然色變，「說這句話的用意是什麼？莫非要離間我們母子？」

皇帝一聽大為驚詫，但表面上聲色不動，只陪笑說道：「皇額娘不必動氣。兒子是胡說的。」

「是你自己說的？」太后困惑了，「你為什麼要這麼說呢？」

皇帝語塞了，但還得找個搪塞的理由。「兒子那天看命書，拿自己的八字排了一下，」他說，「照兒子自己推算。應該生在關外，那就只有熱河行宮了。」

「嗨！」太后似乎輕鬆了，「你也真是胡鬧，哪有這樣子排八字的。」

看樣子太后還真是信了他這套不通的說法。可是皇帝自己知道，太后的神情，明明在承認，他是生在熱河行宮的。

然則何以生在熱河，偏要說是生在雍和宮呢？這是個什麼講究？皇帝百思不得其解。

◇ ◇ ◇

很不平常地，太后召見十四阿哥，是派的一個首領太監名叫佟煥的來傳懿旨。話說得很懇切：太后有事，非得十四阿哥才能辦，務必請去一趟。不然，太后來看十四阿哥。

十四阿哥困擾異常，太后會有什麼事非找他辦不可。欲待辭謝，又怕太后真的命駕下顧。說不得只好走一趟了。

太后仍舊住在暢春園，十四阿哥一到便即傳見。十四阿哥磕下頭去，太后趕緊命宮女扶了他起來，並且吩咐：「拿凳子給十四爺！」

坐定下來，十四阿哥說道：「十六年沒有見太后的面了。」

「是啊！」太后說道：「還是康熙五十九年，你第二次從西寧回京的時候見過，一晃眼十來年，日子可是真快。」

「日子可也是真慢。」十四阿哥說道，「有兩年，我是度日如年。」

太后不作聲，喊道：「佟煥！」

「是！」佟煥大聲答應著。

「你讓他們都出去，遠遠迴避。」於是佟煥召集職分高的太監，將那座便殿搜索了一遍，所有的太監、宮女都被遣得遠遠地，他自己站在院子裡。殿庭深遠，聽不見，也看不見太后與十四阿哥作何密談。

太后卻不僅是她的話不願洩漏，更有一個意想不到的舉動，不能落入任何第三者的眼中。她站起身來，雙膝一彎跪倒在十四阿哥面前。

十四阿哥大驚失色，從椅子上跳起來，然後又跪倒，口中惶急地說道：「太后，快請起來，不成體統。」

「十四爺，」太后噙著淚說，「我是替你哥哥賠不是——」

「是、是！」十四阿哥搶著說，「有話請太后起來說。」

「你讓我把這幾句話說完。皇上原是該你當。陰錯陽差，弄成那個局面，說來說去是對不起你！你哥哥雖當了皇上，實在也沒有過過一天心裡舒泰的日子，你苦，他也苦。」

說到這裡，太后失聲嗚噎，卻又不敢哭響。十四阿哥回想這十來年的歲月，更想痛痛快快哭一場。無奈情勢不許，唯有以極難聽的哭聲說道：「太后別說了。過去的事，再也別提了，請起來吧！」

太后穿的是「花盆底」，跪下容易，起來卻很艱難，因為鞋底中間鼓出一大塊，加以旗袍下襬牽制，非有人扶，不能起身。見此光景，說不得只好仿「嫂溺援之以手」之例，伸手在她肘彎上托了一把，太后才得起身。

雖然十四阿哥不願再提往事，太后卻覺得既然已經說了，就索性說明白些。「事情弄得這麼糟，說起來，八阿哥也不能說沒有責任。」她說，「當初把他封為親王，讓他議政，原以為你最聽八阿哥的話，指望他能顧全大局，勸一勸你。哪知道八阿哥，唉！」她無法再說得下去了。

十四阿哥只覺心痛，低著頭乞饒似地說：「太后請妳別提過去了！咱們只朝前看吧！」

「是的，十四爺！」太后很快地接口，「我正就是要求你。皇帝昨兒問了我好些話。我怕他會動疑心。十四爺，你跟他說了什麼沒有？」

「我沒有啊！」十四阿哥說，「我不知道我說錯了什麼話？」

「你跟他說過，他應該在關外過生日沒有？」

「喔！」十四阿哥這才想起來，歉疚地說道，「有的。莫非皇帝覺察到了？」

「是啊！」

「這倒是件麻煩事。」

「只有請十四爺以後別再提了。」

「當然，當然！不過，」十四阿哥覺得不妥，「皇帝，是不容易有什麼能瞞得他的。」

「唉！」太后歎口氣，「只有以後瞧著辦了！」

◇◇◇

經過太后這樣為先帝賠罪的驚人舉動，十四阿哥的心更軟了，同時對皇帝的感情也更不同，生怕有什麼不幸之事發生。

一方面是為皇帝，一方面也是為太后。他想起一個故事，覺得有說給太后聽的必要。於是，趁有一天皇帝回京裡到太廟去上祭的機會，派他的隨從到暢春園去找佟煥，請太后召見他，有事面陳。

太后自然照辦，午正時分，叔嫂倆又見了面，跟從前一樣命太監、宮女迴避。不到六十歲的佟煥，對於皇帝出生經過完全明瞭，不必迴避。

「我想到一段掌故，想來說給太后聽，」十四阿哥問道，「太后可知道宋朝有一位仁宗皇帝？」

「知道啊！仁宗怎麼樣？」太后問說，「仁宗不是李宸妃生的嗎？」

「是的。不過太后可知道？仁宗是隔了好久，才知道他的生母是誰。」

「這倒不知道。」太后問道，「怎麼會呢？」

「有個緣故，真宗的劉后，始終不肯告訴仁宗，所以仁宗也一直以為劉后是他的生母。」

聽到這裡，太后有些不安了，想了一會兒問道：「那麼，仁宗是怎麼知道的呢？」

「我先說仁宗的生母李宸妃，打真宗駕崩，劉后垂簾聽政，就把李宸妃送到陵上去住，用意是要隔離他們母子。後來李宸妃故世，劉后吩咐，照一般妃嬪的葬禮辦。宰相呂大防便說，李宸妃的身分不同，不能這麼辦。劉后生氣了，說是趙家的家務，不必外人多管閒事。呂大防莫奈何，只好退了下來，想想不妥，就叫人把李宸妃的棺中，灌上水銀，四角安上鐵鏈子，臨空懸在大相國寺的一口大井裡。」

「這是幹什麼？」太后問道，「是讓李宸妃的屍首不會壞？」

「是的！呂大防告訴手下說，紙裡包不住火，皇上遲早會知道這件事，母子天性，一等知道了，一定要追究這件事。咱們得為自己留個退步。」

「這話怎麼說？」

「呂大防的意思是，仁宗總有一天會發現真情，一定會問臣下。如果不能不預先站穩腳步，會有大禍。」

「嗯，嗯，」太后自語似地說，「仁宗拿劉后沒法子，這一口氣自然出到大臣頭上。他們將來得有一番話說。不錯，屍首是應該想法子保全。」她接著又問，「仁宗是什麼時候知道的呢？」

「是在劉后駕崩以後。」呂大防說，「仁宗天生純孝，只當劉后是他的生身之母，哀哭盡禮，把身子都快哭壞了，於是有個人說：皇上何苦如此，又不是真的死了親娘。」

「噢，」太后打斷話問，「誰敢這麼在仁宗面前說話？」

「是仁宗的胞叔，行八。當時管皇子叫大王，這個八大王向來說話沒有顧忌的。這一說，皇帝自然要追問了。」

「追問誰呢？問呂大防？」

「由宮裡問到宮外，及至問清楚了真情，仁宗召宰相來，第一道上諭，是派兵看管劉后的家屬。」

「啊！」太后大驚失色，「這是幹什麼呀？」

「原來仁宗疑心了，疑心劉后害了李宸妃，如果有這樣的事，劉后的家屬豈能無罪？」

「喔，」太后緊接著問，「以後呢？」

「以後！喏，」十四阿哥說，「這就得佩服呂大防了，他早看到了這一點，當時回奏仁宗，說李宸妃終於天年，他當時曾勸劉后以禮葬李宸妃，劉后怕這段真情說穿了，皇帝會難過，所以不肯依從。李宸妃的屍首，吊在大相國寺井裡。於是——」

於是仁宗即刻命駕大相國寺，將宸妃的棺木吊上來，打開棺蓋，面目栩栩如生。虧得呂大防用水銀保存，仁宗才得初識生母之面。

「這一下，當然哭壞了？」

「當然！」

「劉后家屬呢？」

「釋放了。因為並無李宸妃死於非命的跡象。」

照十四阿哥的看法，劉后當時不便說破真相，是有兩點可以原諒的。第一、當時即使是在皇室中，亦除非像「八大王」那種最近支的親貴，才知道有這樣一個秘密。其次，劉后一直垂簾聽政，如果她的身分有了變化，就影響到臣下對她的觀感，損害了威信，對於國政的處理，即有不利。以國家為重，她之不能宣布真相是情有可原的。

太后鈕祜祿氏聽完他的見解，心裡像吃了螢火蟲似地雪亮。十四阿哥的意思是要她同意，想法子將皇帝的出生之謎揭破。因為她不能跟宋朝的劉后比，尤其是她沒有垂簾聽政，並無不得已的苦衷。

「十四爺的話，我很感激，你是要保全我們母子的恩義。不過，」太后說道，「揭破真相，對我並無妨礙，只是大家對皇帝的想法會不會跟以前不同呢？」

十四阿哥不即作聲。他覺得太后這一問，非常重要。如果公開宣布，皇帝的出身是如此，難免引起臣下一種異樣的感覺，而況生母是漢人，可能會引起皇室之中的非議。倘有心蓄異謀的親貴，以此為名，企圖製造宮廷政變，引起另一次慘酷的屠殺，那就悔之莫及了。

不過到底曾是聖祖親自選定繼承皇位的人，魄力決斷過人，當即回答：「奏上太后，此事只在太后與皇帝母子之間，說個明白，至於皇帝對生母的奉養，只有實際，並無名分，能這樣辦，庶幾公私兩全。」

太后欣然同意。「不過，」她說，「這話我似乎不便說。從來母以子貴，我如果說了這話，皇帝會對我誤會，以為我有意壓制他的生母。」

「是！」十四阿哥答說，「太后如果已下了決心，此事我願效勞。」

「那可是再好不過的事。」太后很清楚地說，「這件事我委託十四爺全權辦理。只要不牽動大局，我無不同意。」

◇◇◇

受命來揭破這個謎的十四阿哥，反覆思考，始終沒有想出一個理想的辦法，如何能夠保證他在說破真相以後，皇帝不會感情衝動，做出令人驚駭的舉動來。

由於一直有事在心，所以跟皇帝在一起時，往往神思不屬，而且有點愁眉不展的模樣。皇帝自然看得出來，終於動問了。

「十四叔，」他說，「這幾天我看你有心事。十四叔你跟我說，我替你去辦。」

十四阿哥忽然靈機一動。自覺是找到了最理想的方式。「踏破鐵鞋無覓處，得來全不費工夫」，不覺愁懷一寬。

「君無戲言！」他故意釘一句。

「十四叔，我幾時說了話不算話？」

「是的。」十四阿哥答了這一句，卻又緊自沉吟，皇帝不免奇怪。

「十四叔怎麼不往下說？」

「我不敢說。」

「為什麼？」

「我不愁別的，愁的正是皇帝。」

「喔，」皇帝越覺困惑，「十四叔是為什麼會為我發愁？」

「我愁的是皇帝會動感情，怕自己管不住自己。」

這一說皇帝疑雲大起，亦不免恐懼，怕是先帝還有什麼不可告人的秘密要抖露。在雍正那十三年，他不知受了多少驚恐，勉強能夠保持平靜，方喜一切都已過去，心境可以輕鬆，誰知還有波瀾！

不過恐懼在心裡，表面必須沉著，這是皇帝常常在告誡自己的話，所以他此時仍以從容不迫的聲音答道：「十四叔錯了！讀書養氣，所為何來？而況我受皇考付託之重，謹守神器，何能自己管不住自己。」

聽得這話，十四阿哥面現欣慰之色。「皇帝果能以神器為重。不以私情搖惑社稷，我還有什麼畏忌。」他又問一句：「皇上是許了我了，無論如何不曾動感情到不能自制的地步？」

「是的。」

「皇上又許我，一定聽我面勸，不以私情誤國事？」

皇帝有些不耐煩了。「十四叔，」他說，「你竟是信不過我。」

「話不是這麼說。我哪裡會信不過皇帝？所以不憚煩地一再囉嗦，無非讓皇帝心裡有個準備，我要說一件事，皇帝一定會動感情。」

「噢！」皇帝是有些不信的神氣，「真的嗎？」

「但願我猜錯了。」十四阿哥問道，「皇帝，知道你出生在何處嗎？」

這一問，皇帝神色大變，所有的疑問，都集中一個假設上了！「莫非、莫非——」他無法說得下去了。

「皇帝！」十四阿哥很嚴肅地警告，「請自制，勿失帝皇之度。」

「是！」皇帝答應著，將胸挺了起來，「請十四叔直言無隱。」

「皇帝，你，另有生母！」

皇帝的表情，最初是驚恐，漸漸地越變越複雜。困惑、憂傷，甚至還有種神遊物外的嚮往之情。這使得十四阿哥大為困擾，實在猜想不出，皇帝心裡想的是什麼？

終於皇帝從沉思中回到現實，視線觸及他所穿的長袍的顏色，提醒他自己是什麼身分——他穿的是只許御用的明黃色。

「十四叔！」他問，「我的生母何在，我要怎麼才能見我生母？」

「既然告訴你了，自然不能攔阻你們母子相會。不過此事須從長計議。」十四阿哥說，「你的生母在熱河。」

「在熱河。」皇帝問說，「我出生在熱河？」

「是的。」

「行宮之內？」

「是行宮的範圍之內。在獅子園。」

「獅子園？」皇帝急急問道，「獅子園的哪一處？」

若說是個破草房，怕皇帝會傷心，十四阿哥想了一下說：「都福之庭。」

「都福之庭？」皇帝怎麼想也想不起獅子園內有這麼一處建築，這且不去說它了，皇帝又問：「十四叔，我生母是何位號？」

「沒有！」十四阿哥很難過地說，「至今沒有，而且——」

這神態就很可疑了，皇帝的感情一下激動了。「沒有亦不妨，母以子為貴，」他說，「何愁沒有尊號。」

「皇帝，」十四阿哥防到他有這樣的說法，早就想好了應付的態度，此時正色說道，「別忘了，皇帝曾許了我的，一定聽我面勸，不以私情誤國事。」

「為母后上尊號，是家事。」

「錯了！」十四阿哥毫不客氣地說，「宋朝劉后垂簾，呂大防為李宸妃爭喪儀，劉后以為是趙家家事，呂大防以為皇室的家事，即是國事。這話一點不錯。太后以天下養，何得謂為家事？自然是國事。」

「是國事亦無礙為母后上尊號。」

「然則皇上置當今太后於何地？」

「兩后並尊，有何不可？」

「不然，太后可有兩位，生母不能有兩位！」

這話就像當胸一拳，將皇帝搗得好半晌說不出話來。

事情很顯然地，如果另有生母，當今的太后即無現在的地位。兩后並尊，起自前明，一個是由皇后自然而然升格為太后；另一個才是母以子貴，由先帝的妃嬪被尊為太后。現在的太后鈕祜祿氏，本封熹妃，以後進封為熹貴妃，若非皇帝的生母，充其是只能尊封為「熹皇貴太妃」，絕不能成為太后。

「二十幾年養育之恩，亦非等閒。」十四阿哥要言不煩地說，「今日之事，絕不能變更已成之局。」

「是！」皇帝萬分委屈地說，「可是，十四叔，請問又置我生母於何地？」

這一問很難回答，十四阿哥此時不能顧到疏導皇帝的感情，只能籠統答說：「盡孝為人子的本分，但忠有愚忠，孝亦有愚孝，皇帝以社稷為重，自能準情酌理，期於至當。」

「是的。」皇帝對「愚孝」二字，頗有警惕，想了一會說，「我想尊封為皇考貴妃。」

沒有尊封為皇貴太妃，在皇帝已經是讓步了，十四阿哥無法反對，只覺得有句話應該提醒他。

「尊封的冊文，如何措詞，皇帝應該考慮。」他停了一下，怕皇帝沒有聽明白，又作補充，「尊封先朝妃嬪，自然因為事先帝有功，是何功勞，似乎很難說得明白。」

這話仍舊是含蓄的，但皇帝聽得懂。意思是不能透露誕育皇帝的消息，然則以沒有位號的宮女憑何功勞，越過庶妃、嬪、妃的等級，一躍而為貴妃？冊文中的措詞，豈非甚難？

話雖如此，這時還不是研究這些細節的時候，皇帝急於要問的是，他生母的情形。

意會到這一點，他的感情又無法抑制了。「十四叔，」他流著淚說，「到現在我不但沒有見過生母，連生母的姓氏里籍，亦一無所知，不孝之罪，通於天了！」

「皇帝的生母是漢人，姓李。」十四阿哥又說，「不過皇帝說沒有見過生母，這話恐怕未必盡然。」

「是！是！」皇帝心想自然見過，只是不認識而已，便又問道：「我生母在哪位的宮中？」

「她一個人住。」

「住在哪裡？」

「獅子山下那片松林的岔道，皇帝知道的吧？」

聽這麼一說，皇帝像突然打擺子似的，渾身發抖，好不容易地才吐出兩個字來：「是她？」

這樣的反應，在他人看在眼裡，必會驚惶失措，十四阿哥卻是「曾經滄海難為水」，骨肉之間的恩仇經歷得太多了！所以並不因皇帝的激動而慌亂，仍舊保持冷靜，不過很用心地在觀察，在準備皇帝如果問到怎樣的話，該當如何回答。

「十四叔，」皇帝勉強維持著平靜的聲音，「我想這幾天之中，就到熱河去一趟。」

「去看你的生母是不是？」

「是！」皇帝答說，「我要吃我娘製的湯圓。」

「不忙！」十四阿哥答說，「我包皇帝吃得到。不過，不是在這幾天。」

「為什麼？」

「如今不是避暑的時候。」十四阿哥答說，「忽然有上諭臨幸木蘭，難免引人猜疑。」

皇帝又洩氣了。越是洩氣，越覺得自己所處的地位值不值得人去不顧一切地爭，是絕大疑問。

「唉！」他重重地歎息，「不幸生在帝王家。」

「皇帝！」十四阿哥勃然變色，「這話該我說還差不多，你怎麼也說這話？先帝何負於你？」

皇帝畢竟英明，知道自己這話不但失言，而且失卻作為一個愛新覺羅子孫的資格，所以急忙認錯：「十四叔責以大義，我何敢聲辯。不過如何得以稍盡烏私之忱，十四叔總也要為我想一想。」

十四阿哥點點頭，表示充分同情的態度。「如果不是君臨天下，一言一動皆可為天下法，事情就不會這麼麻煩了！」他想了一下說，「如今當然是安排你們母子見面，為唯一大事。我想，有兩個辦法。」

「是。請十四叔指點。」

「第一、把你生母從熱河接了來——」

「不！不！」皇帝不自覺地打斷十四阿哥的話，「此為非禮。」

十四阿哥也知道此舉不合禮節。從來省親，沒有父母自己送到兒子那裡去的，若是如此，名為「就養」，派人迎接到任所，出城十里，跪接慈駕，同城的文武官員，執世侄之禮，搞得好風光、好熱鬧。如果皇帝是迎養太后，當然亦可照此辦理，無奈不是！

「既然不合禮節，就不必談了。」十四阿哥說，「如今，只有第二個辦法，提早駕幸熱河。」

「是！是！」皇帝急忙接口，「我正是此意。」

「看起來只有這個辦法。」十四阿哥說，「本來入夏巡幸木蘭，已失卻『避暑』這個題目。我看今年定在五月初起駕吧！」

初步結果總算相當圓滿，但艱巨，或者說是麻煩還在後面。這一點，只有十四阿哥看得透。皇帝當然亦見識得到，不過他是當局者迷，所以十四阿哥覺得義不容辭地有負起此艱巨的責任。

在皇帝不知身世之秘之前，無法想像這個秘密一旦揭露，皇帝會有怎樣的反應，因此以後的一切亦就無從想像。此刻不同了，皇帝的態度大致已經明瞭，恰如他跟太后所希望的，不以私情動搖大局，而且看樣子，還可以將皇帝勸得更慎重、更理智地行事。

十四阿哥在想，皇帝對他的生母，不但在名分上要委屈，而且，這個秘密還要儘可能地少讓人知道。倘或傳聞太廣，加枝添葉地說得言之鑿鑿，成了天下一件奇聞，說不定言官就會上摺議論此事。那時情況就相當嚴重了，因為會發生一個絕大的難題。

這個難題是皇帝承認不承認生母？如果承認，立刻又生出一位太后，置當今太后於何地？如果否認，皇帝於心何忍？清朝以孝治天下，皇帝不孝，國將不國，這件事太重大了！

然而紙裡包不住火，唯一的希望是包火的紙是小小的一張薄紙，轉眼之間化為灰燼，火光亦不致惹人注目。

十四阿哥又想，皇帝以社稷天下為重，不能不勉抑私情，只不知幽居二十多年的皇帝的生母又如何？她知道不知道她的兒子是誰？知道不知道她的兒子做了皇帝？

如果不知道，怎麼告訴她？告訴她以後，她能不能像她的兒子那樣冷靜？二十多年形單影隻，想念兒子的淒涼歲月，豈是容易捱得過去的？也許她有個想法，如果蒼天垂憐，兒子做了皇帝，她就會平步登天地出了頭。果真如此，就絕不能讓她知道真情！

於是十四阿哥又想；此事的癥結已不在皇帝，而在皇帝的生母李氏。眼前唯一可以採取的手段是，先派親信到熱河去一趟，打聽李氏的情形。或者，可以探探她的口氣，甚至勸一勸她。

這個人應該派誰？十四阿哥心裡在想：第一、應該是個婦人，才能接近；第二、應該是個誠懇而令人可親的婦人，才能使得李氏願意接近；第三、應該是個極機警、口才極好的婦人，才能從李氏口中查出實話，並能看情形揭破這個秘密。

具備這幾個條件的婦人，並不難找，難的是絕不能找不相干的婦人，應該在近支親貴的眷屬中去找，因為第一、可共機密；第二、身分相稱，這應該是太后所遣的特使，去向皇帝的生母做說客，當然要很高的身分才配。

十四阿哥為此特地又請見太后，細陳他的想法，請示太后，可有適當的人選？

「怎麼沒有？」太后很高興地說，「現成有個人在這裡。」

「喔，請太后明示。」

「皇后的弟婦，那真是再好不過的一個『女欽差』。」

「再好不過？」十四阿哥問道，「我怎麼沒有聽說？」

「那是你不大問外事的緣故。」太后答說，「可惜不能讓你見一見。等我來告訴你。」

原來皇后富察氏的父親，就是馬齊的胞兄，曾任察哈爾總管的李榮保。生子名叫傅恆，是皇后的胞弟，現在是御前大臣，他的妻子常進宮來看皇后，所以太后亦曾見過。

照太后的評論，所有王公的福晉之中，她還沒有見過能比得上傅恆夫人一半的。她本來也是漢人，姓孫，照例稱孫佳氏，生得極美不必說，但不是令人自慚形穢、高不可攀的美，而是讓人一見，不論男女都想親近的甜媚。照相法上說，並不算太好的相，而居然已貴為一品夫人，年紀才二十三、四歲。

這就夠了，十四阿哥所設想的最主要的一個條件，能讓皇帝的生母樂於親近，自然就有無話不談的時候。

「傅恆的媳婦還是個才女，一肚子的古話，談一整夜都談不完，她的口才又好，平淡無奇的一件事，到了她嘴裡，有情有致，中聽得很。」太后又說，「而且很識大體，我看派她去，一定不會誤事。」

「那可是太好了。不過，」十四阿哥說，「此去不是命婦的身分，不知道她肯不肯委屈？」

「我想沒有什麼不肯的。」太后想了一下說，「等我親自來跟她說。」

「是！請太后一定得跟她說清楚。這得隨機應變，還得慢慢兒磨，切忌操之過急。」

◇◇◇

朝見了太后，孫佳氏便待告退，太后留住了她。「妳這一向不常進宮，難得來一趟，咱們好好聊聊。」太后一面說，一面使個眼色，皇后便站住了腳，宮女們亦都留在皇后身邊，靜候行止。孫佳氏卻有些躊躇，不知道自己該不該跟著太后走。

「妳來！」太后說，「我有話跟妳說。」

「是！」孫佳氏看了皇后一眼，跟在太后後面。

「妳也坐！」太后一直走回寢宮，在重帷深處坐定，「話很多，也沒有外人，不必拘禮。」

「是！謝太后賜坐。」孫佳氏請個安，然後搬一個繡墩，在太后膝前坐了下來。

「皇帝不是我生的，妳知道不知道？」

孫佳氏是知道的，卻故意吃驚地說：「奴才不知道。」

「是這麼回事——」

因為要派孫佳氏去做說客，當然要將真實情形告訴她，而且越詳細越好。這一談便談了有半個時辰，在孫佳氏頗有聞所未聞之感。

「如今皇上是知道了，十四阿哥告訴他的。皇上很顧大局，可是母子天性，不能不讓他跟他生母見面，就怕他生母聽說兒子當了皇上，要這、要那，鬧得沸沸揚揚，天下皆知，那不是很不合適嗎？」

「豈止不合適，還會動搖國本。」孫佳氏說，「這得勸一勸那位老太太才好。」

「正是這話。如今要託妳的就是這件事，妳肯不肯辛苦一趟？」

「是！這是奴才義不容辭的事，就怕辦不好，誤了大事。」

「不會的，我想來想去只有妳能辦得了。」太后又說，「妳這一去，有幾件事要留心。」

「是！請太后吩咐。」

「第一，妳別露真相。這得委屈妳，是算宮女還是什麼的，到了熱河跟行宮的總管商議。」

「是！請示第二件。」

「第二，妳得跟她作伴兒，要有耐心。」

「那是一定的。」

「第三，妳得先把她心裡的想法弄清楚，什麼話先別說。」

「是！」孫佳氏問道，「不知道那位老太太知道不知道，皇上是她親生的？」

「這就不知道了！我想，就是熱河行宮裡的人，也未見得知道，誰也不敢在她面前提這件事啊！」

「說得是。」孫佳氏又問，「如果知道了既無表示，當然不會再鬧，就怕她不知道，這一說破了，可能會闖大禍。奴才粉身碎骨亦難辭其罪。」

對這一點，太后一時亦無法作肯定的答覆，她不敢說：「不要緊！如果說破了，鬧得不可開交，亦跟妳無關。」因為這到底是太重大的一件事。

「回太后的話！」孫佳氏提議，「奴才這一樁差使分兩截兒辦成不成？」

「怎麼叫分兩截兒辦？」

「此刻先辦前半截，奴才到了熱河，把底細先摸清楚了。如果她不知道，該怎麼說破，奴才回京請了懿旨，再辦後半截。」

「好、好！」太后連連點頭，「這個法子妥當得很。」

「奴才還有件事，要請太后恩准。」孫佳氏說，「這一去到熱河，要跟行宮總管打交道，諸多不便，是不是可以請懿旨，准奴才丈夫一起去，凡事由奴才丈夫去交涉，一切都安排妥當了，奴才再出面。」

「說得一點不錯，該這麼辦。」太后答說，「我跟皇上說，讓他降旨，派傅恆一個行宮差使就是了。」

於是第二天便有旨意：「本年奉皇太后巡幸木蘭，提前於五月初啟蹕，沿途橋道及行宮應行修繕之處，著派傅恆查勘具奏。」

謝過了恩，擇期啟程，皇后特地設宴為孫佳氏餞行，姑嫂正在款款深談時，忽然宮女傳呼：「皇上駕到！」

皇后當然起身迎接，孫佳氏卻頗尷尬，因為命婦無朝見皇帝之禮，即令皇帝至親，亦無例外。所以急忙走避。

哪知皇帝並不由正門進坤寧宮，孫佳氏一出側門才知道錯了。只見一群太監前導，長身玉立的皇帝，漫步而來。對面相逢，欲避不可，只得在走廊旁邊跪下，等皇帝臨近時，以清清朗朗的聲音報名：「奴才傅恆之妻孫佳氏，恭請聖安。」

「喔，」皇帝站定了腳，說一聲，「伊里！」

「伊里」是滿洲話「站起來」的意思，孫佳氏當然也懂，嬌滴滴答一聲：「是！」話雖如此，穿了花盆底卻無法站得起來，隨從的都是太監，未奉旨意，不敢貿然伸手相扶。局面一時搞得很僵。

哪知皇帝毫不在乎，一伸手握住孫佳氏的左臂說：「我扶妳起來！」

說著，輕輕一提，身輕如燕的孫佳氏是被他一隻手提了起來的。

等皇帝一鬆手，孫佳氏便又蹲下來請個安，口中說道：「多謝皇上提攜之恩。」

她似乎有意要將剛才跪下站不起來的窘態，做一個彌補，那個安請得輕盈美妙，漂亮極了。因此，一站起來，盈盈笑著，自己也覺得很得意。

「聽說妳要跟傅恆一塊兒上熱河？」

「是！」

「哪一天動身？」

「是大後天。」孫佳氏想了一下說，「三月十四。」

「喔！」皇帝又說，「妳以前到熱河去過沒有？」

「沒有。」

「很值得去玩一趟。」皇帝問道，「傅恆安排了住處沒有？」

「奴才不知道。」孫佳氏說，「想來總不愁沒有地方住。」

「當然，當然！不過住得舒服不舒服而已。」皇帝略一沉吟，轉身喊道：「秦雲！」

秦雲是乾清宮的首領太監，隨即踏上一步，響亮地應聲：「在！」

「你告訴內奏事處，傳旨給軍機，發一道上諭：『准傅恆攜眷暫住獅子園。』」

「是！」

「奴才代夫陳奏，」孫佳氏說，「獅子園是先帝居藩時候的賜園，又在行宮區域之內，奴才丈夫萬萬不敢僭越！」

「賞大臣在行宮暫住的例子，多得很。妳不必謙辭。」

「是！」孫佳氏答應著，偶一回頭，不由得大感不安——皇后亦以為皇帝是從前殿進入，聽說來自側門，趕來接駕，已率領宮女跪在門口了。

不但已跪，而且跪了有一會兒了，只為皇帝跟孫佳氏在講話，未曾發覺，似乎冷落了皇后。皇帝與孫佳氏都有不安之感，但表面也都一樣，裝得若無其事似的。

「請起來！」皇帝對皇后說，話很客氣，態度卻似漠然，不但沒有像對孫佳氏那樣，拉她一把，而且一直往殿裡走去了。

當然，皇后有宮女攙扶，但相形之下，自覺難堪，所以站起身以後，面無笑容地走了進去，一言不發地靜靜站著。

「啊！妳們在用膳。」

「是的！」皇后毫無表情地回答。

「妳們吃罷！」皇帝這一句話是對孫佳氏說的，因為眼看的是她。

孫佳氏卻不敢承認，低著頭不作聲，皇后則故意將頭偏到一邊。皇帝覺得很沒趣，但亦不便發作，站起來自語似地說：「我回養心殿去。」

皇后仍然不答，坤寧宮的首領太監卻已傳諭下去：「萬歲爺回養心殿。」

於是隨從太監紛紛各歸自己應站的位置，等皇帝一出殿門，前導的太監，隨即一搖一擺地，甩著袖子往前走。

皇后默默地跟著，預備送到殿門。照規矩，應該搶在皇帝前面，才能趕到殿門外跪送。往常，皇帝總會勸阻，皇后算是盡到了禮，請個安即可完事。但這天的情形跟往日不同，氣氛也大不一樣。皇帝不知是心不在焉，還是有意跟皇后鬧彆扭，竟站住了腳，而且往旁邊一偏，似乎讓出路來，好教皇后按規矩行禮似的。

這一來，皇后避不掉了！只好低著頭，走到殿門外跪送，孫佳氏當然也得下跪，就跪在皇后身後。

皇帝的雙眼一直看往皇后這個方向，但身受者知道，他是在看她身後的孫佳氏。

等皇帝一走，皇后有些忍不住要發怒，然而畢竟克制了。「弟妹，」她一直照民間的稱呼，「咱們吃飯吧！」

「是！」

「不過——」皇后搖搖頭沒有說下去。

「皇后不想進用一點什麼了。是不？」孫佳氏問。

「對了！」皇后率直答說。

「既如此，請皇后息著，奴才叩辭。」

皇后心想，到底是負有重任去的，不能不假以詞色，便放緩了臉色說道：「不忙、不忙。咱們再說說話。」

孫佳氏心裡雪亮，皇后是犯了醋勁兒，此刻既然自知失態，當然她不能也不敢認真，便留了下來，陪著皇后閒談，直到宮門下鑰時，方始辭去。

一出了宮門，便有個小太監上來請安。「請傅太太等一等兒。」他說，「皇上有賞件。」

孫佳氏不免詫異，抬眼四顧，甫發現有個太監規行矩步而來，雙手捧著一個錦盒，在坤寧宮門外面正中面南站定，孫佳氏急忙相對而立，靜聽下文。

「宣旨！傅恆之妻孫佳氏聽宣！」

聽這一聲，孫佳氏方雙膝跪倒，兩手撐地，口中答說：「孫佳氏在。」

「著賜傅恆之妻孫佳氏珍玩一件，毋庸謝恩。欽此！」

「毋庸謝恩」是指不必上奏或者當面謝恩，此時仍舊應有所表示，「奴才傅恆之妻孫佳氏叩謝皇恩！」

說完，磕個頭，仰起身子，太監已將錦盒交了到她手裡，原來守在宮門外面的丫頭便將她扶了起來。

「哎呀！」孫佳氏說：「這得有個意思，可是沒有帶錢怎麼辦呢？這麼著，你到府裡來領賞吧！」

「是！」那太監這時已恢復了本人的身分，向孫佳氏請個安說：「我叫王福。」

「好！多謝你頒賞，明兒你來，有人會招呼你。」孫佳氏看左右別無外人，便又問道：「皇上還有什麼話？」

「皇上說：賞件不要馬上打開來看。」

孫佳氏點點頭，出宮上車，這時可以拆視了，打開盒蓋一看，是一個翡翠連環，碧綠透明的兩個圓環，拴在一起，十分有趣。

怪不得說，不要馬上打開來看！皇帝賜命婦一個結成同心的玉連環，這話傳出去有傷聖德。看起來連丈夫面前都不能說。

因此，一下了車，她第一件事就是告訴四名隨同進宮的丫頭，別說有皇帝賞賜這件事。什麼人面前都不能說，連「老爺」亦不例外。

◇◇◇

到了熱河，傅恆不敢住獅子園，好在行宮附近，專備每年扈從大臣做公館的大房子、好房子甚多，此時大部分空著，住一所也很方便。

安頓好了，傅恆隨即派人請行宮的總管太監高守慶，先要打聽打聽「李姑娘」的情形。

傅恆為人厚道謙和，雖已官居一品，對高守慶卻仍很客氣，一定要他坐下來相談，自然是摒人密談。不過隔牆有耳，是孫佳氏在靜聽。

「你知道我的來意嗎？」

「知道！」

「內人也有公事，你知道嗎？」

「只知道夫人奉懿旨來替太后辦事，不知道是什麼事？」
「那麼我告訴你吧！來看她。」一時當三月，恰恰李子上市，傅恆拈了個在手裡舉以相示。
「喔，」高守慶大為動容，「請大人的示，怎麼個看法？」
「這一層，咱們回頭再研究，我先問你，她這一陣怎麼樣？」
「還跟往常一樣，每天唸經，餘下來的工夫，收拾花草果木。不過，有一點可是跟以前大不同，時常一個人望著天，坐老半天，有時笑，有時皺眉，論起來是笑的時候多。」
「這總有道理吧？」傅恆問道，「照你看，她是什麼意思？」
「那可不敢胡猜。」
「會不會已經知道皇上是誰？」
「我想不會。」
「何以見得？」
「如果知道皇上是誰，好像不能這麼安靜。」
傅恆點點頭又問：「老皇駕崩的時候。她怎麼樣？」
「自然哭了。」
「傷心不傷心？」
「那——」高守慶想了一會答說，「看不出來。」
傅恆脾氣再好，聽得他這話，也忍不住生氣，聲音不知不覺就高了。「喜怒哀樂，怎麼看不出來？」他說，「哭得傷心不傷心，更是一望而知。我不懂你的話！」
見此光景，高守慶只好說實話：「回大人的話，實在是不怎麼傷心。不過，我這麼說，好像不大合適，可也不敢欺大人。只能這麼回答。」

「那倒錯怪你了！」傅恆又問，「陪她的是誰？」

「也是一個歸旗的漢女，無家可歸，所以二十七歲還沒有出宮。」高守慶說，「拜她做乾媽了。」

「這可不大合適！你怎麼不攔她？」傅恆問道，「那宮女叫什麼名字？」

「叫秀秀。」高守慶說，「我知道了這件事，把秀秀找來問過，她說，她也不敢，無奈人家硬要認她。」

「那麼，除了秀秀呢，還有什麼人？」

「再有就是幹粗活的老婆子。」

傅恆想了好一會兒說道：「高守慶，如今有件機密大事，關係極重，你只要辦妥當了，我保你換頂戴。」

「是！」高守慶肅然起立，「多謝傅大人栽培。」他說，「有功能換頂戴，有罪就能摘腦袋。這個利害關係，守慶明白。」

「你明白就好。」

於是傅恆將他夫人此來所負的任務，約略說與高守慶得知，然後徵詢意見。

「身分要瞞住，只說是宮女，你看行不行？」傅恆問說，「要找個什麼理由才能不讓李姑娘起疑？」

「理由多得很。不過宮女有宮女的規矩，夫人未必熟悉，就會露了馬腳。」

「那不要緊，本來就要找秀秀來，細問究竟，順便跟她學宮女的規矩好了。」

「是！」高守慶說，「我今天就把她找來。」

「好！不過得住一兩天。」

「當然得住一兩天。我會安排。」

高守慶找了個很好的理由：皇帝這年提前臨幸「避暑山莊」，離五月初乘輿起駕之時，為日無多，窗簾門簾全得換新，一切陳設，必須檢點，向例可以徵召多處宮女趕工，額外有些津貼。秀秀作為自願掙這筆「外快」，向李姑娘要求來趕一兩天工，做乾媽的自無不允之理。

同時，高守慶亦讓秀秀做了一個伏筆，道是大內發來一批宮女，她想挑一兩個邀來同住，問李姑娘的意思，做乾媽的也自無不允之理。

◇◇◇

秀秀長得嬌小，不過到底二十七歲了，好花未開即有萎謝的模樣，所以細細看去，脂粉並掩不住憔悴之色。

「夫人。」

「不！」傅夫人在交談之初便告誡她，「秀秀，妳千萬記住。從此刻起，我不是什麼夫人，我是宮女，名叫壽珍。」

「是，壽珍。」

「也不能說『是』，宮女跟宮女不能用這種語氣，是不是？」傅夫人緊接著說，「妳儘量放開來，半點不用拘泥。」

秀秀想了一會兒，將自己的態度把握住了，立即隨隨便便地答說：「可不是嗎？咱們倆，誰也不用客氣。」

「對了！這才是。」傅夫人說，「秀秀，我先問妳一句話，李姑娘知道不知道皇上是她的什麼人？」

「不知道，不過有點兒疑心。」

「怎麼呢？」

「她老說，不知道皇上長得什麼樣子？說過了，又總是歎口氣說：憑我怎麼能見得著皇上？」

「那麼，平常可跟妳常談皇上不？」

「不大談。」

「可談她的兒子？」傅夫人問道，「想來總談過？」

「只談過一次。」

「一次？」傅夫人問，「妳陪李姑娘幾年了？」

「五年。」

「五年只談過一次？」

「是的。」秀秀答說，「還是我剛去陪她的時候。」

「她怎麼說？」

「她說，她有過一個兒子，可惜死掉了，不然也是一個皇子。」

「這樣說，她怎麼會有點疑心皇上是她的兒子呢？」

「因為，她並不是完全相信她的兒子死掉了。」

「這話怎麼說？」傅夫人有些困惑了。

「是這樣的。」

原來當時秀秀問李姑娘，見過她的兒子沒有？她說她不知道，因為見了那些年齡相仿的皇子皇孫，她亦無法認識。至於說她的兒子已經夭折，亦只是聽別人所說，始終無法求證。

「如果說是這樣的情形，那就在人情上不大講得通了。」傅夫人握著秀秀的手笑道，「我是有兒有女的假宮女，妳是至今獨處的真宮女，不會瞭解天下父母心。如果說李姑娘對於自己兒子的生死並不確知，那一定會朝思暮想，千方百計要打聽清楚。絕不會有這種談過一次，便置諸腦後的態度，妳說是不是呢？」

秀秀想了好一會，對情況有把握了。「夫人——不，壽珍，」她自己糾正了稱呼說，「我現在明白了，她是知道她的兒子已經死掉。不過，就是妳所說的『天下父母心』，還存著萬分之一的希望，所以會那樣說。」

「對了！這道理還講得通。」傅夫人說，「妳知道不知道我這趟的來意？」

「高總管告訴我了。不過，恐怕他亦不大清楚，他只說妳要假裝宮女跟李姑娘在一起，有話要問李姑娘，叫我盡心幫忙。這個，壽珍，妳請放心，我無有不盡心的。不過——」

突然頓住了，傅夫人不免奇怪地問：「你怎麼不說下去？」

「我知道這件事關係很大，我不便問，我不知道妳真正要幹什麼，恐怕幫不上忙。這倒也還罷了，就怕幫不上忙，還會幫倒忙！」

「我當然要告訴妳。」傅夫人平靜地答說，「妳很明理，很識大體，我算是找到了一個很好的幫手。秀秀，這件事於妳的終身也很有關係，妳幫我把這件事辦好了，皇帝一定念著妳的功勞，我跟皇上回奏，替妳好好揀一份人家。」

秀秀的年齡比傅夫人只小得一歲，但到底是處子，聽得這話將頭低了下去，滿面紅暈，羞澀中帶著喜色。

「我在想，」傅夫人一半是籠絡，一半是同情秀秀，所以很替她用心打算，「妳這件事得靠我。為什麼呢？第一，將來皇上就是召見後，也不過嘉獎一番，賞妳的恩典，未見得於你有用；第二，妳是個姑娘家，總不好意思自己說，請皇上替我找個好女婿。是不是呢？」

秀秀「噗哧」一聲笑了出來，默唸著「請皇上替我找個好女婿」這句話，覺得十分好笑，恐怕從古到今也沒有哪個女子跟皇帝說這樣的話。

「妳覺得我的話好玩，是不是？我是實話。」傅夫人很起勁地說，「我能替妳說話不算希奇，我知道妳想要什麼，這一點很要緊。我會把妳的情形跟皇上回奏，妳既是李姑娘的乾女兒，那就等於是皇上的乾妹妹。只要讓皇上知道了這一點，他自然會抬舉妳。」

這一說，使得秀秀大為興奮，她從來都沒有想過，自己跟皇帝會扯得上什麼關係。如今聽傅夫人這一說，不但扯得上關係，而且關係還可以扯得很近，自然要心動了。

「我想皇上會讓哪一位王公福晉收妳做乾女兒，然後替妳完婚。」傅夫人說，「秀秀，妳喜歡怎樣的人，跟我說，我好替妳找，找到了請皇上交代下去。」

「這！」秀秀又驚又喜又羞，「我怎麼知道？」

「妳害羞不好意思說。也罷，時候還早，咱們慢慢兒再談。」傅夫人說，「如今先談我的差使吧！」

於是秀秀跟傅夫人細細琢磨，商量定了的策略是，要使得李姑娘相信，非分之福，得之不祥，淡泊自甘，得終餘年，才是最聰明的辦法。如果李姑娘被說動了，才能揭開最後的秘密。否則，還得慎重考慮。

◇ ◇ ◇

「她叫壽珍。」秀秀為李姑娘引見，「我跟她一見投緣，她也願意上我們這兒來住。乾媽不嫌我擅自作主吧？」

「不嫌，不嫌！」李姑娘非常高興，「壽珍姑娘，妳請坐。」

「叫我壽珍就可以了。」傅夫人非常親切地說，「我也叫妳乾媽好不好？」

「那可不敢當。」李姑娘眉開眼笑地，「妳今年多大？」

「我今年二十四。」傅夫人故意說小些，「乾媽呢？」

「我五十四了。」李姑娘說，「如果真的有妳這麼一個女兒，我夢裡都會笑醒。」

「乾媽說得我太好了！來，乾媽妳請坐。我倒茶給妳喝。」

「不！讓秀秀倒。不管怎麼著，妳頭一天來，總是客。」李姑娘問道：「妳本姓什麼？」

「我姓孫。」

「原來你也是漢人。」李姑娘越覺親熱，「妳本來在哪兒？」

「我在皇后宮裡。」

「那好啊！憑妳的模樣兒跟性情，一定得寵。可怎麼又到了這裡來了呢？」

「這，」傅夫人故意帶點撒嬌的味道，「乾媽別問我這個，行不行？」

怎麼？李姑娘心想，這話也犯忌諱？仔細想一想明白了。「壽珍，我不問，心裡憋得慌。」她說，「問了，可怕妳不高興。」

「既然乾媽憋得慌，那就問吧！」

「我在想，我要是個爺兒們，一定也喜歡你。必是皇后掛味兒了，是不是？」

「掛味兒？乾媽妳說明白一點兒。」

「這句話妳不明白？」李姑娘笑道，「妳要我明說，我就明說，皇上喜歡妳是不是？」

傅夫人想起那個玉連環，不由得臉一紅將頭低了下去。

「我猜到了是不是？」李姑娘得意地說，「為此，皇后把妳調開，怕妳得寵。我猜得對不對？」

「不怎麼對！」

「不對？」

「是的。」傅夫人說，「我可不願得什麼寵。」

「喔，妳的想法跟別人不一樣。為什麼呢？」

「得寵有什麼好？」傅夫人說，「越得寵越不好。」

「喔，壽珍，看樣子妳必有一番大道理，是嗎？」

「也不敢說是大道理。沒事的時候空想，越想越多，越想越深，只要乾媽想聽，我倒可以談談。」

「要聽，要聽！說實話，我每天的閒工夫，實在太多了！難得有人跟我說說話。來，」李姑娘去捧了一個有蓋的釉罐來，裡面有她自製的各種零食，抓了許多，用個盤子盛著，送到傅夫人面前說道，「不好吃，妳就消閒吧！」

「多謝乾媽！」傅夫人拈了一塊玫瑰山楂片，放在口中，只覺甜美滿口，微帶酸味，舌間津液大生，真是助談興的好閒食。

「我在想，爬得高，跌得重，後宮佳麗三千，倘或『三千寵愛在一身』，就會遭兩千九百九十九個人的妒，那太可怕了。」

「妳，」李姑娘笑道，「妳說得有點兒玄。」

「那就說不玄的。乾媽總知道，有得寵就有失寵。如果從來沒有得過寵，無所謂，得過寵再失寵，那味兒就不好受了。譬如，」傅夫人又拈了塊玫瑰山楂片，放入口中，一面咀嚼一面說，「如果我從來沒有吃過這麼好吃的零食，我就不會想，今天吃過了，過一天想吃不得到口，難受不難受？」

「妳這話倒也有點道理。不過，若說得寵一定會失寵，那恐怕也不見得。」

「這要看是怎麼得寵？譬如那條狗，乾媽寵它牠是因為牠聽話，忠心耿耿，只要性情不變，始終得寵。宮女得寵憑什麼，無非一張臉子。那是要變的，人老珠黃不值錢，還能得寵嗎？」

這番話說得李姑娘感慨萬千。她有自知之明，如果不是太醜，又何至於不能列位妃嬪？不過轉念又想，像這樣無榮無辱也好。不然，就是壽珍所說的，「人老珠黃不值錢」，得寵而又失寵，就絕不能過這樣平靜的日子。

「妳的話不錯。」李姑娘關切地問，「那麼，妳以後呢？有什麼打算？」

「這要等放出去以後，才能打算。眼前，只想陪著乾媽，聊聊閒天，吃吃閒飯，這種閒日子不也過得很愜意嗎？」

這就是非她不能任此艱巨的緣故了！李姑娘聽她嘴如此甜，眉開眼笑地說：「只要妳愛吃零食，我變著方兒讓妳吃個夠，若說陪我聊閒天，更是我求之不得。不過，」她改了稱呼，「姑娘，我不願意那麼做。」

「乾媽，」傅夫人裝得不高興地，「妳為什麼不願意呢？」

「我願意妳嫁個好丈夫，恩恩愛愛，白頭到老。如果說，只是過這種吃零食、聊閒天的日子，就像秀秀那樣，我心裡實在難過。」

傅夫人頗為感動，也不免擔心，因為她已完全瞭解，李姑娘心地厚道，但卻是極深於情的人，如果母子之情，也是這樣難以割捨，事情就糟糕了！

不！她突然在心裡對自己說，李姑娘是為了情，願意委屈自己的人，只要跟她說清楚，如果她一定要執持著「母以子貴」這句話，出面當太后，對皇帝，也就是對她親生的兒子，大大地不利，她就絕不會再爭。

想是這樣想，而且覺得至少有幾分把握，不過到底茲事體大，萬萬不可造次，所以將這個念頭，暫且丟開。

這時秀秀沏了茶來，李姑娘便從釉罐裡將自製的精緻零食，統統都取了出來，供「壽珍」大嚼。

「姑娘，晚飯妳喜歡吃點兒什麼？我這裡蔬菜最新鮮，肉跟魚，可是風乾的。海味也有，不過得發起來，今天可是吃不成了。」

「乾媽的零食都把我吃飽了，就是蔬菜好。」

「妳們坐著！」李姑娘還用手按了一下，彷彿要把秀秀跟「壽珍」撳得坐了下去似的，「我到園子裡去摘蔬菜，給妳們做飯。」

「壽珍」還待謙辭，秀秀卻說：「妳坐著！乾媽的脾氣如此，妳不聽她的，她不高興。」

「真正是慈祥的老人家。」傅夫人望著她的背影說。

等她走得看不見影子了，秀秀方始開口：「妳跟她很投緣，事情有希望了。」

「我在想——」傅夫人把她的想法說了出來，問秀秀的意見。

「是的。我也這麼想。不過，老人家脾氣也有很倔的地方，而且見識到底有限，萬一想偏了，擰不過來。可就糟了。」

「當然要慎重。我想不妨先試探一下。」

「怎麼試探法？」

「這要想，」傅夫人說，「想一個故事，看她是怎麼一種態度。」

「妳就想吧！我知道你肚子裡墨水很多。」

傅夫人很用心地思索了一會，終於想到一個故事，說給秀秀聽了，她盛讚不已，認為天造地設一個絕妙的故事，可以將李姑娘的本心，明明白白地探測出來。

但是故事雖好，卻須等候機會才能開口，否則落了痕跡，反為不妙，當然機會是可以製造的。

◇◇◇

過了春分，日長一日，整天多暇，李姑娘除了栽花、耘蔬，調製「壽珍」愛吃的食物之外，便是坐下來聊閒天。

「壽珍」有一肚子前朝後代的典故，這天談起明朝的宮闈，由正德皇帝談到他的父親孝宗，機會來了。

「孝宗的年號叫弘治，這位弘治爺，一直到六歲才見到親生父親。」

「怎麼？」李姑娘插口問說，「弘治爺莫非不是生在宮裡？」

「生在西苑。」

「西苑也是宮裡，怎麼會見不到親生父親？」

「這，說來話就長了。」

「長就長，反正沒事。」李姑娘說，「妳倒講一講其中的道理。」

「壽珍」想了一會兒，故意顯出話不知從何說起的那種躊躇之態，然後開口說道：「要從成化爺的一個得寵的妃子說起。」

「慢點！」李姑娘又插嘴了，「成化爺是誰？」

「是弘治爺的生父。他的那個得寵的妃子，姓萬，本來是他的保姆。」

這次是秀秀插嘴。「保姆怎麼成了妃子呢？」她問，「那不荒唐？」

「明朝宮裡，這種荒唐的事不足為奇。天熹的『奉聖夫人』不也就是保姆得寵，跟妃嬪一樣？」

「嗯、嗯！妳講下去！」李姑娘又說，「若是保姆，年紀不比成化爺大得好多？」

「一點不錯，大得有十七八歲，所以到成化爺成年，萬貴妃快四十了。沒有兒子，可是多少孽！」

奇妒不堪，不管什麼人，倘或伺候成化爺懷了孕，她千方百計要把人家的胎打掉，也不知作了

「照這麼說，弘治爺又是怎麼來的呢？」

「乾媽心別急，聽我慢慢兒告訴妳。」「壽珍」喝一口茶接著往下說，「那時候宮裡有個管銀庫的宮女，姓紀，是廣西賀州土司的女兒，不是漢人。」

「是苗子？」李姑娘問。

「跟苗子差不多。這且不去說它了，只說紀宮女。」

這紀氏黑黑的皮膚、大大的眼睛、白白的牙齒。較之漢家女子，別有嫵媚動人之處，加以賦性敏慧，一手經管鉅萬內帑，出入帳目，清清楚楚，有所垂詢時，從容奏對，條理十分明晰，實在是個秀外慧中的好女子。

「就為了她這麼可愛，成化爺動了情，當天便召她到寢宮，一連寵愛了好幾天，萬貴妃可來了醋勁兒了，把她攆到了安樂堂。」

「這是個什麼地方啊？」秀秀問說。

「安樂堂在西苑。年紀大了的宮女，或者有病快完了，怕死在宮裡，髒了屋子，所以都送到安樂堂，這是個養老等死的地方！」

「這一說，」李姑娘問道，「她不就準死無疑了嗎？」

「不！」傅夫人微笑搖頭，「她在那裡不但沒有死，聽說身上三個月沒有來！」

「唷！」李姑娘大感興趣，「那不是有喜嗎？」

「對了！有喜了。」

「萬貴妃知道不知道？」秀秀問說。

「知道。」傅夫人答道，「難免有人在她面前多嘴，自然會知道。」

「這一知道，還饒得過她？」

「可不是！當時就派出去一個太監，交代把那姓紀的宮女殺掉。」

「殺了沒有呢？」李姑娘急急問說。

「自然沒有殺。」秀秀笑道，「乾媽妳也不想想，要是殺掉了，壽珍這段掌故還講得下去嗎？」

「正是！我是老悖晦了！」李姑娘也笑著說，「姑娘，妳快往下講吧！」

「那個太監的心極好，告訴紀氏說，萬貴妃讓我來殺妳，我可不忍心下手。不過宮裡就算從此沒有妳這一號了。妳得躲藏一點兒，一露了面，妳死我也死。」

「難得，難得！」李姑娘又問，「她肚子裡那個孩子呢？」

「當然會生下來。」傅夫人說，「那時候在西苑的宮女、太監就說：皇上還沒有兒子。倘或紀姑娘能生下一個男孩，皇上不就有後了嗎？所以大夥兒約定，務必保護姓紀的宮女。到月份足了，生下來一看，居然是個小小子！」

「這，不是該給皇上去報喜？」

「誰敢？那不是報喜，是報喪，只要一報，萬貴妃知道了，母子兩條命。」

「那麼，怎麼辦呢？」

李姑娘開始緊張了，眼睜得好大，但不自覺地掛著笑容，那種又驚又喜，還有點不大相信的神情，就像她自己有了個盼望已久的孫兒似的。

「安樂堂有了這件喜事，首先要想法子的，就是怎麼樣瞞住萬貴妃？不然一定遭她的毒手。按說人多心不齊，消息要不走漏，實在很難。哪知道居然辦到了。」傅夫人說，「乾媽、秀秀，妳們猜是為了什麼？」

「為了成化爺沒有兒子？」李姑娘說。

「不是！」

「為了恨萬貴妃？」秀秀說。

「也不是。」

「那麼，」秀秀又說，「必是可憐紀宮女。」

「都不是，也都是。不過是原因之一，而不是主要原因。」

「主要原因是什麼呢？」

「是孩子！這個孩子的命很奇怪不是？生來大富大貴的真命天子，可是生來就得受苦，紀宮女的奶水不足，是拿米湯餵大的。從來不見天日，連痛痛快快哭一場都不許，怕有人聽見了會來查問。」

「正是！」李姑娘不勝痛心地，「這樣的孩子能帶大，真正得佛菩薩保佑。」

「就是這話囉，佛菩薩保佑，居然長到六歲了。那時成化爺三十多歲，未老先衰，有了白頭髮了。一天有個太監替他通頭髮，成化爺對著鏡子歎口氣：『白頭髮都有了，兒子還沒有！』那個太監就跪了下來了——」

「說啊！姑娘！」李姑娘著急地催促，「妳可別賣關子。」

「我有點渴了，話說得太多，嘴裡發苦。」傅夫人真的賣了個關子。

「不要緊，不要緊，我有治嘴裡發苦的藥。」

說著，李姑娘起身便走，不一會兒捧來一個比飯碗大一點的舊碗，裡面是雪白一碗乳酪，正中還印著一個猩紅圓點，顏色漂亮極了。

傅夫人的胃口被引逗得開了，將那一碗又甜又酸又鮮又香的乳酪吃得點滴不剩，拿手絹擦一擦嘴笑道：「嘴裡有了津液才能往下講。」

「我提妳個頭。」

「我知道，」傳夫人搶著秀秀的話說，「是講到程敏跪下去。」
「慢點，」李姑娘問，「不說是個太監嗎？」
「不錯啊！這個太監叫程敏，福建人。」
「福建人當太監的，可不多。」秀秀說道，「如今都是京東，或者保定府一帶的人。我可沒有聽太監說過福建話。」
「在宮裡當差，怎麼能打鄉談？妳自然聽不到。在明朝早年，太監好多是從福建來的。這且不去說它，我只談程敏。」

◇◇◇

程敏跪下來說：「萬歲爺原是有皇子的。」成化爺當然既驚且喜，但更多的是懷疑。
「你說原有皇子，在哪兒呢？」
「奴才要請萬歲爺作主。一說出來，奴才死不足惜，只怕皇子亦有危險。此所以五年以來，沒有人敢透露一字。」
「啊，」成化爺急急問說，「五歲了？」
「不！是五年，不是五歲。」
「喔，那是六歲了！在哪兒呢？你快說，快說！」
「奴才不敢說，萬歲爺如果不作主，奴才甘領死罪亦不能說。」
「好！」成化爺問道，「你要我怎麼作主？」
程敏想了一下說：「奴才回奏萬歲爺，第一，奴才說了，得請萬歲爺立刻把皇子接了來。」
「那何消你說？」

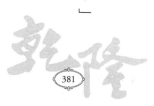

「第二，宣示大臣。」

「當然。」

「第三，倘或萬貴妃不利皇子，萬歲爺又怎生對待？」

「不會！絕不會。」成化爺答說，「我多派人加意保護東宮。」

「是！」程敏答說，「皇子在安樂堂，是掌內帑的紀氏所出。」

「啊，是她！」成化越發驚喜，「程敏，我就派你宣旨：即速送皇子來見！」

◇◇◇

這個消息一傳到安樂堂，簡直天翻地覆了，笑的笑，哭的哭，議論的議論，當然也有人跟紀氏道賀，眼看她熬出頭，要封妃子了。

「紀氏自是喜極而泣，親手替她六歲的兒子，穿上黃袍。」傅夫人拿手比著說，「六歲的孩子這麼高，胎髮未剃，養得這麼長，從後影看，像個女孩子。」

「乾媽，妳聽，」秀秀笑道，「倒像她親眼看見了似的。」

「原是書上這麼說的嘛！」

「就算書上不一定有，情理中也是一定有的。」傅夫人特為這樣說，聽起來似乎有點自我矛盾。

這也是她跟秀秀商量，因為說到緊要關頭，希望發生暗示的效用，所以盤馬彎弓，遲遲不發，好加深李姑娘的興趣與印象。

因此，秀秀接著傅夫人的話說：「乾媽，咱們就按情理來說，這時候的紀氏，覺得頂要緊的一件事是什麼？」

李姑娘想了一會兒說：「頂要緊的，莫過於他們父子見面要圓滿。」

「怎麼叫圓滿？怎麼叫不圓滿？」

「父慈子孝就是圓滿。倘或孩子彆彆扭扭地不乖，不肯叫人。要哭，不願意親近親爹，搞得掃興了，就是不圓滿。」

「著啊！」傅夫人大聲說道，「乾媽說得一點不錯。當時就是這樣！」

李姑娘聽得這話，自然有得色，微笑問道：「紀氏總有幾句話教她兒子吧？」

「當然！」傅夫人說，「她認為頂要緊的是，皇子見了成化爺，要親親熱熱叫一聲爹，而且最好不要旁人教，自己就能認出誰是他的爹。這麼著，顯得父子天性。成化爺一定高興，一定感動。打初見面的那一刻起就會打定主意，將來就算另外有了兒子，皇位仍舊要歸這個兒子。」

「啊！」秀秀接口，「她倒替兒子打算得很深。」

一面說，一面看著李姑娘，實際上就是要引誘她發感想。李姑娘哪知她們的用心，點點頭說：「做娘的為兒子打算。都是想得很深的。」

「話是不錯！做起來卻很難，如何能夠一眼就認出成化爺？」傅夫人說，「在宮裡又不是坐朝，不會穿黃袍，更不會穿龍袍。萬一認錯了，拿個太監叫爹，豈不糟糕？」

李姑娘笑了。「妳說得真有趣！」她說，「不過話倒很實在。六歲的孩子，又是從未見過外人的，要叫他一眼就能認出誰是誰，確是不容易。」

「是啊！當時就有人想到一個主意，說是要找出皇上一樣他人所沒有，亦絕不會弄錯的特徵，認起來就容易了。」傅夫人又賣個關子，「乾媽、秀秀，妳們倒想一想，有什麼特徵？」

「我想不出！」秀秀是坦率的語氣，轉臉說道，「請乾媽想一想看。」

李姑娘沉吟了一會，問道：「成化爺那時多大年紀？」

「不告訴過乾媽，快四十了。」
「快四十，自然留了鬍子！」
「啊！」秀秀拍手笑道，「乾媽想得真好。太監不長鬍子，在內廷長鬍子的只有皇上。」
「乾媽答對了！」傅夫人微笑說，「當時紀氏也這樣想。『兒子啊！』她說，『你現在要見你親爹爹去了！你記住只看長了鬍子的你就該親熱叫一聲爹！』她說一句，皇子應一句。等她說完了，皇子問出一句話，做娘的也愣住了。」
「是怎麼一句話。姑娘，妳可又讓我猜了，乾脆說吧！」
「是的。」傅夫人說，「當時皇子問的一句話是：『媽，什麼叫鬍子？』」
「這句話可問得絕了！」秀秀接口，「他見過的男人，只有太監，自然不知道鬍子是什麼樣子。」
「那怎麼辦呢？」李姑娘問。
「只有解釋給他聽，先說嘴上長了毛，皇子不懂嘴上長毛又該是怎麼個樣子？有個宮女想出一句怪話，讓皇子明白了。」傅夫人有意逗樂，笑著說道，「這句話又得讓乾媽跟秀秀猜了。」
猜來猜去猜不到，還得傅夫人自己說出來，那句話是「嘴唇上長了頭髮的。」李姑娘與秀秀大笑，笑停了追問，皇子見了「嘴唇上長頭髮」的，是何光景？
「自然是極圓滿的結果。皇子下了軟轎，拖著一頭好長的頭髮，走上殿去，撲在成化爺懷裡，響響亮亮地喊一聲：『爹！』這一聲可把成化爺樂壞了，一面淌眼淚，一面親兒子，殿上殿下，無不是又陪眼淚又陪笑。」
於是李姑娘與秀秀也有一番議論與讚歎，等她們說完了，傅夫人才又接著講下文。
「成化爺先把程敏叫到跟前，細問皇子出生經過，程敏不能把萬貴妃說得太不堪，描了好多話。成化爺也不大在意這一點。反正有了皇子是普天同慶的一件大喜事。第一件要辦的大事是，派司禮監通知內閣各位相爺，有此意外一喜。接下來是派人去宣召紀氏。」

說到這裡，傅夫人停了下來，裝著喝茶，用眼去覷李姑娘，只見她怔怔地彷彿神思不屬。傅夫人猜不出她心裡想的什麼，但脫不開紀氏母子是毫無可疑的。

「說呀！壽珍，」秀秀催問著，「宣來以後怎麼樣？」

「沒有能宣得來。」

「為什麼？」李姑娘問。

「死了！」

「死了！」李姑娘變色，「讓萬貴妃害死了？」

「不是！那時候萬貴妃還不知道。」

「就知道了也莫奈何！」秀秀有所議論，「那時候大家都在注意這件事，而且大家都覺得紀氏可憐，從哪一點來看，萬貴妃也沒法兒殺紀氏。要殺，是以後的事。」

「咱們且不談這些！姑娘，妳快告訴我紀氏是怎麼死的？」李姑娘催問著。

「自己上吊死的！」

「那為什麼？」李姑娘問道，「好容易熬得出頭了，怎麼倒自己上了吊？天下哪有這個道理。」

聽得這話，傅夫人跟秀秀心頭都像壓了一塊鉛，看起來李姑娘如果發現她也是熬得出頭了，就非出頭不可！

心境雖然沉重，卻仍須努力來說服。兩人對看了一眼，取得了默契，便由秀秀發端：

「我想，她總有番道理吧？」

「我想不出有什麼道理！」李姑娘搖搖頭說，「莫非是為了要成化爺想到她的兒子沒有親娘了，格外寵寵他些？那也用不著，成化爺本來就已經把這個兒子當成心肝寶貝了。」

「是的。乾媽這話不錯。可是，她得防著萬貴妃要害她的兒子。」

「莫非她死了，萬貴妃就不害她的兒子了？要害一樣害。倒是她不死，多少可以幫著防備一點兒，妳們說，我這話通不通？」

「好像，好像——」秀秀不好意思地笑道，「好像不一樣。」

「怎麼不一樣？」李姑娘問，「妳是說，紀氏死不死，跟萬貴妃害不害皇子有干連嗎？干連在哪裡？」

「乾媽，」傅夫人接口說道，「是有干連的！而且這個干連關係很大！我來講給乾媽聽。」

「好！我正要聽聽這個道理。」

「乾媽總聽過『母以子貴』這句話？」

「當然。」

「那好！紀氏的兒子將來做了皇上，她不就是老太后了嗎？」

「是啊！」

「那麼，萬貴妃呢？」

「對了！」秀秀故意振振有詞地說，「原說嘛！我就覺得不一樣，到底不一樣，那時候萬貴妃是太妃，太妃能邁得過太后去嗎？」

「當然邁不過去。」傅夫人接口說得極快，像急風驟雨一般，「萬貴妃豈是肯做低服小之人，心想將來在紀氏手下的日子不會好過，倒不如宰了她的兒子，讓她當不成太后。」

「那麼，」秀秀以同樣快速的聲音問道，「她的死是向萬貴妃表明心跡？」

「是的。」

「她是說，她不會有當太后的一天，所以萬貴妃不必擔心她的地位？」
「是的。」
「她是說：既然妳不必擔心妳的地位，就不必謀害我的兒子？」
「是的。」
「她也還想用死來感動萬貴妃，如果有一天她想下手害皇子時，想到紀氏的慘死，手會軟下來？」
「是的。」
「這樣說，她一切是為了兒子？」
「是的。」傅夫人答說，「不僅是為了兒子的安危，而且還為了兒子的皇位。唯有這樣。她才能讓她兒子安安穩穩做皇帝。」
「唉！」秀秀深深歎口氣，幽幽地說一句，「天下父母心！」
兩個人一搭一檔，這套雙簧完全是做給李姑娘看的。她們做得很像，真如言者無心似的，只顧自己對答，不看她是何表情。但相顧黯然垂首之際，少不得會偷覷一眼。一瞥之下，不由得都是心頭一震！
「乾媽，」傅夫人急急問說，「妳老人家是怎麼啦？」
「我心裡難過。」滿面淚痕的李姑娘，說了這一句，終於無法自制，放聲哭了出來。
抽抽噎噎地哭得好傷心，那時傅夫人和秀秀已經明白了，但亦不無意外之感，沒有想到她們的話，竟能使她如此激動。
「乾媽，妳哭吧！」傅夫人說，「我知道妳心裡委屈，痛痛快快地哭吧！」
這一下，更為李姑娘添上了一副知遇之哭，越發敞開嗓子大哭特哭。好在地處僻遠，沒有人來干預探問，只是驚得剛剛歸林的鳥雀亂叫亂噪而已。

秀秀看她哭得夠了，去絞了一把熱手巾來，李姑娘擦一擦臉，擤一擤鼻子，臉上出現了異常怡靜的神色。

「這會兒我心裡好過得多了！」她向傅夫人說，「姑娘，這段故事，是妳編出來的？」

「我可沒有那麼大的本事，能編出這一段故事來。」傅夫人說，「史書上記得有，不過——」

「不過，加油添醋是有的。」秀秀笑道，「妳不好意思說，我替妳說。」

「我想也不是編出來的。」李姑娘忽然問道，「那個六歲的小皇子，後來當了皇上沒有？」

「怎麼沒有？」傅夫人答說，「他的年號叫弘治，駕崩以後叫孝宗，忠孝的孝，就為的他小時候有那麼一段故事。」

「這孝宗是好皇帝不是？」

「是好皇帝。」傅夫人說，「從他以後，明朝就再沒有出過好皇帝。」

「喔，」李姑娘彷彿很安慰似的，「這倒也罷了。」接著她又問，「為什麼明朝從孝宗以後，就沒有出過好皇帝？」

這一問，傅夫人覺得是個機會，可以隱隱相勸。「原因很多。」她想了一會答說，「當皇帝不是件容易的事，得全副精神去對付。明朝從孝宗以後，個個皇帝鬧家務，弄得頭昏腦脹，自然就顧不到國家大事了。」

煢煢獨處二十多年的李姑娘，偶爾也聽說，雍正年間大鬧家務，卻不知明朝宮裡鬧家務鬧的是什麼。雍正年間鬧家務，似乎沒有把國家大事也鬧壞，何以明朝就不同？這重重疑問，她覺得是個好話題。

「姑娘！」她問，「妳累不累？」

「不累，」傅夫人搖搖頭，「只是有點渴。」

「話說得太多了。」秀秀替她斟了杯茶，「溫溫兒的正好喝。」

「如果妳不累，閒著也是閒著，咱們再聊聊。」李姑娘將她心裡的疑問說了出來。

「這可是考我了。」傅夫人將修成沒有幾年，曾經仔細讀過的《明史》，好好想了想說：

「孝宗以後是武宗，就是出了名兒的正德皇帝，他是皇后生的。明朝的皇帝，嫡出的就是這麼一個寶貝，讓父母寵壞了，無法無天地胡鬧了十來年，硬生生把自己的一條命糟蹋掉，而且沒有兒子。」

「那怎麼辦？誰接他的位呢？」秀秀問說。

「是他的一個嫡堂兄弟，封在湖北安德，特地接到京裡來當皇帝，年號叫嘉靖。」傅夫人忽發感慨，「古人說：『不孝有三，無後為大』，我從前不相信這話，前兩年看《明史》才知道嘉靖對他伯母，真正是忘恩負義，這筆帳要記在正德頭上，真正是大不孝！」

「這是怎麼說呢？總有個道理在內吧？」李姑娘問，「嘉靖是怎麼個忘恩負義？」

「他不認太后是太后，他說他的生父興獻王，生母興獻王妃，應該是皇帝、太后。管正德的皇后叫皇伯母。這位太后姓張，有個弟弟叫張鶴齡，犯了罪，嘉靖要殺他。張太后替弟弟求情，居然就跪在侄子面前，這個侄子是她作主接進京來當皇上的。真教自己搬石頭砸自己的腳。」傅夫人緊接著說，「乾媽倒想，如果正德有兒子接位，張太后就是太皇太后，何至於這樣子受虐待？」

「原來是那麼一個道理，妳說得不錯，正德真是不孝。」李姑娘又問，「以後呢？」

「以後就一代不如一代了。嘉靖之後是隆慶，做了六年皇帝。傳位給十歲的兒子，年號叫萬曆，他做了四十幾年皇帝，起碼鬧了三十年的家務。」

於是傅夫人細談「梃擊」、「紅丸」、「移宮」三疑案，附帶提到只做了兩個月皇帝的光宗，幾乎連年號都沒有。

「怎麼會沒有年號呢？」傅夫人解釋，「他接位的時候，年號還是萬曆，改元泰昌，要到開年。那知他八月初一接位，九月裡就吃春藥把命送掉了。新君接位，年號叫做天啟，明年自然就是天啟元年。這麼兩下一擠，可就把泰昌這個年號擠掉了。」

「那怎麼辦呢？總不能沒有年號吧？」

「只好變通辦理，把這年八月初一以後，一直到年底，都算泰昌元年，八月初一以前仍舊是萬曆四十八年。這年七月底生人，到第二年正月初一，五個多月的毛孩子，已經過三個朝代了。這種怪事都是宮裡鬧家務鬧的。」

「真是！」李姑娘不勝感慨，「平常人家都鬧不得家務。何況皇上家？不過——」她欲語又止，不願提及先朝的家務。

但傅夫人卻覺得不能不提。「雍正爺不也鬧家務？鬧得好厲害，不過雍正爺有決斷，有手段，把事情算是壓下去了。可是元氣大傷，至今未曾恢復。虧得當今皇上英明仁厚，不斷想法子鋪排。老一輩幾位王爺，也不好意思跟皇上過不去。不過心裡總有點記雍正爺的恨，倘或出一件什麼意想不到的事，這家務一鬧開來，就不好收拾了！」

「是啊！」李姑娘皺著眉說，「真的不能再鬧了！平平安安的多好呢！」

她那種膽小怕事的表情，給了傅夫人極深刻的印象，同時也感到有非凡的欣慰。自信太后交付的任務，一定可以達成。

◇ ◇ ◇

「好得很！」傅恆也很高興，不過他為人謹慎，所以仍然告誡妻子，「太順利了，也不是好事。必得水到渠成，不能操之過急。」

「你不用擔心。這位老太太的心情，沒有比我再清楚的，如今就可以跟她說了。不過，說了以後，怎麼樣呢？皇上總得馬上來看她才好。」

「這就是件辦不到的事！」傅恆搖搖頭，「若說皇上在這春三月裡就來避暑，不太早了一點？」

「照這樣說，只有到五月初皇上來了，才能辦這件事？」

「那就是很順利了。」

「順利倒是順利，我可受不了。」傅夫人嘟起嘴說，「陪這位老太太住兩個月，成天除了聊天，還是聊天，不把人都悶死？」

「那麼，妳的意思呢？」

「不如先回京裡，到時候再來。」

「這得考慮！」

傅恆考慮下來，認為一動不如一靜。他勸妻子委屈忍耐。因為這兩個月之中，任何變化都可能發生，必須小心守護著。

「不然倒還不要緊，」他說，「妳現在已經提了一個頭了，明孝宗紀太后那個故事很露骨，她一時想不透，日久天長，琢磨出其中的道理來，自然急於要打破那個疑團。秀秀一個人應付不下來。」

傅夫人仔細想想，丈夫的話很有道理，決定接受勸告，繼續陪伴李姑娘。

「你呢？」傅夫人問，「在這裡陪我？」

「那只怕辦不到。」傅恆歉然陪笑，「我得先回京覆命。」

「既然如此，你就早點回去吧，代我去見太后，把經過情形細細回奏，也讓太后瞧瞧我的能耐。」

「好！我事情一辦完就走。」

第三天傅恆就啟程了，一到京，宮門請安，皇帝立刻召見，溫言慰問，也問起他的妻子，但並未提到她的任務。

「你見你的姊姊去吧！」皇帝說道，「她有話要問你。」

皇后要問的，自然是有關李姑娘的情形，傅恆將他所知道的，都告訴了胞姊，最後問到皇帝起駕抵達熱河以後的計畫。

「這得請太后的懿旨。」皇后答說，「不過，我看太后亦未見得拿得出辦法，最後還得請皇上自己拿主意。」

「看皇上的意思彷彿亦很為難。」

「誰遇到這種事都會覺得為難。」皇后想了一下說，「你如果有親信信得過，又有見識的人，不妨先商量商量，定下幾個辦法，讓皇上挑一個。」

傅恆答應著退出宮去，回歸私邸，想到皇后的話，隨即吩咐聽差去請「趙先生」。

趙先生是浙江人，單名一個然字，他是拔貢出身。貢生即是秀才，無足為奇，但拔貢就不同了，因為按定制每逢酉年才選拔一次，所以有人說拔貢比狀元還要名貴，因為三年出一狀元，而拔貢要十二年。這雖是說笑話，但拔貢是出類拔萃的秀才，筆下一定來得，卻是實情。一成拔貢等於正途出身，而且立刻授官，趙然是授職內閣中書。這個職位在明朝極其重要，得以參預國家最高機密，不過清朝因為雍正七年設立了軍機處，大學士的權柄轉移；內閣中書亦成了閒職。傅恆將他請了來，主持章奏書牘，對他相當尊重。

此時在書房置酒，賓主把杯傾談，傅恆將皇帝身世的秘密，悄悄告訴了他，接著便照皇后的意思，向趙然請教，皇帝應該怎麼樣處理他的難題？

「皇上該怎麼處理是一回事，」趙然答說，「皇上想怎麼處理又是一回事！」

「皇上也明白，茲事體大，處理不當會動搖國本，所以到現在為止，沒有什麼表示，咱們得替皇上籌一個辦法。當然，頂好是能夠符合皇上的意思。不過他心裡的事，誰也不知道。」

「人同此心，心同此理。有個故事，不妨參考。」趙然問道，「尹元長制軍的身世，傅公有所聞否？」

「倒不大清楚。請趙先生講給我聽聽。」

◇◇◇

趙然所說的「尹元長制軍」，是指雲南總督尹繼善。他是漢軍，姓章，與怡親王胤祥的母妃章佳氏是同族。

尹繼善的父親叫尹泰，字望山，世居瀋陽。尹泰當國子監祭酒時犯了過錯，罷職家居，那是康熙末年的事。

其時先帝還是雍親王，奉聖祖之命，到盛京去祭陵，中途遇雨，便借宿在尹泰家，交談之下，發覺尹泰的見識與眾不同。大生好感，偶爾問起：「你有做官的兒子沒有？」

他的兒子很多，做官的也有，卻都不甚有出息。尹泰心想，既然雍親王問到，當然是照拂之意，應該選個最有出息的兒子告訴他，才不負他的盛意。

於是想了一下答說：「第五個小兒繼善，今年北闈僥倖了。此刻留在京裡讀書，預備來年會試。」

「好！你寫信叫他來見我。」

雍親王回京不久，便做了皇帝，尹繼善自然無法去覲見他，不過雍正元年恩科會試，尹繼善場中得意，中了進士。

引見的那天，皇帝看到尹繼善的名字，想起前情，再看尹繼善，儀貌堂堂，還有一種異相，手臂上有極大的朱砂斑，鮮紅觸目，越覺中意，便即問道：「你是尹泰的兒子？果然是大器！」

當下拿尹繼善點了翰林，第二年便授職廣東藩司，不久遷河道副督，再遷江蘇巡撫，升任兩江總督，離他中進士，不過十年的工夫。

尹繼善在兩江總督任上，迎養老父。尹泰的家規很嚴，而尹繼善的生母徐氏原是丫頭出身，哪怕兒子已貴為封疆大吏，起居入座，但她仍然青衣侍候，連個座位都沒有。尹繼善心裡很難過，只是不敢跟嚴父為生母討情。

後來尹繼善調任雲南，全家回京，打點赴新任，陛見時皇帝問道：「你母親封了沒有？」

尹繼善聽得這話，連連磕了幾個響頭，想有所陳奏，卻不知如何措詞。

皇帝看出來了，他有難言之隱。先帝對內外大臣的家事，瞭若指掌，自然瞭解他的心境。

「我問你，你的母親封了沒有？」皇帝又問了一句。尹繼善又連連叩頭。

「你不必開口！我知道你的意思。你是庶出，嫡母已封，生母未封。我馬上就有旨意。」

雍正真是善體人情，知道尹泰的家規極嚴，尹繼善只要有一句為母請封的話出口，就會受嚴父之責，所以不讓他開口，作為恩出自上，尹泰就沒話可說了。

儘管如此，尹泰仍舊知道了，而且如意料中的，大為光火，等尹繼善一回家，拿起拐棍就往兒子頭上砸過去，把尹繼善官帽上的雙眼花翎打落在地上，一面打，一面還罵：「你拿大帽子來壓你老子是不是？」尹繼善不敢回嘴，是徐夫人跪在地上，為兒子討饒，才算了事。

雍正得知其事，為了籠絡徐夫人母子，採取了很不平常的措施，先派四名太監、四名宮女，捧了一套命婦的朝服到尹家，四名宮女不由分說，為徐夫人洗臉梳頭，換上朝服。這時八旗命婦，已經奉旨盛妝來賀，搞得徐夫人侷促不安，不知如何是好。

正在紛擾之際，滿漢內閣二人，穿了二品官服，馳馬到門，手捧詔書，高聲喊道：「有旨！」

尹泰連忙領著全家男丁來迎欽差，才知道有上諭，指明由尹泰及徐夫人一起聽宣。於是尹泰在前，徐夫人在後，跪聽欽差宣讀詔書，說是：「大學士尹泰，非藉其子繼善之賢，不得入相；非側室徐氏，繼善何由而生？著敕封徐氏為一品夫人！」

宣畢謝恩，而熱鬧並未結束，不過剛剛開始。欽差跟尹泰說：「皇上的意思，中堂應該謝夫人生貴子。」

尹泰自然遵旨，於是四名宮女將徐夫人按在正中椅子上，四名太監引著尹泰來拜。徐夫人大驚，想要離座遜避，無奈四名宮女使勁一按，動彈不得，實實足足受了尹泰三個磕頭。

這時欽差又說話了：「中堂跟夫人現在是敵體了，夫婦之禮，不可不講！」

怎麼個講法呢？重行合卺之禮。其時內務府司官已經帶了一大班人到了，立時張燈結綵，堂下鼓吹喧闐，廚房裡砧板亂響。贊禮拜堂，接著開宴，八旗命婦紛紛向徐夫人敬酒。堂上堂下，笑成一片。尹繼善自然從此死心塌地，為皇家盡忠效勞了。

這個故事意何所指？傅恆自然明白，也自然要考慮。

「傅公，」趙然開始談他自己的意見，「我之不憚其煩講這個故事，是要證明一件事，世界上除了極少數的不孝逆子以外，無不想有機會報答父母之恩。『子欲養而親不待』，此所以為終天莫補的遺憾！如今天子之母以天下養，倘或過分委屈，皇上心裡一定不自在，表面拘於社稷之重，隱忍不言，內心悒鬱不歡，殊非臣子事君父之道！」

傅恆矍然而起，他從「子欲養而親不待」這句話中得到了一個啟示，自覺天大的難題已經解決，所以臉上有掩抑不住的欣慰與得意。

不過，為了求圓滿，他覺得還需要通前徹後地想一想，所以欲語又止，卻只含笑負手，站到窗前，默默地反覆思量。

思量已定，他轉回身來說：「趙先生好比八股文『破題』，咱們只抓住一個『子欲養』的『養』字好了。」

「請傅公試言其詳！」

「為人子者養親，無所不可；為君者報身之所自出，應有限制。」

趙然不答，將傅恆的話，細細想了一遍，覺得「為人子」與「為君」的界限分得極好，確是並籌家國、兼顧子母的兩全之道。

「我再可以說，子之養親，可以無所不用其極；子之報母，須知有父。所以，」傅恆加重了語氣說，「皇上在這件事上，不能不想到先帝。」

「是了！」趙然下了個結論，「照此而行，情真理當，皇上一定嘉許。」

◇◇◇

這個結論經皇后轉奏太后，特召「十四叔」來商量，辦法就更詳細了。唯一剩下要解決的一個難題是，由什麼人把這些見解、宗旨、辦法去跟皇帝談。

「十四爺，」太后說道，「我看又非勞你的神不可了。」

「只要於事有益，我義不容辭。不過這件事我管得太多，怕皇帝一起誤會，生了反感，反為不妙！」

十四爺認為以皇帝的尊親來談此事，不免有壓制之嫌。這個說法如果成立，那麼太后就更不宜來談。

「傅恆呢？」太后問說，「皇帝倒還聽他的話。」

「是。不過太后總也知道，傅恆怕皇帝，見了面有時連話都說不出來。」

「噢！」太后詫異，「我倒不知道。」

「這話不假。」

「當然。十四爺一定有根據的。」太后又說，「照這樣看，只有皇后來說。」

十四爺想了一下說：「皇后是適當的人選，但另有一個人更適當。」

「誰啊？」

「傅恆的妻子。」

太后一時不能接受這個建議，答一句：「十四爺倒說個緣故我聽。」

「第一，跟皇帝說這件事，可能會惹他生氣，如果皇后去說，皇帝一生氣，答一句重話，皇后就沒法兒往下說了。」

「這倒是！」太后深深點頭。

「如果傅恆的妻子，皇帝看在親戚份上，又是女流，即使生氣，也不會發作，傅恆的妻子還是可以往下說。」

「啊！啊！說得有理。」

「第二，傅恆的妻子，能言善道，如果她不能把皇帝說動，就沒有人能說得動皇帝了。而況，她是最瞭解這件事的經過的，沒有人再能比她說得更透徹。」

「好！十四爺的話真有道理。準定這麼辦！不過，」太后想到一樣不便，「皇帝召見命婦，合適嗎？」

「事有經權。再說，這件事她是經手的，讓她跟皇帝面奏，並無不可。倘或太后再降懿旨，就更名正言順了。」

「這是一定的，我一定會交代下去。事情就這樣定局了。」太后欣快地說，「我也不必另外找人，就託十四爺交代傅恆照辦吧！」

◇ ◇ ◇

傅恆又回到了熱河。夫婦小別重逢，倍覺情深，一宿繾綣，情話不絕。最後談到了太后跟「十四爺」的決定。

「不行！」傅夫人想到皇帝那雙眼中，蕩漾著不可測的意向，直覺地拒絕。

「為什麼呢？」

為什麼？這個緣由何能向丈夫明說？傅夫人只說：「從無皇帝召見命婦之例。」

「這也好辦！就作為妳去看姊姊，皇上闖了進來，你不就可以談了嗎？」

傅恆口中的「姊姊」，便是皇后。這個辦法看來可行，傅夫人就無法推辭了。

「再說吧！好在時間還早。」

「也不早了！只有不到一個月的工夫，皇上就要起鑾。」傅恆又問，「那邊怎麼樣？」

傅恆很怕太太。原因甚多，口才不及是其中之一，既然無法說服太太，只好閉口不言。反正時候還早，果真到了非她跟皇上去說不可時，自然會有太后或皇后能讓她就範。

傅夫人對見皇帝雖有些疑懼，不過對她的任務還是很熱心的，便即問道：「你這趟進京商量定了沒有，是什麼時候才揭穿那件事啊？」

「一揭穿了，母子就得見面。這樣，要等皇上來了以後才能動手。」
「好，我知道了。」
「話又得說回來。」傅恆又回到原來的話題上，「兩頭兒總得有一頭兒能有確實把握，事情才能辦得順利。妳說是不是？」
「怎麼呢？你倒把其中的緣故跟我說一說。」
「一揭穿了，李姑娘的身分就不同了，第一件事就得上封號，假使李姑娘倒答應了，皇上反覺得委屈了親娘，不願意那麼辦，事情不就成了僵局了嗎？」
說到頭來還是要去先說服皇帝。傅夫人不作聲，心裡在盤算，看樣子這件事不易推辭，恐怕非硬著頭皮去見皇上不可！
傅恆觀察她的神色，猜想她心裡有點活動了，便催問一句：「怎麼樣？」
「你的話也有道理。太后把這麼一件大事交給你，辦妥當了是咱們兩個人的面子，辦砸了於你的前程也有妨礙。好吧！我去說就是！」
居然如此爽快，傅恆頗有喜出望外之感，一揖到地，笑嘻嘻地學了一句戲詞：「多謝夫人，下官這廂有禮了。」
「謝倒不必！」傅夫人說，「我很想回京去看孩子，要走就讓我早點走吧！」
「行！我馬上讓他們預備。不過，李姑娘那兒，得妳自己去說。」
「怎麼說法呢？」
「隨妳自己編。只要李姑娘相信就成。」
傅夫人想了一會說：「我得留個伏筆。」
「伏筆？」傅恆不解地問，「什麼伏筆？」
「回來說破那件事的伏筆。」

◇◇◇

傅夫人跟李姑娘說，總管傳話，皇后宣召，有話要問，後天就得進京。李姑娘即時就緊張了。

「皇后有話要問？皇后不是不大喜歡妳嗎？」

「是的。」

「那，會有什麼話問？只怕沒有什麼好話？」李姑娘並不掩藏她的感想，「我很替妳有點兒擔心。」

「不會的！」傅夫人笑道，「那天有個太監替我看相。說我最近氣色很好，端午前後要走運，會立一場大功。乾媽，妳看我氣色怎麼樣？」

「氣色倒是真不錯，又紅又白。不過我可不懂，妳會立什麼大功？」李姑娘又加了一句，「有什麼大功是妳能立的？」

「我看，」秀秀在一旁笑道，「是鴻鸞天禧，皇后大概要指婚，拿妳配給什麼番邦的王爺，就像昭君和番那樣，妳替國家立了大功，自己成了王妃，不就是交了大運？」

秀秀是在開玩笑，李姑娘卻認為她的話很有道理。「對了！除非是這麼個樣子，妳才能立大功。」她說，「果真如此，我們很盼望能得個送親的差使，悶了這麼多年，能出去走一走也好。」

「乾媽別說得那麼輕鬆，上邊疆苦得很呢！」

「秀秀，」李姑娘說，「妳別替我擔心！要說吃苦，還有比這裡像關在籠子裡那樣更苦的嗎？」

「乾媽也真是！」傅夫人笑著說，「秀秀是逗妳老人家的，居然就當真了。」

「說實話，我難得有妳們倆，像親人似的，妳們的事，我能不認真嗎？」李姑娘又問，「妳這一去，說了沒有，還回來不回來？」

「自然回來。」

「哪一天？」

「這可沒有準信兒，也許十天半個月，也許問完了就打發回來，三五天的工夫。」

「好吧！我就算妳半個月好了。免得三五天妳不回來，讓我惦記。」

傅夫人心中一動，含笑問道：「乾媽，妳真的捨不得我？」

「怎麼？」李姑娘喜孜孜地問道，「妳也可以不去是不是？」

「皇后宣召，怎麼能不去？」

李姑娘頗有失望之意。照此態度，她對傅夫人是真個難以割捨，亦就無須再求證了。

「乾媽，」傅夫人乘機說道，「乾媽如真的捨不得我，我一定侍奉乾媽一輩子。」

聽到這裡，李姑娘雙手合十，喃喃說道：「我不敢這麼指望，我不敢這麼指望。」

「我不是騙乾媽的。」

「我知道妳不會騙我。不過，姑娘，妳是要出閣的。」

「那也不要緊，如果在京裡，來看乾媽方便得很。即使是在外省，三兩年總得回來一趟，見面的機會多得是。」

「那敢情好！」李姑娘喜逐顏開地說，「若能這個樣子，真正是我老年走運。」

「我會看相，乾媽的老運好得很呢！不過，乾媽，我自己知道，我這個人樣樣都還過得去。只有一樣不好。這話，我得預先稟告乾媽。」

「妳儘管說。」

「我這個人心太熱，跟誰親近了，我就要替誰拿主意。要是不信我，我會不高興！」

「妳是說，如果我有什麼事，妳要替我拿主意？」

「對了！」傅夫人緊接著問：「乾媽聽不聽我呢？」

「聽！」李姑娘毫不遲疑地答說，「我不聽妳又聽誰的！」

傅夫人心花怒放，忍不住抱著李姑娘像個女孩子撒嬌似的，揉著扭著。

◇ ◇ ◇

「臣奉太后懿旨，面奏皇上，太后要派一位專使，有話跟皇上當面說。」

「喔，」皇帝問道，「這專使是誰啊？」

「是，」傅恆答說，「是臣的妻子。」

皇帝笑了。「讓你來說不一樣嗎？」他問，「何必還要繞個彎子？」

「臣妻面奉懿旨，是機密大事，臣妻不肯跟臣說，臣亦不敢聞問。」

皇帝心中一動，經仔細考慮，正色答說：「太后有話不跟我當面說，要派專使，甚至你也不能與聞，可知這件機密大事，非同小可，除了太后、我、你的妻子以外，不能有第四個人知道！」

「是！」

「既然如此，應該在鏡殿召見。」

鏡殿在圓明園內。圓明園四十景中最為世宗所欣賞的一景，名為「萬方安和」，這座建築建在池沼之中，四面有橋，道向中間的房屋，倘能如飛鳥俯瞰，就會清清楚楚地看到整座建築成為一個「卍」字形，這就是題名「萬方安和」的由來。

世宗喜愛「萬方安和」的原因之一是極其隱秘，關防嚴密。因為四面有橋，只要在橋口守住，就絕不會有未奉許可的人胡亂闖了進來。

儘管如此隱秘，世宗還覺得不夠，所以在「萬方安和」的房舍中，特為闢了一座鏡殿，只有前後兩道出入的門，並無平視向外的窗戶，只有仰望可窺蒼穹的天窗。屋子裡鑲滿了來自西洋的水銀玻璃鏡，高可一丈，明亮清晰，鑲嵌的地位或正或側，彼此映照，面面皆見，只要坐在寶座上，向前望去，前後左右的景象都逃不過眼下。世宗認為只有在這樣的情況下，做什麼事都不愁有人竊窺偷聽，極機密的軍國大事是在這裡處理。據說召幸愛寵，亦常在此處，為的是一身化無數身，自頂至踵，盡態極妍，才能享到酣暢的豔福。

這些傳聞，傅夫人耳中亦聽到過，因此聽說皇帝是在鏡殿召見，不由得一顆心怦怦地跳個不住。她一面是有些畏怯，一面卻又有莫可言喻的興奮，因為在她心目中，那是個男人視之為香豔神秘的地方，到底是如何異想天開，見所未見，終於可以開一開眼界了。

召見的旨意突然下來了，是下午。暮春天氣，日麗風和，下午懶懶地正是宜於作春夢的時候，不道皇命宣召！傅夫人只得修飾好了，帶著四個丫頭，由傅恆親自護送，直到圓明園。

一到大宮門，照例下車下馬。內大臣馬爾賽早就等在那裡，看傅恆下了馬，而傅夫人尚未下車時，急忙上來傳旨：准傅夫人的車子，直馳「萬方安和」。

但傅恆卻並未奉准騎馬入宮。這一來，夫婦便分開了。

到得池邊下車，有個太監上來請安說道：「萬歲爺已經等著了，請跟我來。四位姊姊到那邊小屋子裡喝喝茶，息一會兒。」

這一來，主僕也分開了。傅夫人孤零零地頗有不安之感，只能硬著頭皮，跟在太監身後，跨上朱欄曲橋，到得入口之處，那太監推開了厚重的雕花木門，傅夫人望進去是深深的一條夾弄，盡頭處有自上而下的光線，驟看之下，想不出哪裡有房屋。

「妳自個兒進去吧！皇上在裡面。」那太監說，「並沒有別人。」

最後一句是不是暗示？傅夫人心裡在想，「花盆底」卻格格地踏了進去。身後的門沉重地碰上了。

夾弄中不夠亮，但可以辨得出路，她走到盡頭，才發現右首垂著黃緞的門簾，便伸手揭開。

這一揭開了，頓覺目眩神昏，但見無數影子，似曾相識。定睛再看，正是自身，每一個影子的姿態都相同，手揭門簾，踟躕不前。

皇上在哪裡？她心裡在問，不由得左右搜索。

皇帝是在她從鏡中看不到的一個地方。不過她的一舉一動，卻都落在皇帝眼中，他故意不出聲，要看她如何行動。

傅夫人有些畏縮之意。不過，好奇心的驅使，她終於往前走了。一面走，一面張望，未免顧不到腳下，「花盆底」站不穩，左右搖擺，全靠腰肢扭動，方能保持平衡，這一來便如風擺楊柳，婀娜多姿了。

皇帝的想法又不同，她的腰好活！他在心中自語。

「孫佳氏！」

這突如其來的一聲，嚇得傅夫人大驚失色，一轉身發現了皇帝，不由得以手拍胸，為自己壓驚。

「真對不住！」皇帝歉意地笑道，「怕是嚇著妳了！」

傅夫人暫不作答，收斂心神，等皇帝緩步走近來，方始跪了下去說道：「臣傅恆之妻孫佳氏叩見聖駕。」

「起來，起來！」

傅夫人一跪下去，雙腿為旗袍綳住，花盆底又難著力，又站不起來了。

皇帝似乎有意惡作劇，伸出手去，卻不說話。

傅夫人有些著急，不知其意何居。怕把自己的手一交過去，他會握住不放。

一隻白皙、豐腴、溫暖的手，終於還是交到皇帝手裡。

「起來吧！」

「是！多謝皇上賜援。」

皇帝輕輕一提，傅夫人得以起立，想掙脫時，皇帝借得機會，在她還未用勁時，他已先緊了一緊。

傅夫人知道自己不必再動掙扎的念頭了，因為那不但徒勞無功，而且掙扎會使得皇帝加勁，反而自討苦吃。

他牽著她走到寶座旁邊，預先準備好的繡墩前面，方始放手。

「坐！」

「是！」傅夫人揉一揉手，請安謝了賜座，方始坐下。

「妳在閨中時，叫什麼名字？」

傅夫人不知皇帝因何而問，唯有老實答說：「閨名福如。」

「是千祥百福的福，三保九如的如？」

「是！」傅夫人覺得皇帝善頌善禱，不免得意，因而起身又謝恩，「多謝皇上寵賜嘉言。」

皇帝笑笑說道：「以後私下我就叫妳福如好了。」

「是！」傅夫人覺得「私下」二字刺耳，便即說道：「體制所關，奴才不敢奉旨，請皇上仍舊叫奴才孫佳氏。」

皇帝似乎聽而不聞，喊道：「福如！」

傅夫人不答，但有些畏懼，把頭低了下去。

「福如！」皇帝的聲音高了些。

傅夫人依舊不答，皇帝也不作聲。沉默得令人要窒息，她不由得呼了一口氣。

「福如！」皇帝第三次喊，聲音出奇的溫柔，似乎在說：算了！不要孩子氣了！

為這種撫慰的聲音所軟化，傅夫人的態度也硬不起來了，不過她的回答仍舊表明了她的本意。

「孫佳氏在！」

「福如，」皇帝管自己說，「這趟辛苦妳了，我很感激。」

「皇上言重了！理當效力，但恐效力不周。」

「不會的！我已經接到報告，說我母親很喜歡妳。」

傅夫人大吃一驚，也是大出意外。

「怎麼？」皇帝問，「妳的神色不大對。」

在傅夫人的想像中，說破李姑娘是皇帝的生母，即使不會如明憲宗發現自己有個兒子那樣驚喜激動，但他一定會有異常的反應。誰知他不但自己提到，居然能如此平靜，豈不令人吃驚？怪不得說是天心難測，如今經驗到了。

「福如！」皇帝提醒她，「妳還沒回答我的話呢！」

「是！」傅夫人定定神，首先想到，該有個適當的稱呼，「李姑娘」三字非常不敬，她的機變亦很快，覺得有個稱呼可用。「太妃慈祥愷惻，福壽康寧，請釋廑念。」

「我只不放心一件事，」皇帝徐徐說道，「多年安靜的日子，只怕要打破了。」

傅夫人覺得話中有話，不敢造次回奏，只說：「請皇上明示。」

「我去見了我母親，當然要上尊號，儀仗很隆重，繁文縟節，恐怕我母親會覺得很厭煩。」

什麼叫「儀仗很隆重」？莫非兩宮並尊，又有了一位太后？傅夫人心裡在想，他既然顧慮到生母的「安靜日子」，倒是一個進言的機會。

於是她說：「皇上能仰體太妃之心，實為天下臣民之福。太妃亦曾跟奴才說過——」

「慢著！」皇帝打斷她的話問：「聽說我母親有兩個義女，妳是其中之一？」

「是！多承太妃垂愛，奴才愧難報稱。」

「她知道妳的身分不？」

「不知道。」

「喔！」皇帝又問：「還有一個呢？」

「是宮女，名叫秀秀。」

「她待我母親怎麼樣？」

「孝順得很。」

「好！將來我要封她。」皇帝把話拉回來，「我母親怎麼說？」

「她也不願意擾亂平靜的日子跟心境，還有，如果她知道了皇上跟她的關係，她一定不願意皇上為難。」

「妳怎麼知道？」

「太妃愛聽掌故，奴才跟她老人家講過前朝的故事，譬如明孝宗的紀太后，她老人家就很佩服，說是應該成全愛子。」

皇帝的臉色變得有些凝重了。「那是妳在勸她。」他冷冷地問：「是嗎？」

皇帝很厲害，一下就看穿了底蘊。傅夫人雖有些心驚，但覺得在此要緊關頭，應該拿出勇氣來，一退縮可能會前功盡棄。

「奴才這麼勸她，也是為了皇上。」

「喔，」皇帝說道，「妳倒說個道理我聽！」

「聰明天縱，莫如皇上。天家母子的名分早定，倘有變更，驚世駭俗，非社稷之福，又豈是太妃與皇上之福？」

皇帝不答，站起身來，背手蹀躞，頎長的影子，隱現聚散，包圍著傅夫人，她覺得感受到很大的壓力。

終於皇帝又坐下來了。幻影一定，傅夫人覺得舒服得多，將眼睛閉一閉，等暈眩的感覺消失，再睜開來時，不由得又是一驚，她看到皇帝頰上有隱隱的淚痕。

「看來似乎非委屈我母親不可了！」皇帝感傷地說。

傅夫人知道這句話與他的眼淚，都是決心讓步的明證，自然深感寬慰。因此，她方寸之間，開始能容納一些別的感情了。

「先帝說過，『為君難』，皇上純孝天成，自然能仰體先帝的微意。」

皇帝點點頭。「一點不錯！」他說，「父母之間，必須作一抉擇，先帝授以神器，我不能不敬謹護持。」

「是！」傅夫人答說，「太妃想來亦一定這樣子期待皇上。」

「真的？」皇帝很注意地問。

「奴才陪侍太妃多日，言行之間，深有所知。奴才的推測，自信雖不中，亦不遠矣！」

「但願如妳所言，我才可以稍減咎戾。」

「皇上實在不必這樣自責。雖然母子名分早定，皇上到了太妃那裡，仍舊可以盡孝。」

「嗯，嗯！」皇帝深深點頭，「我有兩位母后，一位以四海養，一位唯我承歡膝下。」

「正是！」傅夫人很高興地說，「皇上的想法，公私兩全。實在是天下臣民之福。」

「可是，我母親那裡，還得請妳費心斡旋。」

「皇上言重了！這個『請』字，請皇上收回。」

皇帝笑笑答說：「這道得一個『請』字又有何妨？」

傅夫人看到皇帝眼中，又流露出那種令人心跳的光芒，不由得把頭低了下去，拈帶不語。

「福如，」皇帝說道，「妳是我母親的義女，那麼，我們應該怎麼稱呼呢？」

傅夫人不防他有此一問，正一正顏色答說：「君無戲言。」

「就算是戲言，也沒有第二個人聽見。」皇帝問道：「福如，妳是哪年生的？」

「是康熙五十二年。」

「那比我小兩歲，是我妹妹。」

傅夫人不答，只是把臉板了起來。但是皇帝並不覺得她是在生氣，或者有何峻拒之意，仍舊神色自若地只管自己開口。

「妹妹！」他喊。

「奴才不敢當此稱呼。」

「我不管妳敢當不敢當。無人之處，或者在我母親那裡，我就這麼叫妳。」皇帝問道，「我叫錯了嗎？」

這話不能說他不成理由，但傅夫人自然不能有任何接受的表示，只連聲遜謝：「奴才絕不敢！」

皇帝似乎頗為失望，卻很見機地不再提及此事，只挑了個說不完的話題，問到她與「太妃」相處的細節。

於是傅夫人從頭說起，娓娓而言，親切異常，皇帝的身子，不知不覺地傾向寶座一邊，連她頭髮上的香味都聞得到了。

等她講完，皇帝問道：「照妳看，我母親到底知道不知道我現在的身分？」

「不知道。」

「是完全不知道呢？還是有點兒疑心，不過藏在心裡不說？」

傅夫人想了一想說：「凡是先帝之子，自然都有繼承大位的資格。」

這意思是說，「太妃」會想到她的兒子做了皇帝。心裡有此準備，比全然不知總來得好處置些。

「福如！」皇帝問道：「妳打算怎麼樣向我母親道明真相？」

「這一層，」她遲疑著說，「奴才還沒有想出妥當辦法，還求皇上明示。」

「我就更沒有好辦法了。」皇帝答說，「我只有希望。」

「請明示。」

「希望我母親不致受驚！」

「是！這一層，奴才也想到過的。」

「其次，我希望我母親還能想得起我。」

於是皇帝談他當年試馬的「奇遇」，提到「太妃」手製的湯圓，語氣表情，皆有餘味猶存，不勝嚮往之意。

「啊！」傅夫人靈機一動，「奴才就從這一節談起，不知可使得？」

皇帝沉吟了一會說：「也使得。」

傅夫人喜孜孜地說：「皇上准奴才這麼辦，入手之道有了，應該可以順利交差。」

「但願如此！」皇帝問道：「福如，我應該怎麼謝妳呢？」

「奴才全家皆蒙厚恩，粉身難報，皇上這話，奴才不敢回奏，也無庸回奏。」
「話雖如此，我應該有心意表示。那就再說吧！」
「是！」傅夫人起身說道，「奴才叩辭！」
「不！」皇帝拉住她的手說，「我還有話。」
傅夫人將手抽了回來，垂著眼說：「既如此，請皇上說吧！宮門快下鑰了！」
皇帝取出金錶來看了一下，吃驚地說：「啊！只怕已經下鑰了。等我來問一問看！」
說著皇帝拉動一根黃絲繩，只聽人至鈴鏗鏘，總管太監奉召而至。問清楚，並未下鑰，為的是未奉旨意，不敢擅專。
這下，不但傅夫人心情一寬，皇帝也放心了，否則傳出去宮門下鑰，內有命婦，這個名聲很難聽。皇帝雖然早就打定主意，非把傅夫人勾搭上手不可，但覺得因此而引起流言，是件非常不智的事。所以，這天到此為止，還特地宣召傅恆，面致嘉慰，才命他攜妻而歸。

◇◇◇

回到「乾媽」身邊，傅夫人容光煥發，一望而知未遭到任何拂逆之事，李姑娘大感寬慰。
「我天天替妳擔心，有兩天想妳都睡不著，跟秀秀聊閒天聊到天亮。」李姑娘又問：「皇后宣你，到底是為了什麼？」
「託付我一件大事。」
「喔，」李姑娘問，「是什麼？」
「實在是問我一件事。這件事——」傅夫人看一看秀秀，沒有說下去。

「要我迴避不是？」

李姑娘不知該怎麼回答，傅夫人是故意不答，而秀秀知道她是做作，所以微笑著避了出去。

「皇后問我一件事，是關乎乾媽的。」

「啊！」李姑娘吃驚地問：「皇后怎麼會問到我？是太后讓皇后來問我？」

「我想是的。」傅夫人低聲說道，「大概十來年以前，夏天，有位小阿哥騎馬闖了來，吃過乾媽做的湯圓，可有這回事？」

「有啊！」李姑娘的雙眼忽然發亮，「皇后怎麼問到這件事？」

「自然有道理在內，」傅夫人問道：「乾媽還記得那位小阿哥的樣兒不？」

「怎麼不記得？長得很體面，也很懂規矩。」

「如今見了面，還能認識不能？」

「能！」

「能？」傅夫人詫異，「隔了十幾年，孩子都成大人了，乾媽還能認識？」

李姑娘赧然說道：「我只是這麼想，這麼自己相信自己。說實在的，只怕也會認錯。」

「乾媽為什麼會有那樣的自信呢？」傅夫人笑道，「乾媽妳可別生氣，我說句放肆的話，妳老的想法太玄了！」

李姑娘笑笑不響，只問：「皇后問這位小阿哥，是為什麼？」

「乾媽，妳倒猜呢？」

「我猜不著！」李姑娘搖搖頭，「我不大願意猜這些謎。」

「為什麼？」

「這——」李姑娘很吃力地，「跟妳不大說得明白。」

「我不相信。」傅夫人說，「除非乾媽不相信我。」

「哪裡，哪裡！」李姑娘有些著急了，「姑娘，妳說這話，可有點那個！我幾時拿妳當過外人？」

「那，」傅夫人毫不放鬆地追問，「請乾媽告訴我，為什麼不願意猜這些謎？」

「我怕！」李姑娘直抒胸臆，「我也有個謎，就怕掀出來！猜不對不好，猜對了更不好。不如不猜。」

話很有意味了，傅夫人說：「乾媽，妳就猜上一猜。這個謎，一定跟小阿哥有關係。」

「那妳何不就告訴了我？」

「不！乾媽先得告訴我。」

「好吧！我告訴妳。」李姑娘低聲說道：「妳知道不知道，我有一個兒子？」

「乾媽別問我，說下去。」

「我那個兒子，不知是當今皇上的哥哥，還是弟弟。」

「那麼是先帝的皇子？」

「對了！應該這麼說。我那個兒子，就跟我見過的小阿哥那麼大，我不知道那小阿哥是不是。也不知道我的兒子，現在是封了什麼爵，也許當了皇帝，也許死掉了。總而言之，我不知道，沒有人跟我說過，我也不敢問人，也不敢去胡猜。因為猜對了沒有，一輩子都不知道，何必自討苦吃。所以我到後來，乾脆想法子把他忘掉，剛才不是妳提起，我都想不起來了。」

唉！傅夫人歎了口無聲的氣，心裡覺得她真可憐！同時也有些躊躇，怕她一旦知道真相，感情上會承受不住。

然而已如箭在弦上，不能不發，只有格外謹慎，卻無法不說。於是她想了一下說：「乾媽，妳如今不妨猜一猜，因為妳猜對，還是猜錯了，我會告訴妳。」

「好！」李姑娘仔細想了一會，突然臉色大變，「我猜，我猜，我猜我的兒子，當了皇上了！」

此言一出，傅夫人的臉色大變。

「乾媽，」傅夫人問道：「妳怎麼會這樣子想？」

「我想得不對是不是？」李姑娘的表情很複雜，關切、驚惶與困惑交併，「可是，我就不明白，既然不是，跟皇后又有什麼關係？」

這話問得一點不錯。傅夫人不能不承認，若要承認，便須有行動。到此地步，傅夫人覺得只有冒一個險，要冒險就得找幫手，於是站起身來，大聲喊道：「秀秀，秀秀！」

秀秀就在門外，不過為了要表示她從遠處來，所以等了一會，方始在門口出現。

「秀秀，妳我跟乾媽，不，太妃，重新見禮。」

「太妃？」李姑娘與秀秀不約而同地喊了出來，所不同的是，秀秀故作不解。

「是的，太妃！」傅夫人說，「當今皇上，是太妃親生的愛子。」

此言一出，李姑娘臉色蒼白，渾身抖個不住。秀秀喊聲：「不好！」急急上前相扶，人已經暈倒了。

「不要緊，不要慌！」

傅夫人是已經估量到會有此反應，早就問過大夫，所以能夠從容救治。

「秀秀，去弄碗姜湯來，有酒倒點在裡面。」

一面說，一面將李姑娘扶了起來，掐住人中，同時口中不停呼喚。

薑湯剛到，人已悠悠醒轉。「哇！」地一聲哭了出來。這一哭，什麼勸解都無用，秀秀不由得有些著慌了。

「怎麼辦？」她問。

「不要緊！」傅夫人也有些心虛了，「別的不怕，這麼哭太傷氣，回頭人會虛脫暈眩。得備點補品在這裡。」

這些話李姑娘卻是聽清楚了。心中的委屈原已在淚水中傾瀉得差不多了，又怕真個虛脫，累她們兩人受驚費事，所以慢慢住了哭聲。

「好了，好了！」秀秀輕快地說，「我去絞手巾來給乾媽——喔，不！太妃。」

「不要這麼叫我！」李姑娘說，「我願意妳們叫我乾媽！」

這話就有言外之意了，秀秀不敢造次，只看著傅夫人。

傅夫人知道已不礙了，索性把話說明白了。想一想說道：「禮不可廢！太后是已經有了，只好尊為太妃！來，秀秀請太妃正位，我們好行大禮。」

「不要，不要！」

兩人使個眼色，不由分說，把她攙坐在中間椅子上。如果兩人一起行禮，李姑娘一定不受，所以只好輪流磕頭。

先是傅夫人捺住「太妃」的雙肩，秀秀正面下跪，一套稱呼是早就向身為命婦，熟悉內廷儀注的傅夫人討教過了的，此時口稱：「奴才張氏叩請太妃萬福金安！」然後畢恭畢敬地行了兩跪六叩之禮。

李「太妃」心亂如麻，莫衷一是，既非純然謙虛，亦非惺惺作態，只覺得此一刻來行此大禮，完全是不必要的，即令她該受此大禮，亦不爭在此一刻。此一刻，她心裡有許許多多疑問，要獲得解答。如果說秀秀願意負責她的這許多疑問，她情願倒過來給秀秀磕頭。

然而，即令是傅夫人，明知她的心境，亦不能不先自己占住地位，所占的就是一個禮字！不知道她是皇帝的生母，或者雖知道而尚未揭露，禮數不符，皆可不論。一旦太妃的身分確定，非先盡禮，不足以言其他。

因此，儘管李太妃拚命掙扎，要站起來，傅夫人卻是使勁按住，等秀秀來換了班，她才鬆手。

「妳們倆好女兒，放我起來行不行？」

「不行！」傅夫人頑皮地答著說，「乾媽，妳就忍一會兒吧！」

說完，走到李太妃面前站定，拂一拂旗袍，抖一抖衣袖，然後跪了下去，行兩跪六叩的大禮。是便服，也是平底鞋，起跪並無困難，而禮節的嫺熟優美，一望而知與秀秀的身分不同。

「奴才孫佳氏，叩請太妃萬福金安。」

李太妃也已知道，此禮不受不可了，所以等她報名磕頭已畢，方始看一看問道：「妳們該放我起來了吧？」

「是！」秀秀笑道，「太妃請隨意，我看還是坐妳老人家原來的那張籐椅，還舒服些！」

「對了！坐我原來的椅子舒服。」李太妃向傅夫人招招手，「姑娘，妳來，我有話問你。」

「是！」

李太妃到了她日常所坐的籐椅前，傅夫人和秀秀雙雙攙扶，這在李太妃就非常不慣，也非常不舒服了。

「何用如此？本來我一下就坐下去了，妳們倆一個人拉住我一條胳膊，我倒是怎麼坐啊？」

聽得這話，秀秀就鬆了手，傅夫人卻仍舊扶著她，順著她的意向，扶得她坐定才始放手。

「姑娘，妳怎麼叫孫佳氏？妳的漢姓是孫，怎麼加上『佳』字呢？」

「奴才之夫，是皇后的胞弟傅恆。」

此言一出，太妃大為驚異，原來既非待字，亦非宮女，竟是命婦。然則何以冒充宮女，來為她作伴？太妃這麼一想恍然大悟了。

「怪不得！妳們是算計好了來的。」

這話，實在說，並無壞意。但傅夫人與秀秀都頗為不安，必得解釋。

「奴才是奉太后懿旨，身不由己。」傅夫人又說，「若說算計，也只是奴才一個人的事，與秀秀無關。」

「不管有關、無關！反正妳們倆都是我的好女兒。來，妳們倆坐下，我有好些話問妳們。」於是秀秀去搬了兩張矮凳來，一左一右，繞著太妃的膝，仰望著等她發話。

「話是從當年我見過的小阿哥說起的，照此看來，那小阿哥，就是我的兒子？」

「是！」傅夫人說，「也是當今皇上。」

太妃的表情很怪，立刻眼中閃出難以形容的光亮，仰著臉望著空中，傻傻地笑著，顯然落入回憶中。這表情之怪，還可以理解，難解的是，她做出許多奇怪的手勢。驟視之下，似乎中了魔似的，秀秀不由得有些害怕。

傅夫人用眼色提出警告，不能有什麼大驚小怪的言語行動，然後到太妃恢復常態時，平靜地問道：「太妃倒是在想什麼啊？」

「我在想我兒子第一次到這裡來的時候，是幹了些什麼？他要我提水給他喝，又吃我做的湯圓。奇怪，」她看著傅夫人說，「事隔多年，如今想起來，居然還是清清楚楚的。」

「這就是母子天性。」秀秀接著說。

「這話不錯。姑娘，」她問傅夫人，「我兒子知道不知道他的生母是誰？」

「知道。」

「老早就知道了？」

「不！不久以前才知道的。」

「是誰告訴他的呢？」

「是十四爺。」傅夫人說，「先帝同母的胞弟。」

「喔！」太妃略顯悲傷地問，「他知道了，倒不想來看我？」

「哪裡？太妃剛好說反了！皇上一知道了，就要駕臨熱河，來看太妃，可是有件事，鬧得不可開交。」

「喔！」太妃極關切，甚至顯得驚惶地，「是鬧什麼？」

「皇上要尊太妃您老人家為太后。」傅夫人一臉的嚴肅凝重，「太妃總知道，先帝接位以後，惹起極大的風波。」

「是的，我也聽說了。」

「現在一切以安定為主。如果皇上尊太妃為太后，就得追問當初太妃生皇上的由來，話好像很難說。」

提到這一段，太妃的心就亂了。不辨是悲是喜，是感慨是感傷！不過，多年隱居的生活，使她體認到「安靜」二字已與她結成一體，密不可分，她無法想像不能保持安靜的心境，那日子怎麼能過得下去。

因此，她畏怯地搖著手說：「不要，不要！千萬別鬧那些花樣！我不想當太后，而且我也不是當太后的命！」

一聽她這樣表白，傅夫人寬心大放。不過，她可以說「不想當太后」，卻不宜自以為「不是當太后的命」。因為皇帝的性格爭強好勝得厲害，為傅夫人所深知，聽得生母這句話可能會不服氣，誕育聖躬，為天子母，自然就是太后的命，怎說「不是」？答說「不是」，偏偏還她一個「是！」有此念，從此要多事了。

於是傅夫人說：「太妃謙抑為懷，奴才不勝欽服，太妃似乎不必怨命，免得皇上傷心。」

「噢！」太妃想了一會兒，深深點頭，「我懂妳的意思，妳說得很好。」

「多謝太妃誇獎。」傅夫人問道，「請示太妃，奴才是不是可以把太妃的意思跟皇后回奏？」

「當然。」太妃問道，「皇后想來很賢慧？」

「是！」

「長得怎麼樣？可有妳美？」

這話使傅夫人覺得不易回答。皇后並不美，如果照實而言，是大不敬，說比她美，自己又覺得委屈。想了一會，是這樣回答：「奴才亦並不美！」

「妳還不美，哪裡再去找美人？」太妃又說：「妳再談些皇上的事給我聽。」

這下，傅夫人有話說了，從聖祖當年如何鍾愛這個孫子談起，談皇帝如何聰明好學，如何騎射嫻熟，如何精通滿蒙各種語言，治事如何之勤，觀事如何之明，無一句不使太妃心花怒放。

「唉！」她歎口氣，「看來我今晚上一夜睡不著了！」

「為什麼啊？」秀秀問說。

「我真恨不得這會兒就能看一看我的兒子。」

「太妃且耐一耐心。」傅夫人乘機說道，「奴才明天就回京，面奏皇后，勸皇上別違反太妃的心意，順者為孝，趕緊起駕，來給太妃請安。」

「請安可不敢當，他到底是皇上。」

「太妃到底是皇上的親娘。」傅夫人又說，「奴才在想，皇上如果是在這裡，當然敘母子之禮，在別的地方，才講國禮。太妃覺得這麼辦，可使得？」

「我也不知道，總之，不必鬧什麼虛文，尤其不可以讓皇上為難。」

是如此體諒愛子，實在令人感動。傅夫人反倒覺得應該多替太妃效點力，因而問道：「奴才這趟回京，太妃有什麼事讓奴才跟太后、皇上、皇后回奏？請太妃儘管吩咐，奴才盡力去辦。」

「沒有別的。」太妃想了一下說，「我只想到我生皇上的那個地方去看看。」

「是！奴才想，這一定辦得到。」

「聽說獅子山下蓋了好大的一片園子，那間舊草房，不知還有沒有呢？」

「這可不知道了。只要有，太妃一定能去看，倘或不在了，太妃也不必難過，讓皇上照樣蓋一間就是。」

「那，再說吧！」太妃問道：「妳這回去什麼時候再來？」

傅夫人想了一下答說：「奴才的丈夫當然要扈駕，奴才隨丈夫一起來。」

「最好妳先來。」

「是！奴才能先來，一定先來。」

「好！」太妃突然說道，「還有件事，妳跟皇上回奏，秀秀這幾年陪著我，真跟親生女兒一樣，皇上得替她好好找一份人家。」

聽得這話，秀秀害羞，一溜煙似地躲了開去，傅夫人便笑著答說：「這不勞太妃費心，奴才也想到這件事了。有個一等『蝦』，今年三十多歲，還沒有成親，奴才跟奴才丈夫說，就把秀秀做媒給他。皇上當然會加恩，把他一放出去，秀秀就是一品夫人。」

原來滿洲話侍衛叫「蝦」，一等蝦就是一等侍衛，品秩是三品。但放出去當駐防的將軍，便是一品，秀秀自然是一品夫人。

「喔！這個人人品怎麼樣？」

「忠厚老實，挺有福澤的樣子。」

「那好。還有——」

還有就是太妃所想得起的，平時熟識的太監、宮女，只要稍微對她好一點的，她一個都不漏，提出名字來要傅夫人回奏皇帝特加恩典。

她說一個傅夫人記下一個，最後不能不找張紙來將名字記下。

「差不多了！」太妃笑道：「我從來都沒有這樣痛快過。」

「千金報德，本來是人生最得意的事。」傅夫人說，「太妃心地這樣子仁厚，才能誕育皇上，將來有得福享呢！」

「也都虧妳！姑娘，」太妃問道，「妳想要什麼？將來我來跟皇上說。」

「奴才什麼都不願，只願常常陪著太妃。」

「那是我求之不得！只怕妳口不應心。」

傅夫人知道，這不是指責或者不信任，是帶著激將的意味，所以笑笑不說下去。

「秀秀呢？」太妃說道，「今天咱們娘兒三個，可得好好樂一樂。」

所謂「好好樂一樂」，亦無非歡飲快談，直到深夜，方始歸寢。

第二天起身，傅夫人第一件要做的事，便是跟丈夫見面，把這些好消息告訴他。於是照實陳告太妃，回到了傅恆身邊。

◇ ◇ ◇

「實在想不到，事情是這樣順利！」傅恆滿面笑容地說，「妳這趟立的功勞實在不小。」

「閒話少說。」傅夫人問道：「如今要商量，是你回京，還是我回京去面奏？」

傅恆想了一下答說：「先不必忙著回京，我寫一個密摺，連夜送進京去，比妳我親自去面奏，要快得多。」

「這也可以。」傅夫人說，「這裡呢？不能沒有一點表示吧？」

「自然！」傅恆一面想，一面說：「首先，要關照總管，稱呼應該改，『李姑娘』三字再也不能用了，改稱太妃。」

「嗯！第二呢？」

「第二，太妃有太妃的分例，讓總管按一般太妃的規矩辦。」

「這不太好！」傅夫人搖搖頭說，「口頭稱太妃，另外派人，加供給，都可以，但不一定要按規矩辦。因為到底皇上還沒有封下來。」

「不錯，不錯！這話很要緊，不然變了妳我在封太妃了！」

於是傅恆立刻派人將總管找了來，說明其事，同時交代，立即加派八名宮女，伺候太妃，每天分例供給的食料，務必豐腆。同時要改口，尊稱太妃。

然後傅恆又親筆寫了密摺，將經過情形要言不煩地敘述了一遍，其中少不得大為讚譽妻子。

「我看這不能用白摺子，得按有慶典的規矩辦。」

凡遇萬壽慶典，賀喜的奏摺用黃面紅裡，傅恆如言照辦，派遣專差，不分晝夜趕進京去呈遞。同時關照，領到回批亦仍是星夜趕路送回熱河。

「非夫人之力不及此！」傅恆作了個揖，笑嘻嘻地說，「我還有件事要拜託，我想見一見太妃，不知行不行？」

「這有什麼不可以？走吧！」

於是傅恆換了官服，隨著妻子到了太妃幽居之處。這時總管正帶領宮女，攜著大批陳設器具，來為太妃重新布置，忙忙碌碌地亂成一片，可說二十多年來從沒有這麼熱鬧過，太妃已感動得要哭了。

因此接見傅恆時，她的眼圈是紅的，不過傅恆不便平視，所以不曾看出來，只恭恭敬敬地行了大禮，口中說道：「傅恆給太妃請安！」

「姑爺，請起來，請起來。」

「姑爺」的稱呼，有點匪夷所思，細想卻是很適當的叫法。因為太妃此時的身分在微妙尷尬之時，而且她賦性謙虛，不願直接叫他的名字，但也不能稱「傅大人」，所以用這個稱呼，不亢不卑，反見親切。

「端個凳子來給姑爺坐。」

傅恆謝了座，開口說道：「傅恆的妻子，承太妃特加寵愛，實在感激得很。」

「你別說這話，我亦很感激你們夫婦倆，成全我們母子。」

「太妃言重了！傅恆夫婦惶恐之至。」

「我說的是實話。姑爺，」太妃鄭重其事地說，「有句話，我可得說在前面，只怕是我私心稍微重了點，你得包涵。」

「請太妃明示。」

「將來皇上跟我見了面，我不要什麼名位，從前叫我『李姑娘』，快六十的人了，自己也覺得這個稱呼不大合適，所以你們叫我太妃，我也就含含糊糊地答應下來，並非我要太妃的名號。這一層，你得跟皇上回奏。」

「是，」傅恆答說，「不過皇上要上尊號，請太妃亦不必謙辭。」

「他一定要給我一個名號，也只好由他。不過，我本心並不想要，所以我也不給太后謝恩。」

這是一個難題，只有含混答應著再說，哪知太妃下面還有話。

「我也不見太后。我的兒子是她撫養大的，憑這一層，我不跟她爭。不過，最好也別見。」

「是！」傅恆仍是答應著再說的態度。

「不只太后，其他所有的妃嬪，我都不見，我也不住在宮裡。最好不動窩兒，仍舊在這裡。」

「這！」傅恆答說，「太妃須體諒皇上定省不便。」

太妃想了一會說：「好，就挪動，也得在園子裡。還有，我說到我的私心上頭來了，我將來一個人住，什麼妃嬪都不見，就只希望你媳婦常常進來陪陪我。」

「是！」傅恆這一回答應得比較乾脆。

「你們恩愛夫婦，這一來少親熱了，你不會怨我？」

「太妃在說笑話了！」傅夫人笑道，「在他是求之不得！」

「為什麼呢？」太妃不解地問。

「他不正好陪他的四個姨娘？」

在太妃面前說這樣的話，自是失態，而最窘的卻是傅恆，既不能申辯，又不能付之苦笑，只有繃著臉裝作不曾聽見。

氣氛有些不大調和，傅夫人頗為失悔，說話不應該如此輕率。見此光景，傅恆亦就很見機地起身告辭，傅夫人本想留在那裡，倒是太妃堅持要她隨著丈夫一起回去。

◇　◇　◇

「為人不可得意忘形！」傅恆覺得不能不勸他妻子了，「你平時也有很多不得體的話，不過再沒有比今天在太妃面前說的那句話更糟糕的了！」

如果是平心靜氣地勸，傅夫人只會聽從，但一開口說她「得意忘形」，已使她不快，又說她「平時有很多不得體的話」，更讓她不服氣。

「有什麼糟糕？」她冷冷地說，「太妃跟我情如母女，開開這些玩笑，有什麼要緊？你必是賊膽心虛，才會覺得臉上掛不住。在太妃面前板起一張死臉子，讓太妃好不痛快，那才叫糟糕！」

「妳這話好沒道理。我在太妃面前談笑自若。誰像妳這樣子不懂規矩？」

「對！我不懂規矩。你懂！」傅夫人氣得滿臉通紅，「你不想想，請我辦事的時候，說多少好話，怎麼樣都行，一等我把大事辦成了，你就這樣子對我，好沒良心！」

「妳胡扯！」傅恆也動了真氣，「根本是兩回事！妳自己覺得沒理，硬把不相干的事扯在一起。真豈有此理！」

「怎麼會不相干？不是你讓我辦這件大事，你怎麼會見得著太妃，不是為這件大事，我怎麼會認太妃做乾媽？如果不是像母女敘家常說說笑話，博她老人家一樂，我會說那種話嗎？只有你這種不轉彎的死腦筋，才會把笑話當真！」

一頓搶白，振振有詞，傅恆欲辯不能，只有一個人偏過頭去生悶氣。

傅夫人想起他所說的那句「不懂規矩」，怒氣勃發，要痛痛快快駁他一駁，便又說道：「我是女流之輩，你是當朝大臣，自然懂規矩囉！我倒問你，大臣請見太妃，是哪一朝的規矩？」

提到這個理，傅恆也有牢騷。「皇上可以召見命婦，大臣自然可以請見太妃！」他說，「而況妳我是夫婦一起進見。」

「喔！」傅夫人倏然而起，指著傅恆的鼻子問道：「你這話什麼意思？是說我不該單獨去見皇上？既然如此，皇上召見我之前，你為什麼不說？」

「我怎麼能說？要妳自己留身分。」

此言一出，傅夫人的脾氣如火上加油，一發不可收拾，不過不是大吵大鬧，而是要將丈夫駁倒了，提出一個令人撟舌不下的威脅。

「你為什麼不能說？」她問，「一說了就變成抗旨，是不是？」

「妳既然知道，又何必問？」

「那麼，你不能說，我就能說了？你說了是抗旨，我說了就不是抗旨？」

「妳跟我不同的。」傅恆答說，「為臣者唯命是從，妳是命婦，可以有話推託。而況皇上看待命婦總比較客氣些。」

「你這話真叫強詞奪理。我倒請問，我怎麼推託？」

「妳可以說諸多不便。」

「什麼諸多不便？」傅夫人說，「皇上如果這麼追問一句呢？」

「男女單獨相處，自然諸多不便！」

「哼！」傅夫人冷笑，「也有這樣子對皇上說話的嗎？皇上如果一句，何以謂之單獨相處？莫非妳疑心有什麼不正經的心思？請問，我怎麼回答？」

傅恆語塞，自悔開頭就說錯了。推託當然可以想得出理由，卻不該說「諸多不便」，這一下是給妻子抓住把柄了。

「哼！」傅夫人再一次冷笑，「你說什麼留身分的話，意思是皇上單獨召見我，就是我不顧身分。我知道你的鬼心眼，你存著髒念頭！」

這是誅心之論，傅恆雖仍沉默，但臉上的表情卻是默認了。

「好！你嫌我失了身分，好辦！我到京面奏皇上，看皇上怎麼說？」

傅恆大驚。「妳別胡來！」他神色凜然地，「妳打算怎麼跟皇上說？」

「我說，就為了皇上單獨召見我，我丈夫說我失了身分，我要皇上還我的身分。」

傅恆知道闖禍了，愣了好半天強笑道：「我也不過跟你鬧著玩兒而已！妳何必認真？」

「對了！我很認真，你的話太教人寒心了！早知如此，我根本就不必進宮，更不會替太后辦事。」傅夫人說，「這口氣不出，我不甘心，非得請皇上評評理不可！」

說完掉身回自己屋裡，只管自己平靜地指揮丫頭收拾什物行李。

局面搞得很僵，傅恆大傷腦筋，左思右想，只有自己做低服小，讓妻子消氣之一法。如果大事不能化小，這小事一化大了，是件不得了的大事！

主意是打定了，卻又苦於不得其便，因為當著丫頭僕婦，到底抹不下這張臉來。就這樣遷延到入夜，傅夫人早早便將房門關上，情勢越來越僵。傅恆心想，俗語說得是，「夫婦無隔宿之仇」，也可以解釋為夫婦鬧彆扭，如果隔宿，可能會生根成仇。硬一硬頭皮，趁早消除為妙。

於是他悄悄去叩房門，只聽傅夫人在問：「誰啊？」

「是我。」

「幹什麼？」聲音很冷。

「特來負荊請罪。」他儘量將聲音放得柔和。

「不必，不必！有什麼罪？你請吧！我要睡了。」

「你開門，我有下情上稟。」

傅夫人不答，等了一會，突然聽得她大聲喝道：「不准開門！」

「奶奶，」丫頭陪笑答說，「就讓大爺進來吧。」

「誰說的？」

丫頭不答，悄悄走了過去，慢慢將門閂拔除，裡外都屏息以待，而傅夫人別無表示。於是傅恆輕輕推門而入，丫頭知趣，隨即退了出來。

「夫人！」傅恆一揖到地，學著戲中的道白說道，「下官告稟，只為多吃了幾杯早酒，一時言語失於檢點，多有冒犯。喏，喏，下官這廂賠罪了！」說著又作了一個揖。

傅夫人想笑，卻硬生生忍住了。因為怒氣一笑而解，覺得太便宜丈夫，因而仍舊綳著臉說：「賠罪不敢當，你有什麼話說？」

「只望夫人消氣。」

「我不氣。」

「噯！」傅恆恢復了原來的聲音，「奶奶，妳這就不對了！妳生我的氣，數落我兩句，不要緊，這樣賭氣，就不像夫婦了。」

「我也沒有跟你賭氣，我也不會把你的話跟別人去說，你別怕。不過，我得聲明在先：這趟進京，有什麼事，你跟皇上去回奏，我可不進宮。」

「那，那妳不是又跟我為難？」

「我不管。是你的事。」

傅恆又傷腦筋了，愣了好半天說：「如果這樣，只有我自己先上摺子請罪。」

這話不像虛聲恫嚇，以傅恆的性情，是很可能會這樣做的。所以傅夫人沒有再說下去。

「好吧！」傅夫人讓步了，「如果是咱們倆一起召見，我就跟了你去。」

縱然如此，傅恆也不能同意，因為那更會引起妻子的誤會，以為他疑心她為皇帝單獨召見，會發生不可告人之事，所爭的就是要一起召見，以便監視，倘或有此想法，後患無窮。因此，他將腦袋搖得撥浪鼓似的。「不，不！」他說，「妳不要拘泥！如果皇上單獨召見，妳還是應該去。」

「你不是說，我應該為自己留身分嗎？」

「嗐！」傅恆不等她說完，便搶著開口，「跟妳說了，是鬧著玩的，妳何必還記著這句話？」

「這可不是什麼好玩的事！」傅夫人正色問道：「以後你再說這種話，怎麼辦？」

「隨便妳怎麼辦！我可是再也不會給自己找麻煩了。」

夫婦的彆扭，鬧出這麼一個結果。做妻子的自是大獲全勝。傅夫人很珍視這份勝利，因而也就將心境放開來，試著去想，有此一份丈夫所不能干涉的自由，會發生什麼事？

於是她回憶著那一次在鏡殿與皇帝單獨相處的情形，如果自己將膽量放開來，會發生什麼事？

這一想，不自覺地耳根發熱，一顆心動盪不定，渾身有股說不出的不得勁。

◇◇◇

傅恆的摺子很快地批回來了，皇帝除了嘉慰以外，又說，渴望獲知詳情，尤望獲知太妃「垂示」的細節。

「太妃垂示的細節，只有妳知道。」傅恆對妻子說，「只好妳進京面奏。」

「不！」傅夫人說，「我們一起進京，你先進宮面奏，看皇上怎麼說，再作商量。」

傅恆心想，這是正辦，便點點頭說：「皇上心裡一定很急，咱們明天就動身吧！」

於是夫婦倆趕回京去，一進了城，傅夫人回宅，傅恆照例先到宮門請安。御前大臣馬爾賽已經在等著，即時領了他去見駕。

等傅恆將獲自妻子的，關於太妃的一切情形，細細回奏以後，皇帝既悲傷又高興，當面嘉獎，也提到了傅夫人。

「你妻子幫了我很大一個忙，我真得當面跟她道謝。」皇帝又說：「皇后也說了，很想問問她，你讓她明天進宮來見皇后。」

「是！」

傅恆回家，說與妻子，決定下一天進宮。但第二天一早就接到太監通知，皇帝、皇后已赴暢春園省視太后去了。

於是傅恆陪著妻子趕到暢春園，內務府大臣榮善在迎接。他跟傅恆是表弟兄，所以傅夫人亦不必避忌，相見行了禮，榮善笑嘻嘻地說道：「表弟妹，大喜，大喜！」

「喜從何來啊？」傅夫人笑著問。

「表弟妹此番立了大功，太后跟皇上都很高興。皇上說非得有特殊榮典，才能酬庸，太后亦很以為是。如今正商量著，格外給妳一個恩典，那可是開國以來，少有的異數。」

「喔，」傅恆問道，「表哥可知道是個什麼恩典？」

「聽說是打算封表弟妹為固倫格格。」

傅恆夫婦倆聽得這話，都嚇一跳。「格格」在滿洲話中，原本同漢語的「小姐」是一個意思。但同為「格格」，要看生在何處？在親王、郡王府中，就是「郡主」，在宮中自然是「公主」。同為公主，又以母親身分的差異，所冠的稱號，亦不相同。中宮所出為「固倫公主」，妃嬪所出為「和碩格格」。

如今封傅夫人為「固倫格格」，即是「固倫公主」，也就是將成為太后的女兒。

「這可真是異數了！絕不敢當。」一向謙恭謹慎的傅恆先就作了表示，「異姓封格格的，本朝尚無先例。」

「怎麼沒有先例？」榮善接口說道，「從前定南王孔有德的閨女四貞，順治年間就曾封過格格，是孝莊太后的乾女兒。」

「那情形不同。」傅恆對妻子說，「倘或太后召見，提到這件事，妳可得堅辭。」

「我知道。」傅夫人說，「我只要跟皇上、皇后奏明一個原因，就可以辭掉。」

「對了！」榮善看著傅恆說道，「我忘了告訴你了，口頭交代，回頭是在太后宮裡召見表弟妹，還有十四爺，要細問了表弟妹，商量如何給太妃上尊號？」他掏出一個金錶看了一下，「早膳快用完了。」

果然，不旋踵間，已派太監來傳宣。傅夫人卻有些著急，將丈夫的衣服悄悄一拉，使個眼色，表示別有話說。

「喔，」榮善很知趣，隨即說道：「你們賢伉儷倆到那面談去。」

他親自引領著，將傅恆夫婦帶到一座屏風後面，隨即退去。傅夫人便悄悄跟丈夫說：「太妃有些話，是不便當著太后說的，那可怎麼辦？」

「哪些話？」

「太妃說，她不進宮。也不見太后跟別的妃嬪。大概除了皇后以外，各宮的主子們，她哪一個都不願見。這話公然說出來，不就是瞧不起太后嗎？」

「是啊！」傅恆躊躇無以為計。

「而且看樣子如果皇后不照兒媳婦的規矩行禮，太妃也不願見的。」

「那倒不要緊。」傅恆答說，「姊姊會跟皇上一樣行禮。」

「不光是行禮，是能不能照兒媳婦伺候婆婆的規矩侍奉太妃？」

「這？」傅恆不敢說得太肯定，「應該可以。」

「還有件事。」傅夫人又說，「太妃要我做她的女兒，太后又要我做她的女兒。太后這個懿旨最好不下，一下了，太妃心裡會不舒服。她或許會想，我的親生兒子給妳，一個乾女兒，妳也放不過，偏要了去！」

「這話倒是。」傅恆笑道，「妳倒真是個好乾女兒，一片心都向著太妃。」

「就因為如此，有好些話不便在太后面前說，譬如像剛才的話。」傅夫人又說，「甚至皇后面前都不能說。」

「這，」傅恆詫異，「為什麼呢？」

「你別忘了，皇后是太后選中的。」

「啊！」傅恆領悟了。原來先帝為當今皇帝，也就是雍正朝的寶親王選王妃時，早已決定以寶親王繼承皇位，所以選王妃就是選未來的皇后。當初為了籠絡馬齊，決定跟他家攀親。富察氏是滿洲八大貴族之一，門第鼎盛，才貌雙全的格格甚多，而偏偏選中馬齊的侄女，相貌不甚出色的當今皇后，就是太后的主張，說她「有福相」。

因為如此，皇后很尊敬太后，將來在兩位「婆婆」之間，自然親近這面的一位。說不定會把太妃的想法告訴太后，豈不是會惹出很大的麻煩？

「照此說來，妳還是非單獨見皇上，不能暢所欲言。」

「皇上單獨，我可不是單獨。」傅夫人說，「你最好跟皇上回奏，找一天讓咱們倆一起去見。」

「不，」傅恆搖搖頭，「太妃跟妳說的話，有好些是皇上不願讓別人聽到的。倘或皇上說一句：既然你都知道，就你一個人來跟我回奏好了。我可怎麼回奏啊？」

說到這裡，只聽榮善連連咳兩聲，傅夫人知道是在催了，便即說道：「好吧，那就回頭再研究。」

「對！不過，今天見了太后怎麼樣？」傅恆問。

「我只能泛泛地談，挑能說的說，或許還得撒一兩句謊。」

「是了！」傅恆想一想說，「我有辦法。」

他的辦法是託榮善代為回奏，希望在傅夫人進謁太后，報告此行結果以前，先向皇帝「獨對」。

這個請求，當然會被接納，皇帝就在太后寢宮右側，他休息的便殿，召見傅恆。

「臣妻讓臣跟皇上回奏太妃有許多密諭，以及太妃的心情、意願，不宜公然陳奏，因為怕太后會有──是故請皇上單獨召見臣妻，以便密奏。」

「喔！」皇帝吸著氣說，「既然是連太后都不宜知道的，那就只有我一個人才能知道嗎？」

「是。」

「這樣說來，仍舊只有在鏡殿召見。」皇帝想了一下說，「明天近午時分吧！」

◇◇◇

由於還是家人聚會的形式，所以都有座位。正中是太后的寶座，兩旁是皇帝與皇后，椅子當然要矮一點。皇帝下方是「十四爺」恂郡王，坐東面西，椅子又矮一點。傅恆夫婦則坐南朝北，面對太后，坐的是小板凳。

「奴才遵奉太后、皇上、皇后的諭旨，務必要辦成差使。不過，太妃的情緒很難捉摸，遇到機會，立刻要抓住，一錯過了，不知什麼時候才有。戎機瞬息萬變，所以說『將在外君命有所不受』，奴才的差使情形亦差不多，如果請旨行事，時機上實在無從把握，因而斗膽擅專。此刻要跟太后、皇上、皇后請罪。」傅夫人說罷，站起身來，盈盈下拜。

這是指未得准許，便向太妃揭破真相一事而言，當初指示請旨而行，原是為了慎重。既已經發生了，徒然痛悔悵恨，都沒有用處！」他說，「不必往後看，要朝前看。我承歡膝下，起碼總還有二三十年，在這二三十年之中，多想辦法讓我娘好好享幾天福，才是正辦。」

「是，這才是正辦。」傅夫人很高興地附和著。

「可是，福如，妳得幫我。」

「凡有所命，莫不樂從。」傅夫人說，「奴才只是想不出，怎麼才能幫得上忙。」

「眼前就有忙可幫。」皇帝說道，「妳把奴才二字去掉行不行？」

「這——」傅夫人又無以為答了。

「譬如說，在我娘那裡，妳是我娘的乾女兒，大家一起樂敘天倫，脫略形跡，才真有樂趣可言。正當親情發抒的時候，妳一聲『奴才』，顯得不倫不類，會大殺風景。」

想想這話也有理，傅夫人便問：「然則請旨，自己應該稱什麼？」

「妳對妳娘，怎麼自稱？」

「有時稱女兒，有時稱我。」

「對妳哥哥呢？」

「自然是直截了當地稱我！」

「好！」皇帝說道，「妳何不也直截了當，在我娘面前自稱女兒，在我面前就自稱為我。」

「這，怕與體制——」

「唉！」皇帝打斷她的話說，「妳又來講體制了。福如，妳莫非連恭敬不如從命這句話都記不得？」

「既然如此，奴才——喔，不！」傅夫人掩口而笑，笑得極甜，「改口真難！」

「起頭難，以後就不難了。」

「叫慣了也不好！」傅夫人說，「只在太妃面前，我才敢這麼妄自尊大。大庭廣眾之間，體制不可不顧，還是該稱奴才。」

「這話一點不錯。」皇帝又說，「我娘喜歡妳，妳也許了我娘，常去陪她。妳只要心口如一，就是幫了我的大忙。」

「皇上莫非當我心口不能如一？」傅夫人指著胸口說：「我的心在正當中！」

「錯了！沒有一個人的心在正當中，都是偏的。」

他將她的手移向旁邊，動作魯莽了一點，以至觸及軟軟的一塊肌肉。傅夫人頓覺全身發麻，滿臉紅暈。

在皇帝更有一種特異的感受。從成年到現在，他一直是非禮勿視，非禮勿聞。因為當皇子分府以後，宮中的妃嬪便看不到了。如今當了皇帝，先帝的年紀較輕的妃嬪，亦是隔絕的，「不見可欲，其心不亂」，而他能夠見到的宮眷，絕大部分是可以讓他隨心所欲的。因此，從未嘗過「偷」的滋味，此刻嘗到了。

雖然只是淺淺一嘗，但滋味無窮。先前一直有著「偷」傅夫人的念頭，而此刻是不自覺地開始在「偷」了。既然如此，就得把她偷到手。

「我不信。」傅夫人退後一步，「莫非皇上的心也不正？」

這話是雙關語，皇帝笑了。「不錯，」他說，「我的心也不正。」

「那麼是偏在哪一邊？」

「妳的心偏在哪一邊，我也偏在哪一邊。」

這是很露骨地表示，他的心在她身上。傅夫人不由得心跳加快。抬頭偷覷，恰好皇帝也是似笑非笑地瞅著她。視線相接，她趕緊避了開去，覺得手足有些發冷。

「真的！」皇帝的聲音變得正經了，「凡是偏心人，都在左面。西洋教士畫過很詳細的

「沒有啊！」

「妳真的沒有躲我？」皇帝的神態很認真，「這不用說假話，也不是要敷衍的事，我希望你說心裡的話。想一想再說。」

說完，皇帝踱了開去，為的是不願讓她感到任何壓力，可以平心靜氣地考慮。

他抽了一本詩集看，恰好是杜詩，一翻翻到杜甫那篇有名的古風〈北征〉，從頭到尾唸了一遍，起碼也有一盞茶的工夫，認為她的考慮應該很充分很周詳了，方始丟下書本，回到原處。

「福如，妳想過了沒有？」

「想過了。」

「怎麼樣？」

「我不會躲皇上。」她說，「想躲也躲不掉的，尤其是將來在太妃那裡。」

皇帝得意地笑了，心裡在想，這可能是個暗示，幽會之處以太妃的住處為宜。的確，如果在那裡輕憐蜜愛，不會有任何人知道，除非是皇后。

皇后的行動易於控制。皇帝心裡在想，一旦到了熱河，如果自己去省視太妃，便讓皇后去省視太后，看起來這樣才是兩面都照顧到了，實在是個好辦法！

「對！」他說，「妳是太妃的乾女兒，我去了你也沒有好避忌的，兄妹嘛！」

又搞出這重兄妹的關係來了。傅夫人猛想起太后要封她公主的話，便正容說道：「聽說太后對我有恩出格外的榮寵，不知皇上聽說了沒有？」

「是的，太后跟我提過，我說這件事本朝似乎尚無先例，要從長計議。」

「也無須計議了！萬萬不可。皇上請想，若現賞我固倫公主的封號，我就成了太后的女兒，太妃心裡會很難過。我怎麼能傷她的心？」

「啊，啊！說得有理。」皇帝將手伸了出來，同時說道：「福如，我真感激妳，妳替我娘設想得太周到了。」

他的手仍舊伸在那裡，傅夫人只好把自己的手交了給他，他牽著她坐在一張紫檀榻上，含笑凝視著。

「時候不早了！」傅夫人說，「我該告辭了吧！」

皇帝想了一下，點點頭，又問：「咱們幾時再見面？」

「我不知道。」傅夫人低聲說道，「人言可畏！」

「是的。」皇帝放下了手，「我們到熱河再見面。」

等傅夫人一辭去，皇帝立刻又在鏡殿約見恂郡王，將太妃的意思率直地告訴了他，徵詢他的意見。自然也有皇帝自己的解釋。

「我娘不是跟太后存著什麼意見，不願相見，為的是見了面徒增傷感。再者禮節語言上，也有許多難期允當之處。這些苦衷，我不便跟太后回奏，請教十四叔該怎麼辦？」

恂郡王心中雪亮，所謂「徒增傷感」，至多也不過剛見面的那兩三次，日子一長，傷感自然沖淡了。主要的原因是禮節，太妃見太后自然不能平禮，但太妃是真太后，見了假太后反而要行大禮，情所不甘，但並不過分。他覺得應該諒解。

想了一會，恂郡王說：「太妃的意思，我可以轉達。我想不必提什麼理由，只說太妃有此要求，太后當然也會明白。」

「是！這就重託十四叔了！」皇帝向恂郡王作了個揖。

做叔父的，坦受不辭，不過心裡覺得應該多為皇帝做點事，便又問道：「皇帝還有什麼交代？」

「為我娘的事，我有許多話，實在不便跟太后說，甚至皇后去回奏也不適當。今後我只有請十四叔替我作主擔待。」

「擔待，只要我力之所及，義不容辭；作你的主，可不行！沒有那個規矩。」

「實在也就是擔待。十四叔若以為不合適，說個辦法，我總照辦就是。」

「那還是建議，不是作主。」恂郡王說，「你對太妃是母子之情，大家都能體會得到，只在禮節上，倘或有越分之處，可就什麼人都無法擔待的。」

「絕不會。不過，在禮節上自然太后為尊，在私底下，要請太后賜諒。」

「嗯，嗯！」恂郡王問說：「你倒舉個例看。」

「譬如，」皇帝想了一下說，「跟我娘如果同在一處，我想到我娘那裡去的時候要多些。」

「那當然。太妃長住熱河，你每年只去幾個月，不比終年侍奉太后，多陪陪太妃是應該的。」

「十四叔這麼說，我可以放心了。不過，有一點，我也得聲明在先，到了熱河，我讓皇后替我去侍奉太后。可不能以為我只重太妃，不重太后！」

恂郡王覺得這話似乎多餘，但也不必駁他，點點頭說：「我會替你給太后回奏。」

「謝謝十四叔，」皇帝又說，「還有，倘遇巡幸之事，我得請我娘也去逛逛。」

「那麼太后呢？」

「自然奉侍同行。」

「那還罷了！」恂郡王說，「不過一路要彼此避面，卻須好好安排。」

「是的。」皇帝答應著，那語氣則好像是他接受了恂郡王的建議。

◇◇◇

到達熱河行宮已經兩天了，皇帝卻反不急於去見太妃。不急只是表面上的，心裡卻極其渴望，但有種說不出的畏怯，拖住了他的腳步。

凡是知道這件事的人，包括恂郡王與御前大臣馬爾賽等人在內，無不對皇帝的態度感到困惑。唯一的例外是傅夫人。

「別說皇上，連我想起來都有點心裡發毛。」她向丈夫說，「有句唐詩你總讀過，『近鄉情更怯』，何況是多少年不見的親娘？」

「妳這話說得很好！」傅恆獲得啟示，「近鄉情怯，是為什麼呢？為的是多年魂牽夢縈在作還鄉夢，夢中當然一切都是好的，怕真的一見，不過如此，夢中的好印象，打得粉碎。怕這一份失望、無情出現，所以心存怯意，是不是這樣？」

「是啊！」傅夫人笑著向丈夫打趣，「你真是大大長進了。」

「照此說來，皇上一定對太妃如何慈祥、如何體恤、如何賢德，都有個虛幻的影子在那裡，見了面跟影子不符，自然痛苦。」

「是！」傅夫人很嚴肅地，「正就是為此。」

「那，」傅恆失悔似地說，「可惜早想不到，早想到了，可以先下幾個伏筆。」

「怎麼下？能說太妃不好嗎？其實太妃慈祥、體恤、賢德，就算皇上想得甚高，大致也不會讓他失望。只有一件事，恐怕會傷皇帝的心。」

「哪一件？」

「我倒請問，你見太妃的時候，心裡是何感想？」

「太醜了！」傅恆不假思索地答了這一句，方始警覺失言，趕緊四面看了一下，低聲說

「對，對！妳的主意好。今天就喝酒。」

於是又弄了些下酒的菜，把一罈太妃自己釀的果子酒搬了出來。這罈酒有七八年了，既香且醇，酒力強勁，傅夫人和秀秀不敢讓她多喝。但禁不住太妃心裡高興，不斷要添，看看快要醉了，傅夫人把酒罈藏了起來，太妃也就醉眼迷離地歸寢了。

一覺睡到四更天，傅夫人與秀秀皆已起床，秉燭相待。兩件新製的旗袍搭在椅背上，一紅一紫，顏色在沉鬱中透著喜氣，令人不由得要多看一眼。

「乾媽大喜！」傅夫人笑道，「多少年熬出頭了！」

「多虧得你們倆！」太妃怯怯地說，「我有點兒心不定。」

「那是一定的，過了這一陣子就好了。乾媽你把心定下來。」傅夫人向秀秀說，「咱們先替乾媽選衣服。照道理說，應該穿紅的這一件。」

「不！」太妃倒有自知之明，鮮豔的大紅不宜她穿，倒是紫色還跟她的臉色相配，「這件好了！」

於是兩人動手為太妃妝飾，事先商量好的，儘量打扮得樸實，只顯本色，反倒能遮幾分醜。

「回頭皇上要跟我行禮吧？」太妃問說。

「當然！」秀秀答道，「皇上要給妳老人家磕頭。」

「他當皇上，我怎麼當得起？」

「可也是妳老人家生的。」傅夫人說，「乾媽只記著母子，忘掉是皇上就對了。」

「那麼，我對他應該是怎麼個態度呢？」

「自然是做娘的態度。」

「我從來都沒有做過娘。」

這倒是實話。傅夫人想了一下說：「乾媽倒想一想小的時候，太婆是怎麼看待乾媽來的？」

「我不知道，我從小沒娘。」

「那可難了！」傅夫人苦笑，「妳老人家把我們都弄糊塗了。」

「好！這個不說。」太妃問道，「我該管他叫什麼？」

「自然是叫皇帝。」傅夫人又說，「千萬不能叫皇上。」

太妃點點頭。「皇帝」是官稱，「皇上」是尊稱。母以呼子，無用尊稱之理，這一點她知道。可是，這一來她另有疑問。

「妳不是要我只記著母子，忘掉皇帝嗎？口口聲聲在叫，怎麼忘得掉呢？」

「乾媽，妳老人家真是把我問住了。」傅夫人只好這樣說，「船到橋門自會直，別想得太多，到時候自有辦法。」

太妃何能不想，只是不好意思再問，怕義女受窘。不過，能夠讓人家回答的，她還是要問。

「有什麼人陪皇帝來？」太妃問道，「我女婿來不來？」

「女婿？」傅夫人愣住了。

「不就是傅恆嗎？他不是我的女婿嗎？」

傅夫人頗為感動。「乾媽，」她說，「妳真的當我親生女兒看了。」

「一點不錯！」太妃答說，「我要告訴皇帝，管妳叫妹妹。還有秀秀。」

「不、不！」秀秀驚惶失措地說，「千萬不能，我的身分太不配了。」

「是嘛！」傅夫人也說，「千萬不要這麼說。」

太妃不作聲，好久好久歎口氣說：「唉！我要跟皇帝說的話太多了。」

免得她緊張。

◇◇◇

皇帝從寢殿起駕時，便有通報來了，一撥一撥，接連不斷，不過傅夫人卻未告知太妃，免得她緊張。

直到看得見皇帝的軟轎了，她才跟太妃說：「乾媽，皇上快到了。」

「在哪裡？」太妃的雙眼睜得好大。

「還有一會兒。乾媽，妳把心定下來。」

怎麼定得下來？遠方遊子歸來，倚閭的老母，尚且心神不定，度日如年，而況是二十多歲的親生之子，初次見母，更何況親生之子是當今天子。

在肅靜無嘩的氣氛中，聽得沙沙的聲音，自遠而近，太妃的一顆心，越提越高了。

「不行！」太妃帶著哭音說，「姑娘，我怕支持不住。」

「一切有我，乾媽！」傅夫人只好極力壯她的膽，「皇上最佩服我的，有我保妳老人家的駕，別慌。」

「喔，喔！那好，姑娘妳可得處處保著我，有些話，妳就替我回答好了。」

「我知道！」

說著，聽得遙遙擊掌，很慢，很慢，但聽得很清楚。傅夫人知道，皇帝已經下轎了，便關照秀秀：「妳陪著太妃，我去接駕，等我陪著快進門時，你望見影子，就快閃出去！」

「那，我怎麼辦？」太妃手足無措地問。

「妳老人家或是坐、或是站，怎麼樣都可以，就是不能哭。」

「這，」太妃已雙眉緊蹙了，「怕辦不到。」

「真的要哭，眼淚是嚥不到肚子裡去的。」傅夫人很認真地叮囑，「可是千萬不能哭出聲來。」

說完，轉身就走。出得廳來，皇帝正要踏上台階，只見他穿的是便衣，藍色寧綢團花夾袍，玄色貢緞臥龍袋，頭上一頂紅絨結頂的小帽，前鑲碧綠一塊玭霞，腳上是粉底雙樑緞鞋，這身除束腰的一條明黃綢帶以外，看不出他是至尊天子。

傅夫人就地跪了下來，只說得一聲：「恭迎聖駕！」是示意秀秀可以避開了。

「起來，起來！」

「是！」傅夫人這天特意不穿花盆底，所以起跪很俐落。一面站起，一面轉頭去望，看到她的丈夫傅恆、御前大臣馬爾賽，以及內務府大臣、行宮總管等人、侍衛、太監一大堆，雖都站在門外，還是不夠遠，便揮一揮手示意，然後搶步從皇帝側面溜了進去，趕緊要去照料太妃。

太妃是站在椅子旁邊，一手扶著椅背，臉上似哭非哭、似笑非笑，凝視著皇帝，但因背光，皇帝的臉看不清楚，所以還有著焦急的神色。

「太妃請坐！」傅夫人贊禮似地說，「皇上行禮。」

「禮」字聲落，皇帝已跪了下來，喊得一聲「娘」，隨即伏地不起，只見他背部起伏，是在飲泣。太妃淚如雨下，茫然地望著，母子見面，是這樣唯恐人知，不敢哭出聲來，傅夫人心裡難過極了。

終於還是要她開口。「皇上請不要再傷心了。」她說，「太妃等著瞧一瞧皇上呢！」

「是！」皇帝抬起頭來，一臉淚痕，向上說道：「娘！兒子不孝！娘受苦了！」

「不苦，不苦！」太妃搖著頭否認，「你不要替我難過。我有今天這一天，真是老天爺慈悲。你，你把臉轉過來！」

皇帝便膝步移轉，本來向北的臉，此刻是向東南，看得很清楚了。

於是太妃伸出因為多少年來一直親自操作，以致相當粗糙的手，去摸皇帝的額頭。這使得皇帝想起先帝亦曾這樣撫摸過他，但感覺中父親的手柔軟溫熱，像是母親的手，此刻母親的手卻像父親的手。

非常奇怪地，皇帝從這雙手中，感受到像父親所做的那種鼓勵，他記起自己的身分與職責，提醒自己要做一個好皇帝。同時也想起父親在兩年前講過的一段話。

「你要記住。」他還記得先帝當時鄭重告誡的那種低沉的聲音，「你是滿人，天下是滿洲人的天下，不能放鬆，可是漢人多，人才也多，羈縻之道，要重孔孟。你更要記住，儘管漢人可以重用，你不能讓人誤會你是在幫漢人！」

此刻才能體會到這段訓誡的深意，自己有一半漢人的血統，倘或親貴誤會自己是在偏袒漢人，就會引起另一次宮廷政變，乃至喋血的危機。

這樣想著，自然而然地收起了眼淚，向太妃說道：「娘請上座，兒子有幾句心裡的話告稟。」

「你說吧！」

「福如，」皇帝向傅夫人說道，「妳把我娘扶過去坐下。」

「是！」傅夫人轉臉來勸太妃，「乾媽，妳就聽皇上的話吧！」

「好！」太妃坐了下來，身子偏向一邊。

皇帝站起身來，重新北向下跪。「娘！」他說，「兒子受阿瑪的付託，責任太重。如果我早知道我的親娘在這裡受苦，我一定稟明阿瑪，把皇位傳給別個阿哥，容我將娘迎到府裡，奉養到百年之後。如今可是只好讓娘委屈了。阿瑪當初也是為了天下百姓，要做一個好皇帝，就顧不得骨肉之情，兒子今天的處境也很難。娘，妳老人家許不許我做好皇帝？」

「這話你問得奇怪，我為何不許你做好皇帝？」太妃指著傅夫人說，「你問你妹妹，我跟她談過，但願你做好皇帝，百姓愛戴，我才高興。」

「娘說這話，兒子感激。不過，娘要兒子做好皇帝，娘得忍人所不能忍，委屈自己。不然不但不會是好皇帝，甚至於能不能做皇帝，也在未定之天。」

這話說得太嚴重了！不但太妃，連傅夫人亦覺費解。

「我不懂你的話。」太妃答說，「不過我會聽你的話，你要我怎麼忍，怎麼委屈自己？不便說，告訴你妹妹好了！」

真是「天下父母心」！傅夫人歎口無聲的氣，感動得要哭。皇帝亦復心中酸楚，眼眶發熱。不過他不僅是感動，更多的是感激，恭恭敬敬地磕下頭去，口中還有兩句話交代。

「娘！兒子的處境是天下最難的，有時候的處置，不能不出於常情之外。兒子先向娘請罪。」

「這談不到！」太妃有點瞭解，死心塌地說道，「我答應你了，你就不必顧忌。不過，有幾件事，我很盼望你替我做。」

「是！請娘吩咐。」

「第一件，你要替我到老家去訪一訪，看還有什麼人？」

「是！應該。兒子一定派人細細查訪。外家的情形，請娘告訴妹妹，再轉告我好了。」

傅夫人心頭一震，皇帝居然亦以妹妹相稱，正想遜謝，太妃搶在前面開了口。

「對了，第二件，你務必當她同胞妹妹看待。」

「是！兒子本就如此。」

「太妃——」

「姑娘，」太妃很快地截斷傅夫人的話說，「妳別打岔！常言道得好，恭敬不如的第一大事。從康熙四十六年至今年，閱時已經三十年，黃河、運河年年有巨額經費歲修，尚無大礙，海塘如果一垮，浙西膏腴之地，盡成澤國，豈不可慮？

這樣想著，不覺憂形於色。太妃自感關切，便即問道：「兒子，你好像有心事？有什麼為難之處，儘管跟娘說。」

「喔，」皇帝定一定神，知道太妃誤會了，「剛才妹妹提到南巡，兒子想起浙江的海塘，已經三十年沒有去看過了。阿瑪曾經想親自去看看，可惜不能如願。這件事關乎浙江兩省百萬生靈，兒子實在不大放心！」

「這才是好皇帝！」太妃很欣慰地說，「只要你有此存心，老天爺一定保佑你，百姓也就得了你的好處了！」

感格天心，蒼生蒙福。太妃雖不識字，見識卻並不淺。皇帝深深點頭，「但願如娘所說的那樣。」他問，「娘想要什麼，想吃什麼？兒子派人送來。」

「我什麼都不要，只要能常常看到你，就心滿意足了。」

皇帝本意是要叩別了，聽得這話，便又留了下來。傅夫人看出他的意思，覺得第一次逗留過久，也不甚適宜。所以在太妃耳旁輕輕提醒一句：「還有好些大臣，等著見皇上請旨呢。」

「喔，喔，那是要緊的。」太妃向皇帝說道，「你趕快去吧！有空就來，別耽誤了國事。」

「兒子不敢！」皇帝起身，恭恭敬敬地磕下頭去，「兒子明天再來請安。」

「好！好！」太妃已站起身來，等著送皇帝。

皇帝站起身來，卻又與傅夫人一左一右扶著太妃，走到快要讓隨從人員看到了，傅夫人先立定了腳。

「請皇上的旨，」傅夫人說，「准不准秀秀來見一見皇上？」

既是老母的義女，念她平時侍奉之勞，皇帝自是欣然允許。於是傅夫人一聲喊，秀秀奉召而至。

她是按照宮女的禮節叩見，自稱「奴才」。皇帝覺得有些刺耳，「妳以後不必用這個稱呼！」他說，「自己稱名字好了。」

秀秀經傅夫人這些日子的薰陶，出言吐語也很大方了，當即答說：「恭敬不如從命！秀秀遵旨。」

皇帝點點頭說：「妳抬起頭來我看看！」

秀秀答應著將臉微揚，迎著光線，讓皇帝看得很清楚。

「倒像是有福澤的模樣。聽妳剛才說那句成語，似乎也識得字。」

「是！識得不多。」

「太妃有命，讓我替妳擇配。妳是願嫁文官，還是武將？」

這一說，秀秀羞得把頭低了下去，輕聲答說：「但憑太妃跟皇上作主。」

「要妳自己說。」太妃提醒她，「妳從來也沒有跟我談過這件事，我也不明白妳的意思。」

秀秀原是打算以丫頭終老，與太妃廝守一輩子，自然從不提自己的婚事。不想有此意外的奇遇，由太妃皇帝母子團圓，為她帶來紅鸞星動，一時倒不能不辨，是嫁文官還是武將。

「秀秀，這樣的好機會，妳可別錯過！終身大事，沒有好害羞的。」

秀秀微一頷首，急切間還是不知應該選文、還是擇武，而皇帝卻又在催了。

催得秀秀心慌，倒急出一個計較。「回皇上的話，」她說，「秀秀願嫁讀過書的武將！」

皇帝對她這個回答，大為欣賞。「好！妳倒真是有見識的！非武將不足以立大功，非讀於是由她的兩子談到皇子，那是太妃嫡親的孫兒，自是更想親一親，可惜皇子皆未隨扈。

「請安置吧！」傅夫人陪坐到起更時分，笑著說道，「今天晚上，乾媽可睡得著了。」

◇◇◇

皇后倒是第二天一早，就來謁見太妃，也按宮中的規矩，對親生母妃，行了一跪三叩的大禮。不過婆媳之間，似乎無話可談，因為皇后不知道說些什麼好，太妃亦就無法跟兒媳婦親近，客客氣氣地坐了一會，皇后告辭。從此以後，一連五天，沒有來過。

皇帝是天天來，不過來的時候不一定，或早或晚，總有好一會兒逗留，常是親自檢點，看哪裡少了些什麼，或常有什麼新奇的事物可以娛親的，每每派一個二等侍衛名叫鍾連的送來。

這一天上午來過了，午後忽又駕到，四月底的天氣，已經很夠熱了。太妃正在午睡，傅夫人亦剛睡下，得知信息，趕緊起身接駕。

「太妃呢？」皇帝問道，「在午睡？」

「是。我去通知。」

「不！不！不要叫醒娘。」皇帝又問，「秀秀呢？」

「有個相好的宮女病重，她探病去了。」

「那，只有妳一個人？」

「那些不是？」傅夫人指著在廊上侍立待命的宮女說。

「不必讓她們伺候，留下一兩個照料茶水就可以了。」皇帝問道，「妳帶來的兩個人，似乎很得力。」

傅夫人這趟來，與以前不同，不必冒充宮女，而是以命婦的資格入宮，所以隨帶兩名侍女，一個叫榮福，一個叫榮安。她們不是宮女，所以不能在御前行走，不知皇帝何以知道這兩個人很得力。

「妳把她們叫來，我看看。」

於是榮福、榮安奉召而至，行了禮都跪在那裡，低著頭等候問話。

「妳們都起來。」

「是！」兩人同聲答應，起身站在一邊。

皇帝問了她們的名字，又問伺候傅夫人幾年了？榮福年齡較長，由她答奏，說是從小便伺候傅夫人的。

「原來是妳娘家帶來的人。」皇帝對傅夫人說，「自然是忠心耿耿的囉？」

那又何消說得？不過她不明白他的用意何在？所以這樣答說：「她們也不敢不忠。不然，紀綱何在？」

「話不是這麼說，忠心要發自內心，才會處處衛護著主子。」皇帝突然轉臉問二榮，「妳們都見過太妃沒有？」

「是！」榮福、榮安齊聲回答。

「我想跟妳們主子商量，撥一個去服侍太妃。不管誰去，我待遇一樣，讓內務府撥一份宮女的月例銀子給妳們。」

「是！」榮福比較機伶，一拉榮安說：「給皇上磕頭，謝皇上的恩典。」

兩人磕過了頭，皇帝吩咐她們暫且退下，然後向傅夫人說道：「秀秀一嫁，娘面前不能沒有一個得力的人，我看這二榮不錯，妳挑一個給娘。」

傅夫人的父親是漢軍，母親才是旗人，所謂半個旗人，亦就是半個漢人，跟皇帝的血分相同。她聽皇帝這話，頓覺自己跟皇帝的關係，比皇后更來得近。這是很荒唐的想法，但確確實實有此感覺。

就由於這一感覺，她不由得對皇帝的處境大感關切，脫口問道：「皇上那本難唸的經是什麼？」

「我是左右為難！」

原來親貴宗室，心中都有疑忌，以為皇帝有一半漢人的血統，一定偏向漢人。而論人才，漢人多，自然出的人才也多。人才一多，青錢萬選，自然有出類拔萃的人。照理應該重用，疑忌即因此而起。

「我是一國之主，治理天下，自然重視人才，而況四海一家，無分漢滿。本是一片大公無私之心，偏偏有人以為我有私心，真是不白之冤！」

皇帝亦竟有不平之冤的牢騷，在傅夫人可算聞所未聞，只能這樣答說：「至少我總知道皇上的苦衷。」

「對了！這是我唯一的一點安慰。」皇帝很起勁地發牢騷，「我再說點苦衷妳聽聽。三年無改謂之孝，先帝用人唯才，而況又是老臣。我自然敬禮有加，這總不能說有私心吧！可是仍舊有人疑神疑鬼，譬如張廷玉。」

張廷玉是顧命之臣，雍正遺詔中特命將來配享，漢大臣中有此殊遇，實在罕見。皇帝自然格外優禮，而親貴及八旗重臣頗有煩言，使得皇帝非常煩惱。

「可惱的猶不在此。」皇帝又說，「即如張廷玉，雖有先帝遺命，但我遵遺命而行，對他來說，自然也是恩典。哪知張廷玉認為分所當受，並不見情。倘或恩遇稍衰，甚至會發怨言，豈不是教我左右為難？」

「這，」傅夫人說，「果然如此，皇上宸衷獨斷，給他一點處分，不但不為之過，而且恩威並用，亦是駕馭的手段。再退一步看，假使如此，親貴宗室，亦就不會錯認皇上偏心，足以表明心跡。」

皇帝倏然動容，拿她的話細細想了一遍，擊節稱賞。「好一個恩威並用！」他說，「好一個表明心跡！以後我就照妳的話做。」

「我是妄言。」

「一點不妄，一點不妄！妳真足以為我內助！」

傅夫人又喜又羞，紅著臉說：「君無戲言！怎麼說得上內助二字？」

「我不是戲言，只是可惜，倘或我早遇見妳，無論如何也要請先帝為我擇妳作配。」

「這又是皇上的戲言，從沒有一個漢軍能成為皇子嫡妃的！」

「天下事總有一個開頭，成例自我而興，有何不可？」

傅夫人默然，心裡在想，如果自己真的成了皇后，今天的情形就大不相同了！對皇帝來說，至少可以減除他對親生之母太妃的疚歉，因為有她能代替皇帝恪盡子職，對他們母子來說，都是一件好事。

然而，她又在想，只要有實際，何必又非要是皇后的身分不可？現在不一樣也是在幫助皇帝跟太妃嗎？

這樣一想，她覺得她能夠給皇帝以安慰。「皇上，」她有些激動地說，「我有一件事可以代替皇后為皇上分勞分憂，那就是侍奉太妃。」

「對！」皇上深深點頭，「對！我要感謝妳。」

「皇上言重了。我只是求心之所安。皇上一身，繫祖宗社稷，四海蒼生之重，只要能夠為皇上分勞解憂的，都是臣下分所當為。」

「誰？」
「傅恆。」
皇帝深深點頭。「他謹慎小心，我當然要重用的。」皇帝又問，「還有呢？」
「高家父子受恩深重，應該也是忠心耿耿的。」
高家父子指高晉與高斌，亦即是貴妃高佳氏的父兄。皇帝對高家父子的印象並不好，但由於傅夫人這句話，他決定遇到適當的機會，還是要重用。
「還有呢？」
「我不敢再胡亂保舉了。」傅夫人說，「用人大計，皇上不該謀之於婦人。」
皇帝深深點頭，心悅誠服地說：「難怪我魂牽夢縈，妳真是明白事理，可敬亦復可愛。」
「魂牽夢縈」四字入耳，傅夫人不由得深深看了他一眼，心中的感受相當複雜，亦不知如何表達自己的感受，唯有低頭不語。
「福如！」皇帝又拉住了她的手，低聲問道：「妳什麼時候才讓我了這段相思債？」
「我不知道。」傅夫人的聲音低得幾乎只有自己聽得見，「我很怕！」
「怕什麼？」皇帝問說，「怕傅恆知道？」
「這當然也是。」
語氣中明顯地表示出來，另外還有所懼，而且比怕丈夫知道還要來得嚴重。皇帝倒也奇怪了。
「妳說，還怕什麼？」
「皇上倒想呢！」
「是怕我娘知道？」

「那也是。」

「反正總是怕人知道！」皇帝突然想到了，「是怕皇后知道？」

「對了！」

「她絕不會知道的。」

「為什麼？」傅夫人很注意地問，「皇上何以能說這種有把握的話？」

皇帝笑了。「連皇后都對付不了，我還能統治幾萬萬子民？」他說，「皇后左右全是我的人，沒有一個人敢在她面前談咱們倆的事。」

「就怕皇后自己看出來。」

「怎麼會？」

「怎麼不會？」傅夫人說，「皇上稍微疏忽一點，神色語言之間有所流露，皇后就會知道。」

「我當心就是。」皇帝又說，「妳相信我，不必怕。」

「就我不怕，也要等機會。」

「機會不必等，要去找。」皇帝緊接著說，「甚至不必找，只要自己安排就好了。」

◇◇◇

從第二天起，皇帝開始安排機會。

很顯然地，唯有將太妃請出去，才有機會。於是經由傅夫人的策動，太妃決定帶著她跟秀秀去看一看她從前所住的那座草房。

這是一個迫不得已的主意，因為太妃步門不出，除此以外，無法勸得她離開住處。到了那天午後，軟轎到門，諸事齊備，秀秀忽然告訴太妃，傅夫人發風疹。

「發風疹不能吹風。」太妃說，「咱們改天再去吧。」

「這不是什麼了不得的病，太妃不去，我們也去不成，想了好幾天，一切都落空了！」

想想也是，並沒有因此延緩計畫的必要，太妃終於還是帶著秀秀、榮福和一群宮女去看草房。

於是，隔不多久，皇帝翩然而至，只帶了鍾連與四名太監、八名侍衛。十幾天已形成例規，只要皇帝駕到，宮女和太監都遠遠避開，只有榮福、榮安承應茶水，傳達旨意。這天大部分宮女都隨著太妃走了，太監向例不准到後院，所以格外顯得清靜。

傅夫人住的院落，名為綠陰軒，東面一道月洞門是正門，北面夾弄中還有一扇便門，榮安早就封閉了，只要守住月洞門就不虞會有人闖進來。

「這下，妳放心了！」皇帝笑著問說。

傅夫人嫣然一笑。「上午天氣陰沉沉地，我倒有些擔心。」她說，「不想中午陽光普照，變成好天。」

「天公作美，成全妳我。」皇帝忽然感慨，「福如，浮生碌碌，想謀一日之欲，亦很不容易。『因過竹院逢僧侶，又得浮生半日閒』，今天我才知道這『又』字正是難得之意。」

傅夫人笑笑不作聲，捧了茶來問道：「今天好像很熱。」

「是的！天熱，心也熱。」皇帝伸手去摘外褂的鈕扣。

這自然是傅夫人的差使，為他卸衣時，皇帝已忍不住伸手去摸她的臉了。

「妳使的什麼香粉？好香，我從來都沒有聞過。」

這一說提醒了傅夫人，她的香粉是自己採集名花，熏蒸成露，加上外國來的香精，自己調製專用的。皇帝固然沒有用過，常跟她接近的宮眷，都是聞慣了的，倘或香氣沾染在御衣上，讓皇后聞到，醋海興波，那糾紛就大了！因此她趕緊退後幾步，正色說道：「皇上先別碰我。智者千慮，必有一失，差點誤事。」

然後她走向妝台旁邊，就著現成的臉盆裡的清水，將臉上的脂粉洗了個乾乾淨淨。擦乾了臉，轉過身來，那張清水剛洗過的臉像剝光了皮的熟雞蛋，又因為使勁擦抹的緣故，皮膚又紅又白，分外嬌豔，比上妝以後，更覺動人。

「皇后的鼻子很靈，別讓她聞見味道。」

「妳也太謹慎了！」皇帝笑道，「我跟皇后也許兩天才見得一次面。從妳這裡回去，我自然要換衣服，她哪裡會聞得到？」

「別人聞到也不好。」傅夫人說，「我不願意讓人在背後議論我。」

「議論妳，就是議論我！誰敢？」

「皇上聽不見而已，『皇帝背後罵昏君』，無足為奇的事。」

「好吧！」皇帝訕訕地說，「我就算是個昏君。」說著，一把緊抱住傅夫人，喃喃地說：「遇見妳不昏亦不可得，遇見妳讓人在背後罵昏君亦值得！」

傅夫人心跳氣喘，但渾身發弱，只得俯仰由人，一切都置之度外了。

◇◇◇

「可惜，」皇帝在綢衾中撫摸著滑不留手的肌膚，「有色無香，恰如海棠。」

「以後我不用那種香水就是。」傅夫人說，「我用常見的香露。茉莉、玫瑰，其實也不錯。」

「我是說著玩的，妳別認真！妳還是照妳喜愛的用，不必為我委屈。你放心，皇后絕不會發現我們的秘密。」

「也不光是皇后一個人。」

「妳是指——」

「別說出口！」傅夫人搶著打斷，「皇上心裡有數兒就是。」

皇帝自然有數，是指她的丈夫傅恆。「我知道！」他說，「我自有處置的辦法。」

「皇上打算怎麼處置？」

「我也不說出口，妳看著好了。」

過不了幾天，傅恆讓總管帶信來，要他妻子回去一趟。到家才知道，皇帝派了他一個勘查陵寢的差使，先到盛京福陵，再到馬蘭峪的東陵，最後到易州的泰陵，細細查看，有無損害，應該如何修理，估工議價，麻煩多多，這個差使總得半年才能覆命。

傅夫人知道，皇帝是調虎離山，有意做出依依不捨的神情，在家一連住了三天。送走了傅恆，她回京去看了看孩子，十天以後，仍舊回熱河來給太妃作伴。前後大概二十天未跟皇帝見面，小別重聚，更覺情濃。一個夏天，不知有多少佳期密約，相晤總是在午後，幽境深處，松風簌簌，竹簟生涼，情熱如火，她幾乎都想不起丈夫了。

突然間她發覺種了「禍根」。兩個月天癸不至，不是病，而是孕。她生過兩胎，根據種種跡象，自信判斷決無錯誤。

怎麼辦？通前徹後地想下來，只有一條路好走。

一天深夜，她讓榮安將榮福喊了起來，守住前窗後戶，然後到太妃臥室中，把她輕輕搖醒。

「誰啊！」太妃張眼一看，大為詫異，「姑娘，妳幹什麼？」

傅夫人是直挺挺跪在床前，而且在流眼淚，真把太妃嚇壞了。
「姑娘，姑娘，到底出了什麼事？妳可把我嚇得心都懸了起來了！快說，是為什麼？」
「女兒，」傅夫人壓低了嗓子說，「肚子裡有了。」
「嘿！」太妃拍胸前，「妳不是胡鬧嗎？這是喜事，幹嘛大驚小怪。」
「乾媽倒算算日子看。」
這一說，太妃可又在脊梁上冒冷氣了。不錯啊！傅恆走了四個多月，她如有孕，肚子應該早就看得出來了！
這樣一想，立即問道：「妳幾個月了？」
「兩個多月。」
「兩個多月！怎麼會呢？」
「是——」傅夫人吃力異常地擠出來四個字，「是皇上的！」
太妃倒抽一口冷氣，好半天才說了句：「妳可是真糊塗哪！」
傅夫人羞慚不勝地低下頭去，鼻子中欷歔欷歔地發聲。太妃心裡難過極了。
「怎麼辦？」她說，「妳又不比我，當初我是一個人，妳可是有家的。姑娘，你教我怎麼辦？」
「只有請乾媽替我作主。」傅夫人斷斷續續地說。
「妳要我怎麼作主。告訴——」
「不！」傅夫人搶著說，「不能告訴皇上。」
傅夫人不願意把這個消息告訴皇帝，相反地，要求太妃必須保守秘密。因為，這一來會增加皇帝的困擾，為了感情，為了表示個人負責，甚至還會為了維持做為無所不可的皇帝的尊嚴，堅持將孩子留下來。這一下，事情就會大糟特糟。

當她為太妃說明了這些道理，也就自然而然地表明了她的主張，太后驚訝地問：「怎麼妳捨得把孩子打掉？」

「捨不得也要捨。」傅夫人說，「乾媽倒想，這個孩子怎麼能養？該姓什麼？」

不能姓愛新覺羅，因為孩子的母親並非妃嬪宮眷，也不能姓傅恆的富察氏，因為她是傅恆長期辦差在外所懷的孕，看起來是怎麼樣也不能留下的一個孩子！可是，傅夫人捨得，太妃卻捨不得。

不僅僅捨不得，是萬分難捨。非常奇怪地，只不過片刻間事，太妃對她腹中的一塊肉，已覺得是心肝寶貝。對於現有的皇子、皇女，她幾乎從未想到過，他們是她的孫兒，但傅夫人所懷的這個孩子，她覺得具有雙重身分，是她嫡親的孫兒，也是她嫡親的外孫。

「女兒，」她反過來用情商的語氣說，「我跟妳商量件事行不行？」

「乾媽，妳怎麼這麼說？」

「我有個極好的法子。我跟皇帝說實話，然後找個宮女頂名，等妳生下來。我自己來帶。」太妃興奮地說，「女兒，咱們祖孫三代，娘兒三個在一起的日子，可就太美了！」

這個辦法初聽很好，細想不妥，三思則萬不可行。傅夫人明知自己的看法會傷太妃的心，但不能不狠著心明說。

「乾媽，那一來會要了女兒的命！」她說，「眼前是好，可是到了老人家萬年以後，孩子是阿哥，自然跟著他頂名的娘。那時候我又不能進宮，牽腸掛肚，這個罪，我一想起乾媽妳這二十多年的日子，我就心膽皆裂了。而況，乾媽熬到頭來，又有母子團圓的日子，女兒可是永遠沒有指望的了！」

這也是實情，太妃歎口氣，只能點點頭答應下來。

主意是打定了，怎麼做卻大成問題。第一要妥當，第二要秘密。清宮不比明宮，明朝宮中怪事甚多，有些太監、宮女練就一套專門技術，可用推拿的方法，使懷孕婦人流產。據說熹宗的皇后有孕，由於客氏的嫉妒，只買通了中宮的一個宮女，在替皇后捶背時，不經意地在腰上捏了兩把，她腹中的孩子就留不住了。

清朝宮禁嚴肅，視這些事情為大逆不道，倘或鬧將出來，傅夫人固然再無臉見人，太妃面子上亦會搞得很難看，至於有關的太監、宮女，必定處死。因此，要做這件事實在不容易。

太妃想來想去，覺得這件事非讓皇帝知道不可。如果皇帝同意把孩子打下來了，一切有他擔待，事情就很好辦了。

但是，倘如傅夫人的顧慮，皇帝堅持要保留他的骨肉，不計一切後果，那一來事成僵局。無法收場又怎麼辦？

太妃計無所出，心裡在想，做這件事反正少不得秀秀，何不現在就跟她商量？

一天避開傅夫人、榮福，及所有的宮女，她把這重公案的前因後果說了給秀秀聽，然後提出一個疑問。

「妳看我是不是先要跟本人說了，再談如何跟皇上提？」

秀秀已略有所知，平時也想過傅夫人這個難題，所以很快地有了主意。

「我看不必跟本人提了，她不會同意留的。」

「那麼，怎麼跟皇上提？」

「當然不能實說。」秀秀說道，「太妃莫非忘記了，當初她跟太妃談明孝宗的紀太后的故事？」

「怎麼？這扯不上啊！」

「不是說扯得上紀太后，我是說，當初是用譬喻的法子。太妃如今跟皇上提這件事，何不照方吃炒肉？」

「是的！我告訴她的。」太妃問道：「妳想，妳做這件事，能少得了她嗎？」

想想也是，傅夫人釋然了。到得第三天午後，皇帝悄然蒞止，她將一直瞞著他的秘密和盤托出，同時提出了要求。

皇帝恍然大悟，不免慚愧。「咱們這一段兒讓娘也知道了。」他躊躇著說，「我倒有點怕見她老人家的面了。」

「我都老著臉皮說了實話，皇上還有什麼不好意思的？」

皇帝想了一下說：「這也不去說它了。我倒跟妳商量，有沒有法子，能把孩子留下來？」

「沒有！」傅夫人斷然決然地說，「不等孩子下地，我的命就沒有了。再過兩個月，捧著個大肚子，我怎麼見人？」

「好吧！只好依妳。」

「太妃說，本來不打算讓皇上知道的，可是想來想去，沒有法子不讓皇上知道。不然，第一，這個責任誰也擔不起；第二，這件事沒法子做得秘密。」傅夫人又說，「如果皇上願意給我恩典，我只求皇上務必將這件事做得滴水不漏。」

「妳說吧！要怎麼做？我全依妳就是。」

傅夫人想了一下說：「我是這麼在想，如果皇上奉太后回鑾了，這裡沒有那麼熱鬧，消息就不容易漏出去。其次，皇上一定得派一個妥當的人照料，這個人還得很有權柄，說什麼就是什麼才好！」

「行！全依妳。」

皇帝說這話，極有把握，因為序入仲秋，本來就快回鑾了。至於託派一個人，既要妥當，又要有權柄，說什麼就是什麼，看似不易，其實不難，因為只要妥當就行，至於權柄，可假皇命以行。皇帝已決定派鍾連幹這個差使，他是御前侍衛，口啣天憲，誰敢不遵？

◇◇◇

皇帝的生日快到了，八月十三。

每年此時，太妃總有一段很不快活的日子。從一鉤眉月開始，往往在露冷風清、桐葉初飄的空庭中，悄然獨坐，凝望蒼天，不辨心中是何滋味。這樣過了上弦，月輪漸圓，到得八月十二已經清光滿地，想到一交十三子時的光景，更是淒迴欲絕，連帶那個中秋亦就枉稱佳節了。

今年可是大不相同，她老早就在盤算了，如何得能跟皇帝一起過生日？這個念頭，也曾跟傅夫人提過，但尚無結論，便有了那件意外的發現。及至料理得有了一個初步的結果，已是桂月掛林梢的八月初七。

「皇上的生日快到了。」

「啊！」傅夫人不待太妃說完，便搶著說道：「我都差點忘了還有六天！今年當然要好好兒樂一樂。」

「妳說呢！」太妃躊躇著說，「皇上的萬壽，自然有慶典，也不能來陪我啊！」

「那有什麼不可以？」傅夫人說，「正日不行，前一天暖壽，後一天補壽，有何不可？」

「妳們看呢？」

這「妳們」，便包括秀秀在內。在以前，她跟傅夫人在太妃面前是一樣的身分，而目前身分的差別是越來越大了，所以雖一起陪侍在太妃面前，卻等閒不敢說話。如今用了「妳們」

「做人難，真是做人難。嚴了不好，寬了也不好。」她緊接著又說：「不過寧失之寬！」

皇帝不答，他不願意與婦人談正事。「福如！」他問：「妳看，我生日那天，應該孝敬娘一點什麼？」

「孝心！」傅夫人直截了當地說。

「那不用說。不過孝心存在心裡，也不能擺在嘴上，總得借點什麼，才能有所表現。」

傅夫人想了一會兒笑道：「有倒有幾樣東西，不過說出來好像荒謬，成了笑話。」

「妳不妨說來我聽聽。」

「太妃常跟我說，不知道皇上小的時候怎麼樣，每天過的是什麼樣的日子？我想，皇上如果能揀一套小時候的衣服玩具，送來給太妃，讓太妃能夠體會皇上那時候過的是怎麼樣的日子，不是很有意思的一件事嗎？」

「這——」皇帝遲疑著說，「只怕會引起娘的傷感。」

「不會！天下父母心，只會覺得安慰，不會傷感。即令傷感亦只是一時的，可以從把玩那些東西中，補償有餘。」

「言之有理！不過，東西都在京裡。」

「不！」傅夫人說，「獅子園一定能找得出來。」

「對！」皇帝忽然沉吟，「不過，我不願意讓別人去找。這樣，我交代獅子園的總管，妳自己去找，好不好？」

「合適嗎？」

「沒有什麼不合適。現在大家都知道，妳是受命照料太妃的。我會告訴總管，除了一間屋子，其餘任何地方都可以讓妳自由出入。」

「喔！」傅夫人問，「哪一間屋子不能進去，請皇上告訴我，我好留意。」

「先帝的書房。」

「是！那當然是至敬之地，我不敢亂闖的。」傅夫人說，「既然如此，請皇上回去就交代，我後天去。」

「好！我叫鍾連後天一早來接妳。」

◇◇◇

那天一早，鍾連就帶著軟轎來了。傅夫人為了要讓太妃獲得意外的驚喜，並不說破，只說太后召見，由鍾連領著，乘軟轎直奔獅子園。

由於皇帝的特旨，她不必按照一般的規矩，在園門口下轎。進了園子，她突然想起，拍一拍扶手，讓轎子停了下來，告訴鍾連，她要去看一看「草房」。

鍾連面有難色。「傅夫人，」他很吃力地說，「能不能下次再看？」

「為什麼呢？」

「是太后交代的。」

「太后交代！」傅夫人心想，這自然是為了不願意讓人知道皇帝的出生之地，也就是要隱瞞皇帝的身世之謎。對他人固應如此，對她就毫無必要了。不過，鍾連既奉有懿旨，亦就不必勉強。

正待重新上轎時，鍾連開口了。「傅夫人，」他說，「其實有一處地方，妳倒不妨去看看，那裡亦可遙望草堂。」

「好啊！」傅夫人同意了。

於是，傅夫人找座空屋，讓榮安伺候著換了平底便鞋，隨著鍾連，安步當車穿過一條名為「芳蘭砌」的石徑。北面是一座極整齊的平房，金地填藍的一塊匾額，上題「樂山書屋」。傅夫人知道，這就是皇帝交代，唯一不能為她開放的禁地，所以問都不問，便繞迴廊而過。

經歷了好些亭台樓閣，登上假山，但見山頂一座剛修葺過的六角形石亭，亭中懸一塊新匾，上題「護雲」二字，再看下款，才知是今年才寫的御筆。

「你要我看的，就是這裡？」

「是！」鍾連將手一指，「傅夫人，妳請看！」

順著他手指處看去，是一座長方形茅草覆蓋的房子，四面皆敞，不宜人居。原來這就是草房，傅夫人心裡在想，這地方怎麼會誕生一位真命天子？天下之大，不可測的事太多了。回身來看，那塊匾正對著草房，這時她才瞭解「護雲」的含意是長護慈雲，正表現了皇帝的一片孝思。

再看周圍，崇樓傑閣，連綿不斷，中間獨獨有這麼不倫不類的一座草房，顯得很不調和。但這些崇樓傑閣都是以後所砌，要講到「資格」，反倒是這座草房最老。先帝特意保留，自有深意。或許，正是為了替皇帝留下一個證據，證明他的生母是什麼人。

照此看來，說先帝殘刻、不近人情，亦不盡然。誰知道這個想法，轉瞬之間被擊得粉碎。

「我聽人說，當初造賜園時，先帝本要把草房拆掉，是康熙爺交代：先就有的，還是留著。這才保存了下來。」

一聽這話，傅夫人覺得好生無趣，懶懶地說了一句：「走吧！」

於是下了假山，鍾連問道：「想到哪裡？」

於是傅夫人在獅子園隨意瀏覽，凡是覺得皇帝在年幼時曾經親近過的器用、書籍、玩物都交代鍾連，收下聚在一起。然後選取了幾件，預備先帶回去，奉獻太妃。

這些器用、書籍、玩物是一副小弓箭；一本《詩經》，上有皇帝親筆題的名字：弘曆；一具撥浪鼓，真皮所製，精細非凡；還有一張皇帝畫的畫，兩隻小羊受乳，上題三字：《跪哺圖》。

◇ ◇ ◇

這張《跪哺圖》，為太妃帶來極大的安慰、興奮與感觸。因為，這證明皇帝從小就知道慈母之恩，如何深厚！

但是，太妃卻不能沒有感觸，或者可說是委屈。「女兒！」她向傅夫人說，「妳不比秀秀，妳也是有兒女的人，總也知道做娘的人的心。我最大的恨事是，自己的孩子，自己沒有餵過奶。俗語說：有奶便是娘，皇帝會不會因為沒有吃過我的奶，對我有種不同的想法？」

「不會的！」傅夫人立即答說，「阿哥、格格們一下了地，也沒有什麼人是由生母哺育。乾媽對這一點，不必放在心上。」

「是的。」太妃點點頭，「妳的話不錯，不過，我常常會忘記，我是在宮裡。我是拿平常百姓家的情形來作比方。」

「皇帝到底是皇帝！乾媽！」傅夫人很吃力，也很起勁地說了一句話，「妳只要想，妳生的兒子是地地道道的一位真命天子！妳就會覺得吃什麼苦、受什麼委屈都值得了。」

太妃不知道她的這個乾女兒，說這話時，心裡是怎麼在想。不過她覺得在這一點上，她實在不能不感謝上蒼，一生唯一的一次跟男人在一起，居然就會受孕，居然就會讓她安安穩穩地生一個兒子，而這個兒子居然就會成為皇帝。若非老天爺成全，古往今來哪裡會有這麼巧的事？

而她的乾女兒呢？她已經有了兩個男孩，是宜男之相，為皇帝生的這一胎，也很可能是兒子。可是不管是兒子還是女兒，都保不住了！

這樣想著，情不自禁地說道：「女兒，我樣樣不及妳，只有一樣，妳不及我。」

「是！」傅夫人想了一下說，「我不及乾媽的地方很多，不過乾媽只說一樣，我倒不大明白了。」

她的措詞很婉轉，也很巧妙，實際上只是問這麼一句：「我哪一樣不及乾媽？」

傅夫人所不及太妃的是，不能像太妃那樣，生下一個會做皇帝的兒子，不過這話不便明言，只好不答，傅夫人也就不便追問了。

◇◇◇

八月十三日，皇帝萬壽，前一天夜裡悄然到了生母膝前，但只磕了一個頭，便須回駕。因為蒙古、青海各地的王公、台吉，突然在這兩三天之內到了熱河，為皇帝祝嘏。來的人數極多，使得皇帝在興奮之餘，亦不免深深警惕，懷柔遠人，亦須有機會。機會來了，不容輕忽，否則不止於失去一個機會，並無所得，還會招致怨望，而有所失。因此，皇帝聽從總理大臣的意見，在避暑山莊前面的萬壽園，大宴藩屬，黎明時分，即須展開一整天繁重的節目。皇帝需要一交寅時便起身。漱洗、更衣、起駕，為太妃行禮，於卯時駕臨萬壽園，接受朝賀。這樣就非得早早休息不可，不然哪裡來的精神，應付那許多繁文縟節？

太妃雖感失望，但頗為諒解。傅夫人自覺有替皇帝彌補孝道的責任，因而抖擻精神，加意周旋，太妃仍算過了愉快的一天。

太妃逐漸由醞釀、壓抑、反覆升高的對傅夫人的情意，終於讓她自己有了一個瞭解，或者說是產生了一個她自己都未曾意料到的想法：她可以沒有皇帝這個貴子，卻不能沒有傅夫人這個義女。但此義女是由親生之子而來，她沒有做皇帝的兒子，亦就不可能有這樣一個比親生女兒還孝順、還能對她有助的義女。

由這個瞭解，她很自然地突破了內心的困境。身為帝母，應該是天下第一人——唯一的，至少是唯二的，可以通過對皇帝的指示，達到她所希望得到的東西。而此刻卻一直是個「黑人」，這一點她自己覺得並不介意，但是她意識到，在目前至少她可以為自己打算打算，而最好的打算是讓義女經常留在她身邊。她也想到傅恆，但覺得她的義女並不是傅恆不可少的，她也想到傅夫人的兩個兒子，但將來亦總可以接了來，讓他們母子團聚。她認為她唯一要想的是，怎麼樣讓她的義女樂於留在她身邊。

她內心的困擾是，一想到要留傅夫人在身邊，便想到種種禮法、習俗上的難處。此刻的突破，便是覺得她本人既未符合禮法習俗所應受的尊禮，那麼她又何必受禮法習俗的約束？

於是，找到一個兩人單獨相處的機會，她從容說道：

「我常在想，世界上到底是母女親，還是婆媳親？」

傅夫人以為太妃是拿皇后跟她作比，便毫不考慮地答說：「自然是母女親。」

「我看未必。」太妃也猜到她會這樣回答，所以這句話是早想好了的，脫口便出。

這就必有說詞了，傅夫人微笑問道：「乾媽倒講個道理給我聽。」

「女兒到底是人家的人，她自己上有公婆，下有兒女，丈夫更不能不顧。倒不如兒媳婦跟婆婆朝夕相處，始終是在一起的。」

「乾媽的話說得有道理，不過，」傅夫人陪笑說道，「我不是駁乾媽，世間婆媳不和的事，不足為奇，母女不和卻未聽聞。看起來是母女比婆媳親。」

「婆媳不和都是有緣故的，大概婆婆兇的居多。有些婆婆，撫孤守節，兒子就是她的命根子，到有一天兒子娶了親，小兩口到晚來關緊房門，嘀嘀咕咕說得好不親熱。婆婆心裡在想，千辛萬苦將兒子撫養成人，不道到頭來一場空，受這樣的淒涼，一口氣不出，自然把帳都算在兒媳婦頭上了。」

「乾媽講得入情入理，我倒是長了一番見識。不過，」傅夫人特意又說：「我看還是母女親。」

「好！就是母女親。不過，我也要說，婆媳若是彼此體諒的，那可真比母女還要親。」

「如果有這種情形。一定也要兒子很孝順。」

「兒子孝順不孝順，並不要緊。要緊的是婆婆並不覺得媳婦奪了她的兒子，妳說是不是？」

「是！」傅夫人深深點頭。

「妳要懂了這一點，才會懂我對妳的想法。」

「喔？」傅夫人很注意地問，「乾媽對我是怎麼個想法？」

「我情願我們是婆媳，不是母女。」

傅夫人大吃一驚，雙眼睜得好圓。「乾媽妳怎麼會有這樣的想法？」她問。

太妃知道她會有這樣的反應，夷然不以為意地答說：「這無非是我的一點私心，只望妳能常常陪我。」

「原來如此！」傅夫人略略釋懷，「我也這麼想。」

「無奈妳是有丈夫的，是不是？」

「乾媽聖明。」

「唉！所以我說，我希望我們是婆媳。我不怕妳會奪了我的兒子，他要願意來，儘管來！我絕不會覺得你們倆關上房門躲在屋裡，我會有什麼不自在。」

聽得這話，傅夫人震動了！盤馬彎弓地談到這裡，逼出這樣一句話來，就只有一個解釋：太妃希望她成為皇帝的外室！

皇帝而有外室，實在是千古奇聞。然而像太妃這樣的不能露面的太后，不也是千古奇聞嗎？想到這一點，她對太妃有此想法，就覺得不足為奇了。天下雖大，奇聞異事亦不是沒有原因就會發生的，有過奇異經歷的人，才會有奇怪的想法。

這個想法奇怪嗎？傅夫人一時還弄不清楚。她需要多想、細想。

「女兒！」太妃的表情是出奇的平靜，也是出奇的深沉，她慢條斯理地說，「我們母女已經無話不談了。大概，我跟妳的親娘也差不多。不過到底不是真的母女，我但願妳是我的兒媳婦。妳知道的，我絕不會做一個惡婆婆。」

話是越來越露骨了。傅夫人在想，她的意思無非想婆媳朝夕相處，終生不離，如果僅是這出於自私的一念，當然不能接受這份好意。但最後一句話，意味深長，她說她「絕不會做一個惡婆婆」，即表示她絕不會干預她與皇帝之間的一切。照這麼說，她愛子亦愛義女，樂於見她跟皇帝長相廝守。

這樣一轉念間，她完全接受了太妃的想法，認為太妃的安排，是唯一能夠解決她跟皇帝之間情感的辦法。可是，她又何能靦然首肯？

若非如此，又如何答覆？作假，不能作得太像；嚴詞拒絕，會引起誤會；輕描淡寫，又怕太妃以為她尚未瞭解真意。這句答語的措詞好難！

「怎麼樣？」太妃在催問了。

逼急了，倒逼出她一個計較。她的話已很明顯，索性給她來個假作不解，作為默認。

「乾媽，」她笑著說，「妳老人家的話，怪怪地，莫非是在說醉話？」

「妳知道的，我今天沒有喝酒。」

「誰知道妳老人家喝了沒有，也許是偷了酒喝。」太妃笑了。「妳一定要說我是在說醉話，就算醉話。」她故意反問，「妳可沒有喝酒吧？」

「我哪裡喝了？」

「既然妳沒有喝酒，那麼妳給我一句清清楚楚、明明白白的回話。」

「哪裡有什麼清清楚楚、明明白白。原來就是件不清不楚、不明不白的事。」

話中似乎有牢騷，但真意灼然可見，即便是件不清不楚、不明不白的事，她也認了。

「孩子！妳就糊塗一點好了！」太妃感歎著說，「世上有許多事，只有裝糊塗才能應付。」

這話說得夠含蓄，也夠深沉。傅夫人心領神會，願在太妃庇護之下，死心塌地做皇帝的外室。她在想，丈夫雖有所失，但亦有所得，至少從此可以長保富貴。只有自己一無所得，而失去的是貞節與自由，將她跟孩子相處的時間，亦剝奪了不少。

果然一無所得嗎？細細想去，卻又不然，皇帝的一片心，全在自己身上。就這一端，所得已多。

◇ ◇ ◇

大學士訥親回京覆命了。

鈕祜祿氏，也是椒房貴戚。家世雖不及佟家貴盛，但卻居滿洲八大貴族之首。他的曾祖父額亦都，是從龍之臣第一人，與太祖的關係，猶如徐達之與明太祖。

額亦都世居長白山下，家貲豪富，兒子很多，有個小兒子叫遏必隆，是公主所出，算起來是太祖的外孫，亦是世祖的表兄。順治十八年世祖駕崩，遏必隆受命為顧命四大臣之一，他的女兒即是聖祖第二位的孝昭仁皇后。

遏必隆有個兒子叫尹德，即是訥親的父親。訥親與世宗是表兄弟，亦即是當今皇帝的表叔。在雍正年間，自從隆科多幽禁而死，佟家勢力大衰，鈕祜祿家代之而起，訥親頗為世宗所信任，所以亦被指定為顧命大臣。

皇帝並不喜歡訥親。因為此人本性峻刻，他很清廉，但好以清廉標榜，平時亦不喜與人往還。府第中養了好些大如小馬的惡犬，晚上放出來，在周圍巡邏，常常咬死人，故而大臣朝士，沒有人敢上他的門。

不過，既是長親，又是顧命大臣，皇帝仍舊很尊敬他。春天奉旨到江浙去視察河道、海塘，陛見辭行時，皇帝特地關照，此去細細看一看蘇州杭州的情形。

因此，訥親回京覆命，除了河道海塘以外，也要談到蘇州、杭州。「『上有天堂下有蘇杭』是騙人的話。」他說，「這兩個地方街道很狹，河倒是很多，又髒又臭。皇上一定不喜。」

原來訥親知道皇帝有南巡之意，故意這麼形容，希望皇帝打消這個念頭。

皇帝心裡在想，蘇州既然如此不堪，聖祖何以六次南巡？到底有什麼好處，值得一看再看？

等皇帝將這話問了出來，訥親臉無表情地答說：「聖祖南巡，非為遊觀，完全是河道、海塘，關乎東南數千萬的身家性命。東南財賦之區，國家命脈所寄，運河則貫通南北，倘或阻塞，南漕無法北運。京餉都會發放不出。是故蘇杭雖一無足觀，聖祖不憚跋涉，仁君深仁厚澤，深入民心。如今海塘、河道，經臣親加勘察具奏，請派大員主持修理，足可料理其事，實不必上煩睿慮，更不必有蕩聖駕。」

這番話義正辭嚴，但不免帶著教訓的意味，而且語氣中似乎認定了皇帝南巡，只是為了遊觀，這當然使得皇帝很不舒服。不過，他到底是經祖父與父親嚴格教導過的，深知處理國事時，雜入個人的感情與意氣，非常危險。因而還是溫言慰諭，打消了南巡的念頭。

不過，這只是暫時抑制，每每讀到唐詩宋詞中，描寫蘇杭兩地及其他江南各處的風光，就會悠然神往，思念不已。

「說什麼貴為天子？」皇帝向傅夫人發牢騷，「不過想出去逛一逛，都不能如願。」

傅夫人亦聽說了，只要皇帝一提起南巡，大臣或者諫阻，或者保持沉默，作為無言的反對。多年相處，儼如夫妻，她對皇帝的性情瞭解極深，他有耐性，但有限度，超過他所忍受的程度，就不知道會發生什麼令人驚愕的事。因此，他的這種不滿的情緒，必得設法宣洩，才不會激出變故來。於是她說：「皇上亦不必跟人商量，悄悄兒預備好了，再找一個題目，直接降旨，定期南巡，豈不乾脆？」

「對！」皇帝深深點頭，「我早該這麼辦的。」

「早了也不行。總要國泰民安，昇平無事。皇上奉太后去巡幸，逛一逛名山勝境，百姓才無話說。而且也必得如此，玩得才痛快。不然人在江南，心在京城，心掛兩頭，就沒意思了。」

「說得不錯。這兩年年成很好，各地亦都平靜。」皇帝又說，「居安思危，就怕海塘潰決，我應該親自去看一看，才能放心。」

題目已經找到了，尤其是「居安思危」這句話，措詞極妙。皇帝在這片刻間下定了決心。

「我想派傅恆先去看一看，水陸兩運的情形到底如何？訥親的話，我不大相信。」

於是傅恆受命以校閱東南駐防旗營，各旗綠營及水師的名義遍歷江南勝地。去了兩個多月，傅夫人發覺她又懷孕了。

懷的是龍種。太妃認為這一次可以保全了，因為可以冒充為傅恆之子。傅夫人心裡有數，仍舊以打胎為宜，但親戚女眷很多已知道她「有喜了」，形禁勢格，無法私下動手腳，只好坐視腹部日漸膨亨。

等傅恆回京覆命。他妻子已經不宜於出門了。相見之下，彼此都有一種難言之隱的苦悶。好在此時夫婦已不宜於同房，傅恆便在書齋設榻，難得回一次上房，倒免了好些窘迫之感。

這天是皇后千秋吉辰，事先傳諭命婦凡懷孕在身，或翁姑有疾，需要侍奉湯藥者，不必進宮叩賀，傅恆便單獨到宮門請安，皇后派管事太監傳宣召見。

皇后是要問問娘家的情形，而傅恆神情抑鬱，似乎有著濃重的心事，及至問到他妻子待產的情形，更有痛心疾首的模樣，倒使得皇后大惑不解了。

「怎麼回事？人丁興旺還不好？你幹嘛一臉的委屈？」

「唉！」傅恆歎口氣，「我不知道該怎麼說！」

一聽這話，皇后疑雲大起，向左右說一聲：「迴避！」

於是一殿的宮女都退了出去，太監本來在走廊上待命，此時亦都退到了院子裡。

「有什麼話你說吧！」

傅恆膝行兩步，跪近皇后說道：「那個孩子不是我的！」

皇后大驚。「你怎麼說？」她問，「不是你的是誰的？」

「我不敢說。」

雖不敢說，事實上已等於說了。皇后也風聞她的弟婦在太妃那裡，常跟皇帝關起房門，一談個把時辰，不想果有其事。

「你怎麼知道不是你的？算日子是你下江南以前有的喜。」

「日子不錯。不過，有一點是第三者不知道的。我在動身以前，就有兩個月沒有跟她在一起了。」

「那是為什麼？」

「總為不湊巧，她打熱河回來，我不是到泰陵去勘查工程，就是奉旨視察倉場。要不然正好遇到她身上來。算起來至少五十天不曾同房過。」

「那——」皇后自語似地說，「這件事可怎麼辦？」

傅恆到這時候才發覺自己做了件極傻的事。平常人家如果受了姊夫這種欺侮，可以向姊姊哭訴，多少可以出口氣。唯獨姊夫是皇帝，能怎麼辦？皇后能跟他吵一架，還是數落他一番？

早知如此，不如不說。如今讓皇后一問，唯有喪著臉說：「我看是沒有法子。」

皇后當然也很生氣，胸前讓一股酸味堵得很不舒服。她心裡恨弟婦不知廉恥，也恨胞弟儒弱，竟不能約束妻子。不過傅恆已經受了極大的打擊，她亦不忍再發牢騷，來刺激他。

「我還聽說，這是第二胎。」傅恆索性將藏在心中的事，都抖了出來，「頭一胎是打掉的。」

「打胎？」皇后問說，「家裡那麼多人能瞞得住嗎？為什麼我早不知道？」

「不是在家，是在太妃那裡。」

皇后色變，默然半晌，歎口氣說：「得想個釜底抽薪的辦法，不然還會有第三胎。等她坐完月子，我來問她。」

「皇后要問她，自然很好。不過，可別提是我說的！」

「你啊！」皇后氣極了，狠狠地罵了句：「你簡直是窩囊廢！」

大家都知道傅尚書家又添丁了！卻沒有人知道這個取名福康安的嬰兒是龍種。

大臣生子，除非特殊情況，譬如數代單傳，而年過五十，膝下猶虛，居然得了可以繼承香煙的男孩，皇帝也許看寵信的程度，會特頒賞賜，以為祝賀。像傅恆這種情形是絕無理由加予恩典的。

但皇帝總覺得若無恩遇，不但對不起傅恆，也對不起自己的這個由愛新覺羅改姓為富察的兒子，所以找個夫婦閒敘家常的機會，想通過皇后的名義來達成自己的意願。

「傅恆新得了一個兒子，妳這做姑姑的，也該好好給點東西才是。」

皇后心裡冷笑，表面聲色不動。「此例不可開。」她說，「裁抑后家是本朝的家法。此例一開，滿朝大臣如有弄璋之喜，皇上應該一視同仁。否則，必有人怨望，造作種種流言，自是聖德之累。」

一番話義正辭嚴，皇帝唯有默然。他原來的想法是，皇后如有恩賞，傅夫人自然會抱著孩子進宮來謝恩，那時親生之子，是何模樣，就可以看個清楚。如今卻是連這一點都落空了。

不過皇帝如果只是想對傅夫人有所賞賜，作為「慰勞」，卻不愁無路可通，最方便的辦法是，交代鍾連去辦。

原來秀秀已由皇帝，授意傅恆作伐，將她許婚與鍾連，同時鍾連已調補為鑲藍旗漢軍副都統，二品大員，紅頂輝煌，但仍在御前行走。皇帝揀點了幾樣珍玩，交代鍾連，表面作為秀秀送傅夫人的賀禮，暗中說明來歷。這件差使輕而易舉，秀秀辦得非常圓滿，據鍾連回奏皇帝，傅夫人收到賞賜，非常高興。

轉眼間彌月之喜。傅恆按照滿洲的習俗，家有婚喪喜慶，廣延親友「吃肉」。

第二天皇后派人傳諭，希望傅夫人進宮見面。當然奉命唯謹，只是有件事委決不下。

「孩子要不要抱進宮去？」傅夫人這樣問她丈夫。而傅恆無以為答，他心裡在想，皇后一定不會喜歡這個「外甥」，以不帶去為妙。但勸阻得找個很充分的理由才好。

「我看，」傅夫人說，「這一次不抱進去吧！萬一招了涼不好。」

「對了！才一個月的孩子，不宜抱出去，這兩天天時不正，更得當心。」

於是這天半夜裡傅夫人就起身了，著意修飾好了，穿上朝覲的禮服，隨著丈夫一起入朝。傅恆將妻子交給了總管內務府大臣，自己進軍機處辦事。

◇ ◇ ◇

皇后以家常禮節相待，賜茶賜座，姑嫂閒話。忽然，傅夫人發覺偌大殿廷中宮女、太監一個都看不到了。

她心中一凜，情知有異，不由得有些慌張，但看到皇后臉上表情平靜，略略放了些心，默默地盤算，不如趁早告辭為宜。

哪知她還來不及開口，皇后已說出一句如焦雷轟頂的話來。「弟妹，」她說，「妳是不是常在太妃那裡跟皇上一談就是一兩個時辰？」

「也，也不能說是一兩個時辰，」她的聲音很不自然，「皇上來看太妃，難免向我有所垂詢。」

「問些什麼呢？」

「無非太妃的起居飲食。」

「每次都是這些話嗎？」
咄咄逼人的詞鋒，傅夫人覺得頗難招架，很勉強地答道：「總還有些別的話。」
「喔！別的是什麼？」
「不一定。有時候談天氣，有時談新聞。」
「哼！」皇后微微冷笑，「新聞年年有，沒有今年多，不但多，而且大。有件新聞要鬧出來，只怕沒有人能夠收場。」
傅夫人作賊心虛，臉紅得不敢抬起頭來，心裡七上八下地，擔心著皇后如果正面問出來，自己不知道是承認，還是抵賴。
幸好，皇后始終沒有提她新生的嬰兒，只在鬧新聞這一點上做文章。「弟妹！」她問，「我剛才的話，妳明白不明白？」
「明白。」傅夫人不能不承認。
「那麼，妳說，這樁新聞要鬧出來怎麼辦？」
這句話要想一想才能回答。然而細細想去，她真不知道怎麼樣才會鬧出來？除非是自己丈夫不承認有此一子，否則就再也不會有新聞。
於是她說：「至少我這兒不會有新聞。」
「哼！妳別自信太過。妳知道不知道，妳早就有新聞在暗底下流傳了。」
「喔，」傅夫人怯怯地問說：「不知道怎麼在傳我？」
「說妳在太妃那裡，就打過一個孩子。」
聽得這話，傅夫人剛消退了的窘色，一下子又湧現在臉上，頭也仍舊低下去了。
「有這回事沒有？」
傅夫人不答，抽出腋下的手帕，悄悄地拭淚。

皇后知道不必再逼了，平心靜氣地說：「若要人不知，除非己莫為。過去的就過去了，我只問妳，以後能不能不鬧這些新聞？」

這話使她覺得委屈：「新聞不是我一個人鬧得起來的。」她說，「我只能說，我從此不進宮，不到熱河，不到太妃那裡。此外我就管不著了。」

「話不是這麼說。只要不該見面就說什麼也不見面，下定了決心，自然不會出岔子。」

傅夫人想了半天，咬一咬牙說：「我遵皇后的旨意就是。」

「好！我知道妳是心口如一的人。」

◇◇◇

從這天回府以後，傅夫人派管家婆子去關照門上，以後凡是宮裡來的人，不管太監還是侍衛，如果求見她，一概不見。有話——哪怕是口傳上諭，都跟傅恆說去。

她採取這樣的措施，自然是帶著賭氣的意味，可是秀秀來看她，不能拒而不納，同時也不能不摒人說些私話。

秀秀是剛從熱河回來，在太妃那裡住了半個月。來看傅夫人不僅要將太妃的近況告訴她，更要緊的是轉達太妃的願望。

「太妃想妳想得不能睡覺，常常半夜裡就醒了，眼睜睜望天亮。」秀秀又說：「她也很想看看小哥兒，一直在跟我說，不知道長得什麼樣子？」

傅夫人心酸酸地想哭，揉一揉眼睛，很委屈地說：「太妃知道不知道，皇后找我去辦交涉這回事？」

「還不知道。」秀秀一半關切，一半好奇，急急問說：「我也是只摸著一點影兒，到底怎麼回事呢？」
於是傅夫人將經過情形細說了一遍，同時聲明不能去看太妃的苦衷，因為已許下皇后不再「鬧新聞」了。
「如果皇上不在熱河，妳去看太妃有什麼關係？」
這一問很有理。傅夫人原是有著賭氣的意味，如今想到太妃對她的恩情，心已軟了，再經秀秀振振有詞地一問，立刻改變了心意。
「好吧！我立刻就料理動身。」她說，「反正我跟皇上捉迷藏，看皇后還有什麼話說？」

◇◇◇

此去彼來，只要有皇帝的地方，傅夫人絕對不去。她倒還能拋得開皇帝，也不是拋得開，只是想透了，絕無再見的可能，所以死心塌地，不起這樣的念頭。
但皇帝卻不同。貴為天子，富有四海，想見一見眷愛的人都辦不到，已令人不能心甘，尤其是親生之子都不能看一眼，那就只怕連平常人家都是件難以容忍的事。
因此，皇帝一直在找機會，或者說是自己製造一個機會跟傅夫人母子相聚。這樣到了乾隆十一年，有一次太后談起，很想看一看泰山是什麼樣子。皇帝靈機一動，在六月初一頒了一道上諭。
上諭中首先說明他自幼「心儀先聖，一言一動，無不奉聖訓為法」，但迄今未能一登闕里之堂，內心不無歉然。
接下來提到康熙「巡幸東魯，親奠孔林」的盛典，又說雍正年間，重修聖廟，只遣「和親王恭代厝祀，未以命朕，意者其或有待歟？」表示先帝的用意要等他接位以天子的身分，親臨祭奠，因此定於明年三月東巡。

至於登臨泰山，說是「復奉聖母太后懿旨，泰山靈嶽，坤德資生，近在魯邦，宜崇報饗。朕不敢違，爰遵慈訓，親奉鑾輿，秩於岱宗，用答鴻貺。」當然，所有應行典禮，要各該衙門，諸如禮部、太常寺、鴻臚寺、翰林院，還有國子監「敬謹預備」。此外還必須要聲明的是：「行在一切所需，悉出公帑，毋得指稱供頓儲偫，絲毫貽累閭閻。羽林衛士，內府人役等，各該管大臣嚴行稽查約束，毋得侵踐田疇，致妨宿麥。如有騷擾地方，指名需索者，立即參奏，從重治罪。」

上諭是在熱河頒發的，傅夫人一得到消息，第一個想到的是太妃。她記得皇帝曾有過諾言，將奉生母南巡，如今雖只到山東，但總足以頤養慈親的遊覽，太后能去，太妃是不是也能去呢？

這個疑團一旦在心中，約莫十天，得以消釋了！皇帝授意鍾連，委託秀秀來傳達密命，讓她侍伴太妃，一起東巡。

「皇上的意思，另外專備一隻船，僅太妃乘坐，外面是不知道的，妃嬪的船很多，誰也分辨不清哪隻船中是什麼人。不過太妃不能沒有人陪伴，皇上說：妳無論如何勉為其難。」

傅夫人略想一想問道：「這件事皇后知道不知道？」

「不知道。」

「那我就不能去了。」

這個答語在秀秀意料之中，很快地答說：「這一來，太妃會很傷心。」

「為什麼呢？」傅夫人驚問。

「太妃先不肯去，說太后禮從煊赫，她冷冷清清，偷偷摸摸地見不得人。其實她也想去逛一逛，妳想一想在那麼個地方悶了幾十年，有誰不想到外面去走一走，看一看的？皇帝知道太妃的心思，極力相勸，太妃當然肯了。不過她說，一出去了，她仍舊跟什麼人都不往來，只有妳陪在身邊，替她講講沿途的風土人情，才有意思。否則不是去玩，是受罪。」

這番話當然是早就推敲好了的，但設身處地為太妃想一想，也是實情，傅夫人的意思活動了。

「去一趟也未始不可。不過，我在皇后面前是說過了的。」

「不必再提皇后。」秀秀打斷她的話說，「沒有人敢在皇后面前吐露一個字，除非有一位。」

「誰？」

「你想呢？」

「我想不出。」

「傅尚香！」

傅尚香是傅恆的胞妹，也就是皇后的胞妹，遠嫁在外。傅夫人不相信她會告密，因為她們姑嫂之間感情很好，甚至她也不相信傅尚香知道她跟皇帝之間的關係。

唯一要顧慮的是丈夫，但如隨侍太妃下江南，可想而知的，正任領侍衛內大臣的傅恆，一定會受皇帝的密旨，不得洩漏等事。然則他又何敢到皇后那裡去告密？

這樣轉著念頭，心裡已定了主意。秀秀也看出來了，不必再有贅詞。不過還有件事，不能不說。

「太妃的意思，其實也是皇上的意思，妳得把小哥兒帶去。」

這一點，傅夫人認為需要考慮，小孩子在船裡閒不住，一露痕跡，無法遮掩，後果堪虞。

「到時候再看吧！」她只能這樣答覆秀秀。

✧ ✧ ✧

東巡的日子變更了，原定來年三月，決意提早到二月。

因為太后想在清明以前回鑾，正好順道到易州去謁先帝的泰陵。宮眷們由於明年初春，便有扈駕出遊的機會，所以一交臘月便在談論這件事，興高采烈地，年下十分熱鬧。但當臘月二十，各衙門一律封印，過年的味道更趨濃厚時，七阿哥永琮，忽然出痘了。

七阿哥是皇后在上年四月初一日生的。皇后有過一個兒子，行二，名叫永璉，生得十分聰明，所以皇帝密定儲位，已指定了這個嫡出之子。誰知養到九歲，不幸夭折，追贈為端慧皇太子。那是乾隆三年的事。

隔了八年，皇后再度有喜，居然又是一子。皇帝與皇后珍愛備至，所以證實七阿哥是出痘以後，宮中禁例極嚴，不准炒豆子，不准潑水，內務府慎刑司所羈押的，犯了罪過的太監、宮女一律釋放，為的是可以上邀天眷。

哪知到了除夕的亥時，也就是乾隆十二年的最末一個時辰，七阿哥的一條小命，到底還是沒有保住。皇后哭得死去活來，宮中這個年也就過得淒慘無比了。

皇帝自然也很傷感，不過尚能排遣，還親筆寫來一道上諭悼念。但這道上諭卻更傷了皇后的心。

這道上諭共分三段，第一段說：「皇七子永琮毓粹中宮，性成夙慧，甫及兩周，岐嶷表異，聖母皇太后因其出自正嫡，聰穎殊常，鍾愛最篤。朕亦深望教養成立，可屬承祧，今不意以出痘薨逝，深為軫悼。」

第二段是表明如何處置永琮喪儀。永琮雖為中宮所出，但與皇二子永璉的情形不同。一是皇帝雖已默定永琮將來可繼皇位，但並未像永璉那樣，已寫下「遺旨」封貯在「正大光明」匾額後面，而且永琮亦尚在襁褓，不比永璉已上學讀書。再則自古以來，亦沒有皇后所出之子，一遇夭折，一概追贈皇太子的成例。不過念在「皇后名門淑質，十餘年來侍奉皇太后，承歡致孝，備極恭順，作配朕躬，恭儉寬仁，可稱賢后，乃誕育佳兒，再遭夭折，殊難為懷」，因此，皇七子永琮的喪儀，應視皇子從優。

這是安慰皇后，話說得倒很好，可是另外加上一段發抒感想的話，實在不妙，他說：「朕即位以來，敬天勤民，心殷繼述，未敢稍有得罪天地祖宗，而嫡嗣再殤」這是什麼緣故？照他的推想，莫非因為「本朝自世祖章皇帝以至朕躬，皆未有以元后正嫡紹承大統者，」而他不服這口氣，立意「必欲以嫡子承統，行先人所未曾行之事，邀先人所不能獲之福。此乃朕過耶？」意思是所望過奢，故而上天喪其嫡子示懲。

這雖是他的懺悔之詞，而皇后卻大感刺心。因為這等於說，皇后沒有親生之子做皇帝的福分。將來即或生子，即或聰穎，但亦不會有繼承皇位之望。皇后的心境，本已灰黯無比，更何堪又用濃墨染上這一筆？

話雖如此，皇后統攝六宮，而且上有太后，不能因為喪了愛子，稍減一元復始的繁文縟節。而在料理宮中新年的儀節以外，還得預備東巡隨駕。哪個該去，哪個該留，瑣碎煩雜，而且頗費口舌，以致二月初三起駕時，精神委頓，興致毫無，但仍不能不強言振作，侍奉太后。

太妃有傅夫人與秀秀侍奉，另外還帶著福康安，行動雖然不太自由，但船中融融泄泄，樂趣無窮。

當然，太妃的船一直在後面，加以傅恆與鍾連格外照料，而且經過細心安排，所以絕少人知道，這隻船中的人，身分特殊。

太后跟皇后，當然知道太妃亦在行列之中，只是不知道傅夫人也在隨扈之列。每次皇后去看太妃，傅夫人總會事先得到通知，帶著福康安避在另外船上。

在東巡途中，自然有許多娛親的節目，一樣是「打水圍」，亦就是打野鴨。皇帝的槍法是莊親王所授，準頭相當好，連發九槍，打下七隻野鴨，使得太妃與傅夫人亦能大快朵頤。

二月二十二，御駕到達曲阜，衍聖公孔昭煥率領屬下職事官員，恭迎皇帝。第二天舉行釋奠禮，然後按照康熙年間的成例，由舉人孔繼汾在御前進講《大學》，然後屏謁孔林，並蒞臨「元聖周公」廟致祭。當然，對衍聖公，及孔門十三家後裔，都有優厚的賞賜。又特命將御用的曲柄黃傘，留供在大成殿。而最重要的是，將御製的「闕里孔廟碑」，勒石大成門外，留下「天子右文」的明證。

三天以後，駐蹕泰安府，皇帝奉太后鑾輿登上泰山，在「岱嶽廟」拈香。下山到濟南，奉皇太后閱兵，皇帝親御弓矢，連發中的，歡聲雷動。

登泰山、駐濟南都是陸路，御舟另由水路到德州停泊。太妃與傅夫人一直是在船上，與皇帝數日不見，正在思念之際，忽然深夜有宮女來報，鍾連求見太妃。

「喔，」太妃詫異地問秀秀，「妳夫婿怎麼這時候要見我？」

「總有要緊事吧！請太妃傳他進來一問，就知道了。」

果然，是件極要緊，也是極機密的事。皇帝即將來看太妃。

「皇上從濟南回鑾，因為皇太后的轎子慢。估計可以抽得出一天的工夫，特意趕來看太妃。」鍾連看了傅夫人一眼，「皇上不願驚動大家，所以特為派鍾連先來面稟太妃。皇上又關照，太妃船上的人，都不必接駕，免得張揚出去。」

顯然地，皇帝是好不容易找到一個機會來與傅夫人作一夕之敘。太妃很明瞭愛子的心情，當即點點頭說：「好，我知道了。我船上的人，你都熟的，你自己去交代他們。」

「是！」

這一次東巡，護衛的禁軍，臨時編組，由領侍衛內大臣傅恆綜其成，分前、中、後三路。太妃的坐船在中路，由鍾連負責，這一路的侍衛禁軍，都聽命於他，只要關照一聲：「戒嚴！」立即便有分段巡邏的侍衛，關照太監、蘇拉，各歸宿處，不得在外閒走，宮女自更不在話下。

到得二更時分，月華如霜，但見沿著運河，密密麻麻的船隻，桅杆上都懸著紅燈，前後相接，形若貫珠，一眼望不到底。岸上篷帳不斷，而聲息不聞，只有值班的侍衛及護軍營的官兵，手扶佩刀，往來巡邏。十來里長的一段寬闊堤岸，空宕宕地恍若無人，真個刁斗森嚴，警蹕上的氣象，畢竟不同。

傅夫人已經回到自己的船上了。分配給太妃的船，一共三隻，最大的一隻，作為太妃的座船；較小的兩隻，一供宮女乘坐，再一隻就歸傅夫人專用。這時她正將福康安哄得睡了，一個人在燈下沉思，心裡七上八下，既興奮，又不安，那種滋味，頗難消受。

忽然間，聽得岸上有隱隱的馬蹄聲，凝神細聽，辨出約有二、五匹馬，跑得極快，轉眼間，蹄聲已近。她從船窗縫隙中望出去，只見一行五眾，馬已停住，有人拉一匹白馬的嚼環，馬上人下得地來，身材特高，一望而知是皇帝。

這時太妃船上的跳板，已經搭好，皇帝由鍾連扶持著上了船。就這時，聽得艙門邊有清脆的掌聲，傅夫人轉臉一望，是秀秀在向她招手。

「皇上駕到了！」她向傅夫人說道，「太妃的意思，如果小阿哥已經睡著，請妳還是上大船上去。」

「喔，」傅夫人有些躊躇，「我得換衣服。」

「加件坎肩兒就可以了。」秀秀答說，「皇上也是穿的便衣。」

於是傅夫人聽她的話，在月白緞子繡五色牡丹的旗袍上，加一件寶藍緞子的坎肩，用油刷子抿一抿鬢髮，略微染一點胭脂，由秀秀陪著上了大船的後艙。

秀秀做個手勢，讓她暫時站住，然後掀簾掩入前艙，只聽太妃在說：「趕快來，趕快來！」

接著，門簾高掀，傅夫人眼前一亮，定定神望進去，恰好與皇帝的目光相接。

「給皇上請安！」傅夫人蹲一蹲，旋即站起，對皇帝看都不看，便在太妃身邊的一個錦墊上坐了下來，用手替她掠著鬢邊花白的頭髮。

皇帝亦故意不跟她說話，甚至太妃亦是視若無睹。這已是三方面極深的默契，唯有這樣，才能完全忘卻身分，脫略禮數，視己視人，是一家骨肉。

皇帝是坐在一張矮凳上，左首有一具靠枕，右首是一張朱紅長方矮几，上面放著一杯酒，一個什錦果盒。他悠閒自在地，一面拈一把松子，不斷送到口中咀嚼，一面大談孔林的見聞。

不知什麼時候開始，傅夫人能夠很自然地平視皇帝了。他穿一件粉青湖縐的夾袍，紫緞套珊瑚扣的琵琶襟褂子，繫著明黃綢子的腰帶，頭上戴一頂紅絨結頂的玄色緞子小帽，帽檐上鑲一塊長方蟠龍的碧玉。打扮得非常俏皮，看上去似乎三十剛過。

他的興致很好，講了孔林，又講泰山，而太妃卻有些倦了。「你大概很累！別說逛，我聽都聽累了！」說著太妃打了個呵欠。

「娘已經過了安置的時候了。」皇帝說了這一句，看著傅夫人說：「我看看妳的兒子去。」

這自然是一個藉口，太妃還怕傅夫人不能意會，答一句「已經睡著了」，事情就會變成僵局，所以急忙以眼色示意。

不但示意。而且明說：「對了！妳把皇上帶到妳船上去吧！」

「是！」傅夫人輕聲答應，然後瞟了皇帝一眼，將頭低了下去。

這時候秀秀已打起後艙門簾，也是輕聲說道：「請為皇上帶路。」

於是傅夫人又看了皇帝一眼，然後向太妃說道：「請早早安置。」

「妳別管我，你們走吧。」

傅夫人便低著頭出後艙，由宮女扶掖著上了她自己的船。皇帝身手矯捷，撈起長袍下襬，緊跟著她上了另一隻船。

前艙燭火微明，是特意安排的，宮女悄無聲息地擺上御用的茶酒果盤，然後跪下來向皇帝磕個頭，站起身來，頭也不回地都退了出去，前後艙門及窗戶一齊緊閉，只留下頂棚上的一個氣窗。

四目相視，久久無語，幾年相思，有了傾吐的機會，卻又都不知從何說起？傅夫人只覺得視線突然模糊，眼眶一陣陣發熱，燁燁紅燭的光暈，化成一片霞光，遮住了眼前人的影子，也遮住了她的矜持與羞澀，張開了雙臂在等待。

皇帝給了她所等待的，緊緊地抱住她，臉貼著臉，彼此不斷地搓摩，彼此都有一種親切而又陌生的感覺，這樣肌膚相親的日子，已隔得好遠好遠了。

「我不信！」傅夫人很率直地搖著頭，「我絕不信。」
「為什麼呢？」
「人老珠黃，不會再讓皇上瞧得上眼了！」
「妳這話錯了！妳說這話，不但不瞭解我，也作踐了妳自己。我喜歡妳，不盡是為了顏色。」皇帝緊接著說，「當然妳是絕色、國色！不過除此以外，另外有使得我念念不忘之處。」
這是多麼令人鼓舞的話！傅夫人眼中閃露的光彩，更加明亮了。「那麼！」她喜孜孜地說，「皇上倒告訴我，是哪些東西讓皇上念念不忘？」她臨時又加了一句：「可不許恭維我！」
「何用恭維？」皇上答說，「不過我說的實話，也許妳不會瞭解，甚至天下沒有一個人能體會，因為天下像我這樣的人，只有一個。」他停了一下又說：「妳的好處很多，都是我在別處所得不到的。最要緊的一點是，妳讓我覺得我是一個人，能享受人的樂趣。這話怎麼說呢？妳要知道，即使是皇后對我，也存著幾分顧忌，要顧忌禮數，顧忌她皇后的身分，顧忌我會不高興，顧忌我會對她不好。這一來處處顯得格格不入。人貴率真，但由於我是皇上，沒有一個人敢拿待一般人的態度對我，唯一例外的是妳。」
「原來我可貴者在此！」傅夫人失聲說道，「這倒是我想不到的。」
「妳想不到不要緊，只要妳瞭解。」皇帝又說，「當我們私下相處時，妳忘掉我是皇上，我忘掉妳是親戚，讓我們像平民百姓家的一對恩愛夫妻好不好？」
傅夫人不答，只報以微笑，然後用暖爐上的開水絞來一個手巾把，遞到皇帝手裡，又取來一雙拖鞋，替皇帝換上。這一切是用事實來答覆皇帝，她在盡一個柔順賢慧的妻子的本分。
「福如，妳還不要忘記，我們還有一個兒子。」

提到這一點，皇帝已經站起身來，傅夫人知道他要看福康安，便招招手說：「來！」

福康安睡在後艙。極大、極軟的一張鋪，六歲的福康安睡在裡面，身上蓋著一床紫絨新被，可能是太暖了，兩頰紅紅的一團，嘴角還含著笑意，神態嬌憨可愛。皇帝不由得伸手去摸他的臉。

手快要伸到了，忽又縮回。「他一定作一個有趣的夢，看他笑得那樣子！」皇帝又說，「別驚了他的夢。」

說完，又定睛細看。好久，傅夫人忍不住說：「你總算看到你的兒子了。」

「唉！」皇帝歎了口氣，「可惜！」

「怎麼？」傅夫人詫異地問。

「可惜他不能封王。」皇帝緊接著說，「不過，我可以用別的辦法來彌補這個缺憾。」

「是什麼辦法？」

「我要好好培植他，讓他好好做一番事業。」

一拿兒子作話題，便更像夫婦敘家常了。一直談到三更將盡，方相擁而眠，了卻數年相思之苦。

◇ ◇ ◇

皇后奉著太后的鑾輿，是日色偏西之時到達的，皇帝在太后的座船前面跪接，親自扶掖登舟，陪侍晚膳。但很奇怪地，皇帝的神思不屬，有時答非所問，有時怔怔地出神。太后只當他累了，體恤地勸皇帝不必陪侍，早早休息。

皇后雖覺得皇帝不似疲累的樣子，但亦不疑有他。「請皇上聽太后的話。」她說，「這裡，有奴才伺候。」

「好！妳好好伺候太后。」皇帝向太后請個安，退了出去。

原來他是跟傅夫人有約。昨夜三更上床，五更起身，回御舟召見軍機大臣，裁決國政，可說一夜未睡。不過，一午覺睡了兩個時辰，在自鳴鐘上是四個鐘頭，已足以消除疲勞，所欠缺的是，昨夜與傅夫人的繾綣溫存，未能酣暢，同時也還有許多要緊話沒有來得及說，所以一顆心亦縈繞在昨夜的人與事上。此刻一離了太后的船，以看太妃為名，又到了傅夫人的船上。

御舟當然是空的，而裡外燈火通明，皇后離了太后的船，遙遙望見，不由得關切。她猜想皇帝不是在批章奏，就是在作詩看書。既然連日勞累，不宜如此，因此決定去看一看，勸一勸。

到得御舟，不免詫異。「皇上呢？」她問。

「給太妃問安去了。」

「喔！」皇后心想，太妃睡得很早，皇帝既是精神不怎麼好，亦不會坐得太久，便即說道：「我等一會兒。」

這一等等到二更時分，還不見皇帝回來，她困惑了。

「怎麼？都二更天了！太妃也應該安置了啊？」

太監們不答，只是面面相覷，神色尷尬，越發惹得皇后疑心。

「怎麼回事？」她問，「皇上到底哪兒去了。」

「在太妃那裡！」太監一口咬定。

「皇上知道我在這兒不知道？」

「只怕不知道。」

事實上皇帝已經接到報告，原以為皇后坐一會兒就走，所以置之不理，與傅夫人並臥在一起，娓娓情話，根本就忘了皇后了。

皇后卻一直在想皇帝，由二更到三更，依然不見人影。皇后知道事有蹊蹺，當然，她還不曾想到傅夫人，只以為皇帝登岸微行，這是件很危險的事，她不能不關切。

於是皇后傳懿旨：召領侍衛內大臣，也就是她的胞弟傅恆。誰知來的卻是鍾連。上了船在外磕頭，自報職名。

「傅大人呢？」皇后隔著艙門問道，「他怎麼不來？」

「跟皇后回奏，傅大人到滄州視察行宮蹕路去了。」

傅恆去滄州是實，但並非視察行宮蹕路，而是有意避開。這一點皇后當然不會知道。

「你知道皇上在哪兒？三更天，還沒有回船。」

「皇上在太妃那裡，也快回鑾了，請皇后先回船吧！」

「不！」皇后不見皇帝不放心，「我得在這兒等。」

這是無可奈何之事。鍾連不能強迫皇后回船，心裡在想事成僵局，似乎非將皇上請回來不能讓皇后放心離去。

於是他說：「請皇后懿旨，是不是讓奴才去催一催？」

這給皇后出了一個難題。去省視太妃，母子談到宵分，也是常有之事，倘說皇后在等，將皇上催了回來，一問無事，皇帝當然會不高興。

因此，她說：「不用！你下去吧。」

鍾連不知道皇后是何想法？只覺得應該設法通知皇帝。但此時鴛夢正穩，何能驚擾？想來想去，只有加意防備而已。

皇后等鍾連一走，心想自己做錯了一件事，應該讓鍾連陪著到太妃船上，勸他們母子早早安置，有話不妨明天再談。這不也是子婦應盡之道？

不過，就現在去也可以。計算已定，立刻傳懿旨，要去看太妃。那首領太監大為困惑，隨即回奏：「太妃已經安置了！」

「胡說！皇上還在太妃船上。」

「這——」首領太監知道自己的話出了紕漏了。

「怎麼？」皇后一看他的臉色，疑雲大起，「怎麼回事？你跟我說實話。」

首領太監心想，不說實話，皇后就會親自去看，那時反倒不好，於是答說：「太妃船上的燈火都熄了。」

「那麼，」皇后急問道，「皇上在哪兒呢？」

「皇上——」首領太監急得滿頭大汗，囁嚅著無法說得出口。

皇后一顆心往下沉，知道皇帝的行蹤不瞞別人，需瞞住她。然則是什麼事不能讓她知道呢？

皇后決意追究一個水落石出，吩咐所有的侍從都迴避，只留下首領太監一個人。

「你說！」皇后沉著臉，「你一定知道皇上在哪兒！」

「是！」那首領太監臉色灰白如死，「奴才知道，不過奴才不敢說。」

「為什麼？」

「一說了，奴才就沒有命了。皇上非處死奴才不可！」

「你就不怕我處你的死？」

皇后對太監、宮女有生殺予奪大權的，而且要處死頗為方便，只要將內務府大臣傳來，說一聲：「這個人留不得了，拉下去打！」頓時斃於杖下。因為宮闈之間有許多不便明言的事，皇后所說的「留不得了」，也許罪狀是調戲妃嬪，那是多嚴重的事！

因此首領太監嚇得渾身發抖，他在中宮當了十年的差，深知皇后言不輕發。而且看樣子，既已等到三更，自然亦可等到天亮，反正是不了之局，拚著豁出一條命去，將事情說清楚了吧！

這樣心一橫，便即說道：「皇后只想，從前在熱河的時候，皇上老愛一個人到太妃那裡，一去就是一下午，就可知道是怎麼一回事了！」

只此一言，驚得皇后目瞪口呆，好半天才說了句：「你是說，我弟媳婦在太妃船上？」

「不是在太妃船上，不過她的船緊挨著太妃的船。」

居然還為傅夫人特備專船，皇后越發氣惱。「好啊！」她的臉色鐵青，「我倒得問問她，她跟我怎麼說來的？」

「皇后息怒！」首領太監磕個頭說，「奴才有話上奏。」

「你說。」

「皇后犯不著跟她一般見識。反正快到京了，皇后忍一忍，不就過去了？」

「我忍不下這口氣。」皇后問道，「昨天晚上，皇上在哪兒？」

「奴才不知道。只彷彿聽人說起，皇上去看——」首領太監猛然醒悟，又失言了，但已無法收回，亦無法掩飾。皇后很快地追問：「看什麼？你說！倘再有半句支吾，我馬上傳杖！」

「傳杖」即是命內務府慎刑司杖責。這一頓板子打下來皮開肉綻，死罪不知是否可免，活罪先已難逃。反正事到如今，一切都無所顧忌，且免了先吃眼前虧再說。

「是去看傅夫人的兒子。」

「什麼？她把兒子也帶來了？」

「是！」

這時的皇后，就不但是氣惱，而且還有無限的悲痛。回想自己兩產不育，而皇帝又似乎不問還好，一問，皇后的眼淚就再也忍不住了，趕緊轉過臉去，想避開太后的視線，已自不及。

「妳在掉眼淚！」太后吃驚地問，「為什麼傷心？」

「沒有！」皇后拭乾眼淚，極力想裝成平靜自然的神色，但自己都知道失敗了。

「妳別瞞我！告訴我！」太后向左右努一努嘴，意示迴避。

皇后無奈，事實上也想訴一訴苦，便跪倒在太后膝前，將皇帝與傅夫人的那段孽緣，源源本本地說了給太后聽。

太后始而驚，繼而疑，始終不能相信其事為真，但皇后的眼淚絲毫不假，皇帝內疚於心的神態，亦是清清楚楚看到的。這些都是為了什麼？不就是在證明皇后的話真實不虛？

「唉！」太后歎口氣，「真是想不到！」她停了一下又說：「這件事關係很重，得想法子才好。妳有什麼主意沒有？」

「實在沒有主意。」

「是你的至親，妳很可以找妳弟媳婦來，好好說她一頓。」

皇后本有此意，如今聽得太后也這麼說，主意更為堅定，當即重重地答應一聲：「是！」

等皇后一走，太后定定神細想了一會，覺得自己不能不出面干預，因此派人去傳話，讓皇帝在晚膳以後來見。

◇ ◇ ◇

「聽說傅恆的媳婦也隨駕來了。」太后問道，「怎麼不來見我？」

皇帝大吃一驚，只好支支吾吾地含糊答應，誰也不知道他是否定還是肯定。

「到底來了沒有？」太后說，「連她的小兒子也帶來了。」

太后知道得如此清楚，料知瞞不過，皇帝只能這樣答說：「大概是太妃讓她陪了來的。」

「對了！」太后冷冷地說，「我有皇后陪我，太妃也得找個人陪。可是——」她沒有再說下去。

皇帝天資極其機敏，善於知人心理，但太后這句未說下去的話，到底是什麼，他卻怎麼也無法猜測。

「我問你，」太后換了個話題，「聽說你昨天一夜沒有回你自己的船，是在哪兒？」

「在太妃那裡。」皇帝硬著頭皮答說。

「你們娘兒倆聊了一宿？」

話是越來越難回答了，皇帝不能不編一套謊話來搪塞。「不，」他一面想，一面說：「聊是聊得晚了一點兒。離太妃那兒是二更已過，三更未到，兒子忽然想起，不知道侍衛半夜裡躲懶了不曾？所以騎著馬沿運河走了一遍，回來正好召見軍機。」

「這麼說，你是一夜未睡？」

「是。」

「不累嗎？」

太后的語氣，帶些皮裡陽秋的味道。皇帝裝作不解，答一聲：「不累！兒子補睡了一覺。」

談到這裡，太后要考慮了。皇帝一味裝糊塗、說假話，拿他無可奈何。除非進一步揭破真相，不然就無話可說了。

傅夫人沒有料到皇后會變臉，站起身還在遲疑，首領太監在一旁提示：「遵懿旨！」

傅夫人知道，再不知趣，面子上難看的事還有，只好委委屈屈地跪了下來。

就在這時候，只聽岸上、船頭一聲一聲地在喊：「萬歲爺駕到！」

一聽這樣傳報，皇后與傅夫人都深感意外，一時亦都有茫然不知所措之感，於是在旁侍立的首領太監提醒了一句：「請皇后接駕！」

皇后起身接駕，傅夫人卻仍在惶惑，想站起身來卻又不敢，跪在那裡又覺羞辱難堪。想到自己是為皇帝受過，頓覺萬分委屈，眼眶一酸，熱淚滾滾而來。

此時皇后已在艙門請安接駕，皇帝倒是親手扶了她一把，但一進中艙，看到跪在地上的傅夫人，臉色不由得就變了。

「怎麼一回事？」他問話的聲音，很不自然。

不問還好，一問傅夫人更是禁不住哭出聲來。見此光景，皇后心頭火起。「哼！」她冷笑一聲，「早不哭，晚不哭，皇上來了妳哭！你是哭給皇上聽是不是？」

言語尖酸，皇帝大起反感，自己是「一案同謀」的「共犯」，傅夫人跪在那裡，也就等於自己受辱一樣，當即說道：「何必呢？論公，她是命婦；論私，妳們是至親，也該留她一點面子。」

皇帝居然如此袒護，皇后既驚且憤，臉色也就很不好看了。

「論公，我處罰命婦，就跟皇上處罰大臣一樣；論私，既是我的至親，請皇上不必過問。」

這一番理由駁得皇帝啞口無言，有些惱羞成怒了。「莫非妳的行為逾分，我就問不得一句？」皇帝沉著臉說。

「我的行為沒有逾分，行為逾分的不是我。」

針鋒相對的答話，使皇帝越發難堪，鐵青著臉問：「我不知道妳什麼意思？別的不說，她替妳伺候太妃，總也應該有點情分吧！」

「哼！還提伺候太妃，我都替皇上害臊！」

「什麼？」皇帝大怒，「妳說的話妳想過沒有，妳眼睛裡還有我，還有太妃沒有？」

「我很敬重太妃，可是——」皇后又是一聲冷笑。

這聲冷笑充滿了輕蔑的意味，皇帝怒不可遏，朝傅夫人說：「妳起來，有我！」

「不准起來！」皇后的聲音更大。

傅夫人覺得皇后實在太過分了，忍不住哭倒在地。皇帝心如刀絞，想上前相扶，不道皇后也正走了過來，本意是想指著傅夫人訓斥她幾句，然後赦免了她，而皇帝卻誤會了。

皇帝誤會她將動手毆辱傅夫人，尤其是當皇后戟指相指時，在皇帝看，恰恰證明了他的意料不錯，不由自主地伸手一橫，去勢太猛，而又適逢其會，「啪」地一聲，正好反手一掌，打在皇后臉上。

這一剎那間，皇后臉色白得可怕，眼中流露出無可言喻的驚恐，手捂著臉，身子在發抖，是支持不住的樣子。

皇帝跟傅夫人，以及侍立在艙門外的太監，也都嚇壞了。突然間，只見皇后身子向後一轉，腳步踉蹌地奔向後艙。等皇帝醒悟過來，追了去時，只聽「撲通」一聲，是重物入水的聲音。緊接著便聽見有人在喊：「皇后、皇后！」那聲音令人想起半夜裡有人在喊：「火、火！」

接著便是一片嘈雜，在亂糟糟大喊「快救、快救！」的聲浪中，又是「撲通」、「撲通」幾聲，顯然地，有人跳入水中去相救了。

皇帝這時反倒比誰都冷靜，首先向傅夫人說：「妳快走！」他一眼望見上船的鍾連，便光加宮銜，猶覺不能撫慰傅恆，皇帝便將協辦大學士阿克敦找個過錯免職，拿傅恆補了協辦大學士，同時由戶部調六部之首的吏部。這一下傅恆由裙帶上入閣拜相了。

皇后既死，在皇帝這方面是沒有什麼顧忌了。但有傅恆在，畢竟不便常常假借太后或太妃的名義，宣召傅夫人入禁中。因此，皇帝決定找個機會，將傅恆調了出去。

本來這是很容易的事，外放總督，傅恆便須離京。但這樣做法，很不妥當，第一、協辦大學士外調總督，在體制上是貶斥；第二、傅恆外放，自然攜眷赴任，皇帝反而自尋相思之苦的煩惱了。

事有湊巧，西南大金川的土司莎羅奔作亂，皇帝以大學士訥親為經略大臣，赴四川督軍。莎羅奔只有三千人，但建築碉堡，憑險而守，訥親竟奈何他不得，上奏請增兵至四萬，到來年大舉進攻。

這是皇帝即位以來第一次用兵。對方不過小小一個土司，以重臣督師，居然師老無功，豈不為四夷所笑？而況敵人只有三千，卻說要動用四萬人才能致勝，可見得訥親無用。同時皇帝由於皇后赴水自盡這重公案，外間必有非議，一方面要立功挽回顏面，一方面要立威來鎮懾人心，正好借訥親的人頭一用，附帶將傅恆派了出去，豈非一舉數得之事？

於是，皇帝斬訥親於軍前，命傅恆暫管川陝總督，經略軍務。接著，將他由協辦大學士升為保和殿大學士，發京師及各行省滿漢士兵三萬五千，並由中部及各省共撥餉銀四百萬兩備用，另發內帑銀十萬兩備犒賞。

出師之前，皇帝親自至「堂子」告祭祖宗，並遣皇子及大學士來保，送至良鄉。那番威儀之盛，只有當年撫遠大將軍「十四爺」代替御駕親征可比。

傅恆自然感激涕零，文武大臣亦凜然於皇帝的威福不測。只有傅夫人別有感受，她知道，這一切都是由她而起。

「我對得起你們富察氏了吧？」皇帝這樣問傅夫人。

「是的。皇上很周到了。可惜……」

「怎麼？」皇帝追問，「為什麼不說下去？」

「只有一個人對不起。」

「誰？」

「咱們的兒子。」

皇帝低頭不語，好半天才說：「福康安，在漢文中是再好不過的一個名字。妳放心，我一定會讓他名副其實！」

慈禧全傳

高陽最經典的代表作

國家圖書館出版品預行編目資料

乾隆韻事【全新版】/ 高陽著 .-- 初版 .-- 臺北市：
皇冠．2018.11
面；公分（皇冠叢書；第 4725 種）
（高陽作品集；11）
ISBN 978-957-33-3410-1（平裝）

857.7　　　　107018064

皇冠叢書第 4725 種
高陽作品集 11
乾隆韻事【全新版】

作　　者—高陽
發 行 人—平雲
出版發行—皇冠文化出版有限公司
台北市敦化北路 120 巷 50 號
電話◎ 02-27168888
郵撥帳號◎ 15261516 號
皇冠出版社（香港）有限公司
香港上環文咸東街 50 號寶恒商業中心
23 樓 2301-3 室
電話◎ 2529-1778　傳真◎ 2527-0904
總 編 輯—龔橞甄
責任主編—許婷婷
責任編輯—蔡維鋼
美術編輯—王瓊瑤
著作完成日期— 1978 年
三版一刷日期— 2018 年 11 月
三版二刷日期— 2019 年 8 月
法律顧問—王惠光律師

讀者服務傳真專線◎ 02-27150507
電腦編號◎ 434111
ISBN ◎ 978-957-33-3410-1
Printed in Taiwan
本書特價◎新台幣 380 元 / 港幣 127 元